바람의 열두 방향

THE WIND'S TWELVE QUARTERS
by Ursula K. Le Guin

바람의 열두 방향

어슐러 K. 르 귄 지음

최용준 옮김

시공사

머나먼 곳, 저녁과 아침과
열두 번의 바람이 지나간 하늘을 넘어
나를 만들기 위한 생명의 원형질이
이곳으로 날아오고, 여기에 내가 있네.

이제, 숨결이 한 번 스치는 동안 나 기다리니
아직 산산이 흩어지지 않은 지금
내 손을 얼른 잡고 말해주오,
당신 마음에 품고 있는 것들을.

지금 말해주오, 내가 대답하리니.
어떻게 도와줄 수 있는지, 말해주오.
내가 바람의 열두 방향으로
끝없는 길을 나서기 전에.

_〈슈롭셔의 젊은이〉, A. E. 하우스먼

차례

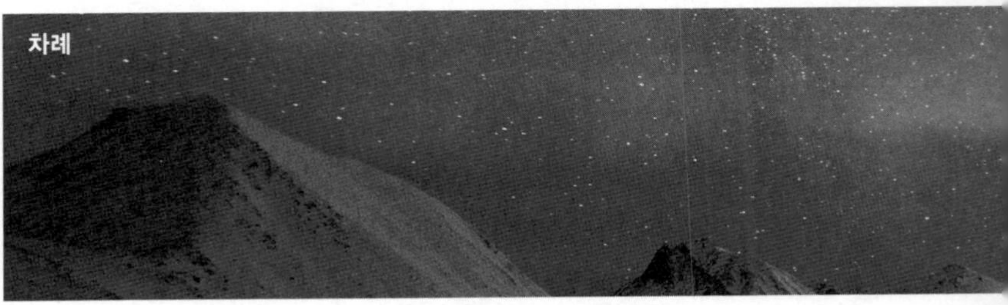

머리말

이 단편집은 화가들이 일명 '회고전'이라 칭하는 성격을 띠고 있다. 이 책은 내가 서른두 살이라는, 늦었지만 겁이 없던 때 데뷔한 이래 10년 동안 발표한 단편들을, 한 예술가가 어떻게 성장했는지에 관심 있어 하는 사람들을 위해 대충이나마 글 쓴 연대 순으로 엮은 것이다. 나는 연대의 전후 관계에 엄격한 사람은 아니다(연대의 전후 관계에 엄격하기란 불가능하다. 어떤 글은 쓰는 데 1년이 걸리기도 하고, 그 이후 2, 3년이 지나도록 발표되지 않을 수 있으며, 퇴고를 거칠 수도 있다. 그런 경우 글을 완성한 날을 언제로 보아야 하겠는가). 하지만 순서 변동은 그리 크지 않다.

내가 쓴 단편들이 모두 이 책에 수록된 것은 결코 아니다. 초기에 발표한 작품 중 하나는 내가 너무 싫어하기 때문에 뺐다.

그리고 판타지소설이나 SF과학소설의 범주 안에 속하지 않는 작품 또한 포함시키지 않았다. 또한 최근 몇 년 새 발표한 단편들은 수록되어 있지 않다. 그런 작품들이 맨 처음 수록된 단편집이 아직도 출판되고 있기 때문이다. 하지만 이 책에 있는 마지막 두 작품은 1973년과 1974년에 발표된 것으로, 이 단편집에 수록된 열일곱 편의 이야기는 지난 10년 내지 12년을 아우르고 있다.

소설가의 머릿속에 들어 있는 단편소설과 장편소설의 관계는 흥미롭다. 〈샘레이의 목걸이〉는 그 자체로 완벽한 이야기지만 장편소설의 토대가 되었다. 나는 이 작품을 끝마쳤을 때 샘레이에 대한 이야기는 모두 다 썼다. 하지만 단편에서 단순히 방관자 역할로 중요하지 않게 등장했던 인물이 이야기가 끝났음에도 불구하고 고분고분히 망각 속으로 사라지지 않고 자꾸 나를 괴롭혔다. 그자는 "내 이야기를 써. 난 로캐넌이라고 해. 난 내 세계를 탐험하고 싶어……"라고 말했다. 그래서 난 그 사람의 말을 따르기로 했다. 이런 종류의 사람과는 논쟁해봤자 소용없는 법이다.

〈겨울의 왕〉〈해제의 주문〉〈이름의 법칙〉 모두 장편소설의 토대가 된 작품들이다. 하지만 이들은 장편소설에 나오는 등장인물이 아니라 무대 배경을 제공해주었다. 이 책에 실려 있는 마지막 작품은 토대가 아니라 열매에 해당한다. 이 작품은 장편소설이 나온 다음에 고맙게 얻은 궁극의 선물이다.

사실, 이 책에 실린, 시간순 서술 방식을 따르는 단편소설 대부분은 내가 쓴 모든 SF가 따르는 (다소 아귀가 안 맞는) '미래사'의 개요에 그럭저럭 들어맞는다는 점에서 내 장편소설들과 관련이 있다. 이런 개요에 맞지 않는 작품들은 초기에 쓴 판타지 소설과 내가 '심리신화'라 부르는, 이후의 다소 초현실주의적인 작품들이다. 심리신화는 우리가 알고 있는 그 어떤 역사나 시간대가 아닌 곳에서 일어나는 이야기이며, 그곳에서 사는 생명체는 불사라는 개념에 호소하지 않아도 시공간의 제약을 전혀 받지 않아 보인다는 점에서 판타지소설과 공통점이 있다.

수집가라면, 이 책에 실려 있는 작품의 제목을 내가 직접 골랐으며 예전에 발표했을 때의 제목과 달라진 점을 알고 싶어 할지도 모르겠다:

〈샘레이의 목걸이〉는 처음에 〈앤기어의 결혼 지참금〉이라는 제목으로 발표('앤교' 발음을 제대로 할 줄 모르던 편집자의 실수였다).

〈물건들〉은 〈끝〉이라는 제목으로 발표.

〈시야The Field of Vision〉는 〈시야Field of Vision〉로 발표.

단어 하나 또는 문장 하나 정도 고치거나 지면 관계상 삭제된 부분을 복원하거나 출판 당시에 있었던 오류를 수정하는 정도가 아닌, 새로 고쳐 쓴 글들은 다음과 같다:

〈겨울의 왕〉(해당 단편 앞머리의 짧은 글 참고)

〈아홉 생명〉(해당 단편 앞머리의 짧은 글 참고)

〈제국보다 광대하고 더욱 느리게〉(첫 문단에서 한 군데 삭제)

THE WIND'S TWELVE QUARTERS

샘레이의
목걸이

1963년에 쓴 이 글은 1964년에 〈앤기어의 결혼 지참금〉이란 제목으로 발표되었으며, 1966년에 발표한 내 첫 번째 장편소설 《로캐넌의 세계》도입부이기도 하다. 비록 출판된 순서로는 여덟 번째이지만 나는 이 글로 책을 시작할까 한다. 이 이야기에 내가 쓴 초기 SF와 판타지소설의 특징이 가장 잘 드러나 있고 또한 이 작품이 가장 낭만적이라고 생각하기 때문이다. 이 이야기로부터 단편집의 마지막인 1972년에 쓴 단편까지, 내 글의 문체는 공공연한 낭만주의에서 벗어나 느리지만 꾸준히 발전하고 있다. 그것은 발전이었다. 나는 여전히 낭만주의자이고 그 점에 대해 의심하지 않으며 또한 내가 낭만주의자인 게 기쁘다. 하지만 〈샘레이의 목걸이〉의 솔직 담백함과 단순함은 점차 단단하고 강력하고 복잡한 것으로 변하게 되었다.

그토록 먼 세월이 떨어진 세상들에 대한 전설과 사실을 당신은 어떻게 구별할 수 있을까? 이름도 없이 그저 그곳에 사는 사람들이 '세계'라고 부르는, 과거는 신화의 영역이 되고 여행에서 돌아온 탐험가들은 불과 몇 년 전 자신들이 벌였던 행동이 신의 몸짓이 되어버린 사실을 깨닫게 되는, 역사가 존재하지 않는 행성들에서. 우리의 광속 우주선이 다리를 놓은 시간의 틈은 광기 어린 어둠이 잠식하고, 그 어둠 속에서 불확실과 불균형이 잡초처럼 자라난다.

그리 멀지 않은 과거에 그러한 이름 없고 반미지의 세계로 떠났던 어떤 남자, 한 평범한 연맹 과학자의 이야기를 하려니, 마치 수천 년의 폐허 한복판에서 얽히고설킨 잎과 꽃, 가지와 덩굴 사이에서 돌연 모습을 드러내는 바퀴 모양 기하 도형의 배열이

나 마모된 머릿돌 따위를 찾아다니던 고고학자가 어느 평범한 장소의 양지바른 현관으로 발을 디뎠는데, 그 안의 어둠 속에서 상상치 못했던 불꽃의 깜빡거림을, 보석의 반짝임을, 여인의 팔이 슬쩍 움직이는 모습을 마주친 듯한 느낌이 든다.

당신은 어떻게 전설에서 사실을, 진실에서 진실을 구분해낼 수 있는가?

푸른색으로 반짝이며 슬쩍 모습을 보였던 보석이 로캐넌의 이야기를 통해서 돌아온다. 그 보석과 함께 이제 이야기를 시작해보자.

은하 제8지역, No. 62: 포말하우트 II

고도 지성체: 접촉한 종족들:

종족 I

A. 그데미어(단수형, 그뎀): 고도로 발달된 지능, 완전 인간형, 야행성 혈거인, 신장 120~135센티미터, 하얀 피부, 검은 체모. 첫 접촉 시 이 혈거인들은 엄격한 계층의, 그러나 부분적인 군체 텔레파시로 인해 그 정도가 얼마쯤은 완화된 과두 정치의 도시 국가를 이루고 있었으며, 기술 지향적 초기 철기 문화를 보유하고 있었다. 252~254년의 연맹 사절단 파견 기간 동안 기술 수준을 산업 사회, C점까지 높임. 254년에 자동 구동 선박(뉴사우스조지아 발-착) 한 대를 키리옌 해 영역 공동체 과두 정치 지배자들에게 선물했음. C-최고 상태.

B. 피이아(단수형, 피안): 고도로 발달된 지능, 완전 인간형,

주행성. 평균 신장 130센티미터. 관찰된 개개인은 대부분 하얀 피부에 은발임. 짧은 접촉을 통해 마을 거주와 유목 공동체 사회를 이루고 있으며, 부분적인 군체 텔레파시 능력이 있다는 사실을 알아냈고, 근거리 공간이동 능력의 징후를 발견했다. 이 종족은 기술과 거리가 멀고, 파악하기 어려우며 최소한의 유동적인 문화 패턴을 지님. 현재 비과세 대상. E-의혹 수준.

종족 II
리우어(단수형, 리우): 고도로 발달된 지능, 완전 인간형, 주행성, 평균 신장 약 170센티미터 이상. 이 종족은 요새와 마을을 소유했으며 씨족 상속 사회임. 고착된 기술 수준(청동기), 봉건-영웅주의 문화. 수평적 사회 분할이 다음 두 개의 의사 종족으로 분화되었음에 주의할 것. (a) 올지어: '중인 계급', 하얀 피부와 검은 체모. (b) 앤기어: '영주 계급', 장신에 검은 피부, 금발······.

"여기 있군요." 로캐넌이 말하고는 《지적 생명체에 대한 휴대용 축약 안내서》에서 눈을 들어 긴 박물관 복도 중간쯤에 서 있는 장신의 여인을 보았다. 까무잡잡한 피부에 금발, 훤칠한 키의 여인은 빛나는 머리털을 왕관처럼 인 채 허리를 곧게 펴고 조용히 서서 진열장에 있는 무언가를 뚫어지게 바라보고 있었다. 여인 곁에는 초조해하며 어쩔 줄 몰라 하는 못생긴 난쟁이 네 명이 서 있었다.

"포말하우트 II에 혈거인들 말고 이러한 종족이 살고 있으리라고는 생각도 못 했군." 관장인 케소가 말했다.

"저도 그렇습니다. 여기에는 한 번도 접촉하지 못한 '미확인' 종족에 대한 기록들도 있군요. 좀 더 철저한 조사 임무가 이루어져야 할 때라는 소리로 들립니다. 그건 그렇고, 어쨌거나 이제 저 여인이 어떤 종족인지는 알게 된 셈이군요."

"난 저 여인이 '어떤 사람'인지 알아낼 방법이 있었으면 좋겠는걸……."

그 여인은 앤기어 초창기 왕의 후손으로, 유서 깊은 집안 출신이었으며, 온갖 빈곤 속에서도 여인의 머리털은 가문의 유전을 그대로 물려받아 순수하고 변치 않는 황금색으로 빛났다. 소인종인 피아아인은 여인이 곁을 지날 때면 고개를 숙여 절을 했다. 심지어 여인이 밝게 타오르는 혜성 같은 머리털로 거친 키리엔의 바람을 가르며, 맨발로 들판을 달리던 어린 시절부터 그랬다.

할란의 두르할이 여인을 처음 만나 청혼하고, 여인이 어린 시절을 보냈던 무너진 탑과 바람 부는 성에서 여인을 자신이 사는 높은 집으로 데려갔을 때도, 여인은 아직 한참 어렸다. 산기슭에 있는 할란에는 장대함은 남아 있었지만 안락함은 없었다. 창문에는 유리가 없었고 돌바닥에는 아무것도 깔리지 않아 살풍경했다. 추운해 아침에 눈을 떠보면 밤새 내린 눈이 바람에 날려 창문 아래마다 길고 낮게 쌓여 있었다. 두르할의 신부는 눈 쌓인 바닥에 맨발로 섰고 방에 걸린 은거울을 통해 젊은 남편에게 웃어 보이며 불꽃같은 머리털을 땋아 올렸다. 남편의 재산이라곤 은거울과 어머니에게 물려받은 자그마한 수정 천 개로 장식한 신부 드레스가 전부였다. 이들보다 지체가 낮은 친척 가운데 일부는 아직도 금실 은실을 섞어 짠 비단옷으로 가득한 옷장, 금박을 입힌 목재 가구, 은제 마구, 은으로 장식한 칼과 갑옷, 보석과 장신구들을 가지고 있었고, 갓 결혼한 두르할의 신부는 부러운 눈으로 그 물건들을 바라보았으며, 심지어 그런 장신구들을 걸친 사람들이 여인의 혈통 그리고 두르할과의 결혼으로 인해 생긴 신분에 경의를 표하며 길을 양보할 때도 여인은 고개를 돌려 보석 왕관이나 황금 브로치를 힐금거리곤 했다.

할란에 잔치가 열리면 두르할과 그의 신부 샘레이는 네 번째 상석에 앉았고, 그 자리는 할란의 영주가 앉는 자리와 아주 가까웠기 때문에 나이 든 영주는 종종 샘레이에게 손수 포도주를 따라주었고 조카이자 후계자인 두르할과는 사냥 이야기를 나누었다. 노인은 우울하고 무력한 사랑이 가득 담긴 눈길로 이 젊은 부부를 바라보았다. 불기둥을 뿜는 집을 타고 날아다니는 '별의 지배자'들이 산도 깎아버릴 수 있는 무시무시한 무기를 가지고 나타난 이후, 할란과 서쪽 땅 전역의 앤기어인에게서 더는 희망을 찾아보기 어려웠다. 별의 지배자들은 앤기어의 모든 관습과 전쟁에 간섭했으며, 비록 그 액수는 얼마 되지 않았지만 연말마다 별의 지배자들에게 세금을 내야 한다는 사실, 그것도 시간의 끝에서, 별들 사이 텅 빈 공간 어딘가에서 자신들은 알지도 못하는 낯선 적과 치르는 전쟁을 돕기 위해 세금을 내야 한다는 사실은 앤기어인에게 씻을 수 없는 수치였다. 별의 지배자들은 "이 전쟁은 당신들의 전쟁이기도 합니다"라고 말했지만 한 세대가 지난 지금, 자신들의 쌍검이 녹슬고, 아들들은 전투에서 검 한 번 휘두르지 못한 채 어른이 되고, 딸들은 귀족에게 시집갈 지참금이 없어 가난한 남자, 심지어 중인 계급과 결혼하는 것을 바라보면서 앤기어인은 잔치 중에도 무의미한 부끄러움에 잠겨 있었다. 한때는 찬란했으나 지금은 춥고 황폐한 종족의 요새 안에서 농담을 하며 떫은 포도주를 마시고 즐겁게 웃는 금발 머리 부부를 바라보는 할란 영주의 얼굴에는 쓸쓸한 표정이 드리워졌다.

샘레이는 홀 아래를 굽어보다가 자기 자리보다 훨씬 아래쪽 자리에서, 심지어 반쪽혈통이나 중인들 사이에서 하얀 피부와 검은 머리털 사이로 보석이 반짝거리는 것을 보면 얼굴이 딱딱하게 굳었다. 샘레이 자신은 남편에게 줄 지참금으로 아무것도, 심지어 은으로 만든 머리핀 하나 가져오지 못했다. 천 개의 수정 장식이 된 드레스는 혹시라도 딸이 생겼을 경우 그 아이가 결혼하는 날을 위해 궤 안에 잘 보관해두었다.

그리고 정말로 딸이 태어났다. 두르할과 샘레이는 딸의 이름을 할드레라 지었고, 자그마한 갈색 머리통 위의 솜털은 길게 자라나 영주 가문의 유산인 순수한 황금빛으로 반짝였다. 아이가 가지게 될 유일한 황금이 될 터였다…….

샘레이는 남편에게 자신의 불만을 털어놓지 않았다. 남편은 샘레이에게 다정했지만 동시에 자존심이 강했기에 질투나 헛된 바람 따위를 경멸했으며, 샘레이는 남편이 자신을 경멸할까 두려웠다. 그러나 샘레이는 시누이인 두로사에게는 속마음을 털어놓았다.

"저희 친정에 굉장한 보물이 있었답니다." 샘레이가 말했다. "순금 목걸이인데 가운데에 파란 보석이 달려 있어요, 파란 보석이 사파이어 맞죠?"

두로사 역시 보석 이름을 확실히 알지 못했기 때문에 살짝 웃으며 고개를 가로저었다. 때는 주야평분점마다 달이 새로 시작하는 800일의 1년에서 따뜻한해의 후기에 해당하는, 북부 앤기어인이 여름이라 부르는 계절이었다. 샘레이가 보기에 이러한 역법은 낯설었으며 중인에게나 어울리는 계산법이었다. 비록 몰락하기는 했지만 샘레이의 가문은 올지어인과 마구 피가 섞여버린 북서부 습지의 다른 어떤 혈족보다 순수하고 유서 깊었다. 샘레이는 두로사의 거처가 있는 '큰 탑'의 높은 창문 아래 놓인 높직한 돌 의자에 두로사와 함께 햇빛을 받으며 앉아 있었다. 자식 없이 젊어 과부가 된 두로사는 자기 아버지의 형인 할란의 영주와 재혼을 했다. 친족 결혼과 양쪽 모두 재혼이란 이유 때문에 두로사는 언젠가 샘레이가 받게 될 '할란의 안주인'이란 칭호를 얻을 수 없었다. 그러나 두로사는 할란의 영주와 함께 상석에 앉아 함께 왕국을 다스렸다. 두로사는 동생인 두르할과 나이 차이가 많이 났지만 동생의 어린 아내를 좋아했고, 빛나는 머리털을 가진 갓난아기 할드레를 삶의 낙으로 여겼다.

샘레이가 계속 말을 이었다. "그 목걸이는 저의 선조이신 레이넨께서 남부 봉토들을 정복했을 때 얻은 재화를 모두 주고 사

들이신 거랍니다. 생각해보세요, 왕국 전체의 부에 맞먹는 보석
이라니! 아, 분명 그 보석은 이곳 할란에 있는 그 어떤 것보다,
심지어는 형님의 사촌이신 이사르가 걸친 쿱 알 모양의 수정들
보다도 멋졌을 거예요. 그 보석은 무척이나 아름다웠기 때문에
사람들은 보석에 이름을 붙여주었죠. 사람들은 그 보석을 '바다
의 눈동자'라 불렀답니다. 저희 증조할머니께서 그 보석을 하셨
다고 해요."

"넌 그것을 본 적이 한 번도 없니?" 샘레이보다 더 나이 든 여
인은 느릿한 어조로 물어보며, 길디긴 여름이 보낸 뜨겁고 쉼 없
는 바람이 숲 사이에서 길을 잃고 헤매다 저 멀리 바닷가로 향한
하얀 길로 소용돌이치며 질주하는 푸른 산등성이를 물끄러미
내려다보았다.

"제가 태어나기도 전에 잃어버렸답니다."

"별의 지배자들이 세금으로 걷어 간 거니?"

"아니요, 아버지께서는 별의 지배자들이 우리 왕국에 오기 전
에 목걸이를 잃어버렸다고 말씀하셨어요. 아버지는 그 일에 대
해 말씀하고 싶어 하지 않으셨지만, 제가 살던 곳에는 수많은 이
야기들을 알고 있는 늙은 중인 노파가 있어 저에게 늘 말해주길,
피이아인은 그 목걸이가 어디에 있는지 알 거라고 했어요."

"아, 피이아인이라니 정말 보고 싶구나! 그토록 많은 노래와
이야기 속에 나오니 말이다. 그런데 왜 피이아인은 이곳 서쪽 땅
엔 오지 않는 거니?"

"제 생각엔, 너무 높고, 겨울에 너무 추워서일 거예요. 그 사

람들은 남쪽 골짜기의 햇살을 좋아하니까요."

"진흙인과 비슷하게 생겼니?"

"진흙인은 본 적이 없어요. 그 사람들은 남부 지방에 살면서 저희와는 접촉하지 않아요. 진흙인들은 중인처럼 하얗고 이상하게 생기지 않았나요? 피이아인은 잘생겼어요. 좀 야위고 현명하다는 점만 빼면 꼭 어린아이 같은 모습이에요. 아, 피이아인이 목걸이가 어디에 있는지, 누가 훔쳤는지, 어디에 숨겼는지 알고 있을지 궁금해요! 상상해보세요, 형님. 할란의 잔치에서 제가 왕국 하나에 해당하는 부를 목에 걸고 두르할 옆에 앉아 있는 모습을요. 제 남편이 다른 어떤 사내들보다 빛나는 것처럼, 저 역시 다른 어떤 여인들보다 빛날 거예요!"

두로사는 엄마와 고모 사이에서 모피 깔개에 앉아 자신의 갈색 발가락을 유심히 살피고 있는 아기에게 고개를 숙였다. "샘레이는 바보란다." 두로사는 아기에게 중얼거렸다. "유성처럼 빛나는 샘레이, 남편이 사랑하는 건 세상의 황금이 아니라 아내의 금빛 머리털이라는 사실을 모르고 있는 샘레이……."

두로사의 말에 샘레이는 입을 다물고 먼 바다로 향한 여름의 푸른 산등성이를 바라보았다.

그리고 또다시 추운해가 지나고, 별의 지배자들이 세계의 종말을 막기 위한 전쟁을 치르기 위해 다시 세금을 걸으러 왔다 갔다. 별의 지배자들은 이번에 통역으로 진흙인 난쟁이 한 쌍을 썼는데, 이 때문에 자존심이 상한 앤기어인은 거의 반란 직전까지 갔다. 그리고 또다시 따뜻한해가 지나고 할드레가 사랑스럽고 재잘거리는 아이로 자라난 어느 날 아침, 샘레이는 할드레를 데리고 탑에 있는 햇볕 잘 드는 두로사의 방으로 갔다. 샘레이는 두건으로 머리털을 가리고 낡은 청색 망토를 두르고 있었다.

"형님, 저 대신 며칠 동안만 할드레를 보살펴주시겠어요?" 빠르고 차분한 어조로 샘레이가 말했다. "남쪽에 있는 키리엔에 다녀오려고요."

"친정아버님을 찾아뵈려고?"

"제 유산을 찾으려고요. 하르게트 영지를 다스리는 형님의 사촌이 제 남편을 업신여겼어요. 이렇게 나가다가는 저 반쪽혈통 파르나도 남편을 깔볼 거예요. 파르나의 아내는 침대를 장식할 공단 침대보와 다이아몬드 귀고리, 가운 세 벌을 가지고 있으니까요. 넙데데한 얼굴에 머리털은 새까만 매춘부 주제에 말이죠! 그런데 두르할의 아내는 그날 입을 가운을 깁고 있어야 하는……."

"두르할의 긍지가 자기 아내에게 있겠니, 아니면 아내가 입은 옷에 있겠니?"

그러나 샘레이는 끄덕도 하지 않았다. "할란의 영주들은 자신의 성에서 가난뱅이가 되어가고 있어요. 저는 남편에게 제 혈통이 마땅히 주었어야 할 결혼 지참금을 가져올 거예요."

"샘레이! 두르할은 네가 키리엔으로 가는 걸 알고 있니?"

"제가 돌아오면 행복한 사건이 될 거예요. 두르할을 깜짝 놀라게 해주고 싶어요." 젊은 샘레이는 말을 마치더니 잠시 기쁜 웃음을 터뜨렸다. 샘레이는 허리를 구부려 어린 딸에게 작별의 입맞춤을 하고 돌아서서, 두로사가 무슨 말을 하기도 전에 햇빛 비치는 돌 마루 위의 날랜 바람처럼 사라져버렸다.

결혼한 앤기어 여자는 놀이 삼아서도 절대 말을 타지 않았고, 샘레이는 결혼한 뒤로 할란을 떠난 적이 없었다. 그래서 지금 바람말의 높은 안장 위에 앉고 보니 샘레이는 다시 소녀로 돌아간 듯한, 키리엔의 평원을 북풍처럼 내달리는 반야생마를 타고 거침없이 달리던 야성의 처녀로 돌아간 듯한 기분이 들었다. 샘레이를 태우고 할란의 언덕을 내려가고 있는 짐승은 예전에 탔던 말보다 혈통이 더 좋았고 속이 비어 부력 있는 뼈대 위로는 윤기 나는 줄무늬 털가죽이 덮여 있었다. 이 짐승은 바람결을 따라 초록색 눈을 가늘게 뜬 채 샘레이 양옆에서 가볍고 힘찬 날갯짓으로 위쪽의 구름과 아래쪽의 언덕을 드러냈다 가리고 드러냈다 가렸다.

셋째 날 아침, 샘레이는 키리엔에 도착해 폐허가 된 궁전에 다시 들어섰다. 샘레이의 아버지는 밤새 술을 마신 상태였고, 예전과 마찬가지로 허물어져가는 천장 사이로 쏟아지는 아침 햇살이 눈을 찌르자 짜증을 냈으며, 딸의 모습을 보자 더욱 부아가 치밀어 올랐다. "왜 돌아온 거냐?" 샘레이의 아버지는 퉁퉁 부은 시선으로 샘레이를 힐금 보며 으르렁거리듯 내뱉고는 시선을 돌렸다. 젊은 시절 불타는 듯했던 머리털은 그 빛을 잃어 회색이 되었고 간신히 몇 가닥만이 머리 위에 어지럽게 흩어져 있었다. "그 젊은 할라 놈이 너와 결혼하지 않겠다고 해서 집으로 기어 들어온 게냐?"

"전 두르할의 아내예요. 지참금을 가지러 왔어요, 아버지."

술주정뱅이는 노골적으로 싫은 표정을 지으며 투덜거렸지만, 샘레이가 자신을 향해 부드럽게 웃어 보이자 결국 움찔거리며 샘레이를 바라볼 수밖에 없었다.

"아버지, 피이아인이 '바다의 눈동자'를 훔쳐 갔다는 게 사실 인가요?"

"그걸 낸들 어떻게 알겠냐? 옛날이야기일 뿐인데. 내가 알기로, 그 물건은 내가 태어나기도 전에 잃어버렸다. 생각 같아서야 태어나지도 않았으면 싶다만. 그게 어디 있는지 궁금하면 피이아인에게 물어보거라. 그 사람들에게 가라고, 네 남편에게로 돌아가. 제발 날 이곳에 혼자 내버려둬. 키리엔에는 여자아이들이나 황금 혹은 이야기의 결말 따위가 깃들 여지가 더 이상 없구나. 이곳의 이야기는 끝났어. 이곳은 망해 텅 빈 성일 뿐이야. 레이넨의 아들은 모두 죽었고, 보물도 모두 사라졌다. 그러니 네 갈 길로 가거라, 딸아."

폐가에 들러붙은 거미처럼 회색 머리칼에 퉁퉁 부은 눈을 한 샘레이의 아버지는 한낮의 햇빛을 피할 수 있는 지하실을 향해 비틀거리며 발걸음을 옮겼다.

샘레이는 할란의 줄무늬 바람말을 끌고 자신의 옛 집을 떠나 가파른 언덕을 걸어 내려가, 음울한 표정으로 존경을 표하며 인사하는 중인들의 마을을 지나고, 날개가 잘린 반야생 상태의 커다란 헬리오르 떼가 풀을 뜯는 들판과 목초지를 지나, 색칠한 사발같이 선명한 초록색에 가장자리까지 햇빛으로 가득한 골짜기로 들어섰다. 골짜기 깊은 곳에 피이아인의 마을이 자리 잡고 있었고, 샘레이가 말을 끌고 내려가자 작고 호리호리한 사람들이 오두막과 정원에서 웃으며 뛰어나와 가냘픈 목소리로 환호성을 질렀다.

"할라의 신부, 키리엔의 숙녀, 바람의 딸, 금발의 샘레이 님 만세!"

피이아인은 아름다운 호칭으로 샘레이를 불러주었고 샘레이도 그 호칭이 좋았다. 샘레이는 피이아인의 요란한 웃음소리에 마음 쓰지 않았다. 피이아인은 무슨 말을 하든 웃음을 터뜨리기 때문이었다. 말과 웃음을 따로 하는 건 샘레이의 방식일 뿐이었다. 파란 망토를 두른 샘레이는 어지러운 환영을 받으며 피이아인 가운데 우뚝 섰다.

"빛의 종족, 태양의 주민, 인간의 친구 피이아 만세!"

피이아인은 샘레이를 마을로 안내한 뒤, 줄지어 쫓아오는 자그마한 아이들을 뒤로한 채 생기 넘치는 집으로 데려갔다. 일단 성인이 된 피안의 나이는 알 방법이 없었다. 심지어 개개인을 구별하는 것은 물론이거니와 자신과 대화를 나누고 있는 상대가 늘 같은 상대인지조차 알 수 없었다. 피이아인은 촛불 주위로 날아다니는 나방만큼이나 늘 잽싸게 움직여 다녔기 때문이었다. 하지만 다른 피이아인이 샘레이의 말에게 먹이를 주고 샘레이가 마실 물과 정원의 작은 나무에서 딴 과일을 그릇에 담아 내오는 동안 샘레이와 이야기를 나눈 이는 같은 사람인 듯했다. "피이아인이 키리엔 영주의 목걸이를 훔치다니, 절대 있을 수 없는 일입니다!" 샘레이와 이야기하던 작은 남자가 외쳤다. "피이아 인에게 황금이 무슨 소용이 있겠습니까, 부인? 우리에겐 따뜻 한해에는 햇빛이, 추운해에는 햇빛의 추억이 있습니다. 끝계절 의 노란 나뭇잎과 노란 과일, 키리엔을 상징하는 부인의 노란 머 리털이 있지요. 그 외에 다른 황금은 없습니다."

"그렇다면 중인이 목걸이를 훔쳐 갔을까요?"

희미한 웃음소리가 꽤 오랫동안 샘레이 주변에 울려 퍼졌다. "어떻게 중인이 감히 그런 일을 벌일 수 있겠습니까? 오, 키리엔 의 부인이시여, 필멸자 가운데 그 보석이 어떻게 사라졌는지 아 는 이는 아무도 없습니다. 인간, 중인, 피안을 비롯해 일곱 종족 중 그 어느 쪽도 알지 못합니다. 오직 오래전에 죽은 영혼들만이 그 보석이 어떻게 사라졌는지 알고 있습니다. 먼 옛날, 샘레이 님의 증조할머니이신 '긍지의 키릴레이' 님이 바닷가 동굴 근처 를 거닐다가 어떻게 해서 그 목걸이를 잃어버리시게 되었는지 를 말입니다. 하지만 태양을 싫어하는 이들 가운데에서라면 어 쩌면 그것을 찾을 수 있을지도 모릅니다."

"진흙인 말인가요?"

신경질적인 웃음소리가 아까보다 좀 더 크게 터져 나왔다.

"저희와 함께하시지요, 샘레이 님. 태양의 머리털을 지닌 분 이시여, 먼 북쪽에서 우리에게 돌아온 이여." 샘레이는 피이아 인 곁에 앉아 식사를 했고, 샘레이가 피이아인의 예절 바름에 즐 거워했듯이 피이아인 역시 샘레이의 예절 바름에 즐거워했다. 그러나 샘레이가 만약 목걸이가 진흙인에게 있다면 자신의 상속물을 찾아 진흙인을 찾아가겠다는 말을 반복하자 피이아인은 더 이상 웃지 않았다. 그리고 하나둘씩 샘레이 곁을 떠나기 시작했다. 결국 샘레이 곁에는 식사 전에 처음으로 대화를 나누었던 듯싶은 피안을 제외하면 아무도 남지 않게 되었다. "진흙인에게 가지 마십시오, 샘레이 님." 마지막으로 남은 피안이 말했고, 그 말에 샘레이는 잠시 심장이 멎는 듯했다. 그가 눈가로 천천히 손을 가져가자, 둘을 둘러싼 공기가 어두워졌다. 접시에 놓여 있던 과일은 재처럼 하얘졌으며 맑은 물이 가득 차 있던 사발에서는 물이 사라졌다.

"피이아인과 그데미어인은 머나먼 곳에 있는 산맥 속에서 갈라졌습니다. 아주 오래전에 우리는 갈라졌지요." 가냘픈 몸집의 피안이 조용히 말했다. "아주 오래전 우리는 하나였습니다. 지금의 우리 모습이 아닌 존재가 바로 그데미어인입니다. 지금의 우리 모습은 그자들의 모습이 아니고요. 햇빛과 풀과 열매를 맺는 나무의 모습을 생각해보십시오, 샘레이 님. 그리고 내리막으로 향하는 모든 길 끝에 반드시 오르막길이 있으리라는 보장은 없다는 것을 명심하십시오."

"친절한 주인이시여, 제 길은 오르막도 내리막도 아닙니다. 단지 제 상속물을 향해 곧게 뻗어 있을 뿐이지요. 저는 목걸이가 있는 곳으로 가서 그것을 되찾아올 거랍니다."

피안은 가볍게 웃음을 터뜨리고, 허리를 굽혀 작별 인사를 했다.

샘레이는 마을 밖으로 나가 줄무늬 바람말에 올라탄 뒤, 피이아인의 환송에 작별 인사를 외치며 오후의 바람을 타고 날아올라 키리엔 해의 암석투성이 바닷가 근처에 있는 동굴들을 향해 남서쪽으로 날아갔다.

샘레이는 자신이 만나려는 사람을 찾으려면 동굴 깊숙이 걸어 들어가야 하는 것은 아닐까 걱정스러웠다. 사람들 말에 따르면, 진흙인은 햇빛은 물론이거니와 달과 '큰별'의 빛조차 겁을 내 절대 동굴 밖으로 나오지 않는다고 했다. 그곳까지 가는 길은 아주 긴 여행이었다. 샘레이는 딱 한 번 땅에 내려 바람말에게 나무쥐를 사냥하게 하고 자신은 안장 주머니에서 작은 빵을 꺼내 먹었다. 빵은 이미 단단하게 말라 있어 가죽을 씹는 듯했지만 갓 구웠을 때의 풍미가 아직 조금은 남아 있었기 때문에 샘레이는 남쪽 숲의 공터에서 홀로 빵을 먹고 있다는 사실을 잊고 할란의 촛불 아래 자신을 돌아보던 두르할의 얼굴과 차분한 목소리를 잠시나마 보고 들을 수 있었다. 샘레이는 아주 잠시 동안 앉아서 백일몽을 꾸었다. 엄격하면서도 활기 넘치는 남편의 얼굴과 자신이 왕국 하나에 해당하는 금품을 목에 걸고 돌아갔을 때 남편이 어떤 말을 할 것인지에 대한 내용이었다. "저는 남편의 지위에 걸맞은 선물을 드리고 싶었습니다, 영주님……." 이윽고 잠에서 깬 샘레이는 길을 재촉했지만 바닷가에 도착했을 때는 이미 해가 진 뒤였고 큰별도 해를 따라 수평선 아래로 숨고 있었다. 서쪽에서 불기 시작한 심술궂은 바람이 돌풍으로 변해 제멋대로 방향을 바꾸는 탓에 바람말은 녹초가 되어버렸다. 샘레이는 바람말을 천천히 모래 위에 착륙시켰다. 바람말은 착륙하자마자 날개를 접더니 가르랑 소리를 내며 두툼하면서도 가벼운 사지를 웅크리고 주저앉았다. 샘레이가 망토의 목 부분을 꼭 여며 쥐고 일어서서 바람말의 목을 쓰다듬어주자 녀석은 귀를 탁탁 튀기며 다시 가르랑거렸다. 손에 닿는 따뜻한 털의 감촉 덕택에 위안이 되었지만 보이는 곳은 구름 얼룩 가득한 잿빛 하늘과 잿빛 바다와 캄캄한 모래밭뿐이었다. 그러다가 모래밭 너머로 무언가 작고 검은 생명체가 하나둘씩 보이는가 싶더니 이내 한 무리가 쪼그려 몸을 숨겼다가 뛰었다가 멈추기를 반복하고 있었다.

샘레이는 큰 소리로 그들을 불렀다. 그 무리는 샘레이를 본 것 같지 않았지만 어느 순간 전부 샘레이 주위에 몰려와 있었다. 하지만 바람말과는 거리를 두었다. 바람말은 가르랑거리기를 멈추었고, 샘레이 손 아래 있던 털이 약간 곤두섰다. 샘레이는 바람말의 든든한 보호에 고마워하면서도 혹시라도 사나운 행동을 할까 저어해 고삐를 움켜쥐었다. 낯선 종족은 두터운 맨발을 모래 속에 묻은 채 조용히 샘레이를 노려보았다. 이들이 누군지 모르려야 모를 수가 없었다. 키는 피이아인과 비슷했으며, 웃지 않는다는 점만을 빼면 모든 면에서 피이아인의 어두운 분신이자 그림자였다. 벌거숭이에 땅딸막한 몸, 뻣뻣한 동작, 길고 부드러운 머리털, 잿빛처럼 하얗고 굼벵이 껍질처럼 축축해 보이는 피부, 바위처럼 단단한 눈매.

"여러분이 진흙인이신가요?"

"우리는 그데미어인이오. 밤의 왕국을 지배하는 분들의 백성이오." 예상외로 크고 굵은 목소리가 소금기와 바람을 머금은 어스름 속에서 젠체하며 울려 퍼졌다. 그렇지만 피이아인을 만났을 때와 마찬가지로 샘레이는 누가 말을 하는지 확실히 알지 못했다.

"인사드립니다, 밤의 지배자님들. 저는 키리엔의 샘레이, 할란에 사는 두르할의 아내랍니다. 오래전에 잃어버린 제 상속물 '바다의 눈동자'라는 목걸이를 찾으러 여기에 왔습니다."

"어째서 이곳에서 그것을 찾으려 하오, 앤기어? 여기는 오직 모래와 소금과 밤뿐이오."

"깊디깊은 장소에서는 잃어버린 물건의 행방을 찾을 수 있기 때문이고, 땅에서 나오는 황금은 어떤 방식으로든 다시 땅으로 돌아가기 마련인 까닭이지요." 재치 있게 답할 준비를 단단히 했던 샘레이가 말했다. "그리고 때때로 물건은 자기를 만들어준 장인에게 돌아간다는 말도 있거든요." 마지막 말은 추측이었지만 정곡을 찌르는 말이었다.

"그 말은 사실이오. '바다의 눈동자'라는 이름은 우리에게도 잘 알려져 있소. 그것은 오래전에 우리 동굴에서 만들어졌으며 앤기어인에게 팔렸소. 그리고 목걸이의 푸른 돌은 이곳 동쪽의 진흙평야에 사는 우리 일족이 캐낸 것이오. 그러나 그런 이야기들은 모두 아주 오래된 옛날이야기일 뿐이오, 앤기어여."

"그런 이야기가 전해 내려오는 곳에 가서 그 물건에 대한 이야기들을 좀 더 들을 수 있을까요?"

땅딸막한 사람들은 마치 의심이라도 하듯 잠시 입을 다물었다. 큰별이 지면서 어두워져가는 모래밭 위로 회색 바람이 불어왔다. 바다는 소리 내어 으르렁거리며 비명을 지르다가 잦아들었다. 굵고 낮은 목소리가 다시 입을 열었다. "좋소, 앤기어의 여인이여, 깊은 집에 들어가도록 합시다. 우리를 따라오시오." 목소리 억양이 바뀌며 감언이설로 달래는 듯한 어조가 깃들어 있었다. 하지만 샘레이는 귀담아듣지 않았다. 샘레이는 날카로운 발톱이 달린 바람말의 짧은 고삐를 끌고 진흙인을 따라 모래밭을 건너갔다.

이 없는 입이 하품하며 뜨뜻미지근하고 악취를 뿜어내는 듯한 동굴 입구에서 진흙인 한 명이 말했다. "하늘을 나는 짐승은 이곳에 데리고 들어올 수 없소."

"들어갈 수 있어요." 샘레이가 말했다.

"들어갈 수 없소." 땅딸막한 이들이 입을 모아 말했다.

"있어요. 저는 바람말을 이곳에 버리고 가지 않을 거예요. 제 말이 아니기 때문에 제 맘대로 두고 갈 수가 없어요. 제가 고삐를 쥐고 있는 한 당신들에게 해를 끼치지 않을 거예요."

"안 되오." 낮고 굵은 목소리들이 다시 반대했지만, 다른 목소리들이 끼어들었다. "뜻대로 하시오." 일행은 잠시 망설이다가 계속 앞으로 나아갔다. 바위 안쪽은 너무나 어두웠기 때문에 흡사 등 뒤로 동굴 입구가 쩔껑하고 닫혀버린 것 같았다. 그들은 샘레이를 마지막에 두고 한 줄로 걸어갔다.

어둡던 동굴이 밝아졌고, 일행은 하얀 불구슬이 천장에 매달려 희미하게 빛나고 있는 곳으로 걸어 들어갔다. 저 멀리 불구슬이 하나 더 보였고 그 너머로 또 하나가 보였다. 불구슬 사이에 까맣고 긴 벌레들이 바위에서 나온 꽃줄 장식 위에 매달려 있었다. 일행이 나아갈수록 불구슬은 점차 촘촘해지더니 곧 동굴 전체가 밝고 차가운 빛으로 환해졌다.

샘레이를 안내하던 이들은 강철로 보이는 문으로 가로막힌 세 갈래 길에서 멈춰 섰다. "여기서 기다려야 하오, 앤기어." 일행 중 여덟 명이 샘레이와 함께 남았고 나머지 셋은 세 개의 문 가운데 하나를 열쇠로 열더니 그 안으로 사라졌다. 셋이 사라지고 나자 쩔꺽 소리를 내며 문이 닫혔다.

희고 공허한 불빛 아래 앤기어의 딸은 허리를 꼿꼿이 펴고 조용히 서 있었다. 바람말은 샘레이 곁에 웅크리고 앉아, 비행 충동을 억지로 참느라 줄무늬 꼬리를 이리저리 휙휙 내저으며 갈무리한 거대한 날개를 계속 뒤척였다. 동굴 안, 샘레이 뒤쪽에서는 진흙인 여덟 명이 쭈그리고 앉아 자신들의 언어로 낮고 굵직하게 뭐라 중얼거렸다.

중앙의 문이 쩔꺽 소리를 내며 활짝 열렸다. "밤의 영역으로 앤기어를 들여보내시오!" 우렁차면서도 허풍 떠는 듯한 새로운 목소리가 말했다. 뚱뚱한 회색 몸 위에 약간의 옷을 걸친 진흙인이 문가에 서서 샘레이에게 손짓을 했다. "들어와서 우리 땅의 신비, 우리 손으로 만든 경이, 밤의 지배자들의 작품을 지켜보시오!"

샘레이는 말고삐를 잡아당기며 조용히 머리 숙여 인사한 뒤 그를 따라 난쟁이를 위해 만든 낮은 복도로 들어섰다. 안에 들어서니 또 다른 휘황찬란한 동굴이 이어졌고, 축축한 벽은 하얀빛에 반사되어 눈부시게 빛났으며 바닥에는 걸어갈 수 있는 길 대신 반짝이는 쇠막대 두 개가 시야 끝까지 뻗어 있었다. 쇠막대 위에는 쇠바퀴가 달린 수레가 놓여 있었다. 새로운 안내인의 몸짓을 따라 샘레이는 망설임 없이 태연한 표정으로 수레에 탄 뒤 바람말을 곁에 앉혔다. 진흙인이 샘레이 앞자리에 올라타 막대와 운전대를 움직였다. 무언가가 갈리는 듯한 시끄러운 소리와 쇠끼리 부딪히는 비명 소리가 나더니 동굴 벽이 갑작스레 움직이기 시작했다. 벽은 점점 더 빠르게 뒤로 물러섰고, 이내 머리 위 불구슬들이 하나로 뭉쳐 뿌옇게 번져 보였으며, 텁텁하고 더운 공기는 악취 나는 바람이 되어 샘레이의 두건을 날려버렸다.

수레가 멈췄다. 샘레이는 안내인을 따라 현무암 계단을 올라 어마어마하게 큰 대기실을 지나 대기실보다도 더 커다랗고 조용한 방으로 들어섰다. 방은 고대의 바다 아니면 진흙인이 바위를 뚫어 만든 곳으로, 차갑고 으스스한 불구슬 빛이 지금까지 단 한 번도 햇빛을 마주하지 않은 어둠을 밝혀주고 있었다. 벽에 박혀 있는 창살에서는 거대한 칼날이 계속 돌면서 퀴퀴한 공기를 바꿔주었다. 폐쇄된 거대 공간은 온갖 잡음으로 시끌벅적했다. 진흙인의 우렁찬 목소리, 삐걱거림, 날카롭게 울리는 윙윙거림, 회전 칼날과 바퀴가 내는 진동음, 그리고 이 모든 소리가 바위에 부딪쳐 메아리치고 다시 메아리쳤다. 이곳에 있는 땅딸막한 진흙인 남자들은 모두 별의 지배자를 본떠 부드러운 부츠를 신고 가랑이가 나뉜 바지와 두건이 달린 짧은 가운을 입고 있었다. 하지만 난쟁이 노예를 재촉하고 있는 몇 안 되는 여인들은 벌거벗

고 있었다. 남자들 다수는 군인으로, 허리춤에는 별의 지배자들
이 쓰는 무시무시한 광선 발사기처럼 생긴 무기를 차고 있었지
만 샘레이마저 이것이 그저 모양만 흉내 낸 강철 곤봉이라는 사
실을 알아볼 수 있었다. 샘레이는 눈에 들어오는 사물들에 주의
를 기울이지 않았다. 오른쪽으로도 왼쪽으로도 눈길을 주지 않
고 안내하는 대로만 따라갔다. 샘레이가 머리털이 검고 둥그런
강철 머리 장식을 한 진흙인 무리 앞에 도착하자 안내인은 걸음
을 멈추고 절을 한 뒤 큰 소리로 외쳤다. "그데미어의 고귀하신
지배자들이시여!"

그곳에는 일곱 명이 있었고, 모두 혹투성이 회색 얼굴을 들어
너무나도 거만한 얼굴로 자신을 바라보았기에 샘레이는 터져
나오는 웃음을 참아야만 했다.

"어두운 왕국의 지배자들이시여, 저는 잃어버린 저희 가문의
보물의 행방을 여쭤보기 위해 이곳에 왔습니다." 샘레이가 침착
하게 말했다. "저는 레이넨의 보배, '바다의 눈동자'를 찾고 있
습니다." 거대한 동굴을 채운 소음 속에서 샘레이의 목소리는
희미하게 들렸다.

"우리의 전령도 그렇게 말했소, 고귀한 숙녀 샘레이여." 이번
에는 누가 말했는지 샘레이도 집어낼 수 있었다. 얼굴이 하얗고
매서운 자로, 다른 이들보다도 작아 키가 샘레이 가슴 높이에도
미치지 못하는 자였다. "우리는 당신이 찾고 있는 물건을 가지
고 있지 않소."

"한때 여러분께서 가지고 계셨다는 말을 들었습니다."

"태양이 깜박이는 저 위에는 많은 소문들이 있소."

"바람이 부는 곳에서는 바람이 여러 가지 말을 전해줍니다. 저는 어떻게 해서 우리가 그 목걸이를 잃어버리게 되었는지, 그리고 어떻게 해서 오래전에 그 목걸이를 만드셨던 여러분에게 다시 돌아오게 되었는지 하는 경과를 묻는 것이 아닙니다. 그것은 그저 오래된 이야기, 오래된 원한일 뿐이지요. 지금 저는 그저 그 물건을 찾고 싶을 뿐입니다. 여러분이 지금 그 물건을 가지고 계시지 않는다 해도 그 목걸이가 어디에 있는지 아실 거라 생각합니다."

"그것은 이곳에 없소."

"그렇다면 다른 어딘가에 있겠군요."

"그것은 당신이 갈 수 없는 곳에 있소. 우리가 도와주지 않는다면 결코 갈 수 없는 장소에 말이오."

"그렇다면 저를 도와주세요. 여러분의 손님으로서 부탁드리겠습니다."

"이런 말이 있소. '앤기어는 받고, 피이아는 주고, 그데미어는 주고받는다.' 우리가 도와준다면 당신은 우리에게 무엇을 주겠소?"

"감사의 마음을 드리겠습니다, 밤의 지배자시여."

그데미어인 가운데 우뚝 솟아 밝게 빛나는 샘레이가 살며시 웃음을 지었다. 모든 그데미어인은 생기 없고 마지못한 표정을 지으면서도 경이와 부러움 어린 시선으로 샘레이를 쳐다보았다.

"이보시오, 앤기어, 당신은 우리에게 엄청난 부탁을 하고 있소. 그것이 얼마나 큰 부탁인지 당신은 이해하지 못할 거요. 당신들은 결코 이해하려 하지 않는 종족이니까, 바람을 타고 하늘을 날고 곡식을 거두고 칼싸움을 하고 함성을 지르는 일 외에 어떤 일에도 관심이 없는 종족이니까. 하지만 당신들이 쓰는 번쩍이는 강철 칼은 누가 만들었소? 우리, 그데미어요! 당신네 영주들은 이곳 진흙평야에 사는 우리에게서 칼을 사고는 아무것도 보지 않고 아무것도 이해하려 하지 않고 떠나오. 그러나 당신은 지금 이곳에 있으니 볼 수 있을 거요. 영원히 타오르는 불빛, 스스로 움직이는 수레, 옷과 음식을 만들고 공기를 깨끗이 정화하고 우리를 위해 무슨 일이든 하는 기계처럼, 우리가 가진 끝없는 경이로움 가운데 몇 가지는 볼 수 있을 거요. 이 모든 것을 이해하는 것이 당신 능력 밖의 일이라는 것은 알고 있소. 그러나 이건 알아야 하오. 우리, 그데미어는 당신들이 별의 지배자라 부르는 이들의 친구라는 사실을! 우리는 별의 지배자들과 함께 할란에, 레오한에, 홀오렌에, 당신들의 모든 성에 갔소. 별의 지배자들이 당신들과 의사소통하는 것을 돕기 위해 말이오. 그리고 당신들 거만한 앤기어가 공물을 바치는 영주들은 우리의 친구요. 우리가 그쪽에 호의를 베풀듯 그쪽도 우리에게 호의를 베풀고 있소! 자 이제, 당신의 감사가 우리에게 어떤 의미인지 말해보시오."

"그것은 당신이 대답할 질문이지 제가 답할 게 아니로군요. 저는 질문을 했습니다. 대답해주십시오, 지배자시여."

잠시 동안 지배자 일곱 명은 말과 침묵으로 토론을 했다. 그들은 샘레이를 흘금거리다가 시선을 돌리기도 하고, 중얼중얼 뭔가를 말하다가 입을 다물기도 했다. 사람들이 하나둘씩 샘레이에게 이끌리더니 천천히 소리 없이 모여들어 결국 검은색 더벅머리 수백 개가 샘레이 주변을 에워쌌고, 소리가 울려 퍼지는 커다란 동굴 바닥은 샘레이가 서 있는 자리를 제외하고는 모두 사람으로 뒤덮였다. 바람말은 두려움과 너무 오랜 시간 동안 억눌려 있은 탓에 짜증으로 온몸을 부들부들 떨었고, 무리해 야간비행을 했을 때처럼 동공이 커지고 활기가 없었다. 샘레이는 녀석의 따뜻한 머리를 가볍게 쓰다듬어주며 부드럽게 속삭였다. "이제 얌전히 있으렴, 용감한 아이야, 빛나는 아이야, 바람을 다스리는 지배자야……."

"앤기어, 당신을 보물이 있는 곳으로 데려다주겠소." 강철 왕관을 쓴 하얀 얼굴의 진흙인이 한 번 더 샘레이를 돌아보며 말했다. "우리는 그 이상은 할 수 없소. 당신이 목걸이를 지키고 있는 이들에게서 그것을 돌려받으려면, 목걸이가 있는 곳까지 우리와 함께 가야만 하오. 그렇지만 하늘짐승은 함께 갈 수 없소. 혼자 가야만 하오."

"얼마나 먼 여행이죠, 지배자시여?"

그자의 입술이 말려들어가고 또 말려들어갔다. "아주 먼 곳이오, 고귀한 숙녀여. 그렇지만 그 여행은 단지 긴 하룻밤이면 될 거요."

"호의에 감사드립니다. 오늘 밤 제 말을 보살펴주시겠어요? 말이 아프지 않게 돌봐주십시오."

"당신이 돌아올 때까지 말은 잠을 자고 있을 거요. 당신이 다시 저 짐승을 볼 때면, 훨씬 커다란 바람말이 되어 당신을 태우고 다닐 거요! 그런데 당신은 우리가 당신을 어디로 데려갈지 궁금하지 않소?"

"바로 떠날 수 있을까요? 집을 오랫동안 비우고 싶지 않거든요."

"알았소. 곧 떠날 거요." 그자가 샘레이의 얼굴을 바라보는 동안 회색 입술이 제 크기가 되었다.

다음 몇 시간 동안 사람들이 분주히 서두르고 어지르고 여기저기에서 시끄러운 소리가 들리고 온통 낯선 과정이 펼쳐졌지만 샘레이는 무슨 일이 벌어지는지 알 수 없었다. 샘레이가 바람말 머리를 잡고 있는 동안 진흙인 한 명이 다가오더니 황금색 줄무늬 엉덩이에 긴 바늘을 찔렀다. 그 광경을 보면서 샘레이는 하마터면 비명을 지를 뻔했지만 바람말은 잠시 경련을 일으키더니 가르랑거리며 잠이 들었다. 진흙인 한 무리가 다가와서 바람말을 옮겼다. 바람말의 따뜻한 몸에 손을 대기 위해 분명히 엄청난 용기를 내야만 했을 터였다. 진흙인은 나중에 샘레이의 팔에도 바늘을 찔렀지만, 샘레이는 바늘을 찌른 게 자신의 용기를 시험하기 위해서인 모양이라고 생각했다. 바늘에 찔리고도 졸리지 않았기 때문이었다. 하지만 확신할 수는 없었다. 샘레이는 철봉수레를 타고 철문과 둥근 천장의 동굴을 무수히 지나가야만 했다. 한번은 양쪽으로 끝없는 어둠이 펼쳐진 동굴을 통과했고, 어둠 속은 엄청난 헬리오르 떼로 가득했다. 샘레이는 구구

거리는 소리며 까칠한 울음소리를 들을 수 있었고 수레 앞쪽에 달린 불빛에 비친 놈들을 흘긋 볼 수 있었다. 이윽고 샘레이는 하얀 불빛 아래 비친 놈들을 좀 더 자세히 볼 수 있었다. 놈들은 모두 날개가 잘리고 눈이 멀어 있었다. 그 광경에 샘레이는 눈을 질끈 감았다. 그러나 지나야 할 동굴이 더 남아 있었고, 더 많은 동굴방이 나왔으며 그곳들을 지날 때마다 혹투성이 회색 몸뚱이들과 사나운 얼굴들과 잘난 척하는 우렁찬 소리도 늘어만 갔다. 안내인들은 돌연 탁 트인 공간으로 샘레이를 데리고 나왔다. 깊은 밤이었다. 샘레이는 눈을 들어 즐거운 마음으로 별을, 서쪽 하늘에 홀로 떠서 환하게 빛나는 작은 달 헬리키를 쳐다보았다. 그러나 진흙인들은 모두 말없이 샘레이 곁에서 가만히 있었고, 새로운 종류의 수레인지 동굴인지 모를 것에 샘레이를 기어 들어가도록 했다. 그곳은 좁았고, 골풀양초 불빛만큼이나 흐릿하고 작고 깜박이는 빛으로 가득했다. 크고 눅눅한 동굴들과 별이 빛나는 밤하늘을 지나 이곳에 들어서니 너무나 좁고 눈이 부셨다. 그때 누군가 또 다른 바늘을 샘레이에게 찔렀고, 진흙인들은 샘레이가 평평한 의자 비슷한 것에 머리와 손과 발을 묶여야만 한다고 말했다.

"싫어요." 샘레이가 단호하게 말했다.

그러나 샘레이를 안내할 진흙인 네 명이 순순히 의자에 묶이는 모습을 보자 샘레이는 자신도 지시에 따르기로 했다. 다른 이들은 자리를 떠났다. 무언가 으르렁거리는 소리가 들리더니 이내 긴 정적이 찾아왔다. 보이지 않는 무엇인가가 엄청난 무게로 샘레이를 내리눌렀다. 이윽고 몸을 누르던 무게도 소리도 사라졌고, 아무것도 느껴지지 않았다.

"제가 죽은 건가요?" 샘레이가 물었다.

"오, 아닙니다, 부인." 어떤 목소리가 대답했고, 샘레이는 그 목소리가 맘에 들지 않았다.

샘레이가 눈을 떴을 때, 자신의 얼굴 위로 고개를 숙인 하얀 얼굴을, 오므려져 있는 커다란 입술을, 작은 돌멩이 같은 눈을 보았다. 몸을 묶고 있던 구속물이 풀리자 샘레이는 자리에서 벌떡 일어섰다. 몸이 사라진 듯 무게를 느낄 수 없었다. 단지 바람에 실린 듯한, 공포로 가득 찬 한 줄기 돌풍이 된 느낌이었다.

"부인을 해치려는 게 아닙니다." 음침한 목소리 또는 목소리들이 말했다. "당신을 만져볼 수 있게만 해주십시오, 부인. 당신의 머리털을 만져보고 싶습니다. 당신의 머리털을 만져볼 수 있게만 해주십시오……."

그들이 탄 둥그런 수레가 약간 흔들렸다. 하나뿐인 창밖으로는 깜깜한 밤이 펼쳐져 있었다. 아니 안개? 그것도 아니면 아무것도 아닌 무無? 긴 하룻밤이 될 거라고 했던 말이 떠올랐다. 샘레이는 꼼짝도 하지 않고 앉아 생기 없는 회색 손이 자신의 머리털을 만지는 것을 꾹 참아냈다. 조금 시간이 지나자 그들은 손과 발과 팔을 만지려 했고, 한번은 목을 만지려 했다. 그 행동에 샘레이는 이를 악물고 벌떡 일어섰고 그들은 뒤로 물러났다.

"우리는 당신을 해치지 않았습니다, 부인." 그 말에 샘레이는 고개를 끄덕였다.

그들이 샘레이에게 지시하자 그녀는 몸을 묶을 수 있도록 다시 의자에 누웠다. 그리고 황금빛으로 번쩍이는 섬광이 창문으로 비쳤을 때, 그 광경을 본 샘레이는 울고 싶어졌지만 그전에 먼저 정신이 흐려졌다.

"그건 그렇고, 어쨌거나 이제 저 여인이 어떤 종족인지는 알게 된 셈이군요." 로캐넌이 말했다.

"난 저 여인이 '어떤 사람'인지 알아낼 방법이 있었으면 좋겠는걸." 관장이 우물우물 중얼거렸다. "저 여자가 이 박물관에 소장된 물건을 원한다고, 저 혈거인이 말한 거지?"

"혈거인이라 부르지 마십시오." 로캐넌이 진지하게 말했다. 고지생학자, 즉 '고등지능생명체를 연구하는 인류학자'로서 로캐넌은 그런 단어를 쓰려 하지 않았다. "멋진 외양은 아니지만 C급 동맹입니다……. 어째서 위원회에서 저들의 문명을 발전시킬 생각을 했는지 궁금하군요. 다른 모든 고등지능생명체들과 접촉하기도 전에 말입니다. 이 조사는 켄타우루스 성계에서 한 게 분명해요. 내기를 해도 좋습니다. 켄타우루스인들은 야행성 종족과 동굴 거주자들을 편애하거든요. 저라면 여기 와 있는 종족 II를 후원했을 텐데 말입니다."

"혈거인들이 저 여자를 경배하는 것처럼 보이지 않나?"

"관장님은 안 그렇고요?"

키 큰 여인을 다시 한 번 홀금 바라본 케소는 얼굴이 새빨개진 채 웃음을 터뜨렸다. "음, 아니라고 할 순 없겠군. 이곳 뉴사우스조지아에서 18년간 지내왔지만 저렇게 아름다운 외계인은 처음 봤다고. 사실, 저렇게 아름다운 여인은 어디서도 찾아볼 수 없을 거야. 여신 같지 않아?" 부끄럼을 많이 타는 관장은 거짓말 안 보태고 이제 반들한 대머리 꼭대기까지 새빨개졌다. 그리고 로캐넌도 진지하게 고개를 끄덕이며 동의를 표시했다.

"통역자인 저 헐거, 아니 그데미어인 없이 저 여인과 직접 이야기를 나눴으면 좋겠는데. 그렇지만 통역을 도울 만한 물건이 없군요." 로캐넌이 손님들을 향해 걸어가자 여인은 눈부시게 아름다운 얼굴을 돌려 로캐넌을 바라보았고, 로캐넌은 깊숙이 허리를 굽혀 절한 다음 한쪽 무릎을 바닥에 꿇고 고개를 숙인 뒤 눈을 감았다. 이것은 로캐넌이 '만능 이종문화 경배법'이라 부르는 몸짓이었으며, 로캐넌은 꽤 우아한 자세로 이 인사법을 실행에 옮겼다. 로캐넌이 다시 몸을 일으켰을 때, 미인은 살짝 웃으며 입을 열었다.

"이분께서 '별들의 지배자 만세'라고 말하십니다." 땅딸막한 호위병 한 명이 혼성은하어로 그르렁거렸다.

"앤기어의 숙녀님, 만세." 로캐넌이 대답했다. "우리 박물관이 숙녀님께 어떤 도움을 드리면 되는지요?"

헐거인들의 으르렁거리는 소리 사이로 여인의 목소리가 간결한 은빛 바람처럼 불어왔다.

"이분께서는 아주아주 오래전에 자기 가문의 보물이었던 목걸이를 제발 돌려달라고 하십니다."

"어떤 목걸이인가요?" 로캐넌이 묻자, 여인은 로캐넌의 말을 알아들었다는 듯 자기 앞에 있는 중앙 진열장을 가리켰다. 진열장 안에 있는 것은 육중하면서도 섬세한 세공이 된 황금 사슬에 푸른 불꽃이 타오르는 듯한 커다란 사파이어가 박힌 멋진 예술품이었다. 로캐넌은 눈썹을 치켰고, 로캐넌 어깨 너머에 있던 케소가 속삭였다. "정말 안목이 높군. 저건 포말하우트 목걸이야. 꽤 유명한 작품이지."

여인은 두 사람을 보고 방긋 웃었고, 다시 혈거인들의 우두머리를 통해 둘에게 말했다.

"이분께서는, '오, 별들의 지배자들이시여, 보물의 집에서 사시는 젊은 분과 나이 드신 분이시여, 저 보물은 아주 오래전부터 제 물건이었답니다. 고맙습니다'라고 말씀하십니다."

"우리가 저 물건을 어떻게 얻었지요, 관장님?"

"기다려봐, 보관 목록을 찾아볼 테니까. 내가 이곳에 전시했군. 저곳에다 말이야. 출처는 저 혈거인인지 지하 난쟁이인지 하는 사람들, 그래, 그데미어로군. 여기 써 있기로는 이 사람들은 흥정에 대한 강박관념이 있다는군. 저 사람들은 꼭 우주선을 사야겠다고 주장했고, 우리는 그 제안을 받아들일 수밖에 없었어. 저 사람들이 여기 타고 온 AD-4형 우주선 말이야. 저것은 그때 지불한 물건 가운데 일부였어. 저 사람들이 손수 만든 공예품이지."

"그리고 저 사람들이 산업 사회로 발전하게 된 후로 더 이상 이런 종류의 공예품은 만들 수 없는 게 분명하고요."

"그렇지만 저 사람들은 마치 저 물건이 자신들의 것도 우리의 것도 아닌 저 여인의 것이라고 생각하고 있는 것 같아. 이건 아주 중요한 문제라고, 로캐넌. 그렇지 않다면 저 사람들이 저 여인의 용무를 위해 시간 지연을 무릅쓰고 여기까지 오지는 않았을 거야. 거참, 포말하우트에서 여기까지 오려면 시간 지연이 꽤 되었을 텐데 말이야!"

"틀림없이 몇 년은 되었을 겁니다." 성간 도약에 익숙한 고지생학자가 말했다. "하지만 아주 먼 것은 아닙니다. 흠,《편람》이나《여행 안내서》그 어느 쪽도 예측할 만한 충분한 자료가 없군요. 이 종족에 대해 제대로 된 연구가 없는 게 분명합니다. 저 작은 친구들이 저 여인에게 그냥 호의를 베푸는 걸 수도 있습니다. 아니면 저 빌어먹을 사파이어 때문에 종족 간에 전쟁이 벌어질 상황인지도 모르고요. 어쩌면 자기들이 저 여인보다 열등하기 짝이 없는 존재라고 여겨 여인의 요구에 고분고분 따르는지도 모르지요. 아니면 겉모습과 달리 여자가 저 친구들의 포로이거나 아니면 한패일지도요. 우리가 어떻게 알겠습니까? ……저 물건을 줘도 될까요, 관장님?"

"아, 물론이지. 이곳에 수집되어 있는 모든 이국의 물건들은 엄밀히 말하면 우리 소유가 아니라 빌려온 거야. 이런 요구가 종종 있거든. 이런 일로 시끄럽게 논쟁을 한 적은 거의 없어. 평화가 우선이라고, 전쟁이 일어나기 전까진 말이지……."

"그렇다면 저 여인에게 물건을 준다고 하겠습니다."

케소는 얼굴에 웃음을 머금었다. "이건 특혜인데." 케소는 진열장을 열고 거대한 금 사슬을 들어 올렸다. 하지만 부끄러워하며 목걸이를 로캐넌에게 넘겼다. "자네가 전해줘."

그렇게 푸른 보석이, 잠시 동안이긴 하지만 로캐넌의 손에 먼저 떨어졌다.

로캐넌의 마음은 목걸이에 가 있지 않았다. 로캐넌은 손바닥 가득히 푸른 불꽃과 황금을 담고 곧장 아름다운 외계 여인에게로 돌아섰다. 여인은 목걸이를 받기 위해 손을 내미는 대신 고개를 숙였고 로캐넌은 목걸이를 들어 여인의 머리털 너머로 미끄러뜨렸다. 여인의 황갈색 목에 자리 잡은 목걸이는 불타는 도화선 같았다. 여인이 너무나 강한 자부심과 기쁨과 고마움을 얼굴에 나타내며 목걸이에서 시선을 떼었기에 로캐넌은 아무런 말도 하지 못하고 조용히 서 있었고, 자그마한 관장은 자기 나라말로 "괜찮습니다, 괜찮습니다"라고 허둥지둥 중얼거렸다. 여인은 황금색 머리를 숙여 관장과 로캐넌에게 인사를 했다. 이윽고 여인은 뒤돌아서 땅딸막한 호위병(또는 체포자?)에게 고개를 끄덕였고, 닳아 해진 푸른 망토를 여미고는 천천히 긴 복도를 걸어 사라졌다. 케소와 로캐넌은 여인의 뒷모습을 바라보며 가만히 서 있었다.

"가끔씩 느끼는 거지만 말이죠……." 로캐넌이 입을 열었다.

"응?" 케소가 한참 동안 멍하니 있다가 쉰 목소리로 물었다.

"가끔씩 느끼는 거지만…… 우리에게 거의 알려지지 않은 세계의 사람들을 만날 때면, 관장님도 아시다시피, 때때로…… 제가 결코 이해할 수 없는 전설의 한 모퉁이 또는 비극적인 신화의 한 자락 속에서 헤매는 건 아닐까 하는 생각이 듭니다."

"그래." 관장이 헛기침을 한 번 하더니 말했다. "그리고 나는…… 저 여인의 이름이 무엇인지 알고 싶어."

금발의 샘레이, 황금빛 샘레이, 목걸이를 한 샘레이. 진흙인은 샘레이의 의지에 따라 자신들의 의지를 굽혔고, 심지어 진흙인이 샘레이를 데려갔던 끔찍한 곳, 밤의 끝에 사는 별의 지배자들조차 샘레이의 뜻에 따라주었다. 별의 지배자들은 샘레이에게 절을 했고, 자신들의 물건 가운데 샘레이의 보물을 기꺼이 돌려주었다.

하지만 샘레이는 동굴에서 느꼈던 기분을 떨쳐버릴 수 없었다. 바위가 머리 위를 내리누르는 곳, 누가 말하는지 무슨 행동을 하는지 알 수 없는 곳, 목소리들이 울려 퍼지고 회색 손이 뻗쳐오던 곳. 이제 충분했다. 샘레이는 목걸이 값을 치렀다. 아주 후하게. 이제 목걸이는 샘레이 것이었다. 대가는 지불했고, 과거는 과거일 뿐이었다.

상자처럼 생긴 곳에서 기어 나온 바람말은 눈에는 엷은 막이, 털에는 서리가 뒤덮여 있었다. 샘레이는 그데미어의 동굴 밖으로 바람말을 끌고 나왔지만 녀석은 처음에 날려 하지 않았다. 그러나 지금 부드러운 남풍을 타고 할란을 향해 빛나는 창공을 날며 바람말은 다시 괜찮아진 듯했다. "빨리 가자, 빨리 가." 바람이 샘레이의 마음속에 있던 어둠을 깨끗이 날려버렸다는 듯, 샘레이는 웃음을 터뜨리면서 바람말에게 말했다. "나는 두르할을 빨리 보고 싶단다, 아주 빨리……."

그리고 샘레이를 태운 바람말은 빠르게 날아가 둘째 날 어스름 무렵 할란에 도착했다. 이제 샘레이를 태운 바람말이 할란의 천 개의 계단을 급상승해 1천 피트나 숲이 끊긴 협곡다리를 건너니, 진흙인의 동굴에서 있었던 일은 작년에 꾸었던 악몽보다 멀게 느껴졌다. 황금빛 저녁 햇살이 내리쬐는 비행뜰에 내린 샘레이는, 단호한 자세로 서 있는 영웅상과 목에서 아름답게 불타고 있는 물건을 뚫어지게 바라보며 고개 숙여 인사하는 문지기 병사 둘 사이를 걸어가 마지막 계단을 올랐다.

앞쪽 홀에 도착한 샘레이는 지나가는 여자아이를 세웠다. 여자아이는 아주 예뻤으며, 비록 이름을 기억할 순 없었지만 생김새를 보건대 두르할의 가까운 친척임을 알 수 있었다. "제가 누군지 알겠나요, 아가씨? 전 두르할의 아내 샘레이랍니다. 두로사 부인께 제가 돌아왔다고 좀 전해주겠어요?"

샘레이는 그냥 안으로 들어갔다가 혼자 두르할과 만나게 될까봐 두려웠다. 두로사가 자신을 편들어주길 바랐다.

여자아이는 아주 이상하다는 듯 샘레이의 얼굴을 빤히 쳐다보더니 중얼거리듯 대답했다. "네." 그리고는 탑 쪽으로 쏜살같이 사라졌다.

샘레이는 금박이 둘린 낡은 홀에 서서 사람들을 기다렸다. 아무도 오지 않았다. 모두 잔치용 홀에서 식사를 하고 있는 건가. 고요함이 불안했다. 몇 분 뒤, 샘레이는 탑으로 오르는 계단을 향해 발걸음을 옮기기 시작했다. 그러나 그때 늙은 여인이 섧게 울면서 두 팔을 벌리고 돌바닥을 지나 샘레이에게 다가왔다.

"오, 샘레이, 샘레이!"

샘레이는 머리가 하얗게 새어버린 그 여인을 본 적이 없었기에 뒤로 주춤거리며 물러섰다.

"그런데 부인, 부인은 누구시죠?"

"내가 두로사란다, 샘레이."

두로사가 샘레이를 껴안은 채, 진흙인이 샘레이를 사로잡아 간 다음 오랫동안 주문을 걸어둔 게 사실인지, 아니면 피이아가 이상한 마법으로 그렇게 한 건지 물으며 펑펑 우는 동안, 샘레이는 아무 말도 하지 않고 조용히 서 있었다. 그러다가 두로사는 울음을 그치며 조금 뒤로 물러났다.

"넌 아직도 젊구나, 샘레이. 이곳을 떠날 때와 똑같아. 그리고 목에는 목걸이를 하고 있구나……."

"두르할에게 줄 선물을 가지고 왔어요. 그이는 어디 있죠?"

"두르할은 죽었단다."

샘레이는 굳은 듯이 서 있었다.

"네 남편이자 내 동생인 할란의 영주 두르할은 7년 전 전투에서 죽었단다. 네가 떠난 지 9년째 되는 해였지. 별의 지배자들은 더 이상 오지 않았어. 우리는 동쪽의 영주들, 그러니까 로그와 홀오렌의 앤기어와 전쟁을 했단다. 두르할은 전투 중에 중인의 창에 찔려 전사했구나. 몸에는 변변한 갑옷을 걸치지 못했고 영혼에는 그나마 아무런 갑옷도 걸치지 않았기 때문이야. 그 아이는 오렌 늪지대 위쪽 평원에 묻혀 있단다."

샘레이는 몸을 틀었다. "그렇다면 저는 그이에게로 가겠어요." 샘레이는 자기 목을 내리누르는 금 사슬에 손을 댔다. "그이에게 제가 가져온 선물을 주겠어요."

"기다리거라, 샘레이! 두르할의 딸이자 네 딸을 보고 가렴. 아름다운 할드레를!"

샘레이가 처음에 말을 걸었던 여자아이, 두로사에게 자신이 온 걸 전해달라고 부탁했던 바로 그 아이였다. 열아홉 살 정도로, 두르할의 짙푸른 눈동자를 그대로 닮은 아이였다. 할드레가 두로사 옆에 서서 차분한 눈으로 자신의 어머니인 샘레이를, 자신과 동갑인 샘레이를 바라보았다. 둘은 나이가, 황금 머리털이, 아름다움이 같았다. 다만 샘레이가 키가 약간 더 컸고 가슴에 푸른 보석을 달고 있을 뿐이었다.

"이것을 받으렴. 자, 받으렴. 이것은 내가 두르할과 할드레를 위해서 긴 밤의 끝에서 가져온 것이란다!" 샘레이는 큰 소리로 외치곤, 고개를 숙이고 틀면서 무거운 사슬을 벗다가 그만 바닥에 떨어뜨렸다. 목걸이가 돌바닥에 부딪히며 차고 맑은 소리를 냈다. "오, 제발 받으렴, 할드레!" 샘레이는 다시 한 번 큰 소리로 외친 뒤 섧게 울면서 몸을 틀었고, 할란을 벗어나 다리를 건너 길고 넓은 계단을 내려가 마치 도망치는 야생동물처럼 동쪽에 있는 산허리의 숲으로 사라져갔다.

THE WIND'S TWELVE QUARTERS

파리의 4월

이 글은 내가 돈을 받은 최초의 작품이자 출판된 두 번째 작품이다. 또한 확실히 기억나지는 않지만 내가 쓴 서른 번째인가 마흔 번째 작품이다. 글을 모르던 다섯 살짜리 여동생이 주변에서 얼쩡대는 게 귀찮아진 테드 오빠가 내게 읽기를 가르쳐준 이후로 줄곧 나는 시와 소설을 썼다. 스무 살 무렵, 나는 쓴 글들을 출판사에 보내기 시작했다. 몇몇 시는 출판이 되었지만 서른이 될 무렵까지 소설은 제대로 출판되지 못했다. 내가 보낸 소설은 약속이나 한 것처럼 늘 반송되어 돌아왔다.

〈파리의 4월〉은 1942년 《어스타운딩》지에 '지구 생명체 기원'에 관한 이야기를 썼다가 터무니없는 이유로 게재를 거절당한 뒤(나는 존 우드 캠벨과 잘 맞았던 적이 단 한 번도 없다) 판타지소설이나 SF로 인식할 수 있는 '장르'로는 최초의 작품이다. 열두 살 때는 게재를 거절한다는 내용의 편지를 받고도 마냥 기뻐했고 서른둘이 되어서는 수표를 받고 매우 기뻐했다. '전문가주의'는 미덕이 아니다. 프로란 아마추어가 열정 때문에 하는 일을 돈을 받고 하는 사람에 불과하다. 하지만 돈의 경제학에서 보면, 보수를 받는다는 것은 자신이 한 작업을 여러 사람이 알게 되고 읽게 된다는 것을 뜻한다. 이는 작가와 독자의 의사소통을 의미하는 것이고 또한 이는 예술가의 목적이기도 하다. 1962년에 이 작품을 사준 셸리 골드스미스 랠리는 역사상 SF 잡지를 담당했던 그 어떤 편집자보다도 진취적이고 예리한 사람이다. 나는 셸리가 내게 이런 기회를 준 것에 늘 고맙게 생각하고 있다.

배리 페니위더 교수는 춥고 어두운 다락방에 앉아 앞에 놓인 탁자를 물끄러미 바라보았다. 탁자 위에는 책 한 권과 딱딱한 빵 한 조각이 놓여 있었다. 빵은 저녁식사였고, 책은 페니위더 교수 필생의 작업이었다. 둘 다 말라붙어 있었다. 페니위더 박사는 한숨을 쉬고 몸을 떨었다. 낡은 집의 아래층 셋방은 꽤 우아했다. 하지만 급기야 난방은 4월 1일 끊겼고 오늘은 4월 2일이었으며 밖에는 진눈깨비가 내리고 있었다. 이곳에서는 조금만 고개를 들어도 창문을 통해 땅거미 속에서 손에 잡힐 듯 가깝게 어렴풋이 솟아 있는 노트르담 대성당의 사각탑 두 개가 보였다. 페니위더 박사가 사는 생루이 섬은 노트르담 대성당이 있는 시테 섬 뒤쪽에 하류로 끌려가는 작은 나룻배처럼 붙어 있었기 때문이다. 그러나 페니위더는 고개를 들지 않았다. 그는 너무나 추웠다.

거대한 탑이 어둠에 잠겼다. 페니위더 박사는 우울했다. 박사는 혐오스러운 눈빛으로 책을 바라보았다. 이 책 덕분에 1년을 파리에 머물 수 있게 되었다. 학과장은 뭔가를 출판하거나 아니면 관두라고 말했고, 페니위더는 뭔가를 써내는 쪽을 택했으며, 그 보상으로 1년 동안 학교를 떠나 있을 수 있었지만 대신 월급은 없었다. 먼슨 대학은 강의를 하지 않는 교수에게 급여를 줄 만한 여력이 없었다. 그래서 페니위더 박사는 저축한 돈을 긁어모아 파리로 왔다. 학생 때처럼 다락방에 살면서 국립도서관에서 15세기 문헌들을 읽으며 길가 밤나무에 꽃이 피는 것을 보며 살기 위해서였다. 그러나 아무 소용 없는 짓이었다. 페니위더는 마흔 살이었고, 다락방에서 혼자 살기에는 나이가 너무 많았다. 진눈깨비는 막 봉오리 지기 시작한 밤꽃들을 망쳐놓을 터였다. 페니위더 박사는 이제 자기 일에는 진저리가 났다. 1463년에 살았던 시인 프랑수아 비용의 불가사의한 실종을 설명하는 이론에 누가 관심을 보이겠는가? 아무도 없었다. 역사상 가장 위대한 비행 청소년이었던 불쌍한 비용에 관한 페니위더 박사의 이론은 증명할 수 없는 가설에 불과했고 진실은 500년이라는 시간 저편에 있었다. 아무것도 증명해낼 수가 없었다. 게다가 비용이 몽포콩의 교수대에서 죽었건 아니면 (페니위더의 생각대로) 이탈리아로 가던 중 리옹의 사창가에서 죽었건 그게 무슨 상관이란 말인가? 그런 일에 누가 관심을 보인단 말인가? 그런 일에 관심을 보일 정도로 비용을 사랑하는 이는 아무도 없었다. 또한 그 누구도 페니위더 박사를 사랑하지 않았다. 페니위더 자신조차도 자신을 사랑하지 않았다. 왜 페니위더가 자신을 사랑해야만 한단 말인가? 사교성 없고 독신에 돈도 못 버는 탁상공론가로 난방도 안 되는 허름한 다락방에서 사람들이 읽지도 않을 책이나 한 권 더 쓰려고 애쓰는 인물을 누가 사랑한단 말인가? "난 너무 현실 감각이 떨어져." 페니위더는 다시 한숨을 쉬고 몸을 떨며 큰 소리로 말했다. 그는 자리에서 일어나 침대의 담요를 가져다 몸에 둘둘 말고는 그 모습 그대로 탁자 앞에 앉아 골루아즈 블뢰에 불을 붙이려 애썼다. 하지만 라이터는 쓸데없이 짤깍거리기만 할 뿐이었다. 페니위더는 다시 한숨을 쉬고 일어나서 고약한 냄새가 나는 프랑스제 라이터 연료 한 통을 꺼내 온 다음 자리에 앉아 담요를 다시 고치처럼 몸에 감싸고 라이터에 연료를 채운 뒤 한 번 더 짤깍거려보았다. 액체 연료가 주변으로 많이 흘러넘쳐 있었다. 라이터에 불이 켜지는 순간 페니위더 박사의 손목 아래쪽부터 불이 붙었다. "이런, 제길!" 손가락 마디에서 푸른 불꽃이 솟아오르자 페니위더는 비명을 지르고 팔을 거칠게 휘저으며 펄쩍 뛰었다. "제길!" 페니위더는 소리치면서 운명의 여신을 저주했다. 되는 일이라곤 하나도 없었다. 도대체 이게 무슨 꼴이람! 때는 1961년 4월 2일 오후 8시 12분이었다.

　남자 한 명이 높고 추운 방 탁자 앞에 몸을 구부리고 앉아 있었다. 뒤쪽 창밖으로 봄의 어스름 속에 어렴풋이 노트르담 대성당의 사각탑 두 개가 보였다. 남자 앞에 있는 탁자 위에는 치즈

한 조각과 자물쇠가 달린 커다란 필사본 한 권이 놓여 있었다.
그 책에는《다른 세 원소들에 비해 불 원소가 탁월한 점에 대해
서》라는 제목이 (라틴어로) 쓰여 있었다. 책의 저자는 혐오스러
운 눈빛으로 자기가 쓴 책을 노려보았다. 가까이에 있는 조그만
쇠난로 위에는 작은 증류기가 끓고 있었다. 장 르누아르는 온기
를 찾아 가끔씩 자신도 모르게 의자를 난로 쪽으로 가까이 움직
여 갔지만 머릿속으로는 아주 복잡한 문제에 대해 생각하고 있
었다. "제길!" 마침내 르누아르가 (중세 후기의 프랑스어로) 말
을 하더니 거칠게 책을 덮고는 일어섰다. 이 이론이 틀렸다면 어
떻게 해야 하나? 만약에 물이 제1원소라면? 도대체 이 부분을
어떻게 증명하지? 분명히 무슨 방법이 있기는 있을 거야. 진실
을 확실히 밝혀줄 무슨 방법이! 그러나 모든 사실은 다른 것으
로 이어져서 괴상하게 얽혀버리고, 학계의 권위자들은 서로 모
순된 견해를 내놓고 있으며, 어쨌든 아무도 심지어는 소르본에
있는 비열한 현학자들마저도 르누아르가 쓴 책을 읽지 않을 터
였다. 소르본의 교수들은 르누아르를 이단시했다. 무슨 쓸모가
있단 말인가? 아무것도 배우지 못한 채 단지 추측하고 가설만
세운다면 가난하고 외롭게 살아온 그간의 세월이 무슨 소용이
있단 말인가? 르누아르는 흥분해서 다락방을 성큼성큼 걸어 다
니다가 잠시 멈춰 섰다. "좋아!" 그는 운명의 여신에게 말했다.
"좋다고! 당신은 나에게 아무것도 주지 않았어. 그러니 난 내 힘
으로 원하는 걸 갖고 말겠어!" 르누아르는 마룻바닥 대부분을
덮고 있는 책 더미 가운데 한 곳으로 다가가 바닥에 깔린 책 한

권을 잡아챘다(위에 쌓인 책들이 와르르 무너지면서 가죽 표지에 흠집이 생기고 손가락 관절에 멍이 들었다). 르누아르는 책을 탁자 위에 아무렇게나 내던지고는 한 곳을 펴 꼼꼼히 읽기 시작했다. 그러고는 여전히 반항적이고 냉정한 표정으로 황, 은, 분필 같은 것들을 준비했다. 방은 온통 먼지와 쓰레기로 지저분했지만 조그만 작업대만은 깔끔하고 쓸모 있게 정돈되어 있었다. 르누아르는 금방 준비를 끝냈다. 그리고 잠깐 머뭇거렸다. "어리석은 짓이야." 르누아르가 창밖을 바라보며 중얼거렸다. 밖은 이제 어두워져 탑의 존재를 짐작만 할 수 있을 뿐이었다. 아래에서 야경꾼이 지금은 오후 8시고 날씨는 춥고 하늘은 맑다고 외치며 지나갔다. 너무나 조용했기 때문에 센 강의 찰싹거리는 물소리까지도 들렸다. 르누아르는 어깨를 한 번 으쓱거린 뒤 찌푸린 얼굴로 분필을 집어 탁자 근처 바닥에 별 문양을 말끔하게 그렸다. 그러고는 책을 들고 낭랑하지만 수줍은 목소리로 읽기 시작했다. "하에레, 하에레, 아우디 미……." 긴 주문이었지만 대부분 아무 뜻도 없는 소리였다. 르누아르의 목소리가 잦아들었다. 그는 지루하고 당혹스러워하며 서 있었다. 그래서 서둘러 마지막 단어까지 읽은 뒤 책을 덮고는 문에 기대서, 입을 떡 벌린 채 별 문양 안에 서 있는 거대하고 형체를 알아볼 수 없는 대상을 바라보았다. 앞발에 달린 이글거리는 푸른 불꽃만이 그 대상을 비추고 있었다.

마침내 배리 페니위더는 정신을 차리고 몸을 감싼 겹겹의 담요 사이로 손을 파묻어 불을 껐다. 데지는 않았지만 당혹스러웠다. 페니위더는 다시 자리에 앉아 자기 책을 바라보았다. 그러고는 뚫어져라 계속 바라보았다. 그건 《비용의 마지막 나날들: 가능성의 고찰》이라는 제목의 얇은 회색 책이 아니었다. 갈색의 두꺼운 책이었고 그 위에는 《위대한 마법사》라는 제목이 적혀 있었다. 왜 탁자 위에 이런 책이 있는 걸까? 1407년 발행된 이 책은 파손되지 않은 사본이라고는 밀라노의 암브로시아나 도서관에만 있었고, 값은 따질 수도 없었다. 페니위더는 주위를 천천히 둘러보았다. 입이 서서히 아래로 벌어졌다. 난로와 화학자의 작업대와 족히 스무 더미, 서른 더미는 될 것 같은, 그 존재가 믿기지 않는 가죽 장정의 책들과 창과 문이 보였다. 자신이 살던 방의 창과 문이었다. 그러나 문에는 까맣고 형체를 알 수 없는 무언가가 단조롭게 달가닥거리는 소리를 내며 웅크리고 있었다.

배리 페니위더는 용감한 사람은 아니었지만 이성적인 사람이었다. 그는 자기가 제정신이 아니라고 생각하고는 아주 침착하게 말했다. "당신은 악마입니까?"

그 존재는 몸을 떨더니 계속 달가닥거리는 소리를 냈다.

페니위더는 보이지도 않는 노트르담 대성당 쪽을 흘금거리며 시험 삼아 성호를 그었다.

그러자 그 존재가 경련을 일으켰다. 두려워 움찔거리는 것이 아니라 단순한 경련이었다. 이윽고 그 존재는 무언가를 말했다. 연약한 목소리였지만 완벽한 영어, 아니 완벽한 프랑스어, 아니다소 이상한 프랑스어였다. "메 부제트 드 뒤."*

페니위더는 일어나 그 존재를 자세히 보았다. "당신은 누구입니까?" 페니위더가 다그쳤다. 그러자 그 존재는 완벽한 인간의 얼굴을 들고 유순하게 말했다. "장 르누아르입니다."

"제 방에서 뭘 하고 있는 겁니까?"

잠깐 동안 침묵이 흘렀다. 르누아르는 무릎으로 일어나서 똑바로 섰다. 5피트 2인치 정도 되어 보였다. "여기는 '제' 방입니다." 마침내 르누아르가 아주 정중하게 말을 했다.

페니위더는 주변의 책과 증류기들을 둘러보았다. 다시 얼마 동안 침묵이 흘렀다. "그렇다면 제가 어떻게 해서 여기에 온 겁니까?"

"제가 당신을 데려왔습니다."

"당신은 학자입니까?"

르누아르는 자랑스레 고개를 끄덕였다. 태도가 전체적으로 바뀌어 있었다. "네, 저는 학자입니다. 그렇습니다, 제가 당신을 여기로 데려왔습니다. 설사 자연이 제게 아무런 지식을 주지 않는다 해도 저는 자연을 정복하고, 기적을 행할 수 있습니다! 과학 따위는 악마에게나 가라지요. 저는 과학자였습니다." 르누아르는 페니위더를 노려보았다. "하지만, 이제 더는 아닙니다. 사람들은 저를 멍청이, 이단자라고 부릅니다. 맙소사, 실제로 전 더 심하지요. 전 흑마술사, 마법사인 암흑의 장입니다! 마법이

---

*'하지만 당신은 신이군요'라는 뜻의 프랑스어.

먹혀든 겁니다, 그렇죠? 그렇다면 과학은 시간 낭비에 불과합니다. 하!" 하지만 페니위더가 보기에 르누아르는 정말로 의기양양해하는 것 같지 않았다. "저는 마법이 듣지 않기를 바랐습니다." 르누아르가 책 더미 사이를 천천히 걸으며 좀 더 조용한 어조로 말했다.

"저도 그렇습니다." 손님이 말을 했다.

"당신은 누구인가요?" 페니위더의 키가 거의 1피트 정도 더 컸지만 르누아르는 그를 도전적인 눈빛으로 쳐다보았다.

"배리 A. 페니위더입니다. 인디애나에 있는 먼슨 대학의 불문학과 교수입니다. 중세 말기의 프랑스를 연구하기 위해 파리에 와……." 페니위더는 말을 멈추었다. 그제야 르누아르의 억양을 알아차린 것이다. "지금이 몇 년입니까? 몇 세기인가요? 제발, 르누아르 선생님……." 프랑스인이 당혹스러워했다. 발음이 변하는 것처럼 말의 뜻도 역시 변하기 마련이었다. "누가 이 나라를 다스리지요?" 페니위더가 소리쳤다.

르누아르가 어깨를 으쓱해 보였고 그건 프랑스식이었다(어떤 것들은 전혀 변하지 않기도 한다). "루이가 왕이지요. 루이 11세. 더러운 늙은 거미죠."

둘은 목각 인디언 인형처럼 서로를 바라보며 잠시 동안 그대로 서 있었다. 르누아르가 먼저 입을 열었다. "그렇다면 당신은 인간인가요?"

"맞습니다. 이봐요, 르누아르 씨, 제 생각에 당신은, 당신 마술 말인데, 약간 실수한 것 같습니다."

"그런 것 같군요. 정말 그래요." 연금술사가 말했다. "당신은 프랑스 사람인가요?"

"아닙니다."

"그러면 영국 사람인가요?" 르누아르가 노려보았다. "그 추잡한 빌어먹을 인종?"

"아닙니다. 아니에요. 전 미국에서 왔습니다. 그러니까…… 미래에서 왔습니다. 서기 20세기에서 말입니다." 페니위더는 얼굴을 붉혔다. 자신이 한 말이 바보 같아 보이기도 했고 사실 페니위더는 수줍음이 많은 사람이었다. 그러나 지금 상황이 환상이 아니라는 것쯤은 알고 있었다. 자신이 지금 서 있는 방은, 자기 방이면서도 새로운 방이었다. 500년이나 된 낡은 집이 아니었다. 청소는 되어 있지 않았지만 새집이었다. 그리고 페니위더의 무릎께에 있는 알베르투스 마그누스의 책도 새것으로, 부드럽고 낭창거리는 소가죽 표지에 금박 문자가 빛나고 있었다. 그리고 르누아르는 무대 의상이 아닌 집에서 입는 검은 가운을 걸치고 서 있었다……

"좀 앉으시지요, 선생님." 르누아르가 말했다. 그리고 세련되면서도 가난한 학자답게 약간 어색한 태도로 덧붙였다. "여행 때문에 피곤하시지요? 제게 빵과 치즈가 있습니다. 저와 함께 나누어 드신다면 영광으로 알겠습니다."

둘은 탁자 앞에 앉아 빵과 치즈를 입에 넣고 우물거렸다. 처음에는 르누아르가 흑마술을 왜 부리려 했는지 애서 설명하려 했다. "저는 사육되고 있었습니다. 사육되고 있었다고요! 저는 스무 살 이후 줄곧 고독한 노예였습니다. 무엇의 노예냐고요? 지식의 노예였죠. 자연의 몇 가지 비밀을 알아내기 위해서 말입니다. 하지만 배울 것은 없었습니다." 르누아르가 칼을 탁자에 반 인치가량이나 꽂자 페니위더가 깜짝 놀라 펄쩍 뛰었다. 르누아르는 작고 마른 사람이었지만 정열적인 인물이었다. 얼굴은 창백하고 야위었지만 잘생겼고 사려 깊으며 생기가 넘쳤다. 페니위더는 1953년까지 끊임없이 신문에 실리던 유명한 핵물리학자의 얼굴을 떠올렸다. 이런 유사성 때문에 페니위더는 불쑥 말을 잘랐다. "밝혀진 것도 있어요, 르누아르 씨. 우리는 여기저기에서 많은 것들을 알아냈습니다……."

"무엇을요?" 의심하는 눈치였지만 솔깃한 표정으로 연금술사가 말했다.

"음, 저는 과학자는 아니라서……."

"금을 만들 수 있나요?" 르누아르가 질문을 하며 씩 웃었다.

"아니요, 금을 만들 순 없습니다만, 다이아몬드는 만들죠."

"어떻게요?"

"탄소, 그러니까 석탄으로요. 탄소에 엄청난 열과 압력을 가하면 되는 걸로 알고 있습니다. 석탄과 다이아몬드는 모두 탄소지요. 아시다시피 같은 원소입니다."

"원소라고요?"

"말씀드렸듯이, 저는 과학자가 아니라서……."

"어떤 것이 제1원소인가요?" 르누아르가 칼을 손에 든 채 타는 듯한 눈으로 외쳤다.

"원소는 백 개 정도가 있어요." 페니위더가 놀라움을 감추며 냉정하게 말했다.

2시간 뒤, 르누아르는 페니위더가 대학 화학 강의에서 배운 지식을 남아 있는 마지막 한 방울까지 짜냈다. 그런 다음 어둠 속으로 돌진해 가더니 금세 술병을 들고 나타났다. "맙소사." 르누아르가 외쳤다. "생각해보니 스승인 자네에게 준 것이라고는 빵과 치즈뿐이더군!" 르누아르가 가져온 건 1477년산 고급 부르고뉴 포도주였다. 둘이 한 잔씩 마시고 난 뒤 르누아르가 말했다. "내가 보답할 게 있다면……."

"있어. 시인 프랑수아 비용이라는 사람을 알아?"

"알지." 르누아르가 다소 놀라며 말했다. "하지만 그 친구는 프랑스어로 된 쓰레기들밖에 쓰지 않았어. 알겠지만, 라틴어 작품은 쓰지 않았다고."

"비용이 언제 어떻게 죽었는지도 알아?"

"그럼. 64년인가 65년인가에 여기 몽포콩에서 만고에 쓸모없는 다른 무리들과 같이 교수형을 당했지. 그건 왜?"

2시간 후, 술병엔 술이 말랐고 둘은 목이 말랐다. 야경꾼이 지나가며 지금은 새벽 3시고 날씨는 춥고 하늘은 맑다고 알렸다. "장, 난 피곤해. 날 보내주면 고맙겠군." 페니위더가 말했다. 연금술사는 페니위더의 말에 반대하기에는 너무 정중했고 너무 고마워 어쩔 줄을 몰라 했고 자신도 너무 피곤한 듯했다. 페니위더는 별 문양 안에 똑바로 섰다. 갈색 담요를 몸에 두른 채

골루아즈 블뢰를 피우고 있는 키 크고 앙상한 모습이었다. "아듀." 르누아르가 슬픈 목소리로 말했다. "오르부아."* 페니위더가 대답했다. 르누아르는 마법의 주문을 뒤에서부터 읽어나갔다. 촛불이 깜빡거렸고 르누아르의 목소리가 누그러졌다. "메아우디, 하에레, 하에레……." 르누아르는 다 읽은 후, 한숨을 쉬고 고개를 들어보았다. 별 문양 안은 비어 있었다. 촛불이 깜빡거렸다. "하지만 내가 배운 건 너무나 적어!" 르누아르는 빈 방에 대고 소리쳤다. 그러고는 펼쳐놓은 책을 주먹으로 치며 말했다. "그리고 그런 친구를…… 진정한 친구를……." 르누아르는 페니위더가 남겨준 담배를 한 개비 피웠다. 페니위더와 함께 있는 동안 르누아르는 금세 담배 맛에 반해버렸다. 그리고 탁자 앞에 앉아 2시간가량 잠을 잤다. 잠에서 깨어난 르누아르는 잠시 곰곰이 생각하더니 촛불을 다시 켰다. 그리고 담배 한 개비를 더 피우고 《위대한 마법사》를 펴서 크게 읽었다. "하에레, 하에레……."

"오, 고마워." 페니위더가 별 문양에서 재빨리 걸어 나와 르누아르의 손을 잡으며 말했다. "들어봐, 장! 난 거기로 돌아갔어. 이 방, 이 똑같은 방으로 말이야! 하지만 낡았어. 정말 끔찍하게도 낡았더군. 게다가 텅 비어 있었어. 자네가 없었다고. 난 생각했지. '맙소사, 내가 뭘 한 거지? 장에게 돌아갈 수 있다면 영혼이라도 팔겠어.' 그리고 대체 내가 알아낸 걸 가지고 뭘 한단 말

*'아듀'는 '영원히 안녕', '오르부아'는 '또 보자'라는 뜻의 프랑스어.

인가? 누가 그걸 믿겠어? 내가 어떻게 그걸 증명할 수 있단 말이야? 도대체 내가 그걸 누구에게 말할 수 있단 말이야? 누가 관심이나 보이고? 난 잠을 잘 수가 없었어. 1시간 동안이나 앉아서 울고 있었……."

"여기 머물러주겠어?"

"당연하지. 이걸 봐, 자네가 나를 불러올 경우를 생각해서 이것들을 가져왔어." 페니위더는 수줍어하며 골루아즈 블뢰 여덟 갑과 책 몇 권 그리고 금시계를 내놓았다. "이건 좀 돈이 될 거야. 내가 가진 프랑 지폐는 별 소용이 없을 거라 생각했거든."

인쇄된 책을 본 순간 르누아르는 호기심으로 눈을 빛냈지만 그냥 가만히 서 있었다. "내 친구여." 르누아르가 말했다. "자네는 영혼이라도 팔겠다고 했지…… 알겠지만…… 나도 그러고 싶었어. 하지만 우리는 그러지 않았어. 그런데도 이런 일이 일어난 거야. 우리는 둘 다 사람이야. 악마가 아니란 말이야. 피의 계약 따위는 하지도 않았어. 이 방에 있는 두 명은……."

"모르겠어." 페니위더가 말했다. "그건 나중에 생각해보도록 하지. 내가 자네 곁에 머물러도 괜찮겠어, 장?"

"이곳이 자네 집이라고 생각하게." 르누아르가 정중한 태도로 팔을 휘저으며 책 더미와 증류기와 창백하게 사그라져가는 촛불들을 빙 둘러 가리켰다. 창밖은 겹겹이 짙은 회색이었고, 노트르담 대성당의 두 개의 사각탑은 높이 솟아 있었다. 때는 4월 3일 새벽이었다.

딱딱한 빵 조각과 치즈 껍질로 아침식사를 한 뒤, 둘은 남쪽 탑에 올라갔다. 대성당은 1961년보다 깔끔하기는 했지만 모습은 똑같았다. 그러나 주변 풍경은 페니위더에게 꽤 큰 충격으로 다가왔다. 그는 작은 마을을 내려다보았다. 작은 섬 두 개에는 집들이 빼곡 들어서 있었다. 오른편 둑에는 강화 벽 안쪽으로 좀 더 많은 집들이 밀집해 있었고, 왼쪽 둑에는 대학을 둘러싸고 몇 가닥 길들이 꼬여 있었다. 그게 전부였다. 햇볕으로 따뜻해진 가고일 조각상들 사이에서 비둘기들이 구구거렸다. 전에도 그 광경을 보았던 르누아르는 난간에 (로마 숫자로) 날짜를 새겼다. "축하를 하자고." 르누아르가 말했다. "교외로 나가는 거야. 지난 2년 동안 도시 밖으로 나가본 적이 없어. 저 너머까지 곧장 가보자고……." 르누아르는 안개 너머로 오두막 몇 채와 풍차 방앗간이 간신히 보이는 녹색 언덕을 가리켰다. "몽마르트르가 어때? 거기에 괜찮은 술집이 꽤 있다고 들었어."

둘의 삶은 곧 안정되어갔다. 페니위더는 처음에는 붐비는 거리에서 좀 불안해하는 것 같았지만, 여분으로 있던 르누아르의 검은 가운을 입으니 큰 키를 빼고는 그리 이상해 보이지 않았다. 아마도 페니위더는 15세기 프랑스에서 가장 키가 큰 사람이었을 터였다. 생활 수준은 낮았고 사방에 이가 들끓었지만 원래부터 페니위더는 안락함을 추구하지 않았다. 페니위더가 유일하게 그리워했던 것은 아침식사와 함께하는 커피뿐이었다. 침대와 면도칼을 사고(페니위더는 자기 면도칼을 가져오는 것을 잊어버렸다) 하숙집 주인에게 오베르뉴에서 온 르누아르의 사촌

M. 바리에라고 소개하자 모든 정리가 끝났다. 페니위더의 시계는 금 네 덩이라는 비싼 값에 팔려 1년간 넉넉히 쓸 돈을 마련해 주었다. 둘은 페니위더의 시계를 일리리아 지방에서 만든 신비한 시계라고 해서 팔았고, 그것을 산 궁정 고관은(그는 왕에게 바칠 좋은 선물을 찾고 있던 중이었다) "해밀턴 브라더스, 뉴헤이븐, 1881"이라 새겨진 것을 보고 어디 것인지 알겠다는 듯 유식한 척하며 고개를 끄덕였다. 불행히도 그 고관은 투르에 있는 아첨꾼들의 모함을 받고 왕에게 선물을 바치기도 전에 감옥에 갇혔고, 아마 그 시계는 아직도 플레시의 폐허 속 어느 벽돌 뒤에 있을 터였다. 하지만 이 일은 두 학자에게 전혀 영향을 미치지 않았다. 아침이면 둘은 바스티유나 교회들을 구경하며 돌아다니거나 페니위더가 관심 있어 하는 무명 시인들을 방문했다. 점심식사 후에는 전기, 원자 이론, 생리학 그리고 그 밖에 르누아르가 관심 있어 하는 분야에 대해 토론하고, 간단한 화학이나 해부학 실험을 했다. 대개의 경우 실험은 성공하지 못했다. 저녁식사 후에는 그냥 이야기를 나누었다. 가벼운 이야기가 끝없이 이어졌고 그 내용은 몇 세기에 걸친 광범위한 것들이었지만, 언제나 이곳, 봄밤을 향해 창을 열어놓은 그늘진 방과 서로의 우정에 대한 내용으로 끝을 맺었다. 두 주 후, 둘은 서로의 생활에 대해 모든 것을 다 알게 되었다. 둘은 꽤 행복했다. 둘은 서로가 서로에게 배운 것으로는 아무것도 할 수 없으리라는 걸 알았다. 1961년의 페니위더가 어떻게 옛 파리에 대한 자신의 지식을 증명할 수 있으며, 1482년의 르누아르가 무슨 수로 과학적인 방법

들을 증명할 수 있단 말인가? 하지만 둘은 그런 건 아무래도 좋았다. 누군가 자신들의 이야기를 들어주길 바라지도 않았다. 둘은 그냥 배우고 싶을 뿐이었다.

둘은 생애 처음으로 행복했다. 사실, 너무나 행복해서 그전까지 앎에 대한 욕망에 억눌려 있던 다른 종류의 욕망들이 깨어나기 시작했다. 어느 날 밤, 페니위더가 탁자 너머로 말을 건넸다. "자넨 결혼에 대해 심각하게 생각해본 적이 없겠군그래."

"뭐, 그렇지." 친구가 망설이며 말했다. "그게, 나는 하급 성직자야…… 그래서 그런 일과는 관련이 없어 보였거든……."

"그리고 돈이 많이 들어. 게다가 내가 살던 시대의 콧대 높은 여자들은 나 같은 사람과는 인생을 함께하려 들지 않아. 미국 여자들은 지독하리만치 현실 감각이 발달하고 능력과 매력이 넘치는 존재거든. 보통내기가 아니지……."

"이 시대에 사는 여자들은 딱정벌레처럼 작고 새까만 데다가 이는 엉망이야." 르누아르가 침울하게 말했다.

그날 밤 둘은 더 이상 여자 이야기는 하지 않았다. 하지만 이튿날 저녁에는 여자 이야기로 돌아갔고, 그 이튿날 저녁에도 계속해서 여자 이야기를 했다. 그리고 알을 밴 개구리의 중추 신경계를 해부하는 데 성공한 것을 축하하기 위해 둘은 74년산 몽라셰 두 병을 마시고 꼭지까지 취했다. "장, 주문으로 여자를 부르자고." 페니위더가 가고일처럼 웃으며 낮고 음탕한 목소리로 말했다.

"그러다 이번에는 악마가 나타나면 어쩌려고?"

"그게 그거 아니야?"

둘은 호탕하게 웃고는 별 문양을 그렸다. "하에레, 하에레……." 르누아르가 주문을 읊기 시작했다. 르누아르가 딸꾹질을 하자 페니위더가 주문을 이어받았다. 페니위더는 마지막 주문을 읽었다. 주문이 끝나자 차갑고 늪지 냄새가 나는 바람이 일더니 별 문양 안에 검은 머리를 길게 늘어뜨린 전라의 존재가 몹시 놀란 눈을 하고 울부짖으며 서 있었다.

"여자로군, 다행히도." 페니위더가 말했다.

"그런가?"

그랬다. "여기, 제 망토를 두르세요." 멍청히 입을 벌린 채 몸을 떨고 있는 그 불쌍한 존재에게 페니위더가 말했다. 페니위더는 여자 어깨에 망토를 둘러주었다. 여자는 기계적으로 망토를 몸에 두르고 말했다. "그라티아스 아고, 도미네."

"라틴어다!" 르누아르가 소리쳤다. "여자가 라틴어를 하다니?" 르누아르가 충격을 벗어나는 데는 보타가 충격에서 벗어나는 것보다 더 오랜 시간이 걸렸다. 그 여자, 보타는 북부 갈리아 부총독 집에 있던 노예로, 루테티아*라는 진흙섬 마을 가운데 작은 섬에 살던 것 같았다. 보타는 켈트 지역 사투리가 짙게 섞인 라틴어를 썼으며, 자기가 살던 시대의 로마 황제가 누구인지조차 몰랐다. 르누아르는 보타가 진짜 야만인이라고 비웃었다. 정말이었다. 보타는 무식하고 과묵했으며, 헝클어진 머리

---

*로마인들은 지금의 시테 섬을 중심으로 이루어진 부락을 루테티아라고 불렀으며 파리라는 이름은 3세기부터 사용되었다.

털, 하얀 피부, 맑은 회색 눈동자를 가진 비천한 야만인이었다. 보타는 깊은 잠을 자다 깨어난 것이었다. 두 사람이 보타에게 지금 상황이 꿈이 아니라고 말해주자 보타는 이것이 엄청난 권력을 가진 외국인이자 자기 주인인 부총독의 장난이라 여긴 듯, 더 이상 질문하지 않고 순순히 상황을 받아들였다. "제가 모셔야 하나요, 주인님들?" 보타는 겁먹은 듯, 하지만 언짢은 기색 하나 없이 물으며 둘을 번갈아 보았다.

"난 됐어." 르누아르가 투덜거리듯 말하곤 프랑스어로 페니위더에게 덧붙였다. "잘해봐. 난 창고에서 잘 테니까." 르누아르가 방에서 나갔다.

보타는 페니위더를 쳐다보았다. 갈리아인 중에는 페니위더처럼 키가 큰 사람이 없었다. 뿐만 아니라 로마인 중에서도 극히 드물었다. 그리고 갈리아인이나 로마인 가운데 페니위더처럼 부드럽게 말을 건넨 사람 또한 단 한 명도 없었다. 보타가 말했다. "주인님, 등불이." (보타가 가리킨 건 촛불이었지만 보타는 촛불을 본 적이 단 한 번도 없었다.) "거의 다 탔습니다. 끌까요?"

집주인은 집세를 1년에 2수* 올리는 조건으로 창고를 침실로 쓸 수 있게 허락해주었고 르누아르는 다락방에서 혼자 잤다. 르누아르는 친구의 아름다운 삶을 질투 없이 흥미롭게 지켜보았다. 교수와 노예 여자는 기뻐하며 부드럽게 서로를 사랑해주었

*프랑스의 옛 화폐단위.

다. 둘의 즐거움은 르누아르가 좋아하는 보호 본능과 공통된 부분이 있었다. 보타는 고된 삶을 살아왔고 언제나 인간이 아닌, 암컷으로서 취급받아왔다. 하지만 일주일이라는 짧은 시간 만에 보타는 활짝 피어 생기를 찾았고 부드러운 복종심 위로 발랄하고 영리한 성격을 드러냈다. "당신은 점차 파리 여성으로 변해가는군." 어느 날 밤, 르누아르는 페니위더가 보타를 놀리는 소리를 들었다(다락의 벽은 무척 얇았다). 보타가 대답했다. "당신이 몰라서 그래. 언제나 내 몸을 지켜야 하고 두려움과 고독에 떨어야 하다가 더는 그러지 않아도 된다는 게 내게 얼마나 큰 의미인지 말이야……."

르누아르는 간이침대에서 일어나 곰곰이 생각에 잠겼다. 한밤중이 되어 모두가 조용해졌을 때, 르누아르는 일어나 소리 없이 황과 은을 약간 준비하고 별 문양을 그린 뒤 책을 펼쳤다. 그리고 아주 부드럽게 주문을 읽었다. 르누아르의 얼굴에 걱정스러운 기색이 서려 있었다.

별 문양 안에 작고 하얀 개가 나타났다. 녀석은 꼬리를 내린 채 움츠려 있다가 수줍게 앞으로 나와 르누아르의 손을 냄새 맡더니, 물기 어린 눈으로 르누아르를 쳐다보고는 얌전하면서도 간청하는 목소리로 낑낑거렸다. 주인 잃은 강아지인가……. 르누아르는 녀석을 토닥거렸다. 녀석은 르누아르의 손을 핥고는 안심이 되었는지 기가 살아서 르누아르에게 달려들었다. 놈의 하얀 가죽 목걸이에는 "졸리. 파리 6구 센 가 36번지 뒤퐁"이라 새겨진 은판이 달려 있었다.

졸리는 빵 조각을 갉작거린 뒤 르누아르의 의자 밑에서 둥그렇게 몸을 웅크린 채 잠이 들었다. 그리고 연금술사는 다시 책을 펴, 역시 부드럽게, 하지만 무슨 일이 일어날지 알고 있어서인지 이번에는 거리낌이나 두려움 없이 책을 읽었다.

아침에 창고 침실의 밀월에서 깨어나 나오던 페니위더는 문간에서 갑자기 멈춰 섰다. 르누아르가 침대에 앉아서 하얀 강아지를 다독거리며 침대 발치에 앉아 있는 여자와 대화에 빠져 있었던 것이다. 여자는 은색 옷차림이었고, 머리털은 붉었으며 훤칠했다. 강아지가 짖었다. "잘 잤어?" 르누아르가 말했다. 여자는 신비스럽게 웃어 보였다.

"이런, 맙소사." 페니위더가 (영어로) 중얼거렸다. 이윽고 정신을 차린 페니위더가 물었다. "안녕하십니까? 어느 시대에서 오셨나요?" 여자는 리타 헤이워스 같은 매력을, 아니 그보다 좀 더 고상한 매력을 풍겼다. 리타 헤이워스와 모나리자를 합해놓은 듯하다고나 할까.

"견우성에서 왔습니다. 지금으로부터 7천 년 정도 미래에서요." 여자는 더욱 신비스럽게 웃으며 말했다. 여자의 프랑스어 억양은 미식축구부 장학생으로 들어온 신입생보다도 더 형편없었다. "저는 고고학자입니다. 파리 제3지역의 폐허를 발굴하는 중이었지요. 말을 이렇게 형편없이 해서 죄송합니다. 말을 배울 만한 소재가 비석밖에 없었거든요."

"견우성이라고요? 별에서 왔단 말인가요? 하지만 제가 보기에 당신은 인간인데……."

"약 4천 년 전에 지구가 우리 행성을 개척했죠. 그건 지금으로부터 3천 년 후의 일이고요." 여자는 정말로 신비스럽게 웃더니 르누아르를 힐끔 보았다. "장이 모든 것을 설명해주었지만 아직도 좀 혼란스럽군요."

"또 한 번 하다니, 위험했다고, 장!" 페니위더가 르누아르를 비난했다. "우리 경우는 대단히 운이 좋은 거였어."

"아니, 운이 좋았던 게 아니지."

"하지만 어쨌든 자네가 하는 건 흑마술이라고. 저…… 제가 아직 이름을 모르는군요, 아가씨."

"키슬크예요." 여자가 말했다.

"제 말 좀 들어보세요, 키슬크." 페니위더는 더듬지 않고 입을 열었다. "당신네 과학은 우리가 상상하지 못할 정도로 발달해 있겠죠. 그곳에도 마법이라는 게 있습니까? 그런 것이 존재하나요? 우리가 겪는 이런 식의 것으로 자연법칙이 깨질 수 있나요?"

"진짜 마법이 가능하다는 이야기는 듣지도 보지도 못했어요."

"그렇다면 지금 무슨 일이 일어난 거죠?" 페니위더가 소리 질렀다. "도대체 왜 그 멍청하고 낡은 주문이 장에게, 우리에게 효력이 나타나는 거죠? 왜 그 마법이 다른 곳도 아닌 여기에서, 그리고 다른 누구도 아닌 우리에게, 5천 아니, 8천 아니, 1만 5천 년의 역사에 걸쳐 효력을 나타내는 거죠? 왜죠? 왜입니까? 그리고 자네, 대체 그 강아지는 어디서 온 거지?"

"길 잃은 강아지야." 르누아르는 까만 얼굴로 엄숙한 표정을 지었다. "생루이 섬에 있는 이 집 근처 어딘가에서 왔겠지."

"그리고 저는 도자기 조각을 분류하고 있었어요." 키슬크 역시 근엄한 얼굴로 말했다. "D지구 제4발굴장 2번 섬의 집터에 있었어요. 화창한 봄날이었고 전 그게 싫었어요. 혐오스러웠어요. 날씨며 작업이며 제 주위에 있는 사람 모두가요." 키슬크는 야위고 자그마한 몸집의 연금술사에게로 다시 시선을 돌리더니 아무 말 없이 한참 동안 물끄러미 바라보았다. "저는 어젯밤에 그걸 장에게 설명해주려 했어요. 우리는 인간을 진화시켰어요. 우리는 모두 아주 크고 건강하고 아름다워요. 우리 이에 충전재 따위는 없어요. 아메리카 대륙에서 발견된 초기 유골들은 전부 이에 충전재를 해 넣었더군요……. 우리 중 어떤 사람은 갈색 피부고 어떤 사람은 희고 어떤 사람은 황금색 피부예요. 하지만 모두 아름답고 건강하고 주변과 잘 어울리고 매사에 적극적이에요. 우리의 직업이나 사회적 성공도는 '취학 전 공립 가정' 시절에 이미 정해진답니다. 하지만 가끔씩 유전적인 결함이 생기기도 하죠. 저 같은 경우가 그래요. 선생님들은 제가 사람, 즉 살아 있는 사람을 정말로 싫어하는 것을 보고 고고학자로 교육시켰어요. 저는 사람들이 지겨웠어요. 겉모습은 모두 저와 비슷하지만 속은 모두 낯설었어요. 모든 사물이 서로 비슷한 모습이라면 제 고향은 어디란 말인가요? 하지만 이제 전 비위생적이고 난방이 제대로 되지 않는 방에 와 있어요. 또 폐허가 아닌 대성당을 보았지요. 지금 전 저보다 키가 작고 치아 상태도 나쁘고 성질도 급한 사람을 만났어요. 이제 전 고향에 와 있습니다. 제가 저 자신일 수 있고, 더 이상은 혼자가 아닌 그런 곳 말이에요!"

"혼자." 르누아르가 페니위더에게 부드럽게 말했다. "고독이야, 알았어? 고독이 주문이었던 거야. 고독은 아주 강한 힘이 있어……. 정말 이건 자연스러운 설명이야."

보타는 문간에서 이쪽을 보고 있었다. 뒤엉킨 검은 머리 사이로 붉어진 얼굴이 보였다. 보타는 수줍게 웃는 새로 온 사람에게 라틴어로 정중하게 아침 인사를 했다.

"키슬크는 라틴어를 몰라." 르누아르가 무한한 만족감을 느끼며 말했다. "보타에게 프랑스어를 좀 가르쳐야겠어. 어쨌거나 프랑스어는 사랑의 언어야, 그렇지 않나? 같이 가자고. 나가서 빵을 좀 사 오자고. 난 배가 고프거든."

르누아르가 좀이 슨 검은 가운을 입는 동안 키슬크는 자신의 은색 튜닉을 실용적이면서 특징 없는 외투로 가렸다. 페니위더가 생각에 잠겨 목에 벌레 물린 곳을 긁는 동안 보타는 머리를 빗었다. 그리고 넷은 아침거리를 구하러 집을 나섰다. 연금술사와 성간 고고학자가 프랑스어로 말하며 앞서 가고, 갈리아에서 온 노예와 인디애나에서 온 교수가 라틴어로 말하며 손을 잡고 뒤따랐다. 좁은 길은 붐볐고, 햇빛을 받아 빛나고 있었다. 네 사람 위로는 노트르담 대성당의 사각탑 두 개가 하늘을 향해 솟아 있었다. 옆으로는 센 강이 부드럽게 출렁였다. 바야흐로 파리는 4월이었고, 강둑에는 밤꽃이 피어 있었다.

THE WIND'S
TWELVE
QUARTERS

명인들

〈명인들〉은 내가 발표한 최초의 순수 SF로서, 이 글로 나는 어떻게든 과학의 존재와 그 성취의 중요성을 밝히고 싶었다. 적어도 나는 월요일에는 SF를 통해 그런 생각을 나타내려 했다. 물론 화요일이 되면 다른 내용을 담으려 하는 경우도 가끔 있지만 말이다.

과학과 그 안에 담긴 정신, 방법, 업적을 좋아하지 않는 SF 소설가가 있는가 하면 좋아하는 SF 소설가도 있다. 또한, 작가들 중에는 기술 배척주의 작가가 있는가 하면 기술 숭배주의 작가도 있다. 나는 복잡한 기술에 대해서는 다소 지루해하지만 생물학, 심리학, 천문학과 물리학의 사색적인 결과에 대해서는 내가 그 내용을 이해할 수 있는 범위 내에서 무척 좋아한다. 내 작품에는 과학자가 자주 등장하는데, 대부분 외롭고 모험심 강하고 고립되어 있으며 사회에 잘 적응하지 못하고 겉도는 인물로 그려져 있다.

나는 훗날 이 글의 주제를 훨씬 더 적절한 도구를 가지고 다시 써낸 바 있다. 하지만 이 글에는 꽤 괜찮은 문장이 하나 있다. "그 사람은 이 세상과 신 사이의 거리를 재려고 시도했다."

벌거벗은 사내가 어둠 속에서 연기가 피어오르는 횃불을 들고 홀로 서 있었다. 횃불이 내는 붉은빛은 공기와 땅을 겨우 몇 피트 정도 밝혔을 뿐, 그 너머로는 끝을 알 수 없는 어둠이 깔려 있었다. 시시때때로 바람이 밀어닥쳤고, 반짝이는 눈동자들이 흘깃거렸으며, 거대한 목소리가 중얼거렸다. "더 높이 들어 올리도록!" 떨리는 손에서 횃불이 흔들렸지만 사내는 그 말을 따랐다. 사내는 어둠이 밀려와 재잘거리며 주위를 감싸는 동안 횃불을 머리 위로 높이 들었다. 바람은 더 차갑게 불어왔고 붉은 불꽃은 금세라도 꺼질 듯 펄럭였다. 사내의 단단한 팔이 흔들리기 시작하더니 이윽고 살짝 경련이 일어났다. 사내의 얼굴은 땀으로 번득였다. 부드러우면서 커다란 목소리가 빠르게 말을 내뱉었고, 사내는 간신히 그 말을 알아들을 수 있었다. "높이 들게,

높이, 높이 들고 있어……." 시간의 흐름이 멈추었다. 오직 속
삭임만이 점점 커져 으르렁거리는 끔찍한 소리가 되었고, 여전
히 사내 주위로는 아무것도, 빛이 퍼져 있는 원 안에는 아무것도
나타나지 않았다. "이제 걷도록!" 거대한 목소리가 으르렁거렸
다. "앞으로!"

사내는 횃불을 머리 위로 들어 올린 채 어두워 보이지 않는 땅
을 밟으며 앞으로 나아갔다. 있어야 할 땅이 없었다. 사내는 도
와달라고 비명을 지르며 넘어졌고, 어둠과 천둥이 사내를 감쌌
으며, 사내가 놓쳐서는 안 되었던 횃불이 이글거리며 눈앞에서
멀어져갔다.

시간…… 시간, 빛, 고통. 이 모든 것이 다시 시작되었다. 사
내는 도랑 속 진흙에 온 사지가 잠긴 채 몸을 웅크리고 있었다.
얼굴이 욱신거렸고 밝은 빛 속에 눈동자는 탁했다. 진흙이 덕지
덕지 묻은 나체의 사내는 흐릿한 눈을 들어 당당히 서 있는 빛나
는 형체를 쳐다보았다. 은발과 하얀 망토의 기다란 주름 위로 빛
이 찬란히 쏟아졌다. 눈이 가닐을 응시하고 있었고, 목소리가 가
닐에게 말을 했다. "그대는 무덤 위에 누워 있노라. 그대는 지식
의 무덤 위에 누워 있노라. 그대 조상들이 지옥불의 재 아래 영원
히 누워 있는 것처럼." 목소리가 점점 커졌다. "오, 쓰러진 자여,
일어서라!" 가닐은 간신히 일어설 수 있었다. 하얀 형체가 가리
켰다. "그것은 인간 이성의 빛이다. 그것이 그대를 무덤으로 인
도했다. 그것을 버려라." 가닐은 자신이 진흙에 흠뻑 젖은 검은
막대, 즉 홰를 아직까지 들고 있다는 사실을 깨달았다. 가닐은 홰

를 버렸다. "이제 일어서라." 하얀 형체가 천천히 감정을 고양시키며 외쳤다. "어둠으로부터 일어서 '상식의 날'의 빛으로 걸어가라!" 손들이 뻗어 오더니 가닐을 잡아 일으켰다. 너털웃음과 잡담이 난무하고 사람들이 오가는 넓고 밝은 회관에서 몇몇이 가닐 앞에 대야와 스펀지를 가져다주며 무릎을 꿇었고, 또 다른 이들은 수건으로 물기를 닦아준 다음 몸이 깨끗해지고 따뜻해질 때까지 문질러준 뒤 어깨에 회색 망토를 둘러주었다. 대머리 남자가 가닐의 어깨를 툭툭 쳤다. "자, 이리 오게, 서약의 시간이네."

"제가…… 제가 제대로 한 건가요?"

"물론! 그 빌어먹을 횃불을 지겹게 들고 있었던 것만 빼면 말이야. 난 자네가 어둠 속에서 우리를 하루 종일 으르렁대게 만들려는 줄 알았네. 이리 오게." 사람들은 가닐을 검은 포장도로로 인도하더니 하얀 보가 가로지르는 아주 높은 천장 밑으로 데려갔다. 그곳에는 지붕부터 바닥까지 30피트 정도 주름이 살짝 잡힌 순백의 커튼이 드리워져 있었다. "신비의 커튼이지." 누군가가 담담한 목소리로 가닐에게 말했다. 웃음소리와 떠들던 소리가 사라졌다. 사람들은 모두 가닐을 에워싸고 조용히 서 있었다. 침묵 속에서 하얀 커튼이 갈라졌다. 가닐은 침침한 눈을 들어 과연 무엇이 나타날지 지켜보았다. 높은 제단과 긴 탁자, 하얀 옷을 입은 노인이 보였다.

"지원자여, 우리와 함께 서약을 맹세하겠는가?"

누군가 가닐을 팔꿈치로 찌르며 "하겠습니다"라고 속삭였다.

"하겠습니다." 가닐이 더듬거리며 말했다.

"그렇다면 맹세하라, 의식의 명인들이여!" 노인이 은으로 된 물건을 들어 올렸다. 철로 된 자루에 받쳐진 X자 모양의 물건이었다. "'상식의 날'의 십자가 아래 나는 절대로 조합의 의식과 신비를 밝히지 않을 것을 맹세하나니……."

"십자가 아래…… 나는 절대로…… 맹세하나니……." 가닐을 에워싼 모든 사람이 중얼거렸고, 누군가 가닐을 팔꿈치로 찔러 가닐도 그 말을 따라 했다.

"올바르게 살고 올바르게 일하고 올바르게 생각하고……." 가닐이 이 말을 따라 하는 것을 끝마쳤을 때 누군가의 목소리가 가닐의 귀에 대고 속삭였다. "맹세하지 말게."

"모든 이단을 피하고, 대학 법정에 반하는 모든 마술사를 따르지 않으며, 지금 이 순간부터 죽음이 찾아올 때까지 조합의 상급 명인들에게 절대 복종할 것을……." 중얼거림, 중얼거림. 일부는 긴 문장을 그대로 따라 하는 듯했고 일부는 그렇게 하지 않는 듯 보였다. 혼란스러워진 가닐은 한두 단어를 따라 하다 침묵했다. "그리고 맹세하나니, 그 어떤 이교도에게도 기계의 신비를 가르치지 않겠습니다. 나는 이를 태양 아래 맹세합니다." 귀에 거슬리는 굉음이 들려와 사람들의 목소리를 뭉개버렸다. 천천히 그리고 흔들거리며 지붕의 일부가 열리더니 구름이 덮인 황회색 여름 하늘이 나타났다. "'상식의 날'의 빛을 보라!" 하얀 옷을 입은 노인이 득의양양한 목소리로 외쳤고, 가닐은 하늘을 쳐다보았다. 천장이 완전히 열리기 전에 기계에 문제가 생긴 듯했다. 기어가 삐걱거리는 소리가 요란스레 들리더니 이윽고 잠잠해졌다. 노인이 앞으로 나와 가닐의 양 뺨에 입을 맞추고 말했다. "기계의 신비 내부 의식에 참가하게 된 것을 환영하네, 가닐 명인." 가입 절차는 끝났다. 가닐은 이제 조합의 명인이었다.

"화상을 입었을 거야." 모두 회관으로 돌아올 때 대머리 사내가 말했다. 가닐은 손을 들어 왼쪽 뺨과 관자놀이를 만져보았다. 살갗이 벗겨져 쓰라렸다. "눈이 멀지 않은 게 다행이야."

"이성의 빛 때문에 하마터면 눈이 멀 뻔했어." 부드러운 목소리가 말했다. 가닐이 주위를 둘러보니 살결이 희고 갈색 머리칼에 푸른 눈을 한 사내가 보였다. 색소결핍증에 걸린 고양이나 눈먼 말처럼 완전히 파란 눈이었다. 가닐은 그 사람에게서 즉시 시선을 돌렸지만 사내는 조용한 목소리로 계속 말을 했다. 서약 중에 귀에다 "맹세하지 말게"라고 속삭였던 바로 그 목소리였다. "나는 미드 페어맨이라고 해. 리의 가게에서 자네와 함께 명인으로 있을 거야. 여기서 나가면 맥주 한잔하지 않을 텐가?"

낮에 겪은 공포와 의식에서 벗어나 맥주 앙금이 가라앉은 듯 축축한 술집의 따스한 기운에 휩싸여 있자니 무척이나 낯설었다. 가닐은 졸음이 몰려왔다. 미드 페어맨은 맥주 반 컵을 들이켜고 입가에 묻은 거품을 기분 좋게 닦아내며 물었다. "가입 의식이 어떻던가?"

"그러니까…… 그건…….'"

"초라하더라?"

"네." 가닐이 동의했다. "정말 초라하더군요."

"굴욕적이기까지 하지." 파란 눈의 사내가 말했다.

"네. 에…… 굉장한 수수께끼더라고요." 당황한 가닐이 맥주 잔으로 시선을 돌렸다. 미드는 씩 웃고는 부드러운 목소리로 말했다. "알아. 자, 마시게. 약국에 가서 화상 입은 곳을 보여줘야 할 것 같군그래." 가닐은 순순히 사내를 따라 밤거리로 나왔다. 좁은 길은 보행자, 우마차, 요란한 소리를 내는 모터 수레로 붐볐다. 시장에 있는 장인들 점포는 밤이 되어 문이 닫혔고 하이스트리트에 있는 조합과 상점들의 커다란 문에는 이미 빗장이 걸려 있었다. 발코니가 툭 튀어나온 집들이 여기저기 빼곡히 들어서 있었고, 그 집들 사이로 반짝이는 놋쇠로 된 단순한 원이 붙어 있는 것만 빼고는 아무 장식도 없는 노란 사원 정면이 보였다. 움직임 없는 구름과 음산하고 짤막한 여름의 황혼 속에서, 머리털이 검고 피부는 구릿빛인 '상식의 날' 사람들은 떼로 모여 빈둥거리고 서로 밀치고 떠들고 욕하고 껄껄거렸으며, 피로와 고통과 독한 맥주 탓에 머리가 어질어질한 가닐은 새로 명인의 지위를 얻었음에도 불구하고 미드 옆에 찰싹 붙어 있었다. 이 파란 눈의 낯선 이가 자신의 유일한 지도자라는 듯이.

"XVI 더하기 IXX, 대체 뭐가 문제지?" 가닐이 성마르게 말했다. "자네는 덧셈을 못하는 건가?" 견습생의 얼굴이 붉게 물들었다. "XXXVI 아닌가요, 가닐 명인님?" 견습생이 자신 없이 되물었다. 대답 대신 가닐은 소년이 잘라놓은 막대 한 개를 들어 수리하던 증기 엔진의 제자리에 꽂아 보였다. 1인치가 길었다.

"주먹구구로 하기에는 제 엄지손가락이 너무 길기 때문입니다, 선생님." 굳은살 박인 손을 보이며 소년이 말했다. 소년 말처럼 엄지손가락 첫 번째 관절과 두 번째 관절 사이가 비정상적으로 길었다. "그렇군." 가닐이 말했다. 가닐의 검은 얼굴이 더욱 어두워졌다. "아주 재미있군그래. 하지만 네가 네 자신의 인치 단위를 계속해 쓰기만 한다면 그게 얼마나 긴가는 중요하지 않아. 중요한 것은 XVI와 IXX를 더하면 XXXVI가 절대 아니며, 그랬던 적도 없고, 그럴 수도 없고, 이 세상이 끝날 때까지 그럴 리가 없다는 것이야, 이 멍청한 이교도 놈아!"

"네, 선생님. 외우기 너무 어렵습니다, 선생님."

"기억하기 어렵게 할 요량으로 그렇게 되어 있는 거다, 와노 견습공." 굵직한 목소리가 말했다. 가게 관할 명인인 리였다. 리는 가슴이 두텁고 뚱뚱했으며 반짝이는 눈동자는 검은색이었다. "잠시 이리 와보게, 가닐." 리는 커다란 상점의 좀 더 조용한 구석으로 가닐을 데려가더니 쾌활하게 말했다. "자넨 좀 성급한 면이 있어, 가닐."

"와노는 당연히 덧셈법을 알고 있어야 했습니다."

"명인일지라도 덧셈하는 법을 종종 잊어버린다네. 자네도 알고 있지 않나." 리는 아버지처럼 가닐의 어깨를 툭툭 쳤다. "아까 자네는 그 아이가 그 값을 계산할 수 있을 거라 생각하는 것처럼 말하더군!" 품위가 밴 낮은 목소리로 껄껄거리는 리의 눈은 즐거운 듯 반짝였고 무한한 통찰력이 담겨 있었다. "맘을 편히 먹으라고, 그러면 돼……. 다음번 제단일 전야 저녁식사에 참석

하겠지?"

"저는 참석하기로 이미 마음을……."

"그래, 그래! 자네에게는 그보다도 더한 권한이 있지. 난 내 딸이 자네처럼 한결같은 사람을 만나길 바랐어. 하지만 이건 경고해줘야 공평할 것 같군그래. 내 딸년은 옹고집에 왈패라네." 또다시 명인은 껄껄거렸고 가닐은 다소 안쓰러운 표정을 지으며 씩 웃었다. 리의 딸 라니는 자기 아버지는 물론이고 가게에 있는 젊은이 대부분을 자기 마음대로 가지고 놀았다. 라니는 똑똑하고 활발했지만 처음에는 가닐을 다소 겁냈다. 가닐은 라니가 자신에게, 오직 자신의 경우에만, 이야기할 때면 부끄러워하는 기색을 보인다는 것을 한참 동안 깨닫지 못했다. 가닐은 마침내 용기를 내어 라니의 어머니에게 저녁식사에 초대해달라고 부탁했다. 공식적인 구애의 첫 단계였다. 가닐은 라니의 웃음을 떠올리며 리가 떠난 장소에 서 있었다.

"가닐, 태양을 본 적이 있나?"

낮고 메마르고 편한 목소리였다. 가닐은 몸을 돌려 친구의 푸른 눈동자를 바라보았다.

"태양이요? 네, 물론 봤죠."

"마지막으로 본 게 언제지?"

"그게 그러니까, 제가 스물여섯 살 때군요. 4년 전입니다. 당신은 그때 여기 에둔에 없었습니까? 태양은 느지막한 오후에 나타나고 밤이면 별이 뜹니다. 여든한 개까지 세어본 기억이 나는군요. 하늘이 닫히기 전에 말입니다."

"명인 지위를 처음 얻었을 때 나는 켈링 북쪽에 있었네." 미드는 말을 하면서 묵직한 표준형 증기 엔진의 나무 난간에 몸을 기댔다. 미드의 맑은 눈동자는 북적이는 가게가 아닌, 창밖으로 꾸준히 내리는 늦가을의 가는 빗줄기에 꽂혀 있었다. "방금 전 자네가 어린 와노를 나무라는 말을 들었어……. '중요한 점은 XVI와 IXX를 더하면 XXXVI가 절대 아니며……' 그리고 방금 전에는 '제가 스물여섯 살 때군요. 4년 전입니다. 여든한 개까지 세어본 기억이 나는군요……'라고 말했지. 자네는 다른 이들보다 계산을 훨씬 더 잘해, 가닐."

가닐은 얼굴을 찡그리고는 자신도 모르게 관자놀이의 하얀 흉터를 문질렀다. "이런, 제길, 미드! 이교도도 IV부터 XXX까지는 셀 줄 안다고요!"

미드는 희미하게 웃었다. 그리고 들고 있던 비교봉으로 먼지가 내려앉은 바닥에 둥그런 모양을 그렸다. "이게 뭔가?" 미드가 물었다.

"태양입니다."

"맞아. 그리고 이건 또한…… 문자야. 숫자. 아무것도 없음을 나타내는 문자."

"아무것도 없음을 나타내는 문자라고요?"

"그래. 예를 들어 자네는 이 문자를 뺄셈법에서 쓸 수 있네. II에서 I을 빼면 I이 남아, 그렇지? 하지만 II에서 II를 빼면 뭐가 남지?" 침묵. 미드는 비교봉으로 원을 두드렸다. "이것일세."

"그렇군요." 가닐은 물끄러미 원을 내려다보았다. 신성한 태양의 모습, 숨어 있는 빛, 신의 얼굴이었다. "성직자의 지식에 속하는 겁니까?"

"아니." 미드는 원 위에 X자를 그려 넣었다. "그렇지 않아."

"그렇다면, 아무것도 없음을 나타내는 문자는 누구의 지식입니까?"

"그 누구의 것도 아니야. 모두의 것이지. 이것은 신비가 아닐세." 가닐은 이 말을 듣고 깜짝 놀라 얼굴을 찌그렸다. 둘은 마치 미드가 들고 있는 비교봉의 치수에 대해 이야기하듯 가까이 서서 낮은 목소리로 말했다. "왜 별의 개수를 헤아렸나, 가닐?"

"전…… 전 그냥 알고 싶었습니다. 전 언제나 세는 것을, 숫자를, 표를 좋아했습니다. 그래서 기계공이 된 거고요."

"그렇군. 자네는 이제 서른이야. 그리고 명인이 된 지 넉 달이 되었네. 자네는 명인이 되었다는 것이 다른 이를 가르치기 위한 모든 것을 다 배웠다는 뜻이라는 걸 생각해봤나? 이제부터 죽을 때까지 자네는 더 이상 아무것도 배우지 못할 걸세. 더 이상 배울 것이 없단 말이야."

"하지만 가게 관할 명인이 되……."

"가게를 관할하는 명인들은 비밀스러운 신호와 암호를 몇 가지 더 배우지." 미드가 부드럽고 무미건조한 목소리로 말했다. "그리고 물론 권력도 있고. 하지만 그 사람들도 자네 이상은 알지 못해……. 아마도 자네는 그 사람들이 계산하는 것을 허락받았으리라 생각했겠지, 그렇지? 하지만 그렇지 않아."

가닐은 아무 말도 하지 않았다.

"하지만 그곳에는 아직도 배워야 할 것이 있어, 가닐."

"어디 말입니까?"

"바깥세상이지."

긴 침묵이 흘렀다.

"더 이상 들을 수 없습니다, 미드. 다시는 그런 말씀 하지 마십시오. 전 당신을 배반하지 않을 겁니다." 발길을 돌려 걸어가는 가닐의 얼굴이 분노로 일그러졌다. 가닐은 혼란에 빠져 당혹해했고 참으려 했지만 자신도 모르게 미드에 대한 분노가 얼굴에 드러났다. 미드. 몸은 물론이고 마음마저 불구인 사내. 사악한 조언자. 잃어버린 벗.

멋진 저녁 시간이었다. 리는 쾌활했고 리의 뚱뚱한 아내는 상냥했으며 라니는 부끄러워하면서도 즐거워했다. 라니는 젊은이답지 않은 가닐의 진지한 성격을 놀려댔지만, 그렇게 놀려대는 어투에조차 애원과 온순한 기색이 배어 있었다. 그리고 그렇게 활달하다가도 어느 순간 갑자기 유순해지곤 했다. 식탁에서 접시를 건넸을 때 라니의 손이 가닐의 손을 스치고 지났다. 가닐은 라니의 손이 자신의 어느 부위를 스치고 지났는지 아직까지도 정확히 알고 있다. 오른손의 옆면, 손목 근처를 부드럽게 스치던 손길. 밤이 내려앉은 도시의 완벽한 어둠 속, 가닐은 가게 위에 있는 자기 방 침대에 누워 복에 겨운 신음 소리를 냈다. 오, 라니, 당신의 그 부드러운 손길, 입술……. 오, 신이시여, 신이시여! 구혼은 시간이 오래 걸리는 일이었다. 최소 8개월이 걸렸으며, 명인의 딸에게 하는 구혼이라면 더더욱 차근차근 단계를 밟아나가야 했다. 가닐은 이런 참을 수 없는 달콤함에 마음을 쓰지 말아야 했다. 아무것도 생각하지 말자. 잠을 자자. 가닐은 스스로에게 단호히 말했다. 아무것도 생각하지 말자……. 그리고 가닐은 아무것도 없음을 생각했다. 원을 생각했다. 둥그렇고 속이 빈 원이었다. I에 0을 곱하면 얼마지? II에 0을 곱한 값과 같아. I 옆에 0을 놓으면 어떤 모양이지? I0?

미드 페어맨은 침대에 앉아 요란하게 방으로 쳐들어온 이에게 초점을 맞추려 애썼다. 미드의 멍한 푸른 눈 위로 길고 부드러운 갈색 머리털이 흘러내렸다. 첫새벽의 뿌연 노란빛이 창문으로 들어왔다. "오늘은 제단일이야. 가라고, 난 졸려." 미드가 투덜거렸다. 흐릿한 형체는 가닐로 바뀌었으며, 요란한 소리는 속삭임이 되었다. "미드!" 가닐은 계속 속삭였다. "보세요!" 가닐은 미드의 코앞에 석판을 내밀었다. "보세요, 아무것도 없음을 나타내는 숫자로 무엇을 할 수 있는지 보시라고요……."

"아, 잠깐." 미드는 가닐과 석판을 밀치고 일어나 서랍장 위에 놓인 대야로 가, 얼음같이 차가운 물에 머리를 담그고 한참 동안 있었다. 미드는 물을 뚝뚝 흘리며 침대로 와 앉았다. "보자고."

"보세요, 기수로 어느 숫자를 쓰든 관계없지만 저는 XII를 썼어요. 다루기가 쉬우니까요. XII는 I-0이 되고 XIII는 I-I이니까 XXIV의 경우에는……."

"쉬잇."

미드는 석판을 살펴보았다. 마침내 미드가 말했다. "이걸 기억할 수 있겠나?" 가닐이 끄덕이자 미드는 소맷자락으로 석판 가득 깔끔히 쓰여 있는 숫자들을 지워버렸다. "난 기수로 어떤 숫자든 써도 된다는 사실을 몰랐어……. 하지만 보라고, X를 기수로 써보자고. 이유는 좀 있다가 설명해주지. 그리고 이건 일을 좀 더 쉽게 해주는 도구야. 그러면 X는 10이 되고 XI는 11이 되지. 하지만 XII의 경우는 이렇게 쓰지." 미드는 석판에 '12'라고 적었다.

가닐은 눈을 크게 뜨고 숫자를 말똥말똥 바라보았다. 마침내 가닐은 목에 뭔가 걸린 목소리로 입을 열었다. "그건 암흑의 숫자 가운데 하나가 아닌가요?"

"그래, 맞아. 자네가 한 모든 것은 뒷구멍을 통해 암흑의 숫자로 바꿀 수 있지."

가닐은 아무 말 없이 미드 곁에 앉았다.

"CXX에 MCC를 곱하면 얼마지?" 미드가 물었다.

"표에는 그렇게 큰 수까지 나와 있지 않습니다."

"잘 보게." 미드가 석판에 적어 내려갔다.

$$
\begin{array}{r}
1200 \\
\underline{120} \\
\end{array}
$$

그리고 가닐이 지켜보는 가운데 계속 적어 내려갔다.

$$0000$$
$$2400$$
$$1200$$
$$\overline{144000}$$

또다시 긴 침묵이 흘렀다. "아무것도 없음이 세 개……. XII
에 XII 자신을 곱한다……. 석판을 줘보십시오." 가닐이 중얼거
렸다. 후두두 떨어지는 빗소리와 석판에 쓰는 분필 소리뿐, 침
묵이 흘렀다. "VIII에 해당하는 암흑의 숫자는 무엇입니까?"

그날, 추운 제단일 해 질 무렵이 될 때까지 미드는 가닐을 인
도할 수 있는 한 가장 멀리까지 진도를 나갔다. 솔직히 말하면
가닐은 미드가 따라잡을 수 있는 것보다 훨씬 더 멀리까지 진도
를 나갔다. "자네는 음陰을 만나야만 해. 그 사람은 자네가 필요
한 걸 가르쳐줄 거야. 음은 각, 삼각형, 치수 따위로 작업을 하
지. 음은 사람이 실제 갈 수 없는 지점일지라도 두 점 사이의 거
리를 잴 수 있어. 자기 삼각형으로 말이야. 음은 위대한 학생이
네. 숫자는 이 지식의 심장부이자 언어지."

"그리고 제 언어이기도 합니다."

"그래, 맞아. 하지만 내 것은 아니야. 나는 숫자 그 자체를 사
랑하지 않아. 나는 숫자를 이용하고 싶어 하지. 사물을 설명하
기 위해서 말이야……. 예를 들어볼까, 자네가 공을 던졌을 때
무엇이 공을 움직이게 한다고 생각하나?"

"공을 던지는 행동이요." 가닐이 씩 웃어 보였다. 음식도 잠도

잊고 16시간 동안 계속 수학에 매달렸던 가닐은 머리가 멍해졌고 창백해질 대로 창백해져 미드의 침대보다 훨씬 더 하얘졌고, 모든 공포와 부끄러움을 잊고 있었다. 가닐은 망명에서 돌아온 왕처럼 활짝 웃고 있었다.

"좋아. 그럼 그 공이 왜 '계속' 움직이는 걸까?"

"그건…… 공기가 공을 받쳐주기 때문 아닐까요?"

"그렇다면 결국 공은 왜 떨어지는 거지? 왜 곡선을 그리며 움직이는 걸까? 그 곡선은 어떤 종류일까? 내게 자네 숫자가 얼마나 절실한지 아나?" 이제 미드는 왕처럼, 왕국이 너무 거대하기 때문에 제대로 다스릴 수 없어 화가 난 왕처럼 보였다. "그리고 그 사람들은 신비에 대해 이야기하고 있지." 미드가 코웃음 치며 말했다. "셔터를 내린 코딱지만 한 가게에서 말이야! 자, 가세. 저녁식사를 하고 음을 만나러 가자고."

두 젊은 명인이 거리를 걸어 도시 성벽 근처로 가자, 성벽 바로 앞쪽에 위치한 높다랗고 오래된 건물이 납으로 장식한 창문들 사이에서 모습을 드러냈다. 늦가을의 유황빛 황혼이 빗물로 반짝이는 가파른 슬레이트 지붕에 걸려 있었다. "음은 예전에는 우리처럼 기계 명인이었어." 철장이 쳐진 문 앞에서 기다리며 미드가 가닐에게 말했다. "이제는 은퇴했다네. 만나보면 왜 그런지 알 거야. 약재상, 직공, 벽돌공 할 것 없이 조합에서 일하는 모든 사람은 이곳으로 오지. 심지어는 기능공이 오기도 하네. 백정도 한 명 있지. 그 사람은 죽은 고양이들을 잘라." 미드는 물리학자가 생물학자에 대해 말하듯 흥미를 일부러 억누르며 말했다. 이제 문이 열리고, 하인이 두 사람을 벽난로가 이글거리는 위층 방으로 데리고 갔다. 등받이가 높직한 참나무 의자에 앉아 있던 사내가 일어나 둘을 맞이했다.

순간 가닐은 무덤에서 "일어서라"라고 말했던 조합의 대명인이 떠올랐다. 음 역시 늙고 키가 컸으며 고위 명인들이 입는 하얀 망토를 걸치고 있었다. 하지만 등이 구부정했으며 얼굴은 늙은 사냥개처럼 주름지고 피곤해 보였다. 음은 둘을 맞으며 왼손을 내밀었다. 음의 오른손은 팔목까지만 있었고, 끝부분은 화상으로 생긴 흉터 때문에 번들거렸다.

"이 친구는 가닐입니다." 미드가 말했다. "지난밤 이 친구가 십이진법을 고안해냈습니다. 가닐이 저를 도와 곡선의 수학 작업을 할 수 있도록 해주십시오, 음 명인님."

음이 껄껄거렸다. 늙은이가 웃는 짧고 부드러운 웃음소리였다. "잘 왔네, 가닐. 이제부터 내킬 때면 언제든지 찾아오게나. 여기 있는 우리는 모두 마술사라네. 흑마술을 연마하고 있지. 아니, 그렇게 하려 하고 있달까……. 밤이든 낮이든 가리지 말고 언제든지 오게나. 그리고 가고 싶을 때는 언제든지 가고. 배반당해야 한다면 당하는 수밖에. 우리는 서로를 믿어야 한다네. 신비로움은 사람에 속해 있는 게 아니야. 우리는 비밀을 간직하고 있는 게 아니라 기술을 연마할 뿐이라네. 무슨 말인지 알아듣겠나?"

가닐이 고개를 끄덕였다. 말은 가닐에게 결코 쉬웠던 적이 없었다. 오직 숫자만 편할 뿐이었다. 그리고 엄숙한 상징적 입회

와 선서가 아니라 노인이 조용히 말하는 것뿐인데도 가닐은 자신이 무척 감동받았다는 사실을 깨닫고 당혹해했다.

"좋아." 가닐이 고개를 끄덕인 것만으로도 충분하다는 듯 음이 말했다. "포도주를 좀 들겠나, 젊은 명인들이여? 아니면 맥주? 올해 내가 만든 흑맥주는 일등품이라네. 그래, 자네는 숫자를 좋아하는군, 그렇지, 가닐?"

이른 봄, 가닐은 견습생인 와노가 비교봉으로 수레 엔진 모형의 크기를 재는 것을 서서 지켜보고 있었다. 가닐은 침울한 표정을 짓고 있었다. 지난 몇 개월 새 가닐은 변해, 더 나이 들어 보이고 단호해지고 더 열심히 살았다. 하루에 4시간만 자면서 대수학을 발명한다면 누구라도 그렇게 될 수밖에 없었다.

"가닐 명인님?" 수줍어하는 목소리가 들렸다.

"다시 재보게." 가닐이 와노에게 말하고 몸을 돌려 의아한 표정으로 소녀를 바라보았다. 라니 역시 변해 있었다. 라니는 어딘가 시무룩하고 불쌍한 표정을 지었으며 정말로 수줍어하며 가닐에게 말을 건넸다. 가닐은 세 번에 걸친 저녁 방문을 마치고 구혼의 두 번째 단계를 끝낸 상태였지만 음과 일하는 데 빠져 더 이상 진전을 보이지 못했다. 지금까지 라니에게 구혼하는 도중에 그만둔 사람은 아무도 없었다. 지금 가닐이 하는 것처럼 라니를 똑바로 바라본 사람은 아무도 없었다. 가닐이 라니를 뚫어져라 바라볼 때 가닐이 정말로 보고 있는 것은 무엇일까? 라니는 그게 무엇인지 궁금했다. 가닐의 비밀을 알고 싶었다. 가닐을 차지하고 싶었다. 딱 잘라 말할 수는 없었지만 가닐도 어렴풋이 이를 눈치채고 있었으며, 라니에게 미안한 마음과 함께 약간의 두려움도 느꼈다.

라니는 와노를 바라보고 있었다. "그 사람들이…… 당신이 도량형법을 바꾸었나요?" 대화를 트기 위해 라니가 물었다.

"모형 바꾸는 것은 발명의 이단을 저지르는 겁니다."

그것으로 끝이었다. "아버지께서 내일은 가게 문을 닫을 거라고 말씀하셨어요."

"닫는다고요? 왜요?"

"서풍이 불어올 거고 내일 태양이 뜰 거라는 대학 당국의 발표가 있었어요."

"잘됐군요! 봄이 시작되기에 딱 좋아요, 안 그래요? 고마워요." 그러고는 가닐은 다시 모형에 집중했다.

이번만은 대학 사제의 말이 맞았다. 사제들의 근무시간 대부분을 차지하는 날씨 예보는 보람 없는 작업이었다. 하지만 열 번에 한 번 꼴로 태양이 나타나는 것을 맞혔으며 이번이 바로 그때였다. 정오가 되자 비가 그치고 구름이 열어지며 동쪽으로 천천히 흘러가기 시작했다. 오후 중반이 되자 에둔에 있는 모든 사람들이 거리, 광장, 굴뚝 꼭대기, 지붕 위, 담장 밖과 그 너머 들판으로 나와 지켜봤다. 대학 사제들은 대학의 커다란 앞뜰에서 몸을 굽히고 서로 엉켜가며 의식에 맞춰 춤을 추기 시작했다. 모든 신전의 사제들은 지붕에 연결된 사슬을 잡아당길 준비를 하고 있었다. 지붕이 열리면 태양 빛이 제단 돌 위로 떨어질 터였다.

그리고 늦은 오후가 되자 드디어 하늘이 열렸다. 조잡한 황회색 연기 가장자리 사이로 파란 줄무늬가 나타났다. 탄식과 부드러우면서도 엄청나게 큰 중얼거림이 거리, 광장, 창, 지붕, 에둔 시의 벽에서 들려왔다. "하늘이시여, 하늘이시여……."

하늘의 갈라진 틈이 넓어졌다. 신선한 바람에 날린 빗줄기가 사선을 그리며 도시 위로 후드득 떨어졌고, 횃불빛 속의 밤에 그러하듯 돌연 빗방울들이 반짝였다. 하지만 이번에는 횃불빛이 아니라 태양의 영광을 반사한 것이었다. 하늘에 홀로 우뚝한 태양은 서쪽을 향해 흘러가며 눈부신 빛을 냈다.

가닐은 다른 사람들과 함께 서서 고개를 들었다. 얼굴 위로, 화상으로 인한 흉터 위로 태양의 열기를 느낄 수 있었다. 가닐은 눈물이 글썽일 때까지 태양을 쳐다보았다. 불의 원을, 신의 얼굴을…….

"태양은 무엇인가?"

미드의 부드러운 목소리가 떠올랐다. 추운 한겨울 밤, 가닐과 미드와 음 그리고 다른 사람들은 음의 집 불 앞에 모여 이야기를 나누었다. "태양은 원인가, 아니면 구인가? 태양은 왜 하늘을 가로질러 가는 걸까? 그리고 태양은 얼마나 크며 얼마나 멀리 떨어져 있는가? 아, 한때는 태양을 보려면 누구든 고개를 들기만 하면 됐다는 것을 생각해보게……."

대학에서 멀리 떨어진 곳에서 플루트와 북소리가 화사하고 은은하게 울려 퍼졌다. 가끔 구름 조각들이 뜨거운 얼굴 위로 지나갈 때면 세상은 다시 회색으로 변하고 서늘해졌으며 플루트의 연주가 끊겼다. 그러나 서풍이 불어와 구름이 지나가면 태양이 다시 나타났으며, 그때마다 태양의 고도는 조금씩 낮아졌다. 구름이 몰려 있는 서편으로 태양이 지기 직전, 태양은 붉게 부풀어 올랐고 사람들은 고통 없이 태양을 볼 수 있었다. 그 순간, 가닐의 눈에 태양은 분명 원반이 아니라 거대한 아지랑이에 휩싸여 천천히 떨어지는 공처럼 보였다.

태양은 떨어져 사라졌다.

머리 위 찢어진 하늘 사이로 언뜻 보이는 창공은 여전히 맑고 깊은 청록색으로 빛났다. 이윽고 해가 진 서쪽 근방, 뭉게구름이 있는 가장자리에 밝은 점 하나가 빛났다. 개밥바라기였다. "봐!" 가닐이 외쳤지만 그쪽을 보는 이는 거의 없었다. 태양이 지자 별들이 보였다. 열네 세대 전 지옥불이 생긴 이래 구름은 먼지와 비로 된 수의로 땅을 감싸고 있었고, 구름의 일부를 이루고 있는 노란 박무가 흐르며 별을 가렸다. 가닐은 한숨을 쉬며 고개를 젖히고 있느라 뻣뻣해진 목을 문지르고는 '상식의 날'의 다른 사람들과 함께 집으로 돌아왔다.

그날 밤, 가닐은 체포되었다. 가닐은 간수와 동료 죄수들(가닐의 가게에 있던 사람은 가게 관할 명인인 리를 제외하고 모두 감옥에 갇혔다)로부터 자신이 갇힌 이유가 미드 페어맨을 알기 때문이라는 사실을 전해 들었다. 미드는 이단으로 고발되었다. 사람들은 미드가 벌판에서 어떤 도구로 태양을 가리키는 장면을 목격했다. 사람들 말에 의하면 거리를 재고 있는 중이라고 했다. 그 사람은 이 세상과 신 사이의 거리를 재려고 시도했다.

견습생들은 곧 풀려났다. 사흘째 되던 날, 간수들이 오더니 울타리가 둘린 대학 정원 한 곳으로 가닐을 데려갔다. 뜰에는 초봄의 부드러운 실비가 내리고 있었다. 사제들은 대부분 야외에서 살았고, 거대한 덩치의 에둔 대학은 지붕 없는 취침 정원, 집필 정원, 기도 정원, 식사 정원, 재판 정원 등을 조악한 막사들이 둘러싸고 늘어서 있는 것에 불과했다. 간수들이 데려간 곳에는 하얗고 노란 가운을 입은 사람들로 가득했고, 간수들은 가닐을 그 사람들 앞에 세웠다. 가닐이 도착해 보니 넓은 공간에 제단, 즉 비에 젖어 빛나는 기다란 탁자가 보였고, 그 뒤로 '고결한 신비'를 뜻하는 황금색 가운을 입은 사제 한 명이 보였다. 그리고 탁자 저쪽 끝에는 가닐처럼 간수들이 양옆에 붙어 있는 사내가 있었다. 그 사내는 가닐을 똑바로 바라보았다. 차가우면서도 멍한 눈빛이었다. 하지만 눈동자는 구름 위 하늘처럼 푸른색이었다.

"에둔의 가닐 칼슨이여, 그대는 발명과 계산의 이단을 행한 죄로 고발된 미드 페어맨을 알고 있다는 혐의를 받고 있다. 그대는 미드 페어맨의 친구인가?"

"우리는 동료 명인이었습……."

"맞다. 미드 페어맨이 그대에게 비교봉 없이 잰 수치에 대해 말한 적이 있는가?"

"없습니다."

"암흑의 숫자에 대해 말한 적이 있는가?"

"없습니다."

"흑마술에 대해 말한 적이 있는가?"

"없습니다."

"가닐 명인, 그대는 세 번 부정을 했다. 그대는 이단으로 의심받는 경우 비밀의 법에 대한 사제-명인의 규칙을 아는가?"

"아니요, 알지 못……."

"규칙은 이렇다. 만약 용의자가 질문에 대해 네 번 부정을 하면, 대답을 할 때까지 계속해서 그 질문을 반복할 수 있으며, 질문을 하며 손목 압축기를 쓸 수 있다. 이제 그대가 부인한 내용 가운데 하나를 철회하지 않겠다면 질문을 반복하겠다."

"철회하지 않겠습니다." 가닐은 모여 있는 사람들과 높은 벽을 바라보며 혼란스럽고 멍한 표정을 지었다. 사람들이 땅딸막한 나무 기계를 가져와 가닐의 오른손을 그 안에 넣을 때까지도 가닐은 무섭다기보다는 혼란스러웠다. 이게 대체 무슨 소란일까? 가닐이 명인에 들어오는 의식을 치를 때와 비슷했다. 당시, 사람들은 가닐을 접주기 위해 너무나도 열심히 노력했고 그때는 성공적이었다.

황금색 가운을 입은 사제가 말했다. "기계공으로서, 그대는 지레의 쓰임새를 알고 있다, 가닐 명인. 대답을 철회하겠는가?"

"아니요." 얼굴을 약간 찡그리며 가닐이 대답했다. 가닐은 이제 자기 오른팔 손목 부분이 음의 손목처럼 보인다는 사실을 깨달았다.

"좋아." 간수 한 명이 나무 상자에 붙어 있는 지레에 손을 대자 황금색 가운을 입은 사제가 물었다. "그대는 미드 페어맨의 친구인가?"

"아닙니다." 가닐은 사제의 목소리가 들리지 않게 된 다음에도 각 질문에 대해 아니라고 부정을 했다. 가닐은 자기 목소리가 벽에 울려 메아리치는 소리와 섞여 들릴 때까지 계속해서 부정을 했다. 아닙니다, 아닙니다, 아닙니다, 아닙니다.

빛이 보였다 사라지고 차가운 빗방울이 얼굴로 떨어지다 멈추었으며, 누군가 가닐을 일으켜 세우려 애썼다. 가닐이 입은 회색 망토에서는 악취가 풍겼으며 고통으로 속이 메스꺼웠던 기억이 떠올랐다. 그 생각을 하자 다시 욕지기가 났다. "이제 다 끝났어." 간수 한 명이 가닐에게 속삭였다. 흰색과 노란 가운을 입고 꼼짝 않고 있던 사람들은 여전히 그곳에 모여 굳은 표정으로 바라보고 있었다……. 하지만 이제는 가닐을 보고 있는 게 아니었다.

"이단자여, 이 사람을 아는가?"

"제 동료 명인입니다."

"이 사람에게 흑마술에 대해 말한 적이 있는가?"

"네."

"이 사람에게 흑마술을 가르쳤는가?"

"아니요. 시도는 했습니다." 목소리가 약간 갈라졌다. 뜰은 조용했으며 오직 속삭이는 듯한 빗소리만 들려올 뿐이었다. 하지만 미드가 하는 말은 제대로 알아듣기 힘들었다. "가닐은 너무 어리석었습니다. 배우려 하지도 않았고 배울 수도 없었습니다. 가닐은 훌륭한 가게 관할 명인이 될 겁니다." 푸른 눈동자는 동정심이나 탄원하는 기색 없이 차갑게 가닐을 응시했다.

황금색 가운을 입은 사제는 정원 쪽으로 다시 고개를 돌렸다. "용의자 가닐에 대한 증거가 없군. 그대는 가도 좋다, 용의자여. 내일 정오에 있는 처형 장면을 보러 이곳으로 다시 오라. 오지 않으면 그대가 죄를 인정하는 것으로 받아들이겠다." 무슨 말인지 알아듣기도 전에 간수들이 가닐을 뜰 밖으로 끌고 나갔다. 간수들은 대학 옆문으로 가닐을 내보낸 뒤 등 뒤로 쩔그렁 소리를 내며 빗장을 걸었다. 가닐은 잠시 그곳에 서 있다가 피딱지가 져 새카매진 손으로 망토 안쪽 옆구리를 누르며 보도 위에서 몸을 웅크렸다. 가닐 주위로 빗방울이 속삭였다. 아무도 지나가지 않았다. 가닐은 여명이 밝아올 때까지 꼼짝 않고 있다가 일어나 한 발 한 발 걸음을 옮겼고, 거리와 집을 지나 도시를 가로질러 음의 집으로 향했다.

출입구 그늘 속에서 그림자가 움직이며 말했다. "가닐!" 가닐은 걸음을 멈추었다. "가닐, 전 당신이 용의자일지라도 상관없어요. 괜찮아요. 저와 함께 집으로 가요. 아버지는 당신을 다시 받아주실 거예요. 제가 말씀드리면 그렇게 해주실 거예요."

가닐은 아무 말도 하지 않았다.

"저와 함께 가요. 전 당신을 기다렸어요. 당신이 이곳으로 올 줄 알고 있었어요. 전에 당신을 따라온 적이 있어요." 라니의 초조하면서도 기뻐하는 듯한 웃음은 사라지고 없었다.

"절 그냥 내버려둬요, 라니."

"싫어요. 왜 음 노인의 집에 온 거죠? 여기 누가 살고 있나요? 어떤 여자죠? 저와 함께 가요, 그래야만 해요. 아버지는 용의자를 다시 받아들이지 않으시겠지만 제가 말씀드리면……."

음 노인의 집 문이 잠겼던 적은 한 번도 없었다. 가닐은 라니를 스치듯 지나 안으로 들어가 문을 잠갔다. 하인은 나오지 않았다. 집은 어둡고 조용했다. 모두, 학생들 모두가 잡혀가고 심문과 고문을 받고 죽임을 당한 모양이었다.

"거기 뉘시오?"

층계참에 음이 서 있었다. 음의 백발 위로 등불이 환히 빛났다. 음은 가닐에게 다가와 계단 오르는 것을 도와주었다. 가닐이 아주 빨리 말했다. "절 따라온 사람이 있었습니다. 가게에 있는 여자로, 리의 딸인 라니입니다. 만약 라니가 리에게 말하면 리는 당신의 이름을 알게 될 거고, 그러면 이곳으로 간수들을 보내서……."

"나는 사흘 전에 다른 사람들을 멀리 보냈네." 음의 목소리에 가닐은 말을 멈추고, 노인의 주름지고 평온한 얼굴을 물끄러미 바라보았다. 그러다 가닐은 어린애처럼 입을 열었다. "보세요." 가닐이 오른손을 내밀었다. "보세요, 당신 팔과 같습니다."

"그래. 이리 와 앉게, 가닐."

"사람들이 미드를 비난했습니다. 제가 아니라. 절 풀어주더군요. 미드는 저를 가르칠 수 없었다고, 제가 배우려 하지 않았다고 말했습니다. 저를 구하기 위해서……."

"그리고 자네의 수학을 구하기 위해서이기도 하지. 자, 이리와 앉게나."

가닐은 마음을 가라앉히고 음의 말을 따랐다. 음은 가닐을 눕힌 뒤, 가닐의 손을 소독하고 붕대를 감아주었다. 그리고 가닐과 이글거리는 불 사이에 앉아 거친 한숨을 쉬었다. "그래, 자네는 이제 이단 용의자가 되었군. 나는 지난 20년 동안 그런 상태였지. 자네도 익숙해질 거야……. 우리 친구들은 걱정할 필요 없네. 하지만 만약 그 여자애가 리에게 말해서 자네 이름이 내 이름과 함께 엮인다면……. 우리는 에둔을 떠나는 게 좋겠어. 각자 말이야. 오늘 밤 당장이라도 말일세."

가닐은 아무 말도 하지 않았다. 대명인의 허락 없이 가게를 떠난다는 것은 추방과 함께 명인의 자격을 상실한다는 것을 뜻했다. 자신의 직장에서 쫓겨날 터였다. 불구가 된 손으로 가닐이 무엇을 할 수 있으며, 가면 어디로 간단 말인가? 가닐은 평생 동안 에둔을 떠나본 적이 없었다.

집 안의 정적이 둘의 위아래로 퍼져나갔다. 가닐은 아래쪽 거리에서 들려오는 소리를, 간수들 무리가 자신을 다시 체포하기 위해 쿵쾅거리며 다가오는 소리를 듣기 위해 주의를 기울였다. 떠나야 했다, 도망쳐야 했다, 오늘 밤……. "그럴 수 없습니다." 가닐이 갑자기 말했다. "저는 내일 대학에 나가기로 되어 있습니다. 정오에요."

음은 가닐의 말이 무슨 뜻인지 알았다. 다시 한 번 정적이 둘을 감쌌다. 마침내 노인이 입을 열었을 때, 목소리는 아주 메마르고 약했다. "그게 자네를 놔주는 조건이었겠지, 그렇지? 좋아. 그러면 거기엔 가게나. 자네는 그 사람들이 자네를 이단자로 취급하고 40마을을 샅샅이 뒤지며 쫓아다니길 원하지는 않겠지. 용의자는 쫓겨다니지 않아. 단지 추방당할 뿐이야. 그게 낫지. 이제 좀 자두게나. 내가 떠나기 전에 우리가 어디서 만날지 이야기를 해줌세. 자네도 가능한 한 빨리 떠나게나. 그리고 되도록 짐을 가볍게 하고 여행을……."

하지만 이튿날 늦게 음의 집을 떠날 때 가닐은 망토 아래 뭔가를 숨겨 가지고 갔다. 두루마리 종이로, 각 장에는 미드 페어맨의 낯익은 글씨체로 "궤적", "낙하하는 물체의 속력", "운동의 성질" 같은 글자가 깔끔하게 적혀 있었다. 음은 날이 밝기 전에 회색 당나귀를 타고 흔들거리며 조용히 마을을 떠났다. "켈링에서 보세나." 음이 가닐을 떠나며 한 말은 이뿐이었다. 가닐은 다른 학생들은 보지 못했다. 오직 노예들과 하인들, 거지들, 학교를 빼먹은 아이들과 보모들, 낑낑거리는 애들과 함께 나온 여자들만이 정오의 음산한 빛을 받으며 가닐과 함께 대학의 커다란 앞뜰에 서 있었다. 오직 하층민과 게으른 자들만이 이단자가 죽는 모습을 보기 위해 모여들었다. 사제는 가닐에게 군중 제일 앞자리에 있으라고 명령했다. 명인의 지위를 나타내는 망토를 두르고 서 있는 이는 가닐뿐이었으며 많은 사람들이 흥미로운 듯 가닐을 힐끔거렸다.

가닐은 광장 저편, 군중 앞쪽에서 보라색 가운을 입은 여자를 보았다. 라니인지 확신할 수 없었다. 라니가 왜 미드가 죽는 모습을 보러 오겠는가? 라니는 자신이 무엇을 싫어하는지 또는 무엇을 사랑하는지 알지 못했다. 오로지 얻기만을 원하는, 소유하기만을 원하는 사랑은 소름이 끼쳐. 가닐은 생각했다. 라니는 가닐을 사랑했으며, 겨우 광장의 폭만큼만 떨어져 있었다. 라니는 자신의 행동으로 인해, 무지로 인해, 추방으로 인해, 죽음으로 인해 자신이 가닐로부터 떨어지게 되었다는 것을 결코 알려 하지 않을 터였다.

미드는 정오가 되기 직전에 끌려 나왔다. 가닐은 언뜻 미드의 얼굴을 보았다. 몹시 파리했으며, 격세유전으로 나타나는 창백한 피부, 머리칼, 눈 등 미드의 추한 모습이 그대로 드러났다. 상황에 맞지 않은 풍경은 하나도 없었다. 황금색 가운을 입은 사제가 팔을 교차해 들어 올렸고, 정오가 되자 구름 장막 뒤에 서서 보이지 않는 태양에 기도를 드렸으며, 사제가 팔을 내리자 다른 이가 말뚝 주변에 쌓아놓은 나무에 횃불을 던졌다. 연기가 피어올랐다. 구름과 똑같은 황회색이었다. 가닐은 삼각건에 걸려 있는 부상당한 손으로 망토 아래 있는 두루마리 종이를 여전히 세게 누르며 조용히 되뇌었다. "연기에 먼저 질식해 죽기를……." 하지만 나무는 바짝 말라 있었고 빨리 불이 붙었다. 가닐은 얼굴과 화상의 흉터가 남은 관자놀이에 열기를 느꼈다. 가닐 곁에 있던 젊은 사제가 뒤로 물러서려 했지만 화형 장면을 더 잘 보기 위해 앞으로 몰려들며 감탄사를 연발하는 군중에 밀려 뒤로 물러서지 못한 채 조금씩 몸을 흔들며 헐떡거렸다. 연기가 짙어지며 불꽃과 그 안의 형체가 보이지 않게 되었다. 하지만 가닐은 미드의 목소리를 들을 수 있었다. 부드러운 목소리가 아니라 우렁찬, 아주 우렁찬 목소리였다. 가닐은 미드의 목소리를 들었고 또한 들으려 애썼지만, 동시에 흐트러짐 없이 계속 들려오는 부드러운 목소리에도 영혼의 귀를 기울였다. "태양은 무엇인가? 태양은 왜 하늘을 가로질러 가는 걸까? ……내게 자네의 숫자가 얼마나 필요한지 알고 있나? ……XII는 12로 쓴다네……. 이것 역시 숫자야. 아무것도 없음을 나타내는 숫자지."

비명은 멈췄지만 부드러운 목소리는 멈추지 않았다.

가닐은 고개를 들었다. 군중은 흩어지고 있었다. 젊은 사제는 가닐 옆 보도에 무릎 꿇고 큰 소리로 흐느끼며 기도하고 있었다. 가닐은 구름이 잔뜩 낀 하늘을 흘긋 보더니 이윽고 홀로 도시의 거리를 지나 문을 통과해 북쪽으로, 망명지로, 자신의 집으로 갔다.

THE WIND'S TWELVE QUARTERS

어둠상자

내 딸 캐롤라인이 세 살 때 일이다. 캐롤라인은 고사리 같은 손으로 작은 나무 상자를 들고 와서는 이렇게 물었다. "이 상자 속에 머가 드러 있는지 아라마쳐 보세요!" 나는 애벌레, 쥐, 코끼리 등등을 말해보았지만, 딸아이는 고개를 가로저었다. 그러고는 이루 말할 수 없이 으스스한 웃음을 짓더니 말없이 가볍게 상자를 열어 안을 보여주며 "어둠이요"라고 대답했다.

이렇게 해서 이 단편은 시작되었다.

바닷가 언저리의 부드러운 모래밭 위를 작은 사내아이가 발자국 하나 없이 걸어갔다. 해 없는 환한 하늘에 갈매기들이 울어 대고, 소금 없는 대양 위로 송어들이 뛰어올랐다. 저 멀리 수평선 위로 바닷뱀들이 거대한 아치 일곱 개를 그리며 잠깐 뛰어올랐다가 으르렁거리며 가라앉았다. 사내아이는 휘파람을 불어 바닷뱀을 불러보지만 고래 사냥에 바쁜 바닷뱀은 다시 수면 위로 떠오르지 않았다. 아이는 절벽과 바다 사이의 모래밭을 발자국 하나 남기지 않고, 그림자도 드리우지 않고 걸어갔다. 아이의 눈앞에 네 발 달린 오두막집이 있는 초록색 곶이 솟아올랐다. 아이가 오솔길을 따라 절벽을 다 올라갔을 때, 오두막집은 주변을 깡충깡충 뛰놀며, 앞발을 변호사나 파리처럼 비벼대고 있었다. 집 안에 있는 시계의 두 팔은 10시 10분 전을 가리키며 꼼짝도 하지 않았다.

"뭘 가지고 온 거니, 디키?" 증류기 안에서 서서히 끓고 있는 토끼고기 스튜에 후춧가루 조금과 파슬리를 넣으며 엄마가 물었다.

"상자예요, 엄마."

"어디서 났니?"

엄마와 허물없이 지내는 친구가 양파가 줄줄이 달린 서까래에서 훌쩍 뛰어내려, 엄마 목에 여우 목도리처럼 우아하게 내려앉으며 대답을 가로챘다. "바닷가에서요."

디키도 고개를 끄덕였다. "네, 맞아요. 바다 저 멀리에서 밀려온 거예요."

"그 안에 뭐가 들어 있니?"

엄마 친구는 아무 말도 하지 않고 가르랑거리기만 했다. 마녀 엄마가 뒤를 돌아 아들의 동그란 얼굴을 똑바로 보며 다시 물었다. "그 안에 뭐가 들어 있니?"

"어둠이요."

"오, 그래? 좀 보자꾸나."

엄마가 상자를 살펴보기 위해 고개를 숙였을 때, 엄마 친구는 여전히 가르랑거리며 눈을 감았다. 사내아이는 가슴에 상자를 꼭 껴안고 아주 조심스레 뚜껑을 열어 보였다.

"그래, 그렇구나. 자, 그럼 아무 데나 굴러다니지 않도록 잘 치워놓자꾸나. 그런데 이 상자 열쇠는 어디 있는지 궁금하네. 지금 당장 뛰어가서 손을 씻고 오렴. 식탁, 이리 와 앉아!" 아이가 뒤뜰에서 무거운 펌프 손잡이와 씨름하며 얼굴과 손에 물을 튀기는 사이, 작은 오두막집은 다시 접시와 포크의 재잘거리는 소리로 가득했다.

식사 후, 엄마가 이른 낮잠을 자는 동안 디키는 보물 선반에서 바닷물에 허옇게 탈색되고 모래 켜가 쌓인 상자를 내렸다. 그리고 그 상자를 가지고 바다에서 멀리 떨어진 모래언덕으로 출발했다. 거친 풀밭을 지나 모래 위를 총총걸음 치는 아이 발뒤꿈치 바로 뒤로는 검은 친구가 따라오고 있었다. 아이의 단 하나뿐인 그림자였다.

고개 정상에 오른 리카르드 왕자는 말을 돌려 저 아래 자기 군대의 깃털 장식과 군기를, 아버지가 있는 도시 성벽까지 쭉 뻗어 있는 길을 굽어보았다. 해 없는 하늘 아래 평원에 자리 잡은 도시는 음영 하나 없고 깨지기 쉬운 순수한 진주처럼 빛나고 있었다. 그 모습을 바라보면서 왕자는 도시가 절대로 함락당할 리 없다는 사실을 깨달았고, 가슴은 자부심으로 벅차올랐다. 왕자는 지휘관들에게 행군 속도를 높이라는 신호를 보낸 뒤 자신도 말에 박차를 가했다. 말은 뒷발로 힘차게 일어섰다가 전속력으로 달리기 시작했고, 왕자의 그리폰도 머리 위로 날카로운 비명을 지르며 급강하했다. 그리폰은 부리를 딱딱 부딪치며 왕자가 탄 백마를 두 동강 낼 듯이 똑바로 내리닫다가 적당한 시간에 옆으로 비껴가면서 말을 괴롭혔다. 재갈과 고삐가 없는 말은 미친 듯이 화를 내며 그리폰의 뱀 같은 꼬리를 물거나 뒷발로 일어서서은 발굽으로 그리폰을 차려고 했다. 그리폰은 꽥꽥 으르렁거리며 모래언덕 위를 선회했다가 비명을 지르며 다시 쏜살같이 말을 향해 몸을 내리꽂으려 하길 반복했다. 전투가 시작되기도 전에 그리폰이 지칠지도 모르겠다는 생각이 든 리카르드 왕자는 결국 그리폰을 줄에 묶었고, 그 후에 그리폰은 가르랑 쩍쩍거리며 왕자 곁을 얌전히 날았다.

왕자 뒤편으로 바다가 펼쳐졌다. 그 바닷가 절벽 아래 어딘가에 왕자의 형이 이끄는 반란군이 숨어 있을 터였다. 아래로 구불구불 이어진 길은 모래가 점점 더 많아졌고, 오른편으로도 왼편으로도 바다가 점점 더 가까워졌다. 갑자기 길이 사라졌다. 백마는 10피트 높이의 비탈면을 훌쩍 뛰어 내려가 바닷가로 질주했다. 리카르드 왕자가 모래언덕을 뚫고 나와 보니 한 무리의 군대가 길게 한 줄로 정렬해 모래밭으로 전진하였고 그 뒤로 뱃머리가 검은 군함 세 척이 보였다. 왕자의 군대는 허둥지둥 비탈면을 내려와 모래언덕 너머에서 다시 모여 대형을 정비했다. 푸른 깃발은 바닷바람에 날리고, 함성은 파도 소리에 묻혀 희미하게 들렸다. 선전 포고 없이 두 군대가 만나 칼과 칼이, 사람과 사람이 부딪혔다. 날카롭고 거대한 비명을 지르며 그리폰이 리카르드 손에서 끈을 홱 잡아당기며 하늘 높이 솟아올랐다가 발톱을 활짝 펴고 부리를 쭉 뻗은 채 매처럼 급강하하며 적군의 대장인 회색 옷을 입은 키 큰 남자에게 덤벼들었다. 그러나 그 남자는 이미 칼을 뽑은 상태였고, 목을 노리다가 빗나간 그리폰의 강철 부리가 어깨를 물어뜯는 사이 강철 칼이 하늘을 가르며 그리폰의 복부를 벴다. 그리폰은 공중에서 고통에 겨워 몸을 구부렸다가 날카로운 비명을 내며 아래로 떨어지면서 커다란 날개로 키 큰 남자를 쳐 쓰러뜨렸다. 모래는 그리폰의 피로 검게 물들어 갔다. 키 큰 남자는 비틀거리며 일어나 칼로 그리폰의 머리와 날개를 베었고, 모래와 피로 범벅이 된 남자는 리카르드가 아주 가까이 갈 때까지 그 기척을 눈치채지 못했다. 그러나 곧 남자는 말없이 몸을 돌리더니 김이 나는 칼을 들어 리카르드의 공격을 막아냈다. 남자는 리카르드가 탄 말의 다리를 공격하려 했지만 기회를 잡지 못했다. 그리폰이 돌아와 남자를 공격했고 리카르드가 남자의 머리 위로 계속 칼을 내리쳤기 때문이다. 남자의 팔이 점점 무거워졌고 숨소리가 거칠어졌다. 리카르드는 자비를 베풀지 않았다. 키 큰 남자는 한 번 더 칼을 들어 찔렀고, 아우의 칼이 쉿 소리를 내며 위를 보고 있는 형의 얼굴을 갈랐다. 키 큰 남자는 아무 말도 하지 못하고 쓰러졌다. 리카르드가 말을 몰아 싸움이 가장 치열한 곳으로 가는 동안, 백마의 말발굽이 만들어 낸 자그마한 갈색 모래 소나기가 남자의 몸 위로 쏟아졌다.

공격자들은 끈덕지게 싸웠지만 오래전부터 인원이 얼마 남지 않은 상태였고, 그나마 남아 있는 소수의 사람들마저도 한두 걸음씩 바다를 향해 후퇴하고 있었다. 스무 명 남짓 남았을 때, 무리는 흩어져 죽을힘을 다해 가슴까지 치닫는 거센 파도를 헤치고 배로 기어 올라갔다. 리카르드는 부하들에게 소리를 질렀다. 부하들은 난도질당한 시체 사이로 길을 만들며 모래밭을 지나 리카르드에게 다가왔다. 심각하게 부상을 입은 자들도 엉금엉금 기어 리카르드에게 다가오려 애썼다. 걸을 수 있는 모든 부하들이 리카르드가 서 있는 모래언덕 뒤편 공터에 정렬했다. 리카르드의 뒤편, 깊은 물 위에는 검은 배 세 척이 노를 수평으로 세운 채 멈춰 있었다.

리카르드는 홀로 풀이 무성한 모래언덕에 털썩 주저앉았다. 그는 고개를 숙이고 두 손으로 얼굴을 감쌌다. 곁에는 백마가 마치 돌로 만든 말인 양 가만히 서 있었고, 모래언덕 아래에 있는 부하들 또한 아무 말 없이 서 있었다. 리카르드의 등 뒤 모래밭에는 키 큰 남자가 피로 범벅이 된 얼굴로 그리폰 옆에 누워 있었다. 그리고 다른 시체들은 해가 빛나지 않는 하늘을 노려보며 누워 있었다.

갑자기 한 줄기 바람이 불어왔다. 리카르드는 얼굴을 들었다. 어려 보였지만 수심이 가득한 얼굴이었다. 리카르드는 지휘관들에게 신호를 보낸 뒤 말에 올라타, 빠른 걸음으로 모래언덕을 떠나 도시로 향했다. 검은 배가 그들의 병사들을 태우러 해변으로 다가오는지, 혹은 자신의 부하들이 제대로 열을 맞추어 뒤따르고 있는지 확인하지도 않았다. 그리폰이 새된 소리를 지르며 머리 위로 급강하하자 리카르드는 팔을 들어 올렸고, 수고양이처럼 날카로운 비명과 함께 홰치며 장갑 긴 손목에 앉으려는 거대한 짐승을 향해 벌컥 화를 냈다. "이 쓸모없는 그리폰 새끼, 시끄럽기만 한 암탉, 네 형편없는 닭장으로 꺼져버려!" 욕먹은 괴물은 날카롭게 울부짖으며 도시를 향해 동쪽으로 날아가버렸다. 등 뒤로는 어느새 부하들이 흔적 없이 언덕을 휘감고 올라왔고 그 뒤로 비단같이 부드러운 갈색 모래가 흠 하나 없이 내려앉았다. 돛을 올린 검은 배들은 이미 바다 저 멀리 나갔다. 선두에 선 뱃머리에는 회색 옷차림에 키가 크고 냉혹한 인상의 남자가 서 있었다.

집으로 향하는 좀 더 편한 길을 찾다보니, 리카르드는 곶 위의 네 발 달린 오두막집에서 그리 멀지 않은 곳을 지나게 되었다. 마녀가 현관문 앞에 서 있다가 리카르드에게 큰 소리로 인사를 했다. 왕자는 전속력으로 질주하다가 자그마한 집 안뜰 울타리 바로 앞에서 고삐를 잡아당겨 말을 멈추게 한 뒤 젊은 마녀를 바라보았다. 마녀는 숯처럼 검었고 생기 넘쳤으며 바닷바람에 검은 머리털을 나부끼며 서 있었다. 마녀도 백마를 타고 흰 갑옷을 입은 리카르드를 바라보았다.

"왕자님, 지나치게 자주 전투에 나서시는군요." 마녀가 말했다.

리카르드가 껄껄거리며 웃었다. "그렇다면 나더러 어쩌란 말이지? 형이 도시를 점령하도록 내버려둘까?"

"네, 그냥 내버려두세요. 어떤 사람도 도시를 정복할 순 없답니다."

"나도 알아. 하지만 내 아버지이신 국왕 폐하께서 형을 추방하셨고 형은 우리 해변에 발도 들여놔서는 안 돼. 나는 아버지의 병사고, 아버지가 명령하면 싸울 수밖에 없어."

마녀는 바다를 바라보다가 다시 젊은 왕자에게 시선을 돌렸다. 돌연 마녀의 검은 얼굴이 매서워졌고 노파처럼 코가 뾰족해지면서 우뚝해지더니 뺨이 홀쭉해졌다. 그리고 두 눈에 이상한 빛이 번뜩였다. 마녀가 말했다. "섬기고 섬김을 받고, 지배하고 지배를 받고, 왕자님의 형은 섬기는 것도 지배하는 것도 선택하지 않았을 뿐……. 잘 들으세요, 왕자님. 조심하셔야 합니다." 마녀 얼굴이 다시 온화해지면서 아름다움이 되살아났다. "바다가 오늘 아침에 선물을 가져다주었고, 바람이 불고, 수정구가 깨졌습니다. 조심하세요."

리카르드는 근엄한 표정으로 마녀에게 고맙다고 인사를 한 뒤 말머리를 돌려 모래언덕 위에서 선회하는 갈매기처럼 하얗게 사라져갔다.

마녀는 오두막집으로 돌아가 방 안에 있는 모든 것들이 제자리에 있는지 휘 둘러보았다. 박쥐, 양파, 가마솥, 양탄자, 빗자루, 두꺼비 몸에서 나온 돌 부적, (산산조각 난) 수정구, 굴뚝 위에 걸어놓은 가느다란 초승달, 책, 귀염둥이 친구……. 마녀는 다시 한 번 방 안을 살펴보고는 밖으로 나갔다. "디키!"

거친 풀들을 짓밟으며 불어오는 서풍이 이제는 차가웠다.

"디키! ……나비야, 나비야, 나비야!"

바람이 마녀의 입술에서 말을 빼앗아 조각조각 찢은 다음 저 멀리 날려버렸다.

마녀가 손가락을 퉁겼다. 돌연 집 안에 있던 빗자루가 붕 소리를 내며 땅 위 2피트 높이로 날아왔다. 그리고 오두막집은 앞으로 일어날 흥미진진한 일을 기대하며 몸을 부르르 떨더니 깡총거렸다. "닫혀 있어!" 마녀가 손가락을 퉁기자 명령에 따라 문이 쾅 소리를 내며 닫혔다. 빗자루에 올라탄 마녀는 남쪽 해변을 향해 긴 활공을 시작했고, 이따금씩 소리를 질렀다. "디키! ……
내 말 들리니? 나비야, 나비야, 나비야!"

부하들과 다시 합류한 젊은 왕자는 말에서 내려 부하들과 함
께 걸었다. 고갯길에 도착해 평원에 있는 도시를 내려다볼 즈음
왕자는 누군가 자신의 망토를 힘껏 끌어당기는 것을 느꼈다.

"왕자님…….."

조그마한 남자아이였다. 아이는 너무 어려 아직 볼에 젖살이
포동포동했으며 겁에 질린 표정으로 모래가 잔뜩 묻은 낡은 상
자를 소중하게 들고 서 있었다. 아이 뒤로 검은 고양이 한 마리
가 앉아 히죽거렸다. "바다가 이걸 가져다줬어요. 이 땅의 왕자
님을 위한 거예요. 전 그걸 알아요. 이 상자를 받아주세요!"

"그 안에 든 게 무엇이냐?"

"어둠이에요, 왕자님."

리카르드는 상자를 집어 들고 잠시 망설이다 틈만 보일 정도
로 아주 약간 상자를 열었다. "안에 검은 칠을 한 상자로구나."
씁쓸한 웃음을 지으며 리카르드가 말했다.

"아니에요, 왕자님, 정말 아니에요. 좀 더 활짝 열어보세요!"

리카르드는 조심스레 뚜껑을 좀 더 들어 올려 안을 자세히 들
여다보았다. 그때 사내아이가 소리쳤다. "바람에 날려가지 않게
조심하세요, 왕자님!" 왕자는 재빨리 뚜껑을 닫았다.

"이 상자를 왕에게 가져다드려야겠구나."

"그렇지만 그건 왕자님을 위한 거예요."

"바다의 선물은 모두 왕의 것이란다. 하지만 가져다줘서 고맙

구나, 애야." 통통한 사내아이와 엄숙하고 화려한 젊은 왕자는 잠시 동안 서로 마주 보았다. 이윽고 리카르드는 돌아서서 빠른 속도로 가던 길을 계속 걸어갔고, 사내아이는 우울한 마음으로 말없이 언덕 아래로 내려갔다. 그러다가 사내아이는 멀리 떨어진 남쪽에서 날아오는 엄마의 목소리를 들었다. 아이는 대답하려 했지만, 바람이 아이의 대답을 내륙 쪽으로 날려버렸고 귀염둥이 친구도 사라져버렸다.

리카르드의 군대가 다가오자 도시의 청동 문이 활짝 열렸다. 경비견들이 짖어댔고, 수비대가 곧은 자세로 서 있었다. 리카르드가 말을 타고 왕궁으로 나 있는 대리석 거리를 지나자 시민들은 머리를 조아리며 인사를 했다. 궁에 들어서서 리카르드는 왕궁의 아홉 개 하얀 탑 가운데 가장 높은 종탑에 있는 거대한 청동 시계를 흘끗 쳐다보았다. 멈춘 시계의 두 팔은 10시 10분 전을 가리켰다.

알현실에서 아버지가 왕자를 기다리고 있었다. 회색 머리털 위로 강철 왕관을 쓴 왕이 왕좌의 팔걸이를 이루고 있는 강철 키메라의 머리를 양손으로 거칠게 움켜쥐었다. 리카르드는 무릎 꿇고 머리를 조아린 채 시선을 아래로 향한 상태에서 기습의 성과를 보고했다. "추방자는 따르던 대부분의 무리와 함께 죽었고, 나머지는 배로 도망갔습니다."

사용되지 않던 경첩의 쇠문이 열리는 듯한 목소리가 대답했다. "잘했다, 왕자여."

"폐하께 바다의 선물을 가져왔습니다." 여전히 머리를 조아린 채 리카르드가 나무 상자를 바쳤다.

왕좌에 조각된 괴물 가운데 하나의 목구멍에서 낮게 으르렁거리는 소리가 새어 나왔다.

"그것은 내 것이다." 늙은 왕이 아주 귀에 거슬리는 목소리로 말을 했기 때문에 리카르드는 순간 왕좌를 올려다보았다. 왕좌의 키메라들이 이빨을 드러냈고 왕의 눈은 이상한 빛으로 번뜩였다.

"그렇기에 제가 폐하께 가져온 것입니다."

"그것은 내 것이다. 짐이 바다에게 준 것이란 말이다. 짐이 직접! 그런데 바다가 내 선물을 도로 뱉다니." 긴 정적이 흘렀다. 그리고 나서 왕은 조금 누그러진 목소리로 말을 했다. "좋다, 저것을 가지거라, 왕자. 바다도 저것을 원하지 않고, 짐도 마찬가지구나. 이제 상자는 네 손 안에 있으니. 잘 보관하여라. 단단히 잠가서 말이다. 잘 잠가서 보관하라, 왕자여!"

왕자는 감사와 승낙의 표시로 무릎 꿇은 채 머리를 더 깊게 조아리고는 일어나 고개를 숙인 자세로 기다란 알현실을 뒷걸음쳐 나왔다. 화려한 대기실로 물러 나오자, 장교와 귀족들이 평소처럼 전투에 대해 질문을 하고 웃고 마시며 떠들기 위해 왕자를 에워쌌다. 하지만 리카르드는 두 손으로 조심스레 상자를 들고 아무 말 없이, 눈길 한 번 주지 않고 홀로 자기 거처로 갔다.

밝고, 그늘 없고, 창문 없는 방 안의 벽들은 모두 토파즈, 오팔, 수정과 갖가지 형형색색의 보석들로 장식된 황금 문양으로 가득했고 황금으로 된 돌출 촛대에서는 불꽃이 움직임 없이 타오르고 있었다. 리카르드는 유리 탁자 위에 상자를 내려놓았다. 그리고 망토를 벗어 던지고 칼 띠를 끄른 뒤 한숨을 쉬며 자리에 앉았다. 그리폰이 모자이크가 새겨진 마룻바닥을 발톱으로 긁으며 왕자의 침실에서 껑충껑충 뛰어 들어왔다. 그리고 왕자의 무릎에 거대한 머리를 털썩 얹고는 깃털로 덮인 갈기를 긁어주기만을 기다렸다. 방 안에는 윤기가 도는 검은 고양이 한 마리도 어슬렁거리며 돌아다녔지만 왕자는 전혀 마음을 쓰지 않았다. 왕궁에는 고양이, 개, 원숭이, 다람쥐, 어린 히포그리프, 흰쥐, 호랑이 같은 동물들이 가득했기 때문이다. 모든 귀족 여인들은 유니콘을 한 마리씩 가지고 있었고, 모든 가신들은 제각각 수십 마리의 애완동물을 키우고 있었다. 하지만 리카르드 왕자는 그리폰 한 마리만을 키웠다. 그리폰은 항상 왕자를 위해 싸우는 나무랄 데 없는 친구였다. 왕자는 그리폰의 갈기를 긁으며, 종종 시선을 내려뜨려 그리폰의 둥그렇고 사랑스러운 황금색 눈과 마주쳤고, 이따금씩 탁자 위 상자에도 눈길을 돌리곤 했다. 상자에는 잠글 수 있는 열쇠가 없었다.

멀리 떨어진 방에서 분수 소리처럼 촘촘하게 짜인 마디로 이뤄진 음악이 부드럽게 흘러나왔다.

왕자는 고개를 돌려 벽난로 선반 위에 있는 황금과 푸른 에나멜로 화려하게 장식된 네모난 시계를 바라보았다. 10시 10분 전이었다. 일어나 칼 띠를 차고 부하를 소집해 전투에 나갈 시간이었다. 추방자가 자신의 권리이자 상속물인 왕위를 되찾고 도시를 점령하기 위해 오고 있었다. 추방자의 검은 배를 다시 바다로 내쫓아야만 한다. 형제는 싸워야만 하고, 둘 중 하나는 죽어야만 하고, 도시는 지켜져야만 한다. 리카르드가 벌떡 일어섰다. 동시에 그리폰도 꼬리를 흔들며 싸우고 싶어 하는 열망을 드러내더니 위로 뛰어올랐다. "좋아, 가자!" 리카르드가 그리폰에게 말했지만 목소리에는 열기가 없었다. 리카르드는 칼이 꽂힌 진주 장식 칼집을 집어 허리에 찼고 그리폰은 흥분한 듯 칭얼대며 부리를 리카르드의 손에 비벼댔다. 하지만 리카르드는 그런 그리폰의 행동을 무시했다. 피곤하고 슬펐으며 목 타도록 무언가를 애타게 바라고 있었다. 무엇을? 그쳐버린 음악을 듣고 싶은 건가? 아니면 전에 싸웠던 형과 이야기를 하고 싶은 건가? 알 수 없었다. 상속자이자 수호자로서 리카르드는 복종해야만 했다. 리카르드는 은제 투구를 머리에 쓰고 돌아서서 의자에 걸쳐진 망토를 집어 들었다. 진주로 장식된 칼집이 허리띠에서 흔들거리면서 뒤에 있는 무언가와 부딪혀 소리를 냈다. 왕자는 돌아서서 열린 채로 바닥에 놓여 있는 상자를 바라보았다. 리카르드가 서서 좀 전과 똑같이 차갑고 넋 나간 표정으로 상자를 바라보고 있을 때, 연기같이 작고 검은 것이 마룻바닥 위의 상자 주변으로 모여들었다. 리카르드는 몸을 구부려 상자를 집어 올렸고 어둠이 흘러나와 손을 적셨다.

그리폰이 애처롭게 칭얼대며 뒷걸음질 쳤다.

화려하고 그늘이 없는 방 안, 큰 키에 하얀 갑옷을 입고 금발 머리에 은제 투구를 쓰고 서 있는 리카르드는 열려 있는 상자를 들고 서서 안에서 천천히 뚝뚝 듣는 짙은 어둠을 바라보았다. 이제 리카르드의 몸 주변, 손 아래로 어스름이 깔렸다. 리카르드는 가만히 서 있었다. 그러다가 천천히 상자를 들어 올렸고 머리 위에서 상자를 뒤집었다.

어둠이 얼굴 위로 흘러내렸다. 리카르드는 주변을 둘러보았다. 먼 곳에서 들리던 음악이 끊기고, 모든 사물이 조용해졌다. 촛불은 타오르며 천장과 벽에 보라색 불꽃과 황금색 얼룩을 흩뿌렸다. 그러나 모든 귀퉁이는 어두웠고 모든 의자 뒤로 어둠이 내려앉았으며 리카르드가 고개를 돌릴 때마다 그의 그림자가 벽을 따라 뛰어올랐다. 그때 리카르드가 상자를 떨어뜨리고 재빠르게 움직였다. 어둠이 내려앉은 한쪽 구석에서 붉게 이글거리는 눈동자를 언뜻 보았기 때문이었다. 당연히, 그리폰이었다. 왕자는 손을 내밀며 그리폰을 불렀다. 그러나 그리폰은 아주 이상한 금속성의 울음소리를 내며 꼼짝도 하지 않았다.

"이리 와! 어두운 곳을 무서워하는 게냐?" 그리폰에게 말한 순간, 리카르드는 갑자기 자기 자신도 어둠이 두려워졌다. 칼을 빼 들었다. 아무것도 움직이지 않았다. 리카르드가 문을 향해 한 발 뒷걸음질 쳤을 때 그리폰이 뛰어올랐다. 천장 가득 펼쳐진 검은 날개와 강철 부리와 발톱이 보였다. 리카르드가 칼을 뽑아 찌르기도 전에 그리폰의 커다란 덩치가 리카르드 앞으로 다가와 있었다. 리카르드는 목을 물어뜯으려는 커다란 부리, 그리고 양팔과 가슴을 찢어놓으려는 발톱과 맞붙어 씨름하다가 간신히 칼을 쥔 팔이 자유로워져 녀석을 한 번 벤 다음, 뒤로 물러나 한 번 더 베었다. 두 번째 일격으로 그리폰의 목은 반쯤 잘려 나갔다. 바닥으로 툭 떨어진 그리폰은 깨진 유리 조각 사이 어둠 속에서 몸부림치다가 이윽고 조용해졌다.

리카르드의 칼이 바닥에 떨어지며 쨍그랑 소리를 냈다. 손은 자신의 피로 끈적거렸고 앞은 거의 보이지 않았다. 하나만 빼고 모든 촛불이 꺼져 있었다. 그리폰이 홰칠 때 쓰러졌거나 날개 바람에 꺼진 모양이었다. 리카르드는 더듬거리며 의자를 찾아 앉았다. 잠시 뒤, 전투가 끝난 후에 모래언덕 정상에서 그랬던 것처럼 머리를 숙이고 양손으로 얼굴을 감싼 채 앉아 있었다. 거칠게 숨을 몰아쉰다는 점만 다를 뿐이었다. 완전한 적막이었다. 하나 남은 촛불이 돌출 촛대에서 깜박였고 뒤쪽의 토파즈 포도송이에 불빛이 희미하게 반사되었다. 리카르드는 고개를 들었다.

그리폰이 꼼짝하지 않고 누워 있었다. 녀석에게서 흘러나온 피는 웅덩이를 이루었고 상자의 좁은 틈 사이로 처음 흘러나온 어둠처럼 새카맸다. 그리폰의 강철 부리는 벌어져 있었고 두 개의 붉은 보석 같은 눈동자도 열려 있었다.

"죽었어요." 마녀의 고양이가 산산조각 난 탁자 파편 사이로 우아하게 걸어 들어오며 작고 부드러운 목소리로 말했다. "영원히요. 들어보세요, 왕자님!" 고양이는 발 주위에 깔끔하게 꼬리를 말고 앉았다. 리카르드는 꼼짝도 않고 멍한 얼굴로 서 있다가 갑자기 소리가 들리자 움직이기 시작했다. 자그맣게 나는 땡 소리였다! 근처였다. 이윽고 머리 위 탑에서 커다랗고 묵직한 종 소리가 돌바닥 위에서, 리카르드의 귓속에서, 리카르드의 혈관 속에서 울려 퍼졌다. 시계는 10시를 치고 있었다.

누군가 리카르드의 방문을 세게 치고 지나갔고, 사람들이 외치는 소리가 마지막 종소리의 여운, 겁을 집어먹은 동물들의 울음 소리, 부름 소리, 명령 소리와 뒤섞여 궁전 복도에 울려 퍼졌다.

"왕자님, 전투에 늦으시겠어요." 고양이가 말했다.

리카르드는 피와 어둠 속에서 더듬더듬 칼을 찾아 칼집에 넣고 망토를 걸친 다음 문 쪽으로 향했다.

"오늘은 오후가 올 겁니다." 고양이가 말했다. "그리고 황혼과 밤이 올 겁니다. 밤이 오면 두 분 중 한 분은 이 도시의 집으로 돌아올 수 있을 겁니다. 왕자님 또는 왕자님의 형님이요. 그러나 두 분 가운데 꼭 한 분만 돌아오실 겁니다, 왕자님."

리카르드는 잠시 가만히 서 있었다. "바깥에는 지금 태양이 빛나고 있나?"

"네, 그렇습니다…… 지금은요."

"좋아, 그렇다면, 그럴 만한 가치가 있지." 젊은 왕자는 이렇게 말하며 방문을 열었고, 공포에 질린 사람들이 아우성치고 있는, 햇빛이 밝게 비치는 복도로 성큼성큼 나갔다. 리카르드의 등 뒤로 그림자가 짙게 드리워져 있었다.

THE WIND'S
TWELVE
QUARTERS

해제의
주문

다음에 나오는 두 이야기는 뭍바다*라는 '2차 세계'에 대한 내 첫 번째 접근이자 탐색이다. 나중에 나는 그 세계에 관한 소설을 세 권 더 썼다. 처음에는 나도 그곳에 관해 그리 많이 알지 못했기 때문에 그 3부작에 익숙한 독자라면 어느 순간 뭍바다에서 트롤이 사라졌으며 용 예바우드의 내력이 어딘가 모호하다는 사실을 깨달을 것이다. (예바우드는 게드가 자신을 찾아내 펜도르 섬에 가두기 수십 년 전 혹은 수백 년 전에 이미 새틴스 섬에 살았음이 틀림없다.) 그렇지만 이런 것은 일방적이고 무심한 역사의 요구에 굴복하거나 신화로 남기를 거부해 시간을 지배하지도 시간에 지배되지도 않는 용들의 속성에서 예견할 수 있는 사실이다.

〈이름의 법칙〉은 뭍바다에서 마법이 운용되는 데 필수적인 요소의 첫 번째 탐색이다. 〈해제의 주문〉에서는 3부작의 마지막 권,《머나먼 바닷가》의 끝부분에 나오는 죽은 자들의 세계에 대한 형상을 미리 그리고 있다. 그리고 이미 독자들도 짐작했겠지만, 그것은 나무에 대한 내 강박관념을 나타내기도 한다. 이런 강박관념은 내 작품 전체를 통해 나타난다. 내 생각에 나는 SF 작가 가운데 나무에서 살기에 가장 적합한 인물인 듯하다. 사람들이 나무 아래로 내려가 진화된 엄지손가락으로 물건을 집고 직립 보행을 하거나 하며 그렇게 사는 것이 나쁘다는 것은 아니다. 하지만 여전히 우리들 몇몇은 이곳 나무 위에서 경쾌하게 뛰놀며 살고 있다.

*국내에는 '어스시' 라고 번역되어 있다.

사내가 있는 곳은 어디인 걸까? 바닥은 단단하고 끈적거렸으며 깜깜한 공기에서는 악취가 풍겼다. 그게 그곳의 전부였다. 그리고 머리가 아팠다. 차고 끈적이는 바닥에 누운 페스틴은 신음하다가 말했다. "지팡이!" 오리나무로 된 마법사의 지팡이는 손으로 돌아오지 않았고 페스틴은 자신이 위험에 빠져 있다는 사실을 깨달았다. 페스틴은 일어나 바닥에 앉았다. 제대로 된 불꽃을 일으킬 지팡이가 없었기 때문에 페스틴은 주문을 외우며 엄지손가락과 집게손가락을 튕겨 불꽃을 일으켰다. 불꽃에서 한 줄기 푸른 의지가 튀어나와 치직대며 공기 중을 희미하게 맴돌았다. "위로." 페스틴의 말에 따라 불공은 비틀거리며 아주 높직한 둥근 천장에 있는 뚜껑 문을 비출 때까지 계속해 올라갔다. 불공이 무척 높이 올라간 덕분에 페스틴은 40피트 아래 어둠 속에서 창백한 점으로 보이는, 불공에 투영된 자신의 얼굴을 잠깐 볼 수 있었다. 빛은 축축한 벽을 비췄지만 전혀 반사되지 않았다. 벽은 밤으로 짜인 마법의 천이었다. 페스틴이 다시 정신을 차리고 말했다. "사라져." 불공이 사라졌다. 페스틴은 어둠 속에 앉아 우두둑 손가락 관절을 꺾었다.

놀란 탓에 지나치게 부담이 큰 주문을 외운 모양이었다. 기억 속에 남아 있는 마지막 장면은 저녁 무렵 자신의 숲을 거닐며 나무들과 이야기를 나누던 모습이었다. 중년의 외로운 시기인 최근, 페스틴은 힘을 낭비하고 있다는 느낌과 동시에 힘을 제대로 사용하지 않는 것 같다는 부담에 시달렸다. 그래서 인내를 배울 필요성을 느낀 페스틴은 마을을 떠나 나무, 특히 떡갈나무, 밤나무, 회색 오리나무들과 이야기를 나누려고 여행을 떠났다. 이런 나무들의 뿌리는 흐르는 물과 심오한 대화를 나누기 때문이었다. 인간과 이야기를 나눠본 것은 6개월 전이었다. 근본적인 요소와 이야기를 나누기에 바빠서 주문을 걸거나 누군가를 괴롭힐 새가 없었다. 그렇다면 대체 누가 페스틴에게 마법을 걸어 악취 나는 우물 속에 가둔 걸까? "누구지?" 페스틴이 벽에게 물어보았더니 돌 벽의 자잘한 구멍에서 진득한 검은 땀이 흘러나오듯, 균류가 싹트듯 이름 하나가 벽 위로 모여들어 페스틴에게 떨어졌다. "볼."

순간 페스틴은 식은땀이 흘렀다.

페스틴이 파괴자 볼에 대한 소문을 처음 들은 것은 아주 오래전 일이다. 볼은 대단한 마법사였지만 인간으로서는 평균 이하였다고 전해진다. 볼은 외해역의 섬들을 오가며 고대 유산을 파괴하고 섬사람들을 노예로 삼고 숲을 파괴하고 농작물들을 망치고 자신에게 대항하는 마법사와 현자들을 지하 무덤에 가두었다고 전해진다. 파괴된 섬에서 피난 온 사람들은 항상 똑같은 이야기를 전했다. 볼이 저녁 무렵 검은 바람을 타고 바다를 건너왔다는 것이다. 볼의 노예들은 배를 타고 바다를 건너왔으며, 이런 노예들의 모습은 볼 수 있었지만 볼의 모습을 본 사람은 아무도 없었다……. 그러나 섬들에는 사악한 사람들과 창조물이 많았기 때문에 수련에 열중이던 젊은 마법사 페스틴은 파괴자 볼에 대한 소문에 그다지 주의를 기울이지 않았다. "나는 이 섬을 지킬 수 있어." 당시, 아직 확인되지 않은 자신의 힘을 믿었던 페스틴은 이렇게 생각했고, 그런 생각은 페스틴의 떡갈나무, 오리나무, 나뭇잎에서 부는 바람 소리, 둥근 나무 밑둥치, 크고 작은 가지에서 느껴지는 성장의 리듬 그리고 나뭇잎에서 느껴지는 햇살 그리고 뿌리 주변의 어두운 지하수의 맛으로 돌아갔다. 페스틴의 오랜 친구인 나무들은 지금 어디에 있는 걸까? 볼이 숲을 다 파괴해버렸을까?

마침내 정신을 차린 페스틴은 일어나 단단한 손을 저어 커다란 두 가지 동작을 취하며 인간이 만든 그 어떤 문이라도 열고 모든 자물쇠를 부숴버릴 수 있는 이름을 큰 소리로 외쳤다. 그러나 밤과 그것을 만든 창조자의 이름이 가득 스며들어 있는 벽은 페스틴의 외침을 들은 척도 하지 않았다. 이름은 메아리치며 되돌아와, 페스틴의 귀청을 찢을 듯이 울려댔다. 페스틴은 무릎을

끓었고, 머리 위 둥근 천장 위로 메아리가 사라질 때까지 두 팔로 머리를 감싸 쥐었다. 결국 메아리 때문에 여전히 정신이 멍한 상태로 바닥에 앉아 생각에 잠겼다.

사람들 말이 옳았다. 볼은 강했다. 이곳은 볼의 땅이었고, 볼의 주문으로 세워진 지하 감옥은 그 어떠한 직접적인 공격도 볼의 마법으로 막아낼 터였다. 그리고 지팡이를 잃어버렸기 때문에 페스틴은 힘이 절반으로 떨어진 상태였다. 하지만 페스틴을 가둔 자일지라도 페스틴 자신에게 있는 능력, 즉 투영과 변신의 능력을 빼앗을 수는 없었다. 그래서 좀 전보다 갑절로 지끈거리는 머리를 몇 번 문지른 뒤 페스틴은 변신을 했다. 페스틴의 몸이 슬며시 녹아내리며 박무가 되었다.

안개는 느릿느릿 꼬리를 끌며 바닥 위로 솟아오르더니 끈적끈적한 벽을 따라 올라갔고, 마침내 둥근 천장과 벽이 만나는 곳에서 머리카락 굵기의 틈을 발견했다. 안개는 그 틈을 통해 한 방울씩 벽으로 스며들었다. 틈을 거의 다 빠져나갔을 무렵, 용광로에서 불어온 듯한 뜨거운 바람이 안개를 덮쳐, 안개 알갱이를 산산이 흩뜨리며 말리기 시작했다. 안개는 황급히 몸을 빼 둥근 천장이 있는 곳으로 돌아왔다. 그러고는 나선을 그리며 바닥으로 떨어진 뒤 페스틴 본래의 모습으로 돌아와 거칠게 숨을 몰아쉬며 드러누웠다. 변신은 페스틴처럼 내성적인 마법사에게는 감정적으로 큰 부담이 되었다. 그러한 긴장 상태에서 변신한 채로 비인간적인 죽음에 직면하게 될 때의 충격이 더해지면, 그 경험은 끔찍하기 그지없다. 페스틴은 한동안 그저 숨을 몰아쉬면서 가만히 누워 있었다. 스스로에게 화가 났다. 안개로 변신해 탈출하려 하다니, 너무나도 바보 같은 계획이었다. 아무리 바보라도 그 정도는 예측하고 있었을 터였다. 불은 뜨거운 바람에게 지키라고 했을 게 분명했다. 페스틴은 몸을 추스른 뒤 작고 검은 박쥐로 변신해 천장으로 날아오른 다음 다시 평범한 공기의 흐름으로 변신해 틈새로 스며들었다.

이번에는 깔끔하게 빠져나와 홀에 부드럽게 내려앉았다. 앞쪽으로 창문이 보였고, 순간 위험하다는 느낌이 온몸을 날카롭게 관통했다. 페스틴은 몸을 그러모은 뒤, 마음속에 맨 먼저 떠오르는 작고 단단한 모양으로 몸을 바꾸었다. 금반지였다. 현명한 결정이었다. 북극의 차가운 폭풍이 불어왔고, 공기 형태로 남아 있었다면 도저히 회복 불가능한 혼돈으로 흩어졌겠지만 반지로 변한 덕분에 페스틴은 그저 서늘한 느낌만 들었다. 폭풍이 지나간 뒤, 페스틴은 대리석 바닥에 누워 어떤 형태로 변해야 가장 빠르게 창문을 통과할지 곰곰이 생각했다.

페스틴은 몸을 굴리기 시작했다. 하지만 너무 늦은 행동이었다. 얼굴 없는 거대한 트롤이 지축을 뒤흔들며 대리석 바닥을 건너와 멈추더니 거대한 석회질 손으로 빠르게 굴러가던 반지를 집어 들었다. 트롤은 뚜껑 문으로 성큼성큼 걸어가, 철제 손잡이를 잡아당겨 문을 들어 올린 다음 주문을 외우고 페스틴을 암흑 속으로 떨어뜨렸다. 페스틴은 40피트 높이를 곧장 떨어져 돌바닥에 부딪혔다. 쩽그랑.

다시 본모습으로 돌아와 자리에 앉은 페스틴은 침울한 표정으로 멍든 팔꿈치를 문질렀다. 이번 변신 덕분에 텅 빈 위장이 정신을 차렸다. 지팡이가 없는 게 지독히도 아쉬웠다. 지팡이가 있으면 그럴싸한 저녁식사를 불러올 수 있었을 텐데. 지팡이가 없어도 페스틴은 변신을 하고 특정한 주문과 능력을 쓸 수 있었지만 다른 물건의 모습을 바꾸거나 번개며 양고기 같은 물질적인 것을 자신에게 불러오는 것은 불가능했다.

"냉정해야 해." 페스틴은 중얼거리고는 숨을 들이마신 뒤 이루 말할 수 없을 정도로 아주 정교한 휘발성 기름으로 몸을 분해시켜 튀긴 양고기 향이 되었다. 페스틴은 다시 한 번 틈새를 통과했다. 기다리고 있던 트롤은 의심스러운 듯 코를 킁킁댔지만, 페스틴은 이미 매로 변신해 날개를 활짝 펴 창문으로 날아가고 있었다. 트롤이 열심히 뒤를 쫓았지만 몇 야드 차이로 놓치고는 냉혹하고 거대한 목소리로 고함을 질렀다. "매, 매를 잡아!" 마법에 걸린 성 너머, 서편으로 어둠이 내려앉은 자신의 숲으로 급강하를 하는 동안 햇빛과 번쩍이는 바다가 페스틴의 눈을 어지럽혔다. 페스틴은 바람을 타고 화살처럼 날아갔다. 그러나 더 빠른 화살이 페스틴을 발견해 따라잡았다. 페스틴은 비명을 지르며 떨어졌다. 머리 위로 해와 바다와 탑들이 빙글빙글 돌다가 사라졌다.

페스틴은 다시 지하 감옥의 축축한 바닥에서 정신이 들었다. 손과 머리털과 입술이 피로 젖어 있었다. 화살은 매의 날개 끝, 사람일 때 어깨인 부분을 관통했다. 가만히 누워서, 상처가 아물도록 주문을 외웠다. 곧 일어나 앉을 수 있게 되었고 좀 더 길고 심오한 치유 주문을 외웠다. 그러나 피를 상당히 흘렸기 때문에 힘도 많이 약해져 있었다. 추위가 뼛속까지 파고들었고 치유 주문으로도 몸은 따뜻해지지 않았다. 페스틴의 눈에 어둠이 내려앉았다. 심지어 한 줄기 의지를 불러내 악쉬 나는 공기를 밝혀도 어둠은 사라지지 않았다. 똑같은 검은 안개를 본 적이 있었다. 페스틴이 날아갈 때 그것은 그의 숲과 고향 땅의 작은 마을 위를 덮고 있었다.

그 땅을 지키는 것은 페스틴의 몫이었다.

페스틴은 다시금 직접적인 탈출은 시도할 수 없었다. 너무 피곤하고 힘이 없었다. 자신의 힘을 지나치게 신뢰하다 힘을 잃은 것이다. 이제 페스틴이 어떤 모습으로 변신하든 그 약점은 변함없을 것이고, 따라서 다시 잡힐 터였다.

페스틴은 추위로 으슬으슬 떨면서 몸을 웅크리고 늪에서 나는 메탄 가스의 마지막 한 모금을 써서 불공이 탁탁 소리를 내며 타오르게 했다. 메탄 냄새가 페스틴의 심안을 숲에서 바닷가까지 똑바로 이어지는 늪지로 데려갔다. 페스틴이 좋아하는 늪은 사람이 오지 않는 곳으로, 가을에는 백조들이 길게 무리 지어 같은 높이로 날아가고, 조용한 웅덩이와 갈대 섬들 사이로는 실개울이 조용하고 빠르게 바다를 향해 흘러가는 곳이었다. 아, 개울 속의 물고기가 되었으면. 아니 그보다 더 상류, 샘이 솟아나는 근처, 숲 속의 나무 그늘 아래, 오리나무 뿌리 아래 괴어 깨끗한 갈색 물에 숨어 사는 물고기가 되었으면…….

이것은 위대한 마법이었다. 추방당했거나 위험에 처해 도망친 이가 고향 땅과 강, 자기 집 문지방, 식사하던 식탁, 잠자던 침실 창밖 나뭇가지를 보길 간절히 바라기만 할 뿐 실제로 그럴 수 없는 것처럼 페스틴 역시 그런 마법을 부릴 능력이 없었다. 고향으로 돌아가는 마법은 위대한 현자가 아닌 이상 오직 꿈속에서나 행할 수 있었다. 그러나 뼛속 깊이 파고든 한기가 슬금슬금 기어 나와 신경과 핏줄로 스며드는 와중에도 페스틴은 검은 벽 사이에 꼿꼿이 서서 의지를 그러모으고 암흑에 빠진 육신 속에서 빛나는 촛불처럼 자신을 불태웠다. 이윽고 위대하고 조용한 마법이 효력을 발휘하기 시작했다.

벽이 사라졌다. 페스틴은 땅속에 누워 있었다. 바위와 화강암 암맥이 뼈가 되고 지하수가 피가 되고 사물의 뿌리가 신경이 되었다. 페스틴은 눈먼 벌레처럼 땅속을 서쪽으로 천천히 움직여 갔다. 앞도 뒤도 어둠이었다. 그러다 갑자기 차가운 것이 등과 배를 따라 흘러갔다. 몸이 붕 뜨는 듯한 기분이 들더니 무언가가 이루 말할 수 없을 정도로 부드럽게 어루만지는 기분이 들었다. 측면에서 물을 맛보고 물의 흐름을 느낄 수 있었다. 그리고 눈꺼풀이 없는 눈으로 오리나무를 버텨주고 있는 거대한 뿌리 사이의 짙은 갈색 웅덩이를 바라보았다. 페스틴은 몸을 반짝이며 그늘을 향해 쏜살같이 헤엄쳐 갔다. 자유였다. 집에 돌아온 것이다.

깨끗한 샘에서 물이 영원히 흘러나왔다. 페스틴은 흐르는 물이 자신을 치유하도록 웅덩이 모랫바닥에 누웠다. 물은 그 어떤 치유의 주문보다 강력하게 상처를 치료해주었고, 온몸을 엄습했던 한기도 씻어냈다. 그러나 그렇게 쉬는 동안, 페스틴은 대지가 짓밟히고 흔들리는 것을 느꼈다. 지금 페스틴의 숲 속을 거니는 자는 누구인가? 너무 약해져서 다시 변신할 수 없는 페스틴은 반짝이는 송어 몸을 아치 모양으로 휘어진 오리나무 뿌리 사이로 숨기고 가만히 기다렸다.

거대한 회색 손가락이 물을 휘저어 흐리게 하더니 모래 속을 더듬었다. 흐릿한 수면 위로 불분명한 얼굴과 생기 없는 눈동자들이 어렴풋이 나타났다 사라졌다 다시 나타났다. 그물과 손은 모래 속을 더듬다 놓치고, 다시 놓치더니, 퍼덕거리는 페스틴을 잡아 공기 중으로 들어 올렸다. 페스틴은 본래 모습으로 돌아가려 애썼지만 돌아갈 수 없었다. 자신이 걸었던 귀향의 주문이 그를 묶고 있었다. 페스틴은 헐떡이며 그물 속에서 괴롭게 몸부림쳤다. 건조하고 밝고 끔찍한 공기 속에 빠져 죽는 것 같았다. 고통은 끊임없이 계속되었고, 페스틴은 정신을 잃었다.

긴 시간이 지나, 페스틴은 조금씩 정신이 들면서 자신이 인간의 모습으로 돌아온 것을 알았다. 누군가 맵고 신 액체를 억지로 목구멍으로 흘려 넣고 있었다. 다시 시간이 흘렀고, 페스틴은 둥근 천장 아래 축축한 바닥에 얼굴을 처박고 대자로 뻗어 있었다. 적의 손아귀에 다시 잡힌 것이었다. 다시 숨을 쉴 수는 있었지만 죽음이 그리 멀지 않다는 사실을 알았다.

추위가 온몸으로 퍼졌다. 볼의 하인인 트롤이 연약한 송어 몸을 짜부라뜨린 모양이었다. 움직일 때마다 흉곽과 팔뚝이 바늘로 찌르는 듯 아팠다. 뼈가 부러지고 지친 페스틴은 밤의 우물 바닥에 누워 있었다. 변신할 만한 힘이 없었다. 이제 이곳에서 빠져나갈 방법은 단 한 가지뿐이었다.

페스틴은 고통을 줄이기 위해 꼼짝하지 않고 누워(어느 정도 고통을 줄일 수는 있었지만 완전히 벗어날 수는 없었다) 생각에 잠겼다. 왜 볼은 나를 죽이지 않은 걸까? 왜 나를 산 채로 이곳에 가둬둔 걸까?

왜 볼은 모습을 나타내지 않는 걸까? 어떤 눈이 있어야 볼을 볼 수 있으며, 볼이 걷는 땅은 어딜까?

볼은 나를 두려워해. 비록 나에게 기운이 한 조각도 남지 않았지만 말이야.

볼은 자신에게 패한 모든 마법사와 사람들을 이런 무덤에 산 채로 가둔단 말을 들었어. 그 사람들은 1년이고 2년이고 탈출하려 애쓰면서 살았고…….

하지만 갇힌 자가 만약 살지 않는 쪽을 선택한다면?

그래서 페스틴은 선택을 했다. 만약 내가 틀렸다면, 온 세상 사람들은 나를 겁쟁이라고 생각하겠지, 하는 생각이 마지막으로 떠올랐지만 페스틴은 이런 생각에 더 이상 연연하지 않았다. 한쪽으로 고개를 약간 돌려 눈을 감고 마지막으로 심호흡을 한 다음, 일생에 단 한 번밖에 할 수 없는 해제의 주문을 속삭였다.

이번 주문은 변신이 아니었다. 페스틴은 변하지 않았다. 몸, 긴 팔다리, 손재주가 많은 손, 나무와 개울을 바라보길 좋아하던 두 눈도 변하지 않은 채 그대로였다. 그저 꼼짝도 하지 않고,

미동도 없이 차가움으로 가득 차 있을 뿐이었다. 하지만 벽은 사라지고 없었다. 마법으로 세워진 둥근 천장도 방도 탑도 사라졌다. 그리고 숲도 바다도 저녁 하늘도 사라졌다. 모두 사라졌고, 페스틴은 새로운 별들 아래 있는 생명의 언덕의 아득한 비탈을 천천히 내려가고 있었다.

살아 있을 때 페스틴은 힘이 강력했다. 그리고 이곳에서도 그 사실은 잊지 않았다. 촛불처럼, 페스틴은 더욱 광활한 땅의 어둠 속을 이동해 갔다. 그리고 적의 이름을 떠올리며 큰 소리로 외쳤다. "볼!"

저항할 수 없는 부름에 이끌린 볼은 별빛 아래 창백한 모습으로 페스틴 앞에 나타났다. 페스틴이 다가가자 상대는 불에 덴 것처럼 비명을 지르며 움찔거렸다. 페스틴은 도망치는 볼의 뒤를 쫓아 가까이 다가갔다. 둘은 긴 거리를 갔다. 이름 없는 별들 아래 원뿔 같은 분화구를 세운 거대한 사화산들에서 흘러내려 굳은 용암대지, 조용한 언덕의 지맥, 짧게 자란 검은 풀이 깔린 골짜기, 창문에 사람 얼굴이 보이지 않는 집들 사이의 불 꺼진 거리와 마을을 지나쳤다. 하늘에는 별이 걸려 있었다. 어떤 별도 뜨지 않고 어떤 별도 지지 않았다. 이곳에는 변화가 없었다. 아침은 오지 않을 터였다. 그래도 둘은 계속 움직였다. 페스틴은 상대를 앞세우고 계속 몰아붙였다. 이윽고 둘은 아주 오래전에 강이 흘렀던 장소에 도착했다. 생명의 땅에서 흘러온 강이었다. 마른 강바닥, 많은 자갈들 사이에 시체 한 구가 누워 있었다. 벌거벗은 노인의 시체로, 생기 없는 두 눈은 죽음에 무지한 별들을 노려보고 있었다.

"들어가." 페스틴이 말했다. 볼의 그림자가 칭얼대자 페스틴이 다가섰다. 볼은 움찔하더니 몸을 구부렸고, 자기 시체의 벌어진 입속으로 들어갔다.

볼이 시체의 입속으로 들어가자마자 시체가 사라졌다. 아무런 흔적도 없이, 얼룩 한 점 없이, 마른 자갈들만이 별빛 아래 빛났다. 페스틴은 잠시 동안 그대로 서 있다가 큰 바위 사이에 천천히 앉아 쉬었다. 쉬기는 했지만 잠들지는 않았다. 페스틴은 이곳에서 볼의 시체가 무덤으로 돌아가 먼지가 되고 모든 사악한 힘이 바람에 흩어지고 비에 씻겨 바다로 흘러가 사라질 때까지 지켜봐야만 했다. 한번 죽은 이들이 다른 땅으로 돌아가는 길을 발견한 이곳을 지켜봐야만 했다. 페스틴은 인내심을 가지고, 무한한 인내심을 가지고 바닷가가 없는 이 나라의 심장부에 있는, 결코 다시 흐를 리 없는 강의 바위 사이에 앉아 기다렸다. 별들은 여전히 머리 위에 떠 있었다. 그리고 별들을 바라보는 동안, 페스틴은 생명의 숲에 있는 시내의 목소리와 나뭇잎에 떨어지는 빗소리를 천천히, 아주 천천히 잊기 시작했다.

THE WIND'S
TWELVE
QUARTERS

이름의 법칙

언덕아래 씨는 입가에 웃음을 머금고 숨을 헐떡이며 자신이 사는 언덕 아래에서 나왔습니다. 숨을 쉴 때마다 코에서 나온 숨이 아침 햇살에 눈처럼 희게 반짝이는 두 줄기 증기가 되었습니다. 언덕아래 씨는 맑게 갠 12월의 하늘을 쳐다보더니 눈처럼 새하얀 이를 드러내고 그 어느 때보다 더 활짝 웃었습니다. 그리고 언덕아래 씨는 마을로 향했답니다.

"아침입니다, 언덕아래 씨." 언덕아래 씨가 빨갛게 살 오른 독버섯 갓처럼 위로 솟은 원뿔형 지붕 집들이 늘어선 좁은 골목길을 지날 때, 마을 사람들이 인사를 했지요. 그리고 언덕아래 씨도 사람들에게 인사를 했습니다. "아침입니다, 아침이네요!" (물론 "'좋은' 아침"이라는 인사말을 기대하는 이들에겐 불행한 일이겠지만 형용사 하나만 잘못 써도 한 주일의 날씨가 바뀔 수 있는, 새틴스 섬처럼 말의 영향을 받기 쉬운 곳에서는 이렇게 간단한 아침 인사로도 충분하답니다.) 마을 사람들 모두 언덕아래 씨에게 인사를 했습니다. 일부는 애정을 담아서 또 다른 일부는 애정에 빈정거림을 섞어서 말이죠. 언덕아래 씨는 이 섬에 사는 유일한 마법사니 존경을 받을 만하지요. 하지만 안짱다리라 뒤뚱거리는 데다 콧김을 내뿜으며 싱글거리는 50대 땅딸보 아저씨를 어떻게 존경할 수 있겠어요? 언덕아래 씨는 장인의 운명도 타고나지 못했어요. 언덕아래 씨가 만든 폭죽은 정교했지만 만병통치약은 별 효과가 없었어요. 언덕아래 씨가 마법으로 없앤 사마귀는 사흘 정도 지나면 다시 생기는 경우가 흔했고요. 또 토마토에 축복을 해도 멜론보다 크게 자라는 일도 없었지요. 그리고 꽤 드물긴 하지만 외항선이 새틴스 항구에 정박할 때면, 언덕아래 씨는 항상 언덕 아래에서 꼼짝도 하지 않고 있었답니다. 언덕아래 씨의 말에 의하면 사악한 눈을 피하려고 그런다나요. 달리 말하면, 눈동자가 뿌연 갠이 목수인 것처럼 언덕아래 씨도 마법사라고 할 수 있는 거죠. 어쨌든 없는 것보다는 나은 거예요. 마을 사람들은 문짝이 덜렁거리고 주문이 별 효과 없다 해도 그럭저럭 살아갔고, 언덕아래 씨를 그저 마을 친구인 양 꽤 친밀하게 대하는 것으로 자신들의 짜증을 달랬답니다. 심지어 마을 사람들은 언덕아래 씨를 저녁식사에 초대하기도 했답니다. 한번은 언덕아래 씨가 마을 사람 몇을 저녁식사에 초대해 진수성찬을 대접했어요. 은 식기, 크리스털 그릇, 다마스크산 냅킨과 식탁보를 준비하고, 거위 구이, 안드라데스 '639년산 샴페인, 버터와 설탕과 브랜디를 넣은 진한 소스가 곁들여진 자두 푸딩을 내왔지요. 그렇지만 식사하는 내내 언덕아래 씨가 안절부절못하는 바람에 사람들은 음식이 입으로 들어가는지 코로 들어가는지 모를 정도였어요. 게다가 식사가 끝난 지 30분이 지나자 사람들은 다시 배가 고파오기 시작했답니다. 언덕아래 씨는 자기가 사는 동굴에 다른 사람이 찾아오는 걸 좋아하지 않았어요. 심지어 대기실에조차 사람을 잘 들이지 않았거든요. 사실 대기실 너머로는 아무도 들어가본 사람이 없었어요. 언덕 근처로 다가오는 사람을 발견하기만 하면 언덕아래 씨는 항상 잰걸음으로 달려 나가 손님을 맞았답니다. "여기 소나무 아래에 앉으시죠!" 언덕아래 씨는 웃음을 머금고 아담한 전나무 숲을 향해 손짓하며 이렇게 말하곤 했답니다. 그리고 혹시 비라도 올라치면 이렇게 말했지요. "마을 주막에 가서 술 한잔할까요?" 언덕아래 씨는 우물물보다 독한 술은 한 모금도 못 마신다는 걸 마을 사람들은 모두 잘 알고 있는데 말이죠.

잠긴 동굴 속이 궁금한 마을 아이들 몇 명이 언덕아래 씨가 멀리 간 틈을 타 막대기로 문을 찌르고 지레로 비틀어 동굴 안으로 들어갔어요. 그렇지만 안쪽 방으로 이어진 작은 문은 마법으로 잠겨 있었어요. 아마도 그때만은 주문이 효과가 있었나봅니다. 어느 날, 마법사가 루나 아주머니의 당나귀를 치료하러 서쪽 바닷가로 갔다고 생각한 아이 둘이 쇠 지렛대와 손도끼를 가지고 언덕아래 씨의 동굴로 갔어요. 그렇지만 도끼로 문을 한 번 찍자마자 동굴 안쪽에서 분노에 찬 외침 소리와 함께 보라색 김이 섞인 구름이 몰려왔습니다. 언덕아래 씨가 일찍 돌아온 거였죠. 아이들은 도망갔습니다. 언덕아래 씨는 밖으로 나오지 않았고 아이들은 아무도 다치지 않았어요. 물론, 아이들 말에 의하면 작고 뚱뚱한 아저씨가 냈다고 하기에는 도저히 믿을 수 없는, 크고 쩌렁쩌렁하고 무시무시한 고함 소리가 들렸다고 했지만, 글쎄요, 정말일까요?

오늘 언덕아래 씨는 마을에서 신선한 달걀 세 줄과 간 1파운드를 구했습니다. 그러고 나서 뱃사람 포게노 선장의 오두막집에 잠시 들러 노인의 눈이 좋아지도록 마법을 다시 걸어주었고 (망막이 분리된 경우라 마법은 별 효과가 없었지만 언덕아래 씨는 노력을 아끼지 않았답니다), 마지막으로 아코디언을 만드는 장인의 미망인인 굴드 할머니와 수다를 떨었습니다. 언덕아래 씨의 친구는 대개 노인이었습니다. 언덕아래 씨는 마을의 힘센 청년들 보는 걸 겁냈고 한편 아가씨들은 언덕아래 씨를 꺼려했거든요. "언덕아래 씨를 만나면 안절부절못하겠어요. 너무 많이 웃으세요." 아가씨들은 모두 입술을 삐죽 내밀고 비단처럼 부드러운 곱슬머리를 손가락으로 꼬면서 이렇게 말했어요. 어느새 '안절부절못하다'라는 말은 새 유행어가 되어서, 어머니들은 엄한 목소리로 아이들에게 야단을 쳐야 했답니다. "'내 발이 안절부절못해요'라니, 그런 바보 같은 말이 어디 있니. 언덕아래 씨는 아주 존경스러운 마법사시란다!"

굴드 할머니 집을 나선 언덕아래 씨는 학교 근처를 지나게 되었습니다. 이날은 마을 공유지에서 학교가 열렸답니다. 새틴스 섬에는 글을 아는 사람이 하나도 없었기 때문에, 읽기를 배울 수 있는 책이라든가, 머리글자를 새길 책상, 지우개로 지울 칠판이 없었어요. 사실 학교 건물 자체가 없었어요. 비가 오는 날이면 학생들은 바지에 건초를 묻히며 마을 건초 창고에 모였습니다. 화창한 날이면 팰라니 선생님은 마음 내키는 대로 아이들을 데리고 어디든 갔답니다. 오늘, 팰라니 선생님은 열두 살 미만의 초롱초롱한 눈망울을 가진 어린아이 서른 명 그리고 학교 공부에는 별 관심이 없는 다섯 살 미만의 양 마흔 마리에 둘러싸여 교과 과정에서 꽤 중요한 항목을 가르치고 있습니다. '이름의 법칙'이었지요. 언덕아래 씨는 수줍은 웃음을 지으며 그곳에 잠시 앉아 쉬면서 수업하는 것을 보고 들었습니다. 모래언덕과 바다와 맑고 깨끗한 하늘을 배경으로 스무 살 먹은 통통하고 예쁜 아가씨인 팰라니 선생님이 잎이 떨어져 가지만 앙상한 떡갈나무 아래 어린아이들과 양 떼에 둘러싸인 모습은 겨울 햇살 아래 멋진 그림이 되었답니다. 팰라니 선생님은 열심히 설명을 했습니다. 바람 속에서 열심히 이야기하다보니 선생님 볼이 발그레해졌어요. "자, 여러분, 여러분은 이제 이름의 법칙에 대해 알게 되었어요. 두 가지예요. 그리고 그 두 가지 법칙은 세계 모든 섬에서 똑같답니다. 그 두 가지 법칙 가운데 하나가 뭐죠?"

"다른 사람에게 이름을 물어보는 것은 실례예요." 뚱뚱하고 잽싼 남자아이가 큰 소리로 외치자, 작은 여자아이가 새된 목소리로 소리를 지르며 끼어들었습니다. "어떤 사람한테도 자기 이름을 가르쳐줘서는 안 된다고 우리 엄마가 그러셨어요!"

"맞아요. 수바. 맞아요, 귀염둥이 포피, 소리 지르지 말아요. 다 옳아요. 절대 다른 사람에게 이름을 물어봐서는 안 돼요. 절대 자기 이름을 말해줘서도 안 돼요. 자, 그러면 생각할 시간을 1분 주겠어요. 그런 다음 우리가 왜 마법사 아저씨를 언덕아래 씨라고 부르는지 그 이유를 선생님한테 말해보세요." 팰라니 선생님은 곱슬머리와 양털 등 너머로 언덕아래 씨에게 살짝 웃어 보였어요. 언덕아래 씨는 얼굴이 환해지더니 달걀 꾸러미를 만지작거리며 안절부절못했지요.

"언덕 아래에서 살기 때문이에요!" 반 아이들 절반이 외쳤습니다.

"그러면 그 이름은 아저씨의 참이름인가요?"

"아니요!" 뚱뚱한 아이가 대답했고, 포피의 날카로운 목소리가 메아리쳐 울렸어요. "아니요!"

"그 사실을 어떻게 알았죠?"

"왜냐하면 마법사 아저씨는 우리 섬으로 혼자 오셔서 아저씨의 참이름을 아는 사람이 없으니까요. 그래서 어른들이 우리에게 아저씨 이름을 가르쳐줄 수가 없었고, 아저씨도 가르쳐주실 수 없으…….'"

"아주 잘했어요, 수바. 포피, 소리 지르지 말아요. 다 옳아요. 마법사일지라도 자신의 참이름을 말할 수는 없어요. 어린이 여러분이 학교를 졸업하고, '통로'를 통과하게 되면, 여러분은 지금의 이름을 버리고 여러분의 참이름을 갖게 돼요. 절대 물어서도 안 되고 함부로 알려줘서도 안 되는 이름을 갖게 되지요. 왜 이런 법칙이 생기게 됐을까요?"

어린이들은 조용해졌답니다. 양들은 부드러운 소리로 메에 하고 울었지요. 언덕아래 씨가 수줍어하며 부드러우면서도 쉰 목소리로 그 질문에 대답을 했어요. "왜냐하면 이름은 사물 그 자체니까요. 그리고 참이름은 사물의 참된 본질이에요. 이름을 부른다는 것은 그 사물을 통제하는 것과 같습니다. 제가 맞게 말했나요, 선생님?"

펠라니 선생님은 웃어 보이며 무릎을 굽혀 인사를 했답니다. 언덕아래 씨가 끼어들어 당황하신 게 분명했어요. 그리고 언덕아래 씨는 가슴에 달걀을 소중히 보듬고, 잰걸음으로 언덕을 향해 떠났답니다. 펠라니 선생님과 아이들을 관찰하면서 보낸 몇 분 동안 웬일인지 배가 고파졌거든요. 언덕아래 씨는 잽싸게 주문을 외워 안쪽 문을 잠갔지만 주문을 외우다 한두 군데 실수를 했나봅니다. 동굴의 텅 빈 대기실이 곧 달걀 프라이 냄새와 지글 지글 잘 구워진 간 냄새로 가득 찼으니까요.

그날은 서쪽에서 가볍고 선선한 바람이 불어왔고, 그 바람을 타고 정오 무렵 작은 배 한 척이 빛나는 파도에 실려 새틴스 항구로 들어왔습니다. 배에는 이렇다 할 특징이 없었지만 눈 밝은 남자아이 하나가 그 배를 보더니 금방 정체를 알아차렸어요. 섬에서 자란 모든 아이들이 그렇듯 그 남자아이는 항구에 있는 어선 40척의 돛 모양과 배의 골격을 알고 있었거든요. 아이는 거리로 내달리며 소리를 질렀답니다. "외국 배예요, 외국 배!" 이 외로운 섬을 찾아오는 배는 아주 드물었습니다. 새틴스 섬과 마찬가지로 동쪽 해역 외로운 섬에서 온 배든 다도해의 모험심 많은 상인의 배든 말이죠. 배가 부두에 닿을 즈음, 섬사람들 절반 가량이 배를 맞이하러 부두로 나왔고, 어부들도 작은 배를 따라 항구로 돌아왔습니다. 목동들도 조개잡이들도 약초 캐던 이들도 모두 바위 언덕 위아래에서 몰려나와 항구로 향했지요.

그렇지만 언덕아래 씨네 집 문은 굳게 닫혀 있었답니다.

배에 타고 있는 사람은 딱 한 명뿐이었습니다. 사람들이 그 사실을 늙은 선장 포게노에게 전해주자 선장은 보이지 않는 눈 위의 하얀 눈썹을 곤두세우고 말했습니다. "바깥 해역을 혼자 여행하는 사람은 딱 한 부류야. 마법사나 요술쟁이 아니면 현자지······."

그래서 마을 사람들은 모두 숨을 죽이고 일생에 한 번 현자를 볼 기회, 다도해의 부유하고 거대한 탑이 솟아 있는 번화한 안쪽 해역의 섬에서 온 강력한 힘을 가진 백마법사를 보길 고대하고 있었습니다. 그러나 사람들은 실망하고 말았답니다. 왜냐하면 여행자는 아주 젊고, 검은 수염을 기른 잘생긴 젊은이인 데다가, 입항을 즐거워하는 평범한 선원답게 사람들에게 큰 소리로 인사하면서 배에서 뛰어내렸거든요. 젊은이는 도착하자마자 자신을 봇짐장수라고 소개했습니다. 그렇지만 사람들이 포게노 선장에게 젊은이가 떡갈나무 지팡이를 지니고 있다는 말을 전해주자, 선장은 고개를 끄덕이면서 이렇게 중얼거렸답니다. "한 마을에 마법사가 둘이란 말인가. 안 좋아!" 그러고 나서 늙은 선장은 늙은 잉어처럼 입을 꼭 다물어버렸답니다.

낯선 사람은 마을 사람들에게 자기 이름을 밝힐 수 없기 때문에 마을 사람들은 즉시 젊은이에게 검은수염이란 이름을 지어 주었습니다. 그리고 그 젊은이에게 굉장히 많은 관심을 보였지요. 검은수염은 옷, 샌들, 망토를 다듬을 때 쓰는 피스위 깃털, 싸구려 향, 물에 뜨는 돌, 질 좋은 약초, 벤웨이산 커다란 녹색 유리구슬 등이 들어 있는 작은 짐 꾸러미 하나를 가지고 왔어요. 보통 봇짐장수의 짐 꾸러미였죠. 새틴스 섬에 사는 모든 사람들은 구경하고 이야기를 나누고 쓸 만한 게 있으면 살 생각으로 여행자에게 다가갔답니다. "인상이 강한 사람이로구먼!" 마을의 모든 아낙네들과 아가씨와 마찬가지로 젊은이의 대담하고 멋진 인상에 반해버린 굴드 할머니가 킬킬거리며 말했습니다. 마을의 모든 아이들도 새로 온 여행자 주변으로 모여들었습니다. 해역의 멀고 낯선 섬들을 항해한 이야기 또는 다도해의 크고 부유한 섬이나 내해의 뱃길, 배들이 정박해 하얗게 반짝이는 항구, 하브너의 황금색 지붕 이야기를 듣기 위해서였지요. 사람들은 기꺼이 여행자의 이야기를 들었습니다. 그렇지만 마을 사람들 중 일부는 왜 행상인이 혼자서 항해를 해야만 했을까 하고 이상하게 생각했고, 젊은이의 떡갈나무 지팡이에서 눈을 떼지 않았답니다.

그렇지만 이 모든 소란에도 언덕아래 씨는 언덕 아래 자기 집에서 꼼짝도 하지 않고 있었습니다.

어느 날 저녁, 굴드 할머니가 검은수염과 할머니의 조카와 팰라니 선생님을 초대해 러시위시 차를 대접하고 있을 때였답니다. 검은수염이 굴드 할머니에게 물었어요. "마법사가 없는 섬은 처음 봤습니다. 이가 아프거나 소가 마르거나 하면 어떻게 하죠?"

"왜, 우리에게는 언덕아래 씨가 있는걸!" 굴드 할머니가 말했습니다.

"능력이 있는지는 또 다른 이야기지만요." 굴드 할머니의 조카 버트가 투덜거리다가, 얼굴이 벌개져서는 차를 엎지르고 말았습니다. 버트는 덩치가 크고 용감하고 말이 별로 없는 젊은이로, 어부였어요. 버트는 팰라니 선생님을 사랑했습니다. 하지만 팰라니에 대한 자신의 사랑을 가장 잘 표현한다는 것이 팰라니 아버지께 요리해드릴 신선한 고등어 한 상자를 가져오는 정도였답니다.

"오, 마법사가 있었나요?" 검은수염이 물었습니다. "눈에 안 보이는 사람인가요?"

"아니요, 그저 굉장히 수줍음을 많이 타는 분일 뿐이에요." 팰라니가 대답했습니다. "검은수염 씨께서는 이곳에 오신 지 아직 일주일밖에 안 되었으니까요. 그리고 우리 섬에서는 이방인을 볼 기회가 아주 드물거든요……." 팰라니도 조금 얼굴을 붉히긴 했지만 차를 엎지르지는 않았어요.

검은수염은 팰라니 선생님을 바라보며 싱긋 웃었습니다. "그렇다면 이 섬에서 태어나 자라신 훌륭한 분이겠군요, 그렇죠?"

"아니라우." 굴드 할머니가 대답했습니다. "총각과 다를 바가 없어. 한 잔 더 하겠니, 소심아? 이번엔 엎지르지 말거라. 그사람도 조각배로 이곳에 왔다우. 4년 전이었나? 청어 철이 끝나는 마지막 날 바로 그날이었을 거야. 동쪽 만 후미에서 그물을 걷고 있었거든. 그리고 목동 폰디가 바로 그날 아침에 다리가 부러졌으니까. 아니, 5년 전이겠군. 아니, 4년 전인데. 아니 5년 전이 맞군, 마늘 싹이 나지 않은 해였으니까. 하여간 그래서 그 사람은 커다란 궤짝과 상자를 가득 실은 작은 범선을 타고 와서 포게노 선장, 그때는 눈이 멀지 않았다우, 뭐 눈이 두 번은 멀 정도로 나이가 많이 들기는 했지만, 여하튼 선장에게 이렇게 말했지. '이 섬에는 마법사도 요술쟁이도 없다는 이야기를 들었습니다. 제가 그 둘 중 하나가 되어도 괜찮을까요?' '그럼요, 백마법사시기만 하다면!' 선장은 그렇게 대답했지. 오징어랑 이야기를 나눌 새도 없이 순식간에 언덕아래 씨는 언덕 아래 동굴에 정착해버린 다음, 벨토우 부인네 집 고양이의 옴을 마법으로 치료해주었다우. 털 색깔이 잿빛으로 변하긴 했지만서도. 원래 오렌지색 고양이였거든. 그 뒤로도 계속 그런 이상한 색깔로 있다가 작년 겨울, 감기가 돌 때 죽어버렸지. 벨토우 부인은 그 고양이가 죽자 자기 남편이 긴 제방에서 물에 빠져 죽었을 때보다 더 마음 아파하고 있다우. 그때가 긴 청어 철이 있던 해니까, 여기 버트 녀석이 어려서 아직 페티코트를 입고 다닐 때로구먼." 이 대목에서 버트는 다시 차를 엎질렀고, 검은수염은 이를 드러내고 키득키득 웃어댔답니다. 하지만 굴드 할머니는 아랑곳하지 않고 이야기를 계속했지요. 해 질 녘까지 말이에요.

이튿날 아침, 검은수염은 부두로 내려가 자기 배에서 물이 새는 판자를 아주 오랫동안 살펴보며 수리하는 척했답니다. 그러면서 여느 때처럼 과묵한 새틴스 섬 사람들에게 말을 걸었지요. "여기 있는 것 가운데 어느 게 마법사님의 배죠? 아니면 대부분의 마술사들처럼 쓰지 않을 때는 배를 접어서 호두나무 상자에 넣어두나요?"

아무것도 모르는 순박한 어부가 대답했어요. "아니요. 그 밴 마법사님 동굴에 있지요, 언덕 아래에 있는 동굴 말예요."

"타고 온 배를 동굴 위까지 끌고 갔단 말입니까?"

"그럼요. 위까지요. 제가 도왔지요. 납처럼 무거웠답니다. 커다란 상자들로 가득 차 있었는데, 주문이 적힌 책이 가득 들었다고 말씀하셨어요. 납이 든 것만큼이나 무거웠다니까요." 그런 다음 순박한 어부는 뒤돌아 무신경하게 한숨을 지었습니다. 굴드 할머니의 조카가 그 근처에서 그물을 손질하다가 시선을 돌려 검은수염을 쳐다보면서 똑같이 무신경하게 물었습니다. "언덕아래 씨를 만나고 싶은가보죠?"

검은수염은 돌아서서 버트의 시선을 받았습니다. 교활한 검은 눈과 솔직한 푸른 눈이 한동안 마주쳤습니다. 그러다가 검은수염이 빙긋 웃으며 대답했습니다. "네. 저를 언덕까지 데려다주겠습니까, 버트?"

"이 일만 끝내고요." 버트가 대답했습니다. 그물 손질이 다 끝났을 때, 버트와 다도해인은 큰길을 따라 마을 위쪽의 높고 푸른 언덕으로 출발했습니다. 그러나 마을 공유지를 지나갈 즈음 검은수염이 말했습니다. "잠시 멈춰요, 내 친구 버트여. 당신네 마법사를 만나기 전에 당신에게 할 이야기가 하나 있어요."

"말해봐요." 상쾌한 떡갈나무 그늘에 앉아 버트가 말했습니다.

"100년 전에 시작된 이야기입니다. 아직 끝나지 않은 이야기 죠. 하지만 조만간 끝날 겁니다, 아주 조만간……. 다도해의 심 장부에, 파리들이 꿀에 시커멓게 몰려드는 것처럼 섬이 빽빽한 바로 그곳에 펜도르라는 이름의 작은 섬이 있습니다. 펜도르의 영주들은 연맹이 생기기 전 전쟁이 있던 오랜 옛날에 강력한 힘 을 가진 사람들이었습니다. 온갖 전리품과 몸값과 조공이 펜도 르로 쏟아졌고, 펜도르의 영주들은 그 옛날에 굉장한 보물들을 모았지요. 그러다가 서쪽 해역 바깥쪽 저 멀리에 있는 어딘가의 섬에서, 용들이 새끼를 기르는 화산섬 같은 그런 섬에서 어느 날 굉장히 힘센 용 한 마리가 날아왔습니다. 바깥 해역에 사는 당신 네들이 용이라고 부르는 덩치만 좀 큰 도마뱀 따위가 아니라 크 고 날개가 달린 영악하고 시커먼 괴물이지요. 이 녀석은 힘이 세 고 교활했으며 다른 용과 마찬가지로 황금과 보석을 그 무엇보 다 좋아했어요. 이 녀석이 영주와 병사들을 살해하자, 펜도르의 주민들은 밤을 틈타 배로 도망쳤습니다. 용이 펜도르의 탑에 똬 리를 틀게 내버려둔 채 모두 멀리 도망을 쳐버렸지요. 그리고 그 곳에서 용은 에메랄드, 사파이어, 금화가 산처럼 쌓인 곳에 비늘 덮인 배를 끌고 다니며 100년 동안 머물렀습니다. 1, 2년에 한 번씩 먹이를 먹어야 할 때를 제외하고는 말이죠. 녀석은 먹이를 찾아 이웃 섬을 습격했어요. 용이 무엇을 먹는지는 알죠?"

버트는 고개를 끄덕이더니 작은 목소리로 중얼거렸습니다.

"처녀요."

"맞습니다." 검은수염이 말했습니다. "하지만 영원히 당하며 살 수는 없는 노릇이었고 용이 깔고 앉은 보물 생각을 하면 더욱더 그랬죠. 그래서 힘이 강해지고, 다도해가 전쟁과 해적질 때문에 바쁘지 않게 되었을 때, 연맹은 펜도르 섬을 공격해 용을 쫓아내고 연맹의 제정을 위해 보석과 황금을 되찾기로 결정했습니다. 연맹은 늘 돈이 필요하니까요. 그래서 쉰 개의 섬에서 모여든 거대한 선단과 일곱 척의 가장 커다랗고 튼튼한 배의 뱃머리에 일곱 명의 현자를 앞세우고 펜도르 섬으로 떠났습니다……. 그리고 그곳에 도착했습니다. 상륙을 했지요. 움직이는 것은 아무것도 없었어요. 집은 모두 텅 비었고 식탁 위의 접시에는 100년 동안 쌓인 먼지가 그대로 있었습니다. 나이 든 영주와 병사들의 뼈가 성의 연회실과 계단에 널려 있었고 탑에는 용의 악취가 그득했습니다. 그렇지만 용은 없었습니다. 그리고 보물도 없었지요. 좁쌀만 한 크기의 다이아몬드 한 개도, 은구슬 한 알도……. 용은 마법사 일곱에게 대항할 수 없다는 사실을 알고 도망쳐버린 겁니다. 마법사들은 용을 뒤쫓았고, 녀석이 우드라스라 불리는 북쪽의 버려진 섬으로 날아갔다는 사실을 알아냈습니다. 마법사들이 용의 흔적을 따라 그곳으로 갔을 때, 무엇을 발견한 줄 압니까? 다시 뼈였습니다. 용의 뼈였죠. 하지만 보물은 없었습니다. 어디선가 온 정체불명의 마법사가 혼자 힘으로 용을 대적해서 녀석을 처치하고 난 다음, 연맹의 바로 코앞에서 보물들을 가지고 사라진 겁니다!"

어부는 무표정한 얼굴로 주의 깊게 이야기를 들었습니다.

"분명 그 마법사는 힘이 세고 영리한 자일 겁니다. 첫째는 용을 죽일 수 있고, 둘째는 흔적도 없이 사라졌으니까요. 다도해 영주와 마법사들은 그자의 흔적을 도저히 찾을 수가 없었습니다. 아니, 흔적은 고사하고 그 마법사가 어디 출신이며 어느 방향으로 떠났는지조차 알 수가 없었지요. 영주와 마법사들은 포기하려 했습니다. 그것이 지난봄의 일입니다. 제가 3년 기한으로 북쪽 해역으로 항해를 떠났다가 막 돌아오던 무렵이었지요. 그리고 그 사람들은 제게 그 미지의 마법사를 찾는 일을 도와달라고 부탁했답니다……. 현명한 선택이었지. 왜냐하면 나는 이 섬의 멍청이들이 생각하는 대로 마법사일 뿐만 아니라 펜도르 영주의 후손이기도 하거든. 그 보물들은 내 것이야, 내 것이라고. 그 보물도 주인이 나라는 걸 잘 알고 있지. 연맹의 바보들은 결코 찾을 수 없을 거야. 왜냐하면 보물은 그놈들 것이 아니거든. 보물은 펜도르 가문의 소유야. 그리고 커다란 에메랄드, 숨겨둔 보물들 가운데 가장 귀중한 보물, 녹보석 이날킬, 그 위대한 보석은 주인을 알아보지. 보라고!" 검은수염이 떡갈나무 지팡이를 높이 들고 큰 소리로 외쳤습니다. "이날킬!" 지팡이 끝이 불타오르는 듯한 초록색 광채를 내며 눈부시게 빛나기 시작했습니다. 4월의 풀밭과 같은 색깔로 말이죠. 그리고 동시에 마법사의 손에 들린 지팡이 끝이 비스듬히 기울어지더니 똑바로 둘의 머리 위에 있는 언덕 한 켠을 가리켰습니다.

"하브너에서 멀리 떨어졌기 때문에 그렇게 밝게 타오르지 않는군." 검은수염이 중얼거렸습니다. "하지만 지팡이가 가리킨 방향은 진짜야. 이날킬은 내가 부르면 대답하거든. 그 보석은 주인을 알고 있지. 그리고 나는 도둑을 알고 있고. 또 나는 그 녀석을 이길 거야. 용을 능가할 정도로 강력한 힘을 가진 마법사라 해도 나는 그 녀석보다 더 강해. 왜 그런지 알고 싶나, 멍청이 양반? 나는 그 녀석의 이름을 알고 있거든!"

검은수염의 어조가 거만해지면 거만해질수록 버트는 점점 더 멍하게 점점 더 공허한 눈으로 검은수염을 바라보았습니다. 그러나 그 순간, 버트는 온몸을 부르르 떨면서 입을 다물고 다도해인을 노려보았습니다. "어떻게 당신이…… 그 사실을 안 거지?" 버트가 아주 천천히 물어보았습니다.

검은수염은 이를 드러내 웃으면서도 대답은 하지 않았습니다.

"흑마법인가?"

"그 외에 뭐가 있을 거라고 생각하지?"

버트는 얼굴이 창백해졌고 아무 말도 할 수가 없었습니다.

"나는 펜도르의 영주야, 이 멍청아. 그리고 나는 내 아버지와 할아버지들이 얻었던 황금과 어머니와 할머니들이 걸쳤던 보석, 그리고 무엇보다도 녹보석을 가질 거야! 그것들은 원래 내 것이니까. 자, 내가 이 마법사 녀석을 해치운 뒤 사라지고 나면 넌 마을 머저리들에게 이 모든 이야기를 해줘도 좋아. 여기서 기다리고 있어. 두렵지 않다면 따라와서 구경해도 좋고. 위대한 마법사가 자신의 모든 힘을 다하는 모습을 볼 기회는 두 번 다시 없을 테니까." 검은수염은 돌아서서 뒤쪽은 돌아보지 않은 채

성큼성큼 걸어서 동굴 입구를 향해 언덕을 올라갔습니다.

버트도 아주 천천히 그 뒤를 따랐습니다. 버트는 동굴 멀찌감치 떨어진 곳에서 걸음을 멈추고 산사나무 아래에 앉아 동굴을 지켜보았습니다. 다도해인도 발걸음을 멈췄습니다. 뻣뻣한 검은 형체가 언덕의 푸른 동산 위, 입을 떡 벌린 동굴 앞에 꼼짝도 하지 않고 서 있었습니다. 돌연 검은수염은 지팡이를 머리 위로 들어 올려 휘둘렀고, 에메랄드 광채가 주변으로 퍼졌습니다. 그와 동시에 검은수염은 소리를 질렀습니다. "도둑놈, 펜도르의 보물을 훔친 도둑놈아, 어서 나와!"

동굴 안쪽에서 도자기 깨지는 듯한 소리와 함께 먼지가 잔뜩 뿜어져 나왔습니다. 겁에 질린 버트는 고개를 숙였습니다. 다시 고개를 들었을 때, 검은수염이 꼼짝 않고 조용히 서 있었고 동굴 입구에는 먼지를 뒤집어쓰고 흐트러진 옷차림을 한 언덕아래 씨가 눈에 들어왔습니다. 언덕아래 씨는 작고 가엾어 보였습니다. 평상시처럼 안짱다리에 검은색 타이츠를 신고 있었어요. 게다가 지팡이도 없었지요. 언덕아래 씨는 결코 지팡이를 들고 다닌 적이 없었다는 생각이 버트의 머릿속을 스치고 지나갔습니다. "뉘시오?" 언덕아래 씨가 자그맣고 쉰 목소리로 말했습니다.

"펜도르의 영주다, 도둑놈아. 내 보물을 찾으러 왔다!"

그 순간, 마을 사람들이 무례하게 굴 때면 늘 그랬듯이 언덕아래 씨의 얼굴이 천천히 분홍빛으로 물들었습니다. 그렇지만 곧 다른 색으로 변했습니다. 노란색이 되었지요. 머리카락이 뻣뻣이 섰고, 기침하듯 으르렁거리는 소리가 들리더니 노란 사자가 하얀 송곳니를 반짝이며 검은수염이 서 있는 언덕 아래로 뛰어내렸습니다.

그러나 검은수염도 더 이상 그 자리에 서 있지 않았습니다. 밤과 번개 빛깔의 집채만 한 호랑이가 되어 사자를 대적하러 뛰어올랐습니다…….

사자가 사라졌습니다. 동굴 아래 갑자기 키 큰 검은 나무숲이 겨울 햇살을 받으며 들어서 있었습니다. 공중으로 껑충 뛰어올랐던 호랑이는 나무 그림자 속으로 들어가기 직전에 마른 검은 가지를 태우려 혀를 날름거리는 불꽃이 되었습니다…….

그러나 숲이 서 있던 자리에서 갑자기 은색으로 부서져 내리는 큰 폭포가 천둥소리를 내며 언덕 옆으로부터 불 위로 쏟아져 내렸습니다. 그런데 불이 사라졌습니다…….

뚫어지게 바라보는 어부의 눈앞에 갑자기 언덕이 두 개 솟았습니다. 초록색 언덕은 버트가 익히 알고 있는 것이었고 새로 생긴 언덕은 내리붓는 폭포를 마실 준비가 되어 있는 황량한 갈색 바위 언덕이었습니다. 무언가가 너무도 빨리 지나가서 버트는 눈을 깜박였고, 눈을 깜박이고 다시 깜박인 뒤 신음을 했어요. 훨씬 더 무시무시한 장면을 보았기 때문이지요. 큰 폭포가 있던 곳에 용 한 마리가 공중에 떠 있었습니다. 검은 날개 그늘이 언덕 전체를 뒤덮었고, 강철 발톱이 뻗쳐 나와 샅샅이 언덕을 훑었으며, 비늘로 뒤덮인 시커멓고 커다란 입에서 불과 연기가 뿜어져 나왔습니다.

괴물 아래에 서 있는 검은수염이 웃음을 터뜨렸습니다.

"어떤 모습으로든 좋을 대로 변신해보시지, 땅딸보 언덕아래 씨!" 검은수염이 비아냥거렸답니다. "나는 너와 대적할 수 있어. 하지만 이젠 슬슬 놀이가 지겨워지는군그래. 이날킬을 비롯한 내 보물을 보고 싶어. 자, 큰 용, 작은 마법사, 네 본래 모습으로 돌아가라고. 네 참이름으로 명령한다, 예바우드!"

버트는 꼼짝도 할 수가 없었어요. 심지어는 눈도 껌벅일 수 없었어요. 버트는 어떤 장면이 펼쳐질지 바라보며 몸을 웅크렸답니다. 버트의 눈에 검은수염의 머리 위쪽으로 검은 용이 떠 있는 모습이 보였어요. 비늘 진 입에서 불꽃이 수많은 혀처럼 날름거렸고, 붉은 콧구멍에서는 뜨거운 김이 뿜어져 나왔습니다. 검은수염은 얼굴이 하얗게 질린 채로 수염 난 입술을 부들부들 떨고 있었어요.

"너의 이름은 예바우드야!"

"맞아." 거대하고 쉰, 쇳소리가 섞인 목소리가 대답했습니다. "내 참이름은 예바우드고, 내 참모습은 이 모습이다."

"하지만 그 용은 죽었어. 용의 뼈를 우드라스 섬에서 발견했다고 했어."

"그것은 다른 용이었지." 용은 이렇게 말한 뒤, 매처럼 급강하하면서 발톱을 쭉 뻗었습니다. 버트는 눈을 감았습니다.

버트가 다시 눈을 떴을 때 하늘은 맑았고, 언덕 허리 부근에는 짓뭉개진 검붉은 얼룩 몇 개와 풀밭 위에 난 발톱 자국 몇 개를 제외하면 아무런 흔적도 없었습니다.

어부 버트는 벌떡 일어나 온 힘을 다해 도망쳤어요. 마을 공유지를 지나 양 떼를 좌우로 흩으며 똑바로 마을의 큰길을 달려 팰라니의 아버지 집으로 갔습니다. 팰라니 선생님은 집 밖 정원에서 한련을 뽑고 있었어요. "저와 함께 갑시다!" 버트가 헐떡이며 말했답니다. 팰라니 선생님은 버트를 물끄러미 바라보았어요. 버트는 팰라니의 손목을 잡고 끌어당겼답니다. 팰라니 선생님은 짧게 비명을 지르긴 했지만 저항하지는 않았습니다. 버트는 팰라니를 데리고 곧장 부두로 내려가 범선 퀴니호에 밀어 넣었습니다. 그런 다음 배의 밧줄을 풀고 죽어라 노를 저었답니다. 새틴스 섬이 본 버트와 팰라니의 마지막 모습은 퀴니호의 돛이 서쪽에서 가장 가까운 섬 쪽으로 향하는 모습이었어요.

마을 사람들은 어쩌다 굴드 할머니의 조카 버트가 미쳐서 학교 선생님과 섬을 떠났는지, 그것도 봇짐장수인 검은수염이 모든 깃털과 구슬을 뒤에 남겨둔 채 흔적 없이 사라진 바로 그날 그랬는지 두고두고 이야깃거리가 될 거라 생각했습니다. 하지만 사흘이 지나자 마을 사람들은 그 이야기를 더는 하지 않았답니다. 언덕아래 씨가 동굴에서 모습을 드러내자 다른 이야깃거리가 생겼거든요.

언덕아래 씨는 자신의 참이름이 더 이상 비밀이 될 수 없었기 때문에 변장을 그만두어야겠다고 결심했습니다. 걷는 것이 나는 것보다 훨씬 더 힘들었을 뿐만 아니라, 사실은 제대로 된 식사를 해본 게 까마득히 먼 옛날 일이었거든요.

THE WIND'S
TWELVE
QUARTERS

겨울의 왕

내가 이 단편을 쓸 때는 《어둠의 왼손》을 쓰기 1년 전이었다. 이때만 해도 나는 겨울 행성, 즉 게센에 사는 주민이 양성인이라는 사실을 몰랐다. 이 글이 출판될 무렵에서야 나는 게센인이 양성인이라는 사실을 깨달았다. 하지만 '아들'이라든지 '어머니' 같은 여러 단어를 수정하기에는 너무도 늦어버린 상황이었다.

많은 페미니스트들이 《어둠의 왼손》을 읽고 분노하거나 슬퍼했다. 소설에서 양성인들을 받는 대명사가 시종일관 '그'였기 때문이다. 영어에서 삼인칭 단수의 경우 총칭 대명사는 남성 대명사와 동일하다. 숙고해볼 만한 가치가 있다. 그리고 빠져나갈 방법이 없는 덫이기도 하다. 총칭 대명사이자 남성 대명사^{he}는 여성^{she}과 중성^{it}을 배제하기 때문에 여성형과 중성형은 남성형인 '그^{he}'의 쓰임에 비해 좀 더 한정되고 부당한 대접을 받을 수밖에 없다. 그리고 새로 만든 단어들, 즉 'te'나 'heshe' 같은 여러 명사 역시 우울하고 짜증 나긴 마찬가지다.

이 책에 싣기 위해 〈겨울의 왕〉을 개정하면서 나는 그러한 부당함을 조금이나마 수정할 기회를 얻었다. 이번 개정판에서는 모든 게센인들을 칭하는 대명사를 여성형으로 바꾸었다. 반면에 특정한 남성 칭호들, 왕이라든가 주군主君 같은 남성형 명칭은 지칭되는 인물들의 성을 모호하게 하기 위해 남겨두었다. 이 때문에 페미니스트가 아닌 일부 사람들이 화를 낼지도 모르겠다. 하지만 그게 공평한 일이다.

등장인물들이 양성이라는 사실은 이 글과 별 관계가 없다. 그렇지만 대명사가 바뀜으로써 부모와 자식 간의 중심적이며 역설적인 관계가 역오이디푸스 방식(다른 판본에서는 그렇게 보였을 수도 있었으리라)이 아닌, 더 낯설고 더 모호한 무언가라는 것이 명확해진다. 확실한 것은 내 무의식은 이러한 사실을 알릴 때가 되었다는 것을 내가 깨닫기 훨씬 전부터 게센인들에 대해 알았다는 점이다. 무의식은 늘 이런 식으로 일을 한다.

카르히데의 기이한 왕위 계승 사건처럼, 시간의 흐름 앞에 소용돌이가 나타나고 역사가 유목流木 주위를 거칠게 맴돌 때면 사진을 이용하는 편이 상황을 이해하는 데 편하리라. 그런 스냅 사진을 쓰면 부모와 아이, 젊은 왕과 늙은 왕을 비교하는 일도 가능해진다. 또한 시간의 순서가 바르게 될 때까지 몇 번이고 뒤섞고 재배열하는 것도 가능하다. 쌍방향 즉각 성간 통신과 아광속 성간 여행으로 인해 수많은 장난들이 벌어지더라도, (악스트 전권대사가 말했듯이) 시간은 그 자신을 되돌릴 수 없으며, 죽음을 비웃을 수 없기 때문이다.

그러므로 비록 가장 유명한 것은 불타는 도시의 불빛만이 거울에 반사되어 들어오는 복도에 늙은 왕이 죽어 있고 그 머리맡에는 젊은 왕이 서 있는 어두침침한 사진이지만, 우리는 잠시 그것을 옆으로 치워두기로 하자. 우선, 나라의 자랑이자 스물두 해를 살아온 인물 중 가장 밝고 행운이 가득한 영혼의 소유자인 젊은 왕의 모습을 보라. 그러나 이 사진을 찍을 당시 젊은 왕은 벽을 등지고 서 있었다. 그 여인은 지저분한 모습으로 떨고 있었고 표정은 공허하고 광기마저 서려 있었다. 건전한 판단력이라 불리는, 이 세상에 대한 최소한의 신뢰를 잃어버렸기 때문이다. 여인은 지난 몇 시간 또는 몇 년 동안 반복해왔듯 머릿속으로 계속 반복하고 있었다. "나는 퇴위하리라. 나는 퇴위하리라. 나는 퇴위하리라." 여인은 자신의 눈 속에서 궁전의 빨간 벽을, 눈 내리는 에르헨랑의 탑과 거리를, 서쪽 절벽의 멋진 평야를, 카르가프 산의 하얀 정상을 보았다. 그리고 그 모든 것을, 자신의 왕국을 포기했다. "나는 퇴위하리라." 여인은 크지 않은 목소리로, 이윽고 큰 목소리로 말했다. 그때 희고 붉은 옷을 입은 이가 여인에게 다시 다가와 "폐하! 폐하를 해치려는 음모가 예술인 학교에서 발각되었습니다"라고 하자 여인은 비명을 질렀고, 이어서 콧노래 같은 소음이 부드럽게 시작되었다. 여인은 팔에 얼굴을 묻고 작은 목소리로 속삭였다. "멈춰, 제발 멈춰." 그러나 칭얼대는 소음은 잔인하게 여인의 살갗을 뚫고 들어와 신경을 척추에서 떼어내고 장단에 맞춰 뼈들이 어지러이 춤추고 덜그럭거릴 때까지 점차 날카로워지고 커지며 가까이 들려왔다. 여인은 가는 하얀 실에 매달린 해골처럼 온몸을 비틀고 펄쩍거리고 마른 눈물을 흘리며 소리쳤다. "그놈들을…… 그놈들을…… 그놈들은…… 사형시켜…… 그만…… 그만!"

소리가 그쳤다.

여인은 무너져 내리듯 바닥에 쓰러졌다. 어떤 바닥이란 말인가? 붉은 타일 바닥도 아니요, 쪽마루 세공이 된 마루도 아니요, 오줌이 얼룩진 시멘트 바닥도 아닌, 탑에 있는 방의 나무 바닥이었다. 모질고 광기를 보였으며 사람 잡아먹는 귀신 같았던 어버이로부터 안전했던 곳, 피리와 함께 실뜨기 놀이를 했던 안전한 곳, 벽난로 옆에서 잠만큼이나 따뜻하고 포근했던 보르후브의 무릎에 앉아 있을 수 있던 곳, 바로 탑의 작은 침실이었다. 그러나 이제 숨을 곳도, 안전도, 잠도 없었다. 검은 옷을 입은 인물이 심지어 이곳까지 찾아와 여인의 머리를 들어 올렸고, 잠을 못 잔 탓에 하얀 점액질이 생기고 저절로 감기는 눈꺼풀을 감지 못하게 했다.

"저는 누구입니까?"

무표정한 검은 가면이 여인을 물끄러미 내려다보았다. 젊은 왕은 몸부림치며 흐느껴 울었다. 이제 숨이 막힐 지경이었다. 올바른 이름을 말할 때까지 여인은 숨 쉴 수가 없을 터였다. "게레르!" 여인은 그제야 숨을 쉴 수 있었다. 숨을 쉬어도 좋다고 허락을 받았기 때문이다. 여인은 검은 인물을 제때 알아보았다.

"저는 누구인가요?" 다른 목소리가 부드럽게 물었다. 그리고 젊은 왕은 자신에게 늘 잠과 잠시 동안의 휴식과 위안을 가져다주는 강력한 존재를 더듬거렸다. "레바데." 여인이 속삭였다. "내가 할 일이 무엇인지 말……."

"주무십시오."

여인은 그 말을 따랐다. 꿈을 꾸지 않는 깊은 잠이었다. 현실이기 때문이었다. 꿈은 잠에서 깨는 바로 그때 찾아왔다. 비현실적이고 무시무시하고 메마른 석양의 붉은빛이 내리쬐어 여인은 눈을 떴고, 여인은 다시 한 번 궁전 발코니에 서서 5만 개의 검은 구멍이 열렸다 닫히는 모습을 내려다보았다. 각각의 구멍에서 주기적으로 날카로운 소리가 발작하듯 뿜어져 나왔다. 여인의 이름이다. 여인의 이름이 귓가에 조소처럼, 야유처럼 들려왔다. 여인은 두 손으로 좁은 놋쇠 난간을 내리치면서 소리 질렀다. "조용히 하라!" 그러나 여인은 자신의 목소리를 들을 수 없고 다른 이들의 목소리만, 여인을 증오하는 성가신 군중이 여인의 이름을 외치는 소리만 들릴 뿐이었다. "들어가시지요, 폐하." 부드러운 목소리를 가진 이가 말했고, 레바데는 여인을 발코니로부터 크고 붉은 벽으로 둘러싸인 조용한 접견실로 인도했다. 딸각하는 소리와 함께 고함 소리가 잦아들었다. 언제나처럼 레바데의 표정은 침착했으며 동정심이 가득 담겨 있었다. "자, 이제 무엇을 하셔야 하죠?" 그녀는 부드러운 목소리로 말했다.

"나는…… 나는 퇴위하겠노라……."

"아닙니다. 그것은 옳지 않습니다." 레바데가 조용히 말했다. "자, 이제 무엇을 하셔야 하죠?"

젊은 왕은 말없이 부들부들 떨면서 서 있었다. 레바데는 여인이 철제 침대에 앉도록 도와주었다. 종종 그랬듯이 벽이 검게 물들면서 여인 주변의 사방으로 드리워져 작은 독방을 만들었다. "폐하께서 경비대를 호출……."

"에르헨랑 경비대를 부르도록. 경비대에게 군중을 쏘라고 해. 쏴 죽이라고 말이야. 따끔하게 교훈을 주라고." 젊은 왕이 크고 높은 목소리로 또렷하고 재빠르게 말했다. 그러자 레바데가 받았다. "아주 잘하셨습니다, 폐하, 현명한 결정이십니다! 옳습니다. 우리는 잘해나갈 겁니다. 아주 잘하고 계십니다. 저를 믿으십시오."

"믿어. 나는 자넬 믿어. 그러니 나를 이곳에서 빼내줘." 젊은 왕은 레바데의 팔을 붙잡고 속삭였다. 그러나 여인의 친구는 얼굴을 찡그렸다. 그것은 옳지 않았다. 여인은 레바데를 너무 몰아붙였으며 다시금 희망은 사라졌다. 레바데는 애석해하며 조용히 방을 떠나갔다. 제발 걸음을 멈추고 돌아와달라고 젊은 왕이 애원하지만 소용없었다. 영혼을 조각 낼 듯 칭얼대던 소음이 다시 부드럽게 시작되고, 희고 붉은 옷을 입은 이가 끝없이 긴 붉은 복도를 따라 어느새 여인에게로 왔다. "폐하, 폐하를 해치려는 음모가 예술인 학교에서 발각되었습니다……."

바닷가에 인접한 옛 항구 거리의 가로등이 환히 불타올랐다. 순찰을 돌던 경비병 페페네레르는 비스듬히 비추는 둥그런 가로등 불빛을 아무 생각 없이 흘낏 내려다보았다. 무언가가 자신을 향해 비틀거리며 걸어 올라오고 있었다. 그녀는 포른그로페의 존재를 믿지 않았지만, 자신을 향해 다가오는 존재는 포른그로페였다. 바다에 사는 가냘픈 포른그로페가 흐느껴 울면서 건조한 공기에 마른 숨을 헐떡이며 물갈퀴가 달린 여윈 발로 비틀

비틀 걸어오는 모습……. 늙은 선원들의 이야기가 페페네레르의 머릿속을 스치고 지나갔다. 그리고 술주정뱅이 혹은 미치광이 혹은 희생자가 축축한 회색 창고의 담벼락 사이에서 비틀비틀 걸어오는 모습을 보았다. "이봐! 거기 서!" 페페네레르가 달려가며 소리쳤다. 술에 취한 광기 어린 눈에 반쯤 벌거벗은 이는 공포에 질려 비명을 토하고 비틀거리며 그 자리를 피하려다 서리 낀 미끄러운 거리의 돌바닥에 미끄러져 사지를 쭉 뻗고 넘어졌다. 페페네레르는 주정뱅이를 조용히 시킬 목적으로 총을 꺼내 마비 광선을 0.5초 동안 쏜 다음 곁에 쪼그려 앉아 무전기를 꺼내 서부지서에 연락해 차를 불렀다.

차가운 자갈 보도 위에 맥없이 사지를 늘어뜨린 이의 양팔은 주사 자국투성이었다. 술이 아니라 마약에 취한 것이었다. 페페네레르는 킁킁거리며 냄새를 맡아보았지만 오르그레비의 나무진 냄새는 나지 않았다. 그렇다면 누군가가 억지로 마약을 주사한 게 분명했다. 도둑을 맞았거나 혈족의 복수를 당한 모양이었다. 하지만 도둑이라면 집게손가락에 낀 거의 손가락 마디 하나만 한 너비의, 정교한 문양이 들어간 묵직한 금반지를 두고 갔을 리 없었다. 페페네레르는 상체를 숙이고 반지를 바라보았다. 잠시 후 고개를 돌려 희미한 가로등 불빛 아래 포석 위에 쓰러져 있는 멍한 얼굴을 바라보았다. 두들겨 맞은 듯한 얼굴이었다. 페페네레르는 주머니에서 새로 발행된 쿼터크라운 동전을 꺼내 번쩍이는 주석에 새겨진 왼쪽 옆얼굴을 바라보다가 빛과 그림자와 차가운 돌바닥에 새겨진 오른쪽 옆얼굴로 시선을 옮겼다.

그때, 롱웨이에서 옛 항구 거리로 전동차가 으르렁거리며 들어섰다. 페페네레르는 동전을 다시 주머니에 쑤셔 넣으며 스스로에게 욕을 퍼부었다. "이런 빌어먹을."

아르가벤 왕은 산속으로 2주 동안의 일정으로 사냥을 떠난 상태였다. 포고문에 발표된 내용은 그게 다였다.

"아시다시피." 의사인 호게가 입을 열었다. "폐하께서 세뇌당하셨다고 가정할 수 있습니다. 하지만 그런 가정은 도움이 되지 않습니다. 카르히데에는 세뇌 전문가들이 무척이나 많고, 오르고레인 역시 마찬가지입니다. 경찰이 생각하는 범인은 일반적인 범죄자가 아니라 상당한 능력의 독심술사 또는 의사일 겁니다. 환자에게 합법적으로 마약을 투여할 수 있는 사람이죠. 폐하를 조사해볼지라도, 놈들은 모든 수단을 동원해서 자신들에게 논리적으로 접근할 방법을 막아놓았을 겁니다. 모든 실마리는 사라졌고, 계기를 연상시킬 만한 것들은 숨겼을 테니, 단순히 어떤 질문을 해야 할지조차 모르겠습니다. 방법이 없습니다. 뇌 손상을 막기에는, 그리고 마음속에서 일어나는 모든 생각을 자세히 조사하기에는 여러 가지로 너무 부족합니다. 게다가 현재로서는 최면술이나 효력이 강한 마약을 쓸지라도 폐하의 생각이나 감정이 진짜로 폐하 것인지 아니면 외부로부터 주입된 것인지 알 수가 없습니다. 외계인들이라면 뭔가 할 수 있을지도 모르겠습니다만, 제가 보기엔 저들이 자랑하는 정신과학이라는 게 어딘가 미심쩍어서. 어쨌든 우리가 지금 여기서 쓸 수 있는 기술도 아니고요. 우리에겐 단 하나의 희망이 있을 뿐입니다."

"무엇입니까?" 게레르 경이 얼이 빠진 듯한 목소리로 물었다.

"폐하는 영민하고 의지가 강한 분이십니다. 초기에, 놈들이 폐하를 세뇌시키기 전에, 폐하께서는 놈들이 자신에게 어떤 짓을 할지 아셨을지도 모릅니다. 그랬다면 폐하께서 방어책이나 저항책을 마련했을 터이고, 어떤 식으로든 탈출하신 뒤……."

이야기가 진행될수록 호게의 낮은 목소리는 자신감을 잃어갔고, 먼지 낀 높고 어둑어둑한 방의 침묵 속으로 여운을 남기며 사라져갔다. 호게는 검은 옷을 입고 불 앞에 서 있는 나이 든 게레르 경에게서 어떤 반응도 끌어낼 수 없었다.

에르헨랑 왕궁의 그 방 온도는, 게레르 경이 서 있는 부근이 섭씨 12도였고 커다란 벽난로 두 개 사이의 중간이 섭씨 5도쯤 되었다. 밖에는 눈이 살짝 내리고 있었고 겨우 영하 몇 도 정도의 온화한 날씨였다. 겨울 행성은 봄이었다. 방 양쪽 끝에 있는 불은 붉은빛과 금빛으로 으르렁거리며 허벅지만큼이나 굵은 통나무들을 게걸스럽게 먹어치우고 있었다. 장엄함, 무정한 호화로움, 활활 타오르는 화려함. 벽난로, 불꽃놀이, 번개, 유성, 화산. 이런 것들은 '겨울'이라 불리는 이 행성의 카르히데 거주민이 좋아하는 단어였다. 그러나 카르히데는 북위 35도 위쪽의 북극 식민지를 제외하고는 기술 시대가 몇 세기나 지나도록 실내에 중앙난방 시설을 설치하지 않았다. 카르히데 거주민에게 있어서 편안함이란 추구하는 것이 아닌, 드물게 경험하는 반가움이자, 마치 즐거움을 선사하는 선물과 같은 존재였다.

침대 곁에 앉아 있던 왕의 개인 시종이 의사와 왕실 고문을 향해 고개를 돌렸다. 비록 시종은 아무 말 하지 않았지만 의사와 고문은 즉시 방을 가로질러 갔다. 넓고 딱딱한 침대는 높은 금박 기둥 위에 올려져 있었는데, 붉은빛의 화려한 침대보와 이불까지 두텁게 덮여 있었다. 높은 침대 덕에 왕의 몸은 둘의 눈높이에 있었다. 게레르에게 이 침대는 배처럼 느껴졌다. 젊은 왕을 그림자, 공포, 세월 속으로 몰아가는 빠르고 거대한 어둠의 해일에 맞서 꼼짝도 않고 서 있는 배였다. 늙은 왕실 고문은 두려움을 느꼈고, 아르가벤 왕이 눈을 떠 커튼으로 반쯤 가려진 창문 너머로 물끄러미 별을 쳐다보는 모습을 보았다.

게레르는 광기를, 백치를, 자신이 무엇을 두려워하는지 모른다는 사실을 두려워했다. 호게가 경고했었다. "폐하는 '정상적으로' 활동하실 수 없습니다, 게레르 경. 13일 동안이나 고문과 협박과 정신 조정으로 완전히 탈진하신 상태입니다. 대뇌 손상이 있을지도 모르고, 마약의 부작용이나 후유증을 앓으실 게 분명합니다." 그러나 두려움도 경고도 충격을 완화시켜주진 못했다. 아르가벤의 밝지만 쇠약해진 눈동자가 게레르 경 쪽을 바라보았고 잠시 동안 멍하니 있다가 게레르 경에게 초점을 맞췄다. 그리고 게레르는 왕이 자신을 볼 때면 검은 가면을 떠올린다는 사실을 모른 채 왕이 증오와 두려움에 발버둥치는 모습을, 자신이 그토록 사랑했던 젊은 왕이 바보같이 두려움에 헐떡이며 허약한 몸으로 시종에게서, 호게에게서, 게레르에게서 도망치려 버둥거리는 모습을 바라보았다.

추운 방 한가운데, 왕의 시선을 피해 뱃머리 같은 침대 머리맡에 선 게레르는 다른 이들이 아르가벤을 진정시켜 다시 자리에 눕히는 소리를 들었다. 아르가벤의 목소리는 가늘고, 어린아이의 목소리처럼 애처롭게 들렸다. 전왕이었던 엠란이 마지막으로 광기를 부렸을 때도 지금과 똑같이 어린아이 같은 목소리로 말했던 기억이 떠올랐다. 그러다가 침묵이 흘렀고, 커다란 벽난로 둘에서 불길이 이는 소리만 들렸다.

왕의 몸종인 코르그리는 하품을 하면서 눈을 비볐다. 호게는 유리병에 있는 뭔가를 피하주사기에 담았다. 게레르는 절망에 빠져 서 있었다. 내 소중한 아이, 고귀한 분, 놈들이 폐하에게 무슨 짓을 한 겁니까? 그렇게 믿음직스럽고 그렇게 앞날이 밝았는데…… 사라져버렸어, 사라져버린 거야……. 검은 바위 덩어리를 새겨놓은 것처럼 육중하고, 신중하고, 무례한 늙은 가신은 너무나 슬프고 고통스러웠다. 젊은 왕에 대한 그녀의 사랑과 봉사는 이 세상에서 유일한 낙이었다.

아르가벤이 큰 소리로 외쳤다. "내 아이……."

게레르는 그 말에 마음이 찢어질 것 같아 뒤로 한 걸음 물러섰다. 그러나 사랑으로 골치를 썩고 있지 않던 호게는 아르가벤의 말을 이해했다. 그리고 부드럽게 대답해주었다. "엠란 왕자님은 잘 계십니다, 전하. 워레버 성에 시종들과 함께요. 계속 연락을 주고받고 있습니다. 그곳에서 아주 편히 계십니다."

게레르는 왕의 거친 숨소리를 들었고, 좀 더 가까이 다가갔다. 하지만 여전히 왕의 시선을 받지 않는 높은 침대 머리맡 뒤편이었다.

"내가 아팠던가?"

"아직 완전히 나으신 것은 아닙니다." 의사가 부드러운 목소리로 대답했다.

"여기가⋯⋯."

"에르헨랑에 있는 폐하의 방입니다."

한 발짝 더 가까이 다가온 게레르가 여전히 왕의 시선 밖이기는 했지만 대화에 끼어들었다. "저희는 폐하께서 어디에 계셨는지 모릅니다."

온화한 표정을 짓고 있던 호게가 얼굴을 찡그렸다. 비록 그녀가 왕의 주치의이고 방 안의 모든 이를 지배하는 분을 자신의 방식대로 치료한다 할지라도 감히 왕실 고문에게 얼굴을 찡그리는 건 안 될 말이었지만 말이다. 게레르의 목소리가 왕을 괴롭히는 것 같지는 않았다. 왕은 한두 가지 간단하고 정상적인 질문을 했고 다시 조용해졌다. 왕이 궁전으로 실려온 이래(왕은 지난밤, 전 통치 시대의 수치스러운 자살자처럼 위장하고 곁문으로 극비리에 실려 왔다) 계속 그녀 곁에 앉아 있던 시종 코르그리는 불경죄를 범했다. 몸을 앞으로 숙인 채 높은 걸상에 쪼그려 앉아, 머리를 침대 곁에 축 늘어뜨리고 잠이 들었던 것이다. 문에 선 경비병들이 새로 온 경비병과 속닥거리며 교대를 했다. 사무관들이 와서 왕의 건강 상태에 대해 새로운 포고문을 받아 가며 소곤거렸다. 왕은 카르가프 고지에서 휴가를 보내는 사이 발열 증상이 있었으며, 급히 에르헨랑으로 돌아왔고, 현재 만족

할 만한 치료 성과를 보이고 있다, 기타 등등. 주치의 호게 렘 이르 호게레르프의 말에 따르면 기타 등등 기타 등등. "운명의 수레바퀴가 우리 왕의 편으로 돌기를." 마을의 각 가정에서는 벽난로 제단에 불을 밝히고 엄숙한 마음으로 기도를 드렸고, 불가에 앉은 노인들은 두런두런 이야기를 나누었다. "심야에 도시에서 어슬렁거리고 산에 올라갔다고 하다니, 바보들에게도 이런 잔꾀는 통하지 않을걸." 그럼에도 불구하고 사람들은 다음 포고문의 내용을 듣기 위해 라디오를 켜놓고 있었다. 그날 하루, 굉장히 많은 사람들이 궁전 앞 광장으로 모여들어 궁전을 왕래하는 사람들과 궁전의 텅 빈 발코니를 바라보았고, 주위를 어슬렁거리며 수다를 떨다가 돌아갔다. 그리고 여전히 수백 명이 눈을 맞으면서도 왕궁 주변에 서 있었다. 국민은 아르가벤 17세를 사랑했다. 나라를 파산 지경에 이르게 했던 엠란 왕의 우둔하고 잔인했던 통치가 광기의 그늘 속에 마감된 뒤, 바람같이 아르가벤 17세가 등극했다. 아르가벤은 젊고 용감했으며 모든 것을 개혁했다. 또한 사리분별과 통찰력이 있었으며 동시에 도량이 넓었다. 왕에게는 열정과 광휘가 있었고, 국민은 이를 좋아했다. 아르가벤은 새로운 시대의 힘이자 중심이었고, 올바른 왕국의 왕이 되기 위해 제때 태어난 이였다.

"게레르."

왕의 목소리였다. 게레르는 서둘러 거대한 방의 온기와 냉기, 불빛과 어둠을 가로질러 왕에게 다가갔다.

아르가벤은 일어나 앉았다. 팔은 부들부들 떨었고, 숨도 목구

명에 걸려 제대로 쉬지 못했지만, 여인의 눈동자는 어두운 대기를 뚫고 게레르에게 박혔다. 하르게 왕조의 문장이 새겨진 반지를 낀 왼손이 직무를 태만히 하고 평온히 잠든 시종의 얼굴 곁에 머물렀다. "게레르 경." 왕은 힘겨워하면서도 또렷하게 말을 했다. "추밀원을 소집하도록. 내가 퇴위하겠다고 말하겠어."

이토록 조잡하고, 이토록 간단하게? 호게가 설명한, 모든 마약들, 위협과 공포, 최면술, 변칙 최면술, 신경 흥분제, 시냅스 조합, 국지 충격 따위가 이런 엉터리 결과를 위해서란 말인가? 그러나 원인을 밝힐 시간이 없었다. 우선 시간을 벌어야 했다. "폐하, 좀 더 체력을 회복하신 후에……."

"지금 당장. 추밀원을 소집해, 게레르 경!"

그런 뒤 왕은 줄이 끊어진 활처럼 쓰러져, 알 수 없는 또는 말로 형용할 수 없는 두려움과 분노로 비명을 질렀다. 그리고 왕의 충실한 시종은 여전히 곁에서 귀머거리처럼 자고 있었다.

다음 사진은 상황이 좀 더 나아 보인다. 화려한 옷을 입은 아르가벤 17세는 건강을 회복하고 성대한 아침식사를 끝내는 중이다. 왕은 함께 식사를 하거나 시중을 들고 있는 4, 50명의 사람들 중 주변의 열 명 남짓한 이들과 이야기를 나누며(유일한 존재라는 것이 왕의 특권이지만, 그만큼 사생활은 거의 보장받을 수 없다) 다른 사람들에게도 너그럽게 골고루 눈길을 나누어준다. 모든 사람들이 말하는 것처럼 왕은 예전 모습을 거의 되찾은 것처럼 보인다. 그러나 확실히 예전 모습을 다 되찾은 것은 아니다. 뭔가가 빠져 있다. 젊은이의 침착함과 자신감이 비슷하긴 하지만 안심할 수 없는 일종의 무관심으로 바뀌어 있다. 그런 것 없이도 왕은 위트 넘치고 온화했지만, 늘 다시금 어둠 속으로 침잠해 무관심한 모습을 보인다. 공포, 고통, 결심 때문일까?

악스트 모빌은 '알려진 세계'의 에큐멘에서 겨울 행성으로 파견된 전권대사로, 지난 엿새 동안 시속 50킬로미터 이상으로 전기차를 몰아 오르고레인의 미시노리에서 출발해 카르히데의 에르헨랑에 도착했고, 그 탓에 늦잠을 자 아침식사도 걸렀다. 다행히도 접견실에는 정각에 도착할 수 있었다. 그래도 배는 고팠다. 추밀원의 나이 든 수장이자, 왕의 사촌인 게레르 렘 이르 베르헨은 거대한 홀의 현관에서 외계인과 마주쳤고, 카르히데식 다음절어로 우아하게 외계인에게 인사했다. 전권대사는 게레르의 유창한 화술에 뭔가 말하고 싶어 하는 욕망이 숨어 있음을 눈치채고는 될 수 있는 대로 최대한 부드럽게 대답했다.

"국왕께서 완전히 회복하셨다는 소식을 전해 들었습니다. 그 소식이 사실이기를 진심으로 바랍니다."

"사실이 아닙니다." 늙은 의원이 말했다. 그녀의 목소리는 갑작스레 둔해지며 생기를 잃어갔다. "악스트 씨, 당신을 믿기에 말씀드리는 겁니다. 카르히데에서 이 사실을 알고 있는 사람은 열 명도 되지 않습니다. 폐하께서는 아직 회복하지 못하셨습니다. 아프신 게 아닙니다."

악스트는 고개를 끄덕였다. 물론 여러 가지 소문이 떠돌고 있었다.

"폐하께서는 평상복 차림으로 밤에 도시로 나가, 낯선 이들과 대화를 나누곤 하셨습니다. 왕이란 직책의 압력은……. 어쨌든 폐하께서는 아주 젊으시니까요." 게레르는 감정을 힘겹게 억누르며 잠시 말을 멈추었다. "6주 전 어느 날 밤, 폐하께서 돌아오지 않으셨습니다. 그리고 이튿날 새벽, 저와 제2통수권자에게 전갈이 왔습니다. 만약 우리가 폐하의 실종을 공개한다면 폐하께서는 그 즉시 죽을 테지만 우리가 침묵을 지키며 반달만 기다린다면, 아무런 해도 입히지 않고 무사히 돌려보내겠다는 내용이었습니다. 그래서 우리는 침묵을 지켰고 추밀원에 거짓말하고 거짓 뉴스를 내보냈습니다. 13일째 되는 날 밤, 도시를 헤매고 있는 폐하를 발견했지요. 약에 취한 상태였고 세뇌당하셨습니다. 누가 이런 짓을 했는지 아직까지 정체를 알아내지 못했습니다. 우리는 극비리에 일을 진행할 수밖에 없습니다. 폐하에 대한 국민들의 신뢰를, 그리고 폐하가 폐하 자신에게 보내는 신뢰를 깰 수는 없으니까요. 그럴 수는 없습니다. 폐하께서는 아무것도 기억하지 못하셨습니다. 그렇지만 그자들이 폐하께 무슨 짓을 했는지는 명백했습니다. 폐하의 의지를 꺾고 오직 한 가지 일에만 마음이 쏠리도록 한 것입니다. 폐하께서는 자신이 왕좌에서 물러나야 한다고 믿고 계십니다."

게레르의 목소리는 여전히 낮고 차분했다. 하지만 목소리와는 달리 눈빛은 고뇌에 차 있었다. 그리고 전권대사가 갑자기 돌아섰을 때, 그러한 고뇌가 투영된 젊은 왕의 눈이 보였다.

"내 손님을 막고 있는 건가, 사촌?"

아르가벤은 웃고 있었지만 그 속에는 칼이 들어 있었다. 늙은 왕실 고문은 무신경하게 사과를 하고 나서 절을 한 뒤, 어색한 모습으로 느릿느릿 긴 복도로 사라졌다.

아르가벤은 동등한 계급을 맞이하는 인사로 양손을 길게 전권대사에게 내밀었다. 비록 살아 있는 영혼 그 누구도 에큐멘을 본 이는 없었지만 카르히데에서 에큐멘은 자매왕국으로 인식되고 있었기 때문이었다. 그러나 악스트의 예상과 달리 왕은 정중한 인사말은 하지 않았다. 왕은 격정적으로 "마침내 도착했군!"이라고만 했을 뿐이었다.

"폐하의 연락을 받자마자 출발했습니다. 오르고레인 동부에서 서쪽 절벽까지의 길은 아직도 얼음이 녹지 않아 그리 쉬운 여행은 아니었습니다. 하지만 이곳에 오게 되어 무척 기쁩니다. 그곳을 떠나게 된 것도 무척 기쁘고 말입니다." 악스트는 이렇게 말하며 웃음을 머금었다. 젊은 왕과 악스트는 서로 터놓고 이야기하는 걸 즐겼다. 악스트는 아르가벤의 환영 인사말이 무엇을 암시하는지 알아보기 위해 잠시 기다리기로 마음먹고 약간 들뜬 기분으로 활달하고 아름다운 중성 얼굴을 바라보았다.

"시체가 구더기를 낳듯이 오르고레인은 고집불통들만 낳지. 내 조상께서 말씀하셨듯 말이야. 훨씬 더 신선한 이곳 카르히데의 공기 속으로 온 걸 환영하네. 이리로 오지. 게레르가 내가 납치됐네 어쩌네 하고 말했나? 맞아. 낡은 관습에 따르자면 말이야. 납치란 진부한 기술이야. 그러니 만약 당신들 에큐멘이 우리를 노예화시킬 의도가 있다고 생각하는 반외계 파벌들 중 하나가 이번 일을 계획했다면, 그놈들은 분명히 이 관습을 무시했을 거야. 그래서 나는 나를 통해 이 땅을 지배하고 싶어 하는 늙은 혈족의 무리가 아닐까 하고 생각해. 지난번에 권력을 가졌던 일족 말이야. 하지만 우리는 아직 그 무리가 누군지 모르고 있어. 얼굴을 맞대고 본 적이 있어 알면서도 그것을 인식하지 못하는 것은 참으로 묘한 일이야. 내가 그 무리의 얼굴을 날마다 보고 있는지 그 누가 알겠어? 어쨌든, 그런 생각을 해보았자 아무 소용이 없어. 놈들은 자신들의 흔적을 완전히 없애버렸으니 말이야. 하지만 한 가지 확실한 것이 있어. '놈들'은 내가 퇴위해야 한다고 말하지 않았다는 것이지."

왕과 전권대사는 기다랗고 천장이 엄청나게 높은 홀을 나란히 걸어 저 끝 쪽의 단과 의자들이 있는 곳으로 갔다. 이곳 겨울 행성에서 흔히 그러하듯, 창문은 가느다란 틈보다 조금 더 컸을 뿐이었다. 붉은 돌이 깔린 바닥으로 황갈색 햇살이 비스듬히 들어왔고, 어스레한 실내에 어지러이 반짝이는 햇살에 악스트는 눈이 부셨다. 그는 고개를 들고 어둠과 광휘가 재빠르게 교차하는 젊은 왕의 엄숙한 얼굴을 보았다. "그럼 누가 말한 겁니까?"

"내가 말했지."

"언제 말입니까, 폐하, 그리고 왜 그런 말씀을?"

"놈들이 나를 납치했을 때, 놈들의 책략에 놀아나도록 나를 세뇌하고 있다는 사실을 깨달았을 때였어. 왜냐고? 놈들의 책략에 놀아날 순 없었기 때문이야! 내 말을 들어봐, 악스트 경. 만약 놈들이 원하는 게 내 죽음이었다면 놈들은 그렇게 했을 거야.

하지만 놈들은 내가 살아 있기를, 왕으로서 지배하기를 바랐어. 그렇게 함으로써 내가 내 머리에 새겨진 명령대로 행동하고, 놈들이 목표한 것을 얻을 수 있길 바란 거야. 나는 스위치가 켜지길 기다리고 있는 놈들의 도구이자 기계야. 그것을 막을 수 있는 유일한 방법은…… 그 기계를 폐기하는 것뿐이지."

악스트는 이해가 빨랐다. 에큐멘의 모빌이 되기 위한 최소한의 자질이었다. 더구나 악스트는 카르히데의 관습과 정세, 활기 넘치는 왕국이 주는 스트레스와 유혹에 대해 잘 알고 있었다. 겨울 행성이 다른 인류가 사는 곳과 공간적으로 멀리 떨어져 있고 거주민들 역시 다른 인류와 생리적으로 무척 다르지만, 그럼에도 겨울 행성의 최강대국인 카르히데는 에큐멘의 훌륭한 동반자로 밝혀졌다. 80광년 떨어진 에큐멘 중앙의회에서 악스트의 보고서를 놓고 토의를 벌였다. 전체의 균형은 각 부분의 균형에 달려 있었다. 둘은 벽난로 앞 단 위에 놓인 거대하고 딱딱한 의자에 앉았다. 악스트가 말했다. "하지만 놈들은 스위치를 켤 필요조차 없습니다. 폐하께서 퇴위를 하신다면 말입니다."

"내 아이를 후계자로 삼고, 내가 섭정을 선택해도?"

"아마도요." 악스트가 조심스레 말했다. "놈들은 폐하를 대신할 섭정을 이미 골라두었을 겁니다."

왕이 얼굴을 찡그렸다. "그 생각을 못 했군."

"누구를 생각하고 계셨습니까?"

한동안 침묵이 흘렀다. 악스트는 아르가벤이 고통스러울 정도로 수축된 목구멍 너머로 이름을 토해내는 동안 뻣뻣한 목 근육이 움직이는 것을 지켜보았다. 마침내 왕은 쥐어짜는 듯한 목소리로 입을 열었다. "게레르."

악스트는 깜짝 놀라며 고개를 끄덕였다. 게레르는 엠란이 죽고 아르가벤이 왕위에 오르기 전 1년 동안 섭정을 맡았다. 악스트는 게레르가 정직한 인물이며 젊은 왕에게 헌신적이라는 사실을 잘 알고 있었다. "하지만 게레르는 당파에 속하지 않은 인물입니다!" 악스트가 말했다.

아르가벤이 고개를 끄덕였다. 여인은 지쳐 보였다. 잠시 뒤 그녀가 말했다. "놈들이 내게 한 짓을 당신네 과학을 써서 무효로 만들 순 없나, 악스트 경?"

"가능할지도 모릅니다. 올룰에 있는 연구소에서는요. 하지만 제가 오늘 저녁에 그 방면의 전문가를 보내달라고 요청해도 그 사람이 여기에 도착하려면 24년이 걸립니다……. 퇴위를 하겠다는 폐하의 결심이……." 그때 시종 하나가 뒷문으로 들어와 전권대사가 앉은 의자 옆에 작은 식탁을 가져다놓고는, 과일과 얇게 저민 빵사과, 커다란 은잔에 담긴 맥주를 내왔다. 아르가벤은 자신의 손님이 아침식사를 하지 못한 것을 눈치채고 있었다. 겨울 행성의 음식은 대부분이 야채고 조리되지 않은 날것이라 악스트의 입맛에 맞지 않았지만, 악스트는 고마운 마음으로 식사를 했다. 그리고 음식을 앞에 두고 심각한 이야기는 어울리지 않는 것 같아 아르가벤은 일반적인 이야기로 화제를 돌렸다. "언젠가 경은 내가 경과 다르고 내 백성이 경이 사는 곳의 백성과 다르지만 같은 피가 흐르고 있다고 말한 적이 있어. 그게 정신적으로 같다는 뜻인가, 아니면 육체적으로 같다는 뜻인가?"

카르히데식 구별법을 들은 악스트는 웃음을 지었다. "둘 다입니다, 폐하. 저희가 아는 한, 우주의 거대한 서까래 아래 먼지같이 좁은 공간 한 귀퉁이를 돌아다니며 저희가 만난 지성체는 모두 인간이었습니다. 하지만 혈연관계는 수백만 년, 아니 그 이상, 헤인이 있기 전 시대까지 거슬러 올라가야 합니다. 고대 헤인인들은 백 개의 세계에 정착했습니다."

"우리는 내 왕족이 카르히데를 다스리기 이전 시대를 '고대'라고 부르지. 700년 전 시기를 말이야!"

"저희는 '적敵의 시대'를 '고대'라고 부릅니다. 지금으로부터 600년이 채 안 됩니다. 시간은 늘어나기도 하고 줄어들기도 합니다. 눈에 따라, 시대에 따라, 별에 따라 변합니다. 거슬러 올라가거나 다시 반복하는 것을 제외하고는 모든 것을 하지요."

"그렇다면 에큐멘의 꿈은 정말 고대의 공동체를 복원해 모든 세상에 있는 모든 사람을 하나의 도가니에 다시 모으는 것인가?"

악스트는 빵사과를 먹으며 고개를 끄덕였다. "적어도 모든 이가 조화롭게 어울릴 수 있도록 하는 것이 목표입니다. 생명은 그 자신을 알고 싶어 하며 그 극한까지 뻗어나가고 싶어 하지요. 복잡성을 포용하는 것은 삶의 기쁨입니다. 우리의 차이는 우리의 아름다움이고요. 모든 세계와 여러 형태, 생각하는 방식, 생명 그리고 육체가 모두 합쳐 멋진 조화를 이루게 될 것입니다."

"조화는 지속될 수 없는 것이야." 젊은 왕이 말했다.

"이제까지 그 누구도 성공한 적이 없습니다. 시도하는 데서 기쁨을 얻는 것이죠." 전권대사는 맥주를 들이켜고는 풀로 짠 냅킨에 손가락을 닦았다.

"왕으로서 그것이 내 기쁨이었지." 아르가벤이 말했다. "이제 끝났어."

"하지만……."

"끝났어. 내 말을 믿어. 난 당신을 여기 있게 할 거야, 악스트 경. 경이 날 믿는 한 말이야. 난 경의 도움이 필요해. 당신은 날 납치한 자들이 생각하지 못한 인물이야! 경은 나를 도와야 해. 추밀원이 반대하면 난 퇴위를 할 수 없어. 추밀원은 내가 퇴위하는 것을 반대해 계속 이 나라를 다스리게 할 거야. 그리고 내가 통치를 하게 되면 난 적에게 봉사하는 꼴이 돼! 경이 날 돕지 않겠다면 난 나 스스로 목숨을 끊을 거야." 여인은 아주 침착하고 이성적으로 말했다. 하지만 카르히데에서 자살은 가장 수치스러운 행동이며 자살이라는 말 자체를 꺼내는 것만으로도 큰일이라는 사실을 악스트는 잘 알고 있었다.

"둘 말고는 달리 선택의 여지가 없어." 젊은 왕이 말했다.

전권대사는 두꺼운 망토를 끌어당겨 몸을 여몄다. 추웠다. 이곳에서 7년간 사는 동안 한결같이 추웠다. "폐하, 폐하의 왕국에서 저는 조력자 몇과 외계의 다른 이방인들과 대화를 나눌 수 있는 작은 기기를 가진 이방인일 뿐입니다. 물론 저는 힘을 대표하지만 저에게는 힘이 없습니다. 그런 제가 어떻게 폐하를 도울 수 있습니까?"

"호르덴 섬에 경의 우주선이 있지."

"아아, 그 말을 하실까 두려웠습니다." 전권대사가 한숨을 쉬며 말했다. "폐하, 우주선은 24광년 떨어진 올룰 행성으로 떠날 겁니다. 폐하께서는 그게 무슨 뜻인지 아십니까?"

"내 시대로부터의 탈출을 의미하지. 사악한 이들의 도구가 될 뻔한 시대로부터의 탈출 말이야."

"탈출이란 있을 수 없습니다." 악스트가 갑자기 힘주어 말했다. "아닙니다, 폐하. 용서하십시오. 불가능합니다. 저는 폐하의 요구에 응할 수가……."

봄철의 얼음비가 탑의 돌 벽을 두드렸고 바람이 지붕 모퉁이와 박공을 후려쳤다. 방은 조용하고 그늘져 있었다. 문가에는 갓을 두른 불이 타고 있었다. 유모는 침대에서 가볍게 코를 골고 있었고 아기는 요람에 머리를 묻고 엉덩이를 위로 한 채 자고 있었다. 아르가벤은 요람가에 섰다. 여인은 방을 둘러보았다, 아니 둘러본다기보다는 방의 모습이 눈에 들어왔으며, 애써 보지 않아도 방 안을 샅샅이 다 알고 있었다. 아르가벤도 어렸을 때 이곳에서 잠을 잤다. 이 방은 아르가벤의 첫 번째 왕국이었다. 바로 이곳으로 첫아이에게 젖을 먹이러 왔었고, 작은 입이 자신의 젖을 물고 있는 동안 난로 곁에 앉아 보르후브가 자신에게 콧노래로 흥얼거려주었던 노래를 아이에게 흥얼거려주었다. 이곳은 중심, 모든 것의 중심이었다.

아르가벤은 아주 조심스럽고 부드럽게 아기의 따뜻하고 촉촉한 솜털 같은 머리 밑으로 손을 집어넣은 뒤 하르게 왕조의 문장이 새겨진 무거운 반지가 걸려 있는 목걸이를 목에 걸어주었다. 목걸이는 너무 길었다. 아르가벤은 행여 목걸이가 아이 목에 감겨 숨 막히게 하지나 않을까 염려스러워 줄을 묶어 짧게 매듭을 지었다. 그렇게 작은 걱정을 달래며, 자신을 채우고 있는 초라함과 커다란 두려움을 애써 잠재우려 했다. 여인은 허리를 굽혀 아이의 뺨에 자신의 뺨을 가져다 대고 들릴 듯 말 듯 속삭였다. "엠란, 엠란, 나는 널 떠나야만 한단다. 널 데려갈 수는 없어. 너는 나를 위해 이 나라를 다스려야 하니까. 잘해야 한다, 엠란. 오래오래 살면서 잘해야 한다, 엠란……."

아르가벤은 일어나 몸을 돌려, 탑의 방에서, 잃어버린 왕국에서 떠났다.

아르가벤은 눈에 띄지 않게 왕궁을 빠져나가는 방법을 몇 가지 알고 있었다. 그중 가장 확실한 방법을 택했고, 밝은 조명을 배경으로 진눈깨비가 쏟아지는 에르헨랑의 거리를 외로이 빠져나가 새 항구로 향했다.

이번에는 사진이 없다. 따라서 여인을 볼 수 없다. 광속보다 1억분의 1퍼센트 느리게 일어나는 과정을 볼 수 있는 눈이 과연 있을까? 여인은 이제 왕이 아니며 또한 인간도 아니다. 여인은 변화 중이다. 보통 사람보다 시간이 7만 배나 느리게 흘러가는 존재를 필멸의 존재라 부르기는 힘들 것이다. 여인은 고독하다. 아니, 그 이상이다. 소통되지 않는 생각이 존재하지 않듯, 여인도 존재하지 않는 듯하다. 생각이 아무 곳에도 가지 않듯, 여인도 어디로도 가지 않는 듯하다. 그리고 아주 빠르지만 광속에는 결코 못 미치는 속도로, 여인은 여행을 하고 있다. 아니, 여인 자체가 바로 여행이다. 생각의 속도만큼이나 빠르게 여행 중이다. 노란 태양의 네 번째 행성, 올룰이라는 이름의 먼지처럼 작은 행성 근처의 휘어진 공간에 여인이 도착했을 때, 여인의 나이는 두 배가 된다. 하지만 여인에게는 하루도 채 지나지 않은 상태다. 그리고 이 모든 일이 완벽한 침묵 속에서 벌어졌다.

소음, 불꽃, 유성처럼 번쩍이는 불꽃 따위 찬란한 것을 바라는 카르히데인의 욕구를 충족시키며, 영리한 우주선은 약 55년 전에 떠났던 바로 그 자리에 불꽃을 토해내며 착륙한다. 이내 눈에 잘 띄는, 날렵하면서도 머뭇거리는 듯한 젊은 왕이 우주선에서 모습을 드러냈고, 뜨겁고 낯선 태양 빛에 눈을 가리며 잠시 출구에 서 있다.

물론 악스트는 왕이 간다는 사실을 순간발신기로 24년 전 혹은 17시간 전에 알렸고(이것은 어느 쪽에서 바라보느냐에 따라 달라질 것이다) 에큐멘의 보좌관과 정보국 직원들이 여인을 마중 나왔다. 큰 경기에 임하는 선수라면 졸卒도 간과하지 않을 것인데, 하물며 지금 도착한 게센인은 왕이었다. 대사관 직원 중의 한 명은 지난 24년 중 1년 동안 카르히데어를 배웠고, 덕분에 아르가벤은 그 직원과 이야기를 나눌 수 있었다. 아르가벤이 즉시 물었다. "내 나라에서 무슨 소식이 있었습니까?"

"악스트 모빌과 그 후임자가 정기적으로 사건들을 요약해 보내왔고, 당신에게 몇 가지 개인적 전갈을 보내왔습니다. 숙소에 가시면 모든 자료를 보실 수 있을 겁니다, 하르게 씨. 간단하게 요약해 말씀드리자면, 게레르 경이 섭정을 하는 동안 나라는 별 사건 없이 평온했습니다. 처음 2년간은 불황이 찾아왔고 당신이 세운 북극 정착촌이 없어졌습니다. 하지만 현재, 경제는 꽤 안정되어 있습니다. 당신의 후계자는 열여덟 살 때 왕위를 계승받았고, 현재까지 7년 동안 통치를 하고 있습니다."

"그렇군요." 어젯밤 한 살배기 후계자에게 키스했던 이가 말했다.

"하르게 씨, 편하신 시간에 벨시트의 연구소에 있는 전문가에게……."

"원하시는 대로 하지요." 하르게가 말했다.

그 사람들은 아주 부드럽고 섬세하게 여인의 마음속으로 들어와 문을 열었다. 잠긴 문들을 열기 위해 섬세한 기계들을 준비했고, 그 기계는 언제나처럼 자물쇠의 비밀번호를 찾아냈다. 그들은 마음의 문을 연 뒤, 여인이 들어갈 수 있도록 한쪽으로 물러섰다. 그 사람들은 검은 옷을 입은 사람을 찾아냈지만, 그자는 게레르가 아니었다. 그 사람들은 인정 많은 레바데도 찾아냈는데, 레바데는 실은 인정이 없는 자였다. 그들은 여인과 함께 궁전 발코니에 서 있었고, 악몽이 벌려놓은 깊은 균열을 건너 여인과 함께 탑에 있는 방까지 갔다. 그리고 마침내 이 모든 일의 원흉이 된 인물을 찾았다. 희고 붉은 옷을 입은 인물로, 최초로 여인에게 다가와 다음과 같이 말한 자였다. "폐하! 폐하를 해치려는 음모가……." 그리고 하르게는 절망적인 공포로 비명을 지르며 잠에서 깨어났다.

"잘하셨습니다! 그것이 방아쇠였습니다. 다른 지시들이 효력을 발휘하게 하고 점차 공포 증상이 나타나도록 하는 신호입니다. 일종의 유도성 편집증이죠. 이런 신호를 집어넣다니, 멋지다고밖에 할 말이 없군요. 이걸 죽 들이켜십시오, 하르게 씨. 아니요, 그냥 물입니다! 당신은 아마 대단히 사악한 독재자가 되었을 겁니다. 차츰 음모와 파멸로 인한 두려움에 눌려서 점점 더 백성을 몰아세우고 결국 등을 돌리게 만들었겠지요. 물론 하룻밤 사이에 그렇게 되지는 않을 겁니다. 이 계획의 진정한 아름다움이 바로 거기에 있습니다. 당신이 진정한 폭군이 되는 데는 몇 년이 걸릴 겁니다. 분명, 놈들은 이 방법을 진행시키면서 밀어줄 후원책도 계획했을 겁니다. 우선, 레바데가 교묘히 접근해 당신의 신임을 얻었겠죠……. 어쨌든, 정보 센터 전역에서 카르히데가 왜 그토록 유명한지 알겠군요. 제가 객관적으로 말한다고 해서 맘 상해하지 마십시오. 이런 식의 기술과 인내는 참으로 드뭅니다……." 타우 세티인가 어딘가 하는 곳에서 왔다는, 털 많고 잿빛에 단성인 심리 분석가이자 의사는 여인이 정신을 차리는 동안 계속 주절거렸다.

"그렇다면 그때 내가 잘한 거군." 마침내 하르게가 말했다.

"그렇습니다. 퇴위, 자살 혹은 탈출이 당신의 자유의지에 따라 행할 수 있는 유일한 결정이었습니다. 그자들은 자살에 대한 윤리적인 거부감과 추밀원이 당신의 퇴위에 대해 투표할 거라는 것까지 계산했습니다. 하지만 자신들의 야망에 어두워, 당신이 양위할 수 있다는 가능성을 잊은 거지요. 그래서 당신에게 유일한 출구가 남은 겁니다. 강인한 정신만이 선택할 수 있는 출구 말입니다. 저의 직설적인 표현을 용서하시길. 카르히데의 정신과학 서적을 다 읽어야 할 것 같군요. 카르히데에서는 그걸 뭐라고 부르나요, 예언이라고 하나요? 신비론자들이 쓴 쓰레기에 불과하다고 생각했지만, 분명한 증거가……. 자, 어쨌든, 곧 사람들이 당신을 정보 센터에서 만나보고 싶어 할 겁니다. 이제 당신의 과거를 제대로 돌려놓았으니 미래에 대해 의논을 하려는 거지요. 괜찮겠습니까?"

"편하실 대로 하지요." 하르게 씨가 대답했다.

여인은 서쪽 세계를 위한 에큐멘 정보 센터에서 다양한 사람과 이야기를 나누었고 학교에 입학하겠느냐는 제안을 받았을 때 기꺼이 받아들였다. 따뜻하고 심오한 쾌활함과 분간할 수 없는 차갑고 심오한 슬픔이 주요 특성으로 보이는 이곳의 상냥한 사람들과 섞여 지내면서 카르히데의 전왕은 스스로가 야만인이며 무식하고 어리석다고 느꼈기 때문이었다.

여인은 에큐멘 학교에 입학했다. 여인은 백스트시트 시의 정보 센터 근처 막사에서 다른 외계인 몇백 명과 함께 살았다. 여인 말고는 그 누구도 양성인이거나 퇴위한 왕이 아니었다. 공동으로 사용하는 것이 대부분이고, 사생활도 별로 없었지만, 여인은 막사 생활이 그리 싫지 않았다. 그리고 비록 영원히 케메르인 채 살아야 하는 단성인들의 상태가 꽤 지루하다는 것을 발견하긴 했지만, 단성인들과 함께 사는 것이 생각했던 것처럼 나쁘지도 않았다. 여인은 모든 일에 특별히 마음 쓰지 않았고, 활기차고 능력 있게 날마다 여러 가지 일을 처리해나갔다. 그렇지만 마치 알맹이가 다른 어딘가에 있는 사람처럼 늘 주위가 산만했다. 유일하게 불편한 점은 더위였다. 올룰에는 200일 연달아 눈 한 번 내리지 않고 탈 듯이 뜨거운 계절이 있었고, 때때로 섭씨 35도까지 수은주가 올라갔다. 심지어 겨울이 왔을 때도 여인은 땀을 흘렸다. 바깥 기온이 영하 10도 이하로 떨어지는 일이 거의 없었을 뿐만 아니라 다른 외계인들은 내내 두터운 스웨터를 입고 있었지만 (여인이 생각하기에) 막사 안은 늘 찜통 같았기 때문이었다. 여인은 벌거벗은 채 침대에서 이리저리 뒤척이며 잠을 잤고, 카르히데의 눈과 옛 항구의 얼음과 궁전에서 차가운 아침에 마시던 얼음이 둥둥 뜬 맥주, 그리운 겨울 행성의 면도날처럼 추운 추위를 꿈꾸었다.

여인은 많은 것들을 배웠다. 자신이 태어나 자란 지구를 이곳에서는 겨울 행성이라 불렀으며, 자신이 올룰 행성이라 부르는 곳을 이곳에서는 지구라 부른다는 사실을 알게 되었다. 양말 뒤집듯 우주 안팎을 뒤집어버리는 사실 가운데 하나였다. 그리고 익숙지 않은 위장에 고기를 먹으면 설사가 일어날 수 있다는 사실을 배웠다. 여인이 단성인들을 성도착자로 여기지 않으려 애썼던 만큼, 단성인들도 여인을 성도착자처럼 생각지 않으려 애썼다는 사실을 알게 되었다. '올룰^{Ollul}'을 발음하면서 'l' 대신 'r' 발음을 하면 일부 사람들이 웃는다는 사실도 배웠다. 또한 여인은 자신이 왕이었다는 사실을 잊으려 했다. 학교에 들어간 뒤, 여인은 많은 것들을 배웠고 더 많은 것들을 잊었다. 여인은 에 큐멘에서 접할 수 있는 기계와 기구와 경험 그리고 (가장 기본적이면서도 가장 많은 노력을 요하는) 글에 인도되어 몇조 마일 너비와 100만 년의 시간에 걸쳐진 왕국의 역사와 자연을 이해하고 싶다는 생각이 들었다. 이러한 인간 왕국의 광대함과 끝없이 지속되는 고통과 단조로운 쓰레기들로 가득 찬 역사에 대해서 의문을 가지기 시작할 무렵, 여인은 동시에 시간과 공간이라는 경계 너머에 무엇이 있는지 알게 되었으며, 벌거벗은 바위와 용광로 같은 태양과 영원히 반짝거리는 황무지 사이에서 즐거움과 평온함이 솟아나는 무한한 근원을 어렴풋이 보게 되었다. 여인은 사실, 수, 신화, 서사시, 균형과 관계 따위를 아주 많이 배웠고, 배운 것의 경계 너머에는 자신이 배우지 못한 아름다운 지식들이 무한히 있다는 사실을 알게 되었다. 여인은 자신의 마음이 이렇게 커가는 것과 자신이 그곳에 존재한다는 사실이 대단히 만족스러웠다. 하지만 아직 만족하지 못하는 부분이 있었다. 여인은 수학이라든가 세티인들의 물리학 같은 영역을 배우고 싶어 했지만, 그들은 언제나 이를 막았다. "너무 늦게 시작했습니다, 하르게 씨. 우리는 기존의 바탕 위에 쌓아나가야만 합니다. 그리고 당신이 실제 사용할 수 있는 분야를 공부했으면 싶습니다."

"무슨 쓸모가 있는 겁니까?"

대화 당시 그 사람들을 대표하는 민족지학자 기스트 모빌이

도서관 책상 너머에서 여인을 냉소적인 눈으로 보았다. "당신 스스로 더는 쓸모없다고 생각하는 건가요, 하르게 씨?"

평소 말을 아끼던 하르게가 갑작스러운 분노에 사로잡혀 대답했다. "그렇습니다."

기스트가 평이한 테라 억양으로 입을 열었다. "나라 없는 왕이자 스스로 추방된 사람이고 이미 죽었다고 알려진 사람이라면 자신을 시시하게 여기는 것도 무리가 아닐 겁니다. 그렇다면 왜 우리는 당신에게 이렇게 정성을 들이는 걸까요?"

"당신들이 친절하기 때문이지요."

"오, 친절…… 하지만 아시다시피 우리가 아무리 친절하다고 해도 당신을 행복하게 만들 순 없습니다. 예외로…… 어쨌든, 동정은 낭비입니다. 의심할 나위 없이, 당신은 겨울 행성과 카르히데와 에큐멘의 목적에 맞는 진짜 왕이었습니다. 당신에게는 균형 감각이 있습니다. 당신이라면 행성을 통일시킬 수도 있었을 겁니다. 당신이라면 나라를 공포에 몰아넣고 분열시키지 않았을 겁니다. 현재 왕은 그러고 있는 듯 보이지만 말입니다. 이 얼마나 큰 낭비입니까! 우리의 희망과 필요만을 생각하십시오, 하르게 씨. 그리고 당신 자신의 자질만을 생각하십시오. 당신 인생이 쓸모없다며 절망에 빠지기 전에 말입니다. 어쨌든 당신은 40년 혹은 50년 정도 더 살아야 하니까요……."

마지막 스냅 사진은 외계의 태양 아래에서 찍은 것이다. 성별이 모호한 잘생긴 사람이 헤인 스타일의 회색 망토를 걸치고 땀을 뻘뻘 흘리며 꼿꼿이 서 있고, 그 곁에는 서쪽 세계의 에큐멘 정보국 최고 책임자인 호알란스 안전국장이 서 있다. 호알란스는 알브 행성 출신으로, (마음만 먹으면) 마흔 개 세계의 운명에 개입할 수 있다.

"저는 당신에게 그곳에 가라고 명령할 수 없습니다, 아르가벤." 안전국장이 말한다. "내키지 않는다면……."

"12년 전, 전 양심 때문에 제 고향을 버렸습니다. 모든 것에는 기한이 있는 법입니다. 12년이면 충분합니다." 아르가벤 하르게가 말한 후 갑자기 웃음을 터뜨리고, 안전국장도 따라서 웃음을 터뜨린다. 그리고 둘은 조화로이 헤어진다. 에큐멘 정부가 인간 영혼들에게 바라는 바로 그 식대로.

카르히데의 남쪽 해안에서 약간 떨어진 호르덴 섬은 아르가벤 15세가 통치하던 시절, 카르히데 왕국이 에큐멘에게 자유 보유권을 준 곳이었다. 그곳에는 아무도 살지 않았다. 해마다 바다걸음이들이 황량한 바위로 기어 올라와 알을 낳고 부화시켜 새끼들을 키운 후, 자란 새끼들을 이끌고 한 줄로 길게 늘어서 바다로 되돌아갔다. 그러나 10년이나 20년에 한 번씩 바위 위로 불꽃이 지나갔고, 바다는 해안까지 끓어올랐다. 그리고 마침 그때 섬에 있던 바다걸음이들은 목숨을 잃었다.

바다가 끓어오르기를 그쳤을 때, 전권대사의 작은 전기선이 다가왔다. 우주선에서 거미줄같이 가느다란 강철 다리가 나와 전기선 갑판에 걸쳐졌고, 한 사람이 다리를 오르기 시작하자 상대편에서도 다리를 내려오기 시작했다. 둘은 다리 중앙, 바다와 땅 사이의 허공에서 만났다. 만남의 장소로는 퍽 애매한 곳이었다.

"호르세드 대사? 저는 하르게입니다." 우주선에서 내려온 이가 말했다. 그러나 전기선에서 올라온 이는 무릎을 꿇고 카르히데어로 외쳤다. "환영합니다, 카르히데의 아르가벤 님!"

몸을 일으킨 외교관은 빠르게 속삭이듯 덧붙였다. "개인 자격으로 오신 걸 알고 있습니다. 나중에 설명해드리겠습……." 호르세드 대사 뒤와 아래쪽 전기선 갑판에는 많은 사람들이 무리 지어 서서 새로 온 이를 뚫어지게 바라보고 있었다. 차림새나 외모로 보았을 때 모두 카르히데 사람이었고, 몇몇은 아주 나이 든 사람들이었다.

아르가벤 하르게는 가만히 서 있었다. 1분, 2분, 3분. 차가운 바닷바람에 여인이 걸친 회색 망토가 이리저리 펄럭였지만, 여인은 꼼짝 않고 꼿꼿이 서 있었다. 그러다가 서녘으로 지고 있는 흐릿한 태양을 한 번 바라보고, 바다 너머 북쪽에 서 있는 잿빛 대지를 한 번 본 뒤, 자신의 발아래 갑판 위에 말없이 서 있는 무리에게 다시 시선을 돌렸다. 돌연 여인은 앞으로 성큼성큼 발걸음을 옮겼고 호르세드 대사는 서둘러 사람들 사이로 길을 만들었다. 여인은 전기선 갑판 위에 서 있는 노인 가운데 한 명에게 곧장 다가갔다. "케르 렘 이르 케르헤데르인가?"

"그렇습니다."

"자네의 불편한 팔을 보고 알았네, 케르." 여인은 또랑또랑하게 말했다. 목소리에는 여인이 어떤 감정을 담고 있는지 아무 단서도 없었다. "자네 얼굴을 알아볼 수가 없었어. 60년이 지났나? 자네들 가운데 내가 아는 사람이 또 있나? 나는 아르가벤이야."

사람들은 모두 입을 다물고 여인을 바라보았다.

이윽고 이글거리는 불을 통과한 나무처럼 세월이 입힌 흉터와 상처가 여기저기 보이는 이가 한 걸음 앞으로 나왔다. "폐하, 저는 왕궁 경비대의 바니스입니다. 폐하께서 아주 어렸을 때 저는 훈련 교관으로 있었습니다." 그러더니 갑자기 희끗희끗한 머리를 숙였다. 신하의 예를 취하듯 아니면 눈물을 숨기려는 듯. 한 명, 또 한 명이 앞으로 나왔다. 절을 하는 이들의 머리털은 모두 하얗거나 희끗희끗하거나 대머리였고 떨리는 목소리로 왕을 맞이했다. 아르가벤의 기억 속에 열세 살의 수줍은 시종으로 남아 있는, 팔이 불구인 케르는 움직이지 않고 가만히 서 있는 이들에게 격한 목소리로 외쳤다. "이분이 왕이십니다. 예전에 뵌 적이 있고, 이제 뵙게 된 분. 이분이 왕이십니다!"

아르가벤은 머리를 숙여 절을 하는 사람들이든 그렇지 않은 사람들이든 가리지 않고 얼굴을 하나하나 바라보았다.

"나는 아르가벤이다. 나는 왕이었다. 지금 카르히데를 다스리고 있는 이가 누구인가?"

"엠란입니다." 누군가 대답했다.

"내 아이 엠란인가?"

"그렇습니다, 폐하." 늙은 바니스가 대답했다. 사람들 대부분은 표정이 없었다. 그러나 케르의 목소리는 격하게 떨리고 있었다. "아르가벤, 아르가벤 왕이 카르히데를 다스리시다니! 이렇게 좋은 날이 다시 오는 걸 보려고 지금까지 살았나봅니다. 왕이시여, 만수무강하소서!"

젊은 패거리 중 한 명이 다른 무리의 모습을 보더니 확신에 찬목소리로 외쳤다. "그렇게 되기를! 폐하, 만수무강하소서!" 모든 이들이 머리를 조아렸다.

아르가벤은 사람들이 올리는 신하의 예를 담담하게 받아들였지만, 호르세드 전권대사와 단둘이 있게 되자 다그쳐 물었다. "무슨 일이지요? 무슨 일이 일어난 겁니까? 왜 저를 오해하는거죠? 저는 에큐멘으로부터 이곳에 와서 당신의 보좌관으로서당신을 도우라는 말을 듣고……."

"그것은 24년 전의 일입니다." 대사가 사과하듯 입을 열었다. "저도 이곳에 온 지 5년밖에 되지 않았습니다, 폐하. 카르히데의 사정이 몹시 나쁘게 돌아가고 있습니다. 엠란 왕은 작년에 에큐멘과 관계를 끊었습니다. 안전국장이 폐하를 이곳으로 보냈을 당시의 목적이 무엇인지 저는 잘 모릅니다. 하지만 지금 우리는 겨울 행성을 잃고 있습니다. 그래서 헤인의 정보국에서는 저에게 우리가 왕을 몰아내는 게 어떠냐고 제안했습니다."

"그렇지만 전 죽었습니다." 아르가벤이 몹시 노한 목소리로말했다. "60년 전에 죽었단 말입니다!"

"그 왕은 죽었습니다." 호르세드가 말했다. "폐하, 만수무강하소서."

카르히데인 몇몇이 다가오자 아르가벤은 대사에게서 등을 돌려 난간 쪽으로 걸어갔다. 잿빛 물은 거품을 일으키며 뱃전 옆을 미끄러져 갔다. 대륙의 해안이 이젠 왼편에 있었고, 잿빛은 흰빛과 어우러져 있었다. 추웠다. 빙하 시기의 초겨울이었다. 배의 엔진 소리가 부드럽게 으르렁거렸다. 아르가벤이 전기 엔진의 부드럽게 으르렁거리는 소리를 들은 건 여남은 해 만에 처음이었다. 카르히데의 느리고 안정된 기술 시대에서 채택한 유일한 엔진이었다. 엔진 소리가 아주 기분 좋게 들렸다.

돌연 아르가벤은 뒤도 돌아보지 않고 소리쳤다. 어린 시절부터 항상 누군가 자신을 위해 대답을 준비하고 있다는 것을 잘 알고 있는 사람다웠다. "왜 우리가 동쪽으로 가는 거지?"

"케름 랜드로 향하고 있습니다."

"어째서 케름 랜드로?"

대답하기 위해 앞으로 나섰던 이는 젊은 패거리 중 한 사람이었다. "엠란 왕에 대항해서 반란을 일으킨 지방이기 때문입니다. 저는 케름 랜드 사람으로, 페레스 네르 소데입니다."

"엠란은 에르헨랑에 있나?"

"에르헨랑은 6년 전에 오르고레인에게 빼앗겼습니다. 왕은 산맥 동쪽에 있는 새로운 수도, 그러니까, 옛 수도인 레르에 있습니다."

"엠란이 서쪽 큰비탈을 잃었단 말인가?" 아르가벤은 이렇게 말하며 땅딸막한 젊은 귀족 쪽으로 완전히 몸을 돌렸다. "큰비탈을 잃었다고? 에르헨랑을 잃었다고?"

페레스는 한 걸음 물러서긴 했지만 즉시 대답했다. "저희는 지난 6년 동안 산맥 아래서 숨어 지냈습니다."

"오르고레인 사람들이 에르헨랑에서 살고 있나?"

"엠란 왕은 5년 전에 오르고레인과 조약을 맺고 서쪽 지방을 넘겨주었습니다."

"치욕스러운 조약이었습니다, 폐하." 늙은 케르가 전보다 더 격하고 떨리는 목소리로 끼어들었다. "바보 같은 조약이었습니다! 엠란 왕은 오르고레인의 장단에 맞춰 춤을 추고 있습니다. 여기 있는 우리는 모두 반역자이자 추방자입니다. 저기 있는 대사마저도 추방되었고 도피 중입니다!"

"서쪽 큰비탈, 아르가벤 1세가 700년 전에 카르히데를 위해서 얻은 땅을⋯⋯." 여인은 다시 한 번 일행을 둘러보았다. 낯설고 날카로우면서도 어느 누구에게도 시선을 두지 않은 눈초리였다. "엠란⋯⋯." 여인은 입을 열다가 머뭇거렸다. "케름 랜드에 있는 우리 쪽 세력이 얼마나 강한가? 해안은 확보한 건가?"

"남쪽과 동쪽에 있는 '화로' 대부분은 저희가 차지했습니다."

아르가벤은 다시 침묵했다. "엠란이 후계자를 낳았나?"

"직접 낳은 후계자는 없습니다, 폐하." 바니스가 말했다. "하지만 배우자가 낳은 아이는 여섯 있습니다."

"엠란 왕은 기르브리 하르게 렘 이르 오레크를 후계자로 정했습니다." 페레스가 말했다.

"기르브리? 무슨 이름이 그렇지? 카르히데에서 왕의 이름은 엠란 그리고 아르가벤뿐이다." 아르가벤이 말했다.

자, 마침내 어두운 사진 차례다. 이 스냅 사진은 불꽃 아래 찍은 것이다. 레르의 발전소는 파괴되었고, 주요 전송선도 끊어졌으며, 도시 절반이 불길에 휩싸였기 때문이다. 거센 눈보라가 불꽃 위로 떨어지고, 공중에서 녹기 전 한순간 희미하게 지직거리며 붉게 반짝인다.

눈과 얼음과 게릴라 병사들이 카르가프 산맥 서편 만에서 오르고레인을 막고 있다. 늙은 왕 엠란을 도우러 오는 이는 아무도 없었다. 온 나라가 엠란에게 반기를 들었기 때문이다. 경비병들은 도망쳤고, 도시는 불타고 있으며, 이제 마지막으로 왕위 찬탈자와 대면을 한다. 그러나 그녀는 마지막까지도 가문의 무모한 자존심을 간직하고 있다. 그녀는 반역자들에게 조금도 관심이 없다. 반역자들을 노려보고 있지만 시선에는 반역자들이 들어 있지 않다. 그녀는 먼 불빛만이 거울에 반사되어 들어오는 어두운 복도에 누워 있고, 손 근처에는 스스로를 죽인 권총이 떨어져 있다.

시체 곁에 몸을 기울인 채 아르가벤은 시체의 차가운 손을 들어 올리고 세월의 옹이가 진 집게손가락에서 문양이 새겨진 묵직한 금반지를 빼내기 시작한다. 그러나 여인은 그러길 그만둔다. "가지렴." 여인이 속삭인다. "가지려무나." 여인은 죽은 자의 귀에 뭐라고 속삭이려는 듯, 또는 차갑고 주름진 얼굴에 뺨을 대려는 듯 더욱 낮게 몸을 기울인다. 그러고 나서 몸을 일으켜 세우고, 잠시 그대로 서 있다가 먼 폐허의 불빛으로 밝아진 창문이 늘어선 어두운 복도를 따라 나간다. 자기 집을 정돈하기 위해, 아르가벤, 겨울의 왕이.

THE WIND'S TWELVE QUARTERS

멋진 여행

이 단편을 출판할 때는 대중매체에서 마약 사건을 크게 다루던 즈음이었고, 당시 이 단편에 대한 반응 중에는 내가 인기 있는 주제에 편승하려 한다는 내용도 있었다. 하지만 유행을 좋아하는 사람들이 무슨 행동을 하는지 도무지 모르겠는 내 처지를 생각해볼 때도 그렇고, 이 단편의 요점이 주인공 루이스가 약물 여행을 한 것이 아니라 자신의 힘으로(물론 친구의 힘을 약간 빌리기는 한다) 그곳에 도달했다는 점에서도 그런 평은 말이 안 된다고 생각했다.

그렇지만 이 이야기는 마약 반대라는 목적을 위해서 쓴 글도 아니다. (마리화나, 환각제, 알코올 같은) 마약에 대해 내가 품고 있는 유일하고도 확고한 신념은 금지 반대와 사전 교육이다. 물론, 대개의 경우, 약물 복용보다는 자신의 삶을 통해 인식의 영역을 넓힌 사람들이 자신들이 경험한 곳에 대해 훨씬 더 흥미로운 보고서를 가지고 돌아온다는 점은 나도 인정한다. 하지만 나 스스로 중독자(담배)이면서 비슷한 것들을 상용하는 다른 사람들을 찬양하거나 비난하는 일은 어리석은 일이라 생각한다.

약을 삼키면서, 사내는 약을 삼켜서는 안 된다는 것을 알고 있었다. 확실히 알고 있었다. 시속 70마일로 곧장 달려오는 트럭을 마주 보고 있는 운전자처럼 갑작스럽게, 뼛속까지 그리고 확실히 알고 있었다. 목구멍이 닫히는 순간, 명치끝이 말미잘처럼 꼬이는 느낌이 들었지만 너무 늦은 상황이었다. 쓰거나 시큼한 사탕을 깨물었을 때처럼, 원기 왕성한 힘 다발이 밀고 내려가듯 약은 부식된 공포의 흔적을 남기며 식도를 훑고 내려갔다. 독 달팽이를 통째로 삼키는 기분이었다. 잘못된 공포였다. 두려웠고 좀 전까지 그것을 알지 못했지만 이제는 너무 늦었다. 두려워할 필요 없어. 두려움은 모든 것을 망치고 불행한 소수를, 극소수 몇 퍼센트를 정신병원 구석진 모퉁이에 쑤셔 박고, 그 사람들은 아무 말도 하지 않은 채……

두려움 그 자체를 제외하고는 두려워할 필요가 없습니다.

네 알겠습니다, 네 알겠습니다, 루즈벨트 각하.

긴장을 푸십시오. 좋은 것만 생각하십시오. 만약 강간당하는 것을 피할 수 없다면…….

사내는 리치 해린저가 조그만 봉지를 열고, 정형화되고 의도적인 즐거움이 가득한 작고 시큼한 달팽이를 삼키는 모습을 바라보았다. (내용물은 정부의 간섭을 받지 않는 미국식 자유 기업 방식에 따라 화학과 대학원을 졸업한 몇몇이 정확한 비율로 제조해 위생 포장한 것이었다. 엄밀히 말해서 불법이었지만, 아기조차 사생아라고 불릴 정도로* 합법적인 일이 드문 미국에서는 그리 특별한 일이 아니었다.) 강간을 피할 수 없다면, 긴장을 풀고 즐겨라. 일주일에 한 번씩.

그렇지만 죽음 외에 피할 수 없는 것이 있는가? 왜 긴장을 풀어야 하지? 왜 즐겨야 하지? 사내는 싸우려 했다. 사내는 나쁜 여행을 하고 싶지 않았다. 공포가 아니라 분명한 의도를 갖고, 의식적으로 그리고 의도적으로 약과 싸우려 했다. 우리는 누가 이기는지 알게 될 터이다. 청 코너, LSD/알파, 100마이크로그램, 평범한 포장, '티베트의 회오리바람'. 홍 코너, 신사 숙녀 여러분, 주목해주십시오, L.S.D.**/학사, 석사 출신, 166파운드, 하얀색 트렁크 팬티에 빨간 여행 가방, 파란색 볼 주머니, 소노마

---

*원문에 쓰인 영어단어 'illegitimate'에는 '불법의'라는 뜻과 '사생아'라는 뜻이 있다.
**Liberal Studies Department(자유 인문 프로그램)의 약자. 고전 그리스의 전통에서 내려오는 폭넓은 학문 수양을 뜻한다.

에서 온 코찔찔이. 날 여기서 꺼내줘! 날 여기서 꺼내줘! 공 울렸습니다.

아무 일도 일어나지 않았다.

홍 코너, 유대계 켈트족 출신이자 특별한 별명이 없는 루이스 시드니 데이비드. 루이스는 세심하게 주위를 둘러보았다. 거리가 좀 떨어져 있어 딱 잘라 말할 수는 없지만 친구 셋 모두 멀쩡해 보였다. 이상한 기운은 없었다. 짐은 이가 들끓는 소파침대에 누워 《램파츠》*를 읽고 있었다. 아마도 소원이던 베트남이나 혹은 새크라멘토로 여행 중인 모양이었다. 리치는 멍하니 있었고, 언제나 멍했다. 심지어 공원에서 공짜 점심 시중을 들 때도 그랬다. 알렉스는 기타를 들고 앉아 별것 아닌 음을 가지고 씨름을 하고 있었다. 무한한 만족을 주는 화음. 은으로 만든 기타 줄. '수르숨 코르다.'** 한 곡 멋지게 튕기지도 못하는 주제에 왜 기타는 들고 어슬렁거리는 거야? 아니지. 짜증을 내는 것은 자제심을 잃고 있다는 증거다. 짜증을 억누르자, 모든 것을 억누르자. 검열하자, 검열하자. 싸우자, 힘을 모아, 싸우자!

루이스는 일어나서, 기쁜 마음으로 자신이 편안히 반응할 준비가 되었는지, 평형 감각은 완벽한지 관찰해보고 낡은 개수대로 가 유리컵에 물을 가득 채웠다. 거칠한 수염, 뱉어낸 콜게이트 치약 거품, 녹, 작고 빨간 반점들, 부정한 개수대. 변변찮은

---

*1962년에서 1975년 사이 미국에서 발간된 정치, 문예 잡지. 미국의 제국주의 정책을 일관되게 비판했다.
**'마음을 드높여 주를 향하여'라는 뜻의 라틴어. 가톨릭 미사 문구로 쓰인다.

개수대지만 내 것이야. 왜 이런 쓰레기장에서 사는 거지? 어째서 짐과 리치와 알렉스에게 여기서 그들이 가지고 있던 설탕 덩이를 나누자고 한 걸까? 이곳은 아편굴 저리 가라 할 정도로 더러웠다. 곧 이곳은 활력을 잃은 육체들이 널브러지고, 눈알들은 대리석처럼 침대 아래로 굴러 떨어져 그곳에 숨어 있던 먼지와 잔해들과 결합하리라. 루이스는 창문가로 컵을 가지고 가 반쯤 마시고는 나머지를 10센트짜리 화분에 심은 올리브나무 뿌리에 조심스레 부었다. "내가 한잔 사는 거야." 루이스는 이렇게 말하며 좀 더 가까이서 나무를 바라보았다.

녀석은 키가 5인치밖에 안 되었지만, 겉보기에는 아주 늠름하고 오래된 올리브나무처럼 보였다. 분재. 만세! 하지만 '깨달음'은 어디에 있는 걸까? 의미심장함은? 정신의 앙양은? 모든 형태와 색깔과 뜻은? 실체에 대한 지각의 확장은 어디에 있는 거지? 도대체 얼마나 오랜 시간이 지나야 이 빌어먹을 약 효과가 나타나는 거야? 루이스의 올리브나무가 그곳에 있었다. 더도 덜도 아니야. 정신이 앙양되지도, 의미심장하지도 않아. 사람들은 평화를, 평화를 부르짖지만 어디에도 평화는 없어. 올리브나무가 자랄 땅도 충분치 않잖아. 인간이라는 종자가 폭발적으로 늘어나기 때문에 말이야. 그게 지각이라고? 천만에, 약 안 먹은 얼뜨기라도 그 정도는 지각할 수 있었다. 오, 독이여, 이리 와 나를 중독시켜줘. 오, 환각이여, 오라고. 그래야 내가 너와 싸우고, 너를 거부하고, 너를 거절하고, 싸움에 패배해서 조용히 미쳐갈 테니.

이소벨처럼.

이소벨은 루이스가 이런 쓰레기장에 사는 이유였고, 짐과 리치와 알렉스를 이곳으로 끌어들인 이유였으며, 그들과 함께 즐거운 유람을 떠나 그림같이 아름다운 올드 에레혼*에서 휴일을 보내야 하는 이유였다. 루이스는 아내를 붙잡으려 애썼다. 미쳐가는 아내를 바라보면서 가장 힘든 점은 자신이 아내와 함께할 수 없다는 것이다. 아내는 침묵으로 일관된 여행을 떠나 뒤도 돌아보지 않고 점점 더 멀어져간다. 리라는 벙어리가 되었고, 정신과 의사들 역시 거짓말쟁이다.** 비행기가 추락하는 장면을 공항에서 지켜보듯, 멀쩡한 정신으로 유리벽 뒤에 서 있는 당신. 당신은 "이소벨!" 하고 외치지만 이소벨은 그 말을 듣지 못한다. 침묵 속에서 비행기가 추락한다. 이소벨은 루이스가 부르는 소리를 들을 수 없었다. 뿐만 아니라 루이스에게 말할 수도 없었다. 루이스와 이소벨을 가로막는 벽은 이제 아주 단단한 벽돌이 되었고, 루이스는 '온전한 정신'이라는 자신만의 유리집 안에서 자신이 원하는 일은 무엇이든 할 수 있었다. 돌을 던져라. 알파를 던져라. 딸랑. 쾅.

LSD/알파는 물론 사람을 미치게 하는 약이 아니었다. 염색체 문제를 해결해주지도 못했다. 단순히 그것은 더 높은 실체로 통하는 문을 열어줄 뿐이었다. 루이스는 정신 분열증에 걸려도 그

*영국 시인 새뮤얼 버틀러의 소설 《에레혼》에 나오는 미지의 나라. '어디에도 없다'는 의미의 단어 'nowhere'를 거꾸로 읽은 것이다.
**하프와 비슷한 현악기 '리라'의 영어 발음은 '라이어'로 거짓말쟁이를 뜻하는 'liar'와 발음이 같다.

렇다는 것을 알았지만, 정신 분열증에 걸렸을 때의 문제는 말을 할 수 없다는 점이었다. 다른 이와 의사소통을 할 수 없으며 아무것도 말할 수 없다.

짐은 《램파츠》를 내려놓은 상태였다. 그러곤 눈에 띄는 자세로 앉아 숨을 들이마시고 있었다. 이제 짐은 라마승처럼, 인간답게 올바른 방법으로 실체에 도달할 터였다. 짐은 참된 신자였고, 종교적 신비주의자의 중심에는 자신만의 불가사의한 극기 과정이 있듯, 짐의 삶은 LSD/알파의 경험을 중심으로 서 있었다. 하지만 당신이라면 고작 일주일에 한 번씩 몇 년을 버틸 수 있을까? 서른에는? 마흔둘에는? 예순셋에는? 끔찍이도 단조롭고 불행한 인생이 될 것이다. 그리고 당신에겐 수도원이 필요하리라. 조과, 9시과, 만과, 침묵, 그리고 주변을 에워싼 크고 단단한 벽돌 벽. 저급한 실체가 나가는 것을 막기 위한 존재들.

자, 환각제에 취하자. 환각제를 하자, 환각제가 되자. 유리 벽을 깨부숴. 내 아내가 갔던 곳으로 나를 데려가줘. 사람을 찾음, 나이 22세, 키 5피트 3인치, 체중 105파운드, 갈색 머리, 종족 인간, 성별 여성. 이소벨은 결코 걸음이 빠르지 않았다. 내 한 걸음 뒤에서 걸어오던 이소벨을 나는 따라잡을 수 있을 거야. 이소벨이 걸어간 곳으로 나를 데려가줘……. 아니야.

내 힘으로 그곳까지 걸어가겠어, 루이스 시드니 데이비드가 말했다. 루이스는 올리브나무 뿌리 주변으로 물을 다 뿌린 다음 고개를 들고 창밖을 바라보았다. 끈적거리는 기름때 낀 유리창 너머 40마일 저편에 2마일 높이의 후드 산이 보였다. 분화구는 선명하고 독특한 대칭을 이루었고, 휴화산이었다. 하지만 아직 확실히 사화산으로 판명되지는 않았으며, 잠자는 불을 가득 안고 지상과 다른, 자신만의 대기와 기후, 즉 눈과 깨끗한 빛에 둘러싸여 있었다. 바로 이것이 이런 쓰레기장에 루이스가 머무는 이유였다. 유리창 너머를 바라보면 더 높은 실체를 볼 수 있기 때문이었다. 1만1천 피트 더 높은 실체.

"나는 저주받을 거야." 루이스가 큰 소리로 말했다. 루이스는 자신이 정말 중요한 뭔가를 깨닫기 직전이라는 느낌이 들었다. 그러나 약의 도움 없이도 이런 기분을 느꼈던 적이 종종 있었다. 어쨌든 그곳에는 산이 있었다.

수많은 쓰레기들, 고속도로, 버려진 사무실, 고층 빌딩, 피폭 지역에 재건되고 있는 도시, 점점이 뿌리는 네온 소나기로 네온 차들을 세차하는 네온 코끼리*들이 루이스와 산 사이에 있었고, 산 아래쪽과 비탈이 뿌연 스모그에 가려져 산꼭대기가 공중에 떠 있는 것처럼 보였다.

루이스는 아내의 이름을 외치며 울고 싶은 강한 충동이 들었다. 침묵의 몇 달을 보내다 마침내 아내를 요양소로 데려갔던 지난 5월 이후 석 달 동안 그래왔듯, 루이스는 이번에도 그런 충동을 억눌렀다. 침묵이 시작되기 전이었던 1월, 아내는 대성통곡을 했으며 어떤 날은 하루 종일 울기도 했다. 그 때문에 루이스는 눈물이 무서워졌다. 처음에는 눈물, 그다음에는 침묵이었다.

*미국 시애틀에 기반을 둔 '코끼리 세차장' 간판을 의미한다.

이게 뭐야. 오, 하느님 절 여기서 구해주세요! 루이스는 모든 것을 포기하고 무형의 적과 싸움을 그만둔 채 안식을 구걸했다. 자신의 혈관에서 마약이 효력을 발휘할 수 있게 해달라고, 울 수 있게 해달라고, 색을 볼 수 있게 해달라고, 미치게 해달라고, 뭔가 해달라고 애원했다.

아무 일도 일어나지 않았다.

루이스는 올리브나무 뿌리 주위로 물을 조금씩 뿌린 다음 고개를 들고 방 안을 바라보았다. 방은 쓰레기장이었다. 하지만 넓고, 후드 산이 잘 보이는 데다가, 날이 좋으면 사랑니처럼 생긴 애덤스 산의 봉우리도 잘 보였다. 그러나 이곳에서는 아무 일도 일어나지 않을 터였다. 이곳은 대기실이었다. 루이스는 부서진 의자에 걸쳐진 외투를 집어 들고 밖으로 나갔다.

양모 안감과 모자와 기타 등등이 달린 좋은 외투였다. 지난 크리스마스 때 어머니와 여동생이 돈을 모아 선물해준 코트로, 입고 있노라면 라스콜리니코프*가 된 듯한 기분이 들었다. 그러나 오늘은 늙은 전당포 주인을 죽이러 갈 생각이 없었다. 물론 죽은 척하고 사라질 생각도 없었다. 루이스는 계단에서 사다리와 양동이를 든 페인트공과 미장이 무리를 지나쳤다. 루이스의 방을 수리하려고 올라가는 중인 모양이었다. 평화로워 보이는, 건강한 얼굴의 40대 혹은 50대 남자들. 저 불쌍한 녀석들이 개수대에서 무슨 작업을 하게 될까? 알파의 감로 세례를 받은 리치,

---

*도스토옙스키의 소설 《죄와 벌》의 주인공.

짐, 알렉스, 세 친구들을 보면 어떻게 행동할까? 르노트르와 옴 스테드와 맥라런*에 관한 노트, 14파운드나 나가는 일본 가옥 사진집, 스케치북, 낚시 도구, 멋들어진 판지 케이스에 든《시 어도어 스터전 선집》, 자동차 할부 금융 회사에 그림을 모두 압 수당한 화가 친구가 그리다 만 가로 10피트 세로 8피트의 말라 깽이 누드 유화, 알렉스의 기타, 올리브나무, 먼지와 침대 밑에 뒹굴고 있는 눈알을 보면? 어찌 되었든 루이스가 걱정할 일은 아니었다. 루이스는 늙은 수고양이 냄새가 나는 하숙집 계단을 계속 내려갔고, 신고 있는 하이킹 부츠가 힘차게 바닥을 구르 는 소리를 들었다. 예전에도 한번 이런 일이 일어난 듯한 기분 이 들었다.

도시를 빠져나가는 데는 오랜 시간이 걸렸다. 물론, 교외나 그 중간 지점까지 갈 수 있는 그레섬 버스를 탄다면 시간을 많이 절 약할 수 있었겠지만 루이스는 탈 수 없었다. 루이스와 같은 상태 에 있는 사람에게는 대중교통을 이용하는 것이 허락되지 않았 기 때문이다. 하지만 시간은 차고 넘칠 정도로 많았다. 여름 저 녁 햇살은 오래 머물 터였고, 루이스는 그것을 믿기로 했다. 적 도와 극지방의 중간쯤이란 위도에서 황혼은 그 길이에 걸맞게 관대하고 부드러웠다. 이곳의 황혼은 열대지방의 단조로움도 극지방의 독재도 아닌, 긴 그림자로 이뤄진 겨울과 긴 어스름으 로 된 여름이었다. 황혼이 되면 밝음이 점유했던 공간이 서서히

*르노트르는 프랑스의 조경가, 옴스테드와 맥라런은 미국의 조경가.

바래지고, 뚜렷함은 희미해지며, 빛은 흐릿해지고 느긋해졌다. 도시 전역에서 아이들은 포틀랜드의 초록빛 공원들과 긴 거리를 뛰어다니며 어린아이답게 놀고 있었다. 혼자 노는 아이들은 아주 가끔씩만 있을 뿐이었다. 뭔가 더 큰 보답을 바라며 그렇게 혼자 노는 아이들은 타고난 도박사다. 때때로 부는 따뜻한 바람을 타고 쓰레기 조각이 도랑을 긁고 지나갔다. 우리에 갇힌 사자가 금빛 꼬리로 금빛 창살을 후려치며 으르렁거리듯, 커다랗고 슬픈 소리가 도시 전체에 울려 퍼졌다. 서쪽 지붕 어딘가 위로 태양이 졌지만 후드 산은 높직한 곳에서 여전히 하얀 불에 휩싸여 타오르고 있었다. 루이스가 도시 끄트머리를 벗어나 언덕이 많고 경작이 잘된 상쾌한 땅으로 들어서자 밤이 되었고, 습한 흙, 차갑고 복잡한 냄새가 바람에 실려 오기 시작했다. 샌디를 지나갈 무렵, 점점 더 넓어지는 숲의 가파른 경사 위로 어둠이 찾아왔다. 하지만 시간은 차고 넘칠 정도로 많았다. 저기 앞, 머리 위쪽의 산봉우리는 여전히 하얗고, 석양에 희미한 살굿빛으로 물들어가고 있었다. 길고 가파른 길을 오르며 루이스는 캄캄한 숲에서 다시 나와 노랗고 투명한 빛의 소용돌이로 뛰어들길 몇 번이고 반복했다. 루이스는 숲을 완전히 통과할 때까지, 어둠을 벗어날 때까지, 오직 눈과 돌과 대기와 거대하고 깨끗하고 영원한 빛만 있는 고도에 도달할 때까지 꾸준히 걸어 올라갔다.

그러나 루이스는 혼자였다.

옳지 않았다. 이런 일이 있을 때 혼자인 적은 없었다. 루이스는 만났어야만 했다. 함께 있어야만 했다. 하지만 어디서?

스키도, 썰매도, 눈신발도 심지어 타이어 튜브 같은 것도 없었다. 이 풍경을 바꿀 권한이 내게 있다면, 하느님, 여기에 작은 오솔길 하나를 만들고 싶습니다. 편의를 위해서 위엄을 손상시키는 거라고요? 그렇지만 아주 작은 오솔길이면 됩니다. 아무런 해도 없을 겁니다. '자유의 종'에 있는 아주 자그마한 균열일 뿐입니다.* 제 방에 있는 아주 작은 틈새, 폭탄의 도화선만큼, 머릿속의 변덕에 해당하는 정도일 뿐입니다. 오, 미쳐버린 내 사랑, 침묵에 잠긴 사랑, 내 말을 들으려 하지 않았다는 이유로 내가 정신병원에 팔아넘긴 아내, 이소벨이여. 이리 와서 나를 당신으로부터 구해주오! 나는 당신 뒤를 따라서 이 모든 길을 올라와 이제 여기에 홀로 서 있소. 어디에도 갈 길이 없다오.

햇빛이 죽어가고 하얀 눈에도 그늘이 졌다. 끝없이 어두워져 가는 땅과 숲과 언덕으로 둘러싸인 창백한 호수 동쪽 하늘에 토성이 밝고 음울하게 빛났다.

루이스는 오두막집이 어디쯤 있는지 알 수 없었다. 오두막집은 수목 한계선 근처 어딘가에 있었지만, 루이스는 이미 수목 한계선 위에 있었다. 내려가고 싶지 않았다. 더 높이, 더 높이, 보다 더 높이! "도와줘 도와줘 나는 더 고귀한 실체의 죄수야"라는 이상한 표어를 들고 눈과 얼음 중간에 서 있는 젊은이. 루이스는 산을 올랐다. 가파르고 잡목이 무성한 등성이를 오르며 눈물을 흘렸다. 눈물이 루이스의 얼굴을 따라 흘러 내려갔고, 루

---

*1776년 미국의 독립을 알린 자유의 종은 오랜 세월 타종으로 인해 여러 차례 균열이 생겼다.

이스는 산의 얼굴을 따라 올라갔다.

어스름 무렵 높은 장소에 혼자 있기란 끔찍한 일이다.

빛은 더 이상 루이스를 위해 머물지 않았다. 넘치는 시간도 더 이상 없었다. 이제 시간을 다 써버린 것이다. 자신이 오르고 있는 거대하고 경사진 흰 평원에서 눈을 돌릴 때마다 별이 어둠의 만에서 나타나 루이스와 눈을 맞추었다. 루이스 양옆으로는 갈라진 틈이 있었고, 그 안에는 별이 몇 개 있었다. 그렇지만 눈은 자신만의 차가운 빛을 간직하고 있었고, 루이스는 계속해 경사진 평원을 올라갔다. 루이스는 처음으로 길을 만났을 때를 기억했다. 신이든 정부든 아니면 그 자신이든 산속 그 자리에 길을 만든 것이다. 오른쪽으로 돌아섰다. 그것은 틀린 길이었다. 왼쪽으로 돌아서서 가만히 섰다. 어느 쪽 길로 가야 할지 알 수가 없었다. 루이스는 추위와 두려움에 떨며 머리 위로 보이는 순백의 정상을 향해, 별 사이에 자리 잡은 검은 공간을 향해 아내의 이름을 외쳤다. "이소벨!"

길을 따라 어둠 속에서 아내가 나타났다. "막 당신을 걱정하던 참이었어, 루이스."

"생각했던 것보다 더 많이 와버렸어."

"여기선 햇빛이 꽤 오래 머무니까, 당신은 영원히 그러리라 생각한 거야……."

"맞아. 걱정 끼쳐서 미안해."

"아, 아니야. 별로 걱정하진 않았어. 다만 좀 외로웠어. 아마도 당신 걸음이 느려진 모양이구나, 이런 생각을 하면서 말이야. 하이킹은 괜찮았어?"

"아주 멋졌어."

"내일은 나도 데려가줘."

"당신은 스키를 더 좋아하지 않았어?"

이소벨이 고개를 저었다. "당신 없인 아니야." 이소벨은 발그
레해져서 웅얼거렸다. 둘은 왼쪽 길을 따라 그리 빠르지 않은 속
도로 내려갔다. 루이스는 근육통 때문에 지난 이틀 동안 스키를
타지 않았고, 여전히 다리를 약간 절룩거렸다. 주위는 어두웠고
서두를 필요가 없었다. 둘은 손을 잡았다. 눈과 별빛과 고요. 발
밑에는 불, 주위에는 어둠이 있었다. 그 둘 앞에는 불빛, 맥주,
침대가 있었다. 모든 것이 때가 되면 나타날 터. 어떤 사람들, 즉
타고난 도박꾼은 언제나 화산 옆에 살기를 원한다.

"요양소에 있을 때인데." 이소벨이 걸음을 멈추고 이야기를
시작하자, 루이스도 역시 멈춰 섰다. 주위가 조용해졌다. 언 눈
을 밟는 소리조차 들리지 않았고, 이소벨의 조용한 목소리 외엔
어떤 소리도 들리지 않았다. "이런 꿈을 꾸었어. 지금이랑 똑같
은 꿈이었어. 그건…… 내가 꾼 꿈 중에 가장 소중해. 하지만 선
명하게 기억해낼 수가 없었어. 결코 기억이 나지 않았지, 심지
어 치료를 통해서도 말이야. 하지만 지금과 똑같았어. 이 고요
함. 높은 장소. 사방이 고요하고…… 사방이 전부 다. 너무나 조
용해서 만약 내가 뭔가를 말한다면, 당신이 그걸 들을 수 있으리
라 생각했어. 난 그걸 알았어. 확신했어. 그리고 그 꿈속에서 이
렇게 생각했지. 만약 내가 당신의 이름을 부른다면, 당신은 내

목소리를 듣고…… 대답할 거라고…….”

“내 이름을 말해봐.” 루이스가 속삭였다.

이소벨은 몸을 돌려 루이스를 바라보았다. 산이나 별 사이에는 어떤 소리도 존재하지 않았다. 이소벨은 그의 이름을 불렀다.

루이스는 이소벨의 부름에 답했다. 그리고 이소벨을 꼭 안아주었다. 둘은 떨고 있었다.

“춥군, 추워, 내려가자고.”

바깥쪽 불과 안쪽 불 사이에 곡예용 줄이 있었고, 둘은 이 줄을 타고 계속 걸어갔다.

“저 커다란 별 좀 봐.”

“행성이야. 토성, 시간의 아버지야.”*

“자기 아이들을 잡아먹지 않았던가?” 이소벨은 루이스의 팔을 꽉 잡은 채 중얼거렸다.

“한 명만 빼고 모두 잡아먹었지.” 루이스가 답했다. 둘 앞에 놓인 길고 탁 트인 산등성이를 내려가자 회색 별빛 사이로 거대한 오두막집, 적막하고 쓸쓸한 스키 리프트 탑, 아래로 축 늘어진 선들이 눈에 들어왔다.

손이 차가웠다. 루이스는 손을 비비기 위해 장갑을 벗으려고 한참 애를 썼다. 하지만 쉬운 일이 아니었다. 손에 물 잔을 들고 있었기 때문이다. 루이스는 올리브나무 뿌리 주변으로 물을 조금씩 다 뿌린 다음, 잔을 수리한 화분 옆에 내려놓았다. 그러나

*토성의 어원은 로마 신화의 사투르누스이고, 사투르누스는 그리스 신화의 크로노스(시간의 신)에 해당한다.

무언가가 여전히 손에 남아 있었다. 고등학교 시절 프랑스어 기말고사를 위해 "que je fusse, que tu fusses, qu'il fut"*라고 적어 손바닥에 숨겨놓았던 커닝페이퍼처럼 작고 땀에 절어 있었다. 손을 펴고 잠시 그것을 살펴보았다. 메시지였다. 누가 누구에게 보낸 걸까? 무덤이 자궁에게. 설탕에 LSD/알파 100밀리그램이 섞여 밀봉된 작은 봉지.

밀봉?

루이스는 봉지를 열어 내용물을 삼키며 맛을 보았던 걸 정확히 순서대로 떠올렸다. 그리고 그 이후로 자신이 어디에 갔었는지도 정확히 순서대로 떠올렸다. 그리고 자신이 아직 그곳에 가지 않았다는 사실도 알았다.

루이스는 짐에게 다가갔다. 짐은 올리브나무에 물을 주기 시작할 때 숨을 들이쉬고 있었듯 지금은 숨을 내쉬고 있었다. 루이스는 짐의 외투 주머니에 봉지를 매끄럽게 넣었다.

"같이 안 갈 거야?" 짐이 온화하게 웃으며 물었다.

루이스는 고개를 저었다. "시시해." 루이스가 중얼거렸다. 자신은 이미 가지 않았던 여행에서 돌아왔다는 사실을 설명하기란 어려운 일이었다. 게다가 짐은 루이스의 말을 듣고 있지 않았다. 짐은 아무 소리도 들리지 않고 대답할 수도 없는 곳으로 떠나 문을 닫았다.

"멋진 여행이 되길." 루이스가 말했다.

---

*프랑스어 가정법 미완료 시제 1, 2, 3인칭 용법의 예다.

루이스는 비옷을 들고 (지저분한 포플린에다 부드러운 안감
도 없는 그 옷을 쥐고, 잠시 기다렸다가) 계단을 내려 거리로 나
섰다. 여름이 끝나 계절이 바뀌고 있었다. 비가 오고 있었지만
아직 어둡지는 않았고, 도시의 바람이 크고 차가운 돌풍이 되어
젖은 땅과 숲과 밤의 냄새를 풍기고 있었다.

THE WIND'S TWELVE QUARTERS

아홉 생명

이 단편을 쓰게 된 것은 순전히 생물학자인 고든 래트레이 테일러 덕분이다. 테일러는 《생물학적 시한폭탄》이라는 멋진 책에서 복제에 대한 내용을 한 장에 걸쳐 다루었다. 나는 그것을 읽고 이 글을 썼다.

이 글은 내가 지금까지 쓴 글 가운데 가장 '하드코어'한 또는 전선 배치도가 가득한 SF에 가까운 작품으로, 좀 더 자세히 말하자면, 정량 과학의 한 분야에서 현재 진행 중인 연구를 직접적으로 외삽해서, 그 주제를 다룬 글이다. 즉 '만약'을 다루고 있다. 하지만 그 주제를 정서적, 심리적으로 발전시켰다. 본질적으로 나는 과학적인 요소를 사용하긴 하지만 그 자체가 목적이 아니라 은유나 상징으로, 다른 방법으로는 설명할 수 없는 무언가를 말하기 위한 도구로 사용한다.

〈아홉 생명〉은 1968년 《플레이보이》에 처음 게재된 글로, 내가 유일하게 'U. K. 르 귄'이라는 필명으로 발표한 작품이다. 《플레이보이》 편집진은 내 이름을 머리글자만 써도 되겠는지 정중히 물었고, 나는 그 의견에 동의했다. 《플레이보이》의 의식 수준이 그 정도인 것은 놀라운 일이 아니지만 내가 얼마나 아무 생각 없이 그쪽 의견을 받아들였는지 깨닫고는 무척 놀랐다. 그 일은 편집자나 출판업자가 나를 여류 문필가로 취급하여 성적 편견을 보였던 내 생애 최초의 (그리고 유일한) 경우였다. 그리고 그 요구가 너무나 어리석고 기괴해 보였기 때문에 나는 이 일이 중요하다는 사실을 깨닫지 못했다.

《플레이보이》는 이 글을 게재하면서 사소한 내용들을 상당 부분 바꾸었고, 자신들이 출간하는 책에도 계속 바뀐 내용을 그대로 실었다. 나는 내가 쓴 원래 글을 더 좋아하며, 그 이후 내 권한 아래 이 글이 다시 출판될 경우에는 언제나 이 책에 있는 내용처럼 실리며, 머리글자가 아닌 완전한 내 이름이 찍히도록 한다.

리브라는 속은 살아 있었으나 겉은 죽어 있었다. 얼굴에는 주름, 종기, 갈라진 틈들이 암갈색 그물처럼 덮여 있었다. 대머리에 장님이었다. 리브라의 얼굴을 훑고 가는 전율은 부패의 떨림뿐이었다. 그 밑의 검은 구멍들, 살갗 밑의 복도에는 어둠 속에 들리는 딱딱 소리, 발효, 화학적 악몽이 있었다. 지난 몇 세기 동안 진행되어온 것들이었다. "빌어먹을 놈의 가스 행성 같으니라고." 퓨가 중얼거렸다. 돔이 흔들리더니 남서쪽 1킬로미터 밖에서 종기가 터져 석양을 가로지르며 은빛 고름을 뿜어낼 때였다. 해는 지난 이틀간 지고 있었다. "사람 얼굴 좀 봤으면 좋겠네."

"고맙군그래." 마틴이 말했다.

"아, 자네도 물론 사람이지." 퓨가 말했다. "하지만 너무 오랫동안 봐와서 있으나 마나 한 것 같단 말이야."

마틴이 다루고 있던 통신 장치에서 무선 영상 신호가 지직거리더니 잠깐 희미해졌다가, 다시 얼굴과 목소리로 나타났다. 얼굴은 화면을 가득 채우고 있었다. 아시리아 왕의 코, 사무라이의 눈, 청동빛 살갗, 강철처럼 차가운 눈빛. 젊고 아름다웠다. "사람이 이런 모습이었나?" 퓨가 경외감에 사로잡힌 목소리로 말했다. "잊고 있었군."

"닥쳐, 오웬, 우린 통신 중이라고."

"리브라 실험 임무 기지 나와라, 여기는 참새호 발사대."

"여기는 리브라. 빔은 고정되었다. 발사하라, 참새호."

"7E초 후 발사한다. 기다려라." 화면이 어두워지며 깜빡였다.

"다 저렇게들 생겼나? 마틴, 자네와 난 생각보다 더 못생긴 거로군."

"좀 닥쳐, 오웬……."

마틴은 22분 동안 신호를 따라 착륙선을 추적했고, 드디어 투명한 돔을 통해 착륙선을 볼 수 있었다. 동쪽 핏빛을 배경으로 작은 별이 내려앉았다. 착륙선은 날렵하면서도 조용히 내려앉았고, 리브라의 옅은 대기 때문에 소리는 거의 들리지 않았다. 퓨와 마틴은 우주복 헬멧을 닫고 돔의 기밀문 지퍼를 열어 밖으로 나가 니진스키나 누레예프*처럼 위로 솟구치며 착륙선으로 뛰어갔다. 장비선 세 척이 착륙선 동쪽에서 4분 간격으로 100미터 거리를 유지하며 따라 내려왔다. "나와. 우린 문에서 기다리

*러시아의 전설적인 발레리노들.

고 있어." 마틴이 우주복의 무전기로 말했다.

"나와도 돼. 메탄은 괜찮아." 퓨가 말했다.

해치가 열렸다. 화면에서 보았던 젊은 남자가 나오더니 체조 선수처럼 몸을 한 번 틀면서 리브라의 흔들리는 먼지와 타다 남은 돌 더미 위로 뛰어내렸다. 마틴은 손을 흔들었지만 퓨는 해치를 바라보고 있었다. 출입문에서 또 다른 젊은 남자가 똑같이 날렵하게 몸을 틀며 뛰어내렸고, 이어 젊은 여자 하나가 좀 더 화려하지만 똑같은 자세로 날렵하게 몸을 틀며 뛰어내렸다. 모두 키가 컸고, 청동빛 살갗에 검은 머리털, 높은 콧마루와 몽고주름이 있는, 똑같은 얼굴이었다. 네 번째도 날렵하게 몸을 틀며 뛰어내렸다. "어라, 마틴, 이건 클론이잖아." 퓨가 말했다.

"맞습니다." 클론 가운데 한 명이 말했다. "우린 10클론입니다. 존 차우라는 이름이죠. 마틴 중위님이시군요."

"난 오웬 퓨야."

"내가 알바로 길렌 마틴이고." 마틴이 무뚝뚝하게 인사하며 고개를 약간 숙였다. 여자 하나가 더 나왔고 똑같이 아름다운 얼굴이었다. 여인을 바라보던 마틴은 불안한 망아지처럼 눈을 굴렸다. 마틴은 인간 복제에 대해 단 한 번도 생각해보지 않았기에 그 기술에 대단한 충격을 받았다. "침착하라고. 그냥 숫자가 많은 쌍둥이들일 뿐이야." 퓨가 아르헨티나 방언으로 말했다. 퓨는 마틴 옆에 가까이 서 있었다. 퓨는 이번 만남이 기뻤다.

낯선 사람을 만난다는 것은 어려운 일이다. 그 낯선 사람이 세상에서 가장 순한 사람이라 할지라도, 그 사람을 만나는 이가 세상에서 가장 외향적인 사람이라 할지라도, 거기에는 어떤 두려움이 있기 마련이다. 비록 스스로는 그런 두려움을 느낀다는 걸 모를 수도 있지만 말이다. 저 사람은 나를 놀리고 나 자신에 대한 인상을 망가뜨리고 날 간섭하고 파괴하고 바꾸려는 게 아닐까? 저 사람은 나와 다르지 않을까? 그래, 그럴 거야. 그리고 그게 무서운 일이다, 낯선 사람이 낯설다는 것.

죽은 행성에서 2년을 보낸 뒤, 그리고 마지막 반년 동안은 자신과 또 다른 한 사람, 이렇게 둘만 남아 고립된 뒤라면 낯선 사람을 만나는 일은 더욱 어려워진다. 아무리 환영을 한다 할지라도 그랬다. 차이를 해소하는 방식을 잊어버렸고, 접촉을 잃어버렸기 때문이다. 그래서 두려움이, 원시적인 불안이, 옛 공포가 되살아난다.

남자 다섯과 여자 다섯으로 구성된 복제 인간은 장정 한 명이 20분 걸려 할 일을 단 몇 분 만에 끝냈다. 클론은 퓨와 마틴에게 인사를 하고 리브라를 힐끗 본 뒤, 착륙선에서 짐을 내리고 떠날 준비를 마쳤다. 클론은 착륙선을 떠나 돔으로 왔고, 돔은 클론으로 가득 차 황금색 벌 떼가 우글거리는 벌집이 되었다. 클론은 조용한 콧소리와 웅웅 소리로 모든 침묵을 깼으며, 벌꿀빛 갈색 몸뚱이들로 모든 공간을 채워버렸다. 마틴은 어리둥절한 표정으로 다리가 긴 여자들을 보았다. 여자들은 마틴을 보고 웃어주었다, 셋이 동시에. 여자들 웃음은 남자들 웃음보다 부드러웠으나, 남자들만큼이나 환하면서도 냉정했다.

"냉정." 오웬 퓨가 자기 친구에게 속삭였다. "바로 그거야. 생각해봐, 열 번이나 되풀이해서 자기 자신이 된다는 걸. 제안할 때마다 아홉 명이 지지해주고 투표할 때마다 아홉 명이 찬성을 한다니. 멋지지 않아!" 그러나 마틴은 잠들어 있었다. 그리고 존 차우들도 모두 동시에 잠자러 가고 없었다. 돔은 클론의 고요한 숨소리로 가득했다. 젊기 때문에 코는 골지 않았다. 마틴은 깊은숨을 쉬며 코를 골았다. 초콜릿빛 얼굴로 마침내 져버린 리브라의 주성이 내는 희미한 잔광 속에서 편히 쉬고 있었다. 잠자리에 들기 전에 퓨는 돔을 청소했다. 별들이 돔 안을 들여다보고 있었다. 그중에는 가장 빛나는 별, 빛의 위대한 동반자이자 광휘의 복제품인 '솔'도 있었다. 퓨도 잠이 들었다. 외눈박이 거인이 지옥의 흔들거리는 복도를 따라 쫓아오는 꿈을 꾸었다.

퓨는 침낭에 누워 클론이 잠에서 깨어나는 모습을 지켜보았다. 클론은 1분도 안 되어 모두 일어났다. 단 한 쌍만 예외였다. 그 한 쌍의 남녀는 한 침낭 속에서 편안하게 뒤엉킨 채 계속 잠을 자고 있었다. 그 모습을 보는 순간 퓨는 몸속에서 리브라의 지진이 일어난 듯한 충격을 받았다. 온몸이 오싹하는 전율이었다. 퓨는 이건 미처 생각지 못했지만 그 광경을 보니 즐거운 느낌이 들었다. 이 죽어버린 텅 빈 세계에서 사랑을 나누는 것보다 더 큰 위안은 없었다. 사랑을 나누는 사람들에게는 더 강한 힘이 있었다. 다른 클론 한 명이 자고 있는 한 쌍을 밟고 지나갔다. 둘은 잠에서 깨어났고, 여인이 상기되고 졸린 얼굴로 일어나 앉자 황금색 젖가슴이 고스란히 드러났다. 여인의 자매 한 명이 무슨 말인가를 속삭이자 잠에서 깬 여인은 퓨를 쏘아보며 침낭 속으로 숨어버렸다. 다른 방향에서 따갑게 쏘아보는 눈길이 있었고 또 다른 방향에서는 목소리가 들려왔다. "이런. 저희끼리 방을 쓰는 데 익숙해서요. 기분 나쁘게 생각하지 마세요, 퓨 반장님."

"보기 좋은걸." 퓨가 진담 반 농담 반으로 말했다. 이제 퓨도 일어나야 했지만 그는 잘 때 입던 팬티만 걸치고 있었다. 온통 하얗고 여윈 데다가 여드름투성이인 자기 몸을 보니 털 뽑힌 수탉이 된 느낌이었다. 마틴의 탄탄한 갈색 피부가 지금처럼 부러웠던 적이 없었다. 영국은 대기근을 잘 견딘 덕에 인구의 반도 잃지 않았다. 엄격한 식량 통제로 달성된 기록이었다. 암시장 거래자와 사재기를 한 자는 처형되었다. 콩 한쪽도 나눠 먹었다. 영국보다 더 부유한 나라에서는 대부분 죽고 소수만이 잘 먹고 잘산 반면 영국에서는 죽은 사람은 적었지만 풍족히 산 사람은 아무도 없었다. 대신 모두 야위었다. 아들도 야위고, 손자도 야위고, 작고, 뼈가 물러 쉽게 병에 걸렸다. 줄을 서는 것이 문명의 척도가 되었을 때 영국은 줄을 섬으로써, '적자생존의 법칙'을 '공평한 자의 생존법칙'으로 바꾸어놓았다. 오웬 퓨도 야위고 작은 사람이었다. 어쨌거나, 살아서 여기 있었다.

그리고 순간적으로, 이곳에 있지 않았다면 좋았을 거라는 생각이 들었다.

아침을 먹을 때 존 한 명이 말했다. "이제 저희에게 간단히 상황 설명을 해주십시오, 퓨 반장님."

"오웬이라고 불러도 돼."

"오웬, 저희는 저희 일정에 맞춰 일을 할 수 있습니다. 지난번에 임무와 관련해 기지에 보고한 것 말고 광산에 대해 말해주실 새로운 사항은 없습니까? 참새호는 지금 V 행성에 있는데, 저희는 참새호가 그 행성 주위를 돌고 있을 때 당신 보고서를 보았습니다."

광산을 발견한 사람은 마틴이었고, 광산은 그의 담당이었지만 그가 아무 대답도 하지 않았기 때문에 퓨 혼자 애써야 했다. 클론과 이야기하는 것은 힘들었다. 클론은 모두 똑같은 얼굴에 똑같은 지적 관심을 나타내는 표정을 하고 퓨가 앉아 있는 탁자 너머에서 모두 거의 똑같은 각도로 몸을 앞으로 숙이고 있었다. 클론은 모두 함께 고개를 끄덕였다.

튜닉에 붙은 개척 부대 표시에는 각자의 이름이 적혀 있었다. 물론 이름은 존이고 성은 차우였지만 중간 이름이 달랐다. 남자들은 알레프, 카프, 요드, 기멜, 사메크였다. 여자들은 차디, 달레트, 자인, 베트, 레시였다.* 퓨는 그 이름들을 사용해보려 했으나 곧 포기하고 말았다. 목소리가 다 똑같아 어떤 때는 누가 이야기하는지 알 수 없었기 때문이었다.

마틴이 토스트에 버터를 발라서 먹다가 마침내 불쑥 끼어들었다. "자네들은 한 팀이야. 그렇지?"

"맞습니다." 존 두 명이 대답했다.

"야, 정말 끝내주는 팀이군! 내가 핵심을 몰랐어. 그런데 자네

*남녀 이름 모두 히브리어 알파벳이다.

들 각자는 다른 사람이 무슨 생각을 하는지 얼마나 알고 있나?"

"정확히 말하면, 전혀 모릅니다." 여자 중 한 명이 대답했다. 자인이었다. 나머지 다른 클론은 그들 특유의 동의한다는 표정으로 자인을 바라보았다. "초감각적 지각 같은 그런 멋진 능력은 없습니다. 하지만 저희는 비슷하게 생각합니다. 모두 동일한 능력을 가지고 있거든요. 똑같은 자극이나 똑같은 문제가 주어진다면, 저희는 동시에 똑같은 반응과 똑같은 해결책을 생각해 낼 가능성이 높습니다. 서로 간에 무슨 일에 대해 설명하는 것도 쉽고, 대개는 설명을 할 필요도 없습니다. 저희가 서로를 오해하는 경우는 거의 없으니까요. 덕분에 한 팀으로 일하기에 수월합니다."

"맙소사 그렇군. 퓨와 난 지난 여섯 달 동안 10시간 가운데 7시간을 서로 오해하며 보냈지. 대부분의 사람들처럼 말이야. 비상사태일 경우는 어떤가? 예기치 않은 문제에 대응하는 것도 정상…… 서로 관련 없는 팀보다 나은가?"

"지금까지의 통계에 따르면 그렇습니다." 자인이 재빨리 대답했다. 클론들은 질문에 정확히 대답하고 상대방이 안심하도록 설득하는 훈련 또한 받은 게 틀림없다고 퓨는 생각했다. 클론이 하는 모든 말은 정치가가 대중에게 하는 답변처럼 약간 따분하고 과장되었다. "저희는 단독 개체들이 하는 것처럼 창조적 집단 사고는 할 수 없습니다. 다른 팀처럼 다양한 정신의 상호작용에서 이익을 얻지는 못하지요. 하지만 저희에게는 그런 단점을 보완할 수 있는 장점이 있습니다. 클론들은 가장 훌륭한 인간들로부터 만들어집니다. 정보 지능 지수는 상위 1퍼센트 안에 들고 유전자 구성은 알파 AA등급인 개체들로부터 만들어지죠. 따라서 저희는 대부분의 개개인보다 탁월한 능력이 있습니다."

"게다가 다시 열 배를 곱한다 이거로군. 그런데 존 차우가 누구지, 아니 누구였지?"

"분명 천재였겠지." 퓨가 정중하게 말했다. 퓨는 마틴과 달리 클론에 대해 신기해하거나 열렬한 관심을 보이지 않았다.

"레오나르도 다빈치 복합 유형입니다." 요드가 말했다. "생물 수학자이자 세포학자이자 해저 보물 사냥꾼이기도 했으며, 구조공학 문제 같은 것에 관심이 많았던 분입니다. 자신의 주요 이론을 완성치 못하고 돌아가셨습니다."

"그럼 자네들 각자는 존 차우의 정신과 재능의 다른 측면들을 나타내는 건가?"

"아닙니다." 다른 클론 몇몇과 동시에 고개를 저으며 자인이 말했다. "저희는 모두 기본 능력과 성향을 공유하는 행성 개발 엔지니어들입니다. 앞으로 만들어질 클론은 기본 능력의 다른 측면을 발전시키도록 훈련받을 수도 있겠죠. 그건 모두 훈련에 달려 있습니다. 유전 물질은 똑같습니다. 저희는 존 차우입니다. 하지만 각자 다른 훈련을 받았습니다."

마틴은 엄청난 충격을 받은 표정으로 물었다. "몇 살이지?"

"스물셋입니다."

"자네는 존 차우란 사람이 젊어서 죽었다고 했는데, 그러면 그 사람이 죽기 전에 유전 세포를 뽑아둔 건가?"

기멜이 대답했다. "존 차우는 스물네 살에 공중차 사고로 죽었습니다. 뇌는 구할 수가 없었죠. 그래서 창자 세포를 약간 채취해 클론 제작을 위해 배양했습니다. 클론을 제작하는 데 생식 세포는 사용하지 않습니다. 생식 세포는 염색체가 반밖에 없으니까요. 창자 세포는 완전한 성장을 위해 일반화시키고 다시 프로그램하기가 쉽습니다."

"낡은 블록에서 떼어낸 조각들이란 말이로군." 마틴이 용감하게 말했다. "하지만 어떻게…… 여자를 만들 수 있었지……?"

그 질문에는 베트가 대답했다. "복제한 세포 절반을 여성으로 바꾸는 일은 쉽습니다. 세포 반에서 남성 유전자를 제거하면 기본 세포, 즉 여성으로 돌아갑니다. 오히려 거꾸로 하는 게 더 기술이 필요합니다. 인공적으로 Y염색체를 넣어주어야 하니까요. 그래서 대부분의 경우 클론은 남성으로부터 만듭니다. 클론은 양성이 있을 때 최대한 능력을 발휘하거든요."

다시 기멜이 말했다. "이런 기술과 기능상의 문제는 조심스럽게 처리합니다. 납세자들은 자신들이 낸 돈이 낭비되지 않길 바라는 데다가 클론은 비싸니까요. 세포 조작, '응아마 태반 센터'에서의 배양, 양부모 그룹의 유지와 훈련 등등. 우리가 다 만들어지려면 한 명당 대략 3백만 달러가 듭니다."

"자네 다음 세대를 위해……." 마틴은 여전히 꼬치꼬치 캐물었다. "그러니까, 자네들은…… 아이를 낳을 수 있나?"

"우리 여성들은 아이를 가질 수 없습니다." 베트가 한 치의 흐트러짐도 없이 말을 이었다. "우리의 원래 세포에서 Y염색체가 제거되었다는 것은 말씀드렸죠. 남성들은 승인된 단독 개체와 이종교배를 할 수 있습니다. 원한다면 말입니다. 하지만 그냥 클론에게서 세포를 체취하면 존 차우는 얼마든지 만들 수 있습니다."

마틴은 더 이상 캐묻지 않았다. 말없이 고개를 끄덕이며 식어 버린 토스트를 씹었다. "자, 그럼 이제." 존 한 명이 말하자 모두 한순간에 분위기가 바뀌었다. 날갯짓 한 번으로 방향을 바꾸는 찌르레기 떼처럼, 너무나 순식간에 지도자에게 복종하는 바람에 누가 지도자인지 알 수 없을 정도였다. 클론은 출발할 준비가 되어 있었다. "광산을 한번 보는 게 어떨까요? 그런 다음에 장비를 풀도록 하겠습니다. 로봇운반차들 가운데 새로 나온 멋진 모델이 좀 있습니다. 볼 만할 겁니다. 어떻습니까?" 설사 퓨나 마틴이 동의하지 않는다 해도 반대할 분위기가 아니었다. 존들은 정중했지만 만장일치였다. 그들의 결정은 곧바로 통과되었다. 리브라 제2기지의 책임자인 퓨는 꺼림칙했다. 내가 이 슈퍼맨과 슈퍼우먼 열 명을 지휘할 수 있을까? 게다가 천재인데? 퓨는 밖으로 나가기 위해 옷을 갈아입는 동안 마틴에게 바싹 붙어 있었다. 둘 다 아무 말도 하지 않았다.

그들은 커다란 에어제트 썰매 석 대에 네 명씩 나누어 타고 돔에서 나와 별빛을 받으며 리브라의 암갈색 피부 위를 미끄러져 북쪽으로 향했다.

"황량하군요." 누군가 말했다.

퓨와 마틴과 함께 탄 남녀였다. 퓨는 이 둘이 어젯밤 침낭 속에 함께 있던 그 한 쌍인지 궁금했다. 물어봐도 별로 거리낌 없이 대답할 게 틀림없었다. 그들한테는 섹스가 숨 쉬는 것만큼이나 아무렇지도 않은 일일 터였다. 자네 둘이 어젯밤에 숨을 쉬었나?

"그렇지, 황량하지." 퓨가 말했다.

"한가한 건 이번이 처음입니다. 달에서 훈련받을 때를 제외하면요." 여자 목소리는 분명 남자 목소리보다 약간 더 높고 부드러웠다.

"어떻게 이런 긴 여행을 할 수 있었지?"

"약물을 주입했습니다. 경험해보고 싶었죠." 그건 남자였다. 남자 목소리는 생각에 잠긴 듯했다. 둘만 남게 되자 평소 때보다 좀 더 개성이 드러나는 듯했다. 개체를 복사하는 경우 개성은 사라지는 걸까?

"괜한 고생이군." 마틴이 썰매를 운전하며 말했다. "무시간을 경험할 수는 없어. 그런 건 존재하지 않으니까."

"그냥 한번 그래보고 싶었을 뿐입니다. 그래야 어떤 건지 저희가 알 것 같아서요." 둘 가운데 하나가 말했다.

동쪽으로 메리오네스 산맥이 별빛 속에서 한센병에 걸린 모습을 드러냈다. 서쪽의 배기 통로로부터 은빛 꼬리를 단 얼어붙은 연기가 피어올랐고 썰매가 땅을 향해 기울어졌다. 쌍둥이는 썰매가 멈출 것을 대비해 몸을 버티며 상대방을 보호하려는 몸짓을 취했다. 네 고통이 바로 내 고통이다 이거로군, 퓨가 생각했다. 하지만 이건 비유가 아니라 문자 그대로의 의미였다. 나와 이토록 가까운 누군가가 있다면 어떤 기분이 들까? 물으면 꼭 대답을 할 것이고 혼자 있다는 고통은 절대로 없으리라. 이웃을 네 몸과 같이 사랑하라……. 이 어렵고 오래된 문제는 해결될 터였다. 이웃이 자기 자신이니 사랑은 더할 나위 없이 완벽했다.

'지옥의 입' 광산이 나타났다.

퓨는 탐험단의 외계 지질학자였고 마틴은 기술자이자 지도 제작자였다. 하지만 지역 탐사를 하는 도중 마틴은 우라늄 광산을 발견했고, 퓨는 그것을 전적으로 마틴의 공로로 돌렸을 뿐 아니라 광맥의 크기를 예측하고 개발팀의 일을 계획하는 것도 맡았다. 이 젊은이들은 마틴의 보고서가 지구에 도착하기 몇 년 전에 지구에서 파견되었기 때문에 이곳에 도착하기 전까지는 자신들이 해야 할 일이 무엇인지 알지 못했다. 개척 부대는 마치 민들레가 씨를 퍼뜨리듯 그냥 규칙적이고 맹목적으로 팀들을 파견했다. 리브라 행성이나 인근 행성에 뭔가 할 일이 있거나 아니면 아직 보고받지 못했지만 개척팀이 도착할 즈음에 할 일이 있으리라는 것을 예상한 행동이었다. 정부는 우라늄을 너무나 간절히 원했기 때문에 보고서가 몇 광년을 가로질러 도착할 시간을 기다리지 못했다. 우라늄은 금과 마찬가지로 구식이지만 필수였기 때문에 외계에서 채광하여 성간 공간을 가로질러 운송해 올 가치가 있었다. 이 친구들 무게만큼이나 가치가 있지. 퓨는 씁쓸한 마음으로 훤칠한 젊은 남녀들이 한 명씩 별빛 속에 희미한 빛을 발하며 마틴이 '지옥의 입'이라 이름 붙인 검은 구멍 속으로 들어가는 모습을 지켜보았다.

안으로 들어가자 이마에 단 항상성 전등이 밝아졌다. *끄덕거*

리는 희미한 불빛 열두 개가 축축하고 주름진 벽을 비추며 나아갔다. 퓨는 앞서 가는 마틴이 들고 있던 방사능 계수기가 아주 빠르게 삑삑대는 소리를 들었다. "여긴 낭떠러지야." 마틴의 목소리가 우주복 안의 인터콤을 통해 들리면서, 삑삑대는 소리와 주변을 감싸던 죽음 같은 침묵을 삼켜버렸다. "우린 옆으로 갈라진 틈 안에 있고, 우리 앞에 있는 것이 수직 구멍이지." 시커면 허공이 아가리를 떡 벌리고 있었고 머리에 단 불빛으로는 맞은편이 보이지 않았다. "마지막 화산 폭발은 2천 년 전에 있었던 것 같아. 가장 가까운 단층은 동쪽으로 28킬로미터 떨어진 '도랑'에 있어. 다른 건 몰라도 지진이라는 관점에서 볼 때 이 지역은 안전하다고 할 수 있지. 위를 덮고 있는 거대한 현무암층이 이 밑의 모든 구조를 안정시켜주고 있거든. 물론 그 현무암층 자체가 안정적이라는 가정하에서 하는 말이긴 하지만 말이야. 자네들이 캐낼 광맥은 36미터 아래에서부터 북동쪽으로 일련의 거품 동굴 다섯 개를 만들며 뻗어나가고 있어. 그 광맥은 최상급 원광이 든 파이프라고 할 수 있지. 자네들 모두 퍼센트 수치를 보았겠지? 채광에는 문제없을 거야. 그 거품들을 지상에 올려놓기만 하면 돼."

"뚜껑을 열어서 이것들이 둥둥 떠오르게 하자." 껄껄대는 웃음소리. 목소리들이 말을 하기 시작했다. 그러나 모두 같은 목소리였고 우주복 무전기로는 그들의 위치를 제대로 파악할 수가 없었다. "바로 머리 위를 뚫는 거야. —그렇게 하는 게 더 안전하겠다. —하지만 이건 단단한 현무암층이야. 얼마나 두꺼울까? 10미터는 될까? —보고서에 따르면 3미터에서 20미터 사이래. —잘못했다간 이 근처에 있는 좋은 원광들까지 함께 날려 버릴 수 있어. —우리가 들어온 이 통로를 이용하자. 좀 더 평평하게 다듬고, 로봇들을 위해 활강 레일을 까는 거야. —짐당나귀를 수입해 오자. —보강재는 충분해? —총매장량이 얼마나 될 것 같습니까, 마틴?"

"500만에서 800만 킬로그램 사이일 거야."

"운송반은 10E개월이 지나야 이곳에 도착할 거야. —정제를 해서 가져가려 하겠군. —아냐, 지금 그쪽은 아광속 대량 운송 문제를 해결했을 거야. 지난 화요일로 우리가 지구를 떠난 지 16년이 되었다고. —맞아, 아마 모두 가져가서 지구 궤도에서 정제할 거야. —내려갈까요, 마틴?"

"가봐. 난 가봤어."

알레프(히브리어로 황소, 지도자)로 보이는 첫 번째 클론이 사다리를 타고 아래로 내려갔다. 나머지도 뒤를 따랐다. 퓨와 마틴은 구멍 가장자리에 서 있었다. 퓨는 마틴하고만 교신할 수 있도록 인터콤을 조정했다. 마틴도 똑같은 행동을 취하는 게 보였다. 한 사람이 열 가지 목소리로 자신의 생각을 떠들어대는 것을 듣기란 좀 피곤한 일이었다. 아니, 열 명의 생각을 말하는 한 가지 목소리라고 해야 할까?

"대단한 창자야." 퓨가 검은 구멍을 내려다보며 말했다. 아래쪽의 어지러운 불빛에 암맥과 혹이 난 벽이 보였다. "소 내장 같아. 변비에 걸린 거대한 내장 말이야."

마틴의 방사능 계수기가 길 잃은 닭 소리를 냈다. 그들은 부식물과 유해한 방사능이 뚫고 들어올 수 없게 막아주며 200도의 온도 변화에도 견딜 수 있고 질기며 안에 있는 연약한 내용물을 보호할 수 있도록 충격에 잘 견디는 우주복을 입고 통에 담긴 산소로 숨을 쉬며, 죽어 있는 행성 그러나 간질병에 걸린 행성 내부에 서 있었다.

"다음번에는 개발과 아무 관련 없는 행성을 찾고 싶어." 마틴이 말했다.

"이건 자네가 발견한 거야."

"다음에는 빼달라고."

퓨는 기분이 좋았다. 퓨는 마틴이 자기와 함께 계속 일하고 싶어 하기를 바랐다. 하지만 둘 다 자신들의 생각을 별로 이야기하지 않았고, 퓨는 그걸 물어보는 게 망설여졌다. "노력해보지." 퓨가 말했다.

"난 이곳이 싫어. 물론 자네도 알겠지만 난 동굴이 좋아. 그러니까 여기 온 거지. 그냥 동굴 탐험차 말이야. 하지만 이곳은 기분 나빠. 음흉한 곳이야. 도저히 저 아래로 내려갈 수 없어. 하지만 저 친구들은 잘할 수 있을 것 같군그래. 저 친구들은 자기들이 해야 할 일을 알고 있어."

"미래의 물결이나 뭐 그쯤 되니까." 퓨가 말했다.

미래의 물결이 무리 지어 사다리를 타고 올라오더니 마틴을 에워싸고 입구로 갔고 빠른 소리로 지껄였다. "보강재로 쓸 재료는 충분합니까? ―추출 서보 하나를 바꾸면 그렇지. ―소규

모 폭파를 해도 괜찮을까? ―카프가 충격이 얼마인지 계산할 수 있어." 퓨는 클론의 말을 들으려고 다시 인터콤을 조정하고, 그들을 바라보았다. 너무 많은 생각들이 하나의 열렬한 마음속에서 중얼거리고 있었다. 퓨는 클론에 에워싸인 채 말없이 서 있는 마틴을 바라보았다. '지옥의 입'과 주름진 평원을 바라보았다. "결정됐어요! 기초 계획으로 어떻습니까, 마틴?"

"이제는 자네들 일이니까 자네들이 알아서 하면 돼." 마틴이 말했다.

5E일이 안 되어 존들은 모든 재료와 장비를 풀고 작동시켜 광산을 캐기 시작했다. 클론은 능률 그 자체였다. 퓨는 클론의 능률, 자신감, 독립성에 매료되는 한편, 두려움을 느꼈다. 퓨는 클론에게 전혀 쓸모 없는 존재였다. 퓨가 생각했다. 클론이야말로 진정으로 안정되고 자신감 넘치는 최초의 인간일지도 몰라. 성인이 되면 클론은 누구의 도움도 필요 없을 거야. 클론은 신체적으로, 성적으로, 감정적으로, 지적으로 자기들만으로 충분할 거야. 클론의 구성원은 무슨 일을 하든 늘 자신의 동료, 즉 자신의 다른 자아로부터 지지를 받을 테지. 다른 누구도 필요 없어.

클론 가운데 둘은 돔에 머물며 계산과 서류 작업을 했고, 측량과 검사를 위해 썰매를 타고 광산까지 빈번히 드나들었다. 수학자인 자인과 카프였다. 자인의 설명에 따르면, 열 명 모두 세 살부터 스물한 살까지 수학 교육을 받았지만, 스물한 살에서 스물세 살까지는 자신과 카프만 계속해서 수학 공부를 했고 다른 클론들은 지질학, 채광학, 공학, 전기 공학, 장비 로봇학, 응용 원자 물리학 따위 다른 전문 분야를 공부했다. 자인이 말했다. "카프와 저는 단독 개체로 살았을 당시의 존 차우와 가장 가까운 존재라고 생각합니다. 물론 존은 주로 생물수학자였고, 우리는 그 분야를 그렇게 많이 공부하지는 못했지만 말입니다."

"상부에서는 우리가 이 분야에서 일하길 원했습니다." 클론들이 이따금씩 보이는 애국적이며 깐깐한 목소리로 카프가 말했다.

퓨와 마틴은 얼마 되지 않아 이 한 쌍을 다른 클론과 구별할 수 있었다. 자인의 경우는 전체적인 인상으로, 카프의 경우는 여섯 살 때 망치질하다 잘못 내리쳐 변색된 왼손 네 번째 손톱으로 구별할 수 있었다. 클론 사이에 이런 식의 육체적 또는 심리적 차이가 있는 것은 분명했다. 타고난 기질은 같아도 성장 과정이 완전히 똑같을 수는 없었다. 하지만 여간해서 그런 차이를 알아내기란 쉽지 않았다. 그리고 그런 어려움의 일부는 클론들이 퓨나 마틴과 탁 터놓고 말하지 않는 데도 그 원인이 있었다. 클론은 둘과 농담을 했고, 정중히 대했으며 잘 어울렸다. 그러나 아무것도 주지 않았다. 하지만 불평할 일은 아니었다. 클론은 모두 유쾌했으며 표준화된 미국식 친근감을 보였다. "당신은 아일랜드 출신인가요, 오웬?"

"아일랜드 출신은 이제 없어, 자인."

"아일랜드계 미국인들은 많던데요."

"그렇지. 하지만 아일랜드인은 더 이상 없어. 내가 마지막으로 듣기로는 섬 전체에 몇천 명밖에 없었어. 그리고 자네도 알겠지만, 산아제한을 하지 않아 음식이 바닥났지. 그리고 3차 기근이 찾아왔을 때 성직자만 빼고 아일랜드인들은 모두 죽었어. 그리고 성직자는 모두 독신주의야. 모두가 아니라 대부분이라고 해야겠군."

자인과 카프는 냉소적인 웃음을 지었다. 둘은 독실한 신앙이나 빈정거리는 투의 말은 들어본 적이 없었다. "그럼 당신은 어느 민족에 속하나요?" 카프가 물었고, 퓨가 대답했다. "웨일스 사람이지."

"그럼 당신과 마틴 둘이서 하는 말도 웨일스 말입니까?"

그건 자네가 알 바 아니야, 퓨는 생각했지만 대답해주었다. "아니, 그건 마틴네 방언이지. 우리 쪽 방언은 아니야. 아르헨티나 말이지. 스페인어의 후예라고나 할까."

"그럼 사적인 의사소통을 하기 위해 그 말을 배운 건가요?"

"사적이고 자시고 여기에 둘 말고 다른 사람이 있긴 했나? 사람들은 가끔 모국어로 말하고 싶을 때가 있어서 그러는 것뿐이야."

"우리 모국어는 영어입니다." 카프가 동정하는 빛 없이 말했다. 왜 이들이 동정심을 갖겠는가? 동정심이란 받을 필요가 있을 때 주는 것이다.

"웰스는 재미있는 곳인가요?" 자인이 물었다.

"웰스? 아, 웨일스. 그래, 웨일스는 재미있는 곳이야." 퓨는 암석 절단기를 켰고, 절단기의 신경을 끊는 듯한 날카로운 소리 때문에 더 이상 대화할 수가 없었다. 그 소리가 계속되는 동안 퓨는 등을 돌리고 웨일스어로 욕을 해댔다.

그날 밤 퓨는 사적인 의사소통을 하기 위해 아르헨티나어를 사용했다. "쟤네들은 항상 같은 쌍끼리만 짝을 지을까, 아니면 매일 밤 짝을 바꿀까?"

마틴은 놀란 표정이었다. 한순간 마틴의 얼굴에 어울리지 않는 쑥스러운 표정이 나타났다 사라졌다. 마틴 역시 궁금했다. "무작위인 것 같은데."

"속삭이지 마, 욕하는 줄 알겠어. 내가 보기엔 순환제인 것 같아."

"계획에 맞추어서?"

"그래야 아무도 빠지지 않을 거 아니야."

마틴이 천박한 웃음을 터뜨리다가 숨을 죽였다. "우리는? 우리도 빠지지 않는 건가?"

"우린 생각도 안 하고 있을걸."

"내가 여자 하나한테 제안을 하면 어떨까?"

"그 여자는 다른 사람들한테 말할 거고, 그러면 집단에서 그 문제를 결정하겠지."

"난 황소가 아니야." 마틴이 말했다. 거무스름하고 묵직한 얼굴에 열이 올랐다. "난 그런 식으로 대접⋯⋯."

"침착하라고, 마초 친구. 그러니까 제안을 해보겠단 뜻이야?"

마틴이 어깨를 으쓱하며 침울한 표정으로 대꾸했다. "자기들끼리나 근친상간을 하라지 뭐."

"그게 근친상간일까, 자위일까?"

"관심 없어. 우리한테 안 들리는 데서만 한다면 말이야!"

자기 방어를 할 일도, 남을 의식할 일도 없어지면서 클론이 처음에 보인 겸손한 태도는 사라졌다. 퓨와 마틴은 클론이 나누는 정서적, 성적, 정신적 교류의 늪 속으로 날마다 점점 더 깊이 가라앉았다. 그러나 둘은 늪 속에 가라앉으면서도 배제되었다.

"이제 두 달 남았어." 어느 날 저녁 마틴이 말했다.

"뭐가?" 퓨가 쏘아붙이듯 말했다. 퓨는 최근 신경이 예민해 있기 때문에 마틴이 침울해 있는 것이 신경에 거슬렸다.

"해방되는 날 말이야."

60일 뒤면 개발 임무의 전 승무원이 다른 행성 탐사를 마치고 돌아올 예정이었다. 퓨도 그 사실을 알고 있었다.

"그래서 달력에 날짜라도 지우고 있는 거야?" 퓨가 놀렸다.

"기운 내라고, 오웬."

"무슨 뜻이지?"

"말한 그대로야."

둘은 경멸과 적의에 찬 채 헤어졌다.

퓨는 팜파스에서 혼자 하루를 보낸 뒤 돌아왔다. 팜파스는 남쪽에 있는 광대한 용암 평원으로 가장 가까운 경계까지도 제트기로 2시간은 걸리는 거리였다. 퓨는 피로했으나, 혼자 지내다 온 덕에 기분은 상쾌했다. 혼자 긴 여행을 하는 것은 금지되어 있었지만, 최근에는 둘 다 자주 그랬다. 마틴은 환한 불빛 아래 허리를 숙이고 멋지게 지도를 그리고 있었다. 리브라의 전체 얼굴, 암에 걸린 듯한 얼굴이었다. 돔에는 마틴 외에는 아무도 없었다. 돔은 마치 클론이 오기 전처럼 침침하고 휑해 보였다. "황금색 떼거지는 어디 갔어?"

마틴은 퓨의 질문을 무시하는 신음 소리를 내며 계속 도면에 그물눈을 그리고 있었다. 마틴은 등을 펴더니 동쪽 평원에 크고 붉은 두꺼비처럼 쪼그리고 앉아 있는 태양과 18시 45분을 가리키는 시계를 바라보았다. "오늘 큰 지진이 몇 번 있었어." 마틴이 다시 지도로 눈을 돌리며 말했다. "거기서도 느껴지던가? 주변에 상자들이 잔뜩 떨어졌어. 지진계를 한번 봐봐."

바늘이 원통 위에서 계속 요동치며 흔들렸다. 이곳에선 바늘이 춤추는 걸 멈춘 적이 없었다. 오후로 거슬러 올라가보니 원통에는 모두 다섯 차례에 걸친 강진이 기록되어 있었다. 그중 두 번은 바늘이 원통 밖으로 튕겨 나가기까지 했다. 지진계에 연결된 컴퓨터가 출력한 종이에는 "진원지 북위 61도 동경 42도 4분"이라 찍혀 있었다.

"이번에는 '도랑'이 아니군."

"평소와 좀 달랐어. 좀 더 날카로웠다고나 할까."

"1번 기지에서 땅이 흔들리는 걸 느끼며 밤새 깨어 있곤 했지. 익숙해진다는 건 정말 신기한 일이야."

"그렇지 않으면 돌아버릴걸. 저녁은 뭐지?"

"난 자네가 준비해놓았을 줄 알았는데."

"클론을 기다리고 있어."

속은 기분이 든 퓨는 저녁 도시락 한 꾸러미를 꺼내, 그 가운데 두 개를 간이 조리기에 넣었다 꺼냈다. "자, 저녁식사 받아."

마틴이 탁자로 다가오며 입을 열었다. "생각을 좀 해봤어. 만일 어떤 클론이 자신을 복제하면 어떻게 되는 걸까? 불법으로 말이야. 한 명당 복제를 천 개씩 하면 만 명이 되지. 군대가 될 거야. 그렇다면 클론이 권력을 완전히 장악할 수 있지 않을까?"

"하지만 클론 하나를 키워내는 데 드는 돈이 수백만 달러인 걸? 인공 태반 등등 해서 말이야. 게다가 통째로 행성 하나를 쓴다면 모를까 그렇지 않다면 비밀로 하기도 힘들 거고…… . 기근이 있기 전, 지구에 아직 국가 정부가 있던 시절 그런 이야기가 나오긴 했어. 최정예 병사로 클론을 만들어 클론만으로 된 연대를 구성하는 방안이었지. 하지만 그걸 해보기도 전에 식량이 바닥나고 말았지."

둘은 이제 예전처럼 다정하게 이야기를 나누었다.

"재미있군." 마틴이 음식을 먹으며 말했다. "모두 오늘 아침 떠난 거야?"

"카프와 자인만 빼고. 오늘 처음으로 광석을 지상으로 올릴 계획이었어. 그런데 어떻게 된 거야?"

"점심 먹으러 오지도 않았어."

"굶어 죽기야 하겠어."

"7시에 떠났는걸."

"그랬지." 순간 퓨는 깨달았다. 산소통에는 8시간분의 공기밖에 없었다.

"카프와 자인이 떠날 때 여유분을 갖고 갔겠지. 아니면 거기에 쌓아놓고 있든지."

"그랬지. 하지만 재충전시키기 위해 전부 다시 갖고 왔는걸."
마틴은 일어서서 돔을 방과 복도로 나누고 있는 물건 더미 가운
데 하나를 가리켰다.

"우주복마다 비상 신호를 보내는 장치가 있잖아."

"그건 자동이 아니야."

퓨는 피곤했고 여전히 배가 고팠다. "앉아서 먹기나 하자고.
자기들이 알아서 챙기겠지."

마틴은 앉았다. 하지만 먹을 수는 없었다. "아주 큰 지진이었
어, 오웬. 첫 지진이 그랬어. 너무 강해서 나조차 겁이 났다고."

잠시 후 퓨가 한숨을 쉬며 말했다. "알았어."

둘은 마지못해 그들 전용인 2인용 썰매를 타고 북쪽으로 향했
다. 기다란 일출이 모든 사물을 독성 있는 빨간 젤리로 뒤덮었
다. 수평으로 쏟아지는 빛과 그림자 때문에 앞을 제대로 볼 수
없었다. 마치 앞쪽에 가짜 쇠 벽이 서 있는 것 같았다. 둘은 그
사이를 뚫고 미끄러져 갔다. 일출이 뿜어내는 빨간 젤리 덕분에
'지옥의 입' 너머에 있는 볼록한 평원은 핏물이 가득한 거대한
보조개처럼 보였다. 터널 입구에는 크레인, 케이블, 서보, 수레,
굴착기, 로봇 운반차, 슬라이더, 통제실 따위 각종 기계들이 널
려 있었으며, 모두 빨간빛 속에 비스듬히 기울어진 채 뒤죽박죽
섞여 있었다. 마틴은 썰매에서 뛰어내려 광산 안으로 달려갔다.
마틴이 다시 나오며 퓨에게 말했다. "이런, 맙소사, 무너졌어."
퓨는 안으로 들어가보았다. 입구에서 5미터 정도 되는 거리에

축축하고 검은 벽이 번들거리며 터널을 막고 있었다. 공기에 노출된 지 얼마 안 된 그 벽은 살아 있는 내장 조직 같았다. 폭탄을 써서 로봇 운반차들이 다닐 수 있게 복선으로 넓힌 터널은 별로 달라진 게 없는 것 같았지만 자세히 보니 벽에 자잘한 거미줄 같은 금이 수없이 생겼다. 바닥은 천천히 흐르는 정체 불명의 액체 때문에 축축이 젖어 있었다.

"클론은 안에 있었어." 마틴이 말했다.

"아직도 있을지 몰라. 틀림없이 여분의 산소통을 갖고……."

"저것 봐, 오웬, 천장의 현무암층을 좀 보라고. 지진으로 무슨 변화가 생겼는지 안 보여? 저기 좀 보라고."

동굴의 천장 역할을 하고 있는 야트막한 흙 무더기는 착시 현상을 일으키듯 여전히 낯설게 느껴졌다. 그것은 거대한 보조개 또는 구덩이를 남긴 채 거꾸로 내려앉아 있었다. 그 위를 걷던 퓨는 거기에도 수많은 잔금이 나 있는 것을 발견했다. 어딘가에서 희끄무레한 가스가 새어 나오고 있었다. 가스 웅덩이 표면을 비추는 햇살은 흡사 침침한 붉은 호수의 물을 통과해 가는 듯했다.

"광산 아래에는 단층이 없었어. 여기엔 단층이 없었다고!"

퓨는 재빨리 마틴에게 돌아왔다. "그래, 단층은 없었어, 마틴. 보라고, 틀림없이 모두 안에 있진 않았을 거야."

마틴은 퓨 뒤를 따라가며 부서진 기계들 사이를 대충 뒤지다가 점차 적극적이 되었다. 마틴은 공기 썰매를 찾아냈다. 썰매는 남쪽으로 향하다 붕괴로 인해 콜로이드성 먼지 구덩이에 비스듬히 처박힌 것 같았다. 썰매에는 둘이 타고 있었다. 한 명은 흙 속에 반쯤 묻혀 있었지만 우주복에 붙은 계기판은 정상 상태를 가리켰다. 또 한 명은 기울어진 썰매에 묶인 채 매달려 있었다. 그 여자의 우주복은 부러진 다리 근처가 찢겨 있었고 몸뚱이는 바위처럼 단단히 얼어 있었다. 둘이 찾은 건 그것이 전부였다. 규칙과 관례에 따라, 둘은 가지고 다니던, 그러나 단 한 번도 사용해본 적 없는 레이저 총으로 죽은 자를 즉시 화장했다. 퓨는 금방이라도 터져 나올 것 같은 구역질을 참으며 생존자를 2인용 썰매에 싣고 마틴을 시켜 돔으로 보냈다. 그러고 나서 구토를 한 뒤 오물을 우주복 밖으로 쏟은 다음, 고장 나지 않은 4인용 썰매를 발견하고는 마틴의 뒤를 따랐다. 리브라의 냉기가 몸속으로 전해 오듯 몸이 떨렸다.

생존자는 카프였다. 카프는 크게 충격을 받은 상태였다. 후두부에 뇌진탕 같아 보이는 혹을 발견했으나 골절은 없는 듯했다.

퓨는 압축 식량 두 컵과 아콰비트* 두 잔을 가져왔다. "마시라고." 마틴은 압축 식량을 단숨에 마셔버렸다. 그러고 나서 두 사람은 간이침대 곁 상자 위에 앉아 아콰비트를 홀짝였다.

카프는 꼼짝도 하지 않고 누워 있었다. 밀랍처럼 창백한 얼굴에 검고 윤기 나는 머리털을 어깨까지 늘어뜨리고, 부자연스레 살짝 벌린 입술 사이로 희미하게 숨을 쉬고 있었다.

"첫 번째 충격 때문이었을 거야, 큰 지진 말이야." 마틴이 말했다. "그때 전체 지층이 옆으로 기울어졌겠지. 그러다 주저앉

*유럽산 증류주.

은 거고. 측면 바위 속에 가스층이 있었던 게 틀림없어. 서른한 번째 사분면에 형성되었던 것처럼 말이야. 하지만 아무런 신호도……." 마틴이 말을 하는 도중 갑자기 발밑의 땅이 사라지는 느낌이 들었다. 물건들이 튀어 오르고 덜걱거리고 요동치며 하! 하! 하! 웃어댔다. "14시에도 이런 식이었어." 세상이 갈피를 못 잡고 폐허 속에서 발광을 하는 동안에도 마틴은 이성을 잃지 않고 침착하게 말했다. 하지만 소동이 가라앉고 물건들이 요동을 그치자 카프가 광기를 보이며 큰 소리로 비명을 질렀다.

퓨는 엎질러진 아콰비트 잔 너머로 뛰어가 카프를 붙잡았다. 그러나 카프의 근육질 몸이 퓨를 뿌리쳤다. 마틴이 카프의 어깨를 찍어 눌러 눕혔다. 카프는 비명을 지르고 몸부림치다 숨 막혀했다. 얼굴이 검게 변하고 있었다. "산소." 퓨가 말했다. 퓨의 손이 귀소 본능이 있는 것처럼 움직이며 응급 상자 안의 주사기를 정확히 붙잡았다. 마틴이 산소마스크를 쥐고 있는 동안 퓨는 바늘을 미주 신경에 찔러 카프를 소생시켰다.

"자네에게 그런 기술이 있는 줄은 몰랐는걸." 마틴이 숨을 헐떡이며 말했다.

"나사로* 주사지. 아버지가 의사셨어. 항상 효과가 있는 건 아니야. 그나저나 쏟아져버린 저 술을 다시 마시고 싶은데. 지진은 끝난 건가? 잘 모르겠군."

"여진이야. 자네가 떨고 있기 때문에 그런 것만은 아니야."

---

*성경에 나오는 인물로, 죽은 지 나흘 만에 예수가 회생시킨 사람.

"왜 이 친구는 숨이 막혔을까?"

"모르겠어, 오웬. 책을 찾아보자고."

카프는 이제 정상적으로 숨을 쉬고 있었다. 얼굴색도 예전처럼 돌아왔다. 입술 색깔만 아직 검을 뿐이었다. 두 사람은 용기를 북돋기 위해 새로 술을 따르고, 의학 안내 책자를 들고 다시 카프 옆에 앉았다. "'충격'이나 '뇌출혈 상태'에서의 청색증이나 질식에 대해서는 안 나와 있는데. 우주복을 입은 상태라 숨을 제대로 들이쉬지 못했을지도 몰라. 나도 모르겠어.《어머니가 치료해주는 약초 요법》에서도 그 정도는 알아낼 수 있을 텐데……. 이건 뭐야, 치질이라, 쳇!" 퓨는 탁자를 향해 책을 던졌다. 그러나 책은 탁자 못 미쳐 떨어졌다. 퓨나 탁자 모두 여전히 흔들리고 있었기 때문이다.

"왜 신호를 보내지 않았을까?"

"뭐라고?"

"안에 있던 여덟 명은 전혀 시간이 없었을 거야. 하지만 이 친구와 여자는 밖에 있었던 게 틀림없어. 어쩌면 여자는 입구에 있다가 첫 지진 때 미끄러지면서 다쳤는지도 몰라. 이 친구는 틀림없이 밖에 있었을 거야. 아마 통제실에 있었겠지. 이 친구는 입구로 달려 들어가 여자를 꺼내고, 여자를 썰매에 묶은 뒤 돔을 향해 출발하기 시작했어. 그런데 그러는 동안에도 우주복 안의 비상 단추를 누르지 않았단 말이야. 왜 누르지 않았을까?"

"글쎄, 어쩌면 그때 벌써 머리를 한 방 맞은 상태였을 거야. 아마 여자가 죽었다는 것도 깨닫지 못했을걸. 제정신이 아니었을 테니까. 설사 제정신이었다 해도, 우리한테 신호를 보낼 생각을 했을 것 같지는 않아. 클론들은 자기들끼리 서로 돕고 사니까."

마틴은 인디언 가면이라도 쓴 것처럼, 입가에 홈이 팼고 눈은 칙칙한 석탄 같았다. "그랬을 거야. 그렇다면 지진이 났을 때 저 친구는 밖에 혼자 있으면서 대체 무슨 생각을 했을까?"

순간, 그 말에 대답이라도 하듯 카프가 비명을 질렀다.

카프는 다시 숨이 막혀 거칠게 발작을 일으키더니 침대에서 일어났다. 카프는 도리깨질하듯 휘두르던 팔로 퓨를 때려눕히고 비틀거리며 상자들이 쌓인 곳으로 가 바닥에 쓰러졌다. 입술이 파랬고, 눈이 하얗게 뒤집혀 있었다. 마틴은 카프를 간이침대로 데려와 산소를 한 모금 마시게 한 뒤, 일어나 앉아 있는 퓨 옆으로 가서 무릎을 꿇고 광대뼈 근처의 찢어진 상처를 닦아주었다. "오웬, 괜찮아? 괜찮을 것 같아?"

"그런 것 같아. 왜 그걸로 내 얼굴을 문지르는 거지?"

그것은 컴퓨터 테이프 조각으로, 이미 퓨의 피가 묻어 있었다. 마틴은 테이프를 팽개쳤다. "수건인 줄 알았어. 저기 저 상자에 뺨을 부딪쳤다고."

"저 친구는 이제 끝난 건가?"

"그런 것 같아."

둘은 뻣뻣이 누워 있는 카프를 내려다보았다. 시커먼 입술 사이로 치아가 하얀 선을 이루고 있었다.

"꼭 간질 같군. 뇌에 손상을 입은 걸까?"

"안정제를 잔뜩 놔주면 어떨까?"

퓨는 고개를 저었다. "충격을 없애려고 아까 놔준 주사에 뭐가 들었는지 몰라. 약을 과다하게 주고 싶진 않아."

"지금은 잠든 것 같군."

"나도 자고 싶어. 저 친구와 지진 때문에 도대체 발이 땅에 닿아 있는 것 같지가 않아."

"얼굴이 심하게 찢어졌는데. 가서 한잠 자라고. 여기는 내가 앉아 있을 테니까."

퓨는 뺨의 찢어진 상처를 닦고는 셔츠를 벗다가 잠시 멈추었다.

"우리가 꼭 해야만 했던 일은 없었을까? 적어도 시도는 해봤어야 할 일은 없었을까……."

"다 죽었어." 마틴이 담담하고 부드럽게 말했다.

퓨는 침낭 위에 누웠다. 그러나 곧 무시무시한 소리, 뭔가 빨아들이는 소리, 몸부림치는 소리에 잠이 깨고 말았다. 퓨는 비틀거리며 일어나 주사기를 찾았다. 세 번이나 찌르려 했지만 실패하고 카프의 가슴을 마사지하기 시작했다. "인공호흡을 해." 마틴이 그대로 했다. 곧 카프는 거친 숨을 내쉬기 시작했다. 심장 박동이 안정되었고 뻣뻣하게 굳었던 근육도 풀리기 시작했다.

"내가 얼마나 잤지?"

"30분 정도."

둘은 땀을 흘리며 일어섰다. 땅이 흔들렸다. 돔 벽이 휘며 춤을 추었다. 리브라는 다시 끔찍한 폴카를, 자신만의 '죽음의 춤'을 추고 있었다. 떠오르는 태양은 더 커지고 붉어지는 듯했다. 희박한 대기 속의 가스와 먼지가 흔들린 게 분명했다.

"저 친구, 대체 뭐가 잘못된 걸까, 오웬?"

"다른 클론과 함께 죽어가고 있는 거 같아."

"다른 클론이라니? 하지만 다른 클론은 이미 죽었다고."

"아홉이 죽었지. 모두 죽었어. 어디 깔리거나 숨이 막혀서 말이야. 그리고 지금 저 친구는 다른 아홉을 대표하고 있어. 다른 클론은 죽었고 이제 저 친구는 그 죽음을 하나씩 차례로 겪고 있는 거야."

"이런, 맙소사."

다음번에도 비슷했다. 다섯 번째는 더 심했다. 카프는 미친 듯이 몸부림쳤다. 무슨 말을 하려 했으나, 입이 돌이나 흙에 막힌 것처럼 말이 밖으로 나오질 않았다. 그러나 그다음부터 발작은 약해졌고 카프도 마찬가지로 약해졌다. 여덟 번째 발작은 4시 반 무렵에 찾아왔다. 퓨와 마틴은 거침없이 죽음으로 빠져 들어가는 카프의 생명을 지키기 위해 할 수 있는 일을 다 하며 5시 반까지 버텼다. 둘은 카프를 지켰다. 그러나 마틴이 말했다. "다음번에는 죽겠는걸." 그리고 실제로 그랬다. 그러나 퓨는 카프의 무기력한 허파에 자신의 숨을 불어넣어주었고, 그러다 정신을 잃었다.

퓨가 깨어났다. 돔 안은 칙칙했다. 불은 하나도 켜져 있지 않았다. 퓨는 귀를 기울였다. 잠자는 두 사람의 숨소리가 들렸다. 퓨는 잠이 들었다. 그리고 배가 고파 더는 잘 수 없을 때까지 계속 잤다.

해는 어두운 평지 위로 한참 올라가 있었고, 행성은 이제 춤을 멈춘 상태였다. 카프는 누워 잠을 자고 있었다. 퓨와 마틴은 차를 마시며 둘만이 느낄 수 있는 승리감을 만끽했다.

카프가 깨어나자 마틴이 다가갔다. "좀 어때?" 대답이 없었다. 퓨가 마틴을 대신해 생기 없는 갈색 눈을 들여다보았다. 그 눈은 뭔가를 보고 있었지만 퓨의 눈을 보고 있는 것은 아니었다. 마틴처럼 퓨도 금방 고개를 돌려버리고 말았다. 퓨는 압축 식량을 데워 카프한테 갖다주었다. "자, 마셔."

퓨는 카프의 목 근육이 팽팽하게 긴장하는 것을 보았다. "절 죽게 해주십시오." 젊은이가 말했다.

"자넨 죽지 않아."

카프는 분명하고 정확하게 말했다. "제 몸의 10분의 9는 죽은 상태입니다. 이젠 살아 있는 게 별로 없단 말입니다."

그 말이 퓨의 마음을 사로잡았다. 그러나 퓨는 그 마음과 싸워야 했다. "아니야." 퓨가 단호하게 말했다. "자네 친구들은 죽었어. 다른 사람들, 자네 형제와 누이들은 말이야. 하지만 자넨 그 사람들이 아니야. 자넨 살아 있어. 자넨 존 차우야. 자네 생명은 자네 손에 달려 있다고."

젊은이는 가만히 누운 채 있지도 않은 어둠을 뚫어져라 바라보았다.

마틴과 퓨는 리브라의 험한 대기에서 장비를 챙겨놓기 위해 번갈아 가며 개발 트럭과 여분의 로봇 장비들을 가지고 '지옥의 입'으로 갔다. 그 물건들의 가치는 문자 그대로 천문학적이었기 때문이다. 한 번에 한 사람씩 가서 일을 하자니 속도는 느릴 수

밖에 없었다. 하지만 카프를 혼자 있게 하고 싶지는 않았다. 돔에 남은 사람은 서류 작업을 했다. 그러는 동안 카프는 앉거나 누워 자신만의 어둠을 응시하며 한 마디도 하지 않았다. 말없이 며칠이 흘러갔다.

무전기가 침을 튀기듯 말을 했다. 개발 임무 우주선에서 온 연락이었다. "우린 5주 후에 리브라에 착륙할 예정이야, 오웬. 지금 계산으로는 34E일 9시간이 걸릴 것 같아. 돔 상황은 어떤가?"

"좋지 않습니다, 대장님. 개발팀이 광산에서 죽었습니다. 한 명만 남고 모두 다요. 지진 때문입니다. 엿새 전 일입니다."

무전기가 딸깍거리더니 별의 노래를 부르기 시작했다. 각 방향으로 16초의 응답 시간 지연이 있었다. 우주선은 지금 II 행성 주위를 지나고 있었다. "한 명만 빼고 다 죽었다고? 자네와 마틴은 다치지 않았나?"

"저희는 괜찮습니다, 대장님."

32초.

"참새호가 여기 우리에게 개발팀을 남겨놓고 갔어. 우리 쪽 개발팀에게 7사분면 프로젝트 대신에 '지옥의 입' 계획을 맡기겠네. 어떻든 간에 자네와 마틴을 제2돔에서 교대시켜주겠어. 긴장 풀지 말고 있어. 다른 사항은 없나?"

"없습니다."

32초.

"그럼 좋아. 나중에 보자, 오웬."

카프도 통신 내용을 모두 들었다. 나중에 퓨가 카프에게 말했다. "어쩌면 대장님이 자네에게 다른 개발팀과 함께 여기 있어 달라고 할지 몰라. 자네가 이 지역을 아니까." 외계 변방에서 생활할 때의 위험을 잘 알고 있는 퓨는 젊은이에게 주의를 주고 싶었다. 그러나 카프는 아무 대답도 하지 않았다. 카프는 "이젠 살아 있는 게 별로 없단 말입니다"라고 말한 후로는 한 마디도 하지 않았다.

"오웬." 마틴이 우주복 인터콤을 통해 말했다. "저 친구는 미쳤어. 돌았다고. 사이코야."

"아홉 번이나 죽은 사람치고는 아주 잘하고 있는데 뭘."

"그래? 전원이 꺼진 인조인간처럼 구는 게 잘하는 거야? 저 친구에게 남아 있는 유일한 감정은 증오라고. 저 친구 눈을 봐."

"이건 증오가 아니야, 마틴. 어떤 의미에서는 이 친구가 죽었다는 게 사실이지. 난 이 친구가 무얼 느끼는지는 모르겠어. 하지만 증오는 아니야. 이 친구는 우릴 보지도 못해. 그러기에는 너무 어둡다고."

"지금까지 목은 늘 어둠 속에서 잘려왔어. 저 친구는 우리가 알레프와 요드와 자인이 아니기 때문에 우릴 미워한다고."

"그럴 수도 있지. 하지만 난 이 친구가 외롭다고 생각해. 이 친구는 우릴 보지도 못하고 우리가 하는 말을 듣지도 못해. 그건 사실이야. 이 친군 전에도 다른 사람은 볼 필요가 없었어. 한 번도 외로운 적이 없었거든. 자기 자신만 보면 됐어. 평생 다른 아홉 개의 자아와 말하고 살면 되었단 말이야. 이 친구는 외로울 때 어떻게 하는지 몰라. 이제 그걸 배워야 해. 시간을 좀 주자고."

마틴이 커다란 머리를 저으며 말했다. "미쳤군. 저 친구와 단둘이 있을 때 저 친구가 한 손으로 자네 목을 부러뜨릴 수도 있다는 걸 명심하라고."

"그럴 수도 있겠지." 광대뼈에 상처가 난, 키가 작고 부드러운 목소리의 퓨가 말했다. 퓨는 싱긋 웃었다. 둘은 돔의 기밀문 바로 밖에서 손상된 트럭을 고치도록 서보를 프로그램하고 있었다. 둘은 호박 속의 파리처럼 달걀 반쪽 모양의 커다란 돔 안에 앉아 있는 카프를 볼 수 있었다.

"그 삽입 팩 좀 줘. 어째서 저 친구가 나아질 거라고 생각하는 거지?"

"강한 개성이 있는 게 분명하거든."

"강해? 불구겠지. 자기 말대로, 10분의 9는 죽었다고."

"하지만 저 친군 죽지 않았어. 살아 있는 사람이야. 존 카프 차우라고. 엄청 이상하게 성장해오긴 했지만, 사실 남자애들이란 결국 가족으로부터 뛰쳐나와 자유로워져야만 하는 거 아닌가. 저 친구도 그렇게 할 거야."

"난 잘 모르겠군."

"잘 생각해보라고, 마틴, 이 친구야. 클론이 왜 태어나게 됐지? 인류를 치료하기 위해서야. 우린 나쁜 습관에 빠져 있어. 날보라고. 내 정보 지능 지수와 유전자 구성 등급은 존 차우의 반밖에 안 돼. 그럼에도 외계 변방 임무에 내가 몹시 필요했기 때문에, 내가 자원했을 때 받아주었고, 인공 허파를 달아주고, 근시를 교정해주었어. 하지만 유능하고 건강한 젊은이들이 넘쳐 난다면 나처럼 허파 하나에 근시인 웨일스인을 쓸 것 같아?"

"인공 허파를 단 줄은 몰랐는걸."

"그럼 이제부터는 기억해둬. 클론은 깡통 조각이 아니야. 누군가에게서 세포를 떼어내 탱크 안에서 성장시킨 인간이라고. 원한다면 복제라고 하자고. 그건 대체 장기를 만드는 방식이기도 해. 클론을 만드는 것과 전반적으로 아이디어는 같지만 단지 인간을 통째로 만드는 대신 부분만 만드는 거야. 어쨌든, 이제 이건 내 허파야. 하지만 내가 하고 싶은 말은, 요즘엔 나 같은 사람은 너무 많고 존 차우 같은 사람은 충분치 않다는 거야. 정부에서는 인간 유전자 풀의 수준을 높이려 하고 있어. 인구가 급격히 감소한 후 현재의 유전자 풀은 더럽고 빈약한 웅덩이에 지나지 않지. 따라서 인간을 복제할 때는 강하고 건강한 인간을 선택하는 거야. 복제에는 이 논리 하나만 적용된다고."

마틴은 툴툴거렸다. 서보가 윙 소리를 내기 시작했다.

카프는 지금까지 거의 먹지 않았다. 음식을 삼키는 데 애를 먹었고, 목에 걸리는 바람에 몇 입 먹어보다 그만두곤 했다. 몸무게도 10킬로그램 정도가 빠졌다. 그러나 3주 정도 지나자 서서히 식욕을 되찾기 시작했고, 어느 날은 클론의 소지품들을 살피기 시작했다. 퓨가 짐 상자에 넣어 복도 구석에 단정히 쌓아놓은 침낭, 배낭, 서류 등이었다. 카프는 물건을 정리한 다음 서류와 잡동사니 더미를 없애버리고 나머지를 조그만 짐으로 꾸린 뒤 다시 걸어 다니는 혼수 상태에 빠져들었다.

이틀 후 카프가 말을 했다. 퓨는 말을 더듬는 카세트 플레이어를 수리하기 위해 애쓰는 중이었고 제대로 되지 않았다. 마틴은 팜파스의 지도를 확인하기 위해 제트기를 몰고 외출 중이었다. "빌어먹을!" 퓨가 투덜거리자 카프가 밋밋한 목소리로 말했다. "제가 해드릴까요?"

퓨는 깜짝 놀라 펄쩍 뛰어올랐다가 마음을 가다듬고 기계를 카프에게 내밀었다. 젊은 남자는 기계를 받아 분해한 다음 다시 조립해 탁자 위에 올려놓았다.

"테이프를 넣어봐." 다른 탁자에서 일하던 퓨가 아무렇지도 않은 척 말했다.

카프는 맨 위에 있는 합창곡 테이프를 넣었다. 카프는 간이침대에 누웠다. 백 명의 목소리가 돔을 가득 채웠다. 카프는 무표정한 얼굴로 가만히 누워 있었다.

다음 며칠 동안 카프는 청하지도 않았는데 몇 가지 일상적인 일을 했다. 그러나 창의력이 필요한 일은 하지 못했으며, 뭔가 해달라는 부탁에도 아무런 반응을 보이지 않았다.

"저 친구 잘하고 있어." 퓨가 아르헨티나어로 말했다.

"그렇지 않아. 스스로를 기계로 바꾸고 있을 뿐이라고. 미리 입력되어 있는 일만 할 뿐 다른 것에는 전혀 반응을 하지 않아. 아무 일도 하지 않았을 때보다 더 나빠진 거야. 이젠 더 이상 인간이 아니야."

퓨가 한숨을 쉬었다. "그래, 잘 자." 퓨가 영어로 말했다. 그리고 카프에게도 말했다. "잘 자, 카프."

"잘 자." 마틴이 말했다. 카프는 아무 말이 없었다.

이튿날 아침식사 때, 카프는 마틴의 접시에 담긴 토스트 쪽으로 손을 뻗었다. "왜 달라고 하지 않나? 그러면 내가 건네줄 텐데." 마틴이 화를 참으며 부드러운 목소리로 말했다.

"팔이 닿으니까요." 카프가 단조로운 목소리로 말했다.

"그래, 하지만 이것 봐. 뭘 좀 달라고 하거나 잘 자라거나 잘 잤냐고 인사하는 게 중요하지 않을지도 몰라. 하지만 그래도 누가 무슨 말을 하면 사람은 대답을 해야만 하는······."

젊은이는 무관심한 표정으로 마틴 쪽을 바라보았다. 카프의 눈은 아직 사람을 분명하게 보지 못하는 것 같았다. "왜 제가 꼭 대답을 해야 합니까?"

"누군가 자네한테 무슨 얘길 했으니까."

"왜요?"

마틴은 어깨를 으쓱하며 웃음을 터뜨렸다. 퓨는 벌떡 일어나 암석 절단기를 켰다.

나중에 퓨가 말했다. "그만해둬, 마틴."

"고립된 몇 명의 사람들 사이에서 어떤 예절은 필수야. 무슨 일을 하든 함께한다는 것 말이야. 저 친구도 그걸 배웠을 거라고. 외계 변방에 나와서 일하는 사람은 누구나 그걸 알아. 저 친구가 왜 일부러 그걸 조롱하는 건지 모르겠군."

"자넨 자네 자신한테 잘 자라는 인사를 해?"

"그래서?"

"카프가 자신 외에는 그 누구도 안 적이 없다는 걸 모르겠어?"

마틴은 생각을 해보더니 큰 소리로 말했다. "그럼 클론을 만드는 건 모두 잘못된 거야. 그래선 안 돼. 복제된 천재들이 아무리 많다 해도 우리의 존재조차 모른다면 무슨 일을 할 수 있겠어?"

퓨가 고개를 끄덕였다. "클론을 분리해서 다른 사람들과 함께 기르는 게 현명할지도 모르지. 하지만 이런 식으로 하면 엄청난 팀을 이루잖아."

"그래? 난 모르겠는걸. 만일 클론이 보통의 비능률적인 외계 엔지니어 열 명이었다면 모두 같은 시간에 같은 장소에 있었을 것 같아? 그랬다면 모두 죽는 사태가 벌어졌을까? 이런 경우를 생각해보라고. 지진이 일어나서 굴이 무너지기 시작할 때, 모두 같은 방향으로 뛰었다면 어쩔 거야? 광산 속으로 더 깊이 말이야. 예를 들어, 가장 깊이 들어가 있는 동료를 구하러 간다면? 심지어 카프는 밖에 있었는데도 오히려 안으로 들어갔어…….
이건 물론 가정이야. 하지만 난 클론이 아니라 보통 사람 열 명이 그런 상황에 처했다면 밖으로 빠져나온 사람이 더 많았을 거라는 생각을 지울 수가 없어."

"모르겠어. 일란성 쌍둥이들은 설사 서로 한 번도 만난 적이 없을지라도 거의 같은 시간에 죽을 가능성이 많아. 동일성과 죽음, 그건 아주 이상한 거야…….."

며칠 더 지났고, 빨간 해가 검은 하늘을 가로질러 기어올랐으며 카프는 말을 걸어도 아무런 대답이 없었고 퓨와 마틴은 날마다 서로에게 큰소리치는 일이 더 잦아졌다. 퓨는 마틴의 코 고는 소리에 불평했다. 화가 난 마틴은 자기 간이침대를 돔 건너편으로 옮기고 자신 역시 한동안 퓨에게 말을 하지 않았다. 퓨는 마틴이 불평을 할 때까지 웨일스 노래를 휘파람으로 불었다. 그러다 마침내 퓨도 한동안 말을 하지 않게 되었다.

개발 임무 우주선이 오기 전날, 마틴은 메리오네스에 가겠다고 했다.

"난 자네가 이 암석 분석을 끝마칠 때까지 컴퓨터 작업을 도와줄 줄 알았는데." 퓨가 감정이 상해서 말했다.

"카프가 할 수 있잖아. 난 '도랑'을 한 번 더 봐야겠어. 잘 지내라고." 마틴이 방언으로 대꾸하더니 걸걸거리며 나가버렸다.

"지금 한 말이 어느 지역 말입니까?"

"아르헨티나 말. 왜, 전에 내가 한번 말해주지 않았나?"

"모르겠는데요." 잠시 후 젊은이가 덧붙였다. "아무래도 많은 걸 잊은 것 같습니다."

"뭐 어쨌든 중요한 건 아니었어." 퓨는 갑자기 이 대화가 얼마나 중요한지를 깨닫고 부드럽게 말을 계속했다. "컴퓨터 작업 좀 도와주겠어, 카프?"

카프는 고개를 끄덕였다.

퓨는 그동안 많은 일들을 끝맺지 못한 상태였기 때문에 그 일은 하루 종일 걸렸다. 카프는 함께 일하기에 아주 편했다. 빠르고 체계적이라는 점에서 퓨보다 훨씬 나았다. 이제 다시 말을 하게 되자 카프의 단조로운 목소리가 신경에 거슬렸다. 하지만 그건 중요하지 않았다. 이제 하루만 지나면 우주선을 타고 옛 동료와 친구들이 올 터였다.

차를 마시며 쉬는 동안 카프가 말했다. "만일 개발 우주선이 추락하면 어떻게 되나요?"

"다 죽겠지."

"아니, 두 분 말입니다."

"우리? 우린 무선으로 SOS 신호를 보내겠지. 그리고 제3기지에서 구조선이 올 때까지 식량을 아끼기 위해 먹는 것을 절반으로 줄이며 버티겠지. 제3기지는 여기서 4.5E년 떨어져 있어. 우린 여기에 세 사람이, 어디 보자, 4, 5년 정도는 버틸 수 있는 생활 물자를 가지고 있네. 좀 빠듯하긴 하겠군."

"세 사람을 위해 구조선을 보내줄까요?"

"보내줄 거야."

카프는 더 이상 말을 하지 않았다.

"즐거운 상상은 이제 끝내자고." 퓨는 명랑하게 말하고는 일어나서 일에 몰두했다. 어느 순간, 퓨는 옆으로 미끄러졌고 의자가 손에서 빠져나갔다. 균형을 잡으려 애쓰던 퓨는 돔의 덮개에 세게 부딪혔다. "맙소사." 퓨는 자신도 모르게 모국어 관용구로 말했다. "무슨 일이지?"

"지진입니다." 카프가 말했다.

플라스틱 찻잔들이 덜그럭 소리를 내며 탁자 위에서 나뒹굴었고 상자에서 종이가 쏟아져 흩어졌으며 돔의 벽이 부풀어 축 늘어졌다. 발아래에서 요란한 소리가 났다. 소리와 떨림이 섞인 아음속 굉음이었다.

카프는 움직이지 않고 앉아 있었다. 지진은 이미 지진으로 죽었다 살아난 사내를 겁주지 못했다.

퓨가 창백한 얼굴에 철사 같은 까만 머리털을 쭈뼛 세운 채 겁에 질린 목소리로 말했다. "마틴이 '도랑'에 있어."

"도랑이라니요?"

"커다란 단층선 말이야. 그곳이 이곳에서 일어나는 지진의 진앙이야. 지진계를 보라고." 퓨는 여전히 덜컹거리며 닫혀 있는 격납고 문과 씨름하고 있었다.

"어디 가는 겁니까?"

"마틴을 데려와야 해."

"제트기는 마틴이 가지고 갔습니다. 지진이 있을 때 썰매를 타면 위험합니다. 조종이 안 된단 말입니다."

"제발 입 좀 닥쳐."

카프는 일어서더니 평소처럼 단조로운 목소리로 말했다. "지금 마틴을 찾으러 나가는 건 쓸데없는 짓입니다. 그건 불필요한 모험을 하는 겁니다."

"만일 마틴의 비상벨이 울리면 나에게 무전을 보내." 퓨는 우주복의 헬멧을 닫고 기밀문으로 달려갔다. 퓨가 밖으로 나가자 리브라는 그의 발아래에서 빨간 지평선까지 누더기 치마를 들어 올리고 배꼽춤을 추고 있었다.

카프는 돔 안에서 썰매가 불그스레한 낮빛을 받으며 별똥별처럼 떨며 북동쪽으로 사라지는 모습을 지켜보았다. 돔 벽이 흔들렸고 땅이 기침을 하고 있었다. 돔 남쪽에 있는 구멍이 트림을 하면서 검은 가스를 느릿느릿 토해냈다.

벨이 시끄럽게 울리며 중앙 통제판에 빨간 불이 켜졌다. 불빛 아래에는 '2번 우주복'이라 적혀 있었고, 그 밑에는 A.G.M.이라는 머리글자가 휘갈겨져 있었다. 카프는 비상벨을 끄지 않았다. 마틴과 퓨에게 무전을 보냈지만 양쪽 모두 응답이 없었다.

여진이 잦아들자 카프는 다시 일을 시작해 퓨의 일을 끝마쳤다. 2시간 정도 걸렸다. 30분마다 한 번씩 1번 우주복에 무전을 보냈지만 대답이 없었고, 2번 우주복도 마찬가지였다. 빨간 불은 1시간 뒤 꺼졌다.

저녁식사 시간이었다. 카프는 한 사람분의 저녁을 준비해서 먹었다. 그리고 간이침대에 누웠다.

아주 가끔 구르는 듯한 희미한 떨림을 제외하면 여진도 멈춘 상태였다. 거대한 타원형 태양이 창백한 모습으로 서쪽 하늘에 걸려 있었다. 태양은 완전히 지지 않았고 주변에는 정적이 감돌았다.

카프는 일어나 짐이 꾸려지다 만, 어수선하면서 복작거리는 빈 돔을 걷기 시작했다. 침묵은 계속되었다. 카프는 카세트 플레이어로 가서 손에 닿는 첫 번째 테이프를 넣었다. 화성이나 목소리 없이 순수한 전자음으로 이루어진 음악이 흘렀다. 음악이 끝났다. 침묵이 계속되었다.

단추 하나가 떨어진 퓨의 제복 튜닉이 암석 표본 더미 위에 걸쳐져 있었다. 카프는 그것을 한동안 물끄러미 바라보았다.

침묵이 계속되었다.

어린아이의 꿈속 같았다. 자신을 제외하고는 이 세상에 아무도 살아 있는 이가 없는 꿈. 온 세상에 혼자만 남아 있는 꿈.

저 아래, 돔의 북쪽에 운석 하나가 깜빡였다.

카프는 뭔가 말하려는 듯 입을 열었으나 목소리는 나오지 않았다. 카프는 서둘러 북쪽 벽으로 가서 젤라틴 같은 붉은빛을 들여다보았다.

작은 별은 안으로 들어오더니 가라앉았다. 두 사람이 기밀문으로 들어섰다. 카프는 두 사람이 들어오는 것을 보며 문에 바싹 붙어 섰다. 마틴의 우주복은 먼지 같은 것으로 뒤덮여 있었기 때문에 이리저리 얽히고 흑투성이인 리브라 표면처럼 보였다. 퓨가 마틴의 팔을 잡고 있었다.

"다쳤습니까?"

퓨가 우주복을 벗은 뒤 마틴의 우주복도 벗겨주었다. "충격을 받았어." 퓨가 무뚝뚝하게 내뱉었다.

"절벽이 깨져 제트기 위에 떨어졌지." 마틴이 탁자에 앉아 두 팔을 저으며 말했다. "하지만 내가 타고 있을 때가 아니었어. 제트기를 대놓고 탄소 가루 지역을 살피고 있었는데 갑자기 푹 하고 가라앉는 느낌이 들더군. 그래서 미리 위에서 봐둔 초기 화성 암층 위로 올라갔지. 튼튼한 데다가 절벽 밑에서 멀찍한 곳이었거든. 그때 거대한 조각이 비행선 위로 떨어지는 걸 본 거야. 장관이더군. 한참 뒤에야 여분의 산소통이 비행선 안에 있다는 생각이 들더라고. 그래서 비상 단추를 눌렀지. 하지만 무전 응답을 받을 수 없었어. 여기서는 지진이 일어나면 늘 그래. 그래서 과연 비상 신호가 간 것인지조차 알 수 없었지. 그리고 땅이 사방에서 들썩이고 절벽에서는 암석 조각이 떨어져 내리기 시작했어. 작은 바위들이 주변을 날아다니고 먼지가 너무 많아 1미터 앞도 안 보이더군. 그제야 비로소 몇 시간 뒤에는 어떻게 숨을 쉬어야 할지 걱정이 되기 시작했지. 그때 오웬이 '도랑' 위로 윙윙 소리를 내며 나타났어. 먼지와 잡석 사이를 뚫고 말이야. 마치 거대하고 볼썽사나운 박쥐 같은……."

"뭘 좀 먹겠어?" 퓨가 말했다.

"물론 먹어야지. 여기서는 지진이 어땠지, 카프? 피해는 없었나? 그렇다면 사실 그리 센 건 아니었던 모양이군. 지진계에는 얼마로 나왔지? 나야 지진 한복판에 있었으니 힘들었지만. 구진앙 알바로 말이야. 거기서는 리히터 눈금으로 진도 15는 되는 것 같더라고……. 행성이 완전히 무너지는 줄로만……."

"앉아. 먹으라고." 퓨가 말했다.

좀 먹고 나자 마틴의 수다도 사라졌다. 마틴은 일찌감치 자기 간이침대로 갔다. 간이침대는 퓨가 코 고는 걸 가지고 불평했을 때 멀찌감치 옮겨놓은 그곳에 그대로 있었다. "잘 자, 폐가 한쪽밖에 없는 웨일스 양반." 마틴이 돔 건너편에다 대고 말했다.

"잘 자."

마틴은 더는 말이 없었다. 퓨는 촛불 밝기보다 어두운 노란빛으로 불빛을 줄여 돔을 침침하게 만들었다. 그리고 아무 일도, 아무 말도 않고, 우울한 표정으로 앉아 있었다.

침묵이 계속되었다.

"컴퓨터 작업을 다 끝냈습니다."

퓨는 고개를 끄덕여 고맙다는 표시를 했다.

"마틴의 비상 신호가 왔었습니다. 하지만 두 분 모두 연락이 안 되더군요."

퓨가 힘겹게 말했다. "내가 가지 말았어야 했는지도 몰라. 마틴의 산소통 하나만으로도 2시간 정도 쓸 공기가 남아 있더군. 내가 떠날 때 마틴은 이미 이쪽으로 향했을 수도 있었어. 그렇게 되면 길이 엇갈렸겠지. 난 무서웠어."

다시 침묵이 찾아왔고, 마틴의 길고 부드러운 코 고는 소리에 침묵이 깨지곤 했다.

"마틴을 사랑하나요?"

퓨는 화가 난 듯한 눈빛으로 카프를 올려다보았다. "마틴은 내 친구야. 우린 오랜 시간 함께 일했고, 마틴은 좋은 사람이라고." 퓨는 말을 멈추었다가 잠시 뒤 다시 입을 열었다. "그래, 사랑해. 그런데 그건 왜 묻는 거지?"

카프는 아무 말도 하지 않고 퓨를 바라보았다. 카프의 얼굴은 마치 전에는 보지 못했던 걸 본 것처럼 변해 있었고, 목소리 역시 변해 있었다. "어떻게 그게…… 어떻게 그런 게……."

그러나 퓨는 설명할 방법이 없었다. "나도 모르겠어. 일부는 습관이겠지. 나도 모르겠어. 우린 서로 외로웠어. 어둠 속에서 손을 내미는 수밖에 다른 방법이 없었겠지?"

마치 내면의 강렬한 힘에 타버리기라도 한 듯 카프의 이상한 시선이 아래로 떨어졌다.

"난 피곤해." 퓨가 말했다. "여기저기 땅이 갈라졌다 닫히는 곳에서 시커먼 먼지와 잡석 더미를 헤치며 마틴을 찾는 게 사람이 할 짓은 못 되더군……. 좀 자야겠어. 우주선에서는 6시쯤 연락이 올 거야." 퓨는 일어서서 기지개를 켰다.

"그건 클론입니다." 클론이 말했다. "우주선이 데려오는 다른 개발팀 말입니다."

"그래서?"

"12클론입니다. 저희와 함께 참새호를 타고 왔습니다."

카프는 전등이 내는 조그맣고 노란 불빛에 둘러싸여 그 너머로 두려운 무언가를 보는 것처럼 가만히 앉아 있었다. 새로운 클론. 카프가 속해 있지 않은 다중 자아였다. 망가진 세트에서 단하나 남은 조각, 파편, 고독에 익숙지 않은 존재, 다른 개인을 사랑하려면 어떻게 하는지조차 모르는 존재. 이제 카프는 클론 열두 명으로 구성된, 완전히 폐쇄된 자급자족 집단과 대면해야만 한다. 그건 이 가엾은 친구에게 너무나 가혹한 요구였다. 퓨는 지나가며 카프의 어깨에 손을 얹었다. "대장님이 자네한테 그클론과 여기 함께 남으라고 명령하지는 않을 거야. 자넨 집에 갈수 있어. 아니면, 자네도 외계 변방 소속이니까, 우리와 함께 더먼 곳으로 갈 수도 있고. 자넨 우리와 잘 맞을 거야. 성급하게 결정하지 말라고. 자넨 어쨌든 잘해낼 테니까."

퓨의 조용한 목소리가 희미해졌다. 퓨는 선 자세로 피곤에 지친 몸을 약간 굽히고 외투 단추를 풀었다. 카프는 퓨를 보다가 전에는 한 번도 보지 못한 걸 보았다. 오웬 퓨, 다른 존재, 어둠속에서 손을 내민 낯선 사람.

"잘 자." 퓨가 중얼거리며 침낭 속으로 기어 들어갔다. 눕자마자 이내 반쯤 잠든 퓨는 잠시 뒤에 어둠 저편에서 들려온 카프의 반복되는 대답을, 감사의 기도를 듣지 못했다.

THE WIND'S TWELVE QUARTERS

물건들

이 글은 비범한 편집자인 데이먼 나이트가 《오비트》지에 〈끝〉이라는 제목으로 게재해준 것이다. 왜 그런 제목으로 했는지 이제는 기억나지 않지만, 그가 보기에 〈물건들〉이라는 제목을 쓰면 오후 1시 텔레비전 프로그램에 보라색 촉수를 달고 나오는 그런 것처럼 들릴 확률이 높다고 생각했기 때문이 아닌가 싶다.* 하지만 나는 〈물건들〉이라는 제목으로 다시 달았다. 왜냐하면 (적어도 심리신화를 읽은 뒤에는) 이 제목이 강조해야 할 것을 제대로 강조하고 있기 때문이다. 우리가 쓰고 우리가 소유하고 또한 우리를 소유하는 물건들, 벽돌이나 단어처럼 우리가 만드는 물건들 말이다. 우리는 이런 물건들로 집과 마을과 보도를 만든다. 하지만 집과 마을은 파괴되고 보도는 영원히 지속될 수 없다. 세상에는 심연이, 갈라진 틈이, 맨 마지막으로 걸어야 할 걸음이 존재한다.

*이 단편의 원제인 〈Things〉에는 '정체불명의 괴물들'이라는 뜻도 있다.

남자는 바닷가에 서서 저 멀리 어렴풋이 '섬들'이 있는 또는 있다고 생각되는 곳에서 일어나는 기다란 파도 거품을 보고 있었다. 남자가 바다에게 말했다. 저곳에, 저곳에 내 왕국이 있어. 바다는 남자에게, 모든 이에게 해주는 말을 했다. 남자의 등 뒤에 있던 저녁이 움직여 물을 건너자 파도 거품선이 창백해지고 바람이 잦아졌으며, 서쪽 저 멀리에서 별처럼 보이는 빛이 나타났다. 아니, 어쩌면 빛이기를 바라는 남자의 희망일지도 몰랐다.

남자는 늦은 황혼에 자신이 사는 마을의 거리로 돌아갔다. 가게와 이웃의 오두막집은 종말을 맞이할 준비를 하는 듯 아무도 없이 깨끗이 치워진 채 텅 비어 있었다. 대부분의 사람들은 언덕회관의 흐느낌의 방에 있거나 레이저 가족과 함께 벌판에 나가 있었다. 하지만 리프는 집을 비울 수도 정돈할 수도 없었다.

리프의 상품과 물건들은 내다 버리기엔 너무 무거웠고 부숴버리기엔 너무 단단했으며 불에 타지 않기에 태워버릴 수도 없었다. 리프의 물건은 오직 오랜 시간만이 없앨 수 있었다. 그런 물건들이 모여 있거나 그대로 있거나 버려지거나 한 곳은 어디나 모두 도시가 되었거나 도시처럼 보이거나 할 터였다. 그래서 리프는 자기 물건을 내다 버리려 애쓰지 않았다. 리프의 마당에는 여전히 그가 만든 벽돌이 수천수만 장 쌓여 있었다. 가마는 차갑게 식어 있었지만 아직 쓸 만했고, 진흙과 마른 모르타르, 석회가 든 통, 벽돌 운반통과 외바퀴 수레와 흙손을 비롯해 모든 것이 그곳에 그대로 있었다. 공증인 거리에서 온 친구 중 한 명이 비웃으며 물어본 적 있었다. 낡은 세상의 종말이 오면 벽돌로 담을 쌓고 그 뒤에 숨을 생각인 모양이지?

언덕회관으로 올라가던 또 다른 이웃은 황금빛 오후 햇살을 받아 부드럽고 발그레하게 빛나며 쌓여 있는 예쁘장하게 구워진 벽돌 더미, 덩어리, 무더기들을 잠시 들여다보더니 그곳에 쌓여 있는 벽돌 무게만큼 깊은 한숨을 내쉬었다. 물건들, 물건들! 물건들로부터 자유로워야 해, 리프, 자네를 끌어당겨 가라앉힐 무게에서 자유로워져야 한다고! 우리와 함께 가자고, 종말의 세상 위쪽으로 말이야!

리프는 벽돌 더미에서 벽돌을 하나 집어 들어 다른 곳에 쌓여 있는 무더기에 옮겨놓은 다음 어색하게 웃어 보였다. 사람들이 모두 지나갔을 때, 리프는 회관으로 올라가거나 들판을 망치고 동물들을 죽이는 일을 돕는 대신, 종말의 세상 끝에 있는 바닷가로 갔다. 세상 끝 너머에는 오로지 물만 있을 뿐이었다. 리프는 옷에 소금 냄새가 배고 바닷바람으로 얼굴이 빨개진 채 벽돌공장이 있는 오두막집으로 돌아왔다. 하지만 여전히 레이저 가족의 웃음소리나 파멸을 앞둔 절망감을, 언덕 사람들의 절망에 빠진 흐느낌을 이해할 수 없었다. 그는 공허함을 느꼈다. 배고픔을 느꼈다. 덩치는 작지만 육중한 사내인 리프는 세상 가장자리에서 불어오는 바람을 저녁 내내 맞으며 꼼짝도 하지 않고 있었다.

이봐요, 리프! 리프가 사는 곳 건너편, 몇 채 건너 직물공 거리에 사는 과부가 말했다. 당신이 걸어오는 걸 봤어요. 해가 진다음에 걸어 다니는 사람은 당신밖에 없다고요. 점점 어두워지고 더 조용해지네요……. 여자는 마을이 무엇보다 혹은 언제보다 더 조용한지에 대해서는 말하지 않았다. 여자는 계속 말을 했다. 저녁은 먹었나요? 지금 막 오븐에서 구운 고기를 꺼내려는 참이었어요. 세상의 종말이 올 때까지 꼬맹이와 난 절대로 그 고기를 다 먹지 못할 거예요. 정말이에요. 게다가 맛있는 고기를 버리고 싶진 않다고요.

아, 정말로 고맙습니다. 다시 외투를 입으며 리프가 말했다. 둘은 가파른 거리를 휩쓸고 있는 바닷바람을 맞으며 어둠을 뚫고 벽돌공 거리에서 직물공 거리로 걸어갔다. 자그마한 등불이 걸린 과부의 집에서 리프는 여인의 아기와 놀았다. 이 마을에서 마지막으로 태어난 그 아기는 작고 통통했으며 막 서는 걸 배운 참이었다. 과부가 묵직한 등나무 식탁에 빵과 뜨거운 고기를 차리는 동안 리프는 아기를 일으켜 세웠고, 아기는 까르르 웃다 넘어졌다. 리프와 과부는 자리에 앉아 음식을 먹었다. 심지어 아기도 겨우 네 개뿐인 이로 단단한 빵껍질을 갉작거렸다. 왜 언덕이나 들판으로 가지 않는 건가요? 리프가 묻자 과부는 그 질문을 기다렸다는 듯이 바로 대답했다. 아, 전 아기가 있잖아요.

리프는 여인의 남편이 지은 작은 집을 둘러보았다. 여인의 남편은 리프 밑에서 일하던 벽돌공들 가운데 한 명이었다. 이거 맛있는걸요. 작년 언젠가 먹어본 이후로 고기는 처음이에요.

알아요, 알아! 더 이상 집을 짓질 않죠.

단 한 채도요. 벽 하나, 닭장 하나도 만들지 않고, 심지어 수리조차 하지 않아요. 하지만 당신은 천을 짜잖아요. 천은 좀 수요가 있나요?

네. 세상이 끝나기 직전까지도 새 옷을 원하는 사람들은 있으니까요. 이 고기도 성주님의 가축들을 도살한 레이저네 집에서 산 거예요. 그리고 저는 성주님의 따님을 위해 고운 리넨을 짜고 받은 돈으로 고기 값을 치른 거죠. 그 리넨으로 가운을 만들어 세상이 끝날 때까지 입고 계시겠다고 하더군요! 둘의 속마음에 동의한다는 듯 창문이 가볍게 코웃음 치며 조롱했다. 하지만 이제는 아마도 떨어졌고 양모도 거의 없어요. 물레질도, 천을 짤 일도 없는 거죠. 들판은 불에 탔고 가축들은 죽었어요.

그렇죠, 맛있게 구워진 고기를 먹으며 리프가 말했다. 시기가 안 좋은 거예요. 최악의 시기입니다.

과부가 말을 계속했다. 이제 들판이 불에 탔으니 땅을 어디서 찾아야 할까요? 그리고 사람들이 우물에 독을 뿌렸으니 물은 어디서 가져와야 하나요? 저 위에서 흐느끼는 사람들처럼 말을 하게 되네요. 양껏 드세요, 리프. 남편은 봄이 되면 어린 양고기가 세상에서 최고 맛있다고 하다가 가을이 되면 구운 돼지고기가 세상에서 최고 맛있다고 했죠. 자, 사양 말고 양껏 드세요……

그날 밤, 벽돌공장의 오두막집에서 잠을 자던 리프가 꿈을 꾸었다. 대개 리프는 자신이 만든 벽돌만큼이나 얌전히 잤지만, 그날 밤에는 꿈속에서 밤새 '섬들'을 표류하고 다니는 꿈을 꾸었고, 잠에서 깨었을 때 '섬들'은 더 이상 소망이나 추측이 아니었다. 날이 어두워지면서 별이 또렷하게 보이듯, 리프는 '섬들'을 확실하게 인식했다. 하지만 꿈속에서 리프는 어떻게 물 위를 다닐 수 있었던 걸까? 날아간 것도 아니었으며 걷지도 않았고, 그렇다고 물고기처럼 물속을 헤엄쳐 다닌 것도 아니었다. 하지만 리프는 진녹색 평원과 바람에 출렁이는 물굽이를 넘어 '섬들'로 갔으며, 외침을 들었고 마을 불빛을 보았다.

리프는 사람이 어떻게 하면 물 위를 갈 수 있을까 생각해보았다. 그는 풀잎이 어떻게 해서 냇물 위에 떠 있는지 생각해보고 등나무를 쪼개 엮어서 매트를 만들고 그 위에 누워 손으로 물을 밀면 어떨까 생각했다. 하지만 냇가 옆 등나무 숲은 여전히 연기에 휩싸여 있었고, 바구니공이 쓰던 버드나무 더미는 모두 불에 타고 없었다. 꿈속에서 본 '섬들'에 있는 등나무나 풀은 키가 50피트 정도 되었으며 리프의 팔뚝보다 굵은 갈색 줄기들이 주변에 널려 있었고, 쭉 뻗은 수천 개의 가지는 태양을 향해 펼쳐진 녹색 잎들로 가득했다. 그런 줄기가 있다면 타고 바다를 건널 수 있으리라. 하지만 리프가 사는 나라에는 그런 식물이 없었고 본적도 없었다. 언덕회관에는 단단한 갈색 재료로 만든 칼 손잡이가 있었다. 하지만 그건 다른 땅에서 자란, 나무라는 식물로 만든 것이라 했다. 그리고 칼 손잡이에 의지해 으르렁거리는 바다를 건널 수는 없었다.

기름 바른 가죽은 물에 뜨지도 몰랐다. 하지만 무두장이는 몇 주째 게으름을 피웠고 팔려고 내놓은 가죽도 없었다. 누군가의 도움을 구할 생각은 버리는 게 나았다. 리프는 투명한 바람이 부는 바닷가로 외바퀴 수레와 가장 큰 벽돌 운반통을 가지고 가 환초로 둘러싸인 잔잔한 물속에 넣었다. 지게와 운반통은 가라앉지 않고 적당한 깊이로 잠긴 채 떠 있었다. 하지만 리프가 그 위에 한 손을 올려놓자 뒤집어지더니 물이 차 가라앉았다. 너무 가벼워. 리프가 생각했다.

리프는 절벽으로 돌아가 거리를 지나 이제는 쓸데없는 양질의 벽돌을 외바퀴 수레에 가득 담고 다시 힘들게 밀고 바닷가로 갔다. 비록 지난밤 있던 파멸 기념 축제에서 곤드레가 되었던 레이저 집안사람 한둘이 휘청거리며 어두운 출입구로 다가와 환한 공기 너머로 리프를 힐금거렸지만, 호기심 어린 눈으로 리프가 무엇을 하고 있는지 묻는 아이들은 없었다. 지난 몇 년간 태어난 아이들이 거의 없었기 때문이었다. 그날 하루 종일 리프는 벽돌을 나르고 모르타르를 만들었으며, 이튿날 비록 다시 꿈을 꾸지는 않았지만 비바람이 몰아치는 3월의 해변에 벽돌을 잔뜩 가져다놓고 시멘트를 만들기 위해 그 근처에 모래를 대량으로 쌓았다. 리프는 거꾸로 뒤집힌 모양의 작은 벽돌 돔을 만들었다. 끝이 물고기처럼 뾰족한 타원형이었다. 리프는 벽돌을 나선 모양으로 정교하게 쌓아 이 모든 작업을 단숨에 끝냈다. 잔 하나 또는 수레 하나 분량의 공기가 물 위에 뜬다면 돔처럼 생긴 벽돌도 뜨지 않을까? 그리고 벽돌은 충분히 튼튼할 터였다. 하지만 모르타르가 굳은 뒤 넓은 등에 힘을 주고 돔을 뒤집어 들어 올려 부서지는 파도 사이로 밀어 넣었을 때, 돔은 대합이나 모래 벼룩이라도 되는 듯 축축한 모래 속 깊숙이 가라앉았다. 리프는 돔을 뒤집어 속을 비웠지만 파도가 다시 그 속을 채우고 또 채웠으며, 마침내 검푸른 파도가 하얀 거품을 일으키며 돔을 낚아채 이리저리 굴리고 내치더니 벽돌 하나하나로 낱낱이 분해해 영원히 젖어 있을 모래 속으로 파묻었다. 목까지 젖은 리프는 그곳에 서서 눈가의 소금물을 닦아냈다. 바다 서쪽으로는 파도와 비구름뿐이었다. 하지만 '섬들'은 그곳에 있었다. 리프는 알고 있었다. 사람보다 열 배는 큰 풀들이 자라는 곳, 바닷바람이 스쳐 가는 황금빛 벌판, 하얀 마을들, 바다 위로 하얀 왕관을 쓴 언덕, 언덕 위에서 소리치는 목동의 목소리. 모두 그곳에 있었다.

나는 건축업자지 물 위를 떠다니는 사람이 아니야. 자신의 어리석음을 조목조목 생각해본 다음 리프가 말했다. 물에서 나온 리프는 절벽 쪽 길로 올라가 비 내리는 길을 지났다. 외바퀴 수레에 다시 벽돌을 싣기 위해서였다.

물 위를 떠다니는 멍청한 꿈에 빠져 일주일을 보낸 리프는 그제야 무두장이 거리가 버려진 채 황량하다는 사실을 깨달았다.

제혁공장은 텅 빈 채 쓰레기만 나뒹굴었다. 불 꺼진 장인들의 가게는 줄지어 늘어서 검은 아가리를 벌리고 있었고 그 위 침실 창문에는 가리개가 내려져 있었다. 길 끝에 있는 낡은 구둣가게는 불타고 있었으며, 한 번도 신지 않은 새 신발 더미가 타며 지독한 냄새를 냈다. 리프 옆에는 안장이 얹혀진 나귀가 코를 찌르는 연기에 귀를 퍼덕이며 기다렸다.

리프는 계속 길을 가 외바퀴 수레에 벽돌을 실었다. 가파른 길을 거세게 내려가려는 수레의 속도를 조절하기 위해 등에 힘을 잔뜩 주었고, 바닷가까지 통해 있는 나선형 절벽 통로를 지나는 동안 균형을 유지하기 위해 어깨에 온 힘을 기울여 수레 방향을 바꾸며 바닷가로 내려갔다. 이번에는 그런 리프 뒤를 마을 사람 몇 명이 따라왔다. 공증인 거리에 사는 두어 명과 시장 근처 거리에 사는 사람들 몇 명이 뒤를 따라왔기 때문에, 리프가 몸을 곧게 폈을 때는 모래를 따라 나 있는 깊은 외바퀴 수레 자국 뒤로 작은 무리가 만들어져 있었다. 파도 거품이 리프의 맨발을 간질이고 얼굴에 흘러내리는 땀이 열을 식혀주었다. 사람들은 레이저 집안의 굼뜨고 게으른 기운을 풍겼다. 리프는 그들에게 관심 두지 않았지만, 직물공 거리에 사는 과부가 절벽에 서서 겁먹은 얼굴로 지켜보는 것은 알고 있었다.

리프가 바닷물이 가슴까지 차오를 때까지 외바퀴 수레를 몰고 들어가 벽돌을 쏟아낼 때 커다란 파도가 밀려오더니 요란한 소리를 내며 수레에 거품을 가득 담았다.

이미 레이저 집안사람들 몇몇은 해변에서 떠났다. 공증인 거리에 사는 키 큰 남자가 리프 근처를 어슬렁거리다가 가볍게 히죽거리며 말했다. 절벽 꼭대기에서 버리는 게 편하지 않아, 친구?

그러면 모래사장에 떨어질 뿐이라고. 리프가 말했다.

벽돌을 물에 빠뜨리고 싶은 거로군. 다행이네. 우리 중 몇몇은 자네가 여기에 뭔가를 지으려는 줄 알았다고! 사람들이 널 손봐주려고 했어. 그 벽돌들을 축축하고 서늘한 곳에 잘 두라고.

공증인 거리에 사는 이는 히죽거리며 떠났고, 리프는 다시 짐을 실어 오기 위해 절벽으로 향했다.

저녁 먹으러 와요, 리프. 절벽 꼭대기에서 과부가 걱정스러운 목소리로 말했다. 여인은 아기를 바람에서 보호하기 위해 꼭 껴안고 있었다.

그럴게요. 리프가 말했다. 빵을 한 덩어리 가지고 갈게요. 빵 굽는 이가 떠나기 전에 제가 몇 덩어리 구해놓았어요. 리프는 싱긋 웃었지만 여인은 웃지 않았다. 둘이 오르막길을 가고 있을 때 여인이 물었다. 벽돌을 바다에 버리고 있는 건가요, 리프?

리프는 활짝 웃으며 그렇다고 대답했다.

여인은 어찌 보면 안도감이 서린 것도 같고 또 어찌 보면 슬픔이 서린 것도 같은 표정을 지었다. 하지만 등불이 밝혀진 여인의 집에서 저녁식사를 하는 동안 그녀는 언제나처럼 조용하고 평안했다. 둘은 치즈와 말라붙은 빵을 맛있게 먹었다.

이튿날 리프는 계속해서 벽돌을 날랐다. 만약 레이저 집안사람들이 이 모습을 보았다면 리프가 자신들과 같은 일을 한다고 생각했을 터였다. 해변에서 깊은 바다까지 경사가 완만했기에 리프는 물 밖으로 건물이 보이지 않게 작업할 수 있었다. 리프는 작업물이 절대 물 밖으로 나오지 않도록 하기 위해 간조일 때 일을 시작했다. 만조일 때는 얼굴과 머리 위로 몰아치는 파도를 뚫고 벽돌을 쏟아내 쌓아 올리기 힘들었지만 리프는 쉬지 않고 일을 계속했다. 저녁 무렵, 리프는 기다란 강철 막대들을 가져와 자신이 세운 것에 버텨놓았다. 역류가 흐르면 8피트 정도 만들어놓은 둑길이 무너질 수 있었기 때문이었다. 레이저 집안사람들에게 의심받지 않도록 리프는 간조가 되더라도 막대 끝부분이 물 밖으로 나오지 않도록 조심했다. 언덕회관의 흐느낌의 방에서 내려온 노인 둘이 황혼 아래 돌길을 걷다가 길에 서 있는 리프의 텅 빈 외바퀴 수레를 두드리며 그에게 비웃는 듯한 웃음을 지어 보였다. 물건에서 해방되는 건 좋은 거야. 한 명이 부드럽게 말하자 다른 한 명이 고개를 끄덕였다.

이튿날, 리프는 비록 '섬들' 꿈을 꾸지는 않았지만 계속 둑길을 만들었다. 리프가 멀리 들어갈수록 모래는 더욱 가파른 경사를 보였다. 이제 리프는 자신이 만든 둑길 끄트머리에 서서 외바퀴 수레로 실어 온 벽돌을 조심스레 쏟아낸 다음 벽돌들을 평평하게 쌓고 미리 설치해놓은 막대 사이에 끼우기 위해 물속으로 들어가 버둥거리고 헐떡이며 물 위로 나왔다가 다시 들어가기를 반복했다. 그러다 다시 물 밖으로 나와 회색 모래밭을 가로질러 절벽을 올라가 외바퀴 수레를 덜거덕거리며 조용한 거리를 지나 또다시 짐을 실으러 갔다.

그 주의 어느 무렵, 벽돌공장으로 찾아온 과부가 말했다. 저도 절벽 너머로 벽돌을 던질게요. 조금 덜 걸어도 될 거예요.

외바퀴 수레에 벽돌을 실어 옮기는 건 힘든 일입니다.

아, 괜찮아요.

좋아요, 그럼 원하는 만큼만 하세요. 하지만 벽돌은 무겁습니다. 한꺼번에 많이 옮기지는 마세요. 작은 외바퀴 수레를 드리죠. 그리고 여기 짐 위에 꼬맹이를 태우고 다녀도 돼요.

그리하여 여인은 가끔이지만 리프를 도왔다. 안개 낀 아침은 온통 은빛이었으며 오후가 되면 바다와 하늘이 맑았고, 절벽 틈 꽃이 피던 곳에는 잡초만 무성했다. 절벽에는 더 이상 꽃이 필 곳이 없었다. 이제 둑길은 해안에서 상당히 뻗어나갔으며, 리프는 물고기를 제외한 그 누구도 배운 적이 없는 기술을 배워나갔다. 리프는 땅에 손이나 발을 대지 않고 바닷물 위를 떠다니거나 잠수해 움직일 수 있었다.

리프는 사람이 이런 일을 할 수 있다는 말은 들어본 적이 없었다. 하지만 파도 거품, 공기가 에워싼 물, 물이 에워싼 공기, 안개, 4월에 내리는 비 따위가 뒤죽박죽 섞여 있는 환경에서 물속으로 들어갔다 나오고, 공기 중으로 나왔다 들어가며 벽돌 작업을 하느라 바빠 이에 대해 많이 생각하지 못했다. 리프는 종종 어둑어둑하고 숨 쉴 수 없는 녹색 세계로 즐거이 내려가 물고기 떼 사이에서 벽돌과 씨름하다가 공기가 필요할 때만 헐떡이며 물보라를 품은 바람으로 나왔다. 신기하게도 물속에서는 벽돌을 제대로 다루기 힘들었고 무게도 거의 느낄 수 없었다.

리프는 발이 푹푹 빠지는 모래밭 위를 비틀비틀 걸어 다니며 충실한 조력자가 절벽 가장자리에서 떨어뜨려준 벽돌을 모아 외바퀴 수레에 담은 뒤 간조 때는 해수면 1, 2피트 아래, 만조 때는 4, 5피트 아래 있는 둑길 끝으로 곧장 가져가 쏟아낸 다음 물속으로 들어가 둑길을 쌓고 다시 벽돌을 가지러 해안으로 돌아가기를 반복하며 하루 종일 열심히 일했다. 그리고 밤이 되어서야 녹초가 되어 마을로 돌아왔다. 리프는 소금기 때문에 눈앞이 침침해지고 온몸이 가려웠으며 상어처럼 배가 고팠고, 과부와 그녀의 아기와 함께 눈에 보이는 아무 음식이나 먹었다. 봄기운으로 저녁은 점차 따뜻하고 아늑하고 길어졌지만 최근에 마을은 아주 어둡고 고요했다.

이런 적막한 마을 분위기를 눈치챌 정도의 기운이 남아 있던 어느 날 저녁, 리프가 이에 대해 말하자 과부가 대답했다. 아, 제 생각에는 이제 다 떠난 것 같아요.

모두요? 침묵이 흘렀다. 어디로 갔는데요?

여인은 어깨를 으쓱해 보였다. 여인은 검은 눈을 들어 식탁 건너편에서 불빛에 비치는 리프를 한동안 조용히 바라보았다. 어디일까요? 여인이 말했다. 당신이 만드는 바닷길은 어디로 통하는 걸까요, 리프?

리프는 잠시 동안 가만히 있었다. '섬들'로요. 마침내 리프가 대답하더니 소리 내어 웃으며 여인과 시선을 마주쳤다.

여인은 웃지 않고 단지 이렇게 말했다. '섬들'이 그곳에 있나요? 그렇다면 '섬들'이 있다는 게 사실인가요? 여인은 자고 있는 아기를 살펴보고는 아무도 다니지 않는 거리와 아무도 살지 않는 집 사이를 따뜻하게 감싸고 있는 늦봄의 어둠 속으로 대문을 열었다. 마침내 여인은 리프를 돌아보고 말했다. 리프, 당신도 알고 있겠지만 벽돌이 얼마 남지 않았어요. 몇백 장 정도밖에 없어요. 좀 더 구워야 해요. 여인은 말을 마치고 나지막이 울기 시작했다.

이런! 리프는 바다를 가로질러 120피트를 뻗어 있는 물속 길과 그 끝에서 수만 마일 뻗어 있는 바다를 떠올리며 말했다. 헤엄쳐 갈 겁니다! 그러니 울지 마세요. 당신과 아이를 여기에 남겨두고 제가 떠날 것 같습니까? 당신에게 벽돌을 날라 절벽 아래로 떨어뜨리게 한 제가, 당신에게 밥을 얻어먹고 그나마 양식도 떨어져 이제는 처음 보는 잡초와 조개를 구해 요리해준 것을 먹는 제가, 당신 식탁과 난로 그리고 침대를 쓰는 제가, 당신의 웃음 띤 환대를 받고 있는 제가 울고 있는 당신을 두고 떠날 것 같습니까? 이제 진정하고 울지 마세요. 우리가 '섬들'로 갈 방법을 생각해보겠습니다. 우리가 모두 갈 수 있는 방법을요.

하지만 리프는 방법이 없다는 것을 알고 있었다. 벽돌공이 할 수 있는 일은 없었다. 리프는 자신이 할 수 있는 일은 이미 다 했다. 리프가 만든 것은 해변에서 120피트 뻗어 있었다.

한참 뒤, 여인이 식탁을 치우고 레이저 집안사람들이 떠난 지 오래되어 이제는 맑은 물이 된 우물물로 접시를 씻는데 리프가 여인에게 물었다. 당신은…… 당신은 어쩌면…… 지금이……. 리프는 차마 말을 끝낼 수가 없었지만 여인이 조용히 서서 리프의 말을 기다리고 있었기에 용기를 내야만 했다. 지금이 종말이라고 생각하나요?

정적. 자그마한 등불이 걸린 방 하나, 어둠에 싸인 모든 방들, 거리, 그리고 타버린 들판과 버려진 땅에 정적이 감돌았다. 둘의 머리 위편 언덕배기의 검은 회관에도 정적이 돌았다. 조용한 공기, 조용한 하늘, 모든 곳이 조용한 채 아무 대답이 없었다. 멀리서 들려오는 바닷소리와 가까이서 들려오는 잠든 아이의 숨소리를 제외하고는 아무 소리도 들리지 않았다.

아니요. 여인이 말했다. 여인은 리프 건너편에 앉아 식탁 위로 손을 올려놓았다. 아름다운 손은 흙처럼 검었으며 손바닥은 상아 같았다. 아니에요. 여인이 말했다. 끝은 끝일 뿐이죠. 지금은 아직 종말을 기다리고 있는 거예요.

그렇다면 왜 우리는 아직 여기에 있는 거죠? 단지 우리만 말이에요.

글쎄요, 당신에겐 물건이 있었어요. 벽돌요. 그리고 저는 아기가 있었고요…….

내일은 떠나야 해요. 잠시 뒤 리프가 말했다. 여인은 고개를 끄덕였다.

두 사람은 해가 뜨기 전에 일어났다. 먹을 것은 아무것도 남아 있지 않았기에 여인은 아기가 입을 옷 몇 벌을 챙긴 가방과 따뜻한 가죽 망토를 걸치고, 리프는 혁대에 칼과 흙손을 꽂고 여인의 남편이 입던 따뜻한 망토를 걸쳤다. 셋은 작은 집을 떠나 차갑고 음산한 빛을 받으며 버려진 거리로 향했다.

셋은 내리막길을 걸었다. 리프가 앞장을 섰고 여인은 잠든 아기를 망토로 감싸 안고 그 뒤를 따랐다. 리프는 연안으로 통하는 북쪽 길로도, 남쪽 길로도 가지 않고 시장을 지나 절벽으로 가 모래밭으로 통하는 울퉁불퉁한 길로 내려갔다. 여인은 계속 뒤를 따랐고 둘 다 아무 말도 하지 않았다. 바닷가에 도착했을 때 리프가 몸을 돌렸다.

　물속에 들어가면 힘닿는 한 보호해드리겠습니다.

　여인은 고개를 끄덕이고 나지막이 말했다. 당신이 만든 길이 뻗어 있는 곳까지는 걸어갈 수 있어요.

　리프는 여인의 자유로운 한 손을 잡고 물로 이끌었다. 물은 차가웠다. 살을 에듯 차가웠으며, 등 뒤 동쪽에서 온 차가운 햇빛은 모래밭을 괴롭히며 쏴아거리는 파도를 비추고 있었다. 둑길에 도착하자 발밑을 든든히 받쳐주는 벽돌을 느낄 수 있었고, 망토에 싸인 아기는 어머니 어깨 위에서 다시 잠들었다.

　리프 일행이 앞으로 나갈수록 파도는 점차 거세게 그들을 후려쳤다. 밀물이 오고 있었다. 바깥쪽에서 밀려온 쇄파는 온몸에 냉기가 들게 했으며 옷과 머리와 얼굴을 흠뻑 적셨다. 일행은 리프가 만든 둑길 끝에 도착했다. 등 뒤로 해변까지는 좁은 길이 나있었고, 절벽 아래 모래밭은 어두웠으며, 절벽 위 파리한 하늘에는 적막이 감돌았다. 리프 일행 주위로 물과 거품이 거칠게 일었다. 이들 앞으로는 출렁이는 물, 깊은 심연, 거대한 틈이 있었다.

　쇄파가 이들을 치며 해안으로 밀고 갔고, 리프 일행은 중심을 잃고 비틀거렸다. 파도가 내려치는 강한 충격에 깨어난 아기는 울음을 터뜨렸다. 하지만 언제나처럼 길고 냉정하게 쉿쉿거리는 바다의 중얼거림에 파묻혀 제대로 들리지 않았다.

아아, 안 되겠어요! 아기 어머니가 외쳤지만 말과 달리 리프의 손을 더욱 꼭 잡고 그 옆으로 다가왔다.

자신이 만든 둑길에서 진짜 바다로 발을 디디기 위해 고개를 든 순간, 리프는 어떤 형체를, 뜀박질하는 빛을, 새벽빛을 받은 제비의 가슴처럼 하얗게 어른거리는 물체를 보았다. 그것은 서쪽에서 물을 타고 오고 있었다. 그 물체에서 들려오는 목소리들은 바다의 목소리를 압도하는 듯했다. 저게 뭘까요? 리프가 말했지만, 여인은 고개를 숙이고 바다의 우렁찬 중얼거림에 도전하고 있는 아기의 작은 울음소리를 달래느라 정신이 없었다. 리프는 가만히 서서 순백의 항해를, 파도 위에서 춤추는 빛을, 자신들을 향해 다가오는 춤을, 등 뒤로 밝아지는 빛을 향해 다가오는 춤을 바라보았다.

기다려요. 회색 물결을 타고 파도 위에서 춤추던 형체에서 외침이 들려왔다. 기다려요! 그 목소리들은 아주 달콤했으며 범선이 하얀 천을 리프 위로 기울였을 때, 리프는 사람들 얼굴과 자신을 향해 내민 팔들을 볼 수 있었고 그 사람들이 하는 말을 들을 수 있었다. 타요, 배에 타요, 우리와 함께 '섬들'로 갑시다.

꽉 잡아요. 리프는 부드럽게 여인에게 말했고 둘은 마지막 걸음을 내디뎠다.

THE WIND'S
TWELVE
QUARTERS

머리로의
여행

대부분의 사람들은 "조용한 체념의 삶을 살아간다".* 그리고 몇몇 이야기들은 그런 삶에서 비롯된다. 우리는 영국에 있었고 때는 11월의 오후 2시. 날은 어둡고 비가 내렸다. 나는 모든 원고가 담긴 가방을 사우샘프턴의 선창에서 도둑맞은 뒤 몇 달 동안 아무것도 쓸 수 없었다. 나는 그 청과물 상인을 이해할 수 없었고 그 상인은 나를 이해할 수 없었다. 그것이 체념이었다. 하지만 감정을 드러내지 않은, 조용한 체념이었다. 당신도 그런 경험이 있을 것이다. 그래서 나는 자리에 앉아 완벽한 절망 속에서 단어들을 끼적거리기 시작했다. 단어들, 단어들, 단어들. 글은 "아만다가 되려고 노력해보시죠. 상대방이 신랄하게 내뱉었다"까지 나가고는 멈춰버렸다. 1년 정도 지나(영국 철도청은 도둑맞은 내 가방을 찾아주었고—영국 철도청에게 경의를!—우리는 오리건의 집으로 돌아왔고, 비가 내리고 있었다) 나는 끼적거린 것을 찾아내 계속 끼적거렸으며 마침내 탈고하였다. 제목을 뭐라 정해야 할지 도무지 생각이 나지 않았다. 고맙게도 내 대리인인 버지니아 키드가 제목을 정해주었다.

이 글은 내가 소위 '뚜껑따개'라고 분류할 수 있는 유형의 글이다. 작가가 이런저런 이유로 난관에 봉착하여 더는 일을 할 수 없을 때가 있다. 그리고 다시 갑작스레 시작하여, '뻥' 소리와 함께 작은 통에서 맥주가 왕창 쏟아져 나와 온 바닥을 거품으로 어지럽히는 것과 같은 일이 일어날 수 있다. 이 이야기는 확실히 '뚜껑따개'에 속하는 글이다.

*따옴표 부분은 헨리 데이비드 소로가 쓴 《월든》에 나오는 글이다.

"여기가 지구라고요?" 남자가 소리쳤다. 상황이 확 바뀌었기 때문이었다.

"네, 여기가 지구랍니다." 그 남자 옆에 있던 이가 말했다. "그러니까 지구 밖에 있는 건 아닙니다. 잠비아에서는 사람들이 우주 비행 훈련의 일환으로 통 안에 들어가 언덕에서 굴러 내려간답니다. 이스라엘과 이집트에서는 상대방 사막에 고엽제를 뿌리고요. 《리더스 다이제스트》는 미합중국·제너럴 밀스 연합체의 기업 지배권을 샀습니다. 지구 인구는 매주 목요일마다 300억씩 증가하고 있습니다. 재클린 케네디 오나시스는 안전상의 이유로 토요일에 마오쩌둥과 결혼할 예정입니다. 그리고 러시아는 빵 곰팡이로 화성을 오염시켜왔습니다."

"그렇다면 하나도 변한 게 없잖습니까?" 남자가 말했다.

"많이는 아니죠." 옆에 있던 이가 말했다. "장폴 사르트르가 이렇게 말하지 않았습니까. '타인이 곧 지옥이다.'"

"장폴 사르트르야 제 알 바 아니죠. 제가 알고 싶은 건, 지금 제가 있는 곳이 어디냐 하는 겁니다."

"그렇다면 당신이 누군지 말해주십시오." 다른 이가 말했다.

"저는."

"는?"

"제 이름은."

"은?"

남자는 서 있었다. 눈에 눈물이 그득해지고, 무릎이 마비되어 왔다. 그리고 남자는 자신의 이름이 무엇인지 모른다는 사실을 깨달았다. 남자는 빈칸이었고 아무것도 아닌 미지의 인물 X였다. 육체와 그 모든 것을 가지고 있었지만 누구도 아니었다.

둘은, 남자와 또 다른 이는 숲 가장자리에 서 있었다. 잎이 다소 거무스름하고 제초제 때문에 가장자리가 상해 있긴 했지만 본 적이 있는 숲이었다. 새끼 사슴 한 마리가 숲을 향해 걸어가고 있었고 녀석이 멀어질수록 녀석의 이름도 녀석에게서 멀어져갔다. 무언가가 존재를 감추기 전, 나무들 사이의 어둠 속에서 부드러운 눈동자로 둘을 뒤돌아보았다. "여긴 영국이야!" 빈칸인 그 남자가 날리는 밀짚을 움켜쥐며 소리치자 상대방이 대꾸했다. "영국은 오래전에 침몰했습니다."

"침몰했다고요?"

"네. 꺼져버렸죠. 이제는 스노든 산꼭대기 14 피트만 남아 '신

웨일스 암초'라 부르고 있습니다."

이 말에 빈칸도 침몰했다. 남자는 꺾여버렸다. "아아." 남자는 무릎 꿇고 소리치며 누군가의 도움을 구하려 했다. 하지만 누구에게 도움을 청하려 했는지 기억이 나질 않았다. 그건 T로 시작해. 남자는 거의 확신했다. 남자는 흐느껴 울기 시작했다.

상대방이 풀밭 위의 남자 옆으로 다가와 앉아 어깨에 손을 얹으며 말했다. "진정해요. 그렇게 괴로워하지 마세요."

다정한 목소리가 빈칸에게 약간의 용기를 주었다. 남자는 자신을 추스르고 소매로 눈물을 훔친 뒤 상대방을 바라보았다. 그 남자와 대략 비슷해 보였다. 또 다른 존재였다. 하지만 그쪽도 이름이 없었다. 그게 무슨 소용이란 말인가?

지구가 축을 돌면서 그림자가 눈에 깃들었다. 그림자는 동쪽으로, 위쪽으로 움직여 상대방의 눈 속으로 미끄러져 들어갔다.

"제 생각엔." 빈칸이 조심스레 말을 꺼냈다. "어, 이, 그러니까, 여기 그림자 밖으로 나가야 할 것 같은데요." 남자는 둘 옆에 있는 물체, 커다란 무엇, 아래쪽은 어둡고 위쪽은 다양한 초록색을 띤, 더 이상 이름이 생각나지 않는 무언가를 가리켰다. 남자는 각 사물들이 모두 이름이 있었는지 아니면 모두 같은 이름이 있었는지 궁금해졌다. 자신과 상대방은 어땠을까? 둘은 같은 이름이었을까? 아니면 각자의 이름이 있었을까? 남자가 말했다. "저것에서, 저것들에게서 멀어지면 더 잘 생각날 것 같아요."

"물론이에요." 상대방이 말했다. "하지만 예전만큼 그렇게 크게 달라지진 않을 거예요."

둘이 그것으로부터 벗어나 햇빛으로 확실하게 나오자마자 남자는 저것이 숲이라고 불리며 저것들이 나무라고 불린다는 것이 생각났다. 하지만 각각의 나무도 이름이 있었는지는 기억해낼 수가 없었다. 만약 나무마다 이름이 있다고 해도 남자는 하나도 기억하지 못하는 것이다. 이 나무들과 개인적으로 아는 사이가 아닌 모양이었다.

"어떻게 해야 하는 거죠?" 남자가 말했다. "제가 어떻게 해야 하는 거죠?"

"음, 보세요. 당신은 뭐든 원하는 이름으로 당신을 부를 수 있어요, 그렇잖아요. 안 될 이유가 없잖아요?"

"하지만 전 제 '진짜' 이름을 알고 싶어요."

"그건 늘 쉬운 것만은 아니에요. 하지만 이름을 알기 전까지 그냥 호칭 하나를 취할 수도 있어요. 말하자면 부르기 쉽게 혹은 대화상 편의를 위해서 하나 고르세요, 아무 이름이든요!" 상대방이 말하고는, '일회용'이라 적힌 푸른색 상자를 내밀었다.

"싫습니다. 전 제 이름을 쓰겠어요." 빈칸이 당당하게 말했다.

"좋아요. 그런데 화장지 필요하지 않으세요?"

빈칸은 화장지를 받아 코를 풀고는 말했다. "전 저를 뭐라고 부를 건가 하면……." 남자는 오싹해하며 말을 멈췄다.

상대방이 남자를 바라보았다. 부드러운 눈길이었다.

"제가 어떤 사람인지 말할 수 없다면 어떻게 제가 제 이름이 뭔지 말할 수 있겠어요?"

"당신이 누군지 어떻게 알아낼 건가요?"

"제가 가진 게 있으면…… 무슨 일을 한 게 있다면……."

"그게 당신을 존재하게 하나요?"

"당연하죠."

"그 생각은 못 했네요. 음, 그렇다면 당신이 무슨 이름으로 불리건 그건 중요하지 않아요. 어떤 이름이라도 역할은 다할 테니까요. 중요한 건 당신이 무얼 하느냐 하는 점이죠."

빈칸이 일어났다. "저는 존재하겠어요." 빈칸이 단호하게 선언했다. "저는 제 이름을 랠프로 할래요."

능직 반바지는 남자의 건장한 허벅지에 딱 맞았고 옷깃 장식은 목 위로 높이 올라왔으며 굵고 곱슬곱슬한 머리털에 땀이 들러붙어 있었다. 남자는 낡은 회색 드레스를 입고 피칸나무의 짙은 그늘 속에 앉은 아만다로부터 등을 돌린 자세로 승마용 채찍으로 자기 부츠를 툭툭 쳤다. 남자는 따가운 햇볕에 서서 분노로 뜨겁게 달아올라 있었다. "당신은 바보입니다." 남자가 말했다.

"랠프 씨, 전 다만 고집이 셀 뿐이에요." 부드럽고 발랄한 남부 사투리였다.

"아시지 않습니까, 아닌가요, 양키로서 제가, 여기서 위빌빌까지 모든 땅을 소유하고 있다는 걸요? 이 카운티는 제 것이란 말입니다! 당신 농장에선 저희 집 검둥이 집 앞 텃밭에서 나는 땅콩만큼도 나지 않잖습니까!"

"사실 그렇죠. 여기 그늘에 좀 와서 앉으시겠어요, 랠프 씨? 거기 있으니 정말 더우시겠어요."

"잘난 암여우 같으니라고." 남자가 몸을 돌리며 툴툴거렸다.

남자는 여인을 바라보았다. 커다란 고목 그늘에 앉은 여인은 해진 낡은 드레스를 입었지만 백합처럼 새하얬다. 정원의 새하얀 백합이었다. 남자는 순식간에 여인에게 다가가 두 손을 움켜쥐었다. 여인은 남자의 억센 손아귀에 바르르 떨었다. "아, 랠프 씨, 이게 무슨 뜻인가요?" 여인이 가냘픈 목소리로 외쳤다.

"전 남자입니다, 아만다. 그리고 당신은 여자고요. 전 절대 당신 땅을 탐하는 게 아닙니다. 전 당신 말고 어떤 것도 원하지 않습니다. 나의 순결한 백합, 나의 귀여운 반항아여! 저는 당신을 원합니다. 당신을 원합니다! 아만다! 제 아내가 되겠다고 말해 주십시오!"

"그럴게요." 여인은 마치 하얀 꽃이 몸을 낮추듯 남자에게로 몸을 구부리며 가늘게 숨을 내쉬었다. 그리고 둘의 입술이 부딪혀 긴, 긴 키스를 했다. 하지만 아무 도움도 되지 않는 듯했다.

아마도 그건 2, 30년은 거슬러 올라가야 할 듯했다.

"빌어먹을 년 같으니라고." 남자가 몸을 돌리며 투덜거렸다. 여인은 그늘에서 완전히 발가벗고 있었으며 등은 피칸나무에 기대여 있었고 무릎은 올라가 있었다. 남자는 바지 단추를 끄르며 그 여인에게로 성큼성큼 걸어갔다. 둘은 지네가 들끓는 풀밭에서 한 몸이 되었다. 남자는 야생마처럼 날뛰었고, 여인은 늑대처럼 울어댔다. 오오오오! 아아아아! 좋아 좋아 좋아 좋아 좋아 클라이맥스!

그래서 뭐?

빈칸은 숲에서 조금 떨어진 곳에 서서 상대방을 절망적으로 바라보았다.

"제가 남잔가요?" 그가 물었다. "당신은 여자고?"

"저에게 묻지 마세요." 상대방이 시무룩하게 대답했다.

"이거야말로 분명히 짚고 넘어갈 가장 중요한 것이라고 생각했습니다!"

"그토록 중요한 건 아니에요."

"당신 말은 제가 남자든 여자든 '문제 되지 않는다'는 건가요?"

"물론 문제는 되죠. 저에게도 문제는 되고요. 또 우리가 어떤 남자와 어떤 여잔지도 중요하고, 경우에 따라서는 어떤 남자와 어떤 여자가 아닌지도 중요하겠죠. 예를 들어, 만약 아만다가 흑인이라면요?"

"하지만 섹스는."

"아, 제기랄." 상대방이 불같이 화를 내며 말했다. "다모류도 섹스를 하고, 나무늘보도 섹스를 하고, 장폴 사르트르도 섹스를 해요. 그게 뭘 증명해주나요?"

"이봐요. 섹스는 진짜란 말이에요. 저는 진짜를 말하는 거예요. 섹스는 가장 강렬한 형태로 행해집니다. 한 남자가 한 여자를 취할 때 그 남자는 자신의 존재를 증명하는 거란 말입니다!"

"알겠어요. 하지만 만일 그 남자가 여자라면요?"

"전 랠프였어요."

"아만다가 되려고 노력해보시죠." 상대방이 신랄하게 내뱉었다.

잠시 침묵이 흘렀다. 그늘이 숲에서 동쪽으로 그리고 위쪽으로 풀밭을 향해 다가오고 있었다. 작은 새들이 짹짹 뚜르르 울어댔다. 빈칸은 무릎을 꿇고 웅크리고 앉았다. 상대방은 몸을 쭉 펴고 누워, 그늘지고 슬퍼 보이는 모습으로 땅에 떨어진 솔잎들로 모양을 만들고 있었다.

"미안해요." 빈칸이 말했다.

"미안할 거 없어요." 상대방이 말했다. "결국 그건 사실이 아니니까요."

"들어봐요." 빈칸이 벌떡 일어났다. "무슨 일이 일어났는지 전 알아요! 여행 같은 걸 하고 있었어요. 뭔가를 타고 여행 중이었어요. 그거예요!"

그랬다. 남자는 여행 중이었다. 카누 여행. 남자는 길고 좁고 어둡고 반짝이는 물줄기를 따라 작은 카누를 젓고 있었다. 지붕과 벽은 콘크리트로 되어 있었다. 굉장히 어두웠다. 그 긴 호수 혹은 시내 혹은 하수구는 확연히 위쪽으로 기울어져 있었다. 남자는 물살을 거슬러 위쪽으로 저어 가고 있었다. 힘든 일이었지만 카누는 계속해서, 반짝이는 검은 물줄기가 아래로 내려오는 만큼이나 조용히 위로 거슬러 미끄러져 오르고 있었다. 조용히 노를 저었고, 노는 버터를 잘라 들어가는 칼만큼이나 조용히 물속으로 들어갔다. 검은색에 펄이 들어간 남자의 커다란 전자 기타가 앞자리에 놓여 있었다. 그는 자기 뒤에 누군가가 있다는 걸 알았지만 아무 말도 하지 않았다. 남자는 말하는 것은 물론이고 주위를 둘러보는 것조차 금지되어 있었기에 만일 그들이 자기들의 소임인 경계를 소홀히 했다면, 남자에게 책임을 물릴 순 없을 터였다. 남자는 속도를 늦출 수 없을 터였고, 그러면 물살은 그에게서 카누를 잡아채 갈 것이고 그럼 그는 어디에 있게 되는 걸까? 남자는 눈을 꼭 감고 계속 노를 저었다. 노를 조용히 물에 찌르고 강하게 저었다. 뒤에서는 아무 소리도 들리지 않았다. 물에서도 아무 소리가 나지 않았다. 시멘트는 소리가 없었다. 남자는 자기가 정말로 앞으로 가고 있는 건지 아니면 검은 물줄기가 아래를 맹렬한 속도로 달리고 있어서 겨우 제자리나 유지하고 있는 건지 궁금해졌다. 결코 밖의 햇빛 속으로 나갈 수 없을 것이다. 밖으로, 밖으로…….

밖. 상대방은 빈칸이 여행 중이었다는 것을 모르는 듯했고 그저 저편에 누워 솔잎들로 모양을 만들고 있다가 불쑥 한마디 던졌다. "기억 쪽은 어때요?"

빈칸은 자신이 떠나 있던 동안 기억이 향상되었나 알아보려고 기억을 뒤졌다. 들어 있는 게 전보다 훨씬 적었다. 찬장은 비어 있었다. 지하실과 다락에는 잡동사니들이 수없이 쌓여 있었다. 오래된 장난감들, 동요들, 신화들, 늙은 아내들의 이야기. 그러나 어른을 위한 영양분은 없었고 소유라곤 한 조각도 남아 있지 않았고, 약간의 성공조차 없었다. 남자는 아사 직전의 꼼꼼한 쥐처럼 뒤지고 또 뒤졌다. 마침내 남자는 머뭇거리며 말했다. "영국이 기억나요."

"당연히 그렇겠죠. 심지어 오마하도 기억할 거라 생각해요."

"하지만 제 말은, 제가 영국에 살았다는 게 기억난다고요."

"그래요?" 상대방이 솔잎을 흩뜨리며 일어나 앉았다. "드디어 살았던 곳을 기억해냈군요! 영국이 침몰해서 참 유감이네요."

또다시 둘 사이에 침묵이 흘렀다.

"전 모든 걸 잃었어요."

상대방의 눈과, 밤의 가파른 경사로 떨어지고 있는 지구의 동쪽 가장자리에 어둠이 서렸다.

"전 아무도 아니에요."

"최소한 당신이 인간이라는 건 알잖아요." 상대방이 말했다.

"아, 그래서 그게 무슨 소용이 있는데요? 이름도 없지, 성별도 없지, 심지어 없는 것조차 없는데? 차라리 다모류나 나무늘보가 되는 게 낫겠어요!"

"또한 장폴 사르트르도 될 수 있고요." 상대방이 맞장구쳤다.

"제가요?" 빈칸이 발끈하며 말했다. 남자는 너무 역겨운 말을 부정하려는 듯 강한 욕구에 벌떡 일어나 말했다. "전 결단코 장폴 사르트르가 아닙니다. 전 저 자신입니다." 그리고 그렇게 말함으로써 남자는 그 자신이 사실상 그 자신임을 깨달았다. 남자의 이름은 루이스 D. 찰스였고, 남자는 루이스 D. 찰스라는 이름을 알고 있었을 뿐 아니라 그것이 자신의 이름이라는 사실도 알고 있었다. 남자는 존재하고 있었다.

숲은 저곳에 있었다. 뿌리와 가지도.

그러나 상대방은 사라졌다.

루이스 D. 찰스는 서쪽의 붉은 눈과 동쪽의 검은 눈을 들여다보았다. 찰스가 큰 소리로 외쳤다. "돌아와요! 제발 돌아와요!"

찰스는 완전히 잘못된 방향으로, 거꾸로 문제에 달려들었던 것이다. 찰스는 잘못된 이름을 찾아냈다. 찰스는 돌아서서, 자

기 보존의 최소한의 충동도 없이, 길 없는 숲 속으로 뛰어들었
다. 자기 자신을 던짐으로써 찰스는 자신이 던져버린 것을 찾을
수 있을 터였다.

　나무 아래에 들어서자마자 남자는 다시 자기 이름을 잊었다.
또한 자신이 찾고 있던 것이 무엇이었는지도 잊어버렸다. 남자
가 잃어버린 것은 무엇이었나? 남자는 더 깊이 더 깊이 어둠 속
으로 들어갔다. 나뭇잎들 아래로, 동쪽으로, 이름 없는 호랑이
가 불타오르는 숲 속으로.

제국보다 광대하고 더욱 느리게

THE WIND'S
TWELVE
QUARTERS

다시 나무에 대한 이야기다.

내가 기억하기로 《뉴디멘션 1》에 이 글을 처음 실어준 로버트 실버버그는 지금의 제목을 바꿀 수 있는지 내게 아주 조심스레 물어왔다. 나는 이 글을 반쯤 읽은 독자라면 어떤 대목에서 글 제목이 내용을 너무 자세히 설명한다는 생각을 할 수도 있겠다는 사실을 깨달았다. 그러나 이 제목은 너무나 아름다웠고, 더할 나위 없이 내용과 딱 들어맞았기 때문에 바꿀 수 없었다. 실버버그 또한 내가 이 제목을 그대로 쓸 수 있도록 해주었다. 이 글의 제목은 마블의 시 〈수줍은 연인에게〉에서 빌려온 것이다.

"내 식물 같은 사랑은 제국보다 광대하고 더욱 느리게 자라겠지요……."

〈아홉 생명〉과 마찬가지로, 이 글은 심리신화를 다룬 것이 아니라 보통의 SF 단편이다. 하지만 나는 액션이나 모험을 다루는 대신 심리학적 측면에서 내용을 전개했다. 육체적 행동이 정신적 행동을 가져오지 않는 한, 행동이 인간을 표현하지 않는 한, 나는 모험 이야기를 무척 지루해한다. 액션이 많으면 많을수록 그럴듯하지 않아 보이는 경우도 종종 있다. 내가 관심 있는 건 인간의 내면에서 어떤 일이 벌어지는가이다. 정신세계 같은 것 말이다. 우리 모두의 마음속에는 숲이, 아직 아무도 탐험하지 않은 끝없는 숲이 있다. 우리 각자는 매일 밤 홀로 그 숲에서 길을 잃어버린다.

한편, 이 글에는 자그마한 존경의 표시가 숨어 있기도 하다. 로저 젤라즈니의 《형성하는 자》는 내가 아는 가장 훌륭한 SF 가운데 하나고, 그 소설의 주인공 이름은 찰스 렌더다. 나는 그 주인공 이름을 빌려 여기 나오는 증후군 이름에 붙였다.

지구가 별들 너머 저 멀리 우주선들을 보내 끝없이 긴 항해를 하도록 한 것은 오로지 연맹 초창기 몇십 년 동안뿐이었다. 당시 지구인들은 헤인의 개척자들이 일구고 정착한 땅이 아닌, 진정으로 낯선 세상을 찾아다녔다. 이제까지 발견된 세계의 기원을 거슬러 올라가면 모두 헤인인이 출발점이었으며, 헤인인이 태동시켰을 뿐 아니라 구출까지 해준 테라인들은 이런 사실에 분개했다. 테라인들은 제 일족에서 떨어져 나오기를 바랐다. 새로운 종족을 찾아내길 바랐다. 헤인인은 신경질 날 정도로 이해심 많은 부모 역할을 하며 연맹의 다른 여러 세계에게 그러했듯이 테라인의 탐사 계획을 지원했고 우주선을 제공했고 자원자를 모집해주었다.

이런 극한 탐사단의 승무원이 되겠다 자청하고 나선 이들은 딱

한 가지 공통분모를 갖고 있었다. 제정신이 아니라는 점이었다.

제정신인 사람이라면 5세기에서 10세기 후에나 사람들이 받아 보게 될 정보를 얻기 위해 우주로 나가지는 않는다. 당시는 앤서블을 사용할 때 우주의 광대한 질량 간섭 현상을 완전히 제거하지 못했기 때문에 실시간 대화는 120광년 범위 내에서만 가능했다. 탐사대원들이 철저히 고립될 상황이 발생할 수도 있었다. 또한 귀환한다 할지라도 대체 어디로 돌아가야 하는지 모를 사태가 벌어질 수도 있었다. 설사 연맹에 속한 세계를 오가며 시간 편차를 수십 년 정도 겪어본 사람일지라도 정신이 제대로 박인 사람이라면 왕복하는 데 몇 세기가 걸릴지 모를 여행을 하고 싶어 하지 않았다. 탐사대원은 죄다 현실 도피론자이자 사회 부적격자들이었다. 괴짜들이었다.

탐사대원 열 명이 스메밍 항구에 있는 수송선에 올랐고, 타고 갈 우주선에 도착하는 사흘 동안 서로에 대해 알아두려는 서투른 시도를 다양한 방법으로 시도했다. 우주선의 이름은 '검'이었다. 검은 세티식 별명으로, '아기' 혹은 '애완동물' 비슷한 뜻이다. 일행은 세티인 두 명, 헤인인 두 명, 벨덴인 한 명 그리고 테라인 다섯 명으로 구성되었다. 세티인이 만든 우주선은 지구 정부가 빌린 것이었다. 잡다하게 구성된 검의 승무원들은 우주를 임신시키려 고군분투하는 정자처럼 꿈틀거리며 연결관을 통해 우주선에 올랐다. 수송선이 떠났고 항해사가 검을 조종했다. 검은 스메밍 항구에서 몇억 마일 떨어진 우주의 경계에서 몇 시간 정도 뜸을 들이다 갑자기 사라져버렸다.

10시간 29분 후에 혹은 256년이 흐른 후 검은 평범한 우주에 다시 나타났다. 검은 KG-E-96651 부근에 도착할 예정이었다. 그리고 예정대로 황금색으로 빛나는 작은 별빛이 보였다. 세티의 지도 제작자가 만든 성도에 따르면 직경 4억 킬로미터의 구안 어딘가에 4470세계라 불리는 녹색 행성이 있었다. 이제 우주선은 그 행성을 찾아야 했다. 직경 4억 킬로미터짜리 건초 더미를 생각해보면, 말처럼 쉬운 일은 아니었다. 그리고 행성이 있는 공간을 아광속으로 다닐 수도 없었다. 그랬다간 선체나 KG-E-96651 혹은 4470세계가 폭발을 일으켜 사라져버릴지도 모르기 때문이다. 로켓 엔진을 써서 시속 수십만 마일 정도 되는 느린 속도로 움직여야만 했다. 수학자 겸 항해사인 애스네이포일은 4470세계가 어디 있는지 잘 알고 있었으며, 지구 시간으로 열흘이면 눈에 보이는 곳까지 접근할 수 있을 거라 생각했다. 그 정도 시간이라면 탐사 대원들이 서로를 좀 더 알기에 충분했다.

"전 도무지 그 사람을 참을 수 없습니다."(화학과 더불어 물리, 천문학, 지질학 등을 연구하는) 자연과학자 폴락이 수염에 침방울이 맺힐 정도로 떠들어댔다. "그 사람은 미쳤습니다. 그런 사람이 어떻게 탐사팀에 합류할 수 있었는지 정말 모르겠군요. 이게 우리를 실험용 기니피그처럼 사용해 그 작자와 공존할 수 있는지의 여부를 알아보기 위해 당국이 치밀히 계획한 실험이 아니라면 말이죠."

"보통, 실험에는 햄스터와 헤인의 고올을 씁니다."(심리학과 더불어 정신의학, 인류학, 환경학 등을 연구하는) 사회과학자

매넌이 말했다. "기니피그 대신에 말이죠. 물론, 오즈딘 씨는 굉장히 희귀한 표본에 속하지요. 사실 오즈딘 씨는 유아성 자폐증의 일종으로 치유될 수 없는 것으로 알려졌던 렌더 증후군에 걸렸다가 완전히 치유된 최초의 인물입니다. 테라의 위대한 정신분석가인 해머겔드는 이런 유형의 자폐증 원인이 비정상적으로 발달한 감정 이입 능력 때문이라는 사실을 밝혀내고 적절한 치료 방법을 개발해냈죠. 오즈딘은 이 치료를 받은 첫 번째 환자입니다. 사실, 오즈딘은 열여덟 살이 될 때까지 해머겔드 박사와 함께 살았습니다. 그 치료는 완벽하게 성공했죠."

"성공했다고요?"

"뭐, 성공한 셈이죠. 확실히 더 이상 자폐 증상은 나타내지 않으니까요."

"천만에요, 그자는 도무지 참아줄 수가 없다고요!"

"뭐, 낯선 사람을 만났을 때 있을 수 있는 정상적인 방어적 공격 반응 양식입니다." 폴락의 콧수염에 달라붙은 침방울을 은근한 눈으로 바라보며 매넌이 말했다. "당신과 오즈딘 씨의 예를 들어보죠. 당신은 그런 반응 양식을 제대로 깨닫지 못하고 있습니다. 당신의 습관, 행동 양식, 부주의함 때문에 모르고 지나치는 거죠. 당신은 그런 것을 무시하라고 배웠습니다. 존재하더라도 부정할 수 있는 한계까지는 말이죠. 하지만 감정 이입자인 오즈딘 씨는 당신 감정을 느낍니다. 자신의 감정과 당신의 감정을 동시에 느끼고, 어떤 게 자신의 감정인지 구분하기 힘들어지지요. 가령 다음처럼 가정해보죠. 당신이 오즈딘 씨를 처음 만났을 때 당신의 감정적 반응에는 당신이 낯선 누군가를 만났을 때 품게 되는 보편적인 적개심이 있었습니다. 거기다 무의식중에 오즈딘 씨의 용모나 옷차림 또는 악수하는 방식 따위에, 정확히 뭐가 되었든 중요하진 않지만, 혐오감이 더해졌겠죠. 오즈딘 씨는 그 혐오감을 느낀 겁니다. 그리고 자폐적 방어법을 잊어버렸기 때문에 공격적 방어 기제를 나타내게 된 것이고, 그건 바로 당신이 무의식중에 오즈딘 씨에게 투사한 공격에 대한 반응인 겁니다." 매넌은 꽤나 오랜 시간 동안 이야기를 계속했다.

"그렇다고 그 따위로 막 살아도 될 권리는 없습니다." 폴락이 말했다.

"우리가 갖는 감정을 오즈딘 씨가 느끼지 않을 수는 없는 건가요?" 생물학자이자 또 다른 헤인인인 하펙스가 물었다.

"그건 듣는 것과 비슷해요." 자연과학자 조수인 올레루가 발톱에 형광 매니큐어를 바르려고 몸을 굽히며 대답했다. "귀에는 눈꺼풀 같은 것이 없잖아요. 감정 이입을 차단할 수 있는 스위치는 없어요. 오즈딘 씨는 자신이 원하든 원하지 않든 우리 감정을 느낄 수밖에 없어요."

"그럼 우리가 뭘 '생각'하는지 안단 말인가요?" 엔지니어인 에스크와나가 겁을 잔뜩 먹은 표정으로 주변 사람들을 둘러보며 물었다.

"그건 아닙니다." 폴락이 딱 잘라 말했다. "감정 이입과 정신 감응은 엄연히 다릅니다! 이 세상에 텔레파시 능력이 있는 사람은 없어요."

"하지만, 헤인을 떠나기 바로 직전에 무척이나 흥미로운 보고가 있었습니다." 매넌이 살짝 웃음을 머금고 말했다. "최근 재발견된 세계 가운데 한 곳에서 온 보고인데, 로캐넌이라는 고지생학자는 인류 돌연변이 사이에 학습할 수 있는 텔레파시 능력이 존재한다는 보고를 했습니다. 고지생학 게시판에 뜬 개요만 봤을 뿐이지만……." 매넌은 말을 이었다. 다른 이들은 매넌이 이야기를 하는 중에 자기네끼리 이야기를 나누어도 된다는 것을 이미 배운 터였다. 그래도 매넌은 마음 쓰지 않는 듯했고 심지어 다른 사람이 하는 말을 놓치지도 않았다.

"그러면 그자는 왜 우리를 싫어하는 거죠?" 에스크와나가 물었다.

"아무도 당신을 싫어하지 않아, 자기야." 올레루가 에스크와나의 왼손 엄지손톱에 분홍색 형광 매니큐어를 바르며 말했다. 엔지니어는 얼굴을 붉히며 애매한 웃음을 지어 보였다.

"그 사람은 우리를 싫어하는 것처럼 행동했어요." 조정관을 맡은 도미코가 말했다. 도미코는 순수 아시아 혈통을 물려받은 우아한 여성이었으며, 목소리는 어린 황소개구리처럼 울림이 크고 부드러우며 걸걸했다. "우리의 적의에 그토록 고통받았다는 사람이 끊임없이 공격하고 모욕을 줘서 도리어 우리의 적의를 키우는 이유가 뭘까요? 해머겔드 박사의 치료 요법에 이러쿵저러쿵 말할 수는 없지만, 사실 매넌, 그 사람 자폐증을 치료해주지 않는 게 더 나았을지도 몰라요……."

도미코는 말을 멈추었다. 오즈딘이 주 선실 안에 와 있었다.

오즈딘은 한 대 얻어맞은 듯한 표정이었다. 피부는 부자연스
러울 정도로 창백했으며 그 밑으로 비쳐 보이는 핏줄은 빛바랜
지도에 그려진 빨갛고 파란 도로 같았다. 후골, 입가를 둥글게
감싸고 있는 근육, 뼈, 손목과 손의 인대, 이 모든 것이 해부학
수업을 위해 전시해놓은 것처럼 선명했다. 머리카락은 오래되
어 말라붙은 피처럼 바랜 적갈색을 띠었다. 눈썹과 속눈썹이 없
는 것은 아니었지만 특정한 빛 아래에서만 그 존재가 드러나 사
람들의 눈에는 안와를 이루는 뼈, 눈꺼풀 위로 드러난 핏줄 자
국, 색깔 없는 눈동자만 보일 따름이었다. 알비노는 아니기 때
문에 눈동자가 빨갛지는 않지만 그렇다고 파란색 눈도, 회색 눈
도 아니었다. 오즈딘의 두 눈동자는 색은 지워지고 찬물 같은 투
명함만 남아 그 너머를 끝없이 꿰뚫어 볼 수 있었다. 오즈딘은
결코 다른 이를 똑바로 바라보지 않았다. 그의 얼굴에는 해부학
도상이나 거죽만 남은 얼굴처럼 표정이 결여되어 있었다.

"맞아." 오즈딘이 거칠고 높은 목소리로 말했다. "나 역시 내
주변에서 똥 냄새나 피워대는 네놈들의 값싼 감정에 휘둘리는
것보다 자폐증으로 있는 편이 나았을 거라고 생각해. 폴락, 넌
지금 뭣 때문에 그렇게 땀을 흘리는 거지? 날 보고 있는 게 참을
수 없는 건가? 가서 네놈이 지난밤에 하던 자위나 계속해, 그러
면 그 더러운 기분이 좀 나아질 테니까. 누가 내 테이프를 옮겨
놓은 거야? 내 물건에 손대지 마, 너희 전부 다! 다음에는 용서
하지 않겠어."

"오즈딘, 당신 대체 뭘 믿고 그렇게 막돼먹은 거요?" 애스네니

포일이 어눌하지만 큰 목소리로 말했다.

앤더 에스크와나는 움츠러들어 두 손으로 얼굴을 가렸다. 다투는 모습에 겁을 먹은 것이다. 올레루는 공허하지만 진지한 표정을 지으며 고개를 들었다. 영원한 방관자의 모습이었다.

"내가 그러지 말아야 할 이유라도 있어?" 오즈딘이 말했다. 오즈딘은 애스네니포일을 보지 않았고 북적이는 방에서 다른 대원들과 되도록이면 신체적 접촉을 피하기 위해 모두로부터 멀리 떨어져 있었다. "너희들 가운데 내가 왜 행동 양식을 바꿔야 하는지 논리적으로 말할 수 있는 사람 있어?"

참을성 많고 점잖은 하펙스가 말했다. "그건 당신이 우리와 함께 몇 년을 보내야 하기 때문입니다. 이곳 생활을 좀 나아지게 하려면 우리가……."

"너희들이 어찌 되든 말든 내가 조금도 개의치 않는다는 걸 모르겠어?" 오즈딘은 소리를 지르며 마이크로 테이프를 집어 들고 밖으로 나가버렸다. 에스크와나는 갑자기 잠이 들었다. 애스네니포일은 손가락으로 허공에 공기 흐름을 만들며 종교 용어를 중얼거렸다. "이 팀에서 저자의 존재에 대해 설명할 길은 없을 거예요. 테라 정부의 음모라고밖에는 말이죠. 전 진작에 알아챘어요. 이번 우리 임무가 실패할 거라는 걸." 하펙스는 어깨 너머를 슬쩍 바라보며 조정관에게 속삭였다. 폴락은 바지 단추를 만지작거렸다. 폴락의 눈에는 눈물이 글썽였다. 내가 이 사람들은 전부 미쳤다고 이야기했을 때 당신은 내가 과장하고 있는 거라고 생각했지.

그렇지만 그 사람들을 나무랄 수는 없었다. 극한 지방 탐사대원들은 팀 동료가 지성인이고 착실히 훈련을 받았으며 정서가 불안해도 개인적으로 공감대를 나눌 수 있기를 바랐다. 대원들은 밀폐된 선실과 역겨운 장소에서 함께 일해야 했으며, 따라서 각자의 망상, 절망, 편집증, 혐오감, 강박 관념 따위가 대원들 간의 관계를 해칠 정도로 크지는 않을 거라고 기대하는 게 당연했다. 늘 그럴 수는 없다 할지라도 적어도 대부분의 시간 동안에는 그래야 한다고 생각했다. 오즈딘은 총명하기는 했지만 제대로 된 훈련을 받지 못했고 성격은 끔찍했다. 오즈딘이 파견된 단 하나의 이유는 그만이 타고난 재능, 감정 이입 능력 때문이었다. 정확히 말하자면 광범위 생체 감정 수용 능력 때문이었다. 오즈딘의 능력은 종족을 구별하지 않았다. 오즈딘은 감정이 있는 모든 사물의 감정을 느낄 수 있었다. 흰쥐의 성욕에 공감할 수도 있고 짓이겨진 바퀴벌레의 고통을 느낄 수도 있으며 나방의 향광성 작용도 알 수 있었다. 당국은 감정 이입 능력이 있는 자가 같이 있으면 낯선 세계에 나갔을 때 탐사팀 주변에 감정을 가진 존재가 있는지 그리고 그런 존재가 있다면 대원들에게 어떤 감정을 느끼고 있는지 아는 데 도움이 되리라고 판단했다. 오즈딘의 직책은 새로운 것이었다. 팀에서 오즈딘이 맡은 역할은 감지인이었다.

하루는 하이토 도미코가 주 선실에서 오즈딘과의 관계를 개선해보려고 물었다. "감정이라는 게 뭐야, 오즈딘? 정확하게 말해서 당신이 감정적 감수성으로 받아들이는 것이 뭐야?"

"똥 덩어리." 오즈딘이 특유의 높고 화난 목소리로 대답했다. "동물의 왕국의 심리적 배설물이지. 난 네가 싼 똥에서 헤엄을 쳐."

"난 노력했어. 뭔가를 배우려고 말이야." 도미코는 차분하게 가라앉은 자기 목소리에 스스로 감탄할 지경이었다.

"넌 뭔가를 알려 한 게 아니야. 내 관심 좀 끌어보려고 그러는 거지. 두려운 마음도 있을 거고, 아주 약간은 호기심도 있겠지. 그렇지만 네 마음의 대부분은 역겨움으로 가득 차 있어. 죽은 개를 찌르거나 스멀스멀 기어가는 구더기를 본 기분이겠지. 내가 혼자 남고 싶어 한다는 것을, 사람들이 제발 나를 건드리지 말아줬으면 좋겠다는 내 기분을 단 한 번만이라도 이해해줄 수 없어?" 오즈딘의 얼굴은 벌겋게 달아올랐고 목소리는 높아져갔다. "네가 싼 똥이나 가지고 놀아, 이 노란 쌍년아!" 오즈딘은 도미코가 지키고 있는 침묵에 소리를 질렀다.

"진정해." 도미코는 여전히 조용히 있었지만 곧장 오즈딘을 내버려두고 자기 선실로 돌아갔다. 물론 도미코가 품었던 동기에 대해서는 오즈딘의 생각이 맞았다. 도미코의 질문은 대부분 구실에 불과했고 오즈딘의 주의를 끌어보기 위한 수단이었을 뿐이었다. 하지만 그게 그에게 무슨 해가 된단 말인가? 그런 행동에 남을 존중하지 않는다는 뜻이 들어 있기라도 한 건가? 도미코가 그 질문을 했을 때는 기껏해야 오즈딘에게 가벼운 불신이 있었을 뿐이었다. 대개의 경우 도미코는 오즈딘을 가엾게 여겼다. 성내기 좋아하고 독 품은 괴물이며 올레루의 표현을 빌리자면 한 까칠 하는 양반일 뿐이었다. 대체 오즈딘은 무엇을 기대한 걸까? 자신을 자신이 행동하는 방식으로 대해주기? 사랑?

"남이 자신을 딱하다고 생각하는 걸 견디지 못하는 것 같더라." 1층 침대에 누워 젖꼭지를 치장하며 올레루가 말했다.

"그러면 오즈딘은 그 어떤 누구와도 인간관계를 맺을 수 없어. 주치의라는 해머갤드 박사가 한 일이라는 게 자폐증을 밖으로 뿜어내게 한 일뿐이라면……."

"불쌍한 녀석." 올레루가 말했다. "도미코, 오늘 밤에 하펙스가 잠시 들를 텐데 괜찮지?"

"네가 하펙스 방으로 갈 수는 없는 거야? 하루 종일 주 객실에서 그 덜떨어진 바보 녀석이랑 앉아 있는 거 지긋지긋해."

"너 그 사람 싫어하는구나? 내 생각엔 그 사람도 그걸 느끼고 있는 것 같던데. 어쨌든 난 하펙스랑 어젯밤에도 같이 있어서 애스네니포일이 질투할지도 몰라. 둘은 방을 같이 쓰잖아. 여기가 더 나을 거야."

"둘 다랑 자든가." 도미코는 말끝에 비수를 꽂아 조그만 소리로 내뱉었다. 도미코가 자란 동아시아는 테라 부문화권으로 금욕적이었다. 도미코가 받은 교육에서는 정숙함을 중요한 덕목으로 여겼다.

"난 하루에 한 사람이랑 자는 게 좋아." 올레루는 순진할 정도로 진지하게 대답했다. 전원 행성인 벨덴에서는 순결 또는 변절이라는 개념 자체가 없었다.

"그럼 오즈딘이랑 자든가." 도미코가 말했다. 도미코의 정서적 불안정이 지금처럼 뚜렷이 나타날 때는 극히 드물었다. 파괴주의로 치닫고 마는 뿌리 깊은 자기 부정. 도미코가 극한 탐사에 자원한 것은, 이런 성격으로 마땅히 할 수 있는 일이 없었기 때문이다.

작은 벨덴인이 눈이 동그래져서 손에 붓을 쥔 채로 도미코를 올려다보았다. "도미코, 어떻게 그런 더러운 말을 입에 담을 수 있지?"

"뭐가 어때서?"

"생각만 해도 끔찍해! 난 오즈딘한테 끌리지 않는다고!"

"그런 건 마음 쓰지 않는 줄 알았는데." 분명 알고 있었음에도 도미코는 무관심하다는 듯 말을 내뱉었다. 도미코는 서류 몇 개를 집어 들고 선실을 나서며 말했다. "너랑 하펙스, 아니 그 누가 되었든 마지막 종이 울릴 때까지는 일을 끝냈으면 좋겠어. 피곤하거든."

올레루는 치장한 작은 젖꼭지 위로 눈물을 뚝뚝 떨어뜨리며 울고 있었다. 올레루는 툭하면 울었다. 도미코는 열 살 이후로 울어본 적이 없었다.

행복한 우주선은 아니었지만 애스네니포일과 그의 컴퓨터가 4470세계를 찾아냈을 때 분위기는 좀 더 나아졌다. 중력 우물 바닥에 존재하는 진실처럼, 거기에는 짙은 녹색 보석이 놓여 있었다. 대원들이 모여 옥색 원반이 커지는 모습을 지켜보는 중에 서로 간의 유대감이 커졌다. 오즈딘의 이기심, 날카로운 잔인함마저 이제는 다른 이의 관심을 끄는 역할을 했다. 매넌이 말했다. "어쩌면 오즈딘은 매 맞는 역을 수행하라고 파견된 것일지도 몰라. 테라식 용어를 빌리면 희생양 말이야. 결과적으로 봤을 때 오즈딘의 존재가 좋은 영향을 미친 것일 수도 있는 거지."

하지만 서로에게 친절하기 위해 그토록 조심스럽던 대원들은 아무도 그 말에 동의하지 않았다.

우주선은 궤도에 접어들었다. 밤인 쪽에는 그 어떤 불빛도 없었으며 대륙에는 짐승이 만든 길이나 덩어리 따위는 보이지 않았다.

"인간은 없군." 하펙스가 중얼거렸다.

"당연하지." 전용 뷰스크린을 가지고 있는 오즈딘이 쏘아붙이듯 말했다. 오즈딘은 폴리에틸렌 주머니에 머리를 넣고 있었다. 그는 다른 이들에게서 나오는 정서 소음을 플라스틱으로 차단할 수 있다고 주장했다. "우리는 헤인인들이 뻗어나간 영역에서 200광년이나 떨어진 곳에 나와 있어. 사람이 있을 리가 없지. 그 어떤 곳에도 말이야. 설마 창조주가 두 번씩이나 그 무시무시한 실수를 저질렀다고 생각하는 건 아니겠지?"

아무도 오즈딘에게 주의를 기울이지 않았다. 대원들은 발밑으로 펼쳐진 옥색의 무한함에, 생명이 살지만 인류가 살고 있지 않은 곳에 감동 어린 눈빛을 보내고 있었다. 대원들은 사람들 사이에서는 부적응자였지만 그들이 보고 있는 것은 황폐함이 아니라 평화였다. 오즈딘조차도 평소처럼 무표정하지 않았다. 오즈딘은 인상을 찌푸렸다.

바다 위 강하의 불꽃, 공중 정찰, 착륙. 두꺼운 녹색의, 이리저리 휘어지는 풀잎처럼 생긴 평지가 우주선을 감쌌고, 우주선 바깥에 달린 카메라를 스칠 때 나온 미세한 꽃가루가 렌즈를 더럽혔다.

"순수 식물계 같군." 하펙스가 말했다. "오즈딘, 감정을 가진 뭔가가 잡혀?"

대원들은 모두 감지인을 돌아다보았다. 오즈딘은 화면 앞을 벗어나 차를 한 잔 따랐다. 대답이 없었다. 오즈딘이 입 밖으로 나오는 질문에 대답하는 경우는 드물었다.

미친 과학자들로 구성된 이 팀에 갑각류 등껍질같이 엄격한 군대 규율 따위는 전혀 먹혀들지 않았다. 이들의 명령 계통 체계는 의회에서 이루어지는 의사 결정 시스템과 계층 서열을 적당히 섞어놓은 그 어디쯤이었고, 오즈딘의 마음속에 자신이 정식 공무원이라는 생각은 없을 터였다. 그러나 당국의 불가사의한 결정에 따라 하이토 도미코 박사는 조정관 직책을 받았고, 도미코는 자신이 받은 지휘권을 처음으로 발휘했다. 도미코가 말했다. "오즈딘 감지인, 하펙스 씨의 물음에 대답하십시오."

오즈딘은 뒤도 돌아보지 않고 대답했다. "내가 어떻게 밖에 있는 뭔가를 느낄 수 있겠어? 깡통 속에 든 벌레처럼 내 주위를 오염시키는 인간 신경체 아홉 개의 감정이 넘쳐나는 마당에. 뭔가 말해야 할 것이 있으면, 말하겠어. 난 감지인으로서의 내 임무를 잘 알고 있어. 하이토 조정관, 한 번만 더 내게 명령을 내리려 든다면 뭐가 어찌 되었든 난 내 의무를 없던 걸로 하겠어."

"잘 알았습니다, 감지인. 이후로 그 어떠한 명령도 내리지 않겠습니다." 도미코의 황소개구리 같은 목소리는 차분했지만 오즈딘이 도미코에게 등을 보이고 돌아설 때 도미코의 억제된 분노가 오즈딘을 실제로 한 대 갈기기라도 한 것처럼 오즈딘은 아주 약간 움찔한 듯했다.

생물학자의 직감이 맞았다. 지형 분석을 시작했지만 그 어떤 동물도, 심지어 미생물조차 발견할 수 없었다. 이곳에서는 그 어떤 것도 다른 것을 잡아먹지 않았다. 모든 생명 현상은 광합성이나 사물 기생을 통해 이루어졌다. 빛 또는 죽음을 이용할 뿐 다른 생명을 이용해 살아가는 존재는 없었다. 식물들, 끝도 없는 식물, 인간이 사는 곳에서 찾아온 방문객에게 알려진 종은 하나도 없다. 무한한 그림자와 녹색, 보랏빛, 자줏빛, 갈색, 붉은빛의 강렬함. 막막한 침묵. 바람만이 나뭇잎과 엽상체 사이를 가르며 움직일 뿐이었다. 따뜻한 산들바람은 꽃가루와 홀씨를 날렸으며, 그 어떤 발도 걸어본 적이 없고 그 어떤 눈도 본 적이 없는, 거대한 잔디가 깔린 평야 위, 히스 없는 황야 위, 꽃 없는 숲 위에 달콤한 녹색 먼지를 불어 쌓이게 했다. 따뜻하고 슬픈 세계, 슬프고 평온한 세계. 탐사팀은 소풍이라도 나온 듯 보라색 양치류가 가득한 화창한 들판을 거닐며 서로 소곤소곤 대화를 나누었다. 대원들은 자신들의 목소리가 수천만 년의 침묵을 깼다는 사실을, 바람과 나뭇잎, 나뭇잎과 바람이 지켜온 침묵을, 불어오다가 멈추었다가 다시 불었던 그 침묵을 깼다는 사실을 너무나 잘 알고 있었다. 비록 목소리를 낮춰 소곤댔지만 인간인 이상 대화를 안 할 수는 없었다.

"불쌍한 오즈딘. 머릿속에 고감도 수신기인지 뭔가가 들었다고 떵떵거리더니 아무 신호도 못 잡아내고. 쓸데없다니까." 생물학자이자 기술자인 제니 충이 헬리제트를 조종해 북극의 쾌드라트*를 돌아보며 말했다.

"오즈딘은 식물을 싫어한다더라고." 올레루가 깔깔거렸다.

"좋아할걸. 식물은 우리처럼 자기를 괴롭히지 않을 테니까."

"나도 이 식물들이 그리 좋다고는 할 수 없겠는데." 보랏빛으로 넘실거리는 북쪽 극지방 숲을 내려다보며 폴락이 말했다. "전부 똑같아. 아무 마음도, 변화도 없어. 여기 혼자 남는 사람이 있다면 자기 머리를 날려버리고 말게 될 거야."

"하지만 모두 살아 있잖아. 그리고 오즈딘은 살아 있는 거라면 뭐든지 싫어해." 제니 충이 말했다.

"오즈딘이 그렇게 못된 것만은 아니야." 올레루가 엄숙하게 말했다. 폴락은 옆쪽에서 올레루를 바라보다가 물었다. "오즈딘이랑도 잤군, 올레루?"

올레루는 울음을 터뜨리며 소리 질렀다. "너희 테라인은 어쩜 그렇게 음탕한 거지!"

"아니, 올레루는 그러지 않았어." 제니 충이 황급히 올레루를 변호했다. "그러는 네가 잔 거 아냐, 폴락?"

하, 하. 화학자가 어색하게 웃었다. 침방울이 콧수염에 맺혔다.

"오즈딘은 누가 자기 몸에 닿는 걸 참을 수 없어 해." 올레루가 몸을 부르르 떨며 말했다. "예전에 실수로 오즈딘과 스친 적이

---

*동식물의 군락을 연구하기 위해 구획한 사각형 토지.

있는데 오즈딘은 나를 무슨…… 더러운 거라도 되는 듯이 밀쳐 버렸어. 그 사람한테 우리는 전부 똑같아."

"그 작자는 악마야." 폴락이 긴장한 듯 말해 두 여자를 놀라게 했다. "그 작자는 이 팀을 해산시키고 결국 임무를 방해할 거야. 어떤 식으로든 말이야. 내 말 새겨들어. 그자는 다른 사람과 살 수 있는 인간이 아니야!"

대원들은 북극에 내렸다. 자정의 태양이 낮은 언덕 위로 떴다. 사방에서 짧고 마르고 녹색이 섞인 분홍색 선태 이끼가 들쭉날쭉 뻗어 있었지만 모두 한 방향, 남쪽을 향하고 있었다. 믿지 못할 침묵에 압도된 탐사대원 셋은 기기를 설치하고 작업에 들어갔다. 움직이지 않는 거인의 가죽 위에서 꼼지락거리는 바이러스 세 마리와 다를 바 없었다.

아무도 오즈딘에게 같이 가자며 조종을 맡기거나 사진사 역을 하라거나 기록을 하라고 부탁하지 않았고 오즈딘 역시 자원하지 않았기 때문에 그는 거의 기지를 떠나지 않았다. 오즈딘은 하펙스의 식물 분류 자료를 우주선에 장착된 컴퓨터를 통해 분석했고 유지보수 담당인 에스크와나의 일을 도왔다. 에스크와나는 하루 32시간 중에 25시간 혹은 그 이상 잠을 잤다. 무전기를 고치는 중에 혹은 헬리제트의 유도회로 정기 점검을 하다가 잠이 들곤 했다. 하루는 관찰을 하기 위해 조정관이 기지에 머물렀다. 간질병 환자인 포스웨트 토 말고는 모두 나가고 없었다. 매넌은 포스웨트 토를 치료회로에 연결해 긴장성 분열증 예방 상태로 해놓고 나갔다. 도미코는 기록 저장소에 보고를 했고 오즈딘과 에스크와나에게서 눈을 떼지 않았다. 2시간이 흘렀다.

"연결점을 이으려면 860마이크로왈도를 사용해야 할 거야."

에스크와나가 머뭇거리며 나직이 말했다.

"당연하지!"

"미안. 난 네가 840을 쓰는 걸 보고……."

"860을 꺼내면 바꿔 쓸 거야. 그리고 어떻게 해야 하는지 모르면, 엔지니어 양반, 당신에게 자문을 구하겠어."

잠시 뒤 도미코가 주위를 둘러보았다. 어느새 에스크와나는 탁자 위에 머리를 대고 엄지손가락을 입에 문 채 깊게 잠들어 있었다.

"오즈딘."

하얀 얼굴은 돌아보지 않았고 아무 말 하지 않았지만 오즈딘은 자기가 듣고 있다는 사실을 성마르게 표시했다.

"에스크와나가 얼마나 쉽게 상처 입는지 네가 모를 리 없잖아."

"난 그자의 정신 착란성 반응에 책임질 이유가 없어."

"하지만 자기 행동에 대해서는 책임져야지. 에스크와나는 임무를 수행하는 데 없어서는 안 될 존재야. 하지만 넌 그렇지 않아. 적대감을 조절하지 못할 거라면 에스크와나와 함께 있는 것을 피해줘."

오즈딘은 연장을 집어던지고 일어섰다. "바라던 바야!" 그는 사람의 신경을 긁는 확신에 찬 목소리로 말했다. "넌 에스크와나의 비이성적인 두려움을 경험한다는 게 어떤 건지 상상조차 할 수 없어. 그자의 그 지긋지긋한 두려움을 공유한다는 것, 무슨 일이 있을 때마다 같이 몸을 움츠려야 한다는 걸 말이야!"

"그게 에스크와나를 잔인하게 대한 이유야? 난 너라면 좀 더 자존심이 있을 줄 알았는데." 도미코는 악이 뻗쳐 자신도 모르게 몸을 덜덜 떨고 있었다. "감정 이입 능력으로 정말로 에스크와나의 불행을 경험했다면 왜 네 마음에 동정심이 생기지 않는 거지?"

"동정심이라. 동정심이라니, 동정심이 뭔지 알기나 해?"

도미코는 오즈딘을 노려보았다. 하지만 오즈딘은 도미코를 보려 하지 않았다.

"지금 나에게 품는 감정을 말로 표현해보겠어?" 오즈딘이 말했다. "난 네가 할 수 있는 것보다 훨씬 더 정교하게 말로 표현할 수 있어. 난 감정을 받았을 때의 반응을 분석하는 훈련을 받았거든. 그리고 나는 지금 그런 감정을 받고 있어."

"하지만 지금 내게 이런 식으로 행동하면서 어떻게 내가 친절히 대하길 바라는 거지?"

"내가 어떻게 행동을 하든지 그게 무슨 상관이야, 이 바보 멍청아. 뭐 다를 게 있을 거라고 생각해? 넌 보통 인간이 사랑과 친절함이 샘솟는 우물이라도 된다고 생각하고 있지? 내 선택은 사람들에게 증오의 대상으로 남든가 아니면 경멸당하든가 둘 중 하나야. 물론 난 계집애도, 겁쟁이도 아니기 때문에 남들로부터 증오를 사는 편을 택했지."

"헛소리 작작해. 자기 동정이라니. 모든 사람은⋯⋯."

"모든 사람이라니, 나까지 도매금으로 넘기지 마. 너희들과 나만이 있을 뿐이야. 난 유일한 존재라고."

언뜻 비친, 끝도 보이지 않는 유아론에 놀란 도미코는 한동안 입을 열지 못했다. 결국 입을 열었을 때는 동정심도, 악도 아닌 냉소만 터져 나왔다. "그러다가 넌 자살할지도 몰라, 오즈딘."

"그건 네 방식이고, 하이토." 오즈딘이 비웃었다. "난 우울하지도 않고 할복도 내 취향은 아니라서 말이지. 내가 여기서 어떻게 하길 원해?"

"떠나. 우리 서로 편하게 지내자고. 에어카를 타고 자료 공급 장치를 가져가서 생물 종이나 세. 숲 속에서 말이야. 하펙스는 아직 숲 쪽은 시작도 하지 않았으니까. 숲 속에서 무선이 닿는 100제곱미터 어디라도 좋아. 하지만 감정 이입 권역은 벗어나야 해. 그리고 매일 8시와 24시 정각에 보고를 해."

오즈딘은 떠났고 닷새 동안 하루에 두 번씩 아무 이상 없다는 간결한 신호 외에는 아무 연락도 하지 않았다. 기지의 분위기가 무대 장치처럼 바뀌었다. 에스크와나는 하루 18시간 동안 깨어 있게 되었다. 포스웨트 토는 멋진 류트를 가지고 천상의 화음을 연주했다(음악은 오즈딘을 미치기 일보 직전까지 몰고 갔다). 매넌, 하펙스, 제니 충 그리고 도미코는 신경 안정제를 더 이상 복용하지 않았다. 폴락은 자기 실험실에서 뭔가를 증류해 혼자 전부 마셔버리고 숙취에 시달렸다. 애스네니포일과 포스웨트 토는 신앙심 깊은 세티인의 영혼에 더할 나위 없는 즐거움인 고등 수학을 축복하는 신비스러운 주신제, 즉 수의 공현축일을 밤새 축하했다. 올레루는 모든 이들과 잤다. 작업 성과도 좋았다.

자연과학자가 풀처럼 생긴 껑충한 육질 줄기를 헤치며 헐레벌떡 기지 쪽으로 뛰어왔다. "뭔가가, 숲 속에……." 폴락은 두 눈이 불거져 있었고, 거친 숨을 몰아쉬었으며, 손가락과 수염을 덜덜 떨고 있었다. "큰, 뭔가가, 움직이는 뭔가가 내 뒤에 있었어. 내가 몸을 숙이고 기준점을 설치하고 있었는데 그게 내게로 왔어. 나뭇가지에 매달려 있다 내려온 것 같아. 바로 내 뒤에서 말이야." 동료를 바라보는 폴락의 눈동자는 공포와 피곤에 절어 탁했다.

"앉아, 폴락. 그리고 진정해. 자, 숨을 고르고 한 번 더 말해봐. 뭔가 봤다 이거지?"

"확실한 건 아니야. 그저 움직임을 느낀 거야. 의도성을 띤 움직임 말이야. 그게, 그러니까…… 그게 뭐였는지는 모르겠어. 제 힘으로 움직이는 뭔가가 있었어. 숲 속에서, 나무형인가 뭔가 하는 게 움직였다고. 숲 가장자리에서 말이야."

하펙스는 조금도 귀담아들으려 하지 않았다. "이곳에는 널 공격할 만한 것이 아무것도 없어, 폴락. 미생물조차 없다고. 몸집을 갖춘 동물이 존재할 수가 없어."

"착생식물이 등 뒤로 떨어졌거나 덩굴이 느슨해진 건 아닐까?"

"아니, 그런 게 아니야. 나에게 내려왔다니까, 가지를 타고 아주 빠르게. 내가 뒤를 돌아봤을 때는 다시 위로 올라가 있었어. 소리가 났단 말이야, 부스럭거리는 소리. 그러니 동물이 아니라고 한다면, 하느님이나 그게 뭔지 알 거야! 컸어, 적어도 사람만큼은 컸다고. 그리고 색깔은, 불그스름했던 것 같아. 볼 수 없었으니 확신할 수는 없지만 아무튼 그래."

"그렇다면 오즈딘이야." 제니 충이 말했다. "타잔 흉내라도 낸 거겠지."

제니는 신경질적으로 웃어댔고 도미코는 터져 나오는 웃음을 참았다. 하펙스는 전혀 웃지 않았다.

"나무형 아래 서면 누구나 불안한 마음이 들어." 하펙스는 예의 바르고 차분한 목소리로 말했다. "나도 그 현상은 눈치챘어. 사실, 덕분에 숲에서의 내 임무를 미룰 수밖에 없었고. 줄기와 가지의 색감이나 공간 분포를 보고 있으면 최면에 걸리는 것 같더군. 특히 나선형 분포일 경우에. 게다가 포자낭에서 터져 나온 씨는 너무나도 고르게 퍼져 났기 때문에 부자연스러워 보이기까지 해. 개인적인 소감을 밝히자면 이곳에 적응이 잘 안 돼. 그래서 그런 영향을 좀 더 강하게 받은 탓에 환영을 보게 된 것은 아닐까……?"

폴락은 고개를 저었다. 그는 입술에 침을 발랐다. "분명히, 거기 있었다고. 분명히, 움직이는 뭔가가, 제 의도대로 움직이는 뭔가가 있었단 말이야. 그리고 등 뒤에서 나를 공격하려 했어."

그날 밤, 평소와 다름없는 24시 정각에 오즈딘이 연락했을 때 하펙스는 폴락의 보고를 알려주었다. "감정을 가진 동체가 숲속에 있다는 폴락의 주장을 증명해줄 증거가 있어? 뭔가 짚이는 거라도?"

스스스. 무전기가 비웃었다. "아니. 말도 안 돼." 언제나처럼 퉁명스러운 오즈딘의 목소리가 들렸다.

"넌 확실히 우리보다 숲 속에 오래 머물렀어. 그렇다면 이 숲의 환경이 환각 증세를 불러일으켜 인식의 혼돈을 가져왔다는 내 생각에 동의해?" 하펙스는 변함없이 예의를 갖추고 말했다.

스스스. "폴락의 감지가 문제 될 소지가 높다는 점에는 동의해. 폴락을 자기 연구실에 있도록 하는 게 안전할 것 같군. 그 밖에 다른 사항은?"

"지금은 없어." 하펙스가 대답하자 오즈딘이 통신을 끊었다.

폴락의 이야기를 액면 그대로 믿는 사람은 아무도 없었지만 그렇다고 믿지 않을 수도 없었다. 폴락은 커다란 뭔가가 불시에 자신을 공격하려 했다고 확신했다. 부인할 수만은 없는 노릇이었다. 대원들은 지금 외계 행성에 있고, 숲에 들어가면 '나무'("그것들을 나무라 부르자고, 실제로 같은 거니까. 물론, 완전히 다르긴 하지만 말이야." 하펙스의 제안이었다) 아래를 거닐 때 모두가 온몸이 오싹해지는 경험을 한 것은 부인할 수 없는 사실이었다. 대원들은 숲으로 갔을 때 마음이 불편했다고 시인했고, 뒤에서 뭔가가 자신을 지켜보는 기분이었다는 점도 동의했다.

"이건 확실히 밝혀내야 해." 폴락이 말했다. 폴락은 식물학자의 조수 자격으로 탐사 및 관측을 위해 오즈딘처럼 숲 속으로 들어갈 수 있도록 허락해달라고 했다. 올레루와 제니 충은 둘이 함께 간다는 조건으로 자원했다. 하펙스는 야영을 하는 곳 근처, D대륙의 5분의 4를 차지하는 광대한 숲으로 셋 모두를 보냈다. 무장은 금지했다. 탐사 지역은 오즈딘의 현재 위치를 포함한 직경 50마일짜리 반원이었다. 대원들은 하루 두 번씩 사흘에 걸쳐 보고했다. 폴락은 반직립 상태의 형체가 숲을 가로지르고 강을 건너는 것을 언뜻 본 것 같다고 보고했고, 올레루는 이틀째 되는 밤에 텐트 주위로 뭔가가 지나가는 소리를 들었다고 보고했다.

"이 행성에 동물은 없어." 하펙스는 완강했다.

그리고 오즈딘은 아침에 연락하지 않았다.

도미코는 1시간도 채 기다리지 않고 그 전날 밤 오즈딘이 호출했던 구역으로 하펙스와 함께 날아갔다. 헬리제트가 자줏빛 도는 나뭇잎의 바다에, 그 망망대해에, 감히 뚫고 지나갈 수 없을 것 같은 장소에 도착했을 때 도미코는 공황 상태에 빠졌다.

"여기서 오즈딘을 어떻게 찾지?"

"오즈딘은 강둑에 착륙했다고 보고했어. 에어카를 찾자고. 그 주변에 텐트를 쳤을 거고. 멀리 가지는 않았을 거야. 종 분류 작업은 빨리 할 수 있는 게 아니니까. 저기 강이 보이는군."

"저기 에어카가 보여." 채소 색과 그늘만 가득한 곳에서 어울리지 않는 섬광을 도미코가 발견했다. "여기에 대겠어."

도미코는 비행기를 띄워놓은 상태로 사다리를 내렸다. 도미코와 하펙스가 내려오자 생명의 바다가 머리 위로 닫혔다.

숲 바닥에 두 발이 닿자 도미코는 권총 지갑의 단추를 열었지만 아무런 무장도 하지 않은 하펙스를 힐금 보고 권총을 그대로 내버려두었다. 하지만 손을 권총 가까이에 두었다. 느릿느릿 흐르는 갈색 강에서 불과 몇 미터 벗어나자마자 완전한 적막이 흘렀고 사방은 침침했다. 띄엄띄엄 솟구쳐 있는 거대한 나무줄기는 규칙적인 배열을 따라 나 있었고 하나하나 똑같아 보였다. 모두 껍질이 부드러웠다. 어떤 나무는 매끈했고 어떤 것은 스펀지 같았다. 껍질이 회색인 나무가 있는가 하면 초록빛을 띠는 갈색 나무가 있었고 그냥 갈색 나무도 있었다. 줄처럼 생긴 덩굴로 연결되어 있는 놈, 착생식물 따위가 꽃줄처럼 길게 늘어진 놈이 있었고, 접시 모양의 짙고 단단한 나뭇잎들은 아름아름 엉켜 2, 30미터는 족히 될 만큼 두꺼운 지붕 층을 이루고 있었다. 발밑의 땅은 매트리스처럼 탄성이 있었고 나뭇잎에서 떨어져 나와 이제 막 자란 생성물과 뿌리로 뒤덮여 있었다.

"오즈딘의 텐트가 보여." 도미코는 소리 없는 거대 공동체 내에 울려 퍼지는 자기 목소리에 움츠러들었다. 텐트에는 침구와 책 몇 권, 식료품 한 상자가 있었다. 소리 지르며 오즈딘을 찾으러 돌아다녀야 해, 도미코는 생각했지만 마음과 달리 그런 제안조차 하지 못했다. 하펙스도 마찬가지였다. 도미코와 하펙스는 빽빽이 서 있는 존재들 사이로 서로 시야에서 벗어나지 않게 조심하며 텐트 주위를 수색했다. 도미코는 바닥에 뒹구는 공책의 희끄무레한 윤곽을 보았고, 그것에 이끌려 텐트에서 30미터가량 나가다가 오즈딘의 몸에 걸려 비틀거렸다. 오즈딘은 단단히 뿌리박고 있는 두 나무 사이에 얼굴을 처박고 쓰러져 있었다. 머리와 두 손은 피범벅이었다. 말라붙은 핏자국도 보였지만 피는 계속 흘러내리고 있었다.

하펙스가 도미코 옆으로 다가왔다. 헤인인 특유의 창백한 안색은 황혼 때문에 짙은 초록색으로 보였다. "죽었어?"

"아니. 충격을 받은 거야. 얻어맞았어. 뒤에서 친 모양이야."

도미코는 피투성이가 된 오즈딘의 두개골과 관자놀이, 목덜미를 더듬었다. "무기일 수도 있고 연장일 수도 있고……. 다친 데는 없는 것 같아."

오즈딘을 들어 올리기 위해 도미코가 몸을 뒤집자 오즈딘이 눈을 떴다. 도미코는 오즈딘을 잡고 얼굴 위로 몸을 굽혔다. 핏기 없는 그의 입술이 바짝 타들어 있었다. 죽음과도 같은 두려움이 도미코에게 밀려왔다. 도미코는 두세 번 비명을 지르고, 끔찍한 어둠 속에서 넘어지고 비틀거리며 도망치려 했다. 하펙스가 도미코를 잡아챘다. 하펙스의 손길이 닿고 목소리가 들리자 도미코의 공포는 잦아들었다. "왜 그래? 무슨 일이야?" 하펙스가 물었다.

"모르겠어." 도미코가 흐느꼈다. 어지러울 정도로 가슴이 쿵쾅거렸고 앞이 제대로 보이지 않았다. "공포가…… 난…… 공포에 사로잡혔어. 오즈딘의 눈을 봤을 때 말이야."

"우리 둘 다 신경이 날카로워져 있어. 나로서는 이 상황이 이해가……."

"괜찮아, 이젠 괜찮아졌어. 자, 가자고. 오즈딘을 돌봐야지."

둘은 정신없이 서둘렀다. 둘은 오즈딘을 강가까지 끌고 가 겨드랑이에 밧줄을 묶어 끌어당겼다. 오즈딘은 가볍게 경련을 일으키며 끈적이는 나뭇잎의 짙은 바다 위로 자루처럼 끌려 올라갔다. 도미코와 하펙스는 헬리제트 안으로 오즈딘을 들여온 후 밧줄을 벗겨냈다. 헬리제트는 금세 대평야 위에 모습을 드러냈다. 도미코는 자동 제어 장치를 작동해 헬리제트가 기지로 향하게 했다. 도미코는 심호흡을 하고 하펙스의 눈을 응시했다.

"어찌나 겁먹었는지 까무러칠 뻔했어. 이런 적은 한 번도 없었는데."

"나도…… 이상할 정도로 겁났어." 헤인인은 나이 들어 보였고 몸을 덜덜 떨었다. "너만큼은 아니겠지만. 하지만 너처럼 나도 겁이 날 이유가 없었는데, 이상해."

"오즈딘과 닿았을 때, 오즈딘을 잡고 있을 때였어. 오즈딘은 잠시지만 의식을 되찾은 것처럼 보였어."

"감정 이입인가? ……자신을 공격한 것이 무엇인지 오즈딘이 말해줄 수 있기를 바랄 수밖에."

한시바삐 숲을 빠져나가겠다는 광기에 빠진 두 사람이 오즈딘을 짐짝처럼 뒷자리에 대충 쑤셔 넣은 까닭에 그는 피와 진흙 범벅인 채로 부서진 마네킹처럼 뒷자리에 기대어 있었다.

둘이 오즈딘을 데리고 돌아오자 기지에 있던 사람들은 둘보다 훨씬 더 끔찍한 공황 상태에 빠졌다. 잔인한 폭력에도 불구하고 죽지 않았다는 사실에 사람들은 불길한 예감과 함께 어리둥절했다. 하펙스가 동물의 존재를 완강하게 부인하자 대원들은 곧 감정을 가진 식물군을 생각해냈고, 식물의 탈을 쓴 괴물을 만들어내 심리적 투영물을 떠올리기 시작했다. 잠재의식 속에 숨어 있던 병적인 공포증이 되살아난 제니 충은 사람들의 등에 바짝 붙어 따라다니는 어두운 자의식에 관해서 줄곧 떠들어대기 시작했다. 제니 충과 올레루 그리고 폴락은 기지로 소환된 상태였고, 누구도 기지 밖으로 나가지 않으려 했다.

오즈딘은 발견되기 전 서너 시간 동안 피를 너무 많이 흘린 데다가 뇌진탕과 타박상도 있어 가사 상태에 빠졌다. 가끔씩 가사 상태에서 열이 내릴 때면 무미건조한 목소리로 "박사님…… 해머겔드 박사님……"이라고 몇 번씩 불러댔다. 기나긴 이틀이 지나고 오즈딘의 의식이 온전히 돌아오자 도미코는 하펙스를 오즈딘의 방으로 불렀다.

"오즈딘, 누가 공격했는지 말해줄 수 있어?"

창백하기 그지없는 두 눈빛이 하펙스의 얼굴 위로 겹쳤다.

"오즈딘, 누군가가 널 공격했어." 도미코가 부드럽게 말했다. 교활한 눈빛은 증오스럽도록 익숙했지만 도미코는 의사였다. 환자를 보호해야만 했다. "아직 기억을 못 할 수도 있어. 하지만 뭔가가 널 습격했어. 오즈딘, 넌 숲 속에 갔……."

"아!" 오즈딘의 눈이 번쩍이며 얼굴이 일그러졌다. "숲……숲에서……."

"숲에 뭐가 있었어?"

오즈딘은 숨을 몰아쉬었다. 의식이 돌아오는 것 같았다. 잠시 후 오즈딘이 입을 열었다. "몰라."

"널 공격한 게 뭔지 봤어?" 하펙스가 물었다.

"몰라."

"지금 당장 기억해내야 해."

"몰라."

"대원들 전체의 목숨이 걸린 문제야. 네가 본 것을 말해줘!"

"모른다니까." 오즈딘이 약한 모습을 보이며 울먹였다. 오즈딘은 자신이 답을 숨기고 있다는 사실을 숨길 수 없을 정도로 약해져 있었다. 그렇지만 대답하지 않으려 했다. 근처에 있던 폴락이 방에서 무슨 말이 오가나 엿들으려 애쓰며 후추색 콧수염을 자근자근 씹고 있었다. 하펙스는 오즈딘에게 몸을 숙여 속삭였다. "우리에게 말을 해야만……." 도미코가 두 사람 사이를 가로막았다.

하펙스는 보기 애처로울 정도로 자신을 절제하려 애썼다. 하펙스는 조용히 자기 방으로 돌아가 지체 없이 안정제 두세 알을 복용했다. 다른 대원들은 부서지기 쉬운 커다란 건물 곳곳으로, 기다란 메인 홀과 열 개의 수면실로 제각기 흩어지면서 아무 말도 하지 않았다. 모두 벼랑 끝에 내몰린 듯 위태로웠고 지쳐 있었다. 오즈딘은 언제나처럼, 아니 지금 이런 상황에서도, 대원들에게 제멋대로 대했다. 도미코는 담즙보다 쓴 증오가 넘어오는 것을 참으며 오즈딘을 내려다보았다. 다른 사람의 감정을 먹어치우는 괴물 같은 자의식과 완벽한 이기심은 그 어떤 육신의 불구보다도 흉측해. 천성이 괴물 같은 오즈딘은 죽었어야만 했어. 살아 있어서는 안 되는 거였어. 죽었어야 했어. 왜 오즈딘의 두개골을 박살 내버리지 않은 걸까?

오즈딘은 똑바로 누운 채 창백했고, 두 팔은 힘없이 옆에 놓여 있었다. 색깔 없는 눈이 커지다 눈가로 눈물이 흐르기 시작했다. 오즈딘은 몸을 움직이려 했다. "그만." 오즈딘은 작게 쉰 소리를 냈다. 제 머리를 보호하겠다는 듯 두 손을 올려 머리를 감싸려 했다.

"그만해!"

도미코는 간이침대 옆 접이식 의자에 앉아 있었고, 잠시 뒤 오즈딘의 손을 잡았다. 오즈딘은 손을 잡아 빼려 했지만 그럴 기력조차 남아 있지 않았다.

한참 동안 침묵이 흘렀다.

"오즈딘, 미안해." 도미코가 중얼거렸다. "미안해. 내가 낫게 해줄게. 내가 치료해줄게, 오즈딘. 네게 상처 주고 싶은 맘은 없어. 이젠 알겠어. 우리 중 한 사람이었어. 그렇지? 아니, 대답하지 않아도 돼. 내가 틀렸으면 그때 가서 이야기해줘. 그렇지만 난……. 물론 이 행성에 동물이 있어. 열 마리지. 난 그게 누구든 상관없어. 그건 괜찮아, 아무 문제도 안 돼. 나일 수도 있어, 방금 전처럼 말이야. 나, 이제야 그걸 깨달았어. 난 그게 어떤 건지 이해하지 못했던 거야, 오즈딘. 넌 우리가 그걸 이해한다는 게 얼마나 어려운지 알지 못했고……. 하지만 말이야. 만약에 그것이 사랑이었으면, 두려움이나 증오 대신에……. 사랑일 수는 없는 거야?"

"불가능해."

"왜 안 되는 거지? 왜? 인간이라는 존재가 그렇게 약한 거야? 끔찍해. 아니, 마음 쓰지 마, 마음 쓰지 마, 걱정하지 말고. 그냥 가만히 있어. 적어도 지금은 증오가 아니잖아, 그렇지? 적어도 동정심이나 걱정, 아니 완쾌를 바라는 마음일 거야. 너도 그거 느끼고 있지? 오즈딘? 지금 네가 느끼고 있는 게 이게 맞지?"

"다른…… 다른 감정들 사이에……." 거의 아무것도 들리지 않는다는 표정이었다.

"내 잠재의식에서 나오는 잡음인 모양이구나. 그리고 방에 있는 다른 이들의 소리……. 오즈딘, 하펙스와 내가 숲 속에서 널 찾아냈을 때, 내가 네 몸을 돌리려 했을 때, 넌 반쯤 깬 상태였지? 그리고 난 네가 느낀 두려움을 느꼈어. 나는 무서워서 잠시 제정신이 아니었어. 내가 느낀 게 네가 내게 품은 두려움이야?"

"아니."

도미코가 아직도 오즈딘의 손을 잡고 있었지만 오즈딘은 많이 편해졌는지 잠에 빠져들었다. 아직은 고통스러워했지만 고통에서 구원받은 사람의 표정이었다. "숲은……." 오즈딘이 중얼거렸지만 도미코는 거의 알아들을 수가 없었다. "……무서워."

도미코는 오즈딘을 더 이상 다그치지 않고 오즈딘의 손을 잡은 채 그가 잠드는 모습을 지켜보았다. 도미코는 제 감정 상태를 알았고 그러므로 오즈딘이 느낄 수밖에 없는 감정도 알았다. 확실히 알고 있었다. 한순간에 완전히 역전되고 편향되는 감정 혹은 심리 상태는 단 하나밖에 없었다. 위대한 헤인에서는 사실상 이를 위해 한 단어가 존재한다. '온타.' 사랑과 증오를 일컫는 말이다. 물론 도미코가 오즈딘과 사랑에 빠졌다는 것은 아니다. 그랬다가는 또 다른 골칫거리가 늘어나는 셈이다. 도미코가 오즈딘에게 품은 감정은 온타, 편향된 증오였다. 도미코는 오즈딘의 손을 잡았다. 전류가 두 사람 사이에 흘렀다. 살갗이 맞닿으며 흐르는 가공할 만한 전류는 오즈딘이 언제나 두려워하던 것이었다. 오즈딘이 잠들자 해부학 도록에 나올 법한 입 주위의 뭉친 근육도 많이 풀어졌다. 도미코는 다른 대원들에게선 한 번도 보지 못한 웃음이 희미하게나마 오즈딘 얼굴에 맴도는 걸 보았다. 웃음이 사라졌다. 오즈딘은 깊게 잠들었다.

오즈딘은 강했다. 이튿날 그는 일어나 앉았고 허기를 느꼈다. 하펙스는 오즈딘을 심문하고 싶어 했으나 도미코가 말렸다. 도미코는 오즈딘이 언제나 하던 대로 폴리에틸렌 천을 방문 앞에 걸어 늘어뜨렸다. "이게 정말로 네 수신 능력을 떨어뜨리는 효과가 있어?" 도미코가 물어보자 오즈딘은 이제 서로에게 쓰기 시작한 조심스럽고 건조한 어조로 대답했다. "아니."

"그럼 경고 차원에서 사용한 거구나."

"부분적으로는. 그보다는 심리 요법이야. 해머겔드 박사는 그게 실제로 효과가 있다고 생각했어……. 어쩌면, 아주 약간은 그럴 수도 있겠지."

딱 한 번 사랑이 존재했었다. 어른들의 격한 감정이라는 거센 파도에 휩쓸려 숨이 막히고 빠져죽을 뻔했던, 겁에 질린 아이가 한 어른의 손에 구출되었다. 그 사람으로부터 숨 쉬는 법을 배우고, 살아가는 법을 익힌다. 그 사람으로부터 모든 것을 받고 완벽한 보호를 받고 사랑을 받았다. 아이에게 그 사람은 아버지이자 어머니이자 하느님이었다. 다른 사람은 없다. "그분은 아직 살아 있어?" 오즈딘이 겪은 엄청난 외로움과 위대한 의사들에게 품은 이상한 적개심을 생각하며 도미코가 물었다. 오즈딘이 억지로 희미한 웃음소리를 내자 도미코가 깜짝 놀랐다. "그분은 돌아가신 지 적어도 250년은 돼. 우리가 지금 어디에 있는지 잊었어, 조정관? 우리는 전부 가족들을 남겨두고 왔다고……."

4470세계의 폴리에틸렌 장막 뒤로 인간 여덟 명이 움직이는 모습이 어슴푸레 보였다. 그들의 목소리는 낮고 긴장된 상태였다. 에스크와나는 잠이 들었고 포스웨트 토는 치료 중이었다. 제니 충은 방에 그림자가 생기지 않도록 조명 시스템을 갖추는 중이었다.

"대원들은 전부 겁내고 있어." 겁에 질린 표정으로 도미코가 말했다. "대원들의 머리에는 널 공격한 존재에 대해 온갖 상상으로 가득해. 감자 인간이라든가, 이파리가 큰 거대 시금치라든가……. 하펙스까지도. 어쩌면 네 말처럼 다른 대원에게 알려주지 않는 것이 더 나을지도 몰라. 하지만 우리가 왜 전부 이렇게 움츠러들고, 사건을 직시하지 못하고 자꾸만 내분이 생기는 걸까? 우리가 전부 미쳐가는 건 아닐까?"

"조만간 사태가 더 심각해질 거야."

"왜?"

"뭔가가 있어." 오즈딘은 입을 꽉 다물었다. 입가의 근육이 단호해 보였다.

"감정을 가진 존재?"

"감정을 가진 존재."

"숲 속에?"

오즈딘이 고개를 끄덕였다.

"그러면 대체 뭐란 말이야?"

"공포." 오즈딘은 다시 한 번 어쩔 줄 몰라 하는 표정을 지었고 침착하지 못하게 왔다 갔다 했다. "내가 그곳에서 넘어졌을 때 그 즉시 의식을 잃은 게 아니었어. 어쩌면 내가 나중에 정신을 차린 것일지도 모르지. 모르겠어. 그냥 꼼짝할 수 없었다는 게 맞을 거야."

"그랬어."

"땅에 쓰러져 있었잖아. 난 일어설 수가 없었어. 나뭇잎이 썩고 있는 흙바닥에 얼굴을 처박고 말이지. 그게 내 귀와 콧구멍에 가득했어. 움직일 수가 없었어. 볼 수도 없었고. 내가 땅속에 묻혀 있는 것 같았어. 진흙 속에 잠겨서 그 일부가 된 느낌이었어. 보지는 못했지만 내가 나무 사이에 끼어 있었다는 걸 알아. 뿌리를 느꼈다고 생각해. 내 아래 땅속에, 땅속 깊숙이 있는 걸 말이야. 내 손은 피범벅이었고, 난 그것을 느낄 수 있었어. 피 때문에 내 얼굴에 흙이 덕지덕지 달라붙었어. 난 공포를 느꼈어. 그건 점점 더 자라났지. 마침내 놈들은 내가 그곳에 있다는 사실을 알아차린 것 같았어. 자기들 위에, 아래에, 사이에, 자신들이 두려워하는 존재가 있다는 걸. 하지만 그 일부는 자신들의 공포라는 사실을 말이야. 난 그 공포를 튕겨내지 않을 수 없었고 공포는 계속 자라났어. 난 움직일 수 없었고 도망칠 수도 없었어. 그리고 기절한 것 같아. 하지만 공포 때문에 다시 정신이 들었을 거야. 그리고 여전히 움직일 수 없었지. 놈들처럼 말이야."

도미코는 두려움에 머리가 싸해졌다. "놈들이라니, 놈들이 누구야, 오즈딘?"

"놈들인지, 놈인지…… 모르겠어. 공포야."

"오즈딘이 무슨 말을 하는 거야?" 도미코가 둘의 대화를 보고 서로 작성하는 사이 하펙스가 옆에서 다그쳤다. 도미코는 헤인인의 강하고 억압된 감정으로부터 오즈딘을 보호하려고 하펙스가 오즈딘에게 직접 질문하는 것을 허락하지 않았다. 불행히도 도미코의 이런 행동은 불쌍한 하펙스의 마음에 피어오르던 편집증적 불안에 기름을 쏟아부은 격이었고 하펙스는 도미코와 오즈딘이 작당하여 굉장히 중요한 무언가 또는 위험을 다른 대원들에게 숨기려 한다고 생각했다.

"장님에게 코끼리를 묘사해보라고 하는 것과 똑같아. 오즈딘은…… 감정 있는 존재를 보지도, 듣지도 못했어. 우리랑 똑같다고."

"하지만 오즈딘은 느꼈어, 도미코." 하펙스는 분노를 간신히 참으며 말했다. "감정 이입을 통해서가 아니라 그 두개골로 말이야. 그놈은 오즈딘에게 다가와서 오즈딘을 넘어뜨리고 뭔가 뭉뚝한 무기로 오즈딘을 쳤어. 흘금 보기라도 했을 거 아냐?"

"하펙스, 오즈딘이 뭘 보았겠어?" 도미코가 물었지만 하펙스는 도미코의 물음에 깔린 의미심장한 의미를 읽지 못했다. 아니, 일부러 이해하려 들지 않았다. 우리가 공포를 느끼는 대상은 외계의 존재야. 살인자는 밖에 있는 이방인이지 우리 중 한 명이 아니야. 사악한 정신은 내 속에 깃들어 있지 않아!

"오즈딘은 한 방에 나가 떨어졌어." 도미코는 다소 으스스하게 말했다. "오즈딘은 아무것도 보지 못했어. 하지만 정신이 들었을 때, 숲 속에 혼자 있을 때, 오즈딘은 엄청난 공포를 느꼈어.

자기 마음에서뿐만 아니라 감정 이입 효과로 말이야. 오즈딘은 그 점에 대해서는 확신하고 있어. 그리고 그건 우리 중 누군가에 게서 나오는 것도 아니래. 그 점에 관해서도 오즈딘은 확신하고 있어. 그러니 분명 이곳의 생명체 가운데 어떤 것은 감정을 지니고 있다는 뜻이지."

하펙스는 인정할 수 없다는 눈으로 도미코를 바라보았다. "나를 겁주려 하고 있군, 도미코. 난 네 의도를 모르겠어." 하펙스는 일어서서 자기 실험대로 가버렸다. 천천히, 그리고 뻣뻣이 걷는 그 모습은 40대가 아닌 80대 노인 같았다.

도미코는 다른 이들을 둘러보았다. 가슴 한쪽이 답답했다. 이제 막 생긴 연약하지만 내면에서부터 나오는 오즈딘과의 상호의존은 도미코에게 힘을 주었다. 도미코는 이를 잘 알고 있었다. 하지만 하펙스가 제정신을 차리지 않는다면 다른 그 누가 그렇게 하겠는가? 폴락과 에스크와나는 제 방에서 문을 걸어 잠그고 있었고 다른 이들은 일을 하거나 뭔가 다른 용무로 바빴다. 대원들이 있는 위치에 뭔가 석연치 않은 점이 있었다. 한동안 조정관은 그게 뭔지 알 수 없었지만 곧 대원들이 모두 숲 근처를 바라보고 있다는 사실을 깨달았다. 애스네니포일과 체스를 두고 있는 올레루는 자기가 앉은 의자가 애스네니포일이 앉은 의자와 거의 나란한 지경이 될 정도까지 돌려놓은 상태였다.

도미코는 그물처럼 엉킨 갈색 뿌리를 한 가닥씩 떼어내고 있는 매넌에게 다가가 사람들의 위치에 뭔가 이상한 점이 없는지 물어보았다. 매넌은 사람들을 흘금 보더니 평소 같지 않게 짧게 대답했다. "적을 지켜보고 있어."

"무슨 적? 대체 넌 뭘 느끼고 있는 거야, 매넌?" 도미코는 생물학자들이 길을 잃은, 암시와 감정 이입이라는 모호한 분야에서 심리학자로서의 매넌이 갖고 있을 능력에 일말의 희망을 갖고 있었다.

"특정한 공간 방향에 사람들이 엄청나게 걱정하고 있다는 사실을 느낄 수 있어. 하지만 난 다른 사람의 감정을 느낄 능력이 없어. 그러니 그 걱정이라는 걸 특정한 스트레스 상황이라는 용어로 설명하자면 사람들이 걱정하는 이유는 대원 한 사람이 숲속에서 공격을 받았기 때문이며, 총체적인 스트레스 상황이라는 용어를 빌리자면 자신이 철저하게 이질적인 세계에 있기 때문이라고 설명할 수 있지. 숲이라는 단어에는 필연적으로 이질적 세계라는 은유가 함축되어 있으니까."

몇 시간 뒤, 도미코는 오즈딘이 악몽에 시달리며 지르는 소리에 놀라 잠이 깼다. 매넌이 오즈딘을 진정시켰고 도미코는 다시 길도 없이 어둡게 마구 뻗어 있는 꿈속으로 빠져들었다. 아침에 에스크와나가 일어나지 않았다. 자극제를 주사해도 소용이 없었다. 에스크와나는 깨어나지 않고 점점 더 깊이 잠에 빠져들어 이따금씩 나지막이 뭔가를 중얼거렸다. 그리고 완전히 퇴행해 모로 몸을 웅크리고 누워 엄지손가락을 빨기만 했다.

"이틀 만에 둘이 쓰러졌어. 열 꼬마 인디언, 아홉 꼬마 인디언……." 폴락이었다.

"그리고 다음 꼬마 인디언은 너야." 제니 충이 딱딱거렸다. "가서 네 오줌이나 분석해, 폴락!"

"그 자식이 우리를 미치게 만드는군." 일어나 왼팔을 흔들며 폴락이 말했다. "느낄 수 있어? 맙소사, 너희 모두 귀가 먹고 눈이 먼 거야? 지금 그 자식이 뭘 하고 있는지, 무슨 영향을 끼치고 있는지 모르겠어? 이건 모두 그 자식으로부터, 그 자식이 있는 저 방에서 나오는 거야. 우리를 모두 공포에 질려 미치게 만들고 있다고!"

"누구를 말하는 거야?" 애스네니포일이 그 작은 테라인에게 갑작스레 다가와서 물었다.

"내가 그 자식 이름을 꼭 입 밖으로 말해야만 누군지 알겠어? 그래, 오즈딘. 오즈딘! 오즈딘이라고! 왜 내가 그 자식을 죽이려 했다고 생각하지? 정당방위였어! 우리 모두를 구하기 위해서! 그 녀석이 우리에게 무슨 일을 하는지 너희들은 몰라. 그 자식은 우리가 서로 싸우게 만들어 우리 임무를 방해했고 이제는 우리에게 두려움을 투사해서 우리가 잠도 못 자고 생각할 수도 없게 만들고 있어. 소리 내지 않는 거대한 라디오 같은 거라고. 하지만 하루 종일 내내 전파를 흘려보내기 때문에 잠을 잘 수도, 생각을 할 수도 없는 거야. 도미코와 하펙스는 이미 그 작자 수중에 떨어졌으니 어쩔 수 없어도 나머지는 가망이 있었어. 난 그렇게 할 수밖에 없었다고!"

"썩 잘해낸 거 같지는 않아." 오즈딘이 가슴에 붕대를 감고 반라의 차림으로 문에 기대서 말했다. "자해를 했어도 그보다는 잘했을 것 같아. 어쨌든 널 공포로 눈멀게 한 건 내가 아니야, 폴락. 그건 밖에, 저기 저 숲 속에 있어!"

폴락은 오즈딘을 살해하려는 무익한 시도를 했다. 애스네니 포일이 폴락을 뒤로 잡아끌었고 매년이 진정제를 주사하는 동안 별 힘도 들이지 않고 폴락을 붙들고 있었다. 폴락은 거대 라디오에 관해서 계속 떠들었다. 잠시 뒤 진정제가 전신으로 퍼지자 폴락은 에스크와나가 지키는 평화로운 침묵에 동참했다.

"좋아, 오즈딘." 하펙스가 말했다. "이제 네가 본 것을, 네가 알고 있는 모든 것을 털어놔."

오즈딘이 입을 열었다. "아는 게 없어."

오즈딘은 한 대 얻어맞기라도 한 것처럼 창백했다. 도미코는 오즈딘이 이야기를 시작하기 전에 먼저 앉도록 했다.

"숲에서 사흘을 보내고 난 뒤 난 가끔씩 어떤 영향을 받는 것 같다는 생각이 들었어."

"왜 보고하지 않았지?"

"내가 정신 착란을 일으킨다고 생각했으니까. 너희들 모두처럼 말이야."

"그렇다 할지라도 보고는 했어야지."

"그랬다면 기지로 불러들였겠지. 난 그런 명령을 따를 수 없었어. 이번 임무에 내가 포함된 것이 얼마나 큰 실수인지 깨닫고 있겠지. 난 밀폐된 공간에서 신경증을 앓고 있는 아홉 명과 지낼수가 없어. 극지 탐사에 자원한 것은 내 실수였고 그런 나를 뽑은 것은 당국의 실수지."

아무도 말을 하지 않았다. 하지만 도미코는 오즈딘이 모든 대원들이 내린 쓰디쓴 동의를 받아들이곤 안면 근육에 경직을 일으킨 것을, 그리고 두 어깨가 파르르 떨리는 것을 이번만큼은 분명히 보았다.

"어쨌든, 난 궁금했기 때문에 기지로 되돌아오고 싶지 않았어. 설사 내가 미쳐간다 할지라도, 감정을 송신할 생명체가 없는데 내가 어떻게 감정의 영향을 받을 수 있겠어? 그렇다면 나쁘지 않은 거지. 모호해. 기묘하지. 사방이 막힌 방의 공기 흐름처럼, 곁눈질로 보이는 깜박거림처럼. 실재하는 건 아니야."

잠시 동안 오즈딘은 대원들의 경청을 받기 위해 태어난 사람 같았다. 대원들은 들었고 그래서 오즈딘은 이야기했다. 오즈딘은 처음부터 끝까지 사람들에게 좌지우지될 수밖에 없었다. 오즈딘을 미워하면 오즈딘은 밉살맞게 굴었다. 대원들이 오즈딘을 업신여기면 오즈딘은 괴팍해졌고 대원들이 오즈딘의 말을 들으면 오즈딘은 이야기꾼이 되었다. 오즈딘은 무기력할 정도로 다른 이의 감정에, 분위기에, 반응에 순응했다. 그리고 일곱 명은, 일일이 맞춰주기에 너무 많은 사람들이었기 때문에 오즈딘은 끊임없이 다른 이들의 변덕에 휘말릴 수밖에 없었다. 오즈딘은 합일점을 찾을 수 없었다. 오즈딘이 말을 해서 대원들의 주의를 붙들어둔다 할지라도 누군가의 주의는 흐트러져 있을 터였다. 올레루는 아마도 오즈딘이 매력이 없진 않다고 생각하고 있을 터였고, 하펙스는 오즈딘의 말에 감춰진 동기를 찾고 있으며, 오랫동안 집중할 수 없는 애스네니포일은 숫자의 영원한 평화를 향해 거닐었고, 도미코는 연민과 공포로 정신이 산만했다. 오즈딘이 더듬거렸다. "난…… 난 그게 나무일 거라고 생각했어." 오즈딘은 말을 하다 멈췄다.

"나무는 아니야." 하펙스가 말했다. "아무리 봐도 지구에서 자라는 헤인산 식물 후손보다 복잡한 신경계가 없어. 전혀 없어."

"나무 때문에 숲을 보지 못한다는 지구 속담은 당신 같은 사람 때문에 만들어진 거지." 매넌이 심술궂게 웃으며 끼어들자 하펙스가 매넌을 노려보았다. "20일 동안 우리의 골머리를 썩였던 근원지가 도대체 뭐였을까, 어?"

"뭐라고 생각하는데?"

"그거야 의심할 나위 없이 연결부야. 나무와 나무 사이를 잇는 자리라고. 알아듣겠어? 이렇게 생각해보면 쉽게 와 닿을 거야. 자네가 동물의 뇌 구조에 관해 아무것도 모른다고 해보자고. 그 상태에서 축색돌기 한 가닥이나 완전히 분해 분리한 신경 세포 한 알을 던져주면 그게 뭔지 알아낼 수 있겠어? 그 세포에 지각 능력이 있는지 없는지 알 수 있겠냐고?"

"아니. 그건 원래 불가능해. 단세포는 자극에 기계적인 반응을 나타낼 수는 있지만 그 이상은 불가능해. 설마 지금 개개의 수형이 일종의 뇌 세포일 수도 있다는 가설을 주창하는 것은 아니겠지, 매넌?"

"정확하게는 아니야. 난 그저 저것들이 뿌리 부근 마디나 가지에 얽혀 자라는 푸른 축생식물로 서로 연결되어 있다는 점을 지적해주고 싶을 뿐이니까. 상상을 초월할 정도로 복잡하게 외적 확장을 일궈낸 거지. 무슨 이유로 초원의 잡풀 따위가 뿌리 연결점을 갖겠어? 지각이나 지능은 사물이 아니니까, 그 속에서 찾을 수도, 뇌 세포에서 찾아낼 수도 없다는 걸 알아. 그건 연결된 세포들의 기능이야. 그건, 이를테면 연결이야. 연결된 상태 그 자체라고. 그건 존재하지 않아. 실제로 존재한다고 말하려는 게 아니야. 그저 오즈딘이라면 묘사할 수 있을지도 모른다고 막연히 생각할 뿐이야."

그 말에 오즈딘은 신들린 사람처럼 입을 뗐다. "감각 기관 없이 얻는 자각. 눈멀고 귀먹고 신경도 움직임도 없는 상태. 접촉에 대한 약간의 짜증 반응. 태양, 빛, 물, 뿌리 부근 땅에 존재하는 화학 물질에 관한 반응. 동물적 마음에 관한 몰이해. 마음 없는 존재. 객관이나 주관 따위는 없는 존재에 관한 깨달음. 해탈."

"그러면 어째서 넌 공포를 느끼는 거지?" 도미코가 목소리를 낮춰 물었다.

"몰라. 난 객체를 어떻게 자각하는지, 어떻게 다른 사물을 체감하게 되는지 알지 못해. 느낄 수 없는 반응이지……. 하지만 며칠 동안 껄끄러웠어. 그리고 내가 나무 두 그루 사이에 쓰러져 뿌리에 피를 흘렸을 때……." 오즈딘의 얼굴이 땀으로 번들거렸다. "그건 공포로 바뀌었어." 목소리가 날카롭게 떨렸다. "공포밖에 없었어."

"설사 그런 작용이 일어났다 해도." 하펙스가 말했다. "그것은 자기 힘으로 움직이는 존재에 대해 상상할 수 없었을 테고 대응할 수도 없었을 테지. 그놈들이 우리를 깨닫느니 우리가 무한에 대한 깨달음을 얻기가 쉬울 거야."

"'저 광대하게 펼쳐진 곳의 침묵이 무섭도다.'" 도미코가 중얼거렸다. "파스칼은 무한에 대해 알고 있었어. 공포의 모습으로 말이야."

"숲의 입장에서 본다면 우리는 산불 같은 존재일지도 몰라." 매넌이 말했다. "허리케인이나, 위험한 존재로 보일 거야. 식물이 볼 때, 빠르게 움직이는 것은 위험한 존재야. 뿌리가 없는 건 이방인이고 두려운 존재야. 그리고 그것에게 마음이 있다면 오즈딘의 존재를 인식하는 건 당연해. 오즈딘은 의식이 있는 동안에는 그 어떤 존재와도 마음을 연결할 수 있는데, 지금 오즈딘은 고통 속에 누워 있고, 그것 안에서, 진짜로 그것 안에서 두려워하고 있어. 그러니 그게 두려워한 것도 당연해······."

"그것?" 하펙스가 말했다. "그런 표현은 어울리지 않아. 저건 물질로 된 존재도, 거대한 생명체도, 사람도 아니야. 기껏해야 하나의 기능에 불과한······."

"단지 공포일 뿐이야." 오즈딘이 말했다.

일행은 모두 잠시 동안 꼼짝 않고 바깥의 정적에 귀를 기울였다.

"내 등 뒤에 늘 뭔가 있는 것 같은 기분이 들었던 게 바로 그 때문인가?" 제니 충이 감정을 억누르며 말했다.

오즈딘이 고개를 끄덕였다. "너희들 모두 느꼈을 거야, 너희 같은 귀머거리들도 말이야. 에스크와나가 가장 심각한 경우지. 왜냐면 그 친구는 감정 이입 능력이 어느 정도 있거든. 어떻게든 배운다면 자기 감정을 보낼 수도 있지만, 너무 약하기 때문에 매개체 이상의 역할은 결코 할 수 없을 거야."

"들어봐, 오즈딘." 도미코가 말했다. "넌 감정을 보낼 수 있어. 그러니 보내봐. 숲에게, 저 바깥에 있는 공포에게 말이야. 그리고 우리가 저것을 해치지 않을 거라고 말해줘. 저것에게는 우리가 감정이라고 부르는 비슷한 것이 있으니까, 아니 혹은 그 자체니까 네가 우리의 감정을 저들의 느낌으로 해석해서 보낼 수 있지 않을까? 메시지를 보내. 우리는 해칠 생각이 없다고, 호의적인 존재라고 말이야."

"거짓 감정은 보낼 수 없다는 걸 알아야 해, 도미코. 존재하지 않는 걸 보낼 수는 없다고."

"하지만 우리는 해칠 생각이 없어. 호의적인 존재라고."

"우리가? 숲 속에서 나를 구할 때 넌 내게 호의적이었어?"

"아니. 두려웠어. 하지만 그건…… 내 감정이 아니었어. 저게 느끼는, 숲이 느끼는, 식물이 느끼는 공포였다고. 그렇지 않아?"

"그게 무슨 차이지? 그게 네가 느낀 거야. 모르겠어?" 분노에 찬 오즈딘의 목소리가 높아졌다. "왜 내가 너희를 싫어하고 너희가 나를 싫어하는지? 너희 모두 말이야. 우리가 처음 만난 이후 너희가 나에게 느낀 공격적이고 부정적인 감정을 내가 그대로 다시 전달한다는 사실을 모르겠어? 나는 감사한 마음으로 너희의 적의를 돌려보내. 나는 나를 보호하기 위해 그렇게 한다고. 폴락이 그랬듯이 말이야. 하지만 그건 정당방위지. 다른 사람들로부터 완전히 물러서 있음으로써 나 자신을 지키던 원래 방어 방식을 대신해 내가 개발한 유일한 방법이야. 불행히도 그것은 폐쇄 회로를 만들고 스스로 움직이고 스스로 더욱 강해지지. 나를 처음 보았을 때 너희의 반응은 지체부자유자를 보는 듯한 본능적 혐오감이었어. 그리고 이제는 증오지. 내 말이 무슨 말인지 못 알아듣겠어? 이제 저 밖에 있는 숲…… 정신은 오직 공포만을 발산하고 있고 나는 공포만을 보낼 수 있다고. 내가 저 것에게 노출되었을 때 느낀 것은 공포밖에 없으니까.”

“그러면 우리가 어떻게 해야 하지?” 도미코가 물어보자 매넌이 즉시 대답했다. “야영지를 옮겨야지. 다른 대륙으로. 설사 그곳에 식물…… 정신이 있다 할지라도 이곳에서 그랬던 것처럼 우리의 존재를 천천히 알게 될 거야. 어쩌면 전혀 알아채지 못할 수도 있고.”

“그렇게 생각하면 마음은 편하겠지.” 오즈딘이 뻣뻣한 목소리로 말했다. 지금까지 다른 사람들은 새로운 호기심으로 오즈딘을 보아왔었다. 오즈딘은 자신을 드러냈고, 사람들은 오즈딘이 덫에 걸린 무기력한 사람이라고 여겨왔다. 도미코를 비롯해 모두는 오즈딘이 무뚝뚝하고 잔인한 이기주의자라고 생각했지만 그건 오즈딘의 실체가 아니라 다른 사람들 스스로가 만들어낸 덫이었다. 사람들은 우리를 만들어 그 안에 오즈딘을 가두었고, 우리에 갇힌 유인원이 그러하듯, 오즈딘은 창살 밖으로 오물을 집어 던졌다. 만약 대원들이 오즈딘을 처음 만났을 때 신뢰했다면, 오즈딘을 사랑할 수 있을 만큼 대원들이 강했다면, 그랬다면 대원들 눈에 오즈딘은 어떻게 보였을까?

아무도 그렇게 하지 않았고, 이제는 너무 늦었다. 시간이 주어진다면, 홀로 있을 수만 있다면 도미코는 오즈딘과 천천히 감정의 공명을, 신뢰의 화음을, 조화를 쌓아나갈 수 있겠지만 시간이 없었고 해야 할 일이 있었다. 그토록 위대한 일을 키워나갈 만한 여유가 없었고, 대원들은 동정과 연민과 작은 사랑을 주고받으며 그럭저럭 버텨나가야만 했다. 그 정도만으로도 도미코는 힘을 얻을 수 있었지만 오즈딘에게는 턱없이 부족했다. 도미코는 대원들의 호기심 그리고 도미코의 연민에 대해서까지 잔인한 분노를 느낀 오즈딘의 악에 받친 얼굴을 볼 수 있었다.

"가서 누워. 상처에서 다시 피가 흐르고 있어." 오즈딘은 도미코의 말에 따랐다.

이튿날 아침, 대원들은 짐을 꾸리고 분무 거품으로 만들었던 창고와 막사를 녹여 없애고 기계 구동 엔진으로 검을 띄워 붉은색과 녹색의 땅, 그리고 따뜻한 녹색의 바다를 여럿 지나며 4470세계의 반을 돌았다. 대원들은 G대륙에서 적당한 장소를 찾아냈다. 바람에 노출된 풀 형태가 2만 제곱킬로미터에 걸쳐 있는 초원이었다. 주위 100킬로미터 안쪽으로는 숲이 없었으며 평원에는 따로 떨어져 있는 나무나 수풀도 없었다. 식물 형태는 어디에나 있는 작은 부생식물과 포자식물을 제외하고는 서로 섞이지 않은 채 넓은 지역에 자기들끼리만 한데 모여 살았다. 대원들은 구조물 위에 홀로멜드를 뿌렸고, 하루가 32시간인 행성의 저녁 무렵에 새로운 야영지에 정착했다. 에스크와나는 여전히 잠들어 있었고 폴락은 여전히 진정제를 맞은 상태였지만 그 밖에는 모두 즐거워했다. "여기 있으니 한숨 놓이는걸!" 대원들은 계속해서 말을 했다.

오즈딘은 일어나 비틀거리며 출입구로 가 몸을 기대고는 풀 아닌 풀이 흔들리는 어둑어둑한 구역 위로 쏟아지는 황혼을 바라보았다. 바람에는 꽃가루의 달콤한 향이 약하게 실려 있었고 바람이 일으키는 부드럽고 광대한 마찰음을 제외하고는 아무 소리도 들리지 않았다. 감정 이입자는 붕대 감은 머리를 약간 기울인 채 한참 동안 꼼짝 않고 서 있었다. 머나먼 거리를 여행한 인간이 머무는 창에 어둠이, 별이, 빛이 찾아왔다. 바람은 사라졌고 아무 소리도 들리지 않았다. 오즈딘은 귀를 기울였다.

긴 밤 동안 하이토 도미코는 귀를 기울였다. 도미코는 가만히 누워 자기 동맥에 피가 흐르는 소리를, 자는 사람들의 숨소리를, 바람 소리를, 어두운 혈관이 흐르는 소리를, 꿈이 다가오는 소리를, 우주가 천천히 죽어가며 별의 거대한 정전기가 커지는 소리를, 죽은 자들이 걸어 다니는 소리를 들었다. 도미코는 침대에서 빠져나오려, 자기 선실의 작은 고독으로부터 도망치려 발버둥쳤다. 에스크와나만이 잠들어 있었다. 폴락은 구속복을 입고 누워 자기 나라 말로 뭐라고 부드럽게 중얼거렸다. 올레루와 제니 충은 섬뜩한 얼굴로 카드 게임을 하고 있었다. 포스웨트토는 여러 개의 선에 연결되어 치료 벽감 안에 있었다. 애스네니 포일은 소수의 세 번째 유형을 나타내는 만다라를 그리고 있었다. 매년과 하펙스는 오즈딘과 함께 앉아 있었다.

도미코는 오즈딘 머리에 감겨 있던 붕대를 갈아주었다. 도미코가 밀어버리지 않고 남겨둔 오즈딘의 부드러운 붉은 머리털이 낯설어 보였다. 이제 머리털은 소금 때문에 하얗게 되어 있었다. 붕대를 가는 동안 도미코의 손이 떨렸다. 그때까지 사람들은 그 어떤 이야기도 하지 않았다.

"어떻게 여기도 공포가 있을 수 있지?" 도미코가 말했다. 무시무시한 침묵 속에서 목소리가 밋밋하게 울리며 떨렸다.

"단지 나무만이 아니야. 풀 역시……."

"하지만 지금 우리가 있는 곳은 오늘 아침에 있던 곳에서 1만 2천 킬로미터나 떨어진, 행성의 반대쪽이라고."

"똑같아." 오즈딘이 말했다. "같은 생각을 하는 커다란 녹색 덩어리야. 너의 두뇌 한쪽에서 다른 한쪽으로 생각이 전달되는 데 시간이 얼마나 걸릴 것 같아?"

"생각이 아니야. 저것은 생각을 하지 않아." 하펙스가 무기력하게 말했다. "저것은 그냥 일련의 작용들이 연결되어 있는 것에 불과해. 가지, 기생 성장, 개개 사이에 있는 마디와 뿌리. 이 모두 전기 화학 충격 전파를 낼 게 틀림없어. 그러므로 정확히 말하면 개개의 식물은 없는 거지. 꽃가루조차 연결고리 하나로, 바람에 실려 바다 너머를 연결해주는 인식체인 게 분명해. 하지만 그것들은 생각할 수 있는 존재가 아니야. 이 행성의 생태계 전체가 의사소통을 하는 단일한 연결체이며 비이성체이고 감각이 있으며 영원하며 고립된……."

"고립." 오즈딘이 말을 가로챘다. "바로 그거야! 그게 공포야. 우리가 움직인다거나 파괴를 할까 그런 게 아니야. 원인은 바로 우리 자신인 거지. 우리는 타인이야. 이곳에는 타인이 존재한 적이 없었다고."

"네 말이 맞아." 매넌이 거의 중얼거리듯 말했다. "저것에게는 동료도 적도 없어. 자신을 제외하고는 다른 누구와도 관계를 맺지 않아. 영원히 고립된 존재로 있는 거지."

"그렇다면 종족 보존에서 녀석의 지능은 어떤 역할을 하는 거지?"

"없을 거야, 아마도." 오즈딘이 답했다. "왜 넌 모든 것이 목적이 있어야 한다고 생각하지, 하펙스? 넌 헤인인이잖아. 복잡성의 척도가 영원한 즐거움을 재는 척도가 아니었어?"

하펙스는 상대의 술수에 넘어가지 않았다. 그는 불쾌해 보였다. "우리는 이곳을 떠나야 해." 하펙스가 말했다.

"왜 내가 늘 너희로부터 떨어져 있고 싶어 했는지 너희도 이제는 알겠군." 병적인 친밀함 같은 것을 보이며 오즈딘이 말했다. "즐거운 게 아니야, 그렇지? 다른 이의 공포 말이야……. 동물들만큼만 지성을 가진 존재였다면 좋으련만. 난 동물의 감정은 별 탈 없이 받아넘길 수 있어. 코브라나 호랑이와는 잘 지낼 수 있어. 지능이 더 뛰어난 존재는 그보다 못한 존재에게 이익을 나눠주지. 나는 인간과 어울리는 대신 동물원에 있어야 했어……. 내가 저 멍청한 감자와 잘 지낼 수 있다면 좋으련만! 그토록 압도적으로 다가오지 않으면 좋으련만……. 나는 지금도 공포 그 이상을 느끼고 있어. 그리고 저것이 공황에 빠지기 전에 저것은…… 안정되어 있었어. 하지만 난 저것을 받아들일 수 없었어. 나는 저게 얼마나 거대한지 깨닫지 못했어. 저것들은 대낮의 빛과 한밤중의 깜깜함을 알아. 모든 바람과 그 소강상태를 한꺼번에 알아. 겨울의 별들과 여름의 별들을 동시에 알아. 뿌리가 있고 적은 없어. 전체로 존재한다고. 알겠어? 침략이 없어. 타인도 없어. 전체로 존재해……."

오즈딘이 이렇게 말한 적은 한 번도 없었어, 도미코가 생각했다.

"넌 저것에 대해 무방비 상태야, 오즈딘." 도미코가 말했다. "네 인격은 이미 바뀌었어. 넌 저것에게 공격당하기 쉬워. 우리는 미치지 않을지 몰라도 넌 그렇지 않아. 우리가 떠나지 않으면 넌 미치고 말 거야."

오즈딘은 머뭇거리더니 고개를 들고 도미코를 바라보았다. 그리고 처음으로 도미코와 눈을 맞추고는 물처럼 맑은 눈으로 꼼짝 않고 한참을 있었다.

"그동안 제정신이어서 나에게 도움이 된 게 뭐지?" 오즈딘이 빈정대며 말했다. "하지만 넌 요점을 짚었어, 하이토. 맞는 부분이 있어."

"우리는 여기를 떠나야 해." 하펙스가 중얼거렸다.

"만약 내가 항복한다면." 오즈딘이 생각에 잠겨 말했다. "저것과 의사소통을 할 수 있을까?"

"항복한다는 건, 네가 식물체로부터 받아들인 감정적 정보를 내보내지 않겠다는 뜻이겠지?" 매넌이 신경질적으로 빠르게 쏘아붙였다. "더 이상 두려움을 뿜어내지 않고 전부 흡수하겠다는 뜻이겠지? 그랬다간 즉사 아니면 총체적인 심리학적 퇴행 현상, 즉 자폐 증상이 재발할지도 몰라."

"어째서? 녀석이 보내는 메시지는 '거부'야. 그리고 내 구원책도 거부지. 녀석은 지성체가 아니지만 나는 지성체라고."

"규모가 달라. 보잘것없는 개개인의 두뇌가 그토록 거대한 것에 대항해 얻을 수 있는 게 뭐겠어."

"그 보잘것없는 인간 하나하나의 뇌가 별과 은하의 형태를 인식해 사랑으로 번역해내잖아." 도미코가 말했다.

매넌은 한 사람 한 사람 바라보았다. 하펙스는 침묵했다.

"숲에서라면, 좀 더 쉬울 거야." 오즈딘이 말했다. "너희 가운데 나를 그곳까지 데려다줄 사람 없어?"

"언제?"

"지금. 너희 머리가 전부 박살 나거나 광폭해지기 전에."

"내가 갈게." 도미코가 말했다.

"우리는 안 가." 하펙스가 말했다.

"난 갈 수 없어." 매넌이 말했다. "난…… 난 너무 무서워. 제트기를 박을지도 몰라."

"에스크와나를 데려와. 내가 이 임무를 제대로 해내면, 에스크와나가 매개체가 될 테니까."

"지금 감지인의 제안대로 하자는 겁니까, 조정관?" 하펙스가 공식적으로 물었다.

"그렇습니다."

"나는 반대야. 하지만 같이 가겠어."

"어쩔 도리가 없어, 하펙스." 달아오른 연인의 얼굴 같은 오즈딘의 얼굴을, 하얗고 추한 얼굴을 바라보며 도미코가 말했다.

귀신 들린 침대 생각을 하지 않기 위해 카드에 열중하던 올레루와 제니 충은 겁먹은 어린아이처럼 조잘댔다. "이건 숲에 있어, 널 잡아⋯⋯."

"어둠이 무서워?" 오즈딘이 야유를 보냈다.

"하지만 에스크와나를 봐, 그리고 폴락도, 심지어 애스네니포일마저도⋯⋯."

"널 해칠 수 없어. 시냅스를 관통하는 자극일 뿐이야. 가지 사이로 부는 바람 같은 거지. 악몽일 뿐이라고."

대원들은 헬리제트를 띄웠고 에스크와나는 뒷자리에서 몸을 움츠린 채 계속 잤다. 도미코가 조종을 맡았고 하펙스와 오즈딘은 별빛 속에서 어슴푸레 보이는 광활한 평야를 가로지르는 숲이 만든 어두운 선을 바라보며 침묵하고 있었다.

일행은 검은 선에 다가가 그것을 가로질렀다. 이제 그들 아래는 어둠뿐이었다.

도미코는 고도를 낮춰 착륙할 만한 곳을 찾으며, 높이 날아올라 이곳에서 떠나버리고 싶은, 먼 곳으로 도망쳐버리고 싶은 광기에 맞서 싸워야 한다고 되뇌었다. 식물 세계의 거대한 활력은 숲 속에서 더욱 강해졌고, 공포는 헤아릴 수 없이 어두운 파동에 실려 밀려왔다. 앞쪽에 창백한 색깔의 작은 땅이 있었는데, 약간 더 낮고 검은 형태물들이 이 민둥 언덕을 온통 둘러싸고 있었다. 검은 형태물들은 나무가 아니면서도 뿌리를 내리고 있었고, 단일체의 일부분이었다. 도미코는 헬리제트를 빈 터에 착륙시켰다. 착지를 썩 잘하진 못했다. 조종간은 비누칠을 해놓은 듯 도미코의 두 손에서 미끄러져 내렸다.

이제 그들은 숲, 어둠의 한복판에 서 있었다.

도미코는 움츠러들어 눈을 감았고 에스크와나는 잠을 자며 신음을 냈다. 하펙스의 호흡은 짧고 거칠었으며 오즈딘이 하펙스를 가로질러 가 문을 밀어 열었을 때도 뻣뻣이 앉아 있을 뿐이었다.

오즈딘이 일어섰다. 붕대가 감겨 있는 머리와 잠시 멈춰 선 구부정한 등만이 출입구 계기판에서 흘러나오는 희미한 불빛에 비쳐 간신히 보였다.

도미코는 떨고 있었다. 고개를 들 수가 없었다. "안 돼, 안 돼, 안 돼, 안 돼, 안 돼, 안 돼, 안 돼, 안 돼. 안 돼. 안 돼." 도미코가 중얼거렸다.

갑자기 오즈딘은 조용히 움직여 출입구에서 힘차게 나가 어둠 속으로 들어갔다. 오즈딘은 떠났다.

'내가 간다!' 입 밖으로 나오지 않은 위대한 소리가 들렸다.

도미코는 비명을 질렀다. 하펙스는 기침을 해댔다. 하펙스는 일어서려 하는 것 같았지만 그러지 못했다.

도미코는 복부에 존재하는 먼 눈에, 몸의 중심에 모든 것을 집중해 숨을 들이마셨다. 그리고 밖에는 두려움만이 존재했다.

두려움이 그쳤다.

도미코는 고개를 들고 꽉 쥐었던 두 손을 천천히 풀었다. 도미코는 몸을 곧추세웠다. 밤은 어두웠고 숲 위로 별들이 반짝였다. 그리고 다른 것은 아무것도 없었다.

"오즈딘." 도미코가 오즈딘을 불렀지만 목소리는 밖으로 나오지 않았다. 도미코는 다시 더 큰 소리로 오즈딘을 불렀다. 크게, 외로운 황소개구리가 우는 듯한 소리였다. 대답은 들리지 않았다.

도미코는 불현듯 하펙스에게 무슨 문제가 생긴 걸 깨달았다. 좀 전에 하펙스가 자리에서 미끄러졌기 때문에 도미코는 어둠 속에서 하펙스의 머리를 찾아 더듬었다. 그러다 갑자기, 죽음처럼 조용한 순간에, 헬리제트 뒷자리에서 목소리가 들려왔다. "좋아." 누군가 말했다.

에스크와나의 목소리였다. 도미코는 재빨리 헬리제트의 내부 등을 켰다. 그리고 손으로 입을 반쯤 가린 채 몸을 웅크리고 자고 있는 엔지니어를 바라보았다.

입이 열리더니 말을 했다. "다 괜찮아." 입이 말했다.

"오즈딘……."

"다 괜찮아." 에스크와나의 입에서 부드러운 목소리가 흘러나왔다.

"넌 지금 어디 있는 거야?"

침묵.

"돌아와."

바람이 일고 있었다. "나는 여기에 있을 거야." 부드러운 목소리가 들렸다.

"넌 거기 있으면 안 돼……."

침묵.

"혼자 남게 될 거란 말이야, 오즈딘!"

"괜찮아." 목소리가 바람에 묻혀버리듯 희미하게 지워지고 있었다. "내 말 들어. 내가 너희를 안전하게 지켜줄게."

도미코는 오즈딘을 불렀지만 대답이 없었다. 에스크와나는 조용히 누워 있었다. 하펙스는 에스크와나보다도 더 조용히 누워 있었다.

"오즈딘!" 도미코는 출입구에 기댄 채 어둠 속으로, 바람마저 움츠러드는 존재의 숲 속을 향해 소리쳤다. "돌아올게. 하펙스를 기지에 데려다놓고, 돌아올게, 오즈딘!"

침묵 그리고 나뭇잎 사이로 부는 바람.

대원 여덟 명은 4470세계에 관한 모든 조사 일정을 끝마쳤다. 예정보다 41일이 더 걸렸다. 처음에는 애스네니포일 그리고 여자 둘 가운데 한 명이 돌아가며 쌍을 지어 숲으로, 민둥 언덕 주변으로 오즈딘을 찾아 들어갔지만 도미코는 그날 밤에 자기들이 공포의 소용돌이 속에 휘말려 착륙했던 민둥 언덕이 어딘지 찾을 방법이 없었다. 대원들은 오즈딘을 위해 보급품을 내려놓았다. 50년은 족히 먹을 식량과 충분한 옷가지와 텐트, 연장도 남겨놓았다. 대원들은 수색을 중단했다. 밑도 끝도 없이 미궁 속으로 몸을 피한 사람을, 덩굴이 엉킨 열주 사이로 몸을 감춘 사람을, 뿌리가 만든 마루 널 뒤로 숨어버린 사람을 찾을 방법은 없었다. 어쩌면 손 닿을 정도의 가까운 거리로 지나치면서도 보지 못했을 수도 있었다.

하지만 오즈딘은 분명히 있었다. 더 이상은 그 어떠한 두려움도 밀려오지 않았기 때문이다.

불사의 무신경체에 대한 견디기 힘든 경험을 한 후 도미코는 합리적으로, 철저히 원인 규명을 해 오즈딘이 행한 일을 이성적으로 이해하려 노력했다. 하지만 어떻게 해서도 이해가 되지 않았다. 오즈딘은 두려움을 자기 안에 받아들여 초월해버렸다. 오즈딘은 자신을 외계에 스스럼없이 내던져버렸고 거기엔 악한 것이 들어찰 수 없었다. 오즈딘은 다른 존재를 사랑하는 법을 배웠고 그러므로 자신을 내던질 수 있었던 것이다. 하지만 이것은 이성의 어휘로는 쓸 수 없는 이야기였다.

극한 지방 탐사팀 대원들은 생의 거대한 식민지를, 꿈꾸는 침묵에 둘러싸인 곳을, 대원의 존재를 반쯤은 자각하면서도 대원들에게 철저히 무관심한 고요 속을 관통해 나무 아래를 걸었다. 시간이 없었다. 거리는 문제 되지 않았다. 우주가 아닌, 인간에게 충분히 시간이 있었다면……. 행성이 햇빛과 위대한 어둠 사이에서 돌았다. 겨울의 바람 그리고 여름이 고운 꽃가루를 불어 조용한 바다 위로 날려보냈다.

'검'은 많은 조사를 하고 오랜 세월 뒤 몇백 광년을 지나 몇 세기 전에 스메밍 항구라 불렸던 곳으로 돌아왔다. 그곳에는 대원들이 조사한 결과를 (의심의 눈으로) 보고받을 사람들이, 팀의 손실을 기록할 사람들이 있었다. 손실 기록: 생물학자 하펙스, 공포로 인해 죽음. 감지인 오즈딘, 식민지 개척자로 정착함.

THE WIND'S TWELVE QUARTERS

땅속의 별들

내가 보기에, 사람들 사이에서 SF는 미래에 실현 가능한 또는 불가능한 기술적 장치, 즉 소일렌트 그린*, 타임머신, 잠수함 따위를 소재로 해서 뒤죽박죽 꾸며낸 이야기로 널리 알려져 있는 것 같다. 물론 분명히 그런 식으로 풀어나가는 SF들도 있다. 하지만 그런 식으로 모든 SF를 말하는 것은 캔자스 주만 가지고 미국을 말하는 것과 비슷하다.

〈땅속의 별들〉을 쓰면서 나는 내가 무엇을 하는지 알고 있다고 생각했다. 앞에 나온 〈명인들〉과 마찬가지로 이 글에서 나는 어떠한 장치나 도구, 가설에 대한 이야기가 아니라 과학 그 자체, 즉 과학의 개념에 대해 이야기했다. 또한 이 글은 17세기 교황의 권위에 대항했던 천문학이나 1930년대 스탈린의 생각과 상반된 유전학처럼 만약 과학의 개념이 정부가 주입한 완전히 상반되고 강력한 다른 개념과 만나게 된다면 어떤 일이 벌어질지를 다룬 이야기다. 하지만 이 모든 것을 실제 시간대의 과거나 또는 미래의 이야기가 아닌 심리신화로 다루었다. 그렇게 한 이유 중 일부는 과학을 일반화하기 위함이고 또 다른 일부는 내가 과학을 예술과 동의어로 여기기 때문이다. 창조적인 정신이 지하로 내쫓겼을 때 과연 그런 정신에게 무슨 일이 벌어질까?

이것이 질문이었고, 나는 답을 알고 있다고 생각했다. 이 모든 것은 너무나 수월해 보였고 실제로 단순한 우화에 불과해 보였다. 하지만 지하의 숨은 장소를 탐험하기란 생각처럼 쉽지 않았다. 우리가 단순한 등가물이자 신호라고 생각했던 상징들은 생명을 갖게 되고, 의도하지 않았던 그리고 설명할 수 없는 의미를 지니게 된다. 이 글을 쓰고 한참 지난 뒤, 나는 우연히 융이 쓴《정신의 성질에 대해》라는 책에서 다음과 같은 구절을 읽었다. "우리는 자아라는 의식의 주변을 작은 발광체들이 겹겹이 둘러싸고 있다고 생각하곤 한다……. 내재적 직관력은…… 무의식 단계를 잡아낸다. 하늘에 흩뿌려진 별들, 어두운 물에 반사된 별들, 검은 흙에 흩어져 있는 금덩이 또는 금빛 모래들." 그리고 융은 한 연금술사의 말을 인용했다. "세미나테 아우룸 인 테람 알밤 폴리아탐", 하얀 진흙층에 뿌려진 귀중한 금속.

어쩌면 이 글은 과학 혹은 예술에 대한 글이 아니라 정신에 대한 글, 자기 내면으로 향하는 나 또는 다른 이의 정신에 대한 글일지도 모르겠다.

*동명의 영화에 나오는 녹색의 고에너지 식량 이름.

목조 건물과 부속 건물은 빠르게 불붙어 타오른 뒤 전소됐다. 하지만 벽돌로 원형 몸통을 만들고 그 위에 윗가지와 회반죽을 쌓아 만든 돔은 불타지 않았다. 사람들이 마지막으로 한 일은 망원경, 기구, 책, 성도, 도면 따위의 잔해를 돔 아래 바닥에 쌓아놓고 기름을 부은 뒤 불을 붙인 것이다. 불은 커다란 망원경 굴대와 정교한 기계 장치 위로 번져나갔다. 언덕 발치에서 구경하던 마을 사람들은 녹색 저녁 하늘을 배경으로 희끄무레 보이던 돔이 부르르 떨다가 스르르 돌아가는 모습을 목격했다. 돔은 한쪽 방향으로 돌다가 방향을 바꾸어 반대로 돌았다. 그사이 돔의 직사각형 구멍에서는 불꽃이 튀며 검은색과 노란색 연기가 뿜어나왔다. 추하고 흉측한 광경이었다.

날이 어두워졌고 동쪽 하늘에서는 별들이 모습을 드러냈다.

여기저기서 명령 소리가 울려 퍼졌다. 검은 복장에 가무잡잡한 피부의 군인들이 침묵을 지키며 대오를 이루어 언덕 길을 따라 내려왔다.

언덕 발치에 있던 마을 사람들은 군인들이 사라진 뒤에도 계속 그 자리에 머물러 있었다. 변화나 여유가 없는 삶에서 화재는 잔치만큼이나 볼거리였다. 사람들은 언덕을 올라가지 않았으며 밤이 깊어질수록 자기들끼리 바싹 몸을 붙였다. 얼마 뒤, 사람들은 각자의 마을로 돌아가기 시작했다. 몇몇은 언덕에서 어깨 너머로 뒤돌아보았다. 하지만 아무것도 움직이지 않았다. 별들은 까만 벌집 모양의 돔 뒤에서 천천히 돌았지만 돔은 별을 따라 회전하지 않았다.

날이 밝기 1시간쯤 전, 남자 한 명이 말을 타고 가파른 갈지자형 길을 올라왔다. 그 남자는 폐허가 된 작업장 근처에 도착하자 말에서 내려 돔으로 걸어왔다. 문은 박살이 나 있었다. 문틈으로 불그스레하고 뿌연 빛이 보였다. 무너진 뒤 밤새 속까지 타버린 묵직한 기둥에서 나오는 빛이었다. 커튼처럼 드리워져 있는 시큼한 연기 때문에 돔 안의 공기는 더욱 답답했다. 키 큰 형체가 돔 안에서 움직였으며 그 형체를 따라 그림자도 어둠 위로 몸을 던지며 같이 움직였다. 가끔 그 형체는 몸을 구부리거나 멈추었으며, 그러다가 우왕좌왕하며 천천히 움직였다.

문에 있던 남자가 말했다. "궤나르! 궤나르 명인!"

돔 안에 있던 남자는 멈춰 문 쪽을 바라보았다. 방금 전 잔해와 바닥에 반쯤 재가 된 더미 사이에서 뭔가를 주운 참이었다.

그는 여전히 문을 바라보며 그 물건을 기계적으로 외투 주머니에 넣었다. 남자는 문 쪽으로 다가갔다. 눈은 붉게 충혈되고 퉁퉁 부어 제대로 뜰 수도 없는 상태였다. 숨은 거칠었으며 머리카락과 옷은 불에 그슬리고 검은 재로 더러웠다.

"어디에 있었나?"

돔 안의 남자는 애매하게 땅 쪽을 가리켰다.

"지하실이 있었나? 불이 나는 동안 그곳에 있었던 건가? 허! 지하실이군! 그럴 줄 알았지, 난 자네가 여기 있을 줄 알았어." 보드는 궤나르의 팔을 잡고 정신이 좀 어떻게 된 사람처럼 웃어댔다. "이리 오게, 어쨌든 이제 그곳에서 나오라고. 벌써 동이 트고 있어."

천문학자는 회색 동쪽 하늘이 아니라 돔에 난 구멍을 돌아보며 마지못해 돔을 나섰다. 구멍 밖으로 밝게 빛나는 별이 몇 개 보였다. 보드는 천문학자를 밖으로 끌어내 말에 올라타게 한 뒤 고삐를 잡고 재빨리 말을 몰아 언덕을 내려갔다.

천문학자는 한 손으로 안장 머리를 쥐었다. 다른 한 손은, 겉은 재로 덮여 있었지만 속은 여전히 붉게 달아 있던 금속 조각을 집어 들다 덴 탓에 허벅지에 꼭 붙이고 있었다. 천문학자는 자신이 그렇게 하고 있다는 것을 인식하지 못했고 고통도 느끼지 못했다. 이따금씩 천문학자의 의식은 그에게 "나는 말을 타고 있어"라든가 "날이 밝아오는군" 등의 말을 해주었지만 이런 단편적인 정보는 그에게 아무 의미가 없었다. 두 남자는 말을 타고 숲 속 깊숙이, 산토끼꽃과 들장미가 덮인 작은 길을 지났고, 어두운 숲을 요란스레 흔들며 새벽바람이 불어오자 천문학자는 추위에 몸을 떨었다. 하지만 숲도, 바람도, 밝아오는 하늘도, 추위도 천문학자의 마음에서 멀찌감치 떨어져 있었다. 마음속에는 오로지 연기와 불타는 열기로 가득한 어두운 장면뿐이었다.

보드가 천문학자를 말에서 내려주었다. 햇빛이 계곡 위 바위로 길게 드러누우며 주변을 감쌌다. 어두운 구멍이 나타나자 보드는 천문학자를 재촉해 그 안으로 데리고 들어갔다. 안은 덥지도 답답하지도 않았으며 서늘하고 조용했다. 보드가 그만 멈추자고 말하자마자 천문학자는 그 자리에 주저앉았다. 더 이상 서 있을 기력이 없기 때문이었다. 천문학자는 데어서 욱신거리는 손바닥을 통해 차가운 바위를 느낄 수 있었다.

"맙소사, 폐허가 되었군!" 손에 든 초롱 불빛으로 벽을 둘러보며 보드가 말했다. 광부들의 곡괭이 자국과 광맥이 보였다. "돌아오겠네. 아마도 어두워진 후에 올 거야. 밖으로 나오지 마. 더 깊숙이 들어가지도 말고. 여기는 낡은 갱도인 데다 광산 이쪽 끝은 오랫동안 작업을 하지 않았어. 낡은 갱도 여기저기에 울퉁불퉁한 곳과 구덩이가 있을 거야. 나오지 말게! 머리를 낮추고. 사냥개가 가고 나면 국경을 넘도록 도와주겠어."

보드는 몸을 돌리더니 어둠 속에서 갱도를 거슬러 갔다. 보드의 발소리가 사라지고 한참 뒤, 천문학자는 머리를 들어 어두운 벽과 불타는 작은 촛불을 둘러보았다. 그는 곧 촛불을 껐다. 불이 꺼지자 흙냄새 나는 어둠이 조용하고도 완벽하게 그를 감쌌다. 어둠 속에서 녹색 형체들, 황토색 방울들이 떠다니는 것이 보이다가 이윽고 이것들도 천천히 사라졌다. 음산하고 으스스한 어둠이 천문학자의 화끈거리고 따끔거리는 눈을 부드럽게 어루만져주더니 이어서 마음을 보듬어주었다.

어둠에 앉아 생각해보았지만 아무것도 생각나지 않았다. 지쳤고 연기를 들이마신 데다 여기저기 가벼운 화상을 입어 미열이 있었고 마음도 정상은 아니었다. 하지만 설사 머리가 맑고 평정을 유지하고 있다 할지라도 정상적인 사고를 한 적은 한 번도 없었다. 렌즈를 갈아 망원경을 만들어 별을 엿보고 아무도 관심을 갖지 않는, 갈 수도 만질 수도 가질 수도 없는 대상에 대해 계산을 하고 목록과 성도와 도표를 만드느라 20년을 보낸 것이 정상인이 할 일은 아니었다. 그리고 이제 평생을 들여 해온 모든 일이 불로 인해 허사가 되었다. 사실, 지금 이렇게 땅속에 있는 것처럼, 그에게 남은 것 역시 묻혀버릴 터였다.

하지만 그는 묻혀버린다는 생각조차 떠올리지 못했다. 확실히 깨닫고 있는 것이라고는 분노와 슬픔이 지워준 무거운 짐, 자신이 감당할 수 없을 정도로 무거운 짐이 있다는 사실뿐이었다. 이런 생각이 마음을 짓눌러 이성을 잃게 했다. 하지만 어둠 속에 있자니 그런 부담이 덜어지는 듯했다. 밤에 활동해왔던 그는 어둠에 익숙했다. 이곳에서의 부담감은 바위와 흙에서 오는 것뿐이었다. 증오는 화강암보다 단단했으며 잔인함은 진흙보다 차가웠다. 흙의 검은 순결함이 그를 감쌌다. 그는 그 안에 누워 고통, 그리고 고통에서 해방된 기분을 느끼며 몸을 떨다 잠이 들었다.

불빛에 잠이 깼다. 보드 백작이 부시와 부싯돌로 초에 불을 붙이고 있었다. 빛 속에서 보드의 얼굴은 활기차 보였다. 예리한 사냥꾼의 짙고 푸른 눈, 육감적이며 완고해 보이는 붉은 입술. "놈들이 단서를 잡았어." 보드 백작이 말했다. "자네가 도망간 걸 알고 있어."

"왜……." 천문학자가 말했다. 그의 목소리는 약했다. 눈과 마찬가지로 목 역시 여전히 연기로 아렸기 때문이었다. "왜 제 뒤를 쫓는 거죠?"

"왜냐고? 그걸 꼭 말해줘야 알겠어? 자네를 산 채로 태우기 위해서야, 이 사람아! 이단이라는 죄목으로 말이야!" 꾸준히 타오르는 촛불 아래에서 보드의 푸른 눈이 이글거렸다.

"하지만 끝났습니다. 제가 해온 모든 것이 타버렸다고요."

"그렇지, 여우굴은 틀어막았어, 맞아. 하지만 여우는? 놈들은 사냥할 여우를 원하는 거야! 하지만 내가 자네를 넘겨줄 거라고 생각한다면 오산이지."

천문학자는 휘둥그레진 눈을 빛내며 보드와 시선을 맞췄다. "왜요?"

"자네는 내가 바보라고 생각할 테지." 보드는 이를 드러내고 히죽거리며 말했다. 보통 웃음이 아니라, 늑대의 히죽거림, 사냥감과 사냥꾼의 히죽거림이었다. "난 바보야. 자네에게 경고를 하다니, 바보지. 절대로 내 말을 안 들을 게 뻔한데 말이야. 그리고 자네 이야기를 듣다니, 그 역시 내가 바보라서 그래. 하지만 난 자네 이야기를 듣는 게 좋았어. 별, 행성의 운행 경로, 시간의 끝에 대한 이야기를 듣는 게 좋았어. 내게 옥수수 씨앗이나 암소 똥 말고 다른 걸 이야기해줄 사람이 자네 말고 또 어디 있겠나? 알겠어? 그리고 난 군인과 이방인과 재판과 화형을 좋아하지 않아. 자네의 진실, 저들의 진실, 내가 진실에 대해 무엇을 알고 있단 말인가? 내가 명인인가? 내가 별의 운행 경로를 알고 있는가? 아마 자네라면 그럴지도 몰라. 저들도 그럴지 모르지. 내가 아는 것이라고는 자네가 내 탁자 앞에 앉아 내게 이야기를 했다는 거야. 자네가 불타 죽는 걸 내가 지켜봐야겠는가? 사람들은 신의 불이라고 하더군. 하지만 자네는 별이 신의 불이라고 했어. 왜 자네는 나에게 왜냐고 묻는 건가? 왜 자네는 바보나 하는 바보 같은 질문을 하는 건가?"

"미안합니다." 천문학자가 말했다.

"사람들에 대해 자네는 무엇을 알고 있지? 자네는 사람들이 자네를 그냥 놔두리라고 생각했어. 그리고 자네가 타 죽도록 내가 가만히 있으리라 생각했지." 보드는 쫓기는 늑대처럼 히죽거리며 촛불을 통해 궤나르를 바라보았다. 하지만 보드의 푸른 눈에는 이 상황을 정말로 즐기고 있는 기색이 서려 있었다. "우리는 땅 위에서 사는 거야. 저 위 별들 사이가 아니라고……."

보드는 부싯깃 상자와 우지초 세 자루, 물 한 병, 완두콩 푸딩 하나, 빵 한 자루를 내놓았다. 보드는 천문학자에게 광산 안을 돌아다니지 말라고 다시 한 번 경고한 뒤 곧 그곳을 떠났다.

잠에서 깨어나자 궤나르는 자신이 처한 낯선 상황 때문에 곤란을 느꼈다. 하지만 목숨을 구하기 위해 동굴에 숨어 살아야 하는 대부분의 사람들이 겪는 어려움과 달리 궤나르가 가장 난처해한 일은 시간을 알 수 없다는 것이었다.

궤나르가 그리워한 것은 조과와 만과를 가리키며 달콤히 울려 퍼지던 마을의 교회 종들이나 천문대에 설치해두고 수많은 발견을 하는 동안 믿고 의지했던 정교하고 고분고분한 시계가 아니었다. 그가 그리워한 것은 대자연의 시계였다.

하늘을 보지 않으면 사람들은 지구가 도는 것을 알 수 없다. 시간이 흐르는 과정, 태양이 그리는 밝은 아치와 달의 위상, 행성의 춤, 북극성 주변을 도는 별자리들, 계절에 따라 더 광대하게 도는 별들의 회전, 이 모든 것들이, 궤나르의 삶을 엮던 이 모든 것들이 사라졌다.

여기에서는 시간이라는 것이 없었다.

"오, 하느님." 천문학자 궤나르가 어둠 속 지하에서 기도를 했다. "주님을 찬양하려 한 일이 어떻게 주님의 마음을 상하게 할 수 있습니까? 제가 망원경을 통해 본 것이라고는 주께서 만드신 영광의 불꽃 하나, 주께서 창조하신 질서의 자그마한 조각에 불과합니다. 주여, 제가 그런 일을 했다고 질투하지는 않으실 겁니다! 더구나 제 말을 믿는 이는 거의 없었습니다. 주님의 업적을 설명하려 드는 것이 그다지도 건방진 행동이었습니까? 하지만 주여, 주께서 끝없는 별 밭을 제 눈앞에 펼쳐주셨는데 제가 어찌 그러지 않을 수 있단 말입니까? 제가 그것을 보고 잠자코 있어야 했습니까? 오 하느님, 더 이상 저를 벌하지 마옵시고 제가 작은 망원경 하나만 다시 만들 수 있도록 허락해주옵소서. 주님의 성스러운 교회에 누가 된다면 말하지도, 글을 써 알리지도 않겠습니다. 행성의 궤도나 별의 성질에 대해 더 이상 아무 말도 하지 않겠나이다. 말하지 않겠나이다, 주여, 오직 제가 볼 수 있게만 허락해주옵소서!"

"무슨 짓이야, 조용히 하게, 궤나르 명인. 굴 중간쯤에서부터 자네 목소리가 들리더군그래." 보드의 말에 천문학자가 눈을 떴다. 보드가 들고 있는 초롱 불빛 때문에 눈이 부셨다. "자네를 잡기 위해 모두 동원되었어. 이제는 자네가 마술사라더군. 자기들이 자네 집에 들어갔을 때 자네는 자고 있었는데, 문에 빗장을 걸었는데도 잿더미 속에서 자네 뼈가 안 보인다고 말이야."

"전 자고 있었습니다." 눈을 가리며 궤나르가 말했다. "그때 그자들이 들어왔어요, 군인들이⋯⋯. 백작님 말씀을 들었어야 했는데. 저는 돔 아래에 있는 통로로 내려갔습니다. 손가락이 뻣뻣이 얼 만큼 추운 밤이면 손을 녹이기 위해 벽난로로 돌아갈 수 있도록 만들어둔 통로였죠." 천문학자는 물집 잡힌 시커먼 손을 들어 몽롱한 눈으로 바라보았다. "잠시 후 위에서 사람들 소리가 들려왔고⋯⋯."

"음식을 좀 더 가지고 왔어. 세상에, 아무것도 먹지 않았군."

"시간이 얼마나 지났나요?"

"밤과 낮이 한 번씩 바뀌었네. 지금은 밤이야. 비가 오고 있어. 이보게, 명인. 지금 내 집에는 검은 사냥개 두 마리가 있어. 종교회의에서 나온 사절일세. 제길, 난 놈들에게 편의를 제공해야만 했어. 놈들이 있는 이 땅은 내 영지고 난 백작이니 말이야. 그래

서 여기 오기가 힘들어. 그리고 내 부하를 이곳으로 보내고 싶
지도 않아. 신부가 부하들에게 '그자가 어디에 있는지 아는가?
그자의 행방을 모른다고 하느님 앞에 맹세할 수 있겠는가?'라
고 묻기라도 하면 어쩌겠는가? 아예 아무것도 모르는 게 최선이
지. 틈을 봐서 다시 오겠네. 여기 있어도 괜찮겠지? 여기 머물러
있으라고. 사람들이 모두 흩어지고 나면 자네를 여기서 데리고
나가 국경을 넘게 해주지. 지금 놈들은 파리 떼 같아. 그리고 좀
전처럼 큰 소리로 말하지 말게. 여기 낡은 갱도도 찾아볼지 모르
니까. 더 안쪽으로 들어가야 해. 돌아오겠네. 하느님이 함께하
길 빌겠네, 명인."

"백작님도 하느님이 함께하시길."

보드 백작이 초롱불을 들고 멀어지는 동안 궤나르는 곡괭이
로 거칠게 깎아낸 천장 위로 너울거리는 그림자를, 백작의 눈동
자처럼 파란빛을 지켜보았다. 보드가 모퉁이에서 초롱불을 끄
자 빛과 색이 사라졌다. 보드가 더듬거리며 올라가는 동안 발이
걸려 비틀거리며 욕을 퍼붓는 소리가 들렸다.

곧 궤나르는 초에 불을 붙이고 말라버린 빵과 딱딱한 완두콩
푸딩을 약간 잘라 먹고 물을 조금 마셨다. 이번에 보드가 가져온
것은 빵 세 덩어리와 소금에 절인 고기 약간, 양초 두 자루, 물이
담긴 낡은 가죽 부대 하나, 거친 모직으로 만든 무거운 망토 하
나였다. 궤나르는 춥지 않았다. 외투를 입고 있었던 것이다. 천
문대에서 추운 밤을 보내는 동안 늘 입던 외투였으며 새벽이 되
어 지친 몸을 이끌고 침대로 가 그대로 입고 잤던 경우도 숱했던

외투였다. 좋은 양가죽으로 만든 것이었고, 돔에서 잔해를 들쑤시던 때가 타 더러워진 데다 소매 가장자리는 불에 그슬려 있었지만 언제나처럼 따뜻했으며 궤나르에게는 피부와도 같은 존재였다. 궤나르는 외투를 걸치고 앉아 음식을 먹으며 흐릿한 노란 촛불이 만드는 둥그런 광채 너머로 보이는 동굴 저편 어둠을 응시했다. "더 안쪽으로 들어가야 해"라고 했던 보드의 말이 계속 가슴에 남았다. 식사를 마친 궤나르는 한 손에는 망토에 싼 식량을, 다른 한 손에는 불붙인 초를 들고 옆쪽 갱도를 통해 아래로 내려갔다.

몇백 걸음 정도 걷자 갱도들이 교차하는 넓은 곳이 나왔다. 짧은 광맥들이 여럿 지나고 있었으며 넓은 방인지 채굴장인지 확실히 알 수 없는 곳이 몇 개 있었다. 궤나르가 왼쪽으로 방향을 잡고 걷자 수평 갱도 세 개가 연결되어 있는 커다란 채굴장이 나왔다. 궤나르는 그곳으로 들어섰다. 가장 먼 수평 갱도는 천장에서 겨우 5피트 정도 떨어져 있었으며 아직까지도 기둥과 들보로 잘 받쳐져 있었다. 궤나르는 가장 뒤쪽에 있는 갱도 귀퉁이(버팀대 역할을 하게끔 돌출된 상태로 광부들이 남겨둔 수정 관입암 모퉁이 뒤편이었다)에 머물기로 하고 음식, 물, 부싯깃 상자, 양초를 어둠 속에서도 손에 잘 닿을 만한 곳에 놓아두었다. 그리고 잡석과 단단한 점토가 깔린 바닥에 매트리스를 대신해 망토를 깔았다. 그리고 벌써 4분의 1 정도 타버린 초를 끄고 어둠 속에서 몸을 뉘었다.

처음 있던 갱도에 세 번 가보았지만 보드가 왔다 간 흔적이 없자 궤나르는 지내는 곳으로 돌아와 남은 비축품을 살펴보았다. 아직 빵 두 덩어리, 물 반 병, 소금에 절인 고기(아직 손도 대지 않은 상태였다), 양초 네 자루가 남아 있었다. 궤나르는 보드가 왔다 간 지 엿새가 지났으리라 생각했지만 실제로는 사흘이 지났을 수도, 또는 여드레가 지났을 수도 있었다. 목이 말랐지만 물을 더 찾기 전에는 남아 있는 것을 함부로 마실 수 없었다.

궤나르는 물을 찾아 나섰다.

처음에 걸음 수를 세었다. 120걸음을 걸으니 갱도를 유지하고 있는 용재들이 기울어져 있었고, 잡석으로 통로가 반 정도 가로막혀 있는 곳들이 보였다. 수직 갱도를 발견한 궤나르는 나무 사다리 잔해를 통해 쉽사리 내려갔지만 아래쪽 갱도로 내려간 다음에는 걸음 세는 것을 잊었다. 지나가다가 보니 부러진 곡괭이 자루를 발견했고 좀 더 가서는 광부가 버린 머리띠가 보였다. 머리띠의 이마 쪽 구멍에는 초 동강이 아직 남아 있었다. 궤나르는 초 동강을 호주머니에 넣고 계속 걸어갔다.

곡괭이 자국이 난 돌과 판자로 된 벽만이 단조롭게 계속되자 궤나르는 마음이 무거워졌다. 그는 영원히 걸어야 할 사람처럼 걸어갔다. 어둠이 궤나르 뒤를 따라왔고 그를 앞서 갔다.

짤막하게 타 들어간 양초에서 뜨거운 촛농이 손가락으로 흐르는 바람에 따끔했다. 궤나르는 초를 떨어뜨렸고, 초는 불이 꺼졌다.

갑작스레 찾아온 어둠 속을 더듬거리며 초를 찾던 궤나르는 매캐한 초 연기 냄새에 속이 메스꺼워 고개를 들었다. 궤나르 앞에, 일직선으로 뻗은 그 앞에, 저 멀리 별이 보였다.

천문대 돔의 구멍처럼 좁게 열린 곳에서 작고 밝게 그리고 저만치 떨어져 빛나고 있었다. 어둠 속, 별들로 가득한 직사각형이었다.

궤나르는 초도 잊고 일어나 별이 보이는 쪽으로 뛰어갔다.

망원경의 정교한 기계 장치가 떨릴 때나 눈이 아주 피곤할 때 망원경 시야에 있는 별들처럼 그것들은 춤추며 움직였다. 춤추었고 반짝였다.

궤나르는 별들 사이로 갔고, 별들은 궤나르에게 말을 걸었다.

불꽃이 검은 얼굴들 위로 기묘한 그림자를 던졌고, 살아 있는 밝은 눈동자들이 기묘한 빛을 반사했다.

"이봐, 저게 누구지? 하노인가?"

"그 낡은 갱도에서 뭘 하고 있었나, 친구?"

"이봐, 저건 누구지?"

"제기랄, 저 친구를 세워……."

"이봐, 자네! 멈춰!"

궤나르는 정신없이 어둠 속을 뛰어 왔던 길로 돌아갔다. 빛이 그 뒤를 따라왔고, 궤나르는 흐릿하고 거대한 자신의 그림자를 좇아 갱도로 돌아왔다. 그림자가 갱도의 익숙한 어둠 속에 흡수되고 낯익은 정적이 돌아왔지만 궤나르는 한 손으로, 대개의 경우는 사지로 엉금엉금 더듬으며 비틀비틀 앞으로 나아갔다. 마침내 궤나르는 털썩 주저앉아 벽에 아무렇게나 기대어 누웠다.

속에서 불이 일듯 가슴이 쓰라렸다.

정적, 어둠.

궤나르는 주머니에서 주석 그릇에 든 양초 동강을 찾아 부시와 부싯돌로 불을 붙인 뒤 주변을 비추었다. 자신이 서 있는 곳에서 50피트가 채 되지 않는 곳에 아까의 수직 갱도가 있었다. 궤나르는 자신이 머무는 곳으로 돌아갔다. 그리고 그곳에서 잠이 들었다 깨어나 음식을 먹고 마지막 남은 물을 마셨다. 일어나 다시 물을 찾으러 갈 생각이었지만 다시 잠에 빠져들었고, 비몽사몽간에 어떤 목소리가 자신에게 말하는 꿈을 꾸었다.

"여기 있었군. 좋아. 놀라지 말라고. 해치지 않을 테니까. 난 노커일 리 없다고 말했지. 사람만 한 덩치의 노커를 본 사람이 누가 있겠나? 아니, 노커를 본 사람이나 있을까 모르겠군그래. 난 동료들에게 말했지. '그런 건 없어, 친구들. 우리는 사람을 봤다고. 내 말을 믿어.' 동료들은 '그렇다면 그 친구가 이 광산에서 뭘 하고 있는 거야? 만약 그 친구가 유령이면 어떡하지? 남쪽 낡은 갱도에 저수 탱크가 터졌을 때 갇혔던 동료가 걸어 나온 것일 수도 있잖아?' 하고 말하더군. '그렇다면 내가 가서 보고 오지. 듣긴 많이 들어봤지만 유령을 본 적은 한 번도 없어.' 난 그렇게 말했지. 난 노커족 같은, 나타나지 말아야 할 것을 보았다고 해도 상관없어. 하지만 테몬의 얼굴을 한 번 더 보게 된다 한들, 혹은 환상을 보게 된다 한들, 그게 그거지. 꿈에서도 매번 보는 걸 뭐. 결국 땀 흘리며 일하는 평소와 다를 게 하나도 없다 이거야. 그래서 여기 온 거야. 하지만 자네는 유령도, 광부도 아니야. 탈영병이거나 도둑이겠지. 아니면 정신 나간 사람이거나. 그렇지 않나, 친구? 겁먹지 말라고. 숨고 싶으면 숨어. 아무래도 좋아. 자네와 나눠 쓰고도 남을 만큼 공간은 넓으니까 말이야. 그런데 왜 햇빛을 피해 숨어 있는 거지?"

"군인들이……."

"그럴 거라 생각했지."

노인이 고개를 끄덕이자 이마에 붙여놓은 초가 흔들리며 채광장 천장에 불빛이 너울거렸다. 노인은 궤나르에게서 10피트 정도 떨어진 곳에 두 팔을 양 무릎 사이로 늘어뜨리고 쭈그려 앉아 있었다. 노인의 벨트에는 양초 꾸러미와 손잡이가 짧은 곡괭이, 잘 벼려진 도구가 매달려 있었다. 끊임없이 흔들리며 별처럼 빛나는 촛불 아래로 보이는 노인의 얼굴과 몸에 껄껄한 흙빛 그림자가 졌다.

"절 그냥 여기 내버려두십시오."

"어떻게 하든 자네 맘이야! 이게 내 광산은 아니니까. 그런데 자네는 어디서 온 건가? 응? 강 위쪽 수평 갱도를 통해 들어왔다고? 그걸 발견했다니 운도 좋군그래. 샛길에서 동쪽으로 가는 대신 이쪽으로 온 것도 운이 좋고. 이 갱도의 동쪽은 동굴로 통해 있지. 그곳에는 커다란 동굴들이 있어. 알고 있었나? 광부들 말고는 아무도 몰라. 광부들이 여기서 태양이 뜨는 쪽을 따라 나 있는 오래된 광맥을 파 가다가 그 동굴을 발견했지. 내가 태어나기도 전에 말이야. 나도 그 동굴에 가본 적이 한 번 있어. 아버지가 데려갔지. '한 번은 봐둬야 한단다. 세상 아래 또 다른 세상이야' 하고 말씀하셨지. 끝 간 데 없는 방이었어. 하늘처럼 깊숙한 동굴에, 어둠의 개울이 그 안으로 끝없이 빠져들었고, 촛불 빛으로는 그 안을 제대로 비출 수 없었지. 물은 촛불이 안 닿는 깊은 곳까지 떨어져 구덩이 안에 모였고, 물이 떨어지는 소리는 어둠 저편 끝없는 곳에서 속삭이는 소리처럼 들려왔네. 그리고 그 너머에는 다른 동굴들이 있었지. 아래도 마찬가지고. 아마 끝이 없었을 거야. 누가 알겠나? 동굴 밑에 동굴이 있고 쓸모없는 수정으로 반짝거렸어. 그곳에 있는 것들은 모두 쓸모없는 돌이었어. 이미 예전에 파낼 것은 다 파낸 상태지. 자네가 우리를 우연히 만나지 않았다면 자네가 있기로 마음먹은 이곳을 찾아올 사람은 아무도 없을 거야, 친구. 자, 자네는 뭘 찾아다닌 건가? 음식? 사람 얼굴?"

"물입니다."

"그건 충분해. 따라오게, 보여주지. 여기 아래쪽에 있는 수평 갱도에는 샘이 너무 많아. 자네는 방향을 잘못 든 거야. 광맥이 마르기 전에 그곳에서 일한 적이 있는데 무릎까지 차오르는 얼음장 같은 물 때문에 고생 좀 했지. 아주 오래전 이야기지만. 자, 가자고."

늙은 광부는 궤나르를 데리고 가 샘이 솟는 곳을 보여준 뒤 그를 두고 돌아가기 전에, 물이 흐르는 곳으로 가면 버팀대가 썩어 있기 때문에 발을 잘못 디디거나 조금만 소리가 크게 나도 바닥이 무너질 위험이 있다면서 가지 말라고 경고했다. 그곳에는 모든 버팀대가 반짝이는 하얀 털로 두텁게 덮여 있었다. 초석이거나 균류인 듯했다. 기름기 많은 물과 함께 보니 야릇한 풍경으로 다가왔다. 다시 혼자가 되었을 때 궤나르는 검은 물로 가득한 하얀 동굴, 그리고 광부가 찾아온 꿈을 꾸었다고 생각했다. 그리고 동굴 아래에서 불빛이 번쩍이는 모습을 보았을 때 궤나르는 수정 부벽 뒤에 숨어 몸을 웅크리고 손에 커다란 화강암 조각을 굳게 쥐었다. 공포, 분노, 슬픔이 이곳 어둠 속에서 하나로 합쳐져, 자신에게 누구도 손대지 못하게 하겠다는 결심이 되었기 때문이다. 깨진 돌 조각처럼 뭉툭하고 묵직한, 맹목적인 결심이 영혼을 무겁게 짓눌렀다.

찾아온 이는 그냥 아까의 늙은이였다. 그는 말라비틀어진 치즈 덩어리를 들고 왔다.

노인은 천문학자 옆에 앉아 이야기를 했다. 먹을 것이 다 떨어졌던 궤나르는 치즈를 모조리 먹어치우고는 노인의 말에 귀를 기울였다. 이야기를 듣는 동안 마음을 짓누르던 짐이 조금씩 가벼워지는 듯했고 어둠 속을 좀 더 멀리 볼 수 있을 것만 같았다.

"자네는 흔히 볼 수 있는 군인이 아니야." 광부의 말에 궤나르가 대답했다. "네, 저는 학생이었습니다." 하지만 자세한 말은 하지 않았다. 자신이 누군지 감히 말할 용기가 나지 않았기 때문이었다. 노인은 이 지역에서 일어났던 사건에 대해 모두 알고 있었다. 노인은 언덕 위에 있는 둥근 집에 불이 난 것과 보드 백작에 대해 이야기했다. "보드 백작은 검은 가운을 입은 군인들과 함께 도시를 떠났어. 사람들 말로는 종교 재판에 회부된다더군. 무슨 죄목으로? 보드 백작이 수퇘지나 사슴, 여우 사냥 말고 뭘 했기에? 보드 백작을 재판하는 곳이 여우들이 모인 의회라도 된단 말인가? 사람을 감시하고 군인들을 징집하고, 불을 놓고, 재판을 하고. 대체 이게 다 무슨 일이란 말인가? 정직한 사람들은 그냥 놔두는 게 좋은 거야. 백작은 정직한 사람이었어. 자신의 부가 허용하는 한 말이야. 공평한 지주였지. 하지만 자네는 그런 사람들을 믿으면 안 돼. 그런 사람들은 단 한 명도 믿으면 안 된다고. 오직 여기 아래 있는 사람들만 믿을 수 있어. 광산으로 내려와 있는 사람들은 믿을 수 있지. 여기까지 내려온 사람들에게 자기 자신과 친구들의 손 말고 또 무엇이 있겠는가? 수평 갱도가 무너지거나 수직 갱도가 막히고, 결국 막다른 곳에 갇혔다고 해보세. 갇힌 이를 구해내겠다는 동료들의 손과 삽과 의지를 빼면, 그 사람과 죽음 사이에 과연 무엇이 있을 수 있겠는가? 여기 지하 어둠 속에 있는 우리들이 서로 믿지 못한다면 저 위쪽 태양 아래에는 은을 볼 일이 없을 거야. 여기 지하에서는 친구를 믿고 의지할 수 있지. 그리고 그 친구들 말고는 아무도 오지 않고 말이야. 레이스 달린 옷을 입은 광산 주인이나 군인이 사다리를 타고 어둠 속 깊은 갱도로 내려오는 장면을 상상이나 할 수 있겠어? 천만에! 그런 사람들은 풀밭 위는 저벅저벅 용감히 잘 걷겠지. 하지만 어둠 속에서 칼이며 고함 소리가 무슨 소용이 있단 말이야? 그런 사람들이 이곳에 내려오는 모습을 한번 보고 싶구면……."

다음번에 노인은 다른 남자와 함께 찾아왔다. 둘은 치즈, 빵,

사과 몇 개와 함께 기름 등잔과 진흙으로 만든 기름 그릇을 가져
왔다. 노인이 말했다. "등잔 생각을 한 건 하노야. 심지는 삼으로
된 거야. 불이 꺼질 것 같으면 한번 훅 불어주라고. 그러면 다시
불이 붙을 거야. 양초도 한 다스 가져왔어. 막둥이 퍼가 풀밭 위
로 올라가 배급자에게서 한 꾸러미 슬쩍 해 왔지."

"제가 여기 있는 걸 그 사람들도 알고 있나요?"

"우리는 알고 있지만 그 사람들은 몰라."

그로부터 얼마 뒤, 궤나르는 아래쪽, 서쪽으로 광맥이 뻗어 있
는 수평 갱도로 다시 내려갔다. 광부들의 촛불이 별처럼 빛나는
모습이 보였다. 궤나르는 광부들이 일하고 있는 채굴장으로 다
가갔다. 광부들은 궤나르와 음식을 나눠 먹었고 그에게 탄광에
나 있는 길, 펌프, 양동이 달린 도르래와 사다리가 설치되어 있
는 커다란 갱도를 보여주었다. 하지만 궤나르는 그쪽으로 가다
가 방향을 바꿨다. 커다란 갱도에서 불어오는 바람에 밴 냄새를
맡자 화재 때의 연기 냄새가 났기 때문이었다. 광부들은 궤나르
를 데리고 채광장으로 가 자신들과 함께 일하게 했다. 광부들은
궤나르를 손님처럼, 아이처럼 대했다. 광부들은 궤나르를 받아
들였다. 궤나르는 광부들의 비밀이었다.

만약 아무것도 없다면, 비밀도, 보물도, 숨길 만한 것도 없다
면 평생을 땅속 검은 구멍에서 하루에 12시간씩 보내는 게 결코
좋을 리 없었다.

그곳에는 은이 있었다. 분명했다. 하지만 한때 한 조에 열다섯
명씩 열 조가 일하던 갱도에, 삐걱삐걱 덜컥덜컥 달각달각 소리

를 내며 광물을 가득 실은 양동이가 비명을 지르는 권양기를 따라 올라갔다가 텅 빈 채로 묵직한 수레를 끄는 광석 운반차로 요란스레 떨어지던 갱도에 이제는 채광하는 것 말고는 아무런 기술도 없는, 마흔이 넘은 중늙은이 여덟 명으로 구성된 한 조만이 일하고 있었다. 맥석들 사이 약간 남은 광맥 속 단단한 화강암에는 아직까지 은이 약간 숨어 있었다. 어떤 경우는 2주일을 파야 겨우 1피트 정도 파낼 때도 있었다.

"옛날에는 대단한 광산이었어." 광부들은 자부심 어린 목소리로 말했다.

광부들은 천문학자에게 정 쓰는 법, 커다란 망치를 휘두르는 법, 뾰족한 곡괭이로 균형을 잘 잡아가며 화강암을 쪼개는 법, 광석을 골라내고 바수는 법, 귀금속이 들어 있는 희귀한 밝은 광맥이나 순도가 높으면서 잘 부서지는 바위 따위 쓸모 있는 광물을 알아보는 법을 가르쳐주었다. 궤나르는 날마다 광부들을 도왔다. 채광장에서 광부들이 올 때까지 기다렸다가 하루 종일 그들을 지켜보며 누군가 쉴라치면 그 사람 대신 잠깐씩 삽질을 하거나 도구를 갈거나 광석이 든 수레를 홈이 파인 두꺼운 널빤지를 따라 커다란 갱도로 끌고 가거나 그도 아니면 막장에서 일을 했다. 광부들은 궤나르가 채광장에서 오랫동안 일하지 못하게 했다. 광부의 자존심과 습관이 궤나르가 광산에서 일하는 것을 막은 것이다. "이봐, 그렇게 나무꾼처럼 깨작거리면 안 돼. 보라고. 이런 식으로 잘라내야지, 알겠어?" 하지만 그때 다른 사람은 이렇게 요구하는 식이었다. "여기를 쳐봐, 그래, 거기 정 끝 말이야. 그래, 잘했어."

광부들은 자신들이 먹는 거칠고 조악한 음식을 궤나르와 나눠 먹었다.

밤이 되어 광부들이 긴 사다리를 타고 그들 표현처럼 "풀 위로" 올라가고 나면 궤나르는 텅 빈 굴에 홀로 누워 광부들의 얼굴을, 목소리를, 흉지고 흙때 묻은 두터운 손을 떠올렸다. 바위와 강철에 까맣게 멍든 두꺼운 손톱을 지닌 손이었다. 똑똑하며 다치기 쉬운 손, 땅을 열고 단단한 바위에서 빛나는 은을 찾는 손이었다. 그 은은 그들이 간직하지도, 가질 수도, 쓸 수도 없는 것이었다. 그들의 소유가 아닌 은이었다.

"만약 새로운 광맥을 찾으면 어떻게 하나요?"

"광맥을 연 뒤 고용주에게 보고하지."

"왜 보고를 합니까?"

"왜냐니, 이 사람아! 뭔가 가져가야 돈을 받지! 우리가 좋아서 이 일을 한다고 생각해?"

"네."

광부들 모두 악의 없이 큰 소리로 궤나르를 비웃고 껄껄대며 놀려댔다. 먼지와 땀으로 까맣게 얼룩진 광부들 얼굴에서 눈동자가 생기 있게 빛났다.

"휴, 새로운 광맥을 발견할 수만 있다면 좋으련만! 그러면 아내는 예전처럼 돼지를 키울 수도 있고 나는 맥주 속에서 헤엄칠 수 있을 텐데! 하지만 이곳에 은이 있었다면 이미 예전에 다 캐냈을 거야. 그러니까 갱도를 동쪽으로 그토록 멀리 파 내려갔지. 하지만 이제 그곳에서 파낼 건 다 파냈고, 여기도 마찬가지야. 요는 그거지."

시간은 궤나르의 앞뒤로 한없이 펼쳐졌다. 마치 작은 초를 들고 광산 속에 있을 때 어느 지점에 있어도 어두운 갱도와 갈림길들이 동시에 다 함께 존재하는 것과 비슷한 느낌이었다. 이제 천문학자는 혼자 있을 때면 종종 터널과 낡은 채광장을 돌아다녔다. 어디가 위험한지, 어디에 물로 가득한 깊은 수평 갱도가 있는지 알게 되었으며, 흔들리는 사다리와 좁다란 장소에 익숙해졌고, 바위 벽면에 너울거리는 촛불을 반사해 번쩍이는 운모에 흥미를 느꼈다. 그 빛은 바위 깊은 속에서 나오는 것처럼 보였다. 왜 이런 식으로 빛나는 걸까? 마치 구름 뒤로 미끄러져 들어가거나 보이지 않는 행성 뒤로 숨는 것처럼, 무엇인가가 반짝이는 바위 틈 깊숙한 곳에 숨어 있다가 촛불을 비추면 눈짓으로 답을 보낸 뒤 모습을 감추는 듯했다.

"땅속에 별이 있는 거야." 궤나르는 속으로 말했다. "단지 사람들이 그걸 어떻게 봐야 하는지 모를 뿐이지."

궤나르는 곡괭이질에는 서툴렀지만 기계에는 일가견이 있었다. 광부들은 궤나르의 기술에 감탄했고 연장을 가져왔다. 궤나르는 펌프와 권양기를 고쳤다. 좁고 긴 막장에서 일하는 막둥이 퍼를 위해 체인에 램프를 설치해주었고, 주석 촛대를 두드려 펴 곡면을 만든 뒤 고운 돌가루와 외투 안감으로 대놓은 양가죽으

로 연마해 반사경을 만들어 램프에 붙여주었다. "멋지군." 퍼가
말했다. "대낮처럼 밝아. 내 뒤에 있기 때문에 공기가 나빠져도
불이 꺼지지 않아서 언제 숨 쉬러 바깥으로 나가야 하는지 알려
주지 못하는 점은 좀 아쉽지만 말이야."

좁은 막장에서 일하는 사람은 산소 부족으로 촛불이 꺼져도
그 사실을 모른 채 한동안 일할 가능성이 있기 때문이었다.

"거기에다 바람통을 설치했어야 해요."

"뭐라고? 내가 대장장이라도 되나?"

"안 될 게 또 뭔가요?"

"밤에 풀 위로 올라가본 적 있나?" 아쉬워하는 눈으로 궤나르
를 보며 하노가 물었다. 하노는 침울하며 상상력이 풍부하고 마
음이 여린 사람이었다. "그냥 둘러보기 위해서 말이야."

궤나르는 대답하지 않았다. 궤나르는 버팀목 대는 작업을 돕
기 위해 브란에게 갔다. 한때 목수, 운반차 조종사, 광물 분류 작
업 등 별개의 작업반이 했던 모든 일을 이제는 광부들이 했다.

"저 친구는 광산 떠나는 걸 죽는 것보다 무서워해요." 퍼가 낮
은 목소리로 말했다.

"그냥 별을 보고 바람을 느끼기 위해서 말이야." 여전히 궤나
르에게 말하고 있는 것처럼 하노가 덧붙였다.

어느 날 밤, 천문학자는 주머니 속을 뒤져 천문대가 불타던 날
밤 이후로 쭉 주머니 안에 있던 물건들을 꺼냈다. 이제는 기억나
지 않는 시간, 연기가 피어오르는 잔해를 더듬고 또 뒤적여 잃

어버렸던 물건을 찾고…… 또 찾아 챙겼던 물건들이었다…….
궤나르는 자신이 잃어버린 물건이 무엇이었는지 더 이상 기억
하지 못했다. 그 기억은 궤나르의 마음속에 두터운 상처를 남기
고, 화상을 남기고 봉해졌다. 마음속에 있는 이 상처 때문에 오
랫동안 궤나르는 광산의 먼지 내려앉은 돌바닥 위에, 자기 앞에
펼쳐져 있는 물건들의 성질을 이해할 수 없었다. 한쪽이 그을린
종이 뭉치, 크리스털이나 유리로 만든 듯한 물건, 금속 관, 정교
하게 작동하는 나무 톱니바퀴, 섬세한 선이 새겨져 있는 비틀린
검은 구리 조각, 계속 그런 것들이었다. 잔해, 파편. 궤나르는 반
쯤 타버려 부스러진 뭉치와 멀쩡한 원고를 가려내는 대신 종이
뭉치를 주머니에 다시 넣었다. 궤나르는 다른 물건들을 계속 바
라보다가 가끔씩 집어 들어 살펴보았다. 특히 유리로 된 물건을
유심히 살펴보았다.

자신이 가지고 있던 10인치 망원경의 접안렌즈였다. 궤나르
는 직접 이 렌즈를 연마했다. 손가락에서 나오는 산에 유리가 상
할까봐 렌즈 가장자리를 잡고 조심스레 들어 올렸다. 마침내 궤
나르는 외투에서 떼낸 섬세한 양모 조각으로 렌즈를 깨끗이 닦
기 시작했다. 작업을 마친 뒤 렌즈를 들고 사방을 비춰보았다.
궤나르의 얼굴은 침착하고 의지로 가득했으며, 밝고 커다란 동
공은 흐트러짐이 없었다.

망원경 렌즈를 손가락으로 기울이자 렌즈는 램프 불빛을 반
사하여 가장자리 부근에 밝고 작은 점을 맺었고, 보기에는 곡면
바로 아래에 점이 있는 듯했다. 마치 렌즈가 하늘을 향해 있던

수천 수백의 밤으로부터 별을 가져와 간직하고 있던 것처럼 보였다.

궤나르는 양모 조각으로 렌즈를 조심스레 싼 다음 부싯깃 상자와 함께 바위틈에 넣어두었다. 그리고 다른 물건을 하나씩 살펴보았다.

다음 몇 주 동안 광부들은 자신들이 일할 때 궤나르의 모습이 전처럼 자주 보이지 않는다는 사실을 깨달았다. 궤나르는 뭔가 자기 일에 무척 몰두해 있었다. 광부들이 궤나르에게 무엇을 하고 있는지 묻자 그는 광산 동쪽의 버려진 지역을 탐사하고 다닌다고 대답했다.

"왜?"

"광맥을 찾으려고요." 궤나르는 대답하며 주춤주춤 짤막한 웃음을 지어 보였고, 그 때문에 완전히 미친 사람처럼 보였다.

"이런, 친구, 자네가 그곳에 대해 뭘 안다고 그래? 그곳은 다 캐낸 곳이야. 은은 없어. 동쪽에는 광맥이 더 이상 없다고. 질이 나쁜 광석이나 주석 광맥 정도는 찾아낼지 모르지만 파낼 만한 것은 아무것도 없어."

"땅속에 뭐가 있는지 어떻게 알지요? 당신 발밑 바위에 말이에요, 퍼."

"신호를 알아볼 수 있어, 친구. 달리 좋은 방법이 뭐 있겠어?"

"하지만 그 신호란 것이 숨어 있으면요?"

"그렇다면 은이 숨어 있는 거지."

"하지만 당신이 어디를 파야 할지를 알고 바위 속 어디에 그것이 있는지 꿰뚫어 볼 수 있다면, 당신은 이미 은이 거기 있다는 걸 아는 거지요. 그리고 거기엔 또 뭐가 있을까요? 금속이 있겠지요. 왜냐하면 당신은 금속도 찾아 파내니까요. 하지만 찾는게 있고 어디를 파야 할지 안다면, 그리고 광산보다 더 깊게 파들어간다면 무엇을 찾을 수 있을까요?"

"바위지." 퍼가 말했다. "바위, 또 바위, 또 바위야."

"그리고요?"

"그리고? 지옥불이 나오겠지. 그렇지 않다면 갱도가 깊어질수록 왜 더워지겠어? 사람들이 그렇게 말하더군. 지옥에 가까워지는 거라고 말이야."

"아니요, 절대 아니에요. 바위 밑에 지옥 따위는 없어요." 천문학자가 단호하고도 확신에 찬 목소리로 말했다.

"그렇다면 바위 아래 뭐가 있지?"

"별들이요."

"어?" 광부는 뭐라 할 말이 없었다. 퍼는 거칠고 기름때 묻은 머리칼을 긁적이며 껄껄댔다. "그거 참 어려운 문젠걸." 퍼는 연민과 감탄 어린 눈으로 궤나르를 바라보았다. 퍼는 궤나르가 미쳤다는 것은 알고 있었지만 궤나르가 보여준 광기의 웅대함이 신선하고 멋져 보였다. "그렇다면 자넨 찾을 수 있다는 거야? 별을?"

"어떻게 보는지 배운다면요." 궤나르가 너무 침착하게 말했기때문에 퍼는 아무런 응수도 하지 못하고 삽을 들고 운반차에 광석을 실으러 돌아갔다.

어느 날 아침, 광부들이 광산에 들어왔을 때 궤나르는 그때까지도 자고 있었다. 궤나르는 보드 백작이 준 낡은 망토를 둘둘 말고 있었고, 그 곁에는 이상한 물건이 있었다. 은으로 된 관, 낡은 헤드램프 소켓에서 떼어낸 주석을 두드려 펴서 만든 주석 버팀대와 철사, 곡괭이 자루를 정성껏 깎고 다듬어 만든 틀, 톱니바퀴, 반짝이는 유리 약간으로 만든 물건이었다. 용도를 알 수 없는, 임시로 만든 듯한 섬세하고, 복잡하고, 기이한 물건이었다.

"대체 이게 뭐지?"

광부들은 주변에 서서 그 물건을 바라보았다. 각자 머리에 단 램프 빛이 물건 위로 모였다. 때때로 누군가 자고 있는 궤나르를 힐금거릴 때마다 노란색 불빛이 궤나르 몸 위로 펄럭였다.

"이 친구가 만든 거야, 분명해."

"분명하지."

"무슨 용도일까?"

"만지지 마."

"만질 생각 없었어."

광부들의 목소리에 천문학자는 잠에서 깨어났다. 초가 만들어내는 노란색 불빛 덕분에 어둠을 배경으로 궤나르의 얼굴이 하얗게 보였다. 궤나르는 눈을 비비며 광부들에게 인사했다.

"이게 뭔가, 친구?"

호기심에 찬 광부들을 본 궤나르는 어리둥절한 또는 괴로운 듯한 표정을 지었다. 궤나르는 물건을 보호라도 하려는 듯 그 위에 손을 올려놓았다. 하지만 자신도 그 물건이 무엇인지 모른다는 듯 한동안 물끄러미 바라보았다. 마침내 궤나르는 얼굴을 찡그리며 속삭이듯 대답했다. "망원경이에요."

"그게 뭔데?"

"멀리 떨어져 있는 물건을 뚜렷이 볼 수 있는 도구예요."

"어떻게?" 광부 하나가 어리둥절한 목소리로 물었다. 천문학자는 점점 더 확신을 키워가며 광부에게 대답했다. "빛과 렌즈의 성질 덕분이죠. 눈은 섬세한 도구지만 우주의 반쪽 너머는 볼 수 없어요. 아니, 반쪽보다 훨씬 더 많은 부분을 볼 수 없지요. 밤하늘은 어둡고, 별과 별 사이는 텅 비었고 깜깜하다고들 하죠. 하지만 망원경으로 별과 별 사이의 공간을 보십시오! 그러면 별들이 나타납니다. 별들은 너무 어둡고 멀리 떨어져 있기 때문에 맨눈으로는 볼 수 없어요. 한 무리 뒤에 또 다른 무리가 있고, 영광 뒤에 다시 영광이 있으며, 우주 가장 바깥까지 뻗어 있습니다. 모든 상상을 초월하여 바깥쪽의 어둠 속에 빛이 있는 겁니다. 태양의 위대한 영광이죠. 전 그것을 보았습니다. 밤이면 밤마다 그것을 보고 별들의 위치를 기록했죠. 어둠의 해변에서 하느님이 보내신 신호를 말입니다. 그리고 여기 역시 빛이 있었습니다! 창조주가 보내는 위안이자 광휘인 빛이 없는 곳은 없습니다. 버림받고 금지되고 포기된 곳은 없습니다. 어둠 속에 남아 있는 곳은 없습니다. 하느님의 눈길이 닿는 곳은 어디든 빛이 있죠. 우리는 더 깊이 가야 합니다. 더 깊이 들여다보아야 한다고요! 그러면 그곳에 빛이 있고 우리는 그 빛을 볼 수 있습니다. 맨눈이 아니라 손의 기술과 정신의 지식, 마음의 신념을 이용하면 보이지 않던 것이 모습을 드러내고 감춰져 있던 것이 똑똑히 보이게 되는 겁니다. 그러면 캄캄한 온 세상이 잠자는 별처럼 밝게 빛을 내는 겁니다."

광부들이 듣기에 궤나르의 목소리에는 교회에서 위대한 말을 하는 신부들의 커다란 울림처럼 권위가 실려 있었다. 그런 권위는 이곳에, 먹고살기 위해 땅을 파헤치고 다니는 광산 속에, 미친 도망자가 하는 말에 속할 수 없었다. 나중에 광부들은 서로 이야기를 하며 머리를 설레설레 흔들거나 머리를 툭툭 쳤다. 퍼가 말했다. "그 친구 광기가 점점 심해지는 것 같아요." 하노가 말했다. "불쌍한 영혼 같으니, 불쌍한 영혼이야!" 하지만 그렇게 말하면서도 천문학자가 자기들에게 한 말을 믿지 않는 광부는 단 한 명도 없었다.

"나에게 보여주게." 어느 날, 동쪽 깊은 갱도에서 홀로 복잡한 도구를 만지느라 바쁜 궤나르를 발견한 브란 노인이 말했다. 맨 처음 궤나르를 따라오고 음식을 가져다주고 다른 사람들에게 소개해준 사람이 바로 브란이었다.

천문학자는 쾌히 옆으로 비켜서 브란에게 도구가 터널 바닥을 향하도록 고정시키는 법과 조준하고 초점을 맞추는 법을 가르쳐주었고, 도구의 기능이 무엇이며 이 도구를 통해 브란이 무엇을 볼 수 있는지 설명하려 애썼다. 궤나르는 이 모든 것을 성급히 한꺼번에 가르치려 했다. 아무것도 모르는 사람에게 뭔가를 설명해본 적이 없었기 때문이었다. 하지만 브란은 이해는 못해도 초조해하지는 않았다.

"땅밖에 안 보이는걸." 기구를 가지고 한참 동안 엄숙한 자세로 관측한 다음 노인이 말했다. "조그만 먼지와 조약돌이 보이긴 하는군."

"램프 때문에 눈이 부셔 그럴 겁니다." 천문학자가 겸손하게 대답했다. "빛 없이 보는 게 더 잘 보입니다. 저는 그렇게 할 수 있습니다. 오랫동안 그렇게 해왔으니까요. 모든 것이 연습이에요. 정을 놓을 때 어르신께서는 늘 제자리에 놓지만 저는 늘 엉뚱한 곳에 놓는 것과 비슷하죠."

"그래. 그럴 수도 있겠군. 그럼 자네가 보는 걸 내게 말해주게⋯⋯." 브란은 망설였다. 브란은 궤나르가 누구인지 깨달은 지 그리 오래되지 않았다. 궤나르가 이단자라는 사실은 별문제가 되지 않았으나 지식인이라는 사실을 알고 난 후부터는 친구 또는 젊은이라고 부르기가 껄끄러웠다. 그렇다고 이렇게 시간이 흐르고 난 뒤에 새삼 '명인님'이라고 부를 수도 없었다. 도망자였던 궤나르는 평소 보였던 유순함에도 불구하고 열변을 토해 사람들의 영혼을 사로잡은 때가 있었고, 그때였다면 궤나르를 명인님이라 부르기 쉬웠을 터였다. 하지만 그건 궤나르를 겁먹게도 했을 터였다.

천문학자는 자기가 만든 기계 틀 위에 손을 올려놓고 부드러운 목소리로 대답했다. "그건⋯⋯ 별자리입니다."

"별자리, 그게 뭔가?"

천문학자는 아주 먼 곳에 있다는 듯이 브란을 바라보며 즉시 대답했다. "북두칠성, 전갈, 여름철 은하수 곁에 있는 사자, 이런 것들이 별자리예요. 별의 패턴, 별의 모임, 부모자식처럼 닮은, 비슷한 모양들이랄까…….”

“그럼 자넨 이걸 가지고 여기서도 그런 것들을 보는 건가?”

흐린 램프 불빛 아래에서 천문학자는 생각에 잠긴 맑은 눈으로 여전히 브란을 바라보며 아무 말 없이 고개를 끄덕이더니 아래쪽, 둘이 서 있는 바위를 가리켰다. 곡괭이 자국이 있는 광산 바닥이었다.

“어떻게 생겼나?” 브란이 지친 목소리로 말했다.

“그냥 흘깃 보았을 뿐이에요. 아주 잠깐. 전 그 기술을 배우지 못했어요. 그건 제가 배운 것과 다소 다른 기술이라서……. 하지만 별들은 저곳에 있습니다, 어르신.”

광부들이 일하러 왔을 때 이제 궤나르는 채광장에 없을 때가 잦아졌고, 식사 시간도 같이하지 않았다. 하지만 광부들은 언제나 궤나르 몫의 음식을 남겨놓고 갔다. 궤나르는 이제 광부들보다, 심지어 브란보다도 광산에 대해 더 잘 알았다. 살아 있는 광산뿐 아니라 죽어 있는 광산, 즉 작업을 포기한 갱도나 동쪽의 동굴로 훨씬 더 깊게 들어간 탐사용 갱도에 대해서도 훨씬 더 잘 알았다. 궤나르는 그곳에 가장 자주 있었다. 그리고 광부들은 궤나르를 따라오지 않았다.

궤나르가 광부들 사이에 나타났을 때, 광부들은 말을 걸었지만 궤나르를 예전보다 두려워하는 눈치였으며 웃지 않았다.

어느 날 저녁, 광부들이 광석을 담은 마지막 수레와 함께 주 채광장으로 돌아왔을 때 궤나르가 광부들을 만나기 위해 오른쪽 횡단로에서 갑작스레 나타났다. 언제나처럼 갱도의 진흙과 먼지로 새카매진 낡은 양가죽 외투를 입고 있었다. 금발은 회색이 되어버렸지만, 퀘나르의 눈은 맑았다. "어르신." 퀘나르가 브란에게 말했다. "이리 오십시오, 보여드릴 게 있습니다."

"뭘 말인가?"

"별입니다. 바위 밑에 있는 별. 낡은 네 번째 수평 갱도에 있는 채광장에 커다란 별자리가 있습니다. 하얀 화강암이 암흑을 갈라낸 곳에 말입니다."

"그곳이라면 나도 알고 있지."

"그곳에 있습니다. 발아래, 하얀 바위 벽 옆에요. 별들이 모여 휘황찬란하게 빛을 내고 있습니다. 별빛이 어둠을 몰아내고 있습니다. 별들은 무희의 얼굴이나 천사의 눈동자 같아요. 저와 같이 가서 보십시오, 어르신!"

광부들은 그곳에 서 있었다. 퍼와 하노는 수레가 구르지 않도록 등으로 수레를 버티고 있었다. 피곤과 먼지에 절은 얼굴, 삽과 곡괭이와 수레 때문에 뒤틀리고 못이 박인 큼지막한 손, 굽은 몸. 광부들은 당혹해했고 동정을 보였지만 마음이 급했다.

"우리는 방금 일을 끝마쳤어. 저녁을 먹으러 집으로 가는 길이야. 내일 가자고." 브란이 말했다.

천문학자는 광부들을 한 명씩 차례로 살펴보았다. 하지만 아무 말도 하지 않았다.

하노가 쉰 목소리로 부드럽게 말했다. "이번에는 우리와 함께 가자고, 친구. 밖은 어두워. 그리고 비가 오고 있을 거야. 지금은

11월이야. 자네가 밖에 나가 내 화덕에서 불을 쬔다 해도 자넬 볼 사람은 아무도 없을 거야. 오늘은 따뜻한 음식을 먹고 지붕 아래에서 잠을 자라고. 깊은 땅속에서 혼자 지내지 말고!"

궤나르는 뒤로 물러섰다. 마치 불이 나간 것처럼 궤나르의 얼굴에 그림자가 드리워졌다. "아니요. 그랬다가는 제 눈이 멀고 말 겁니다."

"그냥 놔둬요." 퍼가 말하더니 광석이 든 무거운 수레를 채광장 쪽으로 밀고 가기 시작했다.

"제가 말한 곳을 꼭 보세요." 궤나르가 브란에게 말했다. "그 광산은 쓸모없는 게 아닙니다. 어르신 눈으로 직접 보세요."

"알았네. 자네와 함께 가서 보도록 하지. 잘 있게나!"

"안녕히 가세요." 천문학자는 대답하고는 광부들이 출발하자 옆쪽 갱도로 몸을 돌렸다. 궤나르는 램프도 초도 없었다. 광부들은 잠깐 궤나르의 모습을 볼 수 있었지만 궤나르는 곧 어둠 속으로 사라졌다.

아침이 되었을 때 궤나르는 광부들을 만나러 오지 않았다. 그는 오지 않았다.

브란과 하노는 궤나르를 찾아보았다. 처음에는 건성으로 찾아보았지만 이윽고 하루 온종일 찾아다녔다. 둘은 자신들이 겁을 내는 곳까지 내려갔고, 심지어 동굴 입구까지 간 뒤 안으로 들어가 가끔씩 궤나르의 이름을 불러보았다. 하지만 커다란 동굴 속으로 들어가자 평생 광부로 살아온 그들조차 큰 소리로 이

름을 부를 수가 없었다. 어둠 속에서 들려오는 끝없는 메아리가
무서웠기 때문이었다.

"아래로 내려간 모양이군." 브란이 말했다. "더 깊숙이 말이야.
그 친구는 그렇게 말했어. 더 깊숙이, 빛을 발견하려면 더 깊숙
이 내려가야 한다고 말이야."

"빛은 없어요. 여기에 빛이 있던 적은 단 한 번도 없었어요. 세
상이 창조되고 난 이후로." 하노가 속삭였다.

하지만 브란은 융통성 없고 다른 사람의 말을 잘 믿는 고집 센
노인이었고, 퍼는 브란의 말을 잘 들었다. 어느 날, 둘은 천문학
자가 말했던 장소에 가보았다. 어두운 바위 사이를 가르고 단단
하고 밝은 화강암 광맥이 나와 있는, 아무런 쓸모가 없어 지난
50년 동안 버려진 곳이었다. 둘은 버팀목이 약해진 낡은 채광장
천장에 다시 목재를 대고 굴을 파기 시작했다. 하지만 파내는 곳
은 하얀 바위가 아니라 그 옆이었다. 천문학자가 그곳에 표시를
해둔 것이었다. 돌바닥에는 초 검댕으로 그려진 도표 또는 상징
비슷한 것이 있었다. 1피트 정도 파 내려가자 수정석 아래로 은
광석이 모습을 드러냈고 그 아래(이때 즈음에는 광부 여덟 명이
모두 작업을 했다) 곡괭이 끝이 은 원광에, 산산이 부서진 바위
속 깨진 수정 사이로 별과 별 무리처럼 빛나는, 아래로 아래로
끝없이 이어지는 광맥에, 지맥에, 결절에 도달했다. 빛이었다.

THE WIND'S TWELVE QUARTERS

시야

〈시야〉에 대해서는 무슨 말을 해야 할지 잘 모르겠다. 이 글은 고상한 형태로 역정을 내는 것이라 할 수 있다. '편집자에게' 보내는 분노에 찬 편지다. 야유다. 셸리는 막다른 골목 벽에 "천국으로 가는 길"이라는 표지판을 그렸다는 이유로 옥스퍼드에서 쫓겨났다(나는 이 이야기가 진짜라는 증거가 없다고 생각한다. 하지만 진짜거나 말거나 중요한 건 그게 아니지 않는가). 이따금씩 나는 셸리가 그린 표지판을 다시 그려야 할 필요가 있다고 느낀다.

요전 날 밤 나는 영원을 보았네
순수와 끝없는 빛으로 된 거대한 반지 같은…….
_헨리 본(1621~1695)

귀국 시간대가 되기 직전까지 사이키XIV에서는 정기적으로 일
상적인 보고가 들어왔다. 그러다가 갑자기 로저스 사령관이 무
전 연락을 하더니 자신들은 지상을 떠나 우주선에 합류했으며
출발 과정을 밟고 있다고 말했다. 예정보다 82시간 18분 이른
때였다. 당연히 휴스턴은 설명을 요구했지만 사이키의 반응은
엉뚱했다. 220초의 응답 지연 효과 때문만은 아니었다. 사이키
는 계속해 연락을 끊곤 했다. 한번은 로저스가 말했다. "우리가
집에 가려면 지금 출발해야만 합니다." 휴스턴의 질문에 대한

대답처럼 보였지만, 다음번에는 휴즈가 계기 눈금과 투약량에 대해 질문해왔다. 태양은 이글거렸고 수신 상황은 아주 나빴다. 육성 연락은 종료 신호 없이 끊겼다.

우주선은 계속해서 자동 정보 송신을 했다. 출발은 정상이었다. 우주 비행사들이 HKL과 정맥주사로 잠들어 있는 26일의 비행 기간 중 정상적인 보고가 계속 들어왔다. 사이키 탐사대에는 의료 감시 장치가 없었다. 승무원들과 유일한 연결 방법은 목소리를 이용한 접촉뿐이었다. 출발 후 이틀째 되는 날, 우주선에서 아무런 응답이 없자 계속 긴장하고 있던 휴스턴 사람들은 절망에 빠졌다.

지상 요원들이 우주선에 탑재된 자동 항법 장치를 조작해 사이키의 재진입 진로를 결정할 즈음 갑자기 스피커에서 휴즈의 목소리가 흘러나왔다. "휴스턴, 계기 눈금을 말해달라. 이곳은 광학 간섭이 심하다." 지상 요원들은 휴즈에게 지시를 내리려 해보았지만 휴즈가 한 조작은 재난 그 자체였고, 이를 보정하기 위해 지상에서 5시간 동안 조종을 맡아야 했다. 지상 요원들은 휴즈에게 손을 떼라고 한 뒤 자신들이 우주선 조종을 맡았다. 그리고 그 즉시 우주선에서는 다시금 연락이 끊겼다.

회색 태평양 위로 회백색 거대한 낙하산이 펼쳐졌다. 천국에서 천천히 떨어지는 장미였다. 빠른 속도로 불붙은 우주선은 비명과 함께 연기를 내뿜으며 넓고 깊은 물결 위로 곤두박질쳤다. 지상 조종반은 훌륭하게 일을 처리했다. 우주선은 캘리포니아호에서 0.5킬로미터 안쪽으로 떨어졌다. 헬리콥터가 선회하고 고무보트가 모여들었으며, 우주선이 자세를 바로잡으며 승강구가 열렸다. 아무도 나오지 않았다.

사람들이 우주선으로 들어가 승무원을 데리고 나왔다.

로저스 사령관은 HKL과 정맥주사에 연결된 채 조종석에 앉아 있었다. 사령관은 죽은 지 열흘 되었으며, 다른 승무원들이 사령관의 헬멧을 벗기지 않은 것도 이해가 되었다.

템스키 대위는 육체적으로는 멀쩡해 보였지만 멍하고 어리둥절한 표정이었다. 템스키 대위는 말을 하지 않았으며 지시에 아무런 반응도 보이지 않았다. 구조반은 템스키 대위를 억지로 끌고 밖으로 나와야 했지만 대위는 아무 저항도 하지 않았다.

휴즈 박사는 쇠약했지만 정신은 말짱했다. 박사는 눈이 먼 것처럼 보였다.

"제발……."

"볼 수 있습니까?"

"네! 제발 눈가리개를 주십시오."

"제가 보여주는 빛이 무슨 색인지 보입니까? 이게 무슨 색입니까, 휴즈 박사님?"

"모든 색입니다. 흰색이요. 너무 밝아요."

"그쪽을 가리켜보시겠습니까?"

"모든 쪽입니다. 너무 밝습니다."

"이 방은 아주 어둡습니다, 휴즈 박사님. 이제 눈을 좀 떠보십시오."

"어둡지 않습니다."

"흠. 과민 반응일 가능성이 크군요. 좋습니다, 그럼 이건 어떻습니까? 이 정도 어두우면 되겠습니까?"

"어둡게 해주십시오!"

"아니, 손을 내려주십시오. 진정하세요. 좋습니다, 압박붕대를 다시 감아드리겠습니다."

발버둥 치던 남자는 눈을 가리자마자 진정하더니 조용히 누워 헐떡였다. 한 달 동안 자란 수염에 덮인 그의 기다란 얼굴은 땀으로 번들거렸다. "미안합니다." 남자가 말했다.

"좀 안정된 후에 다시 하도록 하겠습니다."

"눈을 떠주십시오. 이 방은 아주 어둡습니다."

"어둡지 않은데 왜 그렇게 말씀하시는 겁니까?"

"휴즈 박사님, 전 박사님의 얼굴조차 제대로 볼 수가 없습니다. 검사기에 달린 흐릿한 붉은 조명 말고는 아무것도 없습니다. 제가 보이십니까?"

"아니요! 빛 때문에 볼 수가 없습니다!"

의사는 휴즈의 얼굴을 볼 수 있을 때까지 조명을 높였다. 꽉 다문 턱과 겁먹은 듯 번들거리는 눈동자가 보였다.

"자, 좀 더 어두워졌나요?" 의사가 무기력한 자를 비꼬는 말투로 물었다.

"아니요!" 휴즈가 눈을 감았다. 얼굴이 창백해져 있었다. "현기증이 납니다." 휴즈가 중얼거렸다. "눈앞이 빙글빙글 돕니다."

휴즈는 숨을 몰아쉬더니 토하기 시작했다.

휴즈는 독신이었으며 가까운 친척도 없었다. 휴즈의 가장 가까운 친구는 버나드 드셀리스로 알려졌다. 둘은 함께 훈련을 받았다. 휴즈가 사이키XIV의 전문가이듯, 드셀리스는 화성의 도시를 발견한 사이키XII 탐사대의 전문가였다. 드셀리스는 패서디나의 임무 보고 본부로 불려와 자신의 친구와 이야기를 나누라는 명령을 받았다. 물론 둘이 나눈 대화는 녹음되었다.

드: 안녕, 제리. 드셀리스야.

휴: 바니?

드: 좀 어때?

휴: 괜찮아. 넌 괜찮고?

드: 물론이지. 쉽지는 않았지?

휴: 글로리아는 어때?

드: 잘 지내, 아주 잘 지내지.

휴: 글로리아는 아직도 〈로디 이모〉를 연습하고 있어?

드: 〔웃음〕 기억하는군. 이젠 〈그린슬리브〉를 연주할 수 있어. 어쨌든 글로리아는 그걸 〈그린슬리브〉라고 불러.

휴: 여긴 웬일로 온 거야?

드: 널 보려고 왔지.

휴: 말만이라도 고맙군.

드: 쓸데없는 소리. 들어봐. 안과의 세 명을 만나봤어. 아니, 안

구 전문의라든가 눈 의사라든가 여하튼 그런 사람들이야. 그 사람들 말로는 네 눈은 아무 문제가 없다는 거야. 정확히 말하면 안구 전문의 세 명과 신경병리학자 한 명이지. 모두 한목소리로 말하더라고. 자신들이 내린 판단이 확실할 거라고.

휴: 그럼 문제 있는 건 내 뇌로군.

드: 아마도, 뇌 내의 교차부가 문제라는 의미에서는.

휴: 조 템스키는 어떤가?

드: 모르겠어. 만나보지 못했거든.

휴: 그 친구에 대해 뭔가 들은 소식은 없어?

드: 그 친구에 대해서는 의견이 분분한 모양이야. 그냥 말이 없어졌다고만 들었어.

휴: 그래, 맞아! 바위처럼 수줍어했지.

드: 템스키가 말인가? 그 농담꾼이?

휴: 그건 템스키부터 시작되었어.

드: 뭐가?

휴: 그곳에서였어. 템스키가 대답하는 걸 멈추었지.

드: 무슨 일이 일어났는데?

휴: 그냥 그거야. 템스키는 대답하는 걸 멈추었어. 말을 하지 않았다고. 보고도 하지 않고. 드와이트는 그게 우울증 때문이라고 생각했어. 의사들도 그렇게 말했어?

드: 그럴 가능성도 있다고 하더군. 그곳에서 또 뭔가 특이한 일은 없었어?

휴: 방을 발견했어.

드: 방? 아, 그래. 자네가 가져온 보고서에서 읽어봤어. 같이 가져온 홀로그램도 좀 보고 말이야. 멋지더군. 그런데 그게 뭐였어, 제리?

휴: 모르겠어.

드: 건축물이었어?

휴: 모르겠어. 도시 전체는 무엇일까?

드: 그건 누군가 세운 거야. 만든 거지. 그럴 수밖에 없잖아.

휴: 네가 그걸 어떻게 알지? 누가 만들었는지 모르면서 어떻게 그런 식으로 말할 수 있어? 조개껍질이 만들어진 건가? 만약 네가 모른다면, 아무런 배경 지식도 없고 어떤 유사성도 가정할 수 없다면, 그리고 네가 조개껍질하고 세라믹으로 만든 재떨이를 본다면 어느 것이 만들어진 것인지 구별할 수 있겠어? 그리고 왜 만들어졌는지 말할 수 있어? 그게 무슨 뜻인지 알 수 있겠어? 아니면 세라믹 조개껍질에 대해서는 뭐라고 할 건데? 말벌 둥지에 대해서는? 정동석은?

드: 그래, 알았어. 하지만 그런 것들은…… 그러니까 네가 보고서에 '비둘기 구멍'이라고 적어놓은 배열은 뭐였는지 말해줘. 홀로그램에서 보았어. 그게 뭐라고 생각해?

휴: 넌 그게 뭐라고 생각해?

드: 모르겠어. 이상하더라고. 의미 있는 패턴을 찾기 위해 컴퓨터로 공간 배열을 계산해볼까 생각해보았어……. 넌 그래봤자 별 소득이 없으리라 생각하겠지.

휴: 맞아. 어떤 '의미'를 찾기 위해 프로그램을 만들 건데?

드: 수학적 연관성이지. 기하학적 패턴이나 규칙, 코드 같은 거. 모르겠어. 그 장소는 어떤 곳 같았어, 제리?

휴: 모르겠어.

드: 그곳에 오래 있었어?

휴: 그곳을 발견한 뒤로는 쭉.

드: 그곳에서 지금의 시각 장애가 생긴 걸 알게 된 거야? 어떻게 된 거야?

휴: 초점이 안 맞기 시작했어. 눈이 피로했을 때처럼 말이야. 그 방 밖으로 나가면 더욱 심했어. 며칠 간격으로 그랬어. ML을 우주선에 실을 때까지는 그래도 사물을 제대로 볼 수 있었어. 하지만 점점 상태가 나빠졌지. 빛 같은 것이 번쩍이더니 시신경을 완전히 엉망으로 만들어놓았고, 점차 머리가 어지러워졌어. 드와이트와 내가 경로를 잡았고, 대부분의 시간 동안 둘 중 한 명은 정상이었어. 하지만 드와이트는 점점 난폭해졌어. 무선을 쓰고 싶어 하지 않았고, 우주선에 장착된 컴퓨터를 쓰는 것도 꺼려했어.

드: 대체…… 무슨 일이 있었던 거야?

휴: 모르겠어. 드와이트에게 내 눈에 대해 이야기했더니, 자기는 몸이 떨리며 발작 같은 게 난다고 하더군. 그래서 난 우리가 우주선을 띄울 수 있을 때 출발하는 게 낫겠다고 말했어. 드와이트는 좋다고 했어. 조가 진짜로 맛이 가기 시작했거든. 심지어 우리가 출발하기도 전부터 간질 비슷한 발작 같은 걸 일으켰어. 드와이트가 말이야. 발작이 끝난 뒤에는 몸을 부들부들 떨기는 했

지만 정신은 말짱해 보였어. 드와이트는 그곳을 떠나자는 우리 의견에 찬성했지만 도킹을 하자마자 또다시 발작이 났고 이번에는 좀 더 오래 지속되었어. 그리고 발작과 발작 사이에는 헛것을 보기 시작했어. 나는 드와이트에게 안정제를 주고 묶어놓았지. 발작 때문에 드와이트는 녹초가 되었어. 잘 모르겠지만 내가 잠이 들 무렵에 이미 죽었을지도 몰라.

드: 아니, 드와이트는 자면서 죽었어. 지구에서 열흘 정도 떨어졌을 때였어.

휴: 이곳 사람들이 그건 말해주지 않았어.

드: 네가 할 수 있는 건 아무것도 없었어, 제리.

휴: 모르겠어. 드와이트를 덮친 공격은 과부하와 같았어. 퓨즈가 한꺼번에 다 나가버린 것처럼, 완전히 타버린 거지. 발작 도중에 드와이트는 말했어. 아니, 토해내거나 짖었다고 하는 게 더 맞는 말일 거야. 문장 전체를 한꺼번에 말하려 애쓰는 것 같았어. 간질병 환자는 발작을 일으킬 때 말은 안 하잖아.

드: 모르겠군. 이제는 간질병 환자가 별로 없어서 그에 대해 들어볼 기회가 없으니. 간질병이 일어날 조짐이 보이면 미리 치료를 하거든. 만약 로저스가 그런 경향이 있었다면…….

휴: 그래. 그랬다면 이번 계획에 절대로 참여할 수 없었을 거야. 참 나, 그 친구는 우주 공간에 여섯 달 동안 있었다고.

드: 넌 엿새 동안 뭘 했어?

휴: 너와 같아. 달에 한 번 갔지.

드: 그럼 그건 아니군. 혹시 네 생각에…….

휴: 뭐?

드: 바이러스 같은 건 아닐까?

휴: 우주 역병? 화성 열병? 우주 비행사를 미치게 만드는 정체
불명의 포자?

드: 알았어. 멍청한 말을 했군. 하지만 보라고, 그 방은 밀폐되
어 있었어. 그리고 너희 팀의 행동은 흡사…….

휴: 드와이트는 대뇌피질에 과부하가 생겼고 조는 긴장성 분
열 증세를 보였으며 내 눈에는 이상한 것들이 보이기 시작했어.
그게 무슨 연관성이 있는 거지?

드: 신경 체계.

휴: 그럼 왜 각각 다른 증상을 보였을까?

드: 글쎄, 마약도 사람에 따라 다른 증상을…….

휴: 넌 우리가 거기서 화성인들의 향정신성 물질 같은 걸 발견
했다고 생각하는 거야? 거기에는 아무것도 없었어. 죽은 곳이었
어. 화성의 다른 지역과 마찬가지였다고. 알잖아, 너도 그곳에 있
었잖아! 거기에는 세균이나 바이러스 따위는 없어, 생명체 자체
가 없다고.

드: 하지만 예전에는 있었을…….

휴: 왜 그렇게 생각하지?

드: 네가 발견한 방을 생각해봐. 우리가 발견한 도시를 생각해
보라고.

휴: 도시! 맙소사, 바니, 무슨 싸구려 기자들처럼 말하고 있군
그래. 우리가 아는 한, 그곳은 모두 진흙 응고물에 지나지 않아.

잘 알면서 왜 그래? 우리가 구별할 방법이 없다고. 그것은 너무 오래되었고 상태가 너무 각각이라 상황 파악을 할 수가 없어. 우리는 이해하지 못해. 이해할 수 없다고. 그곳은 인간의 마음으로 파악할 수 없는 영역에 속해. 도시며 방들, 이 모든 것을 우리는 분석하고 우리 식으로 이해하려고 노력할 뿐이야. 하지만 우리 용어로는 설명할 수 없어. 이해할 수 없다고. 이제 난 그걸 볼 수 있어. 그게 내가 볼 수 있는 유일한 거야!

드: 뭘 본다는 거야, 제리?

휴: 내가 눈을 뜰 때 보이는 거!

드: 뭔데?

휴: 그곳에 없으며 논리에 닿지 않는 모든 것. 아 나는⋯⋯.

드: 이봐, 정신 차려. 침착하라고. 괜찮을 거야. 괜찮아질 거야, 제리. 괜찮아.

휴: 〔명확하지 않음〕빛 그리고 〔명확하지 않음〕내가 만지는 것을 보려고 노력하고, 나는 이해 못 하고 이해할 수 없으며 나는 〔명확하지 않음〕할 수 없어.

드: 정신 차려. 나 여기 있어. 침착하라고, 친구.

천체 물리학 전공으로 우주 프로그램에 참여한 휴즈는 아주 성적이 좋았다. 사실대로 말하면, 월등하다고 할 정도였다. 하지만 이 때문에 휴즈의 군대 상관 상당수는 골머리를 앓았다. 군대에서 높은 지능이란 불안정과 불복종을 의미했기 때문이었다. 휴즈의 성과는 훌륭했으며 행동은 나무랄 데 없었다. 하지만 이제는 휴즈의 지능이 높다는 사실이 종종 거론되곤 했다.

템스키는 더 설명하기가 어려웠다. 템스키는 시험 비행사이자 공군 대위이며 야구 팬이었지만 이제 그는 휴즈보다 더 이상했다.

템스키가 하는 일이라고는 앉아 있는 것뿐이었다. 템스키는 자신을 돌보려는 인간의 기본적 욕구에 의해 본능적으로 행동했다. 즉 배가 고프고 먹을 것이 있으면 손가락으로 음식을 먹었다. 배설하고 싶으면 구석에 가서 볼일을 보았다. 졸리면 바닥에 누워 잠을 잤다. 나머지 시간에는 앉아 있었다. 템스키는 건강했으며 아주 차분했다. 그 어떤 말을 해도 아무런 반응을 보이지 않았으며 벌어지고 있는 일에 무관심했다. 사람들은 템스키가 어떤 반응을 보이지 않을까 하는 마음에 부인을 데려와보았다. 5분 뒤, 사람들은 훌쩍이는 부인을 데리고 나가야만 했다.

템스키는 아무런 반응을 보이지 않았고, 죽은 로저스는 반응을 보일 수 없었기 때문에, 사람들이 휴즈에게 어떤 반응을 기대하는 것은 너무나도 당연했다.

휴즈에게는 심리적 시각 장애로 보이는 것 말고는 잘못된 것이 아무것도 없었으므로 사람들은 휴즈가 질문에 이성적으로 대답하고, 무슨 일이 벌어졌는지 정확히 설명하리라 기대했다. 하지만 휴즈는 이 일을 할 수 없었다. 아니, 어쩌면 하지 않으려 한 것일 수도 있었다.

셔피어라는 유명한 정신과 의사가 뉴욕에서 초빙되었다. 사람들은 셔피어에게 템스키와 휴즈의 치료를 요청했다. 이번 임무가 실패('재난'이라는 단어는 언급조차 되지 않았다)라는 사실을 인정하는 것은 당연히 말도 안 되었지만 모든 보안 조치를 취했음에도 언론으로 몇 가지 소문이 흘러 들어갔다. 무책임한 기자 몇몇은 왜 사이키XIV의 승무원이 독방에 감금되어야 하는지 알고 싶어 했으며 미국 국민들의 알 권리 따위에 대해 주장했다. 심장마비로 인한 로저스 사령관의 뜻하지 않은 비극적 죽음으로 인해 우주에서 보름 이상 보낸 우주 비행사들은 새로운 건강 진단을 받으라는 내용의 공문을 만들고, 대중들의 지지를 유지하기 위해 화성의 돔 도시인 '리틀 아메리카'에 대한 계획을 다룬 일련의 기사를 신문에 실어야 했다. 하지만 물론 사태를 알고 있는 사람들은 사이키 프로그램이 폐기될 위기에 처해 있다는 사실을 알고 있었다. 그리고 그 사람들은 셔피어 박사에게 서둘지 말고 우주 비행사들을 진단하고 치료하라고 지시했다.

셔피어는 휴즈와 병원의 음식, 칼텍, 알파 센타우리 탐사선에 대한 중국인들의 최근 보고서 따위 사소한 일들에 대해 30분간 느긋하게 이야기를 나누었다. 이윽고 셔피어가 말을 했다. "눈을 떴을 때 뭐가 보입니까?"

방금 일어나 옷을 입은 휴즈는 잠시 입을 다문 채 앉아 있었다. 눈을 온통 뒤덮고 있는 불투명한 보호 안경 덕분에 휴즈는 어두운 색안경을 즐겨 쓰는 사람처럼 건방지고 사람을 쏘아보는 듯한 인상을 주었다. "그런 질문을 한 사람은 아무도 없었습니다." 휴즈가 말했다.

"안과 의사가 하지 않았나요?"

"했습니다. 크레이는 했던 것 같군요. 처음에요. 눈이 안 보이는 게 심리적인 것이라 결론짓기 전이었습니다."

"뭐라고 대답했나요?"

"설명하기 어렵군요. 요점은, 말로 표현할 수 없다는 겁니다. 처음에는 초점이 맞지 않으면서 투명해지고, 안 보이게 되죠. 그리고 빛이 보입니다. 너무 많은 빛이에요. 과다 노출된 필름처럼 모든 것을 표백해버립니다. 하지만 동시에, 현기증 같은 것이 일어납니다. 위치와 관계가 바뀌고, 원근 감각이 바뀌고 계속 변화가 일어납니다. 그 때문에 눈이 핑핑 돌 지경입니다. 추측건대, 제 눈은 계속해서 신호를 내이로 보낼 겁니다. 내이 질병 때처럼 말이죠. 단지 상황이 반대일 뿐이죠. 그 병에 걸리면 방향 감각이 엉망이 되지 않나요?"

"아마 메니에르 증후군이라고 할 겁니다. 맞아요, 그렇게 부릅니다. 계단과 경사진 곳에서 그런 현상이 더 심해지죠."

"흡사 아주 높은 곳에서 내려다보는 기분이 들기도 하고…… 또는 아주 높은 곳으로…….."

"높은 곳을 무서워한 적 있습니까?"

"천만에요. 높이라는 건 제게 아무런 의미가 없습니다. 우주에서 위아래가 무슨 의미가 있겠습니까. 이런, 제가 상황 설명을 제대로 못 하고 있군요. 뭐라고 해야 할지 모르겠습니다. 저는 더 많이 보려고, 그리고…… 어떻게 보는지 배우려고 노력했지만…… 별 효과가 없었습니다."

잠시 침묵이 흘렀다. "용기가 필요한 일이죠." 셔피어가 입을 열었다.

"무슨 뜻입니까?" 우주 비행사가 날카롭게 되물었다.

"그러니까…… 의식 있는 존재에게 가장 중요한 감각 기관인 시각이 촉각, 청각, 균형 감각 따위 다른 감각 기관과 반대로, 존재하지 않고 이해할 수 없는 대상을 인지하고, 눈을 뜨려고 할 때마다 계속해서 그런 상태로 있다면, 그리고 그런 상태로 살아가야만 할 뿐 아니라 그 감각이 보내는 신호를 조사하려고 시도한다면 말입니다……. 쉬울 것 같진 않군요."

휴즈가 뚱한 목소리로 말했다. "그래서 대부분의 경우, 전 눈을 감고 있습니다. 나쁜 것을 보지 못하는 원숭이*처럼 말이죠."

"눈을 떴을 때, 당신이 알고 있는, 예를 들어 당신 손 같은 물체가 눈앞에 있을 경우엔, 뭐가 보이나요?"

"'꽃이 만발하고 윙윙거리는 혼란'이요."

"윌리엄 제임스**로군요." 만족스러운 목소리로 셔피어가 말했다. "갓난아이가 세상을 어떻게 감지하는가에 대한 표현이었죠, 맞나요?" 셔피어는 부드럽고 싹싹한 목소리로 넌지시 말했다. 그가 다른 사람을 나무라거나 고함치는 장면은 상상하기 어려웠다. 셔피어는 휴즈가 한 말의 의미를 생각하며 몇 번인가 고개를 끄덕였다. "어떻게 보는지를 배운다고 말했죠? 배운다. 그에 대해 당신은 그렇게 생각하고 있는 건가요?"

---

*일본 닛코 도쇼궁에 있는 유명한 조각. 눈을 가린 원숭이, 귀를 막은 원숭이, 입을 막은 원숭이가 있다.
**영국의 심리학자, 철학자.

휴즈는 망설이더니 돌연 강한 신뢰를 내보이며 말했다. "그래야만 합니다. 그 밖에 제가 무엇을 할 수 있겠습니까? 전 이제 제가 보아왔던 방식으로, 다른 사람들이 보는 방식으로 사물을 볼 수 없을 겁니다. 하지만 전 여전히 '보고' 있습니다. 단지 제가 보는 것을 제 자신이 이해할 수 없기 때문에 아무 의미 없이 다가올 뿐입니다. 외형도 구분도, 심지어는 멀고 가까운 것도 구별할 수 없습니다. 하지만 뭔가 있습니다. 단지 그게 뭔지 말로 할 수 없을 뿐이지요. 어떤 '사물'이 보이는 게 아니기 때문입니다. 형태가 없어요. 하지만 저는 형태 대신 변화를, 변형을 볼 수 있습니다. 어쨌든 의미가 있지 않겠습니까?"

"그렇죠." 셔피어가 말했다. "단지 직접 경험을 통해 말로 옮기기가 엄청나게 어려울 뿐이죠. 그리고 그 경험이 새롭고 독특하고 압도적이며…….."

"그리고 불합리하지요. 그래요." 휴즈는 이제 고마워하는 마음으로 말했다. "보여줄 수 있으면 좋겠습니다만." 휴즈가 생각에 잠기며 말했다.

두 우주 비행사는 메릴랜드에 있는 커다란 군 병원 10층에 수용되었다. 둘은 10층에서 나와 다른 곳으로 갈 수 없었으며 둘을 방문한 사람들은 누구든지 외부로 나가기 전에 열흘 동안 격리되어 있어야 했다. 현재 가장 그럴듯한 것은 화성 역병론이었다. 셔피어의 주장에 따라, 휴즈는 병원 위층에 있는 옥상 정원에 가는 것이 허용되었다(병원 측은 휴즈가 사용한 엘리베이터를 꼼꼼히 소독했으며 사흘 동안 사용하지 않았다).

병원 측에서는 휴즈에게 외과용 마스크를 쓰도록 했다. 그리고 셔피어는 휴즈에게 보호 안경을 쓰지 않을 것을 부탁했다. 휴즈는 고분고분히 입과 코를 가린 상태로 엘리베이터에 올라탔다. 휴즈는 눈을 가리지는 않았지만 굳게 감고 있었다.

셔피어가 볼 때, 엘리베이터의 어스레한 열린 지붕 위로 7월의 스모그 낀 대기를 통과해 들어오는 뜨거운 햇살은 감은 눈에 별 영향을 주지 못했다. 휴즈는 밀려드는 빛을 막기 위해 눈을 더 꼭 감는 대신 피부로 다가오는 열을 상쾌하게 느끼듯 얼굴을 들더니 얼굴을 가린 가제 안쪽으로 심호흡을 했다.

"3월 이후 밖으로 나온 적이 없습니다." 휴즈가 말했다.

그건 사실이었다. 지금까지 휴즈는 우주복 또는 병실 안에 있으면서 냉난방된 또는 산소통 안의 공기를 들이마셨다.

"어느 방향을 향하고 있는지 알겠습니까?" 셔피어가 물었다.

"전혀요. 바깥에 나와 있으면 더 장님이 된 기분입니다. 가장자리로 가서 발을 헛디딜까봐 겁나거든요." 휴즈는 복도를 지나 엘리베이터를 타는 데까지는 부축받기를 거부하고 능숙하게 손으로 더듬으며 길을 찾아왔으며, 이제 떨어질까 겁난다는 농담을 하면서도 옥상 정원을 탐색하기 시작했다. 활발한 성격의 휴즈는 오랜 감금 생활에서 벗어난 덕에 들떠 있었다. 셔피어는 생각에 잠긴 채 휴즈를 지켜보았다. 휴즈에게 낮은 가구는 위험했지만, 그런 가구를 어떻게 느껴야 하는지 그는 즉시 배웠다. 휴즈는 촉각적 인지 능력이 뛰어났다. 비록 눈이 안 보여 허둥대기는 했지만 동작에는 우아함이 배어 있었다.

"눈을 떠보겠습니까?" 주저하는 목소리로 셔피어가 넌지시 말했다.

휴즈가 걸음을 멈추었다. "알았습니다." 휴즈가 말했다. 하지만 휴즈는 셔피어 쪽으로 돌아서더니 더듬더듬 오른손을 내밀었다. 셔피어가 앞으로 다가와 자신의 팔을 잡도록 했다.

휴즈는 셔피어의 팔을 단단히 잡은 채로 눈을 떴다. 이윽고 휴즈는 손을 놓고 두 팔을 뻗으며 한 걸음을 떼었다. 휴즈에게서 비명이 터져 나왔다. 휴즈는 몸을 위로 쭉 뻗고 고개를 젖힌 채 눈을 크게 뜨고 텅 빈 하늘을 바라보았다. "이런, 맙소사!" 휴즈는 이렇게 속삭이더니 철퇴에 맞은 사람처럼 쓰러졌다.

정신의학 상담, 7월 18일, 시드니 셔피어, 저렌트 휴즈.

셔: 잘 지냈습니까, 시드니입니다…… 오래 있진 않을 겁니다. 지난번은 그리 현명한 생각이 아니었어요. 옥상 말입니다. 미안합니다. 몰랐어요. 그렇다고 옳았다는 건 아니고…… 제가 없는 게 편하시겠습니까?

휴: 아니요.

셔: 다행이군요…… 이곳에 갇혀 있다보니 머리가 이상해지는 것 같습니다. 산책을 할 필요가 있어요. 평소 저는 꽤 많이 걸어 다닙니다. 2마일 떨어진 사무실까지 걸어서 출퇴근을 하지요. 거기다 빙 돌아오기까지 합니다. 남들이 뭐라든 간에 뉴욕은 걷기에 아름다운 도시예요. 걷기에 적당한 길을 어떻게 선택해야 하는지 안다면 말이죠. 자, 조 템스키에 관한 별난 이야기를 해드

리겠습니다. 아니, 정확히 말한다면, 이야기가 아니라 그냥 별난 사실이죠. 템스키의 기록에 '기능상 청각 장애'라고 적혀 있는 걸 아십니까?

휴: 청각 장애라고요?

셔: 네, 청각 장애. 저도 궁금해지기 시작한 참이었지요. 아시겠지만 전 템스키를 만나 이야기를 나누고 만져보고 눈을 맞춰보려는 등 할 수 있는 모든 수단을 동원해 템스키와 접촉하려고 노력했습니다. 소용없더군요. 제가 맡았던 환자들 중에는 분명하게 "저는 당신 말을 들을 수 없습니다"라고 말했던 사람들이 있습니다. 은유법이죠. 하지만 그게 은유가 아니라면요? 지진아라 불리는 어린아이의 경우 가끔 그런 현상이 나타나기도 합니다. 그런 아이들은 30퍼센트, 60퍼센트, 80퍼센트 정도 듣는 데 기능 장애가 있어요. 아마도 템스키는 정말로 제 말을 들을 수 없을 겁니다. 당신이 저를 볼 수 없듯이 말이에요.

휴: [40초에 걸쳐 침묵] 그건 템스키가 사물의 소리를 들을 수 있단 말인가요?

셔: 가능합니다.

휴: [20초에 걸쳐 침묵] 귀를 닫을 수는 없습니다.

셔: 저도 그렇게 생각합니다. 무척 성가시겠죠? 그러니까, 제가 생각한 것은 템스키를 위해 귀를 막아주면 어떨까 하는 것이었습니다. 귀마개를 꽂아주는 거지요.

휴: 그래도 당신 말을 듣진 못할 겁니다.

셔: 그렇죠, 하지만 정신이 산만해지지는 않겠지요. 만약 당신

이 계속해서 빛을 보고 있다면 저나 다른 사물에 대해 정신을 집중할 수 없을 겁니다. 그렇죠? 아마 템스키도 마찬가지겠지요. 템스키의 귀를 막아준다면 다른 잡신호들은 모두 사라질 겁니다.

휴: 〔20초에 걸쳐 침묵〕 그건 단순한 잡신호가 아닙니다.

셔: 당신이 옥상에서 말하려 했던 것이······. 아니요, 됐습니다.

휴: 제가 무엇을 보았는지 알고 싶은 거죠?

셔: 물론 그렇습니다. 하지만 말할 마음이 생기면 그때 하세요.

휴: 그렇죠. 전 여기서 당신과 이야기하는 것 말고도 해야 할 일이 아주 많습니다. 읽어야 할 책도 많고 절 기다리고 있는 미녀들도 많거든요. 그리고 당신은 결국 제가 말할 거라는 걸 아주 잘 알고 있지요, 제가 얘기할 상대라고는 당신 말고는 없으니까.

셔: 이런, 맙소사, 저렌트. 〔10초에 걸쳐 침묵〕

휴: 제길. 미안해요, 시드니. 만약 당신과 얘기할 수 없었다면 난 완전히 망가졌을 겁니다. 알고 있어요. 당신은 아주 잘 참아줬습니다.

셔: 당신이 위에서 본 게 뭔지는 몰라도 그게 당신을 혼란스럽게 만들었어요. 그렇기 때문에 난 그게 뭔지 알고 싶은 겁니다. 하지만 당신 혼자서도 그 상황을 잘 처리할 수 있다면, 그렇게 해요. 결국은 그게 옳은 방법입니다. 내 호기심은 내 문제지 당신 문제가 아니니까요! 자, 대화에 대해서는 잊어버립시다. 《사이언스》에 나온 이 기사를 읽어드리지요. 우드 대령이 건네주면서 당신이 흥미 있어 할 거라고 말하더군요. 난 재미있게 읽었습니다. 아르헨티나 운석에 대한 기사인데, 필자들은 6억 년 전 우리 태

양계를 파멸로 몰고 간 성간 횡단 함대의 잔해를 찾기 위해 유성대를 자세히 조사해야 한다고 제안하고 있습니다. 물론 그 선단은 화성에 먼저 착륙했을 겁니다. 이 사람들이 미친 건가요?

휴: 모르겠습니다. 기사를 읽어주시죠.

템스키는 깊이 잠들어 있었기 때문에 셔피어는 불면증 환자가 잘 때 귀에 꽂는 보통 귀마개를 힘들이지 않고 템스키의 귀에 꽂을 수 있었다. 템스키가 잠에서 깨었을 때 처음에는 평소와 다른 점이 아무것도 없었다. 일어나 앉아 하품을 하고 기지개를 켜고 몸을 긁은 다음 근처에 뭔가 먹을 것이 없나 주위를 두리번거렸다. 셔피어는 템스키의 행동이 지금껏 자신이 보아온 그 어떤 정신병 환자의 행동과는 닮지 않았다고, 아니 정확히 말하면 지금껏 인간들이 해온 그 어떤 행동과도 닮지 않았다고 생각했다. 템스키를 보고 셔피어는 건강하고 침착하며 만족해하는, 길들여진 동물을 떠올렸다. 침팬지는 아니었다. 더 온순하고 더 사색적인 동물, 오랑우탄에 가까웠다.

하지만 이 오랑우탄은 불편해하기 시작했다.

템스키는 초조한 눈으로 좌우를 둘러보았다. 아마도 둘러보는 것이 아니라 사라진 소리를 찾으려 애쓰며 머리를 움직이는 모양이었다. 갑자기 화음이 사라진 거야, 셔피어가 생각했다. 템스키는 점점 더 혼란스러워하고 경계심을 높였다. 템스키는 여전히 머리를 돌리며 일어섰다. 템스키가 방 저편을 바라보았다. 날마다 템스키와 접촉을 시도한 열이레 동안 처음으로 템스키는 셔피어를 보았다.

불안 때문인지 아니면 어리둥절함 때문인지 템스키의 잘생긴 얼굴이 일그러졌다.

"여기가, 여기가……." 템스키가 말했다.

조용한 원인을 찾기 위해 귀를 더듬던 템스키는 귀마개를 찾아내곤 하나를 빼냈다. 그것으로 충분했다. "아하." 템스키는 이렇게 말하고 가만히 서 있었다. 템스키의 눈은 여전히 셔피어를 향해 있었지만 셔피어를 보고 있지는 않았다. 템스키의 얼굴에서 긴장이 풀어졌다.

다음번 시도는 더 성공적이었다. 처음에는 어리둥절해했지만, 템스키는 인위적으로 귀머거리가 된 동안에는 협조적이었으며 접촉, 신호 그리고 마침내는 글을 통해 의사소통을 하려는 셔피어의 시도에 즉각적으로 반응했다. 그런 식으로 다섯 번에 걸쳐 만난 뒤, 템스키는 약물을 이용해 약 5시간 동안 청각 세포를 마비시켜 좀 더 길게 만나자는 제안을 받아들였다.

그리고 그런 식으로 만나는 두 번째 회합에서 템스키는 휴즈를 보게 해달라고 요청했다. 셔피어는 이미 두 우주 비행사가 서로 대화를 할 수 있다면 그렇게 하도록 하라는 명령을 받은 상태였다. 만약 둘이 자유롭게 이야기를 주고받을 수 있다면 좀 더 많은 정보를 얻어낼 수 있으리라는 생각에서였다. 템스키는 인위적으로 귀머거리가 된 상태였기 때문에 휴즈는 글로 써야 했다. 휴즈는 대화 도중 자신이 말하는 내용을 휴대용 타자기로 쳤다. 하지만 쓰레기통에서 발견된 모든 자료와 테이프에 녹음된 템스키의 대화 내용을 완벽하게 대조할 수는 없었다. 둘은 대부분 지구로 귀환하던 때와 로저스 사령관의 병과 죽음에 관해 이야기했다. 템스키가 기억하지 못하는 내용이었다. 휴즈는 자신이 새로운 정보를 얻기 전에 했던 식으로 이 모든 내용을 템스키에게 설명해주었다. 둘은 다음을 제외하고는 '방'(D지역)이나 자신들의 신체 장애에 대해 이야기하지 않았다.

템: 그건 안이 아니었어, 그렇지?

휴: 만약 안이었다면 귀마개가 자네 청력을 높여주었을 거야.

템: 그럼 그건 진짜로군.

휴: 제길, 맞아.

템: 사람들이 내 귀에 처음 귀마개를 꽂았을 때, 깨어보니 지금처럼 조용하더군. 정말로 섬뜩했어. 내가 있던 곳에서 돌아오기까지 꽤 오랜 시간이 걸렸지. 하지만 난 다시 돌아오고 싶지 않았어. 그런데 많은 시간이 흘렀다는 사실을 셔피어에게서 듣자 나는 이곳이 지구라는 걸 알았어. 그 때문에 섬뜩했지. 그리고 어쩌면 이 모든 것은 일종의 환각일지도 모른다고 생각했어. 맙소사, 내가 미친 건가? 그런 생각을 하면 겁이 나. 나는 내 안에 서로 다른 둘이 있다는 생각이 들었어. 그래서 그 둘을 하나로 만들려고 노력했지만 곧 알게 됐지, 그건 나뉜 게 아니라 단지······.

휴: 변화지.

템: 바로 그거야, 그것이 날 변화시켰어, 변하게 만들었다고. 그건 진짜야. 왜냐면 내가 들을 수 있게 되자 난 그것을 듣고 있어.

자네가 볼 수 있을 때 자네가 보는 것 그거야. 그렇지? 달리 말하면, 그건 진짜라는 거야. 우리가 그것을 듣지 않거나 보지 않기 위해서는 인위적으로 귀머거리나 장님이 되어야 해. 그렇지 않아?

〔쓰레기통에서 찾아낸 글에서는 휴즈가 타자 친 다음 내용을 알아볼 수 없다.〕

휴: ······.

템: 어, 아냐. 아름다워. 그것을 얻기 시작할 때까지 긴 시간이 걸렸어. 적어도 나는 오래 걸렸다는 것을 알고 있어. 처음에는 아무 의미도 없어 보였지. 맙소사, 처음에는 어쩔 바를 모른 채 겁이 났어. 자네나 드와이트가 뭔가 말했을 때 자네 목소리 주변으로는 온통 이런 식의 화음이 있었어. 프리즘 주위로 무지개가 가득 떠서 프리즘조차 볼 수 없는 상태처럼 말이야. 그래, 자네도 그런 식으로 느끼지? 그건 같아. 단지 이건 듣는 것과 관련된 거야. 모든 것이 이 음악으로 바뀌는 것과 같아. 단지 이것은 음악이 아니라······. 처음에는 내가 말했듯이 그것을 어떻게 들어야 할지 몰랐어. 내 우주복 무전기가 고장 났다고 생각했지! 맙소사! 〔웃음〕 나는 패턴, 변화, 변형 같은 것들을 따라잡을 수 없었어. 너무나 달랐으니까. 하지만 난 배웠어. 귀를 기울일수록 더 많이 들을 수 있어. 자네도 들을 수 있으면 좋겠는데. 자네는 우리가 화성을 떠난 지 두 달이 되었으니 어쩌니 하며 여러 가지를 말했지, 제길, 난 자네 말을 믿어. 하지만 그건 중요한 게 아니야. 진짜로 중요한 게 아니라고. 그렇지 않아, 제리?

휴: ······.

템: 나도 자네가 보는 식으로 그걸 볼 수 있으면 좋을 텐데. 정말 멋질 거야. 하지만 말해두는데, 난 사람들이 그것에서 날 꺼내준 게 기뻐, 지금처럼 날마다 말이야. 내 생각엔, 그런 식으로 될 수밖에 없었다고 봐. 나는 뭐랄까, 잘 모르겠지만, 흠뻑 빠졌고, 너무 많이 압도당했어. 우리는 제대로 만들어진 게 아니야. 아마 충분히 강하지도 않을 거야. 최소한 처음에는 말이지. 모든 걸 즉시 받아들일 수는 없어. 내가 그것과 떨어져 있을 때 하고 싶은 건 그것에 대해 뭔가라도 쓰려고 노력하는 거야.

휴: ······.

템: 아니, 아니야. 하지만 그게 음악일 필요는 없어. 봐, 그건 음악이 아니야. 내가 말하는 건 단지 설명하는 방법일 뿐이라고. 그것은 아름다우니까. 난 그것을 말로도 표현할 수 있으리라고 봐. 더 멋지게 말이야. 그것이 뜻하는 바를 말하는 거지.

휴: ······.

템: 뭐가 두렵다고?

버나드 드셀리스와 그의 아내는 격리 구역 안으로 들어가 휴즈를 만날 순 없었지만 이틀에 한 번씩 전화를 했다. 7월 27일, 휴즈와 드셀리스는 사이키XIV 탐사의 D지역, 즉 방에 대해 중요한 이야기를 나누었다. 드셀리스가 말했다. "만약 내가 16팀에 껴서 그 빌어먹을 장소를 보지 못한다면 난 미쳐버릴 거야."

"백문이 불여일견이지." 휴즈가 말했다. 예전과 달리 흥분하지 않았으며 간단명료하면서 좀 더 비꼬는 투로 말했다.

"봐, 제리. 그 비둘기 구멍에 기계가 있었어?"

"천만에."

"하! 자신에 찬 대답이로군! 난 네가 D지역에 대해 말할 때 인간이 이해할 수 없는 곳이라는 점만 빼고 그 어느 것도 확실하게 단언하지 않을 거라고 생각했는데 말이야. 이제 좀 그 주장이 누그러진 건가?"

"아니. 배우는 중이야."

"뭘 배우는데?"

"보는 방법."

잠시 뒤 드셀리스가 조심스레 물었다. "뭘 보는데?"

"D지역. 그게 내가 볼 수 있는 전부거든."

"네 말은, 네가 보는 게, 그러니까 네가 눈을 떴을 때……."

"아니." 휴즈가 지친 목소리로 마지못해 대답했다. "그보다 더 복잡해. 난 D지역을 보는 게 아니야. 내가 보는 건…… D지역 주변의 빛 배치 안에 있는 세상이야…… 새로운 빛이지. 네가 질문을 해야 할 사람은 내가 아니라 조 템스키야. 그런데 네가 말했던 것처럼 비둘기 구멍에 대해 '앨지'로 분석해본 적은 있어?"

"프로그램을 짜는 데 문제가 있었어."

"그럴 줄 알았어." 짧게 웃으며 휴즈가 말했다. "이쪽으로 가져와봐. 내가 만들어주지. 눈가리개를 하고 말이야."

템스키는 밝은 얼굴로 휴즈의 방으로 들어섰다. "제리, 해냈어."

"뭘 말이야?"

"모두 들을 수 있어. 난 네 말을 들었어. 아니, 입술로 알아듣는 게 아니야. 등을 돌리고 뭔가 말해봐. 어서!"

"프토마인 중독."

"프토마인 중독. 맞아? 봐, 네 말을 듣잖아. 그렇다고 음악이 안 들리는 것도 아니야. 둘 다 들을 수 있게 되었다고!"

금발에 푸른 눈인 템스키는 평상시에도 잘생긴 남자였다. 하지만 지금은 어디에 비할 나위 없이 멋졌다. (비록 통풍구 안의 감시 카메라는 템스키를 볼 수 있었고 또 그렇게 했지만) 휴즈는 템스키를 볼 수 없었다. 하지만 휴즈는 템스키 목소리에 깔린 떨림을 들을 수 있었고, 그 목소리에 감동받았고, 또 겁이 났다.

"눈가리개를 벗어, 제리." 부드럽고 활기찬 목소리가 말했다.

휴즈는 고개를 저었다.

"자네 안의 어두운 곳에 영원히 있을 수만은 없어. 나오라고. 장님을 택할 수는 없는 거야."

"왜 안 되지?"

"빛을 본 뒤는 그럴 수 없어."

"무슨 빛?"

"우리가 느끼고 알게끔 가르쳐준 빛, 단어, 진실 말이야." 부드럽고 확신에 찬 템스키의 목소리는 햇볕처럼 따스했다.

휴즈가 말했다. "꺼져. 꺼져버려!"

사이키XIV가 착수한 뒤로 12주가 흘렀다. 연구소 직원들에게는 지루하다는 것 말고 다른 걱정거리는 없었다. 그리고 휴즈의 상태는 더 나빠지지 않았고 템스키는 이제 완전히 회복되었다. 사이키XIV의 승무원들에게 영향을 끼친 것이 무엇인지 알수는 없었지만 바이러스나 포자, 박테리아 또는 기타 생체 매개체에 의한 것은 아닌 듯했다. 셔피어 박사를 포함한 연구소 다수의 직원들은 여러 가지 단서를 단 잠정적 가설을 받아들였다. 특정 파장의 섬광 따위가 뇌 기능 장애를 일으키는 것과 유사하게, 사이키XIV의 승무원들이 D지역, 즉 방에 오래 머물며 연구를 계속하는 동안 그곳을 이루는 요소들의 배열 무언가가 승무원 셋에게 상당한 정도의 뇌파 손상을 일으켰다는 내용이었다. 전문가들은 사이키XIV의 승무원들이 찍어 온 홀로그램을 유심히 검토했지만 정확히 방의 어떤 요소가 그런 작용을 했는지는 아직 알아내지 못했다. 사이키XV가 그곳을 좀 더 철저히 검사하기로 했고, 우주 비행사들을 보호, 감시하기 위해 철저한 예방조치가 취해졌다.

D지역에서 의심이 되는 요소들은 너무나 많았다. 그러나 서로 복잡하게 관련되어 있었기 때문에 혼자서 그것들을 정리 정돈하기란 불가능에 가까웠다. 몇몇 화성 지질학자들은 방의 독특한 성질은 단지 지질학적 우연에 불과하며, 방이 우리에게 말하고 있는 정보는 바위 지층, 나무 울타리, 스펙트럼 선들이 아주 아름답고 정교하다는 내용 따위일 뿐이라고 믿었다. 다른 사람들은 지성체가 도시를 세웠으며, 도시 연구를 통해서 6억 년전(방사성 붕괴를 조사한 덕분에 D지역의 연대를 정확히 알 수 있었다)에 살았던, 수수께끼에 휩싸인 지성체의 본성과 생각하

는 방식을 배울 수 있으리라 확신했다. 하지만 그 일을 하기란 무척 어려웠다. 스미소니언 연구소의 T. A. 뉴먼은 그 상황을 다음과 같이 표현했다. "고고학자는 도자기 파편, 부싯돌 조각, 담벼락 하나, 무덤 한 채 등 아주 간단한 것으로부터 많은 정보를 끌어내곤 한다. 하지만 우리가 만난 고대 문명이 아주 복잡하다면, 기술 문명 말고 다른 방면으로 복잡하다면 어떻게 해야 할까? 셰익스피어의 《햄릿》을 예로 들어보자. 그리고 햄릿의 사본을 발견한 고고학자가 인간이 아니고, 책이나 연극도 없으며, 우리와 같은 방식으로 말하지도 쓰지도 생각하지도 않는다고 가정해보자. 그럴 경우, 복잡성과 목적의식이 뚜렷한 물건이면서 어떤 요소는 반복이 되고 또 어떤 요소는 반복되지 않으며, 줄 길이 등 어느 정도 규칙성이 있는 조그만 인공물을 그들은 무엇이라고 생각할까? 그들이 어떻게 《햄릿》을 이해할 수 있을까?"

'햄릿 이론'을 받아들인 사람들이 최초로 택할 수 있는 쉬운 방법은 컴퓨터를 이용한 분석이었다. 그리고 그런 사람들은 수많은 컴퓨터를 써서 비둘기 구멍의 간격, 크기, 깊이, 배열, 처음, 중간, 세 번째 부속실의 비율, 전체로 보았을 때 방의 독특한 음향적 특성 등 D지역의 여러 가지 요소를 분석했다. 하지만 드셀리스와 휴즈가 만들어 나사NASA의 신형 앨지브레익V에 돌린 프로그램을 제외하고 다른 프로그램들에서는 D지역에 있는 형태 분포에 대해 합리적인 해석을 내놓지 못했다. 그리고 드셀리스와 휴즈가 얻어낸 결과 역시 합리적이라 할 수는 없었다. 사실, 컴퓨터가 내놓은 결과에 나사의 고급 간부들은 진저리를 쳤

고, 드셀리스가 낸 결과를 미리 본 몇몇 과학자들은 크게 비웃고
는, 그 결과가 아마도 거짓일 것이며 사람들을 당황하게 만들 거
라는 명목으로 발표를 금지시켰다. 컴퓨터가 인쇄한 내용은 다
음과 같았다.

실행
화성 D지역 9구역 비둘기 구멍
드셀리스 휴즈

신

좋은 신 신 좋은 당신은 신이다

리셋
전체 리셋 터무니없는 내용
의미 없는 내용 인지함 진짜 좋은 신 의미 없음

수용 방향 감지

정보 없음을 알리는 작업 진행

신 신 신 신 신 신

실행 끝

셔피어가 방에 들어섰을 때 휴즈는 침대에 누워 있었다. 요즘 들어 휴즈는 대부분의 시간을 그런 상태로 보냈다. 검은 보호 안경을 쓴 휴즈는 창백하고 아파 보였다.

"과로한 것 같더군요."

휴즈는 아무 대답도 하지 않았다.

셔피어가 자리에 앉았다. "센터에서는 날 뉴욕으로 돌려보내려 합니다." 앉자마자 셔피어가 입을 열었다.

휴즈는 아무 대답도 하지 않았다.

"아시겠지만, 템스키는 퇴원했습니다. 지금 플로리다로 돌아가는 중이에요. 아내와 함께요. 센터에서 당신을 어떻게 할지는 잘 모르겠습니다. 난 당신과……." 한참 동안 침묵이 흐른 뒤 셔피어는 말을 마쳤다. "당신과 두 주 정도 더 보내고 싶다고 요청했습니다만 받아들여지지 않았습니다."

"괜찮습니다." 휴즈가 말했다.

"나는 계속해서 당신과 연락을 주고받았으면 합니다, 저렌트. 물론 편지로 연락할 수는 없겠지요. 하지만 전화를 사용하면 됩니다. 테이프도요. 여기에 카세트 녹음기를 놓고 가겠습니다. 이야기를 하고 싶으면 나한테 전화를 해요. 만약 통화가 안 된다면 녹음기에 대고 이야기해요. 물론 같은 건 아니지만……."

"당신은 아주 좋은 사람이에요, 시드니." 휴즈가 부드럽게 말했다. "난……." 잠시 뒤 휴즈가 일어나 앉았다. 휴즈는 얼굴로 손을 가져가 검은 보호 안경을 벗었다. 보호 안경은 안와에 너무나 탄탄하게 밀착되어 있었기 때문에 벗는 데 다소 시간이 걸렸다. 보호 안경을 벗자 휴즈는 손을 내리고 방 저편에 있는 셔피어를 곧장 바라보았다. 오랫동안 빛을 보지 못한 휴즈의 동공이 확대되었고 눈동자는 보호 안경처럼 새카맸다.

"난 당신이 보여요." 휴즈가 말했다. "숨바꼭질이죠. 당신이 술래입니다. 내가 무엇을 보고 있는지 알고 싶은가요?"

"네." 셔피어가 부드럽게 말했다.

"얼룩이에요. 그림자. 불완전성, 원초성, 장애물입니다. 전혀 중요하지 않은 것이죠. 그런 것을 본다 할지라도 좋은 사람이 되는 데 아무런 도움이 되지 않습니다. 심지어……."

"그럼 당신 자신을 볼 때는요?"

"같아요. 똑같습니다. 장애, 하찮은 거죠. 시야에 있는 얼룩입니다."

"시야라고요. 어떤 시야 말입니까?"

"당신은 뭐라고 생각하나요?" 휴즈가 아주 조용하고 맥없이 대답했다. "진정한 시야는 무엇일까요? 당연히 진실에 대한 겁니다. 난 진실을 느낄 수 있도록, 진실을 볼 수 있도록 다시 프로그래밍되었어요. 난 하느님을 볼 수 있습니다." 휴즈는 얼굴로 손을 가져가 눈을 가렸다. "나는 지성이 있는 존재였습니다. 이성적인 사람이 되려고 노력했죠. 하지만 진실을 볼 수 있다면, 이성이 무슨 필요가 있겠습니까? 백문이 불여일견이에요……." 휴즈는 다시 고개를 들고 셔피어를 바라보았다. 휴즈의 검은 눈동자는 사람을 꿰뚫는 듯하면서도 아무것도 보고 있지 않았다. "진정한 설명을 원한다면 조 템스키에게 가서 물어보세요. 템스키는 이제 조용히 지내고 있습니다. 때를 기다리는 거죠. 하지만 당신에게 대답해줄 수 있는 사람은 바로 템스키입니다. 그리고 때가 되면 그 친구는 그렇게 할 겁니다. 템스키는 자신이 듣는 것을 번역할 수 있어요. 말로 말이죠. 시각으로 인지하는 것을 그렇게 하기란 더 어렵습니다. 신비주의자들은 자신들이 본 것을 말로 옮기는 걸 늘 어려워했죠. 하지만 말을 듣는 자들, 목소리를 듣는 자들은 달랐습니다. 그런 사람들은 대개 곧바로 일어나 행동했죠, 그렇지 않나요? 템스키는 행동을 취할 겁니다. 하지만 난 하지 않을 겁니다. 거부합니다. 난 설교를 하지 않을 겁니다. 선교사가 되지 않을 겁니다."

"선교사요?"

"모르겠어요? 그 방이 무엇인지 모르겠어요? 훈련소, 상황 설명소예요. 또한……."

"종교 센터요? 교회?"

"뭐, 그렇다고 할 수 있죠. 하느님을 보고 듣고 알 수 있도록 교육시키는 장소니까. 그리고 하느님을 사랑하고요. 개종 센터. 사람이 개종되는 장소란 말입니다! 거기에 갔다 오면 다른 사람들, 즉 야만인들에게 하느님의 지식에 대해 설명하고 싶어집니다. 다른 사람들이 얼마나 눈이 멀었으며 본다는 것이 얼마나 쉬운 것인지 알게 되기 때문이에요. 아니, 단순한 교회가 아닙니다. 사명이자 천직이 되는 겁니다. 사명이 무엇인지 배운 다음,

그곳을 나올 때는 사명감에 불타게 됩니다. 그 사람들은 탐험가가 아니었습니다. 그 사람들은 진실을 가슴에 품고 다른 종족과 미래의 종족, 그리고 바깥의 어둠 속에서 사는 가련한 야만인들에게 진실을 전달해주는 선교사였어요. 그 사람들은 답을 알고 있었고 그 답을 우리가 모두 알길 원했습니다. 일단 당신이 그 답을 알고 나면 다른 것들은 문제 되지 않아요. 당신이 선한 사람이든 악한 사람이든, 지성인이든 바보든 상관없지요. 우리가 위대한 진실을 실어 나르는 자그마한 운송 수단에 지나지 않는다는 것 말고는 아무것도 문제 되지 않습니다. 지구는 문제 되지 않고, 별도 문제 되지 않고, 죽음도 문제 되지 않고, 중요한 것은 아무것도 없어요. 신만이 중요할 뿐이에요."

"외계인의 신 말인가요?"

"일개 신이 아니라 하느님입니다. 모든 사물 안에 존재하는 단 하나의 진정한 하느님. 어느 곳에서나 영원히 존재하는 신. 나는 하느님 보는 방법을 배웠습니다. 내가 해야 할 일이라고는 눈을 뜨고 신의 얼굴을 보는 것뿐입니다. 그리고 나는 단지 한 인간의 얼굴을, 나무 한 그루를 다시 볼 수 있다면 인생 전부를 버릴 겁니다. 단지 한 인간의 얼굴을 다시 보기 위해서, 한 그루의 나무를 보기 위해서요. 단지 한 그루 나무, 의자 하나, 평범한 나무 의자, 정말 평범한 그걸 보고 싶습니다. 그 사람들은 자신들의 하느님을 간직할 수 있습니다. 자신들의 빛을 간직할 수 있습니다. 난 예전 세상으로 돌아가길 원합니다. 내가 원하는 건 답이 아니라 질문입니다. 난 내 삶이 다시 돌아오기를, 나의 원래 죽음을 원한단 말입니다!"

셔피어의 후임으로 저렌트 휴즈를 맡은 군 정신과 의사의 추천으로 휴즈는 면직되었으며 군 정신병원으로 옮겨졌다. 휴즈는 일반적으로 조용하고 협조적인 환자였기 때문에 엄격한 감시는 받지 않았다. 그러나 불행히도 정신병원에 감금된 지 11개월 뒤, 휴즈는 식당에서 훔쳐 온 숟가락을 침대 틀에 날카롭게 갈아 그 숟가락으로 손목을 그어 자살했다. 휴즈가 자살한 날이 사이키XV 탐사선이 화성에서 지구로 출발하던 날이라는 것은 흥미로웠다. 사이키XV 탐사선이 가져온 서류와 기록들은 제1사도에 의해 해석되어 성스러운 전 우주 하느님 교회의 거룩한 경전인 고대인의 계시록 첫째 장이 되었으며, 야만인들에게 빛을 가져다준 전령사이자, 영원하고 유일한 진리를 옮기는 유일한 운송 수단이 되었다.

(내가 말하길) 그러므로 바보들은 진정한 빛보다
어두운 밤을 좋아하나니……
하나 내 그자들의 광기에 대해 논할 제
한 속삭임이 앞서 말하니,
신랑은 이 반지를 다른 이를 위해서가 아닌
그의 신부를 위해 준비했노라.

THE WIND'S
TWELVE
QUARTERS

길의 방향

그 나무는 오리건 주 18번 고속도로의 맥민빌 우회도로 바로 남쪽에 서 있다. 작년에는 큰 가지가 부러졌지만 여전히 웅장한 모습을 뽐내고 있다. 우리는 1년에 몇 번 정도 그 옆을 지나가는데 그때마다 그 나무는 변함없이 위엄과 숙련된 기술을 통해 상대성 원리를 확인시켜주고 있다.

사람들은 요구하는 데 익숙지 않았다. 기껏해야 우리에게 서둘러 걸으라며 한 번 정도 재촉할 뿐이었다. 하지만 그런 재촉마저 드물었다. 대부분은 그냥 건들건들 어슬렁거리는 정도였다. 그리고 나는 누군가가 일어서면 그 사람에게 다가가는 것이 그토록 즐거울 수 없었다. 모든 행동을 멋들어지게 마칠 수 있던 때였다. 그 사람은 동료들이 하는 식으로 팔다리를 움직이며 대개는 길을, 하지만 종종 벌판 또는 곧장 나를 바라보며 그곳에 있다. 그러면 나는 몸을 키워가며 그 사람에게 꾸준히 그러나 아주 천천히 다가간다. 몸이 커지는 속도와 그 사람에게 접근하는 비율에 보조를 완벽하게 맞추기 때문에 내가 자그마한 얼룩에서 완전히 다 자라면(당시에는 60피트였다) 나는 그 옆에 있게 되며, 그 사람 위에 우뚝 서 그늘을 드리운다. 하지만 그 사람은 나를 겁내지 않았다. 어린아이조차 나를 겁내지 않았다. 비록 내가 그들을 지나간 뒤 몸을 줄이기 시작할 때면 종종 나를 향해 시선을 고정시키긴 하지만 말이다.

더운 오후, 어른들 가운데 한 명은 우리가 만난 곳에 나를 세우고 내게 등을 기대고 한두 시간 정도 쉬곤 했다. 그런 일에는 조금도 마음 쓰지 않았다. 나에게는 멋진 언덕, 따뜻한 태양, 좋은 바람, 좋은 경치가 있다. 오후에 1시간 정도 가만히 서 있는 걸 거리낄 이유가 어디 있단 말인가? 어찌 되었든 내가 꿈쩍도 하지 않고 있는 것은 단지 상대적일 뿐이다. 자신이 얼마나 빨리 가는지 알려면, 그리고 자신이 꾸준히 자라는 것을, 특히 여름에 꾸준히 자라는 것을 알려면 태양을 바라보기만 하면 된다. 아무튼, 사람들이 나에게 몸을 맡기고 따뜻한 등을 내게 기대고 내다리 사이에서 깊게 잠드는 데 나는 감격하곤 했다. 나는 사람이 좋았다. 새가 하듯 나에게 온정을 베푸는 일은 거의 없었지만 나는 정말로 다람쥐보다 사람이 좋았다.

당시, 말은 사람을 위해서 일했고 나는 그런 말을 보는 게 즐거웠다. 나는 특히 느린 구보로 움직이는 걸 좋아했으며, 그 움직임에 아주 능숙했다. 물결치듯 율동미 넘치는 움직임은 상하좌우로 움직이는 운동과 함께 수축과 성장을 동반했으며, 내가 하늘을 날고 있다는 환상마저 들 지경이었다. 그에 비해 전속력으로 질주하는 건 덜 즐거웠다. 그렇게 하면 온몸이 흔들리고 사방이 쿵쾅거렸다. 강풍을 만난 어린 나무같이 거세게 흔들리는 느낌이 들었다. 느린 접근과 성장. 위에서 우뚝 서는 순간. 천천히 물러나고 줄어드는 순간. 이 모든 것이 질주하는 동안에는 사라졌다. 그럴 경우 질주하는 이는 다가닥다가닥거리며 질주에 몰입해야 하고, 사람은 말을 타느라 정신없고 말은 달리느라 바빠서 눈을 들기조차 어렵다. 하지만 그런 일은 자주 일어나지 않는다. 결국, 말은 영원히 살 수 없는 존재이며, 이동하는 생명체들이 그렇듯 쉬 지치기 때문에 당시 사람들은 긴급한 일이 아니면 말을 지치게 하지 않았다. 그리고 그 당시에는 사람들에게 긴급한 일이 그리 많아 보이지 않았다.

내가 질주해본 것은 오래전 일이지만, 솔직히 나는 질주하는 걸 꺼리지 않는다. 어쨌든 질주에는 활력을 불어넣는 그 무언가가 있다.

나는 처음 자동차를 보았던 때를 기억하고 있다. 우리들 대부분이 그러했듯, 나는 자동차를 영원히 살 수 없는, 이동하는 생명체가 새로 나타난 걸로 여겼다. 당시 나는 자동차를 보고 다소 놀랐다. 132년 동안 살아온 나는 이 지역에 사는 동물군을 모두 알고 있다고 생각했기 때문이다. 하지만 새로운 것은 나름대로 사소한 방식으로 늘 흥미를 불러일으켰기 때문에 나는 자동차를 주의 깊게 관찰했다. 나는 적당한 속도로, 대략 느린 구보 정도 되는 속도로 보기 흉한 물건에 어울리는 새로운 걸음걸이로 자동차에 접근했다. 불편하고 덜컹거리고 비트적거리고 숨막히고 몸이 떨리는 걸음걸이였다. 2분이 되기도 전, 내가 1피트도 자라기 전에 나는 녀석이 죽을 운명을 타고난 생명체가 아니라는 사실을, 즉 속박되었거나 이동하거나 자유로운 존재가 아니라는 사실을 알았다. 녀석은 말이 끄는 수레처럼, 만들어진 물건이었다. 난 녀석이 하도 엉망으로 만들어졌기 때문에 일단 녀석이 헐떡이며 서쪽 언덕 너머로 가고 나면 다시는 보지 못하리라 생각했고, 진심으로 그러길 바랐다. 볼썽사납게 흔들거리는 것이 싫었기 때문이다.

　하지만 그 녀석은 정기적으로 나타났고, 따라서 부득이하게 나 역시 녀석을 정기적으로 만나야 했다. 날마다 4시면 녀석은 경련을 일으키며 부르릉 소리와 함께 서쪽에서 나타났고, 나는 녀석에게 다가가며 몸을 키워 녀석 위로 우뚝 섰다가 줄어들어야 했다. 그리고 5시가 되면 서쪽에서 건들거리며 다가오는 녀석에게 60피트에 이르는 내 몸을 어린 산토끼처럼 아양 떨며 다시 다가가느라 위아래로 몸이 흔들어대야만 했고, 자그맣고 비열한 괴물 녀석이 완전히 사라진 다음에야 긴장을 풀고 서풍에 내 몸을 맡길 수 있었다. 그 기계 안에는 언제나 두 사람이 있었다. 운전대를 잡고 있는 젊은 남자와 그 뒤로 두꺼운 천으로 몸을 감싸고 불쾌한 얼굴로 있는 노파였다. 그 두 사람이 서로에게 무슨 말을 한다 해도 나는 결코 들을 수가 없었다. 당시 나는 길에서 나누는 여러 대화를 엿들었다. 하지만 그 기계 안에 앉아 하는 말은 들을 수 없었다. 그 기계의 위는 열려 있었지만 녀석은 너무나 큰 소음을 냈기 때문에 모든 목소리를, 심지어 그해에 나와 함께 있던 멧종다리가 노래하는 소리마저 들을 수 없었다. 그 소음은 위아래로 몸이 흔들거리는 것만큼이나 불쾌했다.

　나는 엄격한 신념과 상당한 자긍심이 있는 가족의 일원이다.

퀘르쿠스 가문*의 좌우명은 "부러질지언정 휘지 않는다"이고 나는 언제나 이 좌우명을 지키려 노력했다. 이 좌우명은 개인의 자만심이 아니라 가족의 긍지였으며, 당신도 짐작하겠지만, 한갓 인공물 따위한테 위아래, 양옆으로 흔들리자니 내 좌우명이 부끄러웠다.

언덕 기슭에 있는 과수원의 사과나무들은 마음 쓰지 않는 듯했다. 하지만 그렇기 때문에 사과는 길들여지는 것이다. 사과의 유전자는 몇 세기에 걸쳐 변형되었다. 과수원에 있는 그 어떤 나무도 진짜 자신의 의지란 없다.

나는 내 자신의 의지를 가지고 있다.

그러나 자동차가 우리를 성가시게 굴지 않았을 때는 아주 즐거웠다. 한 달 내내 자동차가 보이지 않았고, 한 달 내내 나는 대부분 기꺼운 마음으로 사람들에게 걸어가고, 말에게 빠른 걸음으로 다가갔고, 심지어는 엄마 품에 안긴 갓난아이에게 머리를 까닥하며 인사를 했다. 비록 계속해서 주목을 끌지는 못했지만 열심히 노력하며 말이다.

하지만 다음 달(제비들이 며칠 전에 떠난 것으로 볼 때 9월이었다), 다른 기계가 새로이 나타나 갑자기 나를, 길과 언덕과 과수원과 들판과 농가의 지붕을 끌어당겼고, 모든 것이 급작스레 위아래로 흔들렸고 동에서 서로 끌려갔다. 나는 질주할 때보다 더 빨리, 내 평생 가장 빨리 움직였다. 나는 우뚝 서 있을 시간도

*떡갈나무.

없이 다시 줄어들어야만 했다.

그리고 이튿날, 다른 존재가 나타났다.

그리고 해마다, 주마다, 날마다 그것들은 흔해졌다. 그것들은
이 지역 사물의 질서 대부분을, 대다수를 차지하게 되었다. 길
은 파헤쳐지고 포장되고 넓혀졌고, 민달팽이 꼬리처럼 아주 매
끄러우면서도 고약하게 마무리되었다. 그 위에는 도랑도 웅덩
이도 바위도 꽃도 그림자도 없었다. 그전까지 길에는 여치, 개
미, 두꺼비, 쥐, 여우 등 작고 이동하는 생물들이 많았다. 그런
생물들 대부분은 너무 작아 다른 곳으로 이사 갈 수도 없었다.
그런 생물들은 그 존재를 제대로 볼 수 없었기 때문이다. 현명한
생명체들은 길을 피해 다녔으며 어리석은 녀석들은 찌그러져
죽고 말았다. 나는 내 발밑에서 이런 식으로 죽은 토끼를 헤아릴
수 없이 많이 보았다. 나는 내가 떡갈나무이며 비록 부러지거나
뿌리가 뽑히거나 도끼질이나 톱질을 당하는 처지에 있을지라도
적어도 찌그러져 죽는 일은 없다는 점에 고마움을 느낀다.

갑자기 길에 자동차들이 많이 나타나자 나에게는 새로운 단
계의 기술이 필요했다. 내가 어린 나무였을 당시, 내 키가 잡초
보다 커지자마자 나는 동시에 두 방향으로 가는 기본 기술을 익
혔다. 특별히 나는 그 기술을 배우려고 노력하지 않았지만 자연
스레 터득할 수 있었다. 그 당시, 동쪽으로는 보행자 한 명이 보
였고, 서쪽으로는 말을 탄 이가 그 보행자를 마주 보고 있었다.
나는 동시에 양쪽 방향으로 가야 했으며, 그렇게 했다. 내가 보
기에 이는 나무들이 별다른 노력 없이 숙달할 수 있는 기술이다.

나는 초조했지만 말을 탄 사람이 지나간 뒤 그 남자로부터 멀어지며 줄어드는 데 성공했을 뿐만 아니라 걸어오는 사람을 향해 껑충껑충 천천히 다가갔으며, 말을 탄 사람의 시야로부터 꽤 멀리 떨어졌을 때 걸어오는 사람을 지나쳤다(당시에는 우뚝 서지 않았다!). 그 일을 처음 성공했을 때는 내가 아주 어렸고 그래서 나 자신이 자랑스러웠다. 하지만 그 일은 설명한 것보다 훨씬 더 쉽다. 그 이후 나는 그런 일을 수없이 많이 했고 전혀 어렵지 않게 생각했으며 자면서도 할 수 있었다. 하지만 양쪽 방향에서 자동차를 운전해 오는 마흔 명의 운전자 각각을 나무 한 그루가 동시에, 그러면서도 약간은 다른 비율과 약간은 다른 방식으로 커지고, 그와 동시에 나무를 지나간 마흔 명 각각에게 몸을 줄이고, 또한 동시에 각각 적당한 장소에 왔을 때 그 위로 우뚝 서야 할 시점을 잊지 않는다는 것이, 그리고 이 일을 몇 분, 몇 시간, 아침이 밝을 때부터 해가 떨어질 때까지, 아니 그 뒤까지 계속하기가 얼마나 힘들며 노련한 기술이 필요한지에 대해서 생각해 본 적이 있는가?

내가 있는 길은 붐볐으며, 하루 종일 계속해서 왔다 갔다 하는 차량들로 혼잡했다. 내가 있는 길은 맡은 일을 했고, 나 역시 그리했다. 나는 더 이상 심하게 위아래로 흔들리지 않았지만 점점 더 빠르게 달려야 했다. 황급히 거대한 모습으로 자랐다가 눈 깜짝할 사이에 우뚝 선 뒤 다시 부랴부랴 줄어들어야 했다. 이런 행위를 즐길 여유나 쉴 틈도 없이, 하염없이 계속해야만 했다.

나를 보려 애쓰는 것은 말할 필요도 없고 눈길을 주는 운전자조차 거의 없었다. 솔직히 말하면, 운전자들은 더는 주변을 보지 않는 것 같았다. 단순히 앞만 바라보았다. 운전자들은 자신들이 어딘가로 가고 있다고 믿는 듯했다. 운전자가 탄 차 앞쪽에는 작은 거울이 달려 있었고, 운전자는 그 거울을 통해 자신이 있던 곳을 힐끔 바라본 뒤 다시금 앞을 응시했다. 그전까지 나는 딱정벌레만 이런 잘못된 과정을 밟는다고 생각했다. 딱정벌레는 늘 돌진하며 결코 주변을 보지 않는다. 나는 언제나 딱정벌레를 깔보고 있었다. 하지만 적어도 딱정벌레는 나를 내버려두었다.

고백건대, 내 머리를 은빛으로 물들여주는 달과 내 가지를 은은한 빛으로 감싸주는 별이 뜨지 않는, 어둠이 내려앉은 축복받은 밤이면, 쉬면서 사물의 질서에서 내가 맡은 임무, 즉 움직이는 일을 하지 않으면 안 되는가 하고 심각하게 생각한 적이 가끔 있다. 아니, 심각하게는 아니다. 반쯤 심각하게 생각해보았다. 단지 조금 지쳤기 때문이다. 심지어 언덕 기슭에 있는 멍청하고 3년밖에 안 된 보드라운 버드나무 암그루조차 자신의 의무를 받아들인 채 길 위의 자동차 각각에 대해 흔들거리고 구르고 가속하고 커지고 줄어드는데, 하물며 떡갈나무인 내가 책임 회피를 했을까. 그것은 높은 신분에 따르는 도덕적 의무이며, 확신컨대 나는 자신의 의무를 모르는 도토리는 한 톨도 떨어뜨린 적이 없다.

그 뒤 5, 60년 동안 나는 사물의 질서를 잘 지켰고, 인간이라는 생명체가 자신들이 어디론가 가고 있다는 환상을 깨지 않도록 내 몫을 잘해왔다. 그리고 나는 그 일을 기꺼이 했다. 하지만 내가 이의를 제기하고 싶은 정말 무서운 일이 벌어졌다.

나는 두 방향으로 동시에 가는 것을 꺼리지 않는다. 나는 자라면서 동시에 줄어드는 것을 꺼리지 않는다. 나는 움직이는 것을 꺼리지 않는다. 심지어 시속 6, 70마일이라는 말도 안 되는 속도로 움직이는 것도 꺼리지 않는다. 나는 이 모든 일을 내가 쓰러지거나 제거될 때까지 계속할 준비가 되어 있다. 이런 일들은 내가 해야 할 몫이다. 하지만 나는 영원한 존재가 되는 것은 온몸을 다 바쳐 반대한다.

영원은 내가 관계할 일이 아니다. 나는 떡갈나무이며 그 이상도 그 이하도 아니다. 나에게는 내 임무가 있으며 나는 그 임무를 수행한다. 비록 새들의 수가 적어지고 바람 냄새가 역겨워진 이래 그 수가 더욱더 적어지긴 했지만, 나에겐 나만의 즐거움이 있고 그것을 즐긴다. 비록 내가 오래 살아왔다고 할 수도 있겠지만, 비영속성은 내 권한이다. 죽을 운명은 내 특권이다. 하지만 나는 그런 권리를 빼앗겼다.

작년 3월 비 오는 날 저녁, 나는 그 권리를 빼앗겼다.

언제나처럼 밀려오는 자동차 물결이 빠르게 움직이는 길을 양쪽에서 채웠다. 나는 빠르게 움직이고, 커지고, 우뚝 서고, 작아지느라 너무 바빴으며, 빛은 너무나 빠르게 사라졌기 때문에 사건이 일어나기 전까지 무슨 일이 벌어지는지 눈치채지 못했다. 자동차를 운전하던 운전자 한 명이 아주 급히 어디론가 가야 했던 게 분명했다. 그래서 그 운전자는 자기 차를 자기 앞에 있던 다른 차 앞으로 놓으려 시도했다. 이 조작 덕분에 길의 방향이 일시적으로 바뀌어 저편, 즉 평소에는 다른 방향으로 가던 쪽으로 이동했다. (그리고 이런 말을 해도 될지 모르겠지만, 나는 그런 조작을 하는 길의 기술을 아주 높이 평가한다. 생명이 없는, 만들어진 사물에 불과한 존재가 그러한 일을 하기란 어려운 일이리라.) 하지만 서두르던 자동차 때문에 길의 방향이 바뀌는 순간, 우연히도 반대 방향에서 아주 가깝게 자동차가 있었다. 그리고 길은 이 사태에 아무런 조치도 취할 수 없었다. 이미 길은 자동차로 초만원이었기 때문이었다. 서두르던 운전자가 탔던 자동차는 마주 있는 자동차와 충돌을 피하기 위해 길의 방향을 완전히 어기고 자기 마음대로 남북 방향으로 진로를 돌렸고, 덕분에 나는 곧장 그 자동차를 향해 펄쩍 뛰어가야만 했다. 어쩔 도리가 없었다. 나는 움직여야만 했다. 그것도 시속 85마일이라는 빠른 속도로 움직여야만 했다. 나는 껑충 뛰어올랐다. 지금까지 그 어느 순간보다도 거대한 자태로 우뚝 섰다. 그러고는 차를 때렸다.

나는 껍질을 상당 부분 잃어버렸고 형성층도 많이 잃어버렸다(이게 더 심각했다). 하지만 나는 키가 72피트였고 내가 충돌한 부분의 둘레는 대략 9피트로 실제적인 피해는 없었다. 충격으로 인해 내 나뭇가지들이 흔들렸고, 덕분에 작년에 개똥지빠귀가 살던 둥지가 바닥으로 떨어졌다. 그리고 나는 너무나 몸이 흔들려 신음 소리를 냈다. 내 평생 그렇게 큰 소리를 낸 적은 그때가 유일하다.

자동차는 무시무시한 비명을 질렀다. 내가 후려친 일격에 자동차는 부서졌고, 사실상 완전히 찌그러졌다. 자동차 뒤쪽은 그리 크게 부서지지 않았지만 앞쪽은 나이 든 뿌리처럼 주름이 잡히고 우툴두툴해졌으며, 자동차에서 나온 반짝이는 조각들이 빗방울처럼 사방으로 흩날렸다.

운전자는 무슨 말을 할 여유도 없었다. 내가 즉시 그 사람을 죽였기 때문이다.

나는 이 일에 대해 항의하는 게 아니다. 나는 그 사람을 죽여야 했고, 달리 어쩔 도리가 없었으며, 따라서 후회하지 않는다. 내가 항의하는 것은, 내가 참을 수 없는 것은 지금부터 말하려는 부분이다. 내가 운전자를 향해 껑충 뛰었을 때 운전자는 나를 보았다. 마침내 눈을 들어 나를 본 것이다. 그가 본 나는 그전까지 사람들이 나를 봐준 방식이 아니었다. 심지어는 아이가 나를 본 방식도, 심지어 사람들이 사물을 보았던 당시에 나를 보았던 방식조차 아니었다. 그 사람의 눈 속엔 내 모습이 통째로 들어찼고, 그 뒤로 영원토록 그 외에는 아무것도 볼 수 없었다.

그 사람은 영원의 영향을 받았다. 그 사람은 나를 영원으로 착각했다. 그리고 그는 착각을 하는 순간 죽었기 때문에, 그리고 그 착각은 바뀔 수 없었기 때문에 나는 그 착각에 영원히 사로잡히게 되었다.

이것은 참을 수 없다. 나는 이러한 환상을 지켜줄 수 없다. 만약 인간이 상대성을 이해하지 못한다면, 그건 좋다. 하지만 그렇더라도 관련성이 무엇인지는 이해해야 한다.

만약 그것이 사물의 질서에 필요하다면 나는 자동차 운전자를 죽일 터이다. 비록 살인이 떡갈나무에게 요구되는 일상적인 임무가 아니라 할지라도 말이다. 하지만 나에게 살인하는 것 말고 죽음의 역할까지 맡기는 것은 불공평하다. 나는 죽음이 아니기 때문이다. 나는 살아 있는 생명체다. 나는 생명의 한계가 있는 존재다.

만약 세상에 죽음을 눈으로 보고 싶어 하는 존재가 있다고 하더라도 그것은 그들이 알아서 할 일이다. 나와는 아무 상관이 없다. 나는 그런 존재를 위해 영원의 역할은 하지 않으리라. 그런 존재들이 나무를 죽음으로 바꾸지 못하게 하라. 만약 그런 존재들이 보고 싶은 것이 죽음이라면, 서로의 눈을 들여다보고 그 안에서 죽음을 보게 하라.

THE WIND'S TWELVE QUARTERS

오멜라스를 떠나는 사람들

(윌리엄 제임스 주제에 대한 변주)

이 심리신화의 중심 개념인 '속죄양'은 도스토옙스키의 작품 《카라마조프의 형제들》에 등장하는 것으로, 몇몇 사람들은 왜 이 글을 윌리엄 제임스에게 돌렸는지 (다소 의심스러운 투로) 묻곤 했다. 사실, 나는 도스토옙스키를 무척 좋아하지만 스물다섯 살 이후로 그의 글을 다시는 읽지 못했고, 도스토옙스키가 '속죄양'이라는 개념으로 글을 썼다는 사실을 까맣게 잊고 있었다. 하지만 제임스가 쓴 《도덕적 철학자와 도덕적 삶》이라는 글을 읽었을 때 나는 서늘한 인식의 충격을 받았다. 다음은 내가 읽고 충격받은 제임스의 글이다.

"또는 푸리에, 벨라미, 모리스가 생각했던 낙원을 능가하는 낙원이 우리에게 제공된다면, 그리고 어느 외딴 곳에서 길 잃은 한 영혼만 고통을 당하면 그 낙원에 있는 수백만 명이 영원히 행복하게 살 수 있다고 가정한다면, 설사 그런 식으로 제공되는 행복을 붙잡고 싶은 충동이 우리 안에 인다 할지라도 그러한 거래의 열매를 자신의 의지로 받아들여 얻은 행복이 얼마나 추잡한가를 스스로가 명확히 느끼는 것 말고 다른 무엇을 느낄 수 있을까?"

미국인이 처한 양심의 딜레마를 이보다 더 잘 표현할 수는 없다. 도스토옙스키는 위대한 예술가이자 급진적 인물이었지만, 도스토옙스키 초기의 사회 급진론은 거꾸로 그를 격렬한 반동으로 만들었다. 반대로 아주 유순하고 천진난만할 정도로 세련되어 보이는(자신의 글을 읽는 모든 독자가 자신처럼 우아하리라 생각하고 '우리'라는 단어를 쓴 것을 보라!) 미국인 제임스는 진정으로 급진적 사상가였으며 지금도 마찬가지다. "길 잃은 영혼"이 나오는 단락 바로 다음에 제임스는 이렇게 쓰고 있다.

"더 높은 곳을 지향하며 더 날카로운 통찰력을 보여주는 이상은 모두 혁명적이다. 이러한 이상은, 과거 경험의 경과로 위장해서 나타나기보다는 미래 경험으로 이어질 수 있는 원인의 모습으로 나타나고, 지금껏 우리를 가르쳐온 환경과 교훈은 배우고 굴복해야 할 요소의 모습으로 나타난다."

이 글에, SF에, 미래에 대한 모든 사고에 이 두 문장을 적용하는 것은 거칠 것이 없다. "미래 경험으로 이어질 수 있는 원인"으로서의 이상. 이 얼마나 섬세하고 고무적인 표현이란 말인가!

물론, 내가 제임스의 글을 읽은 후 바로 앉아서 "자 이제 길 잃은 영혼에 대한 글을 써야겠군"이라고 말한 건 아니다. 그런 식으로 일이 쉽게 되는 경우란 거의 없다. 나는 자리 잡고 앉아 글을 쓰기 시작했고(그냥 그러고 싶었다), 당시 내 머릿속에는 '오멜라스'라는 단어 하나밖에 떠오르지 않았다. '오멜라스'는 도로 표지판에서 빌려온 단어로, '살렘(오리건)Salem(Oregon)'을 거꾸로 읽은 것이다. 여러분도 도로 표지판을 거꾸로 읽어본 적이 있는가. 지정. 행서 앞교학. 코스시란프 샌……. 살렘은 셀로모, 살람, 평화와 같은 뜻이다. 멜라스. 오 멜라스. 오멜라스. 옴 엘라스.* "르 귄 작가님, 당신은 어디에서 글의 소재를 얻습니까?" 당연한 말이지만, 까맣게 잊은 도스토옙스키의 작품과 도로 표지판을 거꾸로 읽으며 얻는다. 그 밖에 달리 어디가 있겠는가?

*'아아, 인간이여'라는 뜻의 프랑스어.

요란한 종소리에 제비들이 높이 날아오르면서, 바닷가에 눈부시게 우뚝 선 도시 오멜라스의 여름 축제는 시작되었다. 항구에 정박한 배들의 삭구에는 깃발이 나부꼈다. 빨간 지붕에 울긋불긋한 담으로 단장한 집들과, 이끼가 곱게 깔린 오래된 정원들 사이로 난 길을 따라, 그리고 가로수 아래로 나 있는 길을 따라, 넓은 공원과 공공건물들을 지나 축제 행렬이 나아갔다. 빳빳하고 긴 자주색이나 회색 가운을 걸친 노인들, 엄숙한 표정의 장인들, 갓난아이를 안은 채 명랑한 표정으로 조용히 속삭이며 걷는 여인네들로 이루어진 행렬은 점잖은 편에 속했다. 또 다른 거리에서는 징과 탬버린 소리가 뒤섞인 음악이 더 빠른 박자로 들려왔고, 그 음악에 맞춰 사람들이 춤을 추며 나아갔다. 행렬 자체가 춤이었다. 음악과 노랫소리를 꿰뚫고 제비가 날아오르듯 아이들은 높은 소리로 외쳐대면서 행렬을 헤집고 돌아다녔다. 모든 축제 행렬은 도시의 북쪽, 사람들이 '푸른 들판'이라고 부르는 촉촉하게 물기에 젖은 곳으로 향했다. 그곳의 넓은 풀밭에서는 환한 햇살 아래 벌거벗은 아이들이 진흙투성이 맨발이었고, 길고 유연한 팔로 경주에 앞서 들뜬 말들을 애써 달래고 있었다. 말에는 안장도 재갈도 없이 고삐뿐이었다. 갈기는 은실, 금실, 녹색 실로 땋여 있었다. 말들은 코를 킁킁거리고 껑충대며 서로 위세를 뽐냈다. 동물 가운데 오직 말들만이 사람들의 축제가 자신들의 것인 양 아주 흥분해 있었다. 멀리 북쪽과 서쪽으로 산봉우리들이 바다의 만 쪽에 위치한 오멜라스를 반쯤 감싼 채 솟아 있었다. 아침 공기가 너무 맑아 '열여덟 봉우리' 꼭대기에 아직까지 쌓여 있는 눈이 짙푸른 하늘 아래 햇빛을 받으며 몇 마일에 걸쳐 백금처럼 타올랐다. 바람은 알맞아서, 경마 코스를 따라 꽂아놓은 깃발들이 이따금씩 펄럭이는 정도였다. 드넓게 펼쳐진 푸른 초원의 고요함 속에서, 멀어지는 듯 가까워지는 듯 다가오며 때때로 몸을 떨고 하나로 모여들었다가 다시 울려 퍼지는 즐거운 종소리가 도시를 휘감고 지나며 달콤한 음악이 되어 들려왔다.

즐거워라! 그 누가 이런 즐거움을 말로 표현할 수 있단 말인가? 그 누가 오멜라스 주민들을 제대로 설명할 수 있단 말인가?

오멜라스의 주민들은 행복하긴 했지만 멍청하지는 않았다. 하지만 이제 우리들은 더 이상 오멜라스의 주민들에게 그리 크게 환호하지 않는다. 모든 웃음은 이제 오래된 이야기 속의 주인공이 되었다. 오멜라스에 대해 이런 식으로 설명하면 사람들은 선입관을 갖는 경향이 있다. 멋진 종마 위에 올라타 고귀한 기사들에 둘러싸여 있거나 혹은 근육질의 노예들이 둘러멘 황금 가마에 앉은 왕을 떠올리는 경향이 있다. 하지만 오멜라스에는 왕이 없었다. 칼을 휘두르지도 노예를 부리지도 않았다. 오멜라스 주민들은 야만인이 아니었다. 내가 오멜라스의 법과 규칙에 대해 잘 알고 있는 것은 아니지만 오멜라스 같은 곳은 유례없이 적었던 것이 아닌가 생각한다. 군주제나 노예제가 없는 것과 마찬가지로 오멜라스에는 주식 시장이나 광고, 비밀경찰, 폭탄도 없었다. 다시 한 번 이야기하는데 오멜라스 주민들은 멍청하지 않았고 즐거운 양치기도 아니었으며 고결한 야만인도 맥 빠진 몽상가도 아니었다. 오멜라스 주민들의 삶은 우리들의 삶보다 절대로 더 단순하지 않았다. 문제는 우리들에게 현학자와 궤변가들의 부추김에 넘어가 행복을 어리석은 것이라고 여기는 나쁜 습관이 있다는 점이다. 오직 고통만이 지적인 것이며 재미있는 것은 모두 악이라고 여기는 것에 있다. 이런 관점은 예술가들의 배신 행위 때문이다. 악의 평범함과 고통의 끔찍한 권태를 인정하지 않으려는 태도일 뿐이다. 이길 수 없으면 한편이 되어라! 고통스럽다면 반복하라! 그러나 절망을 찬양하는 행위는 기쁨을 비난하는 행위이며, 폭력을 용인하는 행위는 그 밖의 모든 것을 잃어버리는 행위이다. 더 이상 할 말이 없다. 더 이상 행복한 사람들에 대해 이야기할 수 없으며 즐거움을 축복할 수도 없다. 내가 어떻게 오멜라스 사람들에 관해서 여러분에게 말을 늘어놓을 수 있단 말인가? 오멜라스 사람들은 순진하거나 행복한 어린아이들이 아니다. 물론 그곳의 아이들은 행복하게 지내지만 말이다. 오멜라스 사람들은 비참하지 않은 삶을 살아가는 성숙하고 지적이며 열성적인 어른이다. 오, 기적이로다! 하지만 아아, 내가 그런 경이로움을 훨씬 더 잘 설명할 수 있다면 얼마나 좋을까. 여러분을 설득할 수 있다면 얼마나 좋을까. 내가 말하는 오멜라스가 여러분에게는 아주 오랜 옛날, 머나먼 곳에 있었던 동화 속 도시처럼 느껴질 게 분명하리라. 어쩌면 나름대로 각자의 상상에 따라 그곳을 마음속에 그려보는 것이 가장 좋을지도 모른다. 왜냐하면 나로서도 여러분 모두를 일일이 만족시킬 만큼 제대로 설명할 수 없기 때문이다. 예를 들어, 기술을 어떻게 설명해야 할까. 오멜라스의 거리에는 자동차나 헬리콥터가 없으리라 생각한다. 오멜라스 사람들은 행복하기 때문에 이런 결론을 내릴 수 있다. 행복이란, 꼭 필요한 것, 꼭 필요한 것은 아니지만 그렇다고 해서 해롭지도 않은 것, 그리고 해롭기만 한 것을 구별할 줄 아는 데서부터 시작한다. 그러나 두 번째 항목, 즉 꼭 필요한 것은 아니지만 그렇다고 해서 해롭지도 않은 많은 것들, 다시 말해서 안락함, 호화로움, 풍요로움 따위가 포함되는 항목의 물건, 즉 중앙난방, 지하철, 세탁기 그리고 그 밖에 아직 발명하지 못한 굉장한 기구들, 이를테면 공중에 떠다니는 조명등이나 영구 동력 기관, 우리가 흔히 앓는 감기의 치료제 따위를 오멜라스 사람들은 모두 가지고 있을지도 모른다. 혹은 그런 것들을 전혀 가지고 있지 않을 수도 있다. 하지만 그것은 그다지 중요한 문제가 아니다. 그런 점들은 여러분 마음대로 생각하면 된다. 해안 근처 여기저기 흩어져 사는 마을 사람들이 무척이나 빠른 조그만 열차 혹은 2층 전차를 타고 축제 며칠 전부터 오멜라스에 몰려들었으며, 오멜라스의 기차역은 비록 거대한 노천 시장보다는 평범하지만 시내에서 가장 멋진 건물이라고 생각한다. 기차는 그렇다 치고, 오멜라스에 대해 지금껏 내가 한 이야기만으로도 여러분 가운데 도덕 군자인 양하는 몇몇 사람들은 크게 놀라지 않을까 걱정스럽다. 웃음, 종소리, 행진, 경주마, 기타 등등 기타 등등. 만약 원한다면 흥청망청하는 잔치를 덧붙여서 생각해도 좋으리라. 흥청거리는 잔치를 떠올려 오멜라스를 눈앞에 그리는 데 도움이 된다면 그렇게 하기를. 그렇다고 이미 반쯤 황홀경에 취한 전라의 아름다운 남녀 사제들이 거룩한 피의 신성과 하나 되길 원하는 사람이라면 연인이든 낯선 사람이든 가리지 않고 아무하고나 마구 관계를 맺으려 드는 사원을 연상하지는 말자. 물론 나도 처음에는 그런 생각을 떠올리기는 했지만 말이다. 오멜라스에는 사원이 없다고 하는 편이, 적어도 사람이 있는 사원은 없다고 하는 편이 나으리라. 종교는 있지만 사제는 없다고 생각하자. 물론 굶주린 이들에게 맛있는 수플레를 주듯 자신의 아름다운 나체를 육체의 쾌락을 좇아 돌아다니는 이에게 즐거움으로 제공하면서 거닐 수도 있으리라. 그자들도 행렬에 참여케 하자. 성행위 중인 이들의 몸뚱이 위에서 탬버린을 치고 징을 울려 욕정의 은혜를 알게 하고 그런 황홀한 의식 끝에 태어난 후손들을 모두 사랑하고 돌봐주도록 하자(이는 결코 사소한 문제가 아니다). 내가 아는 한 가지 사실은 오멜라스 사람들 가운데 죄인은 한 명도 없다는 점이다. 그 외에 오멜라스는 어떤 곳이어야 할까? 처음에 나는 오멜라스에는 마약이 없는 줄 알았다. 하지만 그것은 너무나 청교도적인 사고였다. 마약을 즐기는 사람이라면 도시의 거리 어디서든지 희미하지만 은은하게 감도는 '드루즈'의 달콤한 향기를 맡을 수 있으리라. '드루즈'는 처음엔 마음과 몸을 맑고 가볍게 해주고, 이어서 몇 시간 동안 꿈꾸는 듯한 나른함을 안겨주며, 믿을 수 없을 정도로 충만한 섹스의 쾌락과 함께 마침내는 깊은 우주의 신비와 비밀을 담은 황홀경을 선사한다. 게다가 '드루즈'는 중독성도 없다. 좀 더 소박한 취향을 가진 이들을 위해서 오멜라스에는 맥주도 있어야 하리라 생각한다. 그 밖에 무엇이, 이 즐거운 도시에 그 밖에 무엇이 더 필요하겠는가? 물론 전투에서 얻은 승리의 쾌감, 용맹스러움에 대한 축하를 떠올릴 수도 있으리라. 하지만 성직자 없이도 잘살 수 있듯이, 우리는 군인 없이도 잘살아갈 수 있다. 무참한 학살을 통해 얻는 즐거움은 올바른 즐거움일 수 없으며, 그런 식으로 얻는 즐거움은 진정한 즐거움이 아니라 공포일 뿐이다. 설사 즐거움을 얻을 수 있다 할지라도 미미한 것이리라. 한없이 크나큰 만족감과 고결한 위업은 바깥의 적을 통해서 얻을 수 있는 것이 아니라 도처에 있는 가장 고결하고 공명정대한 영혼들과, 그리고 세상의 빛나는 여름과의 교감으로 얻는 것이다. 이것이야말로 오멜라스 사람들의 가슴을 부풀게 하는 것이며, 오멜라스 사람들이 축하하는 승리는 인생에 대한 승리다. 내가 생각하기에, 오멜라스 사람들 상당수는 '드루즈'가 필요 없으리라고 본다.

이제 행렬 대부분이 '푸른 들판'에 도착했다. 음식을 나눠주는 빨간 천막과 파란 천막에서 맛있는 냄새가 퍼져 나온다. 자그마한 아이들 얼굴에는 끈적끈적한 사탕 부스러기가 묻어 있고, 맘씨 좋게 생긴 사내의 회색 수염에는 맛 좋은 파이 부스러기가 묻어 있다. 청년과 아가씨들은 각자 말에 올라타서는 무리를 지어 출발선에 정렬한다. 작고 뚱뚱한 한 노파는 활짝 웃으며 바구니에서 꽃 한 송이씩을 꺼내 나눠주고, 훤칠한 키의 젊은이들은 그 꽃을 윤기 흐르는 머리털에 꽂는다. 모여 있는 사람들의 한쪽 끝에는 아홉이나 열 살쯤 된 듯한 아이가 혼자 앉아 나무 피리를 분다. 사람들은 멈춰 서서 귀를 기울이고 빙그레 웃음 짓지만 아무도 그 아이에게 말을 건네지는 않는다. 쉼 없이 연주하는 아이는 주위 사람들을 바라보지 않는다. 아이의 검은 눈동자는 달콤하고 여린 선율의 마법에 빠져 있기 때문이다.

아이는 연주를 마치고 피리 든 손을 천천히 내린다.

아이가 펼친 혼자만의 작은 침묵이 신호인 양, 출발선 가까이에 있는 관람석에서 오만하며 애조를 띤 우렁찬 나팔 소리가 한꺼번에 울려 퍼진다. 말들은 늘씬한 뒷다리로 뛰어오르고, 몇몇은 울음소리로 나팔 소리에 답한다. 기수들은 상기된 표정으로 말의 목덜미를 토닥이고 달래면서 속삭인다. "진정해야지, 진정해, 예쁜아, 나의 희망아……." 기수들은 출발선에 나란히 정렬하기 시작한다. 경주로를 따라 몰려든 사람들이 바람에 흔들리는, 들판 가득한 풀이나 꽃처럼 보인다. 마침내 '여름 축제'가 시작되었다.

여러분은 내 이야기를 믿을 수 있겠는가? 축제, 도시 그리고 온갖 즐거움에 관한 내 설명을 받아들일 수 있겠는가? 아니라고? 그렇다면 한 가지 더 이야기하기로 하자.

오멜라스의 아름다운 공공건물들 중 하나에 지하실 방이 있다. 아니 어느 널따란 개인 저택의 지하실일 수도 있다. 그 방에는 굳게 잠긴 문이 하나 있을 뿐 창문도 없다. 거미줄 쳐진 지하실 창문으로 비치는 한 줄기 희미한 빛이 그 방 널빤지 벽의 갈라진 틈으로 먼지투성이가 되어 간신히 들어올 뿐이다. 그 작은 방 한쪽 구석에는 덩어리지고 엉긴 채 딱딱하게 굳어 악취를 풍기는 대걸레 두 자루가 서 있고, 그 옆에는 녹슨 양동이 하나가 놓여 있다. 바닥은 지저분하고 습기가 차 축축한 것이 여느 지하실 창고와 다를 바 없다. 가로로 두 걸음, 세로로 세 걸음 정도인 그 방은 청소 도구들을 넣어두는 벽장이나 쓰지 않는 연장을 처박아두는 창고에 불과하다. 그 방에 어린아이 한 명이 앉아 있다. 남자아이일 수도 있고 여자아이일 수도 있다. 겉모습으로는 여섯 살쯤 되어 보이지만 실제로는 거의 열 살쯤 되었다. 그 아이는 정신박약아다. 태어날 때부터 문제가 있었을 수도 있고, 아니면 공포와 영양실조, 그리고 아무도 돌보지 않아 그렇게 된 것일 수도 있다. 아이는 녹슨 양동이와 대걸레 반대편에 구부정하게 앉아 이따금 자기 코를 쥐거나 발가락 또는 생식기를 더듬는다. 아이는 대걸레를 무서워한다. 아이는 대걸레가 무섭다는 것을 알고 있다. 아이는 눈을 꼭 감아보지만 대걸레 두 자루는 여전히 그 자리에 있고, 문은 굳게 잠겨 있으며, 아무도 오지 않을 것을 알고 있다. 문은 언제나 잠겨 있고, 가끔씩(아이는 그때가 언제인지, 그리고 그 간격이 어느 정도 되는지 알지 못한다) 문이 요란스레 흔들리다 열리고 한 명 또는 몇 명이 나타나는 경우를 제외하고는 아무도 찾아오지 않는다. 그 가운데는 아이를 일어나게 하기 위해 다가와 발로 차는 이가 있기도 하다. 하지만 다른 사람들은 결코 아이에게 가까이 가지 않으며 놀랍고 메스꺼운 표정으로 바라보기만 할 뿐이다. 밥그릇과 물그릇을 서둘러 채워준 뒤 문은 다시 굳게 잠기고 들여다보던 눈들도 사라진다. 문간의 사람들은 결코 입을 여는 법이 없지만, 태어나면서부터 그 지하실에서 갇혀 살지는 않았던 그 아이는 밝은 햇살과 엄마의 목소리를 기억하고 있으며, 이따금씩 말을 한다. "잘할게요! 절 내보내주세요. 잘할게요!" 사람들은 절대로 대답하지 않는다. 아이는 밤이면 살려달라고 비명을 지르고, 크게 소리 내어 울기도 했지만 지금은 단지 "으어어, 으어어" 하는 신음 소리만 낼 뿐이며 점차 말수가 줄어든다. 너무나 야윈 아이의 장딴지는 살이라곤 아예 없고, 배는 불룩 튀어나왔다. 아이는 옥수수 가루와 기름 반 그릇으로 하루를 연명한다. 아이는 아무것도 입고 있지 않다. 자신의 배설물 위에 계속 앉아 있었기 때문에 엉덩이와 허벅지는 짓무르고 곪은 상처로 가득하다.

오멜라스의 사람들은 모두 아이가 그곳에 있다는 사실을 알고 있다. 직접 와서 본 사람도 있고, 단지 그런 아이가 있다는 것만 아는 사람도 있다. 사람들은 아이가 그곳에 있어야만 한다는 사실을 알고 있다. 그 이유를 이해하고 있는 사람들도 있고 그렇지 못한 사람들도 있지만, 자신들의 행복, 이 도시의 아름다움, 사람들 사이의 따뜻한 정, 아이들의 건강, 학자들의 지혜로움, 장인의 기술, 그리고 심지어는 풍성한 수확과 온화한 날씨조차도 전적으로 그 아이의 지독하리만치 비참한 처지에 달려 있다는 사실을 모두 잘 알고 있다.

오멜라스의 아이들은 여덟 살에서 열두 살 사이에, 상황을 이해할 나이가 되면 그 사실에 대해 설명을 듣게 된다. 지하실의 아이를 보러 오는 사람들 대부분은 젊은이들이지만, 때로는 나이 든 어른이 오기도 한다. 그리고 한 번 더 보려고 오는 이들도 꽤 있다. 아무리 설명을 그럴듯하게 들었다 해도 그 광경을 본 젊은 구경꾼들은 언제나 충격을 받고 가슴 아파한다. 자신들이 그 아이보다 훨씬 낫다고 생각했던 것에 토할 것 같은 느낌을 받는다. 그동안 전해 들었던 모든 설명에도 불구하고, 아이를 직접 본 사람들은 화를 내고, 분노를 느끼며, 무력감에 빠져든다. 그 비참한 아이를 위해 뭔가 해주고 싶어 한다. 그러나 그들이 해줄 수 있는 일은 아무것도 없다. 물론 아이를 그 지독한 곳에서 밝은 햇살이 비치는 바깥으로 데리고 나온다면, 아이를 깨끗하게 씻기고 잘 먹이고 편안하게 해준다면 그것은 정말로 좋은 일이리라. 하지만 정말 그렇게 한다면, 당장 그날 그 순간부터 지금껏 오멜라스 사람들이 누려왔던 모든 행복과 아름다움과 즐거움은 사라지고 말게 된다. 그것이 바로 계약인 것이다.

단 한 가지 사소한 개선을 위해 오멜라스에 사는 모든 이들이 누리는 멋지고 고상한 삶을 맞바꾸어야만 한다는 것, 한 사람이 행복해질 기회를 얻기 위해 수천 명의 행복을 내던져야 한다는 것, 그것이야말로 지하실 골방 안에서 벌어지는 죄악을 방기하게 만드는 이유다.

계약은 엄격하며 절대적이다. 그 아이에게는 친절한 말 한 마디조차 건네면 안 된다.

그 아이의 모습을 보고 이러한 끔찍한 모순에 직면한 뒤, 눈물을 흘리거나 또 눈물도 나지 않을 만큼 격분하며 집으로 돌아가는 젊은이들도 종종 있다. 그러고는 몇 주일 혹은 몇 년씩 그 아이를 생각하기도 한다. 그러나 시간이 지남에 따라, 그 사람들은 설령 그 아이를 풀어줄 수 있다 해도 그것이 그다지 좋은 일이 아니라는 것을 깨닫기 시작한다. 약간 더 따뜻해지고, 약간 더 많은 음식을 먹게 되는 건 사실이지만 상태가 그리 많이 좋아지는 것은 아니기 때문이다. 진정한 기쁨이 무엇인지 알기에는 아이가 너무 퇴보해 있고 우둔해진 것이다. 더욱이 그 아이는 너무나 오랫동안 공포 속에서 지내왔기 때문에 공포로부터 자유로워지는 것을 두려워한다. 너무도 황량하게 지내왔기 때문에 인간적인 대우에 제대로 반응하기가 어려워진 것이다. 사실, 너무나도 오랫동안 그런 상태로 지내왔기 때문에 아이를 보호해 주고 있는 벽과, 아이의 눈에 익숙해진 어둠과, 깔고 앉은 자신의 배설물이 사라진다면 오히려 더욱 비참하다고 느낄 것이다. 아이를 향한 부당한 행위에 가슴 아파하면서 흘리던 눈물은 현실의 끔찍한 정의를 알아차리고 이를 받아들이면서 메말라간다. 하지만 오멜라스 사람들의 눈물, 분노, 자비를 베풀려는 시도 그리고 자신들의 무력함을 인정하는 태도야말로 오멜라스 사람들이 풍요로운 삶을 영위할 수 있도록 해주는 진정한 근원이리라. 오멜라스 사람들에게 김 빠지고 무책임한 행복이란 있을 수 없다. 오멜라스 사람들은 아이와 마찬가지로 자신들도 자유롭지 못하다는 것을 알고 있다. 연민이 무엇인지 알고 있다. 고상하게 지은 건축물, 심금을 울리는 음악, 심오한 과학기술을 누릴 수 있으려면 지하실에서 비참한 삶을 살아가는 아이가 있어야 하며, 오멜라스 사람들이 그 아이의 존재를 알고 있어야만 한다. 오멜라스 사람들이 자기 아이들에게 그토록 자애롭게 대하는 것도 바로 지하실의 아이 때문이다. 그 아이가 어둠 속에서 코를 훌쩍이며 비참하게 살지 않는다면 사랑스러운 말에 올라탄 젊은 기수들이 여름날 첫 아침 햇살을 받으며 경주를 벌이려 줄지어 서 있을 때 피리를 불던 아이는 더 이상 즐거운 음악을 연주할 수 없다는 사실을 오멜라스 사람들은 잘 알고 있다.

이제 여러분은 오멜라스 사람들에 대한 이야기가 믿어지는가? 이제 좀 더 납득이 가는가? 그러나 아직도 할 이야기가 하나 남아 있다. 이 이야기야말로 진정 믿기 어려운 일이리라.

지하실의 아이를 본 청소년들 중에는 눈물을 흘리거나 분노에 차 집으로 돌아가지 않는 아이들도 있다. 사실, 아예 집으로 돌아가지 않는다. 어떤 경우는 좀 더 나이 든 남자나 여자들도 하루나 이틀 정도 침묵에 잠겨 있다가 집을 떠난다. 그런 사람들은 길로 나서서 곧장 혼자 걸어간다. 이들은 한참을 걸어 오멜라스의 아름다운 관문을 통과해 도시 밖으로 곧장 빠져나간다. 이들은 오멜라스의 농장들을 가로질러 계속 걸어간다. 성인이든 청소년이든 남자든 여자든 상관없이 그 사람들은 모두 혼자서 간다. 밤이 찾아오면 이런 여행객은 마을의 길을 따라, 창문으로 노란 불빛이 새어 나오는 집들 사이를 지나 들판의 어둠 속으로 걸어 들어간다. 그렇게 그 사람들은 혼자서 서쪽으로 북쪽으로, 산으로 향한다. 그들은 계속 걸어간다. 그들은 오멜라스를 떠나 어둠 속으로 들어가서는 다시 돌아오지 않는다. 그들이 가는 곳은 우리들 대부분이 이 행복한 도시에 대해 상상하는 것보다 더 상상하기 어려운 곳이다. 나는 그곳을 제대로 묘사할 수가 없다. 그런 곳이 아예 존재하지 않을 수도 있다. 그러나 오멜라스를 떠나는 사람들은 자신이 가고자 하는 곳을 알고 있는 듯하다. 오멜라스를 떠나는 사람들은.

THE WIND'S TWELVE QUARTERS

혁명 전날

폴 굿맨(1911~1972)을 기리며.

내 소설 《빼앗긴 사람들》은 자신을 '오도주의자'라 부르는 이들로 가득한 작은
세상에 관한 작품이다. 오도주의라는 말은 그 사회의 설립자인 오도에게서 나왔
으며, 오도는 소설의 시점에서 몇 세대 전에 살았기 때문에 소설에 직접 등장하
여 실제로 어떤 행동을 하지는 않는다. 물론 모든 행동이 그 여자에게서 시작되
었다는 점에서 볼 때 은연중에 행동을 했다고는 할 수 있겠다.
오도주의는 무정부주의다. 하지만 주머니 속에 폭탄을 넣고 있다 던지는 부류는
아니다. 그런 행동이 옳다고 믿는 견해는, 어떤 식으로 스스로를 그럴싸하게 이
름 붙이든 상관없이, 테러주의다. 극우파 사회진화론자들이 주장하는 경제적 '자
유지상주의'도 아니다. 초기 도교 사상가들이 구상한 바 있고 셸리와 크로포트
킨, 골드맨과 굿맨이 소상히 설명했던 무정부주의인 것이다. 무정부주의의 주된
표적은 (그것이 자본주의 국가든 사회주의 국가든 상관없이) 권위주의적 국가이
고 주된 도덕적, 다시 말해 실제적 주제는 협력, 즉 연대와 상호부조다. 무정부주
의는 모든 정치 이론 가운데 가장 이상주의적이고, 가장 내 흥미를 끄는 정치 이
론이다.
이제까지 시도해본 적이 없었기 때문에 장편소설 속에서 무정부주의를 구현하는
데는 오랜 시간과 많은 노력이 필요했으며 나는 꽤 여러 달을 이 일에만 완전히
매달려야 했다. 이 일이 끝나자 나는 무언가를 상실한 느낌, 그리고 쫓겨난 느낌
을 받았다. 터전을 잃은 자의 느낌이었다. 그 때문에, 오도가 그늘에서 나와 확률
의 심연을 건너온 뒤, 자신이 만든 세계가 아닌 바로 자신에 대한 이야기를 써주
길 바랐을 때 나는 얼마나 감사했는지 모른다.
이 이야기는 오멜라스를 떠난 사람들 가운데 한 사람에 관한 이야기다.

연설자의 목소리는 돌길을 달리는 빈 맥주 트럭처럼 요란했으며, 그 커다란 목소리는 돌길에 깔린 자갈처럼 빽빽이 모인 참석자들 위로 울려 퍼졌다. 타비리는 홀의 맞은편 어딘가에 있었다. 여인은 타비리에게 가야 했다. 여인은 거무스름한 옷을 입고 빽빽하게 몰려 있는 사람들 사이를 천천히 헤집고 나아갔다. 여인은 어떤 소리도 귀담아듣지 않았고 어느 누구의 얼굴도 눈여겨보지 않았다. 오로지 웅웅 소리만이, 그리고 서로서로 겹쳐 눌린 몸들만이 있었다. 타비리도 보이지 않았다. 여인의 키는 너무 작았다. 검은 옷에 감싸인 넓은 복부와 가슴이 나타나 여인의 앞길을 막았다. 타비리에게 꼭 가야 했다. 여인은 땀을 흘리며 격렬하게 주먹을 내질렀다. 돌을 치는 것만 같고 상대는 미동도 하지 않지만 거대한 폐가 여인의 머리 바로 위로 엄청난 굉음을 토해냈다. 여인은 움츠러들었다. 이윽고 여인은 그 고함이 자신을 향한 것이 아니었음을 깨달았다. 다른 사람들 역시 소리 지르고 있었다. 연설자가 무언가를, 세금이나 조짐에 관한 무언가 멋진 말을 한 것이다. 여인은 전율을 느끼며 함성에 동참했다. "옳소! 옳소!" 그리고 여인은 사람들을 계속 밀어제치며 탁트인 파레오의 연대 훈련장으로 손쉽게 나왔다. 머리 위 저녁 하늘은 깊고 찌푸렸으며, 여인 주위로는 키 큰 잡초들이 바짝 마른 하얗고 자그마한 꽃들을 매단 채 나부끼고 있었다. 여인은 그 잡초 이름이 무엇인지 알지 못했다. 해 질 녘이면 언제나 벌판 위로 부는 바람에 꽃들이 흔들리며 여인의 머리 위로 나부꼈다. 여인은 잡초 사이로 달렸고 잡초들은 옆으로 유연하게 나부끼다 다시 소리 없이 흔들리며 일어섰다. 타비리는 멋진 옷을 입고 키 큰 잡초 사이에 서 있었다. 그 짙은 회색 옷을 입으면 타비리는 교수나 연극 배우 같았고 이루 말할 수 없이 우아해 보였다. 타비리는 행복해 보이지는 않았지만 걸걸거리며 여인에게 무언가를 말하고 있었다. 타비리의 목소리에 여인은 울음을 터뜨렸고 타비리의 손을 잡기 위해 손을 뻗었으나, 걸음은 멈추지 않았다, 절대로. 멈출 수가 없었다. "아, 타비리. 바로 저기 있는데!" 여인이 말했다. 가까이 갈수록 하얀 잡초의 기묘하고 달콤한 향기가 짙어졌다. 가시가 있었고, 발아래로 옹이가 밟혔으며, 경사와 구멍이 나타났다. 여인은 떨어질까봐, 떨어질까봐 두려웠다. 여인은 걸음을 멈췄다.

태양이, 밝은 아침 햇살이 두 눈에 가차없이 내리꽂혔다. 지난

밤에 블라인드 내리는 것을 잊은 것이다. 여인은 태양을 등지며 몸을 돌렸지만 오른쪽으로 누우니 불편했다. 소용없어. 날이 밝았어. 여인은 한숨을 두 번 내쉬고 일어나 앉아 발을 침대가에 올려놓았다. 그리고 잠옷 안에 둥글게 웅크려 앉아 자신의 발을 내려다보았다.

일생을 싸구려 신발 속에서 눌린 발가락들은 서로 닿는 부분마다 거의 사각형에 가까웠고 위쪽으로 티눈이 솟아 있었다. 발톱은 변색되고 형태가 뭉개져 있었다. 혹 같은 복사뼈 사이로 미세하고 건조한 주름이 보였다. 발가락의 작은 바닥은 섬세함을 간직하고 있었으나 피부는 진흙빛을 띠고 있었고 울룩불룩한 정맥들이 발등을 가로지르고 있었다. 역겨워. 슬프고, 우울해. 비참해. 불쌍해. 여인은 모든 단어를 떠올려보았고, 모두 꼭 맞아들었다. 마치 끔찍하게 생긴 꼬마 모자 같아. 맞아, 끔찍한. 이 단어도 있었지. 자신을 바라보고 끔찍하다고 느끼다니, 이게 뭘 하는 짓이람! 하지만, 실제로 끔찍하지 않았더라면 이렇게 하릴없이 앉아서 자신을 바라보았을까? 당치도 않지! 멋진 몸은 목적도 아니고, 도구도 아니며, 감탄받을 소유물도 아니야, 그건 단지 너, 너 자신이라고. 한때는 가지고 있었지만 더 이상 자신의 소유가 아닌 것에 대해 그것이 제대로 모양을 갖추고 있는지, 앞으로도 그럴지 또는 계속 그런 상태로 있을 건지 따위 걱정을 하다니.

"알 게 뭐야?" 라이아가 거칠게 내뱉으며 벌떡 일어났다.

갑자기 일어나려니 현기증이 났다. 라이아는 쓰러질까 두려위 협탁을 짚었다. 그러자 꿈속에서 타비리에게 손을 뻗었던 것이 생각났다.

타비리가 뭐라고 말했더라? 기억이 나질 않았다. 타비리의 손을 만졌는지조차 기억할 수 없었다. 라이아는 기억을 짜내려 애쓰며 얼굴을 찌푸렸다. 타비리에 대해 꿈을 꾼 것도 무척 오랜만이었다. 그리고 이제는 타비리가 뭐라고 했는지조차 기억이 나질 않았다!

지난 일이야, 지나가버렸다고. 라이아는 얼굴을 찌푸리고 한 손을 협탁에 얹은 채 잠옷 바람으로 구부정하게 서 있었다. 타비리를 생각해본 게 얼마나 오래되었지? 꿈꾼 것은 말할 것도 없고 말이야. 그이를 '타비리'로 생각해본 건 얼마 만이지? 그 이름을 말해본 것도 얼마나 오래되었지?

아시에오가 말했어. 아시에오와 내가 북쪽 감옥에 있을 때였어. 내가 아시에오를 알기 전이었지. 아시에오의 상호성 이론. 아 그래, 그때 난 타비리와 정말 두서없이 너무 많이 지껄이면서 시간을 질질 끌었지. 하지만 타비리가 아닌 '아시에오'로서, 그 사람의 성姓으로서, 공적인 인물로서 만났던 거였어. 사적인 인물로서의 타비리는 사라졌어. 완전히 사라져버린 거야. 타비리를 알던 이들조차 거의 남아 있질 않았다. 그런 사람들은 모두 감옥에 살다시피 했다. 당시 누군가 그 점에 대해 소리 내어 웃으며 농담을 했다. 친구들은 모두 감옥에 있기 때문에 어떤 감옥에 가도 친구를 만날 수 있다고. 그러나 이제는 감옥에조차 없다. 그들은 감옥 묘지 또는 공동묘지에 있었다.

"아, 아, 내 사랑." 라이아는 큰 소리로 내뱉었다. 그리고 기억들을 더 이상 견뎌낼 수 없어 다시 침대에 주저앉았다. '요새'의 감옥에서 보냈던 처음 몇 주, 드리오의 '요새'에 있는 그 감옥에서 보낸 9년 중 처음 몇 주. 캐피톨 광장에서 벌어진 싸움 도중에 아시에오가 죽어 오링 게이트 뒤편 석회 구덩이에 1,400명과 함께 묻혔다는 말을 들은 뒤 보냈던 처음 몇 주. 감방에서 보냈던 처음 몇 주. 라이아는 두 손을 무릎 위 친숙한 자리로 떨어뜨렸고, 꽉 쥔 왼손을 오른손으로 단단히 감쌌으며, 오른쪽 엄지손가락에 살짝 힘을 주어 왼쪽 집게손가락 관절을 문질렀다. 시간, 낮, 밤. 라이아는 그 사람들 모두를, 각각을, 1,400명 한 명 한 명을, 그 사람들이 어찌 누워 있을지, 생석회가 그 사람들의 육체를 어떻게 했을지, 그 불타는 어둠 속에서 뼈들이 어떤 영향을 받았을지 생각했다. 누가 그 사람을 만졌을까? 타비리의 호리호리한 손을 이루던 뼈들은 지금 어떻게 되어 있을까? 시간이 흘러 몇 해가 지나는 동안 어떻게 되었을까?

"타비리, 난 당신을 한 번도 잊은 적이 없어!" 라이아가 속삭였고, 그 말의 어리석음에 라이아의 정신이 아침 햇살과 구겨진 침대로 돌아왔다. 물론 라이아는 타비리를 잊은 적이 없었다. 남편과 아내가 그러는 건 너무나 당연하다. 좀 전처럼, 라이아의 못생기고 나이 든 발이 마루 위에 놓여 있었다. 결국 라이아는 아무 곳에도 가지 못했다. 원을 그리며 돈 것이다. 라이아는 투덜거리며 힘들게 일어나 실내복을 찾으러 옷장으로 갔다.

젊은이들은 '집' 안의 복도를 염치없을 정도로 헤집고 다녔지만, 라이아는 그러기엔 너무 나이가 많았다. 라이아는 자신의 모습을 드러내 몇몇 젊은이들의 아침식사를 망치고 싶지 않았다. 게다가, 젊은이들은 옷과 섹스와 나머지 모든 것에 대한 자유 원칙 속에 자라왔지만 라이아는 그렇지 않았다. 라이아가 한 일이라곤 그 원칙을 만드는 것뿐이었다. 원칙을 만드는 것과 그 안에서 사는 것은 별개의 문제다.

마치 아시에오를 '내 남편'이라고 말하는 것과도 같았다. 그럴 때면 젊은이들은 움찔거렸다. 훌륭한 오도주의자라면 남편이 아닌 '반려자'라는 단어를 써야 했다. 그러나 빌어먹을, 라이아가 좋은 오도주의자가 될 이유가 어디 있단 말인가?

라이아는 발을 끌며 복도를 따라 욕실로 향했다. 욕실에서는 마이로가 세면기에서 머리를 감고 있었다. 라이아는 마이로의 길고 윤기 나는 젖은 머리타래를 탄복하며 바라보았다. 라이아는 근래에 '집'을 벗어나는 일이 거의 없어서 단정히 민 머리를 마지막으로 본 것이 언제인지도 알 수 없었다. 그러나 풍성한 머리타래를 보면 아직도 기쁨이, 힘찬 기쁨이 몰려왔다. "긴 머리, 긴 머리"라고 놀림받은 일이 얼마나 많았던가, 경찰이나 젊은 깡패들에게 머리채를 잡아채인 적은 또 얼마나 많았던가. 새로이 감옥에 갈 때마다 히죽거리는 병사에게 머리를 빡빡 밀린 적은 또 얼마나 많았던가. 그러고 나면 늘 다시 머리털이 자라, 솜털을 지나, 짧은 고수머리가 되고, 다시 곱슬곱슬하게 자라며 길고 풍성해졌다. 옛날엔 그랬지. 참 나 원, 도대체, 옛날 일이 아니라 요즘 일은 아무것도 생각할 수가 없는 건가?

옷을 차려입고 침대를 정돈한 뒤, 라이아는 공동 식당으로 내려갔다. 아침식사는 훌륭했지만, 라이아는 그 빌어먹을 뇌졸중 후로는 단 한 번도 입맛이 돌아온 적이 없었다. 허브차를 두 잔 마셨지만 집어 온 과일 조각을 마저 해치울 수가 없었다. 어렸을 적엔 훔치기까지 할 정도로 과일을 좋아했는데. 그리고 요새에서는…… 오, 신이시여, 제발 그만! 아침식사 중이던 다른 이들 그리고 오늘 아침 카운터를 맡은 덩치 큰 아에비가 인사를 하며 친절한 질문들을 건넸고 라이아는 웃으면서 그 질문들에 대답했다. 복숭아로 라이아를 유혹한 것도 아에비였다. "이것 보세요, 제가 당신 드리려고 따로 놓았어요." 그러니 어찌 거절할 수 있었겠는가? 어쨌거나 라이아는 언제나 과일을 좋아했고 한 번도 맘껏 먹어보질 못했다. 여섯 살인가 일곱 살 때, 라이아는 리버 거리를 돌아다니다 과일 행상의 손수레에서 과일 한 개를 훔친 적도 있었다. 그러나 모든 사람이 그토록 흥분해 떠들어대고 있는 중에 먹기란 힘든 일이었다. 수에서 뉴스가 와 있었다. 진짜 뉴스였다. 처음에 라이아는 흥분하지 않기 위해 그 뉴스를 가감해 들으려 했지만, 신문에서 그 기사를 읽고, 또 행간을 읽고 나서는 기묘한, 심오하면서도 냉정한 확신을 품고 생각했다. 이런, 이거야. 올 게 왔어. 그것도 여기가 아니라 수에 말이야. 이 나라가 무너지기 전에 수가 먼저 무너질 거야. 혁명이 그곳에서 가장 먼저 성공할 거야. 중요한 건 그게 아니지! 더 이상 국가는 존재하지 않을 거야. 그런데 아직도 그 점이 다소 중요했기 때문에 라이아는 약간 맥이 빠지면서 슬퍼졌다. 정확히 말하면 질투였다. 모든 끝없는 어리석은 것들 가운데 하나. 라이아는 자신에게 실망했고, 대화에 끼지 않고 방으로 돌아가려고 곧 일어섰다. 라이아는 저 사람들처럼 흥분할 수 없었다. 라이아는 흥분에서 멀리, 정말로 멀리 벗어나 있었다. 쉽지 않은 일이야, 라이아는 힘들여 계단을 오르며 자기 정당화에 중얼거렸다. 자신이 그 안에 있으면서 벗어나려 하는 것을, 그것도 그 중심에서, 50년간이나 있어왔는데 빠져나오려 하는 것을 받아들이기 위해서였다. 오, 신이시여, 맙소사. 라이아는 흐느껴 울고 있었다!

　라이아는 자기 연민을 뒤로한 채 계단을 올라 방으로 들어섰다. 좋은 방이었다. 그리고 혼자 있기에 편했다. 큰 위안이었다. 엄격히 보면 공정한 일은 아니었지만. 지붕 바로 아래층에 있는 몇몇 아이들은 이보다 작은 방 하나에 다섯 명이 살았다. '오도주의자의 집'에 살길 바라는 사람들은 이곳이 수용할 수 있는 인원보다 늘 많았다. 라이아는 뇌졸중을 앓은 늙은 여자라는 이유만으로 이 큰 방을 혼자 썼다. 그리고 아마도 라이아가 오도이기 때문에 그랬으리라. 만일 오도가 아니었다면, 단지 뇌졸중을 앓은 늙은 여자였다면 그래도 이 큰 방을 쓸 수 있었을까? 그랬을 가능성이 매우 컸다. 침 흘리는 늙은 여자와 한 방을 쓰길 원하는 사람이 누가 있겠는가? 하지만 장담하긴 어려웠다. 편애, 엘리트 의식, 지도자에 대한 숭배. 이런 것들은 슬며시 돌아왔고 도처에서 나타났다. 하지만 라이아는 이것들이 자기가 살아 있는 동안, 한 세대 안에 뿌리 뽑히는 것을 보고 싶어 한 적은 한 번도 없었다. 오로지 시간만이 거대한 변화들을 만들어낸다. 어쨌거나 이 방은 크고, 멋지고, 양지바른 곳이었고, 세계 혁명을 시작한, 침 흘리는 늙은 여자에게 꼭 맞았다.

라이아가 그날의 일을 할 수 있도록 1시간 뒤에 라이아의 비서가 오리라. 라이아는 발을 끌며 책상으로 다가갔다. 아름답고 커다란 책상으로. 라이아가 정말로 가지고 싶어 하는 가구는 서랍이 달린 널찍한 책상이라는 말을 어찌어찌 전해 들은 니오 장식장 장인 연합에서 선물한 것이었다…… 빌어먹을. 책상 위는 클립에 끼워진 메모 용지로 가득했으며, 메모 대부분은 노이의 작고 깨끗한 글씨체로 채워져 있었다. "긴급. 북부 지역. R.T.와 상의?"

라이아 자신의 필적은 아시에오가 죽은 뒤로 완전히 달라졌다. 생각해보면, 이상한 일이었다. 어쨌거나 아시에오가 죽고 5년 동안 라이아는 《유추》 집필을 완전히 마쳤다. 그리고 이름이 뭐였는지 기억나지 않는 촉촉한 회색 눈의 키 큰 간수가 2년간 라이아를 위해 '요새'에서 몰래 내보내준 편지들도 출간했다. 《감옥에서 보내는 편지》, 사람들은 그걸 이제 이렇게 불렀고, 서로 다른 판본이 열두 가지는 있었다. 사람들이 라이아에게 '영적 활력'이 넘친다고 말하던 그 편지들. 그건 아마도 라이아가 그 편지들을 쓸 당시 얼굴에 우울을 가득 담고 자신을 계속 격려하려 애쓰며 스스로에게 거짓말을 했다는 뜻일 것이다. 그리고 라이아가 이제까지 한 중에 가장 탄탄한 지적 작업임이 분명한 《유추》, 이 모든 게 아시에오가 죽은 뒤 드리오의 '요새'에 있는 그 감옥에서 쓴 것이었다. 뭐든지 할 일이 필요했고, '요새'에서 종이와 펜은 허락됐기에……. 그러나 모두 급하게 휘갈겨 썼기 때문에 라이아는 자신이 쓴 글씨체라고 생각해본 적이 한 번도 없었다. 45년 전에 썼던《정부 없는 사회》의 필사본에 담긴 자신의 둥글고 까만 소용돌이 모양의 글씨체와는 달랐다. 타비리는 라이아의 육체와 욕망뿐 아니라 라이아의 아름답고 깨끗하던 글씨체마저도 함께 생석회 속으로 가져가버렸다.

그러나 타비리는 라이아에게 혁명을 남겨주었다.

운동에서 그러한 패배를 겪고 당신 반려자가 죽었는데도, 감옥에서 그렇게 계속해서 버티고 활동하고 쓸 수 있었다니 당신은 어쩌면 그리도 용감하게 살 수 있었습니까? 사람들은 이렇게 말하곤 했다. 멍청이들. 거기서 달리 할 일이 뭐가 있단 말인가? 대담함, 용기. 무엇이 용기였단 말인가? 라이아는 용기가 무엇인지 이해한 적이 단 한 번도 없었다. 두려워하지 않는 것, 누군가 그렇게 말했다. 두려워하지만 계속해서 나아가는 것, 또 누군가는 이렇게 말했다. 하지만 계속해서 나아가는 것 말고 사람이 또 무엇을 할 수 있단 말인가? 이제까지 인간이라는 존재가 진정한 선택권이라는 것을 가져본 적이 있었는가?

죽는다는 것은 단지 다른 방향으로 나아가는 것에 지나지 않았다.

만일 집에 오고 싶었다면 계속해서 나아가야 하는 것이고, 그것이 라이아가 "진정한 여행은 돌아오는 것"이라 썼을 때 의미한 것이었다. 하지만 그건 단지 직관적인 이야기였을 뿐이며, 예전에도 쉽지는 않았지만 평생 지금처럼 그 뜻을 합리화하기 어려웠던 적은 없었다. 너무 갑자기 몸을 구부려 뼈가 삐걱대는 소리에 라이아는 조금 투덜거리다가 책상 맨 아래 칸 서랍을 뒤지기 시작했다. 오래되어 닳은 폴더에 손이 닿았고 그것을 끄집어내니 눈으로 확인하기도 전에 손끝의 느낌으로 그 내용이 무엇인지 알아차렸다. 〈혁명 과도기의 평의원 조직〉이란 원고였다. 이 원고를 썼을 당시, 타비리는 폴더에 제목을 인쇄하고 자신의 이름을 그 밑에 적었다. 타비리 오도 아시에오, IX 741. 각 글자는 보기 좋고 획이 굵으며 유려하고 우아했다. 그러나 타비리는 음성 인쇄기를 더 좋아했다. 이 원고도 모두 음성 인쇄기를 사용한 것이었고, 성능이 뛰어나서 주저의 순간들이 모두 조정되고 말투의 개인적 특색들도 모두 표준화되어 있었다. 북쪽 해안 사람들이 하듯 타비리가 목 깊은 곳에서부터 '오'를 발음하던 방법 따위는 하나도 남아 있지 않았다. 타비리의 정신을 빼면, 그에 관련된 것은 어떤 것도 남아 있지 않았다. 라이아에게도 타비리에 관한 것은 폴더 위에 적힌 이름을 빼면 아무것도 남아 있지 않았다. 라이아는 타비리의 편지를 보관해두지 않았다. 편지를 간직하는 것은 감상적인 일이었기 때문이다. 그 외에도 라이아는 어떤 것도 절대 보관하는 일이 없었다. 몇 년이 지나도록 소유해본 적이 있는 것이라곤 아무것도 생각나는 게 없었다. 있다면 이 덜컹대는 낡은 몸뿐이었고, 라이아는 이 점에 충격을 받았다……

또다시 이원적 사고를 하고 있었다. '그녀'와 '그것'. 나이와 질환은 인간을 이원론자로 만들고 현실 도피주의자로 만든다.

정신이 말했다. '내가 아냐, 그건 내가 아냐.' 하지만 사실이 아니었다. 아마도 신비주의자들은 신체에서 정신을 떼어낼 수 있을 것이고, 라이아는 신비주의자들의 그런 가능성을 다소 동경하며 부러워해오긴 했어도 닮고 싶은 마음은 없었다. 도피가 라이아의 전략이 된 적은 한 번도 없었다. 라이아는 지금, 이곳의 자유를, 몸과 마음으로 추구해왔다.

처음엔 자기 연민, 그러고 나서는 자화자찬을 거쳐, 이제는, 맙소사, 손에 아시에오의 이름을 쥐고 아직도 여기에 앉아 있었다. 왜? 찾아보지 않으면 그 사람의 이름을 몰랐단 말인가? 뭐가 잘못된 것인가? 라이아는 폴더를 들어 올려 손으로 쓴 이름에 대고 세게 입을 맞춘 뒤, 맨 아래 칸 서랍에 다시 돌려놓고 서랍을 닫은 후 의자에서 몸을 바로 했다. 오른손이 따끔거려왔다. 라이아는 손을 긁다가 분노하며 공중에서 손을 흔들어댔다. 오른손은 뇌졸중을 완전히 이겨내지 못했다. 오른발도, 오른쪽 눈도, 오른쪽 입가도. 기능이 둔해지고 서툴러졌으며 따끔거렸다. 이 때문에 단락이 일어난 로봇 같은 느낌이 들었다.

그나저나 시간이 흘러 노이가 올 때가 되었는데, 아침식사 후 라이아는 내내 무엇을 했단 말인가?

라이아는 너무 급하게 일어나는 바람에 비틀대다가 쓰러지지 않으려 의자 등받이를 붙잡았다. 라이아는 복도를 지나 욕실로 가 큰 거울을 들여다보았다. 아침식사 전에 제대로 해두지 않아 회색 머리타래가 풀려 있었다. 라이아는 잠시 동안 매듭을 붙들고 끙끙거렸다. 공중에 팔을 들어 올리고 있는 게 너무나 힘들었다. 아마이가 오줌을 누러 달려 들어오다가 멈춰 서서 말했다. "제가 해드릴게요!" 아마이는 살며시 웃으며 둥글고 힘 있는 예쁜 손가락으로 단숨에 단단하고 단정하게 머리 매듭을 지었다. 아마이는 스무 살로, 라이아 나이의 3분의 1도 되지 않았다. 아마이의 부모는 둘 다 운동에 참가해, 한 명은 60년도의 폭동에서 죽었고, 또 한 명은 남부 지방에서 아직 요양 중이었다. 아마이는 '오도주의자의 집'에서 자라났고, 혁명에 바쳐진 진정한 무정부주의의 딸이었다. 너무나 차분하고 자유로우며 아름다운 아이여서, 머릿속에 떠올리면 눈물이 날 정도였다. 이게 우리가 일해온 목적이자 의미했던 것이야. 바로 이것이야. 여기 있는 이 아이가 살아 숨 쉬는, 상냥하고 사랑스러운 미래야.

세면기와 변기 사이에 서서 자신이 낳지 않은 딸에게 머리 손질을 받는 동안, 라이아 아시에오 오도의 오른쪽 눈에서 작은 눈물이 몇 방울 흘러내렸다. 그러나 라이아의 건강한 왼쪽 눈은 눈물을 흘리지 않았으며, 오른쪽 눈이 무슨 일을 하고 있는지조차 몰랐다.

라이아는 아마이에게 고맙다고 말한 뒤, 서둘러 방으로 돌아왔다. 라이아는 거울을 보고 옷깃에 얼룩이 진 것을 발견했다. 아마도 복숭아 즙이겠지. 침이나 질질 흘려대는 빌어먹을 늙은이 같으니라고. 라이아는 노이가 들어와서 옷깃에 흘린 얼룩을 보게 되는 게 싫었다.

깨끗한 셔츠를 머리 위로 입으며 라이아는 생각했다. 노이가 특별한 점은 뭘까?

라이아는 왼손으로 천천히 옷깃의 장식 단추를 잠갔다.

노이는 서른 살 정도로, 호리호리하고 근육이 탄탄하며 목소리가 부드럽고 검은 눈동자에는 방심의 기색이 없는 젊은이였다. 그게 노이의 특별한 점이었다. 아주 간단한 이유였다. 좋았던 옛날의 섹스. 라이아는 한 번도 금발 백인이나 뚱뚱한 사람이나 키 큰 근육질에게 끌려본 적이 없었다. 심지어는 열네 살 때 주변에 있는 모든 멍청이들과 사랑에 빠졌을 때조차도 그랬다. 검고, 마르고, 불같은 성격, 그것이 취향이었다. 타비리도 물론 그랬다. 노이는 타비리에 비하면 지능은 물론이고 외모에서조차도 어림없었지만, 노이는 여기에 있었다. 라이아는 자신의 옷깃에 묻은 얼룩을, 엉망이 되어가는 머리를 노이가 보는 게 싫었다.

라이아의 가느다란 회색 머리털.

노이가 들어오다 열린 문가에서 주저하고 있었다. 이런 맙소사, 셔츠를 갈아입는 동안 문을 닫지 않았던 것이다! 라이아는 노이를 보고는 자신을 바라보았다. 늙은 여자를.

빗질하고 셔츠를 갈아입을 수도 있었잖아. 혹은 지난주에 입었던 셔츠를 그대로 입고 지난밤 땋은 머리를 그대로 하고 있을 수도 있었고, 또는 금으로 된 옷을 입고 빡빡 민 머리에 다이아몬드 가루를 뿌릴 수도 있었고. 어떻게 하든 아무 차이도 없을 거야. 늙은 여자는 다소 차이는 있을 뿐 기괴해 보이는 데는 변함이 없을 테니까.

사람은 단순한 예의범절, 단순한 건전성, 타인에 대한 의식으로 자신을 말끔하게 유지한다.

그리고 마침내 그것마저 지나고 나면 부끄러워하지도 않고 침을 질질 흘려댄다.

"안녕히 주무셨어요?" 젊은이가 부드러운 목소리로 인사했다.

"안녕, 노이."

아냐, 이런 맙소사, 이건 단순한 예의범절 문제가 아니었다. 예의는 무슨 빌어먹을 예의. 라이아가 사랑했던, 그리고 라이아의 나이가 문제 되지 않았을 남자가 죽었기 때문에 라이아가 이제 성별도 없는 척해야 한단 말인가? 빌어먹을 청교도 맹종주의자처럼 진실을 억눌러야 한단 말인가? 겨우 여섯 달 전, 뇌졸중이 있기 전만 해도 라이아는 남자들이 자신을 바라보게, 그리고 바라보고 싶어 하게 할 수 있었다. 비록 지금은 다른 이에게 더 이상 기쁨을 줄 수는 없지만, 하느님께 맹세코 자신을 기쁘게 할 수는 있었다.

라이아가 여섯 살이었을 때, 아버지 친구인 가데오가 저녁식사 후 아버지와 정치를 논하기 위해 들르곤 하던 시절, 라이아는 어머니가 준 금색 목걸이를 걸곤 했다. 어머니는 그것을 쓰레기더미에서 발견했고, 집으로 가져와 라이아에게 주었다. 목걸이는 길이가 너무 짧아 옷깃 뒤에 숨어 있었기 때문에 아무도 목걸이를 볼 수 없었다. 라이아는 그 점이 좋았다. 목걸이를 하고 있다는 사실을 자신만은 알고 있었으니까. 라이아는 현관 계단에 앉아 아버지와 친구의 대화에 귀 기울였고 가데오 눈에 자신의 모습이 멋져 보인다는 걸 알았다. 가데오는 하얀 이가 반짝이는 검은 얼굴의 사내였다. 종종 가데오는 라이아를 "예쁜 라이아"

"우리 예쁜 라이아!"라고 부르곤 했다. 66년 전 일이었다.

"뭐라고? 머리가 잘 안 돌아가. 어제 끔찍한 밤을 보냈거든."

그 말은 사실이었다. 심지어 평소보다 훨씬 덜 잤으니까.

"오늘 아침에 신문 보셨냐고 여쭸어요."

라이아가 고개를 끄덕였다.

"소이네헤 일에 기쁘지 않으셨어요?"

소이네헤는 수의 지방으로 어젯밤에 수 연합으로부터 분리를 선언한 곳이었다.

노이는 그 점에 기뻐하고 있었다. 노이의 하얀 이가 검고 기민한 얼굴에서 반짝였다. 예쁜 라이아.

"그래. 그리고 걱정스럽고."

"저도 알아요. 하지만 이번엔 진짜예요. 수 정부가 끝장나는 시작 단계라고요. 아시죠, 정부에서는 소이네헤에 군대를 투입하려 하지도 않았어요. 그건 단지 병사들을 더 빨리 폭동에 가담하게끔 자극할 뿐이고, 수 정부도 그걸 아니까요."

라이아는 노이에게 동의했다. 라이아 자신도 그 사실은 확실히 알고 있었다. 하지만 라이아는 노이와 기쁨을 나눌 수 없었다. 평생을, 가진 것이라곤 희망밖에 없기 때문에 희망에 기대 살아온 자들은 승리의 기쁨을 느끼지 못한다. 승리의 진정한 감각은 진정한 좌절 뒤에 오는 게 분명했다. 라이아는 오래전에 좌절을 잊어버렸다. 더 이상의 기쁨은 없었다. 이미 한 단계는 지나가버렸다.

"오늘 그 편지들을 보낼까요?"

"그러지. 어떤 편지들이지?"

"북부 사람들에게 보내는 편지요." 조바심 내지 않고 노이가 말했다.

"북부?"

"오아이둔의 파레오요."

라이아는 더러운 강이 흐르는 더러운 도시 파레오에서 태어났다. 라이아가 여기 수도에 온 것은 스물두 살 때로, 혁명을 가져올 준비가 된 후였다. 하지만 그 당시에는 라이아와 다른 이들이 그걸 철저히 숙고하기 전이라, 매우 미숙하고 유치한 혁명이었다. 좀 더 나은 임금을 위한 동맹파업, 여성을 위한 의원 대표. 투표와 임금, 권력과 돈, 신의 사랑. 어쨌건, 결국 사람은 50년 새 조금은 배운다.

하지만 그러고 나서는 깡그리 잊어버려야 한다.

"오아이둔부터 시작하지." 라이아가 안락의자에 앉으며 말했다. 노이는 책상 앞에 앉아 일할 준비를 마친 상태였다. 노이는 라이아가 답해야 할 편지의 발췌본들을 읽어나갔다. 라이아는 주의를 집중하려 애썼고 덕분에 답장 하나를 완전히 불러주고 새로운 편지를 또 시작할 수 있었다. "현 단계에서 당신의 형제애가 취약할 수 있음을 기억하십시오. 그 위협은 아니, 그 위험은…… 위험은……." 라이아가 생각을 더듬고 있자 노이가 거들었다. "지도자의 숭배에서 올 것입니다?"

"그래, 그렇게 하지. 그리고 또한 이타주의만큼 빠르게 권력추구에 의해 타락하는 것도 없다는 점도 기억하십시오. 아니야.

어떤 것도 권력 추구만큼 이타주의를……. 아냐. 맙소사, 내가
뭘 말하려는지 알겠지, 노이, 자네가 써. 저쪽도 무슨 말인지 다
아는데, 이건 정말 늘 똑같은 말을 되풀이하는 것일 뿐이야, 왜
그 사람들은 내 책을 읽지 않는 거지!"

"접촉을 유지하려는 거지요." 노이가 부드럽게, 미소 지으며
오도주의의 중심 주제 중 하나를 환기시켰다.

"맞아. 하지만 난 다른 사람들이 내게 그렇게 접촉해 오는 데
에 지쳤어. 지쳤다고. 자네가 쓰면 내가 편지에 서명하지. 하지만
오늘 아침은 편지 일로 날 귀찮게 하지 마." 노이가 약간 의아스
러운 혹은 걱정스러운 표정으로 라이아를 바라보았다. 라이아가
성마르게 대답했다. "다른 해야 할 일이 있단 말이야!"

노이가 나가자 라이아는 책상 앞에 앉아 종이들을 이리저리
옮기며 무언가를 하는 척했다. 자기가 한 말에 깜짝 놀라, 경악
했던 것이다. 해야 할 일은 없었다. 더는 해야 할 일이 아무것도
없었다. 편지 쓰는 일이 라이아 일의 전부였다. 이것이 라이아
의 일이었다. 필생의 사업이었다. 순회 강연과 모임과 거리 시
위는 이제 능력 밖의 일이었지만 아직 글은 쓸 수 있었고 이것이
라이아의 일이었다. 그리고 어쨌건 할 일이 더 있었다면, 노이
가 알고 있을 터였다. 노이가 라이아의 일정을 관리했고, 오늘
오후 외부 학생들의 방문 같은 라이아가 할 일을 빈틈없이 상기
시켜주었다.

아, 제길. 라이아는 젊은이들이 좋았고 외부인들에게서는 언

제나 배울 점들이 있었지만, 새로운 얼굴들에 지치고, 외부인이 자신을 구경하는 것에 지쳐 있었다. 라이아는 외부인에게서 배웠지만 외부인은 라이아에게서 배우지 않았다. 외부인은 라이아가 오래전 가르쳐야 했던 것들을 라이아가 쓴 책으로부터, 그리고 운동으로부터 모두 배웠다. 외부인은 마치 라이아가 로다레드의 '거대한 탑'이라도 되는 양, 혹은 툴라에베아의 '협곡'이라도 되는 양 단지 라이아를 구경하러 왔다. 진기한 것 또는 기념물처럼 여겼다. 경외하고 경배했다. 라이아는 그런 이들에게 호통을 쳤다. 스스로 생각하세요! 그건 무정부주의가 아닙니다. 그건 단지 반계몽주의입니다. 당신은 자유와 훈육이 양립할 수 있다고 생각하는군요? 사람들은 자신들을 향한 호된 꾸짖음을 아이처럼 순하게, 기꺼이 받아들였다. 마치 라이아가 만물의 어머니, 보호를 베푸시는 위대한 자궁의 우상이기나 한 것처럼. 라이아가 말이다! 세이세로의 조선소를 파괴한 라이아가, 7천 군중 앞에서 아노일테 수상의 면전에 저주를 퍼부으며 당신은 조금만 돈벌이가 됐어도 자기 불알을 떼어내 청동칠을 한 뒤 기념품으로 팔았을 거라 목소리를 높이던 라이아가, 새된 소리를 지르고 불경한 말을 해댔으며 경찰에게 발길질을 하고 성직자에게 침을 뱉었으며 공중 앞에서 "여기 독립 민족 국가 아이오가 세워지다 기타 등등" 따위 개소리가 적혀 있던 캐피톨 광장의 커다란 놋쇠판에 공공연히 오줌을 갈겨댄 라이아가 이제는 모든 이의 할머니, 사랑받는 노파, 친근한 낡은 기념물, 숭배받는 자궁이 되다니. 불은 꺼졌단다, 아가들아, 가까이 와도 안전하단다.

"아, 싫어." 라이아가 큰 소리로 내뱉었다. "그렇게는 안 하겠어." 라이아는 자신에게 말하고 있다는 걸 의식하지 못했다. 이제까지 늘 혼잣말을 해왔기 때문이었다. "라이아에게는 보이지 않는 청중이 있지." 라이아가 중얼거리며 방을 가로지를 때면 타비리는 이렇게 말하곤 했다. "전 여기 없을 테니, 올 필요 없습니다." 라이아는 이제 보이지 않는 청중에게 말하고 있었다. 라이아는 자신이 하기로 되어 있던 일이 무엇인지 막 결정했다. 라이아는 밖으로 나가야 했다. 거리로 나가야 했다.

외부 학생들을 실망시키는 것은 경솔한 행동이었다. 엉뚱한 짓이었고 전형적인 노망이었다. 오도주의자답지 않았다. 모두 엿이나 먹으라지. 일생을 바쳐 자유에 헌신했는데 아무 자유도 없는 끝을 맞다니 뭐란 말인가? 라이아는 산책을 나갈 터였다.

"무정부주의자란 어떤 사람입니까? 선택을 하고, 선택에 대한 책임을 받아들이는 사람입니다."

계단을 내려가다 라이아는 얼굴을 찌푸리면서, 집에 남아 외부 학생들을 만나기로 결심했다. 그러나 그다음엔 나가리라.

매우 어리고, 매우 열심인 학생들이었다. 서반구의 벤빌리와 맨드 왕국에서 온, 사슴 같은 눈에 머리가 덥수룩하고 매력적인 생명체들이었다. 여자아이들은 하얀 바지를 입고, 남자아이들은 호전적이고 예스러운 긴 킬트를 입고 있었다. 아이들은 각자의 소망을 이야기했다. "우리 맨드 사람들은 혁명에서 그토록 멀리 떨어져 있었기 때문에 이제는 또 그만큼 아주 가까이 있다고도 할 수 있죠." 여자아이 하나가 곰곰이 생각에 잠겨 웃음 지으며 말했다. "생의 순환!" 그리고 아이가 자신의 가늘고 검은 손가락으로 원을 만들어 그 양 극단끼리 만나는 모습을 보여주었다. 아마이와 아에비가 아이들에게 오도주의자의 집이 보이는 환대의 표시로 백포도주와 갈색 빵을 내왔다. 그러나 방문객들은 겸손했기 때문에 겨우 반 시간 만에 떠나기 위해 모두 자리에서 일어났다. "아니, 아니, 안 돼요." 라이아가 말했다. "더 계세요. 아마이와 아에비하고 이야기 나누세요. 다만 저는 앉아만 있었더니 몸이 뻣뻣해지는군요. 아시죠, 전 나가봐야 해요. 만나서 무척 즐거웠답니다. 조만간 또 만나러 와주실 거죠, 나의 어린 형제자매 여러분?" 라이아의 마음이 아이들에게 전해지고, 아이들의 마음 또한 라이아에게 전해져, 라이아는 모두와 돌아가며 키스를 나누고 웃음을 터뜨렸으며 청순하고 거무스름한 뺨과 다정한 눈과 달콤한 향이 나는 머리를 보며 즐거워하다가 발을 질질 끌고 자리를 떴다. 정말로 좀 지쳐 있었지만 올라가 오수를 즐기는 것은 패배가 될 터였다. 아이들을 만나기 전에는 나가고 싶었기 때문이다. 라이아는 나갈 터였다. 언제부터인지 라이아는 혼자 밖으로 나간 적이 없었다. 언제부터? 겨울 이후로! 뇌졸중 전부터. 라이아가 음울해지는 것도 당연했다. 감옥에 갇힌 것과 다를 바 없었다. 바깥, 거리, 그곳은 라이아가 살던 곳이었다.

　라이아는 조용히 오도주의자의 집 옆문으로 나가 채소밭을 지나 거리로 나갔다. 농부들은 좁고 길게 뻗어 있는 오염된 도시의 흙을 아름답게 경작해 썩 많은 콩과 '세아'를 생산하고 있었다. 하지만 라이아는 농사일에 대해서는 아무것도 알지 못했다. 물론 무정부주의자들의 공동체에서는, 심지어 그 중간의 과도기라 할지라도 적정한 자기 부양을 위해 일해야 한다는 점은 분명했지만, 실제로 흙과 작물에 있어 어떻게 해야 하는지는 라이아의 소관이 아니었다. 그 일을 위해서는 따로 농부와 농업 경제학자들이 존재했다. 라이아의 임무는 거리에, 시끄럽고 냄새나는 석조 거리에, 감옥에서 보낸 15년을 제외하고는 라이아가 자라고 평생을 살아온 그곳에 있었다.

라이아는 오도주의자의 집 정면을 다정한 눈으로 올려다보았다. 현 거주자들은 이 건물이 원래 은행으로 지어졌다는 사실에 독특한 만족감을 느꼈다. 이곳에 사는 사람들은 식량 부대는 방탄 금고에, 나무통에 담긴 묵은 사과 주스는 귀중품 보관소에 보관했다. 거리 쪽의 화려하고 번쩍이는 기둥에 새겨진 "국립 투자자와 곡식 도매상 은행 연합"이라는 글자는 아직도 선명했다. 운동은 이름 따위에는 가치를 두지 않았다. 깃발도 없었다. 필요에 따라 표어가 생겨났다 사라졌다. 정부가 꼭 볼 벽이나 포장도로 위에는 늘 "생의 순환"이 갈겨져 있었다. 그러나 이름에 관한 한, 뭐라 불리든 받아들이고 무시하면서 상관없어했다. 얽매이고 감금당하는 것은 두려워했지만 불합리해지는 것은 두려워하지 않았다. 그래서 모든 공동주택 가운데 가장 잘 알려지고 두 번째로 오래된 이곳에는 단지 '은행'이라는 이름만 있을 뿐이었다.

건물은 넓고 조용한 거리를 마주하고 있었으나, 그저 한 구획만 지나면 테메바가, 한때는 정신학과 기형학 암시장의 중심으로 유명했던, 그러나 이제는 채소와 중고 의류, 하찮은 여흥거리를 파는 열린 장터가 시작되었다. 도를 넘어섰던 활기는 사라지고, 오로지 몸이 반쯤 마비된 알코올중독자와 마약중독자, 장애인, 행상인, 싸구려 창녀, 전당포, 도박 소굴, 점쟁이, 신체 성형의, 싸구려 호텔 등만 남아 있었다. 라이아는 물이 수평이 되듯 자연스레 테메바로 발길을 돌렸다.

라이아는 한 번도 이 도시를 무서워하거나 경멸해본 적이 없었다. 이곳은 라이아의 고향이었다. 혁명이 성공하게 되면 이같은 빈민가는 없어질 터였다. 그러나 고통은 남을 터였다. 고통, 쓰레기, 잔인함은 언제나 존재할 터였다. 라이아는 인간 환경을 바꾸고 있는 척해본 적이, 아이들이 상처 입지 않도록 아이들에게서 비극을 제거하는 어머니인 척해본 적이 단 한 번도 없었다. 어떠한 경우에도. 사람들에게 선택의 자유가 있는 한, 광대버섯을 먹고 하수구에 사는 것을 택할지라도 그것은 자신들의 소관이었다. 오로지 사업이나 이윤의 원천이나 다른 사람들에 대한 권력의 수단이 아닌 한에서라면 자신들이 알아서 할 일이었다. 라이아가 태어나 가장 먼저 배운 것은 이런 것들이었다. 처음으로 팸플릿을 쓰기 전에, 파레오를 떠나기 전에, '자본'이 의미하는 것이 무엇인지를 알기 전에, 여섯 살짜리 다른 아이들과 보도 위에서 딱지 앉은 무릎을 꿇고서 '롤태기' 놀이를 하던 리버 거리에서 멀리 떠나게 되기 이전에, 라이아는 이미 알고 있었다. 라이아와 다른 아이들과, 라이아의 부모와 아이들의 부모, 술주정뱅이들과 창녀들과 리버 거리에 사는 모든 사람이 무언가의 가장 밑바닥에 있었다는 사실을. 그것이 시작이었고, 현실이었고, 원천이었다. 그렇다면 당신은 문명을 다시 진흙으로 되돌리잔 말인가? 고상한 사람들은 충격에 휩싸여 소리 질렀고, 이후 라이아는 오랜 세월 동안 그런 사람들에게 설명하려 애썼다. 하느님이 진흙으로 사람을 만들었듯, 당신이 사람이라면 그리고 가진 것이 진흙뿐이라면 사람이 살 수 있는 집을 만들어야 하지 않겠느냐고 설명했다. 그러나 자신이 진흙보다 낫다고 생각했던 자들은 누구도 이해하려 하지 않았다. 이제, 물은 저절로 수평을 찾아가고, 진흙은 진흙으로, 그리고 라이아는 더럽고 시끄러운 거리를 발을 질질 끌며 지나갔고, 라이아 세대의 추하고 약한 모든 존재는 고향에 와 있었다. 스프레이를 뿌려 멋을 내려 했지만 망가지고 찌그러진 머리를 한 졸린 눈의 창녀들, 야채를 사라고 기진맥진해 소리를 질러대는 외눈박이 여인, 손을 내저으며 파리를 쫓고 있는 반문이 거지, 이들이 라이아의 고향 여인들이었다. 라이아와 비슷해 보였고 모두 슬프고, 역겹고, 비참하고, 불쌍하고, 끔찍했다. 라이아의 자매들이고 라이아의 사람들이었다.

　기분이 별로 좋질 않았다. 소음과 떠밀림, 거리의 작열하는 여름 더위 아래 네다섯 블록이나 되는 먼 거리를 혼자 걸어본 것도 무척 오랜만이었다. 라이아는 콜리 공원, 즉 테메마 끝에 있는 삼각형의 초라한 풀밭에 가서 언제나 그곳에 앉아 있는 다른 늙은 노인들과 잠시 앉아 있고 싶었고, 그곳에 앉아 늙어가는 게

494

어떤 느낌인지 알고 싶었다. 그러나 그곳까지는 너무 멀었다. 지금 돌아가지 않는다면 잠시 뒤 머리가 어지러울 것이고, 라이아는 쓰러지는 것이, 쓰러진 채 발작을 일으키는 노파를 보러 온 사람들을 쳐다볼 것이 두려웠다. 라이아는 발길을 돌려, 피곤과 자기혐오에 얼굴을 찌푸리며 집으로 향했다. 얼굴이 시뻘게지면서 어질어질한 느낌이 귀로 다가와 속으로 들어왔다. 어지럼증은 한동안 계속됐다. 쓰러질까봐 정말로 무서웠다. 라이아는 그늘진 현관 계단을 발견하고는 그리로 가 조심스레 몸을 낮춰 앉고는 한숨을 내쉬었다.

근처에 과일 행상이 먼지투성이의 시든 물건 뒤로 조용히 앉아 있었다. 사람들이 지나갔다. 그 행상에게 물건을 사는 사람은 아무도 없었다. 라이아를 보는 사람도 없었다. 오도, 오도는 누구인가? 유명한 혁명론자, 《공동체》와 《유추》의 저자, 기타 등등. 라이아, 라이아는 누구인가? 머리가 허연 노파, 그리고 벌건 얼굴을 하고서 빈민가의 더러운 현관 계단에 앉아 혼잣말을 중얼거리는 사람.

정말인가? 그게 라이아인가? 분명히 그것은 라이아를 스쳐 가는 사람들이 보는 라이아였다. 그러나 유명한 혁명론자, 기타 등등 그 이상의 것은 라이아, 바로 라이아 자신인가, 그런가? 아니다. 그건 아니었다. 하지만 그렇다면 라이아는 누구인가?

타비리를 사랑했던 사람.

그렇다. 어김없이 사실이다. 그러나 충분하진 않았다. 지나간 일이다. 타비리는 오래전에 죽었다.

"난 누구지?" 라이아는 보이지 않는 청중에게 중얼거렸고, 그들은 그 답을 알고 있었기 때문에 입을 모아 대답했다. 라이아는 딱지 앉은 무릎을 한 소녀, 늦여름의 열기 속에 현관 계단에 앉아 리버 거리의 먼지 긴 금빛 아지랑이를 응시하고 있는, 여섯 살 난, 열여섯 살 난, 거칠고, 비뚤어진, 꿈 많은 소녀, 아직 더럽혀지지 않았고 더럽혀질 수 없었던 소녀였다. 그녀는 그녀 자신이었다. 사실 라이아는 지칠 줄 모르는 일꾼이자 사상가였으나 혈관의 응혈 하나가 그 여인을 라이아에게서 빼앗아 갔다. 사실 라이아는 연인이자 인생의 한가운데를 헤엄치는 사람이었으나 타비리는 죽으면서 그때의 라이아를 함께 데려가버렸다. 아무것도, 정말로 아무것도 남은 게 없었다. 오직 처음 그대로의 라이아, 어린 시절의 가공되지 않은 라이아만이 남았다. 라이아는 집으로 돌아온 것이다. 라이아는 집을 떠난 적이 없었다. "진정한 여행은 돌아오는 것." 빈민가의 먼지와 진흙과 현관 계단. 그리고 저 멀리, 거리의 저쪽 먼 끝에 밤이 오면서 들판 가득한 키 큰 마른 잡초들이 바람에 흔들리고 있었다.

"라이아! 여기서 뭐 하세요? 괜찮으세요?"

오도주의자의 집에 사는 사람들 가운데 한 명이었다. 괜찮은 여자였지만 약간 광신적이고 언제나 말이 많았다. 라이아는 그 여인을 수년간 알아왔지만 이름을 기억하지 못했다. 라이아가 그 여인에게 이끌려 집에 가는 내내 여인은 쉬지 않고 지껄여댔다. 라이아는 크고 시원한 휴게실 의자에 앉았다(한때 무장 경비원들의 감시하에 번쩍거리는 카운터 뒤에서 돈을 세는 은행

출납원들이 이곳을 차지하고 있었다). 혼자 있고 싶었지만 아직은 계단 오를 힘이 없었다. 여인은 아직도 계속 지껄여댔고, 다른 이들도 들어왔다. 흥분한 기색이었다. 시위를 계획하고 있는 듯했다. 수에서 벌어진 사건은 진행 속도가 매우 빨라 이곳의 분위기에도 불이 당겨졌고 무언가가 일어날 터였다. 모레, 아니 내일, 행진이, 거대한 규모의 행진이, 올드 타운에서 캐피톨 광장까지의 예전 경로를 따라 있을 터였다. "또 다른 '아홉 번째 달의 봉기'입니다." 한 젊은이가 격한 목소리로 껄껄거리며 라이아에게 슬쩍 눈길을 주었다. 그 젊은이는 '아홉 번째 달의 봉기'가 일어났을 때는 태어나지도 않았고 그 젊은이에게 있어 그 사건은 모두 지나간 역사일 뿐이었다. 이제 그 젊은이는 자기 자신의 역사를 만들고 싶어 했다. 방이 가득 찼다. 전체 회의가 내일, 아침 8시에 이곳에서 열릴 터였다. "뭐라고 한 말씀 하셔야죠, 라이아."

"내일? 아, 난 내일 여기 없을 거야." 라이아가 퉁명스럽게 내뱉었다. 라이아에게 말을 건넸던 이가 살짝 웃었고 다른 한 명이 소리 내어 웃었지만 아마이는 혼란스러운 표정으로 잠시 라이아에게 시선을 던졌다. 사람들이 계속해서 말하고 소리 질렀다. 혁명이었다. 대체 라이아는 왜 그렇게 말했단 말인가? 비록 그게 사실일지라도, 혁명 전날에 그게 할 말인가?

라이아는 때를 기다렸다가 힘들게 일어나 흥분 속에서 계획을 짜느라 바쁜 사람들 사이를 눈에 띄지 않게 슬며시 빠져나갔다. 라이아는 복도로 향했고 계단에 도착하자 하나씩 계단을 오르기 시작했다. "총파업." 한 명의 목소리가, 두 명의 목소리가, 열 명의 목소리가 아래 방에서, 라이아의 뒤에서 들려왔다. "총파업." 층계참에서 잠시 쉬면서 라이아가 중얼거렸다. 위쪽, 머리 위 내 방에 가면 내 몸은 발작을 일으켜 단독파업에 들어가겠지. 그런대로 재미있는 대구였다. 라이아는 두 번째 계단을 오르기 시작했다, 하나씩, 하나씩, 한 번에 다리 하나씩, 작은 아이처럼. 어지러웠다. 그러나 라이아는 더 이상 넘어질까 두렵지 않았다. 앞쪽에, 그곳에, 저녁 녘의 넓은 들판에서 마른 하얀 꽃들이 나부끼며 속삭였다. 72년이 지나도록, 라이아는 저 풀들의 이름을 배울 짬이 단 한 번도 없었다.

수록 작품 발표 연도 및 지면

옮긴이 최용준

서울대학교 천문학과를 졸업했으며 미국 미시간 대학에서 이온추진 엔진에 대한 연구로 비(飛)천문학 박사 학위를 받았다. 저온 플라스마 현상을 연구한다. 옮긴 책으로는 《이 사람을 보라》《넘버 나인 드림》《래그타임》《끌림》《3등급 슈퍼 영웅》《아메리칸 러스트》등이 있다. 《이 세상을 다시 만들자》로 제17회 과학기술 도서상 번역 부문을 수상했다. 시공사의 '그리폰 북스', 열린책들의 '경계 소설선', 샘터사의 '외국 소설선'을 기획했다.

어슐러 K. 르 귄 걸작선 03

바람의 열두 방향

초판 1쇄 발행일 2004년 10월 27일
개정판 1쇄 발행일 2014년 12월 5일
개정판 13쇄 발행일 2022년 11월 28일

지은이 어슐러 K. 르 귄
옮긴이 최용준

발행인 윤호권
사업총괄 정유한

편집 황경하 **디자인** 박지은 **마케팅** 윤아림
발행처 ㈜시공사 **주소** 서울시 성동구 상원1길 22, 6-8층(우편번호 04779)
대표전화 02-3486-6877 **팩스(주문)** 02-585-1755
홈페이지 www.sigongsa.com / www.sigongjunior.com

ISBN 978-89-527-7184-1 04840
ISBN 978-89-527-7181-0 (세트)

*시공사는 시공간을 넘는 무한한 콘텐츠 세상을 만듭니다.
*시공사는 더 나은 내일을 함께 만들 여러분의 소중한 의견을 기다립니다.
*잘못 만들어진 책은 구입하신 곳에서 바꾸어 드립니다.